La conspiración

Dan Brown

La conspiración

Traducción de
Alejandro Palomas

CÍRCULO de LECTORES

Agradecimientos

Mi más sincero agradecimiento a Jason Kaufman por sus buenos consejos y su pericia como editor. A Blythe Brown por su incansable labor de investigación y por la creatividad que ha aportado; a Bill Scott-Kerr por el entusiasmo mostrado hacia mi obra y por trasladarla al otro lado del Atlántico de forma tan eficaz; a mi buen amigo Jake Elwell, de Wieser & Wieser; al Archivo de Seguridad Nacional; a la Oficina de Asuntos Públicos de la NASA; a Stan Planton, que sigue siendo una fuente de información sobre cualquier tema; a la Agencia de Seguridad Nacional, al glaciólogo Martin O. Jeffries y a las mentes privilegiadas de Brett Trotter, Thomas D. Nadeau y Jim Barrington. Gracias también a Connie y a Dick Brown, al Proyecto de Documentación sobre Inteligencia Política de Estados Unidos, a Suzanne O'Neill, a Margie Wachtel, a Morey Stettner, a Owen King, a Alison McKinnell, a Mary y Stephen Gorman, al Dr. Karl Singer, al Dr. Michael I. Latz del Instituto de Oceanografía Scripps, a April de Micron Electronics, a Esther Sung, al Museo Nacional del Aire y del Espacio, al Dr. Gene Allmendinger, a la incomparable Heide Lange de Sanford J. Greenburger Associates; y a John Pike, de la Federación de Científicos Americanos.

Nota del autor

La Delta Force, la Oficina Nacional de Reconocimiento y la Fundación para las Fronteras Espaciales son organizaciones reales. Toda la tecnología a la que se hace referencia en esta novela existe.

«En caso de confirmarse, este descubrimiento será sin duda una de las revelaciones más increíbles sobre nuestro universo que la ciencia haya descubierto jamás. Sus consecuencias son tan ilimitadas y asombrosas como cabría imaginar. Y, a pesar de que dará respuestas a algunas de nuestras preguntas más antiguas, planteará otras que resultarán aún más fundamentales.»

Palabras del presidente Bill Clinton durante una rueda de prensa, tras el descubrimiento conocido como ALH84001, el 7 de agosto de 1996.

Prólogo

La muerte podría llegar de innumerables formas a aquel lugar dejado de la mano de Dios. El geólogo Charles Brophy llevaba años soportando el salvaje esplendor de aquellas tierras y, sin embargo, nada podía prepararle para un destino tan cruel e implacable como el que estaba a punto de acontecerle.

Mientras los cuatro huskies de Brophy tiraban del trineo que transportaba su equipo de sensores geológicos por la tundra, los perros aminoraron bruscamente la marcha y levantaron los ojos al cielo.

—¿Qué pasa, chicas? —preguntó Brophy, bajando del trineo.

Más allá de las amenazadoras nubes de tormenta que se cernían sobre él, un helicóptero de transporte de doble rotor dibujó un arco y enfiló los picos glaciales con militar destreza.

«Qué extraño», pensó Brophy. Nunca había visto helicópteros tan al norte. El aparato aterrizó a unos veinticinco metros de él, levantando una lacerante lluvia de nieve granulada. Recelosos, los perros gimotearon.

Las puertas del helicóptero se abrieron y dos hombres descendieron del aparato. Llevaban puestos unos trajes térmicos blancos, iban armados con fusiles y se dirigieron hacia Brophy con algún urgente propósito.

—¿El doctor Brophy? —gritó uno de ellos.

El geólogo estaba desconcertado.

—¿Cómo saben mi nombre? ¿Quiénes son ustedes?

—Coja su radio, por favor.

—¿Cómo dice?

—Haga lo que le digo.

Perplejo, Brophy sacó la radio de su parka.

—Necesitamos que transmita un mensaje urgente. Disminuya la frecuencia de su radio a cien kilohercios.

«¿A cien kilohercios?» Brophy estaba totalmente confundido. Era imposible recibir nada a una frecuencia tan baja.

—¿Ha ocurrido algún accidente?

El segundo hombre levantó su fusil y apuntó con él a la cabeza de Brophy.

–No hay tiempo para explicaciones. Limítese a hacer lo que le decimos.

Tembloroso, Brophy ajustó la frecuencia de transmisión.

Entonces el primer hombre le dio una tarjeta en la que había escritas unas líneas.

–Transmita este mensaje. Ahora.

Brophy miró la tarjeta.

–No lo entiendo. Esta información no es correcta. Yo no he...

El hombre pegó la boca del fusil a la sien del geólogo.

A Brophy le temblaba la voz cuando transmitió aquel extraño mensaje.

–Bien –dijo el primer hombre–. Ahora suba con sus perros al helicóptero.

A punta de fusil, Brophy obedeció e hizo maniobrar a sus reticentes perros y subió con el trineo por la rampa trasera del compartimento de carga. En cuanto estuvieron instalados dentro, el helicóptero se elevó y viró hacia el oeste.

–¿Quiénes son ustedes? –exigió saber Brophy, sudando debajo de la parka. «¿Qué diablos significa ese mensaje?»

Los hombres guardaron silencio.

A medida que el helicóptero ganaba altura, el viento entraba a ráfagas por la puerta abierta de estribor. Ahora los cuatro huskies de Brophy lloriqueaban, todavía atados al trineo.

–Por lo menos cierren la puerta –pidió Brophy–. ¿Es que no ven que mis perros están asustados?

Los hombres no respondieron.

Cuando el helicóptero se elevó a poco más de mil metros, viró vertiginosamente sobre una serie de abismos y de grietas de hielo. De pronto, los hombres se levantaron de sus asientos y, sin mediar palabra, agarraron el pesado trineo y lo lanzaron por la puerta abierta. Brophy vio horrorizado cómo sus perros luchaban en vano contra el enorme peso del trineo. Un instante después, los animales se precipitaron aullando al vacío.

Brophy ya estaba de pie y gritaba cuando los hombres lo sujetaron. Lo arrastraron hasta la puerta. Espantado, forcejeó, intentando librarse de las fuertes manos que lo empujaban al exterior.

Fue inútil. Instantes después se precipitaba al abismo que sobrevolaba el helicóptero.

I

El restaurante Toulos, junto a Capitol Hill, presume de un menú políticamente incorrecto que consta de ternera lechal y de carpaccio de caballo. Se había convertido en un irónico lugar de moda donde desayunaban los más puros representantes del poder de Washington. Esa mañana, Toulos estaba lleno: una cacofonía en la que se entrelazaba el repicar de cubiertos, el ruido de las máquinas de café y las conversaciones de los teléfonos móviles.

El maître estaba dándole un trago a hurtadillas a su Bloody Mary matutino cuando la mujer entró. Se giró hacia ella con una sonrisa mil veces ensayada.

—Buenos días —dijo.

Era una mujer atractiva. Rondaría los treinta y tantos y llevaba unos pantalones de pinzas de franela gris, zapatos planos y discretos y una blusa Laura Ashley color marfil. Caminaba con la espalda recta y la barbilla ligeramente levantada, en un gesto que, más que arrogancia, denotaba carácter. Tenía el cabello de color castaño claro y lo llevaba cortado al estilo más de moda en Washington, el conocido como «presentadora de televisión»: peinado con esmero, con las puntas onduladas hacia dentro a la altura de los hombros... lo bastante largo para resultar atractivo y lo suficientemente corto para recordar a cualquiera que la mirara que, de los dos, era ella la más lista.

—Llego un poco tarde —dijo la mujer con un modesto tono de voz—. Tengo una cita con el senador Sexton.

El maître sintió un inesperado nerviosismo. El senador Sedgewick Sexton. El senador era un cliente habitual del restaurante y uno de los hombres más famosos del país. La semana anterior, después de haber barrido en las doce primarias republicanas en el transcurso del Supermartes[1], casi se había asegurado la nomi-

---

1. *Super Tuesday*, literalmente Supermartes. Martes a principios de marzo en año de elecciones presidenciales. Día en que la mayoría de los estados celebran elecciones primarias en las que se elige el mayor número de delegados. *(N. del T.)*

nación de su partido como candidato a presidente de Estados Unidos. Para muchos el senador tenía una oportunidad de oro para arrebatarle la Casa Blanca a su actual ocupante, objeto de todos sus ataques, en otoño. Últimamente, daba la sensación de que la cara de Sexton estaba en todas las revistas de ámbito nacional y el eslogan de su campaña pegado por todo el país: «Es hora de gastar menos y de invertir mejor».

–El senador Sexton está en su mesa –dijo el maître–. ¿Y usted es...?

–Rachel Sexton. Su hija.

«Menudo idiota estoy hecho», pensó el maître. El parecido entre padre e hija saltaba a la vista. La mujer tenía los ojos penetrantes y el porte refinado del senador... ese aire de seguridad y nobleza. Sin duda, la belleza clásica del senador era algo que llevaba en la sangre, aunque Rachel Sexton parecía llevar esa gracia con una elegancia y una humildad de las que su padre bien podría haber aprendido algo.

–Es un placer tenerla con nosotros, señorita Sexton.

Mientras el maître acompañaba a la hija del senador a la mesa que éste ocupaba, se turbó al percibir los ojos masculinos que la seguían con la mirada... algunos con discreción, otros con más descaro. Muy pocas mujeres comían en Toulos, y menos aún con el aspecto de Rachel Sexton.

–Buen cuerpo –susurró un comensal–. ¿Ya se ha buscado Sexton nueva esposa?

–Es su hija, idiota –respondió otro.

El hombre ahogó una carcajada.

–Conociendo a Sexton, probablemente se la esté llevando a la cama de todos modos.

Cuando Rachel llegó a la mesa de su padre, el senador estaba hablando a voz en grito por el móvil sobre uno de sus recientes éxitos. Levantó los ojos hacia ella el tiempo suficiente para darse unos golpecitos en el Cartier y recordarle que llegaba tarde.

«Yo también te he echado de menos», pensó Rachel.

El nombre de pila de su padre era Thomas, aunque había adoptado su segundo nombre hacía ya tiempo. Rachel sospechaba que lo había hecho porque le gustaba la aliteración. Senador Sedgewick Sexton. El hombre era un animal político de pelo plateado y gran elocuencia que había sido ungido con el elegante aspecto de un médico de culebrón, cosa que parecía de lo más apropiado teniendo en cuenta su talento para imitar a los demás.

—¡Rachel!

Su padre apagó el teléfono y se levantó para darle un beso en la mejilla.

—Hola, papá.

Rachel no le devolvió el beso.

—Pareces agotada.

«Ya empezamos», pensó Rachel.

—He recibido tu mensaje. ¿Qué pasa?

—¿Acaso no puedo invitar a desayunar a mi hija?

Rachel había aprendido hacía tiempo que su padre raras veces solicitaba su compañía a menos que tuviera algún motivo oculto.

Sexton dio un sorbo a su café.

—¿Y bien? ¿Qué tal te van las cosas?

—Muy ocupada. Ya veo que tu campaña va muy bien.

—Bah, no hablemos de trabajo. —Sexton se inclinó sobre la mesa, bajando la voz—. ¿Qué tal con el tipo del Departamento de Estado con el que te preparé aquella cita?

Rachel soltó un suspiro, presa de unas ganas irreprimibles de echar un vistazo a su reloj.

—Papá, no he tenido tiempo de llamarle, la verdad. Y me gustaría que dejaras de intentar...

—Hay que encontrar tiempo para las cosas importantes, Rachel. Sin amor, todo lo demás carece de sentido.

Aunque se le ocurrieron un montón de réplicas, Rachel prefirió guardar silencio. Asumir el papel de persona mayor no era difícil cuando se trataba de su padre.

—¿Querías verme, papá? Decías que era importante.

—Lo es.

Los ojos de su padre la estudiaron detenidamente.

Rachel sintió que parte de sus defensas se fundían bajo la mirada del senador y maldijo el poder de aquel hombre. Los ojos de Sexton eran su don, un don que, según sospechaba Rachel, le llevaría a la Casa Blanca. Según conviniera, esos ojos se llenaban de lágrimas, y entonces, apenas un instante más tarde, se despejaban, abriendo así una ventana a un alma apasionada, extendiendo un vínculo de confianza a su alrededor. «Todo es cuestión de confianza», decía siempre su padre. Hacía años que el senador había perdido la de Rachel, pero estaba ganando rápidamente la de su país.

—Tengo una proposición que hacerte —dijo el senador Sexton.

—Deja que lo adivine —respondió Rachel, intentando volver a fortificar su posición—. ¿Algún eminente divorciado en busca de joven esposa?

—No te engañes, cariño. Ya no eres tan joven.

A Rachel le embargó la sensación de empequeñecimiento que tan a menudo acompañaba los encuentros con su padre.

—Quiero echarte un salvavidas —dijo.

—No sabía que me estuviera ahogando.

—Porque no te estás ahogando. Pero el presidente sí. Deberías saltar del barco antes de que sea demasiado tarde.

—¿No hemos tenido ya esta conversación antes?

—Piensa en tu futuro, Rachel. ¿Por qué no vienes a trabajar conmigo?

—Espero que no me hayas invitado a desayunar para hablar de eso.

El barniz de calma del senador se quebró de forma casi imperceptible.

—Rachel, ¿es que no ves que el hecho de que trabajes para él repercute negativamente en mí? Y en mi campaña.

Rachel suspiró. Su padre y ella ya habían pasado otras veces por aquello.

—Papá, yo no trabajo para el presidente. Ni siquiera lo conozco. ¡Yo trabajo en Fairfax, por el amor de Dios!

—La política es una cuestión de apariencias, Rachel. Parece que trabajes para el presidente.

Rachel volvió a suspirar, intentando mantener la calma.

—Papá, he trabajado muy duro para conseguir este empleo. No pienso dejarlo.

Al senador se le entrecerraron los ojos.

—¿Sabes una cosa? A veces esa actitud tan egoísta llega a...

—¿Senador Sexton?

Un periodista se materializó junto a ellos.

El semblante de Sexton se suavizó de forma automática. Rachel soltó un gemido y cogió un cruasán de la cesta que había sobre la mesa.

—Ralph Sneeden —dijo el reportero—. Del *Washington Post*. ¿Puedo hacerle unas preguntas?

El senador sonrió y se limpió la boca con una servilleta.

–Mucho gusto, Ralph. Pero dese prisa. No quiero que se me enfríe el café.

El reportero le rió la broma.

–Naturalmente, señor. –Sacó una minigrabadora y la puso en marcha–. Senador, su propaganda televisiva pide que la legislación defienda la igualdad salarial para las mujeres en sus puestos de trabajo... así como la reducción de impuestos para las familias recién constituidas. ¿Podría razonar ambas peticiones?

–Con mucho gusto. Simplemente soy un gran admirador de las mujeres y de las familias fuertes.

A Rachel casi se le atragantó el cruasán.

–Y sobre el tema de las familias –continuó el reportero–, usted incide mucho sobre educación. Está proponiendo algunos recortes muy controvertidos en el presupuesto en un esfuerzo por invertir más fondos en las escuelas de nuestra nación.

–Creo que los niños son nuestro futuro.

Rachel no podía creer que su padre hubiera caído tan bajo como para repetir la letra de una canción pop.

–Y por último, señor –dijo el periodista–, durante las últimas semanas ha obtenido usted una gran ventaja en los sondeos de intención de voto. El presidente debe de estar preocupado. ¿Algún comentario sobre su reciente éxito?

–Creo que tiene que ver con la confianza. Ya es hora de que los norteamericanos sepan que no pueden confiar en el presidente para que tome las grandes decisiones que esta nación necesita. El gasto descontrolado del gobierno está arrastrando al país a una deuda que no deja de aumentar día a día. Los norteamericanos están empezando a darse cuenta de que ha llegado el momento de gastar menos y de invertir mejor.

Como un aplazamiento de la ejecución de la retórica de su padre, el busca que Rachel llevaba en el bolso empezó a sonar. Normalmente el agudo timbrazo electrónico suponía una interrupción molesta y poco bienvenida, pero en ese momento a Rachel le sonó casi melodiosa.

Al verse interrumpido, el senador le dedicó una mirada desafiante.

Rachel buscó el aparato en el bolso y pulsó una secuencia prefijada de cinco botones, confirmando así que era ella quien manipulaba el aparato. El timbrazo se detuvo y la pantalla de cristal líquido empezó a parpadear. En quince segundos recibiría un seguro mensaje de texto.

Sneeden sonrió al senador.

—Sin duda su hija es una mujer ocupada. Resulta gratificante ver que son capaces de hacer un hueco en sus agendas para desayunar juntos.

—Como ya le he dicho, la familia es lo primero.

Sneeden asintió y entonces se le endureció la mirada.

—¿Me permite preguntarle, señor, cómo resuelven usted y su hija sus conflictos de intereses?

—¿Conflictos? —El senador Sexton inclinó la cabeza con una mirada inocente y confundida en el rostro—. ¿A qué conflictos se refiere?

Rachel levantó los ojos y no pudo reprimir una mueca al ver actuar a su padre. Sabía perfectamente adónde llevaba aquello. «Malditos periodistas», pensó. La mitad estaban en la nómina de algún partido. La pregunta del reportero era de las que suelen denominarse un «pomelo»: una pregunta supuestamente agresiva y dura, pero que en realidad no era más que un favor pactado al senador, una volea lenta que su padre podía dar de pleno, lanzando la bola fuera del recinto y aclarando de paso algunas cosas.

—Bueno, señor... —dijo el periodista, carraspeando y fingiendo cierta incomodidad ante la pregunta—. El conflicto es que su hija trabaja para su adversario.

El senador Sexton estalló en carcajadas, quitándole importancia a la cuestión.

—En primer lugar, Ralph, el presidente y yo no somos adversarios. Simplemente somos dos compatriotas que tienen diferentes ideas de cómo gobernar el país al que tanto amamos.

Al reportero se le iluminó la cara. Tenía el titular que estaba buscando.

—¿Y en segundo lugar?

—En segundo lugar, mi hija no es empleada del presidente. Está contratada por el servicio de inteligencia. Compila informes de inteligencia y los envía a la Casa Blanca. De hecho, es un cargo bastante bajo. —Hizo una pausa para mirar a Rachel—. En realidad, querida, creo que nunca has visto en persona al presidente, ¿verdad?

Rachel clavó en él unos ojos como brasas.

El busca gorjeó de nuevo, obligando a Rachel a fijar la mirada en el mensaje entrante que aparecía ahora en la pantalla de cristal líquido.

PRST DIRONR INMEDTTE

Descifró la escritura abreviada al instante y frunció el ceño. El mensaje era de lo más inesperado, y sin duda se trataba de malas noticias. Al menos tenía la excusa perfecta para irse.

–Señores –dijo–. Se me parte el corazón, pero tengo que irme. Llego tarde al trabajo.

–Señorita Sexton –dijo rápidamente el reportero–. Antes de que se marche, me preguntaba si podría hacer algún comentario acerca de los rumores que apuntan a que ha sido usted quien ha organizado este desayuno con su padre para discutir la posibilidad de dejar su actual empleo y trabajar para él.

Rachel se sintió como si acabaran de echarle café hirviendo a la cara. La pregunta la había pillado totalmente por sorpresa. Miró a su padre y percibió en su sonrisa forzada que la pregunta estaba preparada. Estuvo a punto de saltar por encima de la mesa y clavarle un tenedor.

El periodista le pegó la grabadora a la cara.

–¿Señorita Sexton?

Rachel clavó sus ojos en los del reportero.

–Ralph, o como demonios te llames, a ver si esto te queda claro: no tengo la menor intención de abandonar mi empleo para trabajar con el senador Sexton, y si publicas lo contrario necesitarás un calzador para quitarte esa grabadora del culo.

Al reportero se le agrandaron los ojos. Apagó la grabadora y disimuló una sonrisa.

–Gracias a los dos –dijo antes de desaparecer.

Rachel lamentó de inmediato su arranque de rabia. Había heredado el mal genio de su padre y lo odiaba por ello. «Tranquila, Rachel. Tú tranquila.»

Su padre la miraba con ojos glaciales e inquisitivos.

–No estaría de más que aprendieras algunos modales.

Rachel empezó a recoger sus cosas.

En cualquier caso, el senador parecía haber terminado con ella. Cogió el móvil para hacer una llamada.

–Adiós, cariño. Pasa a verme por el despacho un día de éstos. Y cásate, por el amor de Dios. Ya tienes treinta y tres años.

—¡Treinta y cuatro! —le replicó Rachel—. Tu secretaria me envió una tarjeta de felicitación.

El senador ahogó una risa triste.

—Treinta y cuatro. Ya eres casi una vieja solterona. ¿Sabes?, cuando yo tenía tu edad, ya me había...

—¿Casado con mamá, además de haberte follado también a la vecina?

Las palabras sonaron más alto de lo que Rachel pretendía y su voz quedó suspendida en toda su crudeza en un vacío de silencio mudo. Los comensales cercanos se giraron a mirar.

En los ojos del senador Sexton se adivinó un destello helado: dos cristales de hielo clavándose en ella.

—Vete con cuidado, jovencita.

Rachel fue hacia la puerta. «No, eres tú quien debe andarse con cuidado, senador.»

2

Los tres hombres seguían sentados en silencio dentro de la tienda antitormentas ThermaTech. Fuera, un viento helado zarandeaba el refugio, amenazando con arrancarlo de los anclajes. Ninguno de ellos parecía darle la menor importancia. Todos habían vivido situaciones mucho más amenazadoras.

La tienda era de un blanco inmaculado y estaba enclavada en una suave depresión, oculta a la vista. Todos los instrumentos de comunicación y de transporte así como las armas eran de última generación. El líder del grupo respondía al nombre en clave de Delta-Uno. Era un tipo musculoso y ágil. Su mirada era tan desoladora como el paisaje que le rodeaba.

El cronógrafo militar que Delta-Uno llevaba en la muñeca emitió un pitido agudo. El sonido coincidió en perfecto unísono con los pitidos que salían de los cronógrafos de los otros dos hombres.

Habían pasado otros treinta minutos.

Era la hora. Otra vez.

Delta-Uno dejó en la tienda a sus dos compañeros, salió a la oscuridad y al feroz azote del viento y escrutó el horizonte iluminado por la luna con unos prismáticos infrarrojos. Como siempre, se concentró en la estructura. Estaba a unos mil metros de distancia. Era un edificio enorme e insólito que se elevaba del suelo yermo. Su equipo y él ya llevaban diez días vigilándolo desde su construcción. A Delta-Uno no le cabía duda de que la información que contenía aquel edificio iba a cambiar el mundo. Su protección ya se había cobrado algunas vidas.

Hasta el momento, todo parecía muy tranquilo fuera de la estructura.

Sin embargo, la verdadera prueba era lo que estaba ocurriendo en el interior.

Delta-Uno volvió a entrar en la tienda y se dirigió a sus dos compañeros.

–Hora de una pequeña batida.

Ambos asintieron. El más alto, Delta-Dos, abrió un ordenador portátil y lo encendió. Se situó delante de la pantalla y puso la mano en una palanca de mando mecánica a la que dio un breve tirón. A mil metros de distancia, oculto en las profundidades del edificio, un robot de vigilancia del tamaño de un mosquito recibió su transmisión y cobró vida.

3

Rachel Sexton aún estaba furiosa mientras conducía su Integra blanco por Leesburg Highway. Los arces sin hojas de las colinas de Falls Church se elevaban desnudos contra un claro cielo de marzo, aunque la pacífica escena poco hizo por calmar su ira. La reciente ventaja de su padre en los sondeos de intención de voto le había dotado de una pizca de confiada elegancia y, sin embargo, parecía alimentar sólo su presunción.

El fraude de aquel hombre resultaba doblemente doloroso porque Sexton era el único familiar cercano que le quedaba a Rachel. Su madre había muerto hacía tres años. Su pérdida había sido devastadora y las cicatrices emocionales que había dejado en ella todavía le laceraban el corazón. El único consuelo que le quedaba era saber que la muerte de su madre, con irónica compasión, la había liberado de una profunda desesperación causada por su desgraciado matrimonio con el senador.

El busca de Rachel sonó otra vez y volvió a concentrarse en la carretera que se extendía ante ella. El mensaje entrante era el mismo.

PRST DIRONR INMEDTTE

«Preséntese ante el director de la ONR inmediatamente.» Rachel suspiró. «Ya voy, por el amor de Dios.»

Presa de una creciente ansiedad, se dirigió hacia la salida habitual, giró hasta desembocar en la carretera de acceso privado y se detuvo ante la garita del centinela, que estaba armado hasta los dientes. Se encontraba a las puertas de Leesburg Highway 14.225, una de las direcciones más inaccesibles del país.

Mientras el guardia comprobaba que no hubiera micrófonos en el coche, Rachel miró el mastodóntico edificio que se elevaba en la distancia. El complejo ocupaba casi cien mil metros cuadrados y se elevaba majestuoso sobre unas veintiocho hectáreas de bosque en pleno Fairfax, Virginia, justo a las afueras de Washington DC. La fachada del edificio era un bastión de cristal en el que se reflejaba una amalgama de antenas de satélites, parabólicas y transmisores de radio enclavados en los terrenos adyacentes, doblando así su asombroso número.

Dos minutos más tarde, había aparcado y cruzaba el pulcro jardín que llevaba a la entrada principal, donde una placa de granito labrada rezaba:

OFICINA NACIONAL DE RECONOCIMIENTO (ONR)

Los dos marines armados que flanqueaban la puerta giratoria blindada mantuvieron la vista al frente mientras Rachel pasaba entre ellos. Tuvo la misma sensación de congoja que siempre sentía cuando franqueaba esas puertas... la de estar metiéndose en la panza de un gigante dormido.

Dentro del vestíbulo abovedado, percibió los leves ecos de conversaciones amortiguadas a su alrededor, como si las palabras fueran filtrándose desde las oficinas situadas sobre su cabeza. Un enorme mosaico de baldosines proclamaba la directriz de la ONR:

CONTRIBUIR A LA SUPERIORIDAD DE INFORMACIÓN
GLOBAL DE ESTADOS UNIDOS EN LA PAZ
Y EN LA GUERRA

Las paredes estaban forradas de enormes fotografías: lanzamientos de cohetes, submarinos recién botados, instalaciones de intercepción... destacados logros que sólo podían celebrarse dentro de esos muros.

Como siempre, Rachel sentía que los problemas del mundo exterior se desdibujaban tras ella. Estaba entrando en el mundo de las sombras, un mundo en el que los problemas irrumpían entre estallidos como trenes de carga y en el que las soluciones se encontraban con apenas un susurro.

A medida que se aproximaba al último punto de control, Rachel se preguntaba qué tipo de problema habría provocado que el busca le hubiera sonado dos veces en los últimos treinta minutos.

—Buenos días, señorita Sexton.

El guarda sonrió al verla acercarse al marco de acero.

Rachel le sonrió a su vez mientras él le tendía una diminuta muestra de algodón.

–Ya conoce las instrucciones.

Rachel cogió la muestra herméticamente cerrada y le quitó el envoltorio de plástico. Luego se la metió en la boca como si se tratara de un termómetro. La mantuvo debajo de la lengua durante dos segundos. A continuación, inclinándose hacia delante, permitió que el guarda se la quitara y la insertara en la ranura de una máquina que tenía a su espalda. La máquina tardó cuatro segundos en confirmar las secuencias del ADN de la saliva de Rachel. Luego un monitor parpadeó, mostrando la foto y la acreditación de seguridad de Rachel.

El guarda le guiñó el ojo.

–Al parecer sigue siendo usted. –Extrajo la muestra usada de la máquina y la dejó caer por una abertura, donde se incineró al instante–. Que tenga un buen día.

–Pulsó un botón y las enormes puertas de acero se abrieron.

Mientras Rachel accedía al entramado de bulliciosos pasillos al otro lado de la puerta, le impresionó darse cuenta de que a pesar de los seis años que llevaba ya trabajando allí, todavía se sentía intimidada por el colosal alcance de aquella maquinaria. La agencia tenía otras seis instalaciones en Estados Unidos, daba trabajo a diez mil agentes y sus costes operativos superaban los diez mil millones de dólares anuales.

Bajo el más absoluto secreto, la ONR construía y mantenía un increíble arsenal de tecnologías de espionaje de última generación. Interceptores electrónicos a nivel mundial, satélites espías, silenciosos chips repetidores incorporados a productos de telecomunicaciones, incluso una red global de reconocimiento naval conocida como Classic Wizard: una red secreta de mil cuatrocientos cincuenta y seis hidrófonos instalados sobre fondos marinos por todo el mundo, capaces de controlar los movimientos de los barcos en cualquier punto del globo.

Las tecnologías de la ONR no sólo ayudaban a Estados Unidos a salir victorioso de cualquier conflicto militar, sino que proporcionaban una infinita fuente de datos en tiempos de paz a agencias como la CIA, la NASA y el Departamento de Defensa, ayudándoles así a combatir el terrorismo, a localizar delitos contra el medio ambiente y a dar a los políticos los datos necesarios para tomar las decisiones más oportunas sobre un enorme abanico de temas.

Rachel trabajaba allí en calidad de «resumidora». El «Gisting», o sistema de resumen de datos, consistía en analizar complejos informes y destilar su esencia o «gist» hasta reducirla a un conciso y breve informe de una sola página. Rachel había dado evidentes muestras de estar especialmente dotada para este trabajo. «Debo agradecérselo a todos los años que he tenido que pasar interpretando las gilipolleces de mi padre», pensaba.

Ahora Rachel ocupaba un puesto de honor entre los «resumidores» de la ONR. Era el enlace entre la comunidad de inteligencia y la Casa Blanca: la responsable de repasar los informes diarios de inteligencia de la ONR y decidir qué historias eran relevantes para el presidente, destilando dichos informes hasta reducirlos a breves notas de una sola página por enviar después el material resumido al consejero de Seguridad Nacional del presidente. En la jerga propia de la ONR, Rachel Sexton «manufacturaba un producto terminado y se encargaba de atender al cliente».

A pesar de que era un trabajo difícil y de que requería muchas horas, para Rachel el puesto era todo un honor, una forma de reafirmarse en su independencia con respecto a su padre. El senador Sexton se había ofrecido innumerables veces a mantener a Rachel si se decidía a dejar su empleo, pero ella no tenía la menor intención de quedar económicamente a expensas de un hombre como Sedgewick Sexton. Su madre había sido un ejemplo perfecto de lo que podía ocurrir cuando un individuo como aquél tenía demasiadas cartas en la mano.

El busca de Rachel resonó en el vestíbulo de mármol.

«¿Otra vez?» Ni siquiera se tomó la molestia de leer el mensaje.

Preguntándose qué demonios ocurría, entró en el ascensor, pasó de largo por su propia planta y subió directamente hasta la última.

4

Calificar al director de la ONR de personaje anodino era sin duda una exageración. William Pickering, director de la ONR, era un hombre diminuto, de piel pálida, de rostro fácilmente olvidable, calvo y con unos ojos marrones que, a pesar de haberse posado en los secretos más profundos del país, parecían dos charcos pequeños y poco profundos. Sin embargo, para aquellos que trabajaban bajo sus órdenes, Pickering descollaba. Su personalidad discreta y su llaneza eran legendarias en la ONR. La callada diligencia del hombre, combinada con los sencillos trajes negros que conformaban su guardarropa, le habían valido el apodo de «El Cuáquero». Brillante estratega y modelo de eficacia, El Cuáquero gobernaba su mundo con una claridad inigualable. Su mantra: «Descubrir la verdad y actuar en consecuencia».

Cuando Rachel llegó al despacho del director, éste hablaba por teléfono. A ella siempre le sorprendía verle: William Pickering no parecía en absoluto un hombre que tuviera tanto poder como para despertar al presidente a cualquier hora.

Pickering colgó y le indicó con un gesto que pasara.

–Agente Sexton, tome asiento.

El tono de su voz era deliberadamente seco.

–Gracias, señor.

Rachel se sentó.

A pesar de que a casi todo el mundo le incomodaban los ademanes abruptos de Pickering, a Rachel siempre le había gustado aquel hombre. Era la antítesis exacta de su padre: físicamente poco impresionante, nada carismático, y cumplía con su deber con un patriotismo exento de egoísmo, evitando la atención pública que su padre tanto adoraba.

Pickering se quitó las gafas y la miró.

–Agente Sexton, el presidente me ha llamado hace aproximadamente una media hora para hablarme en concreto de usted.

Rachel se removió en la silla. Pickering era famoso por ir siempre directo al grano. «Vaya manera de abrir fuego», pensó.

—Espero que no haya habido ningún problema con alguno de mis resúmenes.

—Al contrario. La Casa Blanca está impresionada con su trabajo.

Rachel espiró en silencio.

—Entonces, ¿qué es lo que quiere el presidente?

—Tener una reunión con usted. De inmediato.

La inquietud de Rachel se agudizó.

—¿Conmigo? ¿Sobre *qué*?

—Buena pregunta. No me lo ha dicho.

Ahora Rachel se sentía perdida. Ocultarle información al director de la ONR era comparable a ocultarle secretos del Vaticano al Papa. La broma típica en los servicios de inteligencia era que si William Pickering no estaba al corriente de algo, eso significaba que no había ocurrido.

Pickering se levantó y empezó a pasearse por delante de la ventana.

—Me ha pedido que me ponga inmediatamente en contacto con usted y que le ordene reunirse con él.

—¿Ahora?

—Ha enviado un medio de transporte. Está esperando ahí fuera.

Rachel frunció el ceño. La petición del presidente ya resultaba inquietante en sí misma, pero era la expresión de preocupación en el rostro de Pickering lo que realmente la alarmaba.

—No hay duda de que tiene usted sus reservas al respecto.

—¡Ya lo creo! —Pickering hizo gala de un insólito destello de emoción—. El oportunismo del presidente se me antoja casi pueril en su transparencia. Tratándose de la hija del hombre que en estos momentos le está retando en las urnas, ¿para qué solicita un encuentro en privado con usted? Me parece del todo inadecuado. Sin duda su padre estaría de acuerdo conmigo.

Rachel sabía que Pickering estaba en lo cierto, aunque le importaba un comino lo que pudiera pensar su padre.

—¿Acaso no confía en los motivos que pueda tener el presidente para convocarme a esa reunión privada?

—Mi juramento me obliga a facilitar apoyo de inteligencia a la administración actual de la Casa Blanca, no a poner en tela de juicio su política.

«Qué respuesta tan típica de Pickering», pensó Rachel. William Pickering no vacilaba a la hora de ver a los políticos como efímeros testaferros que pasaban fugazmente por un tablero de ajedrez cuyos auténticos jugadores eran hombres como el propio Pickering: los valientes de la vieja guardia que llevaban en la brecha el tiempo suficiente para comprender las reglas del juego con cierta perspectiva. Pickering a menudo decía que dos legislaturas completas en la Casa Blanca no bastaban para comprender las verdaderas complejidades del panorama político mundial.

–Quizá no es más que una invitación inocente –se aventuró a decir Rachel con la esperanza de que el presidente estuviera por encima de intentar cualquier truco barato de campaña–. Quizá necesite el resumen de algún dato importante.

–No quisiera parecerle despreciativo, agente Sexton, pero la Casa Blanca tiene acceso a un buen número de personal de *gisting* perfectamente cualificado si lo necesita. Si se trata de una tarea interna de la Casa Blanca, el presidente debería ser lo suficientemente cauto como para no ponerse en contacto con usted. En caso contrario, no hay duda de que sería un error considerable solicitar un activo de la ONR y luego negarse a decirme para qué lo quiere.

Pickering siempre utilizaba la palabra «activos» para referirse a sus subordinados, una forma de hablar que a muchos les parecía desconcertante y fría.

–Su padre está adquiriendo fuerza política –continuó Pickering–. Mucha. Seguro que en la Casa Blanca se deben de estar poniendo nerviosos –añadió con un suspiro–. La política es un negocio desesperado. Cuando el presidente solicita una reunión secreta con la hija de su oponente, apostaría a que en su cabeza hay algo más que los resúmenes de inteligencia.

Rachel sintió un pequeño escalofrío. Las corazonadas de Pickering tenían la maldita costumbre de dar en el clavo.

–¿Y teme usted que la Casa Blanca esté tan desesperada como para meterme a mí en ese lío político?

Pickering guardó silencio durante un instante.

–No puede decirse que sea usted muy discreta sobre los sentimientos que alberga hacia su padre y estoy totalmente seguro de que el equipo de campaña del presidente está al corriente de sus desavenencias. Se me ocurre que quizá quieran utilizarla de algún modo contra él.

–¿Dónde hay que firmar? –dijo Rachel, bromeando sólo en parte.

Pickering no pareció impresionado y le dedicó a Rachel una mirada severa.

–Una pequeña advertencia, agente Sexton. Si cree que los problemas personales entre su padre y usted suponen un obstáculo en su capacidad de razonamiento al tratar con el presidente, le recomiendo encarecidamente que rechace la invitación.

–¿Que la rechace? –Rachel soltó una carcajada nerviosa–. Es obvio que no puedo rechazar una petición del presidente.

–Así es –dijo el director–. Pero yo sí puedo.

Las palabras de Pickering resonaron en un sordo eco y Rachel recordó entonces que Pickering, pese a su frágil aspecto, podía llegar a provocar terremotos políticos cuando se enfadaba.

–Lo que me preocupa en este caso es simple –dijo Pickering–. Mía es la responsabilidad de proteger al personal que trabaja para mí y no me hace ninguna gracia la menor insinuación de que alguien de mi equipo pueda ser utilizado como peón en un juego político.

–¿Qué me recomienda usted?

Pickering suspiró.

–Yo le sugeriría que acudiese al encuentro. Pero no se comprometa a nada. En cuanto el presidente le suelte lo que tenga en mente, llámeme. Si veo que está tramando algo para utilizarla, la sacaré de allí tan rápido que el tipo no tendrá ni tiempo de saber qué ha sido lo que le ha golpeado, créame.

–Gracias, señor. –Rachel percibía en el director un aura protectora que a menudo echaba de menos en su propio padre–. ¿Y dice que el presidente ya ha enviado un coche?

–No exactamente –respondió Pickering, frunciendo el ceño y señalando por la ventana.

Rachel se acercó titubeante y miró en la dirección que señalaba el dedo extendido de Pickering.

Un helicóptero MH-60G PaveHawk de morro chato esperaba sobre el césped. Aquel PaveHawk, uno de los helicópteros más veloces construidos hasta el momento, llevaba grabado el escudo presidencial. El piloto estaba de pie junto a la nave, mirando su reloj.

Rachel se volvió y miró a Pickering sin dar crédito.

–¿La Casa Blanca ha enviado un PaveHawk para que recorra los veinticinco kilómetros que nos separan del DC?

–Al parecer, el presidente espera impresionarla o intimidarla –dijo Pickering mirándola con atención–. Le sugiero que no caiga ni en lo uno ni en lo otro.

Rachel asintió. Estaba tan impresionada como intimidada.

Al cabo de cuatro minutos, Rachel Sexton abandonó la ONR y no bien subió al helicóptero, éste despegó en el acto sin que tuviera tiempo de abrocharse el cinturón de seguridad. Miró por la ventanilla y a varios cientos de metros por debajo vio desfilar una mancha borrosa de árboles. El pulso se le aceleró. De haber sabido que el verdadero destino del PaveHawk no era la Casa Blanca el corazón le hubiera latido desbocado.

5

El viento helado golpeaba la tela de la tienda ThermaTech, pero Delta-Uno apenas lo notaba. Delta-Tres y él estaban concentrados en su compañero, que en ese momento manejaba la palanca de mando con destreza quirúrgica. La pantalla que tenían delante mostraba una transmisión de vídeo desde una cámara de precisión montada sobre el microrrobot.

«La herramienta de vigilancia más avanzada», pensó Delta-Uno, todavía perplejo cada vez que la ponía en funcionamiento. Últimamente, en el mundo de la micromecánica, la realidad parecía siempre superar con creces la ficción.

Los Sistemas Mecánicos Microelectrónicos (SMME), o microrrobots, eran la herramienta más moderna en el ámbito de la vigilancia de alta tecnología. «Volar a lomos de la tecnología punta», lo llamaban.

Y así era. Literalmente.

A pesar de ser microscópicos, los robots dirigidos por control remoto parecían cosa de ciencia ficción. De hecho, llevaban en funcionamiento desde los años noventa. En el número de mayo de 1997, la revista *Discovery* había presentado en portada un reportaje sobre los microrrobots, que versaba tanto sobre los modelos «voladores» como los «nadadores». Los nadadores –nanosubmarinos del tamaño de un grano de sal– podían inyectarse en la corriente sanguínea del cuerpo humano igual que en la película *Viaje alucinante*. Ahora eran utilizados por avanzadas instalaciones hospitalarias para ayudar a los médicos a navegar por las arterias por control remoto, observar en vivo transmisiones de vídeo intravenosas y localizar obstrucciones arteriales sin tan siquiera levantar un bisturí.

En contra de lo que podía parecer, construir un microrrobot volador era un asunto incluso más simple. La tecnología aerodinámica empleada en lograr una máquina voladora venía desarrollándose desde Kitty Hawk[1], y lo único que quedaba pendiente era

---

1. Pequeña población de Estados Unidos donde los hermanos Wright efectuaron su primer vuelo en 1903. *(N. del T.)*

el asunto de la miniaturización. Los primeros microrrobots voladores, diseñados por la NASA como herramientas de exploración automática para futuras misiones a Marte, medían varios centímetros. Sin embargo, los avances logrados en el campo de la nanotecnología, en el tratamiento de materiales ligeros de absorción energética y en micromecánica habían convertido los microrrobots voladores en una realidad.

El verdadero adelanto había llegado desde el nuevo campo de la biomímica (basado en la imitación de la Madre Naturaleza). Se había descubierto que las libélulas miniaturizadas eran el prototipo ideal para esos ágiles y eficaces microrrobots. El modelo PH_2 que Delta-Dos estaba haciendo volar en ese momento medía sólo un centímetro de longitud (el tamaño de un mosquito) y empleaba un doble par de alas transparentes de bisagra y de hojas de silicona que le daban una movilidad y una eficacia en el aire inigualables.

El mecanismo de recarga energética del microrrobot había resultado otro gran adelanto. Los primeros prototipos de microrrobot sólo podían recargar sus células energéticas situándose directamente debajo de una fuente de luz potente, lo cual no era en absoluto práctica en casos de necesaria cautela y cuando se utilizaban en locales oscuros. Sin embargo, los nuevos prototipos podían recargarse simplemente deteniéndose a escasos centímetros de un campo magnético. Para facilitar aún más las cosas, en la sociedad moderna los campos magnéticos estaban por todas partes y se ubicaban discretamente: enchufes, monitores de ordenadores, motores eléctricos, altavoces, teléfonos móviles... nunca faltaban estaciones de repuesto ocultas. En cuanto un microrrobot era introducido con éxito en un local, podía transmitir audio y vídeo casi indefinidamente. El PH_2 de la Delta Force llevaba ya transmitiendo desde hacía una semana sin el menor problema.

Ahora, como un insecto revoloteando en el interior de un cavernoso pajar, el microrrobot volador colgaba silenciosamente en el aire quieto de la enorme sala central de la estructura. Con una vista de pájaro del espacio que tenía debajo, el microrrobot voló silenciosamente en círculo por encima de los confiados ocupantes: técnicos, científicos y especialistas en innumerables campos de estudio. Mientras el PH_2 circulaba, Delta-Uno vio dos rostros conocidos que hablaban totalmente concentrados. Resultarían un blanco contundente. Ordenó a Delta-Dos que hiciera descender el microrrobot y que escuchara.

Delta-Dos manipuló los controles, activó los sensores sónicos del robot, orientó el amplificador parabólico y disminuyó su elevación hasta dejarlo situado a cinco metros de las cabezas de los científicos. La transmisión era débil, pero discernible.

–Todavía me cuesta creerlo –decía uno de los científicos.

El entusiasmo que delataba su voz no había disminuido desde el momento de su llegada, hacía cuarenta y ocho horas.

Obviamente, el hombre con quien hablaba compartía su entusiasmo.

–Desde que tienes uso de razón... ¿alguna vez has llegado a imaginar que serías testigo de algo así?

–Nunca –respondió el científico, emocionado–. Todo esto es un sueño maravilloso.

Delta-Uno ya había oído bastante. Estaba claro que en el interior todo iba según lo previsto. Delta-Dos maniobró el microrrobot, alejándolo de la conversación y lo devolvió a su escondite. Aparcó el diminuto dispositivo cerca del cilindro de un generador eléctrico. Las células energéticas del PH_2 enseguida empezaron a recargarse para la siguiente misión.

6

La mente de Rachel Sexton estaba perdida en la maraña de acontecimientos del día mientras el PaveHawk que la transportaba cruzaba el cielo matinal. Hasta que el helicóptero no se dirigió velozmente hacia Chesapeake Bay, Rachel no fue consciente de que volaban en dirección contraria a la Casa Blanca. El sobresalto inicial de confusión dio paso instantáneamente a la angustia.

—¡Oiga! —le gritó al piloto—. ¿Qué está haciendo? —Su voz apenas se oía sobre el estruendo de los rotores—. ¿No iba a llevarme a la Casa Blanca?

El piloto negó con la cabeza.

—Lo siento, señora. El presidente no está en la Casa Blanca esta mañana.

Rachel intentó recordar si Pickering había mencionado específicamente la Casa Blanca o si había sido ella quien había dado por sentado que era allí adonde se dirigían.

—Entonces, ¿dónde está el presidente?

—Su reunión con él se celebrará en otra parte.

«No fastidies.»

—¿Dónde exactamente?

—Ya llegamos.

—No es eso lo que le he preguntado.

—Faltan veinticinco kilómetros.

Rachel lo miró, ceñuda. «Este tipo debería dedicarse a la política», pensó.

—¿Esquiva usted las balas tan bien como las preguntas?

El piloto no respondió.

El helicóptero tardó menos de siete minutos en cruzar la Chesapeake Bay. Cuando avistaron tierra de nuevo, el piloto viró hacia el norte y rodeó una estrecha península en la que Rachel vio una serie de pistas de aterrizaje y de edificios de aspecto militar. El piloto hizo una maniobra de descenso hacia allí y entonces Rachel se dio cuenta de adónde la llevaban. Las seis plataformas de lanzamiento y las chamuscadas torres de naves espaciales hablaban por sí mismas pero, por si eso no bastaba, en el techo de uno de los edificios había pintadas dos enormes palabras: WALLOPS ISLAND.

Wallops Island era uno de los puntos de lanzamiento más antiguos de la NASA. En la actualidad se utilizaba como base de lanzamiento de satélites y como plataforma de pruebas para naves experimentales. Wallops era la base más secreta de la NASA. ¿El presidente en Wallops Island? No tenía sentido.

El piloto alineó la trayectoria del aparato con una serie de tres pistas que recorrían longitudinalmente la estrecha península. Parecían llevar al extremo más alejado de la pista central.

El piloto empezó a reducir la velocidad.

—Se reunirá con el presidente en su despacho.

Rachel se volvió, preguntándose si el tipo estaba bromeando.

—¿Es que el presidente de Estados Unidos tiene un despacho en Wallops Island?

El piloto tenía un semblante totalmente serio.

—El presidente de Estados Unidos tiene su despacho donde quiere, señora —dijo, señalando hacia el extremo de la pista.

Rachel vio la mastodóntica forma brillando en la distancia y casi se le paró el corazón. Incluso a trescientos metros era imposible no reconocer el fuselaje azulado de aquel 747 tan peculiar.

—Voy a reunirme con él a bordo del...

—Sí, señora. En la que es su casa cuando no está en casa.

Rachel miró la enorme aeronave. La codificación militar para aquel prestigioso avión era VC-25-A, aunque el resto del mundo lo conocía por otro nombre: *Air Force One*.

—Parece que esta mañana le ha tocado el nuevo —dijo el piloto, indicando los números que aparecían en el timón de cola.

Rachel asintió, aturdida. Pocos americanos sabían que de hecho había dos *Air Force One* en servicio: un par de 747-200-Bs idénticos y configurados para ese fin, uno con el número de cola 28000 y el otro con el 29000. Ambos aviones alcanzaban velocidades de crucero de novecientos kilómetros por hora y habían sido modificados para poder repostar en pleno vuelo, dándoles así una autonomía prácticamente ilimitada.

Cuando el PaveHawk se posó sobre la pista junto al avión del presidente, Rachel entendió el sentido de las referencias que apuntaban al *Air Force One* como el «imponente palacio y hogar portátil» del comandante en jefe. La visión del aparato producía un efecto intimidatorio.

Cuando el presidente volaba por el mundo para reunirse con otros jefes de Estado, a menudo solicitaba –por razones de seguridad– que los encuentros se produjeran en la pista de aterrizaje. A pesar de que en muchos casos se debía únicamente a razones de seguridad, sin duda otro incentivo era ganar cierta ventaja a la hora de negociar provocando un claro efecto de intimidación. Una visita al *Air Force One* resultaba una experiencia mucho más efectiva que cualquier viaje a la Casa Blanca. Las letras de dos metros de altura estampadas en el fuselaje proclamaban triunfales: «ESTADOS UNIDOS DE AMÉRICA». Un miembro femenino del gabinete británico había acusado en una ocasión al presidente Nixon de «haberle sacudido sus partes en la cara» cuando le pidió que se reuniera con él a bordo del *Air Force One*. Más tarde, la tripulación bautizó jocosamente el avión con el apodo de *El Pollón*.

–¿Señorita Sexton?

Un agente del Servicio Secreto con chaqueta y corbata se materializó junto al helicóptero y le abrió la puerta.

–El presidente la espera.

Rachel salió del aparato y elevó la mirada hacia lo alto de la escalerilla que llevaba al voluminoso fuselaje de la nave. «El gigantesco falo.» En una ocasión había oído decir que el Despacho Oval volante comprendía más de trescientos cincuenta metros cuadrados de superficie, incluyendo cuatro dormitorios privados y separados, camarotes para los veintiséis miembros de la tripulación de vuelo y dos cocinas capaces de alimentar a cincuenta personas.

Rachel ascendió por la escalerilla con el agente pisándole los talones y apremiándola en su ascenso. En lo alto, la puerta de la cabina estaba abierta como una pequeña herida en el costado de una colosal ballena plateada. Avanzó hacia la entrada, que estaba en semioscuridad, y notó que su confianza empezaba a vacilar.

«Tranquila, Rachel. No es más que un avión.»

En el descansillo, el agente secreto la tomó con amabilidad del brazo y la condujo por un pasillo sorprendentemente estrecho. Giraron a la derecha, avanzaron una corta distancia y desembocaron en una amplia y lujosa cabina. Rachel la reconoció de inmediato por haberla visto en fotografías.

—Espere aquí —dijo el agente, y desapareció.

Rachel se quedó de pie sola en la famosa cabina de proa de paredes forradas de madera. Era la sala que se utilizaba para las reuniones, para recibir a altos dignatarios y, al parecer, para aterrorizar a los pasajeros que entraban en la nave por primera vez. La sala ocupaba todo el ancho del avión, igual que la gruesa moqueta de color tostado. El mobiliario era impecable: sillones de cuero cordobán alrededor de una gran mesa de arce, lámparas de pie de cobre bruñido junto a un sofá de estilo continental y una cristalería tallada a mano y dispuesta sobre una pequeña barra americana de caoba.

Los diseñadores de Boeing habían dispuesto esa cabina de proa para proporcionar a los pasajeros «una sensación de orden mezclada con tranquilidad». Sin embargo, tranquilidad era lo último que Rachel Sexton sentía en ese momento. Lo único en que podía pensar era en la cantidad de dirigentes mundiales que se habían sentado en esa misma sala, tomando decisiones sobre el destino del mundo.

Todo lo que había a su alrededor rezumaba poder, desde el ligero aroma a tabaco de pipa hasta el omnipresente sello presidencial. El águila que sujetaba las flechas y las ramas de olivo estaba bordada en los pequeños cojines decorativos, cincelada en la cubitera, e incluso grabada en los sacacorchos del bar. Rachel cogió uno y lo examinó.

—¿Robando recuerdos? —preguntó una voz profunda a sus espaldas.

Sobresaltada, Rachel giró sobre sus talones y soltó el sacacorchos, que cayó al suelo. Se arrodilló, incómoda, a recogerlo. Cuando ya lo tuvo en la mano, volvió a girarse y vio al presidente de Estados Unidos mirándola desde arriba con una sonrisa divertida en el rostro.

—No pertenezco a la realeza, señorita Sexton. No hace falta que se arrodille, se lo ruego.

7

El senador Sedgewick Sexton disfrutaba de la intimidad que le proporcionaba su limusina Lincoln mientras serpenteaba entre el tráfico matutino de Washington hacia su despacho. Delante de él, Gabrielle Ashe, su asesora personal de veinticuatro años de edad, le leía la agenda del día. Sexton apenas la escuchaba.

«Me encanta Washington –pensaba Sexton, admirando las formas perfectas de su asesora bajo su suéter de cachemir–. El poder es el mejor afrodisíaco... y atrae a mujeres como ésta en manadas.»

Gabrielle se había licenciado en una de las universidades de la Ivy League de Nueva York con el secreto anhelo de llegar a convertirse algún día en senadora. «También ella lo conseguirá», pensó Sexton. Era de una belleza increíble y lista como el hambre. Sobre todo, comprendía las reglas del juego.

Gabrielle Ashe era negra, aunque el color de su piel era más bien de un tono canela o caoba, esa gama de oscuro a medias que, como bien sabía Sexton, contaba con la aprobación de los «blancos» más acérrimos sin tener la sensación de estar traicionándose. Sexton la describía a sus amigos como una mezcla del físico de Halle Berry con la ambición y el cerebro de Hillary Clinton, aunque a veces creía que incluso esa definición se le quedaba corta.

Gabrielle había supuesto la incorporación de un decisivo activo a su campaña desde que la había ascendido al puesto de asesora personal hacía tres meses. Y por si fuera poco trabajaba gratis. Su compensación por una jornada laboral de dieciséis horas era aprender a luchar en las mismísimas trincheras en compañía de un avezado político.

«Obviamente –se relamió Sexton–, la he convencido para que no se limite exclusivamente a trabajar.» Después de ascenderla, Sexton la había invitado a una «sesión orientativa» a altas horas de la noche en su despacho privado. Como era de esperar, su joven asesora llegó totalmente fascinada y ansiosa por complacerle. Haciendo gala de una paciencia de movimientos lentos perfectamente calculada con el paso de algunas décadas, Sexton había puesto en escena toda su magia para ganarse la confianza de Gabrielle, liberándola cuidadosamente de toda inhibición, exhibiendo un control tentador y finalmente seduciéndola allí mismo, en su despacho.

Sexton estaba prácticamente convencido de que el encuentro había sido una de las experiencias más gratificantes de la vida de la joven, y, sin embargo, a la luz del día, Gabrielle había lamentado claramente la indiscreción. Avergonzada, presentó su renuncia. Sexton la rechazó. Gabrielle siguió con él, pero dejó muy claras sus intenciones. Desde entonces la relación entre ambos había sido estrictamente profesional.

Los prominentes labios de Gabrielle seguían moviéndose.

–... no quiero que se baje la guardia sobre el debate de esta tarde en la CNN. Todavía no sabemos a quién va a enviar la Casa Blanca para enfrentarse a usted. Será mejor que eche un vistazo a las notas que le he escrito –añadió, pasándole una carpeta.

Sexton cogió la carpeta, saboreando la esencia del perfume de su asesora mezclado con el olor de los lujosos asientos de cuero.

–No me está escuchando –dijo Gabrielle.

–Por supuesto que sí –respondió el senador con una sonrisa burlona–. Olvídese de ese debate en la CNN. Lo peor que puede pasar es que la Casa Blanca me la dé enviando a algún pardillo interno de campaña. Y lo mejor, que envíen a un pez gordo y que me lo coma para almorzar.

Gabrielle frunció el ceño.

–Muy bien. He incluido en sus notas una lista con los temas más delicados que seguramente le plantearán.

–Sin duda se trata de los sospechosos habituales.

–Con una nueva adquisición. Creo que quizá se vea en la tesitura de tener que defenderse de un contragolpe hostil por parte de la comunidad gay a raíz de los comentarios que hizo usted anoche en el programa de Larry King.

Sexton se encogió de hombros. Apenas la escuchaba.

–Ya lo sé. El asunto del matrimonio entre miembros del mismo sexo.

Gabrielle le dedicó una mirada desaprobatoria.

–Arengó usted en contra con bastante contundencia.

«Matrimonios entre miembros del mismo sexo –pensó Sexton, asqueado–. Si de mí dependiera, los maricones ni siquiera tendrían derecho a voto.»

–De acuerdo, me mostraré un poco más moderado.

–Bien. Últimamente se le ha estado yendo un poco la mano con algunos de esos temas de rabiosa actualidad. No se muestre fanfarrón. El público puede darle la espalda en un segundo. Ahora está ganando y cuenta con el impulso que eso proporciona. Relájese. Hoy no necesita lanzar la bola fuera del estadio, simplemente limítese a hacerla rodar.

–¿Alguna noticia de la Casa Blanca?

Gabrielle pareció gratamente desconcertada.

–Continúa el silencio. Es oficial: su rival se ha convertido en el «Hombre Invisible».

Últimamente Sexton apenas podía creer en su buena suerte. Durante meses, el presidente había estado trabajando duro en el seguimiento de la campaña. Entonces, de repente, hacía una semana que se había encerrado en el Despacho Oval y nadie había vuelto a verle ni a saber de él. Simplemente era como si no pudiera hacer frente a la oleada de apoyo de los votantes registrada por Sexton.

Gabrielle se pasó la mano por su pelo negro y lacio.

–Según tengo entendido, el equipo de campaña de la Casa Blanca está tan confundido como nosotros. El presidente no ofrece la menor explicación para justificar su desaparición, y todos en la Casa Blanca están furiosos.

–¿Alguna teoría al respecto? –preguntó Sexton.

Gabrielle lo miró por encima de sus gafas de jovencita estudiosa.

–Por fin he obtenido algunos datos de interés gracias a un contacto que tengo en la Casa Blanca.

Sexton reconoció la mirada en los ojos de su asistente. Gabrielle Ashe había vuelto a obtener información interna. Sexton se preguntó si no estaría ofreciendo algunas mamadas en el asiento trasero del coche a algún ayudante del presidente a cambio de secretos de campaña. A él le daba igual... siempre que la información siguiera llegando.

–Corre el rumor –dijo su asesora, bajando la voz– de que el extraño comportamiento del presidente empezó la semana pasada después de mantener una reunión privada de urgencia con el director de la NASA. Al parecer, el presidente salió de la reunión aturdido. Inmediatamente después anuló su agenda y desde entonces no ha dejado de estar en contacto directo con la NASA.

A Sexton obviamente le gustó cómo sonaba aquello.

–¿Crees que quizá la NASA le comunicó más malas noticias?

–Parece una explicación lógica –dijo Gabrielle esperanzada–. Aunque tendría que ser una noticia muy grave para provocar que el presidente tirara la toalla.

Sexton lo pensó con calma. Obviamente, lo que ocurriera con la NASA tenía que ser una mala noticia. «De lo contrario el presidente me lo habría echado a la cara.» Últimamente, Sexton había estado machacando duro al presidente sobre la financiación de la NASA. La reciente sucesión de misiones fallidas y de colosales desfases presupuestarios habían proporcionado a la agencia el dudoso honor de convertirse en el *leitmotiv* no oficial de Sexton contra la indudable ineficacia y el gasto desmesurado del gobierno. Sin duda, atacar a la NASA, uno de los símbolos más prominentes del orgullo norteamericano, no era el modo que la mayoría de los políticos elegirían para ganar votos, pero Sexton contaba con un arma de la que pocos políticos disponían: Gabrielle Ashe. Y su impecable instinto.

La inteligente joven había llamado la atención de Sexton unos meses antes, cuando trabajaba como coordinadora en la oficina de campaña del senador en Washington. Mientras él sufría una fea derrota en las primarias y su mensaje, que había centrado en la denuncia del gasto excesivo del gobierno, caía en oídos sordos, Gabrielle Ashe le escribió una nota sugiriéndole enfocar la campaña desde un ángulo radicalmente distinto. Le dijo que atacara los enormes desfases presupuestarios de la NASA y el continuo papel de fiador ejercido por la Casa Blanca como el ejemplo más claro y evidente del gasto excesivo e imprudente del presidente Herney.

«La NASA está costando una fortuna al pueblo norteamericano –escribió Gabrielle, incluyendo una lista de cifras, quiebras y partidas presupuestarias–. Los votantes no tienen la menor idea. Se quedarían horrorizados si conociesen las cifras. Creo que debería usted convertir la NASA en una cuestión política.»

Sexton soltó un gemido ante su inocencia.

«Ya, claro. Y, ya que estamos, también puedo proponer que se deje de cantar el himno nacional en los partidos de béisbol.»

En el curso de las siguientes semanas, Gabrielle Ashe siguió dejando información sobre la NASA en el escritorio del senador. Cuanto más leía Sexton, más se daba cuenta de que esa joven no iba tan desencaminada. Incluso bajo los estándares que regían la agencia gubernamental, la NASA era un increíble pozo financiero sin fondo: cara, ineficaz y, en los últimos años, del todo incompetente.

Una tarde, a Sexton le estaban entrevistando en directo sobre el tema de la educación. El entrevistador le presionaba, preguntándole dónde pensaba encontrar financiación para su plan de reestructuración de la escuela pública. Como respuesta, el senador decidió poner a prueba la teoría de Gabrielle sobre la NASA con una réplica medio en broma.

−¿El dinero para la educación? −dijo−. Bueno, quizá recorte el programa espacial a la mitad. Calculo que si la NASA puede gastar quince mil millones de dólares al año en el espacio, yo debería poder invertir siete mil quinientos en los niños que están aquí, en la Tierra.

En la cabina de transmisión, los jefes de campaña de Sexton soltaron un jadeo de horror al oír aquel comentario tan poco afortunado. Al fin y al cabo, campañas enteras se habían ido a pique por mucho menos que tirar al azar contra la NASA. Al instante, las líneas telefónicas de la emisora de radio se activaron. Los jefes de campaña de Sexton se encogieron. Los patriotas espaciales se preparaban para matar.

Y entonces ocurrió algo totalmente inesperado.

−¿Quince mil millones al año? −dijo el primer oyente, al parecer conmocionado por la noticia−. ¿De dólares? ¿Me está usted diciendo que la clase de matemáticas de mi hijo tiene exceso de alumnos porque las escuelas no pueden permitirse suficientes profesores y que la NASA está gastando quince mil millones de dólares al año sacando fotografías del polvo espacial?

−Hum... eso es −dijo Sexton con suma cautela.

−¡Eso es absurdo! ¿Y el presidente no tiene ningún poder para poner remedio a eso?

−Por supuesto −respondió Sexton, ganando confianza−. Un presidente puede vetar la solicitud presupuestaria de cualquier agencia que considere excesivamente financiada.

−En ese caso, cuente usted con mi voto, senador Sexton. Quince mil millones para la investigación espacial y nuestros hijos no tienen profesores. ¡Es un ultraje! Buena suerte, señor. Espero que llegue usted hasta el final.

El siguiente oyente estaba ya en antena.

−Senador, acabo de leer que la Estación Espacial Internacional de la NASA está claramente sobrefinanciada y que el presidente está pensando en la posibilidad de conceder más fondos de urgencia a la NASA para mantener el proyecto en activo. ¿Es eso cierto?

Sexton dio un respingo ante semejante pregunta.

–¡Cierto!

Explicó que la estación espacial se había constituido en su origen como una *joint venture* en la que doce países asumirían los costes del proyecto. Sin embargo, después de iniciarse las labores de construcción, el presupuesto de la estación se desbocó y la mayor parte de los países se retiraron, enojados. En vez de poner fin al proyecto, el presidente decidió cubrir los gastos del resto de los países.

–El coste que representa para nosotros el proyecto EEI –anunció Sexton– ha pasado de los ocho mil millones inicialmente presupuestados ¡a unos nada despreciables cien mil millones de dólares!

El oyente estaba furioso.

–¿Por qué demonios no corta eso el presidente?

Sexton podría haberle dado un beso al tipo.

–Buena pregunta, sí señor. Desgraciadamente, un tercio de los materiales de construcción ya están en órbita y el presidente gastó los dólares de sus impuestos poniéndolos allí, de modo que cortarlo ahora equivaldría a reconocer que ha cometido una pifia de miles de millones de dólares con su dinero.

Las llamadas no dejaban de entrar. Por primera vez, parecía que los norteamericanos despertaban ante la idea de que la NASA, lejos de ser intocable, era una opción más entre las demás prioridades del país.

Al término del programa, a excepción de unos pocos incondicionales de la NASA que llamaban con patéticas propuestas sobre la eterna búsqueda del conocimiento por parte del ser humano, el consenso era firme: la campaña de Sexton había dado con el cáliz sagrado de las campañas políticas (un nuevo «botón al rojo»), un tema controvertido y todavía por abordar que había logrado herir la sensibilidad de los votantes.

En las siguientes semanas, Sexton castigó duramente a sus rivales en cinco primarias de crucial importancia. Presentó a Gabrielle Ashe como su nueva asesora personal de campaña, alabándola por su trabajo a la hora de llevar el tema de la NASA a los votantes. Con un simple gesto, Sexton había convertido a una joven afroamericana en una prometedora estrella política y todo lo referente a su historial de voto racista y sexista desapareció de la noche a la mañana.

Ahora, sentados juntos en la limusina, Sexton sabía que Gabrielle había vuelto a probar su valía. Su nueva información sobre la reunión secreta de la semana anterior entre el director de la NASA y el presidente sin duda apuntaba a que se anunciaban más problemas en los que la NASA estaba implicada... quizá otro país estuviera retirando fondos de la estación espacial.

Cuando la limusina pasó por delante del monumento a Washington, el senador Sexton no pudo evitar tener la sensación de haber sido elegido por el destino.

8

A pesar de haber ascendido al cargo político más poderoso del mundo, el presidente Zachary Herney era de estatura normal, de constitución delgada y hombros estrechos. Tenía la cara llena de pecas, usaba lentes bifocales y tenía el pelo negro, aunque ya le empezaba a escasear. Sin embargo, su insignificante físico contrastaba claramente con la devoción casi principesca que el hombre despertaba en aquellos que le conocían. Se decía que quien hablaba con Zach Herney una sola vez, iba al fin del mundo si él se lo pedía.

—Me alegro de que haya podido venir —dijo el presidente Herney, tendiendo la mano a Rachel y estrechándosela. Su apretón fue cálido y sincero.

Rachel carraspeó de nervios.

—Por... supuesto, señor presidente. Es un honor conocerle.

El presidente le dedicó una sonrisa tranquilizadora y Rachel sintió en sus carnes la legendaria afabilidad de Herney. Aquel hombre hacía gala de un rostro relajado que los dibujantes de cómic adoraban porque, por muy poco afortunada que resultara la caricatura que hicieran de él, nadie confundía jamás aquella calidez y aquella sonrisa tan natural. Sus ojos reflejaban sinceridad y dignidad en todo momento.

—Si hace el favor de seguirme —dijo en tono acogedor—, tengo una taza de café con su nombre.

—Gracias, señor.

El presidente pulsó el intercomunicador y pidió que le trajeran café a su despacho.

Mientras Rachel le seguía por el avión, no pudo evitar la idea de que el presidente parecía extremadamente feliz y relajado para tratarse de alguien que iba por debajo en los sondeos de intención de voto. Además, vestía de manera muy informal: pantalones vaqueros, un polo y botas de montaña L. L. Bean.

Rachel intentó darle conversación.

—¿Piensa salir a pasear por la montaña, señor presidente?

–En absoluto. Mis asesores de campaña han decidido que éste debería ser mi nuevo aspecto. ¿Qué le parece?

Rachel esperaba por su bien que no hablara en serio.

–Es muy... hum... masculino, señor.

Herney se quedó totalmente inexpresivo.

–Bien, tal vez así podamos arrebatarle algunos de los votos de las mujeres a su padre. –Tras unos instantes, esbozó una amplia sonrisa–. Era una broma, señorita Sexton. Creo que ambos sabemos que necesito algo más que un simple polo y unos vaqueros para ganar estas elecciones.

La franqueza del presidente y su buen humor estaban evaporando rápidamente cualquier tensión que Rachel pudiera sentir por estar allí. Él compensaba con creces toda la masa muscular que le faltaba con su elegancia diplomática. La diplomacia es un don y Zach Herney lo tenía.

Rachel siguió al presidente hacia la parte trasera del avión. Cuanto más se adentraban en la nave, menor era la sensación de estar dentro de un avión: pasillos curvos, papel pintado en las paredes y hasta un pequeño gimnasio con un StairMaster y una máquina de remo. El avión parecía casi totalmente desierto.

–¿Viaja usted solo, señor presidente?

Él negó con la cabeza.

–De hecho, acabamos de tomar tierra.

Rachel se vio sorprendida. «¿Tomar tierra desde dónde?» Los informes de inteligencia de la semana no habían incluido nada acerca de los planes de viaje presidenciales. Por lo visto, utilizaba Wallops Island para viajar de incógnito.

–Mi gente ha desembarcado justo antes de que usted llegara –dijo el presidente–. Yo vuelvo a la Casa Blanca dentro de muy poco para reunirme con ellos, pero antes quería verla a usted aquí en vez de hacerlo en mi despacho.

–¿Quiere intimidarme?

–Al contrario. Lo hago por respeto a usted, señorita Sexton. La Casa Blanca es todo menos privada, y la noticia de una reunión entre nosotros dos la dejaría en una incómoda situación ante su padre.

–Le agradezco su consideración, señor.

–Comprendo que se vea usted en una situación muy delicada, pero déjeme decirle que lo lleva con mucha elegancia y no veo ninguna razón para entrometerme en ello.

En la memoria de Rachel destelló la imagen del desayuno con su padre y, al recordar su actuación, pensó que podía calificarse de cualquier forma, menos de «elegante». Sin embargo, Zach Herney estaba haciendo un gran esfuerzo por ser sincero, y desde luego no tenía por qué.

—¿Puedo llamarla Rachel? —preguntó Herney.

—Por supuesto.

«¿Puedo llamarle Zach?»

—Mi despacho —dijo el presidente, haciéndola pasar por una puerta de arce labrada.

El despacho del presidente a bordo del *Air Force One* resultaba sin duda mucho más acogedor que su equivalente de la Casa Blanca, aunque el mobiliario seguía impregnado de cierto aire de austeridad. El escritorio estaba abarrotado de papeles, y detrás de él colgaba un imponente óleo de un clásico velero de tres mástiles navegando a toda vela e intentando salvar una furiosa tormenta. A Rachel le pareció una metáfora perfecta para representar la situación de la presidencia de Zach Herney en ese momento.

El presidente le ofreció una de las tres sillas de ejecutivo que había delante de su escritorio. Rachel se sentó. Esperaba que él se sentara al otro lado de la mesa, pero en vez de eso, apartó una de las sillas y se sentó junto a ella.

«Igualdad de condiciones —pensó Rachel—. El gran maestro en el arte de la compenetración.»

—Bien, Rachel —empezó Herney, soltando un suspiro cansado al acomodarse en el asiento—. Imagino que debe de estar usted muy confundida al verse aquí sentada en este momento, ¿me equivoco?

Los restos de desconfianza que Rachel había conservado hasta ese momento se deshicieron al percibir el candor de la voz de aquel hombre.

—De hecho, señor, estoy desconcertada.

Herney soltó una fuerte risotada.

—Fantástico. No crea que todos los días tengo la oportunidad de desconcertar a una agente de la ONR.

—Tampoco es habitual que un agente de la ONR sea invitado a bordo del *Air Force One* por un presidente que lleva botas de montaña.

El presidente volvió a reír.

Un discreto repiqueteo en la puerta anunció la llegada del café. Una mujer de la tripulación de vuelo entró con una jarra de estaño y dos tazones, también de estaño, sobre una bandeja. A petición del presidente, la azafata dejó la bandeja sobre el escritorio y desapareció.

—¿Leche y azúcar? —preguntó el presidente, levantándose para servir el café.

—Leche, por favor —respondió Rachel, percibiendo el fuerte aroma del café. «¿El presidente de Estados Unidos en persona me está sirviendo café?»

Zach Herney le pasó un macizo tazón de estaño.

—Auténtico Paul Revere —dijo—. Uno de mis pequeños lujos.

Rachel dio un sorbo al café. Era el mejor que había probado en su vida.

—En cualquier caso —dijo el presidente, sirviéndose un tazón y volviendo a tomar asiento—, tengo poco tiempo, así que será mejor que vayamos al grano. —Dejó caer un terrón de azúcar en el tazón y levantó los ojos hacia Rachel—. Imagino que Bill Pickering la habrá advertido de que probablemente yo quería verla con el fin de utilizarla para mi propio beneficio político.

—De hecho, señor, eso es exactamente lo que me ha dicho.

El presidente se rió por lo bajo.

—Siempre tan cínico.

—Entonces, ¿se equivoca?

—¿Está usted de broma? —dijo el presidente entre risas—. Bill Pickering nunca se equivoca. Ha dado en el clavo, como de costumbre.

9

Gabrielle Ashe miraba con gesto ausente por la ventana de la limusina del senador Sexton mientras ésta avanzaba entre el tráfico matinal hacia el edificio donde estaba ubicado el despacho de Sexton. Se preguntaba cómo demonios había llegado a ese momento de su vida. Asesora personal del senador Sedgewick Sexton. Eso era exactamente lo que siempre había deseado, ¿o no era así?

«Estoy sentada en una limusina con el próximo presidente de Estados Unidos.»

Gabrielle recorrió el lujoso interior de la limusina con la mirada hasta clavarla en el senador, que parecía estar muy lejos de allí, concentrado en sus asuntos. Admiró sus hermosos rasgos y su atuendo perfecto. Parecía un hombre presidencial.

Gabrielle había oído hablar por primera vez a Sexton cuando ella era una estudiante de Ciencias Políticas en la Universidad de Cornell, hacía tres años. Jamás olvidaría cómo los ojos de Sexton sondeaban al público, como si le estuviera enviando un mensaje directamente a ella: «Confía en mí». Tras el discurso, Gabrielle hizo cola para conocerle.

–Gabrielle Ashe –dijo el senador, leyendo el nombre que figuraba en su pegatina–. Un nombre precioso para una joven preciosa. Sus ojos resultaban de lo más tranquilizador.

–Gracias, señor –respondió Gabrielle, sintiendo la fuerza de aquel hombre cuando le estrechó la mano–. Estoy realmente impresionada con su mensaje.

–¡Me alegra oír eso! –exclamó Sexton, poniéndole su tarjeta en la mano–. Siempre ando en busca de jóvenes mentes que compartan mi visión. Cuando salga de la universidad, búsqueme. Puede que tengamos algo para usted.

Gabrielle abrió la boca para darle las gracias, pero el senador ya estaba atendiendo a la siguiente persona de la cola. Sin embargo, durante los meses siguientes, siguió la carrera de Sexton por televisión. Vio, admirada, cómo hablaba contra el enorme dispendio gubernamental: encabezar los cortes presupuestarios, racionalizar el IRS[1] a fin de que funcionase de forma más eficaz, sanear la DEA[2] e incluso abolir los redundantes programas de servicio público. Luego, cuando la esposa del senador murió de repente en un accidente de coche, vio, perpleja, cómo éste lograba convertir lo negativo en positivo. Sexton se elevó por encima de su dolor personal y declaró al mundo que había decidido presentarse a las elecciones presidenciales y dedicar su labor pública a la memoria de su esposa. Fue entonces, en ese preciso lugar e instante cuando decidió que quería trabajar en la campaña presidencial del senador Sexton.

Ahora era imposible estar más cerca de él.

Gabrielle se acordó de la noche que había pasado con Sexton en su lujoso despacho y se encogió, intentando bloquear las vergonzosas imágenes en su mente. «¿En qué estaría yo pensando?» Sabía que tendría que haberse resistido, pero en cierto modo se había visto incapaz de hacerlo. Sedgewick Sexton había sido para ella un ídolo desde hacía mucho tiempo... y pensar que la deseaba...

La limusina pasó por un bache, devolviéndola bruscamente al presente.

−¿Está bien?

Ahora Sexton la miraba.

Gabrielle esbozó una sonrisa apresurada.

−Sí, perfectamente.

−No estará pensando todavía en ese chivatazo, ¿no?

Gabrielle se encogió de hombros.

−Lo cierto es que me tiene un poco preocupada, sí.

−Olvídelo. El chivatazo en cuestión ha sido lo mejor que podía ocurrirle a mi campaña.

Gabrielle había tenido que aprender a las duras que un chivatazo era el equivalente político a filtrar información referente a que tu rival utilizaba un alargador de pene, que estaba suscrito a la revista *Stud Muffin*, o cosas por el estilo. No era desde luego una táctica muy decorosa, pero cuando salía bien, los resultados eran espectaculares.

Aunque, claro, cuando se te volvía en contra...

1. Internal Revenue Service (equivalente a la Agencia Tributaria).
2. Drug Enforcement Administration (Agencia antidroga del Departamento de Justicia de Estados Unidos).

Y eso es lo que había ocurrido. Desde la Casa Blanca. Hacía cosa de un mes, el equipo de campaña del presidente, inquieto ante los resultados tan poco prometedores de los sondeos, había decidido adoptar un tono agresivo y filtrar una historia supuestamente cierta: que el senador Sexton tenía una relación íntima con Gabrielle Ashe, su asesora personal. Desgraciadamente para la Casa Blanca, no existía ninguna prueba definitiva. El senador Sexton, que creía firmemente en que la mejor defensa es un buen ataque, aprovechó el momento para atacar. Convocó una rueda de prensa a nivel nacional para proclamar su inocencia y su ultraje.

–No puedo creer –dijo, mirando a las cámaras con dolor en los ojos– que el presidente deshonre la memoria de mi esposa con estas sucias mentiras.

La actuación del senador Sexton en televisión resultó tan convincente que incluso la propia Gabrielle prácticamente llegó a dudar de que aquella noche hubiese existido. Al ver la facilidad con la que Sexton mentía, se dio cuenta de que el senador era un hombre peligroso.

Últimamente, aunque estaba segura de que había apostado al caballo ganador en la carrera presidencial, había empezado a cuestionarse si en realidad estaría dando su apoyo al mejor contendiente. La experiencia de trabajar junto a Sexton le había abierto los ojos, como uno de esos paseos por las bambalinas de los Universal Studios, donde la infantil admiración por las películas desaparece en cuanto se hace evidente que Hollywood no tiene nada de mágico.

A pesar de que la fe de Gabrielle en el mensaje de Sexton seguía intacta, ya había empezado a cuestionar la valía del mensajero.

10

−Lo que voy a contarle, Rachel −dijo el presidente−, es conocido por «UMBRA», y es un secreto oficial. Su confidencialidad va mucho más allá de su actual acreditación de seguridad.

Rachel sintió que las paredes del *Air Force One* la oprimían. El presidente le había puesto un helicóptero para trasladarla hasta Wallops Island, la había invitado a subir a bordo de su avión, le había servido café, le había soltado sin el menor preámbulo que pensaba utilizarla en beneficio propio contra su padre, y ahora anunciaba que iba a darle información secreta saltándose todas las normas. Por muy afable que Zach Herney pareciera a primera vista, Rachel Sexton acababa de aprender algo importante sobre él. Ese hombre se hacía rápidamente con el control.

−Hace dos semanas −dijo el presidente, mirándola a los ojos− la NASA hizo un descubrimiento.

Sus palabras quedaron suspendidas en el aire antes de que Rachel pudiera procesarlas. ¿Un descubrimiento de la NASA? Las últimas actualizaciones llevadas a cabo por el servicio de inteligencia no sugerían nada sobre la agencia espacial. Claro que, últimamente, siempre que se hacía referencia a un «descubrimiento de la NASA» era para dar cuenta de que una vez más había vuelto a subestimarse de manera más que notoria el presupuesto para la financiación de algún nuevo proyecto.

−Antes de que sigamos hablando −dijo el presidente−, me gustaría saber si comparte usted el desprecio de su padre por la exploración espacial.

A Rachel el comentario no le hizo ninguna gracia.

−Ciertamente espero que no me haya traído aquí para pedirme que controle las arengas de mi padre contra la NASA.

El presidente se echó a reír.

−No, demonios. Conozco muy bien el Senado para saber que no hay nadie capaz de controlar al senador Sexton.

−Mi padre es un oportunista, señor. La mayoría de los políticos de éxito lo son. Y, desgraciadamente, la NASA le ha brindado una oportunidad inmejorable.

La reciente cadena de fracasos cometidos por la NASA había resultado tan insoportable que sólo cabían dos opciones: reír o llorar; satélites que se desintegraban en órbita, sondas espaciales que nunca regresaban a la Tierra... al tiempo que el presupuesto de la Estacion Espacial Internacional se multiplicaba por diez y los países miembros huían como ratas de un barco a punto de hundirse. Se perdían miles de millones de dólares y el senador Sexton cabalgaba a lomos de esa ola de despropósitos con gran destreza, una ola que parecía destinada a llevarlo a la residencia del 1600 de Pennsylvania Avenue.

—Debo reconocer —continuó el presidente— que últimamente la NASA ha sido fuente de continuos desastres. En cuanto me despisto, la Estación Espacial me da un nuevo motivo para que le corte la financiación.

Rachel vio su oportunidad para intervenir en la conversación, y no la dejó escapar.

—Aun así, señor, ¿no he leído que la semana pasada acaba de sacar a la NASA de un apuro proporcionándole otros tres millones de financiación como medida de urgencia para mantenerla a flote?

El presidente se rió por lo bajo.

—Su padre debe de haber estado encantado al enterarse ¿no?

—No hay peor error que dar agua a tu verdugo.

—¿Le oyó usted en *Nightline*? «Zach Herney es un adicto al espacio y es el contribuyente quien costea su adicción.»

—Pero usted no hace más que darle la razón, señor.

Herney asintió.

—No le ocultaré que soy un gran devoto de la NASA. Siempre lo he sido. Soy hijo de la carrera espacial: el *Sputnik*, John Glenn, el *Apollo 11*, y jamás he dudado a la hora de expresar mis sentimientos de admiración y de orgullo nacional por nuestro programa espacial. Para mí los hombres y mujeres de la NASA son los modernos pioneros de la historia. Intentan lograr lo imposible, aceptan el fracaso y vuelven después al trabajo mientras el resto de nosotros nos limitamos a quedarnos ahí, criticando.

Rachel no dijo nada. Percibía que bajo la apacible fachada del presidente bullía una indignación contra la incansable retórica antiNASA de su padre. Se sorprendió preguntándose qué demonios habría encontrado la NASA. Desde luego, el presidente se estaba tomando su tiempo para entrar en materia.

–Hoy –dijo Herney, intensificando el tono de voz– quisiera cambiar por entero su opinión sobre la NASA.

Rachel lo miró con incertidumbre.

–Ya tiene usted mi voto, señor. Quizá debería concentrarse en el resto del país.

–Eso es lo que pretendo. –El presidente bebió un sorbo de café y sonrió–. Y voy a pedirle que me ayude. –Hizo una pausa y se inclinó hacia ella–. De una forma de lo más inhabitual.

Rachel podía sentir ahora cómo Zach Herney escudriñaba cada uno de sus movimientos como si se tratase de un cazador intentando discernir si su presa tiene intención de huir o de pelear. Desgraciadamente, Rachel no veía ningún lugar hacia donde correr.

–Supongo –dijo el presidente, sirviendo más café– que conoce usted el proyecto de la NASA llamado SOT.

Rachel asintió.

–El Sistema de Observación de la Tierra. Creo haber oído mencionar a mi padre el SOT en una o dos ocasiones.

Ese sutil amago de sarcasmo provocó que el presidente frunciera el ceño. La verdad era que el padre de Rachel aprovechaba la menor oportunidad para mencionar el Sistema de Observación de la Tierra. Era una de las apuestas más controvertidas y caras de la NASA: una constelación de cinco satélites diseñados para observar desde el espacio y analizar el ecosistema del planeta: la reducción de la capa de ozono, el deshielo polar, el calentamiento global o la deforestación de la selva. El objetivo era facilitar a los especialistas en el estudio del medio ambiente datos macroscópicos jamás vistos hasta el momento para que pudieran planear mejor el futuro de la Tierra.

Desgraciadamente, el proyecto SOT había estado salpicado de fracasos. Como muchos de los recientes proyectos de la NASA, desde el principio había estado plagado de costosas sobrecargas presupuestarias. Y Zach Herney era quien más entusiasmo había manifestado al respecto. Había hecho uso del apoyo del lobby medioambiental para lograr que el Congreso diera luz verde a mil cuatrocientos millones de dólares para el SOT. Sin embargo, en vez de facilitar las contribuciones prometidas a la ciencia terrestre global, el SOT se había visto envuelto de inmediato en una costosa espiral de pesadillas que incluían lanzamientos fallidos, errores informáticos y sombrías conferencias de prensa por parte de la NASA. Últimamente, el único rostro sonriente era el del senador Sexton, quien, con suficiencia, recordaba a los votantes cuánto de su dinero había gastado el presidente en el SOT y lo tibios que habían sido los resultados.

El presidente dejó caer un terrón de azúcar en el tazón.

—Por muy sorprendente que pueda parecerle, el descubrimiento de la NASA al que me estoy refiriendo es obra del SOT.

Rachel se vio perdida. Si el SOT hubiera contado con un éxito reciente, sin duda la NASA lo habría hecho público, ¿o no era así? Su padre había estado crucificando al SOT en los medios y a la agencia espacial le iría de maravilla cualquier buena noticia que fuera capaz de encontrar.

—No tengo noticia de ningún descubrimiento hecho por el SOT —dijo Rachel.

—Lo sé. La NASA prefiere mantener el asunto en secreto durante un tiempo.

Rachel lo puso en duda.

—Según mi experiencia, señor, en lo que se refiere a la NASA, siempre que no hay noticias es que hay malas noticias.

La contención no era uno de los puntos fuertes del departamento de relaciones públicas de la NASA. El chiste típico en la ONR era que la NASA convocaba una rueda de prensa cada vez que uno de sus científicos se tiraba un pedo.

El presidente frunció el ceño.

—Ah, sí. No debo olvidar que estoy hablando con una de las discípulas de seguridad de Pickering en la ONR. ¿Sigue Pickering quejándose y refunfuñando sobre la verborrea de la NASA?

—La seguridad es su trabajo, señor. Y se lo toma muy en serio.

—Más le vale. Me cuesta creer que dos agencias que tienen tanto en común encuentren constantemente razones para discutir.

Rachel había aprendido durante su primera época bajo las órdenes de William Pickering que, aunque tanto la NASA como la ONR eran agencias relacionadas con el espacio, partían de filosofías radicalmente opuestas. La ONR era una agencia de defensa y todas sus actividades espaciales eran secretas, mientras que la NASA era una entidad académica y publicitaba con entusiasmo todos sus avances alrededor del globo; a menudo, según argumentaba Pickering, poniendo en riesgo la seguridad nacional. Algunas de las tecnologías más avanzadas de la NASA (lentes de alta resolución para telescopios de satélites, sistemas de comunicación de largo alcance e instrumental de configuración visual por radio) tenían la pésima costumbre de aparecer en el arsenal de inteligencia de países hostiles y de ser utilizadas como armas de contraespionaje. Bill Pickering se quejaba constantemente de que los científicos de la NASA tenían grandes cerebros... y una boca aún más grande.

Sin embargo, existía un tema aún más candente entre ambas agencias, y era el hecho de que como la NASA manejaba el lanzamiento de los satélites de la ONR, muchos de los recientes fracasos de la NASA afectaban directamente a la ONR. Sin embargo, ningún fracaso había sido tan sonado como el ocurrido el 12 de agosto de 1998, cuando un Titán 4, lanzado conjuntamente por la NASA y las Fuerzas Aéreas, estalló cuarenta segundos después de su lanzamiento y destruyó toda su carga: un satélite de la ONR con un coste de mil doscientos millones de dólares cuyo nombre codificado era Vortex 2. Pickering parecía especialmente reticente a olvidarlo.

–Entonces, ¿por qué la NASA no ha hecho público su reciente éxito? –preguntó Rachel–. Estoy segura de que no le iría nada mal anunciar alguna buena noticia.

–La NASA guarda silencio –declaró el presidente– porque así lo he ordenado yo.

Rachel se preguntó si había oído bien. De ser así, el presidente se estaba comprometiendo a cierta clase de haraquiri político que no acababa de comprender.

–Este descubrimiento –dijo el presidente– es... podríamos decir que... poco menos que asombroso en sus ramificaciones.

Rachel sintió un incómodo escalofrío. En el mundo de la inteligencia, la expresión «asombrosas ramificaciones» casi nunca era sinónimo de buenas noticias. Rachel se preguntó si todo el secretismo del SOT estaría relacionado con el hecho de que el sistema de satélites hubiera captado algún inminente desastre medioambiental.

–¿Hay algún problema?

–Ninguno. Lo que el SOT ha descubierto es realmente maravilloso.

Rachel guardó silencio.

–Suponga, Rachel, que le dijera que la NASA acaba de hacer un descubrimiento de tal importancia científica... de tal increíble relevancia... que justificará todos y cada uno de los dólares que los norteamericanos se han gastado en el espacio.

Rachel no fue capaz de imaginarlo.

El presidente se levantó.

—Demos un paseo, ¿le parece?

11

Rachel siguió al presidente Herney hasta la impecable escalerilla del *Air Force One*. Mientras descendían, ella sintió que el crudo aire de marzo le despejaba la mente. Sin embargo, aquella lucidez hizo que la declaración de Herney pareciera aún más extravagante.

«¿Que la NASA ha hecho un descubrimiento de tal importancia científica que justifica cada dólar que los norteamericanos se han gastado en el espacio?»

Rachel imaginó que un descubrimiento de tal magnitud sólo podía hacer referencia a una cosa (el santo grial de la NASA): el contacto con vida extraterrestre. Pese a todo, sabía lo suficiente de aquel santo grial en particular para estar segura de que algo así era totalmente imposible.

En calidad de analista de inteligencia, Rachel se veía obligada a esquivar constantemente las preguntas de sus amigos sobre las supuestas maniobras de ocultamiento de contactos con alienígenas. A menudo se quedaba aterrada ante las teorías que hasta los más «cultos» de sus amigos se tragaban sin el menor reparo: platillos volantes alienígenas destrozados y ocultos en búnkers secretos del gobierno, cadáveres de extraterrestres enterrados en hielo e incluso civiles inocentes abducidos por alienígenas.

Por supuesto, todo eso era absurdo. Los alienígenas no existían. Tampoco las estrategias de ocultamiento.

Todos los miembros de la comunidad de inteligencia comprendían que la gran mayoría de testimonios visuales y de abducciones a manos de alienígenas eran simplemente producto de imaginaciones desbocadas o de trucos para ganar dinero. Cuando realmente existían auténticas pruebas fotográficas de la existencia de ovnis, siempre tenían la extraña costumbre de proceder de lugares próximos a las bases aéreas militares donde se estaba poniendo a prueba algún avión ultrasecreto. Cuando Lockheed empezó a hacer pruebas con un aparato radicalmente nuevo bautizado como «Bombardero Sigiloso», los avistamientos de ovnis alrededor de la base Edwards de la Fuerza Aérea se multiplicaron por quince.

—Percibo una expresión de escepticismo en su rostro —dijo el presidente, mirándola de reojo.

El sonido de su voz sobresaltó a Rachel, que lo miró sin saber muy bien qué decir.

—Bueno... —vaciló—. Señor, doy por sentado que no estamos hablando de naves alienígenas ni de hombrecillos verdes, ¿verdad?

Al presidente pareció divertirle la pregunta.

—Rachel, creo que este descubrimiento le parecerá mucho más intrigante que la ciencia ficción.

A Rachel le alivió saber que la NASA no estaba tan desesperada como para intentar venderle al presidente una historia de alienígenas. Sin embargo, su comentario no hacía más que incrementar el misterio.

—Bueno —dijo Rachel—, al margen de lo que haya encontrado la NASA, debo reconocer que la ocasión resulta de lo más oportuna. Herney se detuvo en la escalerilla.

—¿Oportuna? ¿A qué se refiere?

«¿Cómo que a qué me refiero?» Rachel se detuvo y lo miró fijamente.

—Señor presidente, en estos momentos la NASA está librando una batalla a vida o muerte por justificar su propia existencia y usted está siendo objeto de muchos ataques por financiarla. Un descubrimiento de gran magnitud por parte de la NASA sería la panacea tanto para la agencia como para su campaña. Ni que decir tiene que sus detractores encontrarán esta casualidad más que sospechosa.

—Entonces..., ¿me está usted llamando mentiroso o idiota?

Rachel notó que se le hacía un nudo en la garganta.

—No pretendía faltarle al respeto, señor. Simplemente...

—Relájese. —Una leve sonrisa se dibujó en los labios de Herney al tiempo que reemprendía el descenso—. Cuando el director de la NASA me habló por primera vez de ese descubrimiento, lo rechacé de raíz por absurdo. Le acusé de haber planeado el fraude político más descarado de la historia.

Rachel notó que, hasta cierto punto, el nudo que tenía en la garganta se le deshacía.

Al pie de la rampa, Herney se detuvo y la miró.

—Una de las razones por las que le he pedido a la NASA que mantenga este descubrimiento en secreto es para protegerla. La magnitud del hallazgo va mucho más allá de cualquier información que la agencia haya anunciado hasta ahora. Hará que la llegada del hombre a la Luna parezca insignificante. Y puesto que todos, y ahí me incluyo, tenemos tanto que ganar, y tanto que perder, me ha parecido prudente que alguien compruebe los datos obtenidos por la NASA antes de mostrarlos a la luz del mundo con un anuncio formal.

Rachel estaba perpleja.

—Sin duda no se estará refiriendo a mí, señor.

El presidente se rió.

—No, ésta no es su área de especialización. Además, ya he obtenido la verificación mediante canales extragubernamentales.

El alivio de Rachel dejó paso a una renovada perplejidad.

—¿Extragubernamentales, señor? ¿Quiere decir que ha recurrido al sector privado? ¿Para algo tan secreto?

El presidente asintió con convicción.

—He reunido a un grupo de confirmación externo; cuatro científicos civiles. Se trata de personal ajeno a la NASA con un gran prestigio y una gran reputación que proteger. Han utilizado su propio equipo para llevar a cabo sus observaciones y llegar así a sus propias conclusiones. Durante las últimas cuarenta y ocho horas, estos científicos civiles han confirmado el descubrimiento de la NASA sin la menor sombra de duda.

Rachel estaba impresionada. El presidente se había protegido haciendo gala del típico aplomo Herney: al contratar al más impensable equipo de escépticos, personal ajeno que nada tenía que ganar confirmando el descubrimiento de la NASA, se había protegido contra cualquier sospecha que apuntara a que aquello podía tratarse de una desesperada estratagema de la agencia para justificar su presupuesto, reelegir a un presidente que tan favorable se había mostrado a la Estación Espacial y poner fin de una vez a los ataques del senador Sexton.

—Hoy, a las ocho de la noche —dijo Herney—, celebraré una rueda de prensa en la Casa Blanca para anunciar este descubrimiento al mundo.

Rachel se sintió frustrada. Herney prácticamente no le había dicho nada.

—Y ese descubrimiento..., ¿de qué se trata exactamente?

El presidente sonrió.

—Hoy se dará usted cuenta de que la paciencia es una virtud. Este descubrimiento es algo que tiene que ver con sus propios

63

ojos. Necesito que entienda totalmente la situación antes de que procedamos. El director de la NASA está a la espera de ponerla al corriente. Le dirá todo lo que necesita saber. Después de eso, usted y yo discutiremos su papel en este asunto con mayor profundidad.

Rachel percibió una sombra en los ojos del presidente y recordó la advertencia de Pickering en el sentido de que la Casa Blanca podía estar guardándose algún as bajo la manga. Al parecer, Pickering estaba en lo cierto, como de costumbre.

Herney señaló con un gesto un hangar cercano.

—Sígame —dijo, dirigiéndose hacia allí.

Rachel así lo hizo, confundida. El edificio que se levantaba ante sus ojos carecía de ventanas y tenía unas enormes puertas dobles selladas. El único acceso era una pequeña entrada en una de las paredes laterales del hangar. La puerta estaba abierta de par en par. El presidente condujo a Rachel hasta quedar a unos cuantos metros de la puerta y se detuvo.

—Yo me quedo aquí —dijo, indicando hacia la puerta—. Usted entre.

Rachel vaciló.

—¿No viene?

—Tengo que volver a la Casa Blanca. Hablaré con usted en breve. ¿Lleva teléfono móvil?

—Por supuesto, señor.

—Démelo.

Rachel sacó el móvil y se lo dio, dando por sentado que el presidente intentaría introducir en él un número privado de contacto. En vez de eso, Herney se lo metió en el bolsillo.

—Está usted liberada en este momento —dijo el presidente—. Acaba de ser eximida de todas sus responsabilidades laborales. No hablará hoy con nadie más sin mi autorización expresa o la del director de la NASA. ¿Me ha comprendido bien?

Rachel lo miró. «¿El presidente acaba de robarme el móvil?»

—Después de que el director le explique los detalles del descubrimiento, la pondrá en contacto conmigo mediante canales de comunicación seguros. Hablaré con usted pronto. Buena suerte.

Rachel miró hacia la puerta del hangar y sintió una creciente inquietud.

El presidente Herney posó su mano en el hombro de Rachel en un gesto tranquilizador y alzó la cabeza en dirección a la puerta.

—Le aseguro, Rachel, que no se arrepentirá de haberme ayudado en este asunto.

Y sin una palabra más, se dirigió a grandes zancadas al Pave-Hawk que la había llevado a ella hasta allí. Subió a bordo y el helicóptero despegó. No miró atrás ni una sola vez.

12

Rachel Sexton se quedó sola en el umbral del hangar aislado de Wallops y escudriñó la ocuridad que tenía delante. Se sentía como si estuviera a las puertas de otro mundo. Del cavernoso interior del hangar emergía una brisa fresca y húmeda, como si el edificio estuviera respirando.

—¿Hola? —gritó Rachel con voz ligeramente temblorosa.

Silencio.

Rachel cruzó el umbral cada vez más inquieta. Su visión quedó cegada durante unos segundos mientras sus ojos se acostumbraban a la penumbra.

—La señorita Sexton, ¿verdad? —dijo la voz de un hombre a pocos metros de donde ella se encontraba.

Rachel dio un respingo y se volvió hacia el lugar de donde procedía la voz.

—Sí, señor.

Vio aproximarse la difusa figura de un hombre.

A medida que la visión de Rachel ganaba en nitidez, se encontró cara a cara con un hombretón de pétreas mandíbulas que vestía uniforme de piloto de la NASA. Era un hombre corpulento y musculoso y lucía un montón de insignias en el pecho.

—Comandante Wayne Loosigian —dijo él—. Siento haberla asustado, señora. Aquí dentro está muy oscuro. Todavía no he tenido oportunidad de abrir los portalones. —Y antes de que Rachel pudiera decir nada, añadió—: Será un honor para mí ser su piloto esta mañana.

—¿Piloto? —preguntó Rachel mirándolo fijamente. «Ya tenía un piloto»—. He venido a hablar con el director.

—Sí, señora. Tengo órdenes de llevarla hasta él de inmediato.

Rachel tardó un instante en comprender la declaración del piloto. Cuando por fin asimiló lo que éste intentaba decirle, sintió una punzada de decepción. Al parecer, sus viajes no habían terminado.

—¿Dónde está el director? —preguntó recelosa.

—No dispongo de esa información —respondió el piloto—. Recibiré sus coordenadas en cuanto estemos en el aire.

Rachel percibió que el hombre decía la verdad. Todo indicaba que Pickering y ella no eran las únicas personas desinformadas esa mañana. El presidente se estaba tomando el asunto de la seguridad muy en serio y Rachel se sentía avergonzada al recordar con qué rapidez y facilidad la había «eximido de toda responsabilidad laboral». «Sólo llevo media hora fuera y ya me he quedado sin medio de comunicación y mi superior no tiene la menor idea de mi paradero.»

Rachel estaba casi segura de que sus planes estaban perfectamente trazados aquella mañana. El paseo de rigor iba a dar comienzo con ella a bordo, le gustara o no. La única pregunta era cuál iba a ser su destino.

El piloto se dirigió con paso firme hacia la pared y pulsó un botón. El extremo más alejado del hangar empezó a deslizarse ruidosamente hacia un lado. La luz entró desde el exterior, perfilando la silueta de un gran objeto situado en el centro del hangar.

Rachel se quedó boquiabierta. «Que Dios me asista.»

En el centro del hangar había un reactor de combate de color negro y de aspecto feroz. Era el avión más aerodinámico que había visto en su vida.

—Dígame que es una broma —dijo.

—Una primera reacción de lo más común, señora, pero el F-14 Tomcat de derivas gemelas es un avión muy seguro.

«Un misil con alas.»

El piloto condujo a Rachel hacia la nave. Indicó con un gesto la doble cabina.

—Usted irá en el asiento de atrás.

—¡No me diga! —Rachel le dedicó una pequeña sonrisa—. Y yo que creía que iba a pedirme que lo pilotara.

Después de haberse puesto un traje térmico de vuelo sobre la ropa, Rachel se encontró trepando hasta la cabina y acomodó como pudo las caderas en el estrecho asiento.

—Está claro que la NASA no tiene pilotos con el culo gordo —explicó.

El piloto le dedicó una sonrisa mientras la ayudaba a atarse el arnés de vuelo. A continuación le puso un casco en la cabeza.

—Volaremos a gran altura —dijo—. Necesitará oxígeno. —Tiró de una mascarilla del salpicadero lateral y empezó a adaptarla al casco.

–Puedo hacerlo sola –dijo Rachel, tendiendo la mano hacia arriba para ajustársela.

–Por supuesto, señora.

Rachel manipuló a tientas la boquilla moldeada y por fin, con un golpe seco, la colocó sobre el casco. La máscara resultaba sorprendentemente incómoda y extraña.

El comandante la miró durante un buen rato con una sonrisa de condescendencia en la cara.

–¿Pasa algo? –preguntó Rachel.

–Nada, señora –respondió el piloto disimulando–. Las bolsas para vomitar están debajo del asiento. Casi todo el mundo se marea durante su primer vuelo en un aparato de derivas gemelas.

–No se preocupe por mí –le tranquilizó Rachel al tiempo que su voz quedaba amortiguada por la sofocante presión de la máscara–. No suelo marearme cuando viajo.

El piloto se encogió de hombros.

–Lo mismo dicen muchos de los miembros de las fuerzas de elite de la Marina, y debo decir que he limpiado más de uno de sus vómitos en mi cabina.

Rachel asintió débilmente. «Qué encanto.»

–¿Alguna pregunta antes de despegar?

Rachel vaciló un instante y luego se dio un golpecito en la boquilla que le cruzaba el mentón.

–Me está cortando la circulación. ¿Cómo pueden llevar estos trastos en viajes largos?

El piloto sonrió pacientemente.

–Bueno, señora, es que normalmente no los llevamos puestos al revés.

En el extremo de la pista, con los motores vibrando tras ella, Rachel se sentía como una bala dentro de una pistola a la espera de que alguien apretara el gatillo. Cuando el piloto accionó el acelerador, los dos motores gemelos Lockheed 345 del Tomcat rugieron, activándose, y el mundo entero sufrió una sacudida. Los frenos se soltaron y Rachel fue lanzada hacia atrás contra el respaldo del asiento. El reactor salió despedido por la pista y despegó en cuestión de segundos. El avión se alejaba de la superficie terrestre a una velocidad vertiginosa.

Rachel cerró los ojos mientras el aparato seguía ascendiendo imparable hacia el cielo. Se preguntó en qué se había equivocado aquella mañana. Debería estar sentada delante de su mesa, escribiendo resúmenes. Ahora se encontraba a lomos de un torpedo alimentado por testosterona y respirando por una máscara de oxígeno.

Cuando el Tomcat dejó por fin de ascender y niveló el vuelo a cuarenta y cinco mil pies de altitud, Rachel se encontraba mal. Se obligó a concentrar la mente en alguna otra cosa. De pronto, al mirar el océano, ahora a quince mil metros por debajo, se sintió lejos de casa.

Delante de ella, el piloto hablaba con alguien por la radio. Cuando la conversación terminó, cortó la comunicación e inmediatamente hizo virar bruscamente el Tomcat hacia la izquierda. El avión se inclinó hasta quedar casi en posición vertical y Rachel sintió que el estómago le daba un vuelco. Por fin, el piloto volvió a equilibrar el aparato.

–Gracias por avisar, genio.

–Lo siento, señora, pero acabo de recibir las coordenadas secretas de su reunión con el director.

–Déjeme adivinar –dijo Rachel–. ¿Dirección norte?

El piloto pareció confundido.

–¿Cómo lo ha sabido?

Rachel suspiró. «Hay que ver cómo son estos chicos entrenados con simuladores de vuelo.»

–Porque son las nueve de la mañana, amigo mío, y tenemos el sol a la derecha. Estamos volando en dirección norte.

Durante un instante reinó el silencio.

–Sí, señora. Viajaremos en dirección norte esta mañana.

–¿Y a qué distancia en dirección al norte viajaremos?

El piloto comprobó las coordenadas.

–Aproximadamente a cuatro mil quinientos kilómetros.

Rachel se enderezó en su asiento.

–¿Qué? –Intentó visualizar un mapa, incapaz siquiera de imaginar qué podía haber tan al norte–. ¡Pero eso son cuatro horas de vuelo!

–A nuestra velocidad actual, sí –dijo el piloto–. Sujétese bien, por favor.

Antes de que Rachel pudiera decir nada más, el hombre retrajo las alas del F-14 hasta colocarlas en posición de bajo rozamiento. Un instante más tarde, Rachel se vio de nuevo estampada contra el asiento mientras el avión se lanzaba hacia delante como si hasta entonces no se hubiera movido. Un minuto después volaban a una velocidad aproximada de dos mil cuatrocientos kilómetros por hora.

Rachel estaba mareada. A medida que el cielo pasaba junto a ella a una velocidad cegadora, sintió que le sacudía una incontrolable oleada de arcadas. La voz del presidente resonó levemente en su cabeza: «Le aseguro, Rachel, que no se arrepentirá de haberme ayudado en este asunto».

Con un gemido, Rachel buscó bajo el asiento la bolsa para vomitar. «Nunca hay que fiarse de un político.»

13

A pesar de lo penoso que le resultaba recurrir a la chusma de los taxis para desplazarse por la ciudad, el senador Sedgewick había aprendido a soportar esos momentos de degradación ocasional en su camino hacia la gloria. El sucio taxi Mayflower que acababa de dejarle en el aparcamiento subterráneo del Purdue Hotel le proporcionaba algo que su amplia limusina no podía: anonimato.

Le encantó encontrar desierto el aparcamiento. Sólo unos cuantos coches polvorientos salpicaban un bosque de pilares de cemento. Mientras avanzaba en diagonal y a pie por el garaje, echó un vistazo a su reloj.

«Las 11.15. Perfecto.»

El hombre con el que iba a reunirse siempre se mostraba muy quisquilloso con el tema de la puntualidad. Sexton recordó que, bien pensado, y teniendo en cuenta a quién representaba en cuestión, podía mostrarse quisquilloso sobre cualquier maldito asunto que se le antojara.

Vio el Ford Windstar blanco aparcado exactamente en el mismo lugar donde lo había estado en cada uno de sus encuentros: en la esquina situada más al este del garaje, detrás de una fila de cubos de basura. Sexton habría preferido citarse con aquel hombre en una de las suites del hotel, pero indudablemente era consciente de las precauciones que se imponían. Los amigos de aquel individuo no habían llegado al puesto que ocupaban dejando nada al azar.

Mientras se dirigía a la camioneta, sintió el conocido nerviosismo que siempre experimentaba antes de uno de esos encuentros. Obligándose a relajar los hombros, subió al asiento del pasajero acompañándose de un alegre saludo con la mano. El caballero de cabello oscuro que ocupaba el asiento del conductor no sonrió. Tenía casi setenta años, pero su rostro curtido rezumaba la dureza propia de su cargo como representante de un ejército de cínicos visionarios y de despiadados capitalistas.

—Cierre la puerta —le dijo en tono seco.

Sexton obedeció, tolerando elegantemente la hosquedad del hombre. Al fin y al cabo, aquel tipo representaba a personas que controlaban ingentes sumas de dinero reunidas recientemente con el fin de colocarle a él en el umbral del despacho más poderoso del mundo. Sexton había terminado por comprender que esos encuentros no eran tanto sesiones de estrategia como recordatorios mensuales de hasta qué punto se debía él a sus benefactores. Aquellas personas esperaban obtener jugosos beneficios de su inversión. Sexton no podía negar que el «beneficio» era una exigencia asombrosamente escueta; sin embargo, y por increíble que resultara, se trataba de algo que estaría en su esfera de influencia en cuanto se sentara en el Despacho Oval.

—Supongo —dijo Sexton, que sabía que a aquel hombre le gustaba ir directamente al grano— que se ha hecho efectivo un nuevo pago.

—Así es. Y, como es habitual, debe usted utilizar estos fondos exclusivamente para su campaña. Nos ha complacido ver que los sondeos se inclinan cada vez más a su favor, y parece ser que sus jefes de campaña han estado gastando nuestro dinero de forma efectiva.

—Estamos avanzando muy rápido.

—Como le mencioné por teléfono —dijo el anciano—, he convencido a seis más para que se reúnan con usted esta noche.

—Excelente.

Sexton ya se había reservado tiempo para dedicarlo a esa reunión.

El anciano le entregó una carpeta.

—Aquí tiene su información. Estúdiela. Quieren asegurarse de que comprende usted sus preocupaciones de forma específica y de que es usted afín a ellas. Le sugiero que se reúna con ellos en su residencia.

—¿En mi casa? Pero normalmente me reúno...

—Senador. Estos seis hombres dirigen compañías poseedoras de recursos que exceden con mucho los de otras con las que usted ya ha entrado en contacto. Estos hombres son peces gordos y muy cautos. Tienen más que ganar, y, por tanto, también tienen más que perder. No me ha sido tarea fácil convencerles de que se reúnan con usted. Requerirán un trato especial. Un toque personal.

Sexton respondió con una rápida inclinación de cabeza.

—Perfecto. Puedo organizar una reunión en mi casa.

—No hace falta que le diga que desean absoluta privacidad.

–Yo también.

–Buena suerte –dijo el anciano–. Si esta noche todo sale bien, podría ser su última reunión. Esos hombres por sí solos pueden proporcionar todo lo necesario para darle a su campaña el empujón definitivo.

A Sexton le gustó cómo sonaba aquello. Dedicó al anciano una sonrisa confiada.

–Con suerte, amigo, cuando lleguen las elecciones, cantaremos victoria.

–¿Victoria? –El anciano lo miró ceñudo, inclinándose hacia Sexton con ojos amenazadores–. Colocarle a usted en la Casa Blanca no es más que el primer paso hacia la victoria, senador. Espero que no lo haya olvidado.

14

La Casa Blanca es una de las mansiones presidenciales más pequeñas del mundo. Mide sólo cincuenta y dos metros de largo por veintiséis de ancho y está construida sobre tan sólo ocho hectáreas de terreno ajardinado. El proyecto del arquitecto James Hoban, basado en una estructura semejante a una caja con un techo a cuatro aguas, balaustrada y una entrada con columnas, a pesar de no destacar precisamente por su originalidad, fue seleccionado en un concurso público en el que los jueces lo calificaron de «vistoso, digno y versátil».

Incluso después de vivir tres años y medio en la Casa Blanca, el presidente Zach Herney raras veces se sentía en casa entre esa maraña de candelabros, antigüedades y marines armados que llenaban el edificio. Sin embargo, en ese momento, mientras se dirigía a grandes zancadas hacia el Ala Oeste, se sentía lleno de vigor y extrañamente relajado. Apenas notaba el peso de sus pies sobre los lujosos suelos alfombrados.

Varios miembros del personal de la Casa Blanca levantaron la mirada cuando el presidente se acercó. Herney los saludó con la mano y de viva voz, llamándolos por su nombre. Sus respuestas, aunque corteses, resultaron apagadas y acompañadas de sonrisas forzadas.

–Buenos días, presidente.

–Qué alegría verle, presidente.

–Buenos días, señor.

Mientras el presidente se dirigía a su despacho, percibió susurros a su paso. Dentro de la Casa Blanca se tramaba una insurrección. Durante las dos últimas semanas, el clima de desilusión en el 1600 de Pennsylvania Avenue había aumentado hasta tal punto que Herney estaba empezando a sentirse como el capitán Bligh: comandando un barco que zozobraba y cuya tripulación se estaba preparando para un motín.

El presidente no los culpaba. Su personal había dedicado horas de duro trabajo a apoyarle en las elecciones que se avecinaban y ahora, de pronto, todo indicaba que él estaba tirando la toalla.

«Pronto lo entenderán –se dijo Herney–. Pronto volveré a ser su héroe.»

Lamentaba mantener a su personal totalmente al margen durante tanto tiempo, pero era de vital importancia que la información se mantuviera en secreto. Y, cuando se trataba de guardar secretos, la Casa Blanca era famosa por ser el barco con menos filtraciones de todo Washington.

Herney llegó a la sala de espera, situada delante del Despacho Oval, y le dedicó a su secretaria un animado saludo.

–Está muy guapa esta mañana, Dolores.

–Usted también, señor –respondió la secretaria, mirando el atuendo informal del presidente con clara desaprobación.

Herney bajó la voz.

–Quiero que me organice una reunión.

–¿Con quién, señor?

–Con todo el personal de la Casa Blanca.

La secretaria levantó la mirada.

–¿Con todo su personal, señor? ¿Con los ciento cuarenta y cinco?

–Exacto.

La secretaria parecía inquieta.

–Muy bien. ¿Quiere que la organice en... la Sala de Comunicados?

Herney negó con la cabeza.

–No. Organícela en mi despacho.

La secretaria lo miró fijamente.

–¿Quiere ver a todo el personal dentro del Despacho Oval?

–Exactamente.

–¿A todos a la vez, señor?

–¿Por qué no? Convóquela a las cuatro de la tarde.

La secretaria asintió como quien le sigue la corriente a un chiflado.

–Muy bien, señor. ¿Y el motivo de la reunión es...?

–Tengo algo muy importante que anunciar al pueblo norteamericano esta noche. Quiero que mi personal lo oiga antes.

Una repentina mirada de decepción asomó al rostro de su secretaria, casi como si se hubiera estado temiendo en secreto ese momento. Bajó la voz.

–Señor, ¿va a usted a retirarse de la carrera por la presidencia?

Herney se echó a reír.

–¡Demonios, no, Dolores! ¡Me estoy preparando para luchar!

Dolores pareció dudar de sus palabras. Los informes de los medios de comunicación no dejaban de repetir que el presidente Herney estaba echando las elecciones por la borda.

El presidente le dedicó un guiño tranquilizador.

–Dolores, durante estos últimos años ha hecho un magnífico trabajo para mí y seguirá haciéndolo durante otros cuatro. Vamos a quedarnos en la Casa Blanca. Se lo juro.

Su secretaria parecía desear creerle más que nada en el mundo.

–Muy bien, señor. Avisaré al personal. A las cuatro en punto.

Cuando Zach Herney entró en el Despacho Oval, no pudo evitar sonreír al imaginar a todo su personal arracimado en esa sala decepcionantemente pequeña.

A pesar de que ese gran despacho había recibido varios nombres a lo largo de los años –el Baño, la Madriguera de la Polla, el Dormitorio Clinton–, el favorito de Herney era la Trampa para Langostas. La verdad es que el nombre era de lo más acertado. Cada vez que un nuevo visitante entraba en el Despacho Oval, quedaba inmediatamente desorientado. La simetría de la sala, las paredes suavemente curvas, las puertas de entrada y salida discretamente disimuladas, todo ello daba al visitante la vertiginosa sensación de que le habían tapado los ojos y le habían hecho girar sobre sí mismo. A menudo, tras una reunión en el Despacho Oval, un dignatario de visita se levantaba, estrechaba la mano del presidente y se dirigía directamente hacia uno de los armarios. Dependiendo de cómo hubiera ido la reunión, Herney detenía al invitado a tiempo o veía divertido cómo el visitante se ponía en evidencia.

Herney siempre había creído que el aspecto dominante del Despacho Oval era el águila americana blasonada en la alfombra oval de la sala. La garra izquierda del águila tenía sujeta una rama de olivo y la derecha un manojo de flechas. Pocos foráneos sabían que en tiempos de paz, el águila miraba a la izquierda, hacia la rama de olivo. Sin embargo, en tiempos de guerra, el águila miraba misteriosamente a la derecha, hacia las flechas. El mecanismo que escondía ese pequeño truco de salón era fuente de silenciosa especulación entre el personal de la Casa Blanca, porque tradicionalmente sólo el presidente y la jefa del departamento de mantenimiento lo conocían. A Herney, la verdad que se ocultaba tras la enigmática águila le había resultado decepcionante y mundana. Un pequeño almacén del sótano contenía la segunda alfombra oval y los servicios de limpieza simplemente cambiaban las alfombras por la noche.

Cuando Herney bajó los ojos hacia la pacífica águila, que clavaba los ojos a su izquierda, sonrió al pensar que quizá debería cambiar las alfombras en honor de la pequeña guerra que estaba a punto de iniciar contra el senador Sedgewick Sexton.

15

La Delta Force de Estados Unidos es el único escuadrón de combate cuyas acciones disfrutan de total inmunidad presidencial ante la ley.

La Directiva de Dirección Presidencial n° 25 (DDP 25) asegura a los soldados de la Delta Force «libertad de toda justificación legal», incluyendo la aplicación del Acta Posse Comitatus de 1876, un estatuto que impone penas de cárcel a todo aquel que emplee la fuerza militar para beneficio personal, el incumplimiento de la ley vigente o las operaciones secretas no sancionadas. Los miembros de la Delta Force se escogen con sumo cuidado entre los que forman el Grupo de Solicitudes de Combate (GSC), una organización secreta adscrita al Comando de Operaciones Especiales de Fort Bragg, en Carolina del Norte. Los soldados de la Delta Force son asesinos entrenados: expertos en operaciones SWAT, rescate de rehenes, bombardeos sorpresa y eliminación de fuerzas enemigas clandestinas.

Debido a que normalmente las misiones de la Delta Force implican un alto nivel de confidencialidad, la cadena tradicional por niveles de mando a menudo se ve sustituida por una gestión «monocaput», un único controlador que dispone de autoridad para tomar decisiones del modo en que él o ella lo considere apropiado. El controlador suele ser un militar que goza de gran poder político y con el suficiente rango o influencia para hacerse cargo de la misión. Independientemente de la identidad de su controlador, las misiones de la Delta Force reciben la clasificación del más alto nivel, y en cuanto se completa una misión, los soldados del escuadrón no vuelven a mencionarla, ni entre sí ni con sus oficiales de mando del ámbito de Operaciones Especiales.

«Vuela. Combate. Olvida.»

El escuadrón de la Delta actualmente estacionado sobre el paralelo 82 no tenía como misión volar ni combatir. Simplemente vigilaba.

A pesar de que hacía tiempo que había aprendido a no dejarse sorprender por las órdenes que recibía, Delta-Uno no podía negar que, por el momento, a aquella misión sólo se la podía calificar de inusual. Durante los últimos cinco años, se había visto implicado en el rescate de rehenes en Oriente Próximo, en la ubicación y en el exterminio de células terroristas que actuaban dentro de Estados Unidos e incluso en la discreta eliminación de varios hombres y mujeres, considerados elementos muy peligrosos, por todo el globo.

Sin ir más lejos, el mes anterior su equipo de la Delta había utilizado un microrrobot volador para provocarle un infarto mortal a un capo de la droga sudamericano especialmente peligroso. Empleando un microrrobot equipado con una aguja de titanio del diámetro de un cabello y armada con un potente vasoconstrictor, Delta-Dos había introducido el aparato en la casa de aquel hombre por una ventana abierta de la segunda planta, y, tras haber localizado su dormitorio le había pinchado en el hombro mientras dormía. El microrrobot había salido por la ventana y huido antes de que él se despertara con un intenso dolor en el pecho. El equipo de la Delta volaba ya de regreso a casa mientras la esposa de la víctima llamaba a la ambulancia.

Sin violencia.

Muerte natural.

Había sido una preciosidad.

Más recientemente, otro microrrobot que habían estacionado en la oficina de un prominente senador a fin de grabar sus encuentros personales había capturado imágenes de un lujurioso encuentro sexual. El escuadrón de la Delta se refería en son de broma a esa misión como «penetración tras las líneas enemigas».

Ahora, después de diez días sin otro cometido que el de mantener la vigilancia, Delta-Uno estaba preparado para terminar con esa misión.

«Manteneos ocultos.

»Vigilad la estructura, por dentro y por fuera.

»Informad a vuestro controlador sobre cualquier acontecimiento inesperado.»

Delta-Uno había sido entrenado para no sentir la menor emoción respecto a las misiones que se le asignaban. Sin embargo, ésta en concreto le había acelerado el pulso cuando él y su equipo recibieron la información de su cometido por primera vez. El comunicado carecía de «identidad»: habían recibido instrucciones de cada una de las fases utilizando canales electrónicamente seguros.

Delta-Uno no había llegado a conocer al controlador responsable de esa misión.

Delta-Uno estaba preparando una comida a base de proteínas deshidratadas cuando su reloj emitió un pitido al unísono con los de los demás. En cuestión de segundos, el dispositivo de comunicación CrypTalk que estaba junto a él parpadeó y se activó, alertado. Delta-Uno dejó de hacer lo que estaba haciendo y cogió el comunicador manual. Los otros dos hombres lo observaron en silencio.

—Delta-Uno —dijo, hablando al transmisor.

Las dos palabras quedaron instantáneamente identificadas por el software de voz instalado en el dispositivo. A cada una de ellas le era asignado un número de referencia, que quedaba encriptado y era enviado vía satélite al origen de la llamada. En el extremo de la línea de quien efectuaba la llamada, y empleando un dispositivo similar, los números eran desencriptados y traducidos de nuevo a palabras empleando un diccionario predeterminado y de autoselección aleatoria. Luego las palabras eran pronunciadas en voz alta por una voz sintética. La duración total del proceso: ochenta milisegundos.

—Aquí el controlador —dijo la persona que supervisaba la operación. El tono robótico del CrypTalk producía una sensación realmente inquietante: era inorgánico y andrógino—. ¿Cuál es su estatus operativo?

—Todo sigue como estaba planeado —respondió Delta-Uno.

—Excelente. Tengo una actualización sobre la franja horaria. La información se hará pública esta noche a las ocho, hora de la Costa Este.

Delta-Uno comprobó su cronógrafo. «Sólo faltan ocho horas.» Su trabajo allí pronto habría terminado. Eso le animó.

—Hay otra novedad —dijo el controlador—. Un nuevo jugador ha entrado en la arena.

—¿Qué nuevo jugador?

Delta-Uno escuchó atentamente. «Una jugada interesante.» Ahí fuera había alguien que no dejaba de jugar ni un solo momento.

–¿Cree usted que se puede confiar en ella?
–Hay que vigilarla muy de cerca.
–¿Y si hay problemas?
No hubo la menor duda desde el otro lado de la línea.
–Prevalecen las órdenes.

16

Rachel Sexton llevaba más de una hora volando en dirección norte. Aparte de un fugaz vistazo a Terranova, durante todo el trayecto lo único que había visto era agua.

«¿Por qué tenía que ser precisamente agua?», pensó con una mueca de fastidio. A los siete años, se había hundido en un estanque helado al quebrarse el hielo bajo sus pies. Atrapada bajo la superficie, estaba segura de que iba a morir. Sólo el fuerte brazo de su madre había logrado sacar de un tirón su cuerpo empapado y ponerlo a salvo. Después de esa horrorosa experiencia, Rachel había luchado contra un caso persistente de hidrofobia: un claro recelo ante las grandes superficies de agua, sobre todo de agua fría. Hoy, sin nada más que el Atlántico Norte extendiéndose hasta donde le alcanzaba la vista, los viejos miedos habían vuelto a embargarla.

Hasta que el piloto no comprobó su posición con la base aérea de Thule en Groenlandia, Rachel no fue consciente de la distancia que habían recorrido. «¿Estoy sobrevolando el Círculo Polar Ártico? –La revelación intensificó su inquietud–. ¿Adónde me llevan? ¿Qué es lo que ha encontrado la NASA?» Muy pronto, la extensión gris-azulada que tenía debajo apareció salpicada de miles de puntos inmaculadamente blancos.

«Icebergs.»

Rachel sólo había visto icebergs una vez en su vida, hacía ya seis años, cuando su madre la había convencido para que la acompañara en un crucero por Alaska, madre e hija solas. Rachel había sugerido innumerables alternativas *terrestres*, pero su madre se había mostrado muy insistente.

–Rachel, cariño –le había dicho–: dos terceras partes del planeta están cubiertas de agua y antes o después tendrás que lidiar con ello.

La señora Sexton estaba totalmente empeñada, cosa que la identificaba como un ejemplar típico de Nueva Inglaterra, en criar a una hija fuerte.

El crucero había sido el último viaje que Rachel y su madre habían hecho juntas.

«Katherine Wentworth Sexton.» Rachel sintió una distante punzada de soledad. Como el viento que aullaba fuera del avión, los recuerdos no dejaban de acosarla, embargándola como siempre. La última conversación entre ambas había sido por teléfono. La mañana del día de Acción de Gracias.

–Lo siento muchísimo, mamá –dijo Rachel, telefoneándole desde el aeropuerto de O'Hare cubierto por la nieve–. Ya sé que nuestra familia nunca ha pasado el día de Acción de Gracias separada. Está claro que hoy será la primera vez.

La madre de Rachel parecía deshecha.

–Tenía muchísimas ganas de verte.

–Y yo, mamá. Piensa que tendré que comer aquí, en el aeropuerto, mientras papá y tú devoráis el pavo.

Hubo una pausa en la línea.

–No pensaba decírtelo hasta que llegaras, Rachel, pero tu padre me ha dicho que tiene demasiado trabajo y no puede venir a casa. Se queda en su suite del DC a pasar el fin de semana largo.

–¿Qué? –La sorpresa de Rachel dio paso a la rabia–. Pero si es el día de Acción de Gracias. ¡El Senado suspende su sesión! Está a menos de dos horas de casa. ¡Tendría que estar contigo!

–Lo sé. Dice que está agotado y no se ve con ánimo de conducir. Ha decidido que necesita pasar el fin de semana encerrado, ponerse al día con todo el trabajo que tiene atrasado.

«¿Trabajo?», pensó Rachel, escéptica. Probablemente fuera más acertado pensar que el senador Sexton estaría encerrado con otra mujer. Sus infidelidades, aunque discretas, eran un hecho desde hacía años. La señora Sexton no era ninguna estúpida, pero los líos de su marido siempre iban acompañados de convincentes coartadas y de una dolorida indignación ante la mera sugerencia de que él pudiera serle infiel. La única alternativa que le quedaba era enterrar su dolor, fingiendo no ver nada. A pesar de que Rachel la había apremiado para que considerara la posibilidad del divorcio, Katherine Wentworth Sexton era una mujer de palabra.

–Hasta que la muerte nos separe –le dijo a Rachel–. Tu padre me bendijo contigo, con una hija hermosa, y por ello debo darle las gracias. Tendrá que responder de sus actos algún día ante un poder superior.

En el aeropuerto, Rachel bullía de rabia.

–¡Pero eso significa que vas a pasar el día de Acción de Gracias sola!

Rachel sintió náuseas. Que su padre abandonara a su familia el día de Acción de Gracias era caer realmente bajo, incluso tratándose de él.

–Bueno... –dijo la señora Sexton con voz decepcionada aunque decidida–. Obviamente no puedo dejar que toda esta comida se desperdicie. Me iré a casa de la tía Ann. Siempre nos invita el día de Acción de Gracias. La llamaré ahora mismo.

Rachel se sintió menos culpable, aunque sólo en parte.

–Bien. Llegaré a casa en cuanto pueda. Te quiero, mamá.

–Buen vuelo, cariño.

Eran las diez y media de la noche cuando el taxi que la llevaba emprendió por fin la serpenteante cuesta que conducía a la lujosa propiedad del senador Sexton. Rachel se dio cuenta enseguida de que algo iba mal. Había tres coches patrulla aparcados en el camino de acceso a la casa. También había varias furgonetas de equipos de noticiarios. Todas las luces de la casa estaban encendidas. Rachel se precipitó al interior con el corazón en un puño.

Un policía del estado de Virginia salió a su encuentro en el umbral de la puerta principal. Tenía una expresión severa en el rostro. No tuvo que decir una sola palabra. Rachel lo supo: había ocurrido un accidente.

–La carretera veinticinco estaba resbaladiza debido a la lluvia y el hielo –dijo el oficial–. Su madre se ha salido de la calzada y ha caído por un barranco cubierto de bosque. Ha fallecido a causa del impacto. Lo siento.

Rachel sintió que su cuerpo se paralizaba. Su padre, que había vuelto a casa de inmediato al enterarse de la noticia, estaba ahora en el salón dando una pequeña rueda de prensa, anunciando estoicamente al mundo que su esposa había muerto en un accidente cuando regresaba a casa después de haber celebrado el día de Acción de Gracias en familia.

Rachel se quedó a un lado, sollozando todo el rato.

–Mi único deseo –dijo su padre a los medios de comunicación con los ojos velados por las lágrimas–, era haber estado en casa con ella este fin de semana. Esto jamás habría ocurrido.

«Eso tendrías que haberlo pensado hace años», sollozó Rachel mientras el odio que sentía hacia su padre se hacía más intenso a cada instante.

Desde ese momento, Rachel se distanció de su padre como la

señora Sexton jamás lo había hecho. El senador apenas pareció darse cuenta. De repente estaba muy ocupado utilizando la reciente desgracia que había sacudido a su esposa para empezar a cortejar la nominación de su partido para presentarse como candidato a presidente. El voto compasivo tampoco debía despreciarse.

Tres años después, con toda su crueldad, incluso en la distancia, el senador seguía obligando a Rachel a llevar una vida solitaria. Su candidatura a ocupar la Casa Blanca había aplazado de forma indefinida los sueños de su hija de encontrar un hombre y formar una familia. Para ella había sido más fácil apartarse totalmente del juego social que lidiar con el eterno desfile de pretendientes de Washington ávidos de poder, que esperaban atrapar a una dolorida «primera hija» en potencia mientras ella todavía estaba a tiro.

Fuera del F-14, la luz del día había empezado a palidecer. Era ya finales de invierno en el Ártico, una época de perpetua oscuridad. Rachel se dio cuenta entonces de que estaba volando hacia una tierra de noche eterna.

A medida que pasaban los minutos, el sol fue desapareciendo por entero, ocultándose tras el horizonte. Siguieron volando hacia el norte y apareció una brillante luna en cuarto menguante, blanca y suspendida en el cristalino aire glacial. Muy por debajo brillaban las olas del océano y los icebergs parecían diamantes bordados en una oscura malla de lentejuelas.

Por fin, Rachel vislumbró el difuso contorno de tierra firme. Sin embargo, no era lo que había esperado ver. Elevándose amenazadoramente sobre el océano delante del avión había una enorme cordillera de montañas con las cumbres cubiertas de nieve.

–¿Montañas? –preguntó confundida–. ¿Hay montañas al norte de Groenlandia?

–Eso parece –respondió el piloto, que parecía tan sorprendido como ella.

Cuando el morro del F-14 se inclinó hacia abajo, Rachel sintió una aterradora ligereza. Por encima del pitido que le sacudía los oídos pudo oír un silbido electrónico y repetitivo en la cabina. Al parecer el piloto seguía la señal de alguna baliza direccional sin aminorar la velocidad.

En el momento en que descendieron por debajo de los tres mil pies, Rachel miró el terreno bajo ella, espectacularmente iluminado por la luna. En la base de las montañas se abría una amplia llanura cubierta de nieve. La meseta se extendía hacia el mar unos quince kilómetros hasta terminar abruptamente en un pronunciado acantilado de hielo que caía en vertical al océano.

Fue entonces cuando lo vio. Un panorama en nada comparable a todo lo que había visto jamás. En un primer momento creyó que la luna debía de estar haciéndole alguna jugarreta. Entrecerró los ojos sin apartarlos del terreno nevado, incapaz de comprender lo que estaba mirando. Cuanto más descendía el avión, más clara se volvía la imagen.

«¿Qué diantre...?»

El altiplano situado debajo de ellos estaba dividido en franjas... como si alguien hubiera pintado en la nieve tres enormes estrías con pintura plateada. Las relucientes franjas corrían paralelas al acantilado costero. La ilusión óptica no llegó a revelarse hasta que el avión descendió por debajo de los quinientos pies. Las tres franjas plateadas eran profundos canales, cada uno de ellos con una anchura de más de treinta metros. Los canales se habían llenado de agua, que se había helado hasta formar surcos amplios y plateados que se extendían en paralelo por el altiplano. Las blancas cornisas que los dividían eran prominentes diques de nieve.

A medida que descendían hacia el altiplano, el avión empezó a corcovear zarandeado por fuertes turbulencias. Rachel oyó abrirse el compartimento del tren de aterrizaje con un fuerte chasquido, pero no vio ninguna pista. Mientras el piloto hacía lo imposible por mantener el avión bajo control, ella miró fuera y vislumbró dos líneas de parpadeantes luces indicadoras a ambos lados del canal de hielo más alejado del centro. Horrorizada, se dio cuenta de lo que el piloto estaba a punto de hacer.

–¿Vamos a aterrizar sobre el hielo? –preguntó.

El piloto no respondió. Estaba concentrado en las rachas de viento que azotaban el aparato. Rachel sintió que se le abría un agujero en las entrañas cuando el avión redujo la velocidad y se dejó caer sobre el canal de hielo. Las altas cornisas de nieve se elevaron a cada lado del aparato. Contuvo el aliento, consciente de que el menor error de cálculo en el estrecho canal significaría una muerte segura. El oscilante avión descendió aún más entre las cornisas y de pronto la turbulencia desapareció. Protegido del viento, el aparato aterrizó perfectamente sobre el hielo.

Los propulsores posteriores rugieron, reduciendo la velocidad del reactor. Rachel soltó un suspiro. El avión avanzó despacio a unos cien metros de donde había tomado tierra y por fin se detuvo delante de una línea roja pintada toscamente con aerosol sobre la superficie helada.

A la derecha sólo se veía un muro de nieve a la luz de la luna: la parte lateral de una cornisa de hielo. A la izquierda, el panorama era idéntico. Rachel sólo gozaba de cierta visibilidad por el parabrisas que tenía delante. Vio una infinita extensión de hielo. Tenía la sensación de haber aterrizado en un planeta muerto; aparte de la línea pintada en el suelo helado, no había el menor signo de vida.

Entonces lo oyó. En la distancia, otro motor se aproximaba con un rugido más agudo. El sonido fue magnificándose hasta que por fin una máquina apareció en su campo de visión. Era un gran tractor de nieve multibanda que avanzaba entre sacudidas hacia ellos por el canal de hielo. Alto y alargado, parecía un insecto futurista y amenazador rechinando hacia ellos sobre sus voraces cadenas giratorias. Rachel pudo ver que había en lo alto del chasis una cabina de plexiglás desde donde una hilera de focos iluminaba el camino.

La máquina se detuvo con una sacudida justo al lado del F-14. La puerta de la cabina de plexiglás se abrió y una figura descendió al suelo helado por una escalerilla. Estaba cubierta de la cabeza a los pies por un traje blanco y almohadillado que daba toda la impresión de haber sido inflado.

«Estoy siendo testigo del encuentro entre Mad Max y un Pillsbury Dough Boy»[1], pensó Rachel, aliviada al ver que aquel extraño planeta al menos estaba habitado.

El hombre le indicó con una señal al piloto del F-14 que abriera la carlinga, y éste obedeció.

Cuando la cabina se abrió, la ráfaga de aire que envolvió el cuerpo de Rachel le heló las entrañas.

«¡Cierre esa maldita carlinga!»

–¿Señorita Sexton? –le gritó la figura. Su acento era inconfundiblemente norteamericano–. En nombre de la NASA, le doy la bienvenida.

Rachel estaba tiritando.

---

1. Denominación familiar del soldado de infantería de Estados Unidos que combatió en Europa, especialmente durante la Primera Guerra Mundial. (N. del T.)

«Un millón de gracias.»

–Por favor, desabróchese el arnés de vuelo, deje el casco en el avión y descienda del aparato utilizando los apoyapiés del fuselaje. ¿Tiene alguna pregunta?

–Sí –le gritó Rachel a su vez–. ¿Dónde demonios estoy?

17

Marjorie Tench, la asesora principal del presidente, era una criatura de esqueleto desmochado. Su macilento cuerpo de metro ochenta y dos parecía una construcción del Erector Set[1], hecha de miembros y articulaciones. En lo alto de su precario cuerpo, se cernía un rostro avinagrado de piel semejante a una hoja de papel pergamino en la que alguien hubiera clavado unos ojos carentes de toda emoción. A sus cincuenta y un años, parecía haber cumplido los setenta.

Tench era reverenciada en Washington por ser una diosa en la arena política. Se decía que poseía dotes analíticas que rozaban la clarividencia. La década que llevaba al frente de la Oficina de Inteligencia e Investigación del Departamento de Estado le había ayudado a desarrollar una mente crítica y mortal. Desgraciadamente, la comprensión política de Tench iba de la mano de un temperamento glacial que pocos lograban soportar durante más de unos minutos. Marjorie Tench había sido bendecida con el cerebro de un superordenador... y también con su calidez. Sin embargo, el presidente Zach Herney no tenía ningún problema a la hora de tolerar la idiosincrasia de aquella mujer. Su intelecto y su increíble capacidad de trabajo eran casi las únicas responsables de haber llevado a Herney al despacho que ahora ocupaba.

—Marjorie —dijo el presidente, poniéndose en pie para darle la bienvenida al Despacho Oval—. ¿Qué puedo hacer por usted?

El presidente no le ofreció asiento. Los típicos rituales sociales no iban con las mujeres como Marjorie Tench. Si Tench quería sentarse, sin duda no dudaría en hacerlo.

—Ya veo que ha convocado una reunión con el personal a las cuatro de la tarde de hoy. —Tenía la voz rasposa por culpa de los cigarrillos—. Excelente.

Tench se paseó de un lado a otro durante un instante y Herney percibió que las intricadas piezas de su mente giraban una y otra

---

1. Juego de construcción y ensamblaje muy similar al Meccano. *(N. del T.)*

vez. Se sintió agradecido. Marjorie Tench era uno de los miembros selectos del personal del presidente que estaba totalmente al corriente del descubrimiento de la NASA y su comprensión política le estaba ayudando a planear su estrategia.

—En cuanto al debate que tendrá lugar hoy en la CNN a la una —dijo la mujer, tosiendo—. ¿A quién vamos a enviar para que se enfrente a Sexton?

Herney sonrió.

—A algún portavoz subalterno de campaña.

La táctica política de frustrar al «cazador» no enviándole nunca una gran presa era tan antigua como los propios debates.

—Tengo una idea mejor —apuntó ella clavando sus estériles ojos en los del presidente—. Deje que sea yo quien vaya.

Zach Herney levantó la cabeza.

—¿Usted? —«¿En qué demonios estará pensando?»—. Marjorie, usted nunca aparece ante los medios de comunicación. Además, se trata de un programa de mediodía en la televisión por cable. Si envío a mi asesora principal, ¿qué mensaje estaríamos comunicando al público? Daría la sensación de que nos estamos dejando llevar por el pánico.

—Exacto.

Herney la estudió. Fuera cual fuera el retorcido plan que Tench tenía en mente, no tenía la menor posibilidad de que él le permitiera aparecer en la CNN. Quien hubiera posado la mirada en Marjorie Tench sabía que existía una razón más que fundamentada para que su trabajo se desarrollara exclusivamente entre bastidores. Tench era una mujer con un aspecto aterrador y no tenía la clase de rostro que un presidente deseaba ver comunicando el mensaje de la Casa Blanca.

—Voy a asistir a ese debate de la CNN —repitió Tench.

Esta vez no era una solicitud.

—Marjorie —maniobró el presidente, sintiéndose incómodo—. Sin duda la campaña de Sexton dará por sentado que su presencia en la CNN prueba que la Casa Blanca está asustada. Enviar a nuestros pesos pesados tan pronto nos hará parecer claramente desesperados.

La mujer respondió con una silenciosa inclinación de cabeza y encendió un cigarrillo.

—Cuanto más desesperados parezcamos, mejor.

Durante los siguientes sesenta segundos, Marjorie Tench perfiló por qué el presidente iba a enviarla al debate de la CNN en vez de enviar a cualquier portavoz subalterno de campaña. Cuando Tench terminó de hablar, lo único que pudo hacer el presidente fue mirarla, asombrado.

Una vez más, Marjorie Tench mostraba su genialidad política.

18

La plataforma Milne es el témpano de hielo más extenso del hemisferio norte. Ubicada sobre el paralelo 82, en el extremo septentrional de Ellesmere Island, en el alto Ártico, la plataforma de hielo Milne tiene una anchura de seis kilómetros y medio y alcanza grosores de casi cien metros. Mientras Rachel trepaba hasta la cápsula de plexiglás situada en lo alto del tractor de hielo, daba gracias por el anorak y los guantes adicionales que la esperaban en el asiento, así como por el calor que exhalaban los ventiladores del vehículo. Fuera, en la rampa de hielo, los motores del F-14 rugieron y el avión empezó a maniobrar, preparándose para el despegue.

Rachel levantó los ojos, alarmada.

−¿Se va?

Su nuevo anfitrión trepó al tractor, asintiendo.

−Sólo el personal científico y los miembros inmediatos del equipo de soporte de la NASA tienen acceso al centro.

Cuando el F-14 se perdió con un rugido en la oscuridad del cielo, Rachel se sintió bruscamente abandonada.

−A partir de aquí seguiremos en el IceRover −dijo el hombre−. El director la espera.

Rachel miró el plateado sendero de hielo que tenían delante e intentó imaginar qué demonios hacía allí el director de la NASA.

−Agárrese bien −le gritó el hombre de la NASA, accionando algunas palancas.

Con un gruñido, la máquina rotó noventa grados sin desplazarse, como uno de los tanques del ejército provistos de bandas de rodamiento. Ahora había quedado de cara al alto muro de una de las cornisas de nieve.

Rachel miró la pronunciada inclinación y sintió un escalofrío de miedo. «No pretenderá...»

−¡Rock and roll!

El conductor soltó el embrague y el aparato aceleró directamente hacia la pendiente. Rachel soltó un chillido ahogado y se agarró con fuerza. Cuando llegaron a la pendiente, las bandas claveteadas se hincaron en la nieve y el artilugio empezó a trepar. Rachel estaba segura de que volcarían hacia atrás, pero sorprendentemente la cabina siguió en posición horizontal mientras las bandas de rodamiento trepaban por la pendiente. Cuando la enorme máquina llegó a la cumbre de la cornisa, el conductor la detuvo y resplandeció ante su pasajera de nudillos blancos.

–¡Inténtelo con un cuatro por cuatro! ¡Aprovechemos el diseño del sistema de impacto del Pathfinder que enviamos a Marte y lo aplicamos a esta preciosidad! Funcionó de maravilla.

Rachel respondió con una taciturna inclinación de cabeza.

–Genial.

Sentada sobre la cornisa de nieve, miró el inconcebible panorama que tenía delante. Ante ellos se alzaba una cornisa aún mayor, y luego las ondulaciones se interrumpían de modo brusco. Más allá, el hielo se aplanaba formando una reluciente extensión ligeramente inclinada. La lámina de hielo iluminada por la luna se extendía en la distancia hasta estrecharse y ascender serpenteando por las montañas.

–Ése es el glaciar Milne –dijo el conductor, señalando las montañas–. Empieza allí y desemboca en este amplio delta sobre el que estamos ahora.

El hombre volvió a encender el motor y Rachel se agarró con fuerza cuando el tractor dio un acelerón y bajó por la cara empinada de la cornisa. Al llegar al fondo, las bandas claveteadas cruzaron otro río de hielo y el aparato inició su ascenso por la siguiente cornisa. Una vez en la cumbre, y después de haberse deslizado rápidamente por el lado más alejado, cayó sobre una suave placa de hielo y empezó a atravesar el glaciar entre crujidos.

–¿Falta mucho?

Lo único que Rachel veía delante de ella era hielo.

–Unos tres kilómetros.

A ella le pareció lejísimos. El viento que soplaba fuera de la cabina golpeaba el IceRover con inexorables ráfagas, haciendo repiquetear el plexiglás como si intentara enviarlo de vuelta al mar.

–Ése es el viento catabático –gritó el conductor–. ¡Acostúmbrese a él! –Le explicó que la zona sufría un permanente vendaval terral cuyo nombre procedía de *katabaino*, palabra que utilizaban los griegos para designar a aquello que fluía colina abajo. El inexorable viento era al parecer producto de un aire frío y pesado que «fluía» cuesta abajo por la cara del glaciar como un río de fuerte corriente–. ¡Éste es el único lugar de la Tierra –añadió el conductor entre risas– donde el infierno llega a congelarse!

Minutos más tarde, Rachel empezó a vislumbrar a lo lejos una forma difusa delante de ellos: la silueta de una enorme cúpula blanca que emergía del hielo. Se frotó los ojos. «¿Qué diantre...?»

–Hay esquimales enormes por aquí, ¿eh? –bromeó el hombre.

Rachel intentó encontrarle sentido a aquella estructura. Se parecía al Astrodomo de Houston, pero a escala reducida.

–La NASA lo construyó hace una semana y media –dijo–. Plexipolisorbato inflable multinivel. Se inflan las piezas, se unen entre sí, se conecta la estructura entera al hielo con pitones y cables. Es como una gran tienda de campaña cubierta, aunque en realidad es el prototipo de la NASA para el habitáculo portátil que esperamos utilizar en Marte algún día. Lo llamamos «habisferio».

–¿Habisferio?

–Sí, ¿lo capta? Como no es una esfera completa, es sólo un habisferio.

Rachel sonrió y clavó la mirada en el extraño edificio que iba aumentando de tamaño a medida que se acercaban sobre la llanura glacial.

–Y como la NASA todavía no ha llegado a Marte, han decidido hacer aquí una pequeña acampada, ¿no?

El hombre se rió.

–De hecho, yo habría preferido Tahití, pero fue el destino quien decidió la ubicación.

Rachel echó una mirada incierta al edificio. La gran concha perlada ofrecía un fantasmagórico perfil contra el cielo oscuro. El IceRover se aproximó a la estructura y se detuvo junto a una pequeña puerta enclavada en la pared lateral de la cúpula, que ahora se abría. La luz procedente del interior se derramó sobre la nieve. Apareció la figura de un enorme gigante con un pulóver de lana negra que amplificaba su envergadura y le daba el aspecto de un oso. Dio unos pasos hacia el IceRover.

Rachel no dudó un solo instante de la identidad de aquel hombre inmenso: Lawrence Ekstrom, el director de la NASA.

El conductor esbozó una forzada sonrisa de consuelo.

–No se deje engañar por el tamaño. Ese tipo es un gatito.

«A mí me parece más un tigre», pensó Rachel, que conocía bien la reputación de Ekstrom según la cual era capaz de arrancarle la cabeza a todo aquel que se interpusiera entre él y sus sueños.

Cuando Rachel descendió del IceRover, el viento a punto estuvo de llevársela. Se arrebujó en su abrigo y echó a andar hacia la cúpula.

El director de la NASA se encontró con ella a medio camino y le tendió una garra enorme y enguantada.

–Gracias por venir, señorita Sexton.

Rachel asintió, vacilante, y gritó por encima del ululante viento:

–Francamente, señor, no estoy muy segura de haber tenido muchas posibilidades de elegir.

Mil metros por encima del glaciar, Delta-Uno observaba a través de sus prismáticos infrarrojos cómo el director de la NASA hacía pasar a Rachel Sexton al interior de la cúpula.

19

Lawrence Ekstrom era un hombre gigantesco, rubicundo y brusco, muy parecido a un enojado dios nórdico. Llevaba el pelo, rubio y espinoso, muy corto, tipo militar, sobre una frente arrugada, y tenía la nariz bulbosa y salpicada de una red de venas. En ese momento, sus ojos pétreos parecían a punto de cerrarse debido al peso de innumerables noches sin dormir. Ekstrom, influyente estratega aeroespacial y consejero de operaciones del Pentágono antes de ser contratado por la NASA, era famoso por su mal humor, sólo comparable a su incontestable dedicación a la misión que tuviera entre manos.

Mientras Rachel Sexton seguía a Lawrence Ekstron al habisferio; se encontró avanzando por una terrorífica y translúcida maraña de pasillos. La laberíntica red parecía haberse creado suspendiendo láminas de plástico opaco por entre tensos cables entrelazados. El suelo de aquel entramado era inexistente: una placa de hielo cubierta de franjas de alfombrillas de goma para facilitar la adherencia. Pasaron por una rudimentaria zona de habitaciones flanqueada por camas de campaña y retretes químicos.

Afortunadamente, la temperatura era agradable en el interior del habisferio, aunque el ambiente era pesado debido al popurrí de olores irreconocibles que acompañan a los humanos en los espacios cerrados. En alguna parte rugía un generador: al parecer la fuente de electricidad que alimentaba las múltiples bombillas que colgaban de los cables del pasillo.

–Señorita Sexton –gruñó Ekstrom, guiándola animadamente hacia un destino desconocido–. Permita que sea sincero con usted desde el principio. –Su tono de voz denotaba cualquier cosa menos alegría por tenerla como invitada–. Está usted aquí porque el presidente así lo quiere. Zach Herney y yo somos amigos desde hace tiempo y además es un fiel partidario de la NASA. Le respeto. Le debo mucho. Y confío en él. Nunca cuestiono sus órdenes directas, ni siquiera cuando no me gustan. Para que no exista ninguna confusión, quiero que sea usted consciente de que yo no comparto el entusiasmo del presidente por implicarla a usted en este asunto.

Rachel no daba crédito a lo que oía. «¿He recorrido cuatro mil quinientos kilómetros para ser objeto de esta clase de hospitalidad?» Aquel tipo nada tenía que ver con Martha Stewart.

–Con todos mis respetos –contraatacó Rachel–. También yo estoy aquí por órdenes presidenciales. Nadie me ha comunicado cuál es el propósito de mi presencia aquí. He hecho este viaje únicamente movida por mi buena fe.

–Bien –dijo Ekstrom–. En ese caso le hablaré sin rodeos.

–Desde luego, no podía usted haber empezado mejor.

La dura respuesta de Rachel pareció sobresaltar al director. Su zancada se ralentizó durante un instante y su mirada se relajó mientras la estudiaba. Luego, como una serpiente desenroscándose, soltó un largo suspiro y recuperó el paso.

–Comprenda –empezó Ekstrom– que está usted aquí debido a un proyecto secreto de la NASA contra mi voluntad. No sólo es usted una representante de la ONR, cuyo director disfruta difamando al personal de la NASA como si se tratara de una pandilla de niños chismosos, sino que además es la hija del hombre que ha convertido en su misión personal destruir mi agencia. Éste debería ser el momento de gloria de la NASA; mi gente ha tenido que soportar muchas críticas últimamente y merece disfrutar de este instante. Sin embargo, debido a un torrente de escepticismo encabezado por su padre, la NASA se encuentra en una situación política en la que mi diligente personal se ve forzado a compartir la atención pública con un hatajo de científicos civiles elegidos al azar y con la hija del hombre que quiere destruirnos.

«No soy mi padre», estuvo a punto de gritar Rachel, aunque aquél no era el momento de discutir sobre política con el director de la NASA.

–Yo no he venido hasta aquí para salir en la foto, señor.

Ekstrom le dedicó una mirada desafiante.

–Quizá descubra que no tiene otra alternativa.

El comentario la pilló por sorpresa. Aunque el presidente Herney no había dicho nada en concreto sobre que ella fuera a ayudarle públicamente, William Pickering sin duda había manifestado sus sospechas, que apuntaban a que Rachel podía convertirse en un peón político.

–Me gustaría saber qué estoy haciendo aquí –preguntó Rachel.

–Entre usted y yo. No dispongo de esa información.

–¿Perdón?

–El presidente me pidió que la informara detalladamente sobre nuestro descubrimiento en cuanto llegara. Sea cual sea el papel que quiere que represente en este circo, eso es algo que queda entre usted y él.

–Me dijo que su Sistema de Observación de la Tierra había hecho un descubrimiento.

Ekstrom la miró de reojo.

–¿Hasta qué punto está usted al corriente del proyecto SOT?

–El SOT es una constelación de cinco satélites de la NASA que escrutan la Tierra de formas distintas: proyectos de mapas oceánicos, análisis de fallas geológicas, observación del deshielo polar, localización de reservas de combustible fósil...

–Perfecto –dijo Ekstrom, que no parecía en absoluto impresionado–. En ese caso, ya sabrá que hemos incorporado un nuevo satélite a la constelación SOT. Se llama EDOP.

Rachel asintió. El Escáner de Densidad Orbital Polar (EDOP) había sido diseñado para ayudar a medir los efectos del calentamiento global.

–Según tengo entendido, el EDOP calcula el grosor y la dureza de la capa de hielo polar.

–Así es, en efecto. Utiliza una tecnología espectral de banda para escanear la densidad del compuesto de grandes regiones y descubre anomalías en la solidez del hielo: puntos de aguanieve, focos de deshielo interno, grandes fisuras... todos ellos indicadores del calentamiento global.

Rachel conocía bien el sistema de escaneo de la densidad de compuestos. Era parecido a un ultrasonido subterráneo. Los satélites de la ONR habían empleado una tecnología similar para buscar variantes en la densidad del subsuelo de Europa del Este y localizar fosas comunes cuya presencia confirmó al presidente que, sin duda, la limpieza étnica seguía siendo una realidad.

–Hace dos semanas –dijo Ekstrom–, el SOT pasó por encima de esta cornisa de hielo y descubrió una anomalía en la densidad del terreno que, por su aspecto, parecía tratarse de algo que jamás hubiéramos esperado detectar. A sesenta metros por debajo de la superficie, perfectamente empotrado en una matriz de hielo, el SOT vio lo que parecía ser un glóbulo amorfo de unos tres metros de diámetro.

–¿Una bolsa de agua? –preguntó Rachel.

–No. No era líquido. Extrañamente, esa anomalía era más dura que el hielo que la envolvía.

Rachel no dijo nada durante unos segundos.

–Entonces..., ¿es un canto rodado o algo así?

Ekstrom asintió.

–Más o menos.

Rachel esperó a que Ekstrom rematara la información. No lo hizo. «¿Estoy aquí porque la NASA ha descubierto un pedrusco en el hielo?»

–No nos dejamos llevar por el entusiasmo hasta que el SOT calculó la densidad de la roca. Inmediatamente trajimos a un equipo para que la analizara. Resulta que la roca que está en el hielo debajo de nosotros es significativamente más densa que cualquier otro tipo de roca hallado aquí, en Ellesmere Island. Más densa, de hecho, que cualquier tipo de roca hallada en un radio de seiscientos kilómetros.

Rachel miró el hielo que tenía bajo los pies, visualizando la enorme roca ahí abajo.

–¿Está diciendo que alguien la ha traído hasta aquí?

Ekstrom parecía vagamente divertido.

–La piedra pesa más de ocho toneladas. Está empotrada bajo sesenta metros de hielo, lo que significa que ha permanecido intacta durante más de trescientos años.

Rachel se notó cansada mientras seguía al director hasta la boca de un largo y estrecho pasillo, tras lo cual pasó junto a dos trabajadores armados de la NASA que hacían guardia. Miró a Ekstrom.

–Supongo que hay una explicación lógica para la presencia de la piedra aquí... y para todo este secretismo.

–Sin duda –dijo Ekstrom inexpresivo–. La roca encontrada por el SOT es un meteorito.

Rachel se detuvo de golpe en el pasillo y clavó la mirada en el director.

–¿Un meteorito?

Una oleada de decepción la envolvió. Un meteorito le pareció un absoluto anticlímax a tenor del gran enredo montado por el presidente. «¿Y este descubrimiento es el que justifica por sí mismo todos los fracasos y gastos de la NASA?» ¿En qué estaba pensando Herney? Los meteoritos eran sin duda unas de las rocas más raras de la Tierra, pero la NASA los descubría constantemente.

–Este meteorito es uno de los más grandes encontrados hasta ahora –dijo Ekstrom, permaneciendo quieto delante de ella–. Creemos que es un fragmento de otro mayor que, según hemos podido comprobar, cayó en el océano Ártico hacia el año mil setecientos. Lo más probable es que esta roca haya sido lanzada como parte de un cúmulo de deyecciones a partir de ese impacto oceánico, que aterrizara en el glaciar Milne y que fuera enterrada lentamente por la nieve durante los últimos trescientos años.

Rachel frunció el ceño. Aquel descubrimiento no cambiaba nada. Sentía un creciente recelo ante la posibilidad de estar siendo testigo de un rimbombante truco publicitario pergeñado por la NASA y la Casa Blanca en plena desesperación, dos entidades en lucha por intentar elevar un hallazgo propicio a la categoría de histórica victoria de la agencia espacial.

–No parece usted muy impresionada –dijo Ekstrom.

–Supongo que esperaba algo... distinto.

Ekstrom entrecerró los ojos.

–Un meteorito de este tamaño es difícil de encontrar, señorita Sexton. Hay sólo unos pocos mayores en el mundo...

–Lo sé.

–Pero no es el tamaño del meteorito lo que nos tiene tan entusiasmados.

Rachel levantó los ojos.

–Si me permite terminar –prosiguió Ekstrom–, se dará cuenta de que este meteorito muestra algunas características asombrosas jamás vistas en ningún otro, independientemente de su tamaño. –Indicó con un gesto el pasillo–. Ahora, si me sigue, le presentaré a alguien más cualificado que yo para hablar de este descubrimiento.

Rachel estaba confundida. «¿Alguien más cualificado que el director de la NASA?»

Los ojos nórdicos de Ekstrom se clavaron en los suyos.

–Más cualificado, señorita Sexton, teniendo en cuenta su categoría de civil. Había dado por hecho que, siendo usted analista profesional, preferiría recibir sus datos de una fuente más imparcial.

«Touché.» Rachel se hizo a un lado.

Siguió al director por el estrecho pasillo, que terminaba en unos pesados cortinajes negros. Al otro lado de las cortinas, pudo oír el reverberante murmullo de innumerables voces retumbando y resonando como si se encontraran en un gigantesco espacio abierto.

Sin añadir una sola palabra, el director alargó la mano y apartó la cortina. Rachel quedó cegada por una claridad excesiva. Vacilante, dio un paso adelante y entró, entrecerrando los ojos, al reluciente espacio. A medida que sus ojos se adaptaban a la luz, fue mirando la inmensa sala que tenía ante ella y soltó un jadeo de asombro.

–Dios mío –susurró. «¿Dónde demonios estoy?»

20

El edificio de la CNN que hay en a las afueras de Washington DC es uno de los doscientos doce estudios que la cadena tiene instalados por todo el mundo, comunicados vía satélite con el cuartel general de Turner Broadcasting System de Atlanta.

Eran las 13.45 cuando la limusina del senador Sedgewick Sexton entró en el aparcamiento. Se sentía muy orgulloso de sí mismo cuando bajó del vehículo y se dirigió a grandes zancadas hacia la puerta de entrada. Gabrielle y él fueron recibidos al entrar por un productor barrigón de la CNN con una efusiva sonrisa en el rostro.

–Senador Sexton –dijo el productor–, bienvenido. Tengo excelentes noticias. Acabamos de enterarnos de la identidad de la persona enviada por la Casa Blanca para enfrentarse a usted. –El productor le mostró una amplia sonrisa que no presagiaba nada bueno–. Espero que haya venido bien preparado –dijo, señalando el estudio que se encontraba al otro lado del cristal de producción.

Sexton miró por el cristal y casi cayó de bruces. Con los ojos clavados en él, envuelta en la nube del humo de su cigarrillo, estaba el rostro más feo de la política norteamericana del momento.

–¿Marjorie Tench? –soltó Gabrielle–. ¿Qué demonios está haciendo ella aquí?

Sexton no tenía la menor idea. Sin embargo, independientemente de cuál fuera la razón de su presencia, la aparición de Marjorie Tench era una estupenda noticia, una clara señal de que el presidente estaba realmente desesperado. ¿Por qué, si no, habría enviado a su principal asesora a primera línea de fuego? El presidente Zach Herney estaba sacando los pesos pesados y Sexton agradecía la oportunidad que ello le confería.

«Cuanto más alto suba, más dura será la caída.»

Al senador no le cabía la menor duda de que Tench iba a ser un duro contrincante, pero ahora que la miraba, no podía evitar pensar que el presidente había cometido un grave error de cálculo. Marjorie Tench era una mujer de aspecto espantoso: repantigada en su asiento, fumando un cigarrillo, acercaba y alejaba con lánguido ritmo el brazo derecho hacia sus finos labios como una gigantesca mantis religiosa en pleno festín.

«Dios mío –pensó Sexton–, con ese rostro no debería salir jamás en la tele.»

Las pocas veces que había visto el cetrino rostro de la asesora principal de la Casa Blanca en alguna revista, le había costado creer que estuviera ante una de las personas con más poder de Washington DC.

–Esto no me gusta –susurró Gabrielle.

Sexton apenas la oyó. Cuanto más sopesaba la oportunidad que acababan de brindarle más le gustaba. Incluso más fortuita que el rostro tan poco querido por los medios de comunicación de Tench era su reputación sobre un punto fundamental: que defendiera con extremo fervor la idea de que el liderazgo de Norteamérica en el futuro podía asegurarse únicamente mediante la supremacía tecnológica. Era una ávida defensora de los programas gubernamentales I&D de tecnología punta y, lo que era aún más importante, de la NASA. Muchos creían que era la presión ejercida entre bastidores por Tench lo que mantenía el inquebrantable apoyo del presidente a la debilitada agencia espacial.

Sexton se preguntó si quizá el presidente no estaría castigando a Tench por los malos consejos que ésta le había dado para que siguiera dando su apoyo a la NASA. «¿Estará echando a su primera asesora a los tiburones?»

Gabrielle Ashe miró por el cristal a Marjorie Tench y sintió una creciente inquietud. Aquella mujer era más lista que el hambre y sin duda su presencia suponía un cambio de lo más inesperado. Esos dos hechos habían puesto todos sus instintos alerta. Teniendo en cuenta la posición de apoyo claramente manifiesta que Tench mostraba por la NASA, el hecho de que el presidente la enviara a pecho descubierto contra el senador Sexton parecía un claro error de cálculo. Pero sin duda el presidente no era un estúpido. Algo le decía que esa entrevista no iba a traer nada bueno.

Gabrielle ya imaginaba al senador salivando ante su presa, cosa que poco ayudaba a mitigar su preocupación. Sexton tenía la costumbre de pasarse de rosca cuando se ponía fanfarrón. El asunto de la NASA había supuesto un ascenso más que bienvenido en los sondeos de intención de voto, pero ella opinaba que últimamente Sexton había insistido demasiado al respecto. Muchas campañas se habían perdido en manos de candidatos que quisieron derribar de un solo golpe a su oponente cuando lo único que necesitaban era limitarse a terminar el asalto.

El productor parecía ansioso por dar inicio al inminente combate a muerte.

–Ahora le prepararemos para la entrevista, senador.

Cuando Sexton se dirigía al estudio, Gabrielle le tiró de la manga.

–Sé lo que está pensando –susurró–. Pero sea listo, no se pase de rosca.

–¿Pasarme de rosca? ¿Yo? –dijo Sexton sonriendo.

–Recuerde que esa mujer es un lince en lo suyo.

Sexton le dedicó una sugerente sonrisa.

–Yo también.

21

La cavernosa cámara principal del habisferio de la NASA habría resultado una extraña visión en cualquier otro lugar de la Tierra, pero a Rachel Sexton le costó aún más asimilarla por el simple hecho de hallarla en una plataforma de hielo ártico.

Levantó los ojos y, en cuanto vio una cúpula futurista formada a partir de blancas almohadillas triangulares y entrelazadas, tuvo la sensación de haber entrado en un sanatorio de dimensiones colosales. Los muros descendían hacia el suelo de hielo, donde un ejército de lámparas halógenas se erguían como centinelas alrededor del perímetro, proyectando una luz muy blanca hacia el cielo y otorgando una luminosidad efímera a toda la cámara.

Serpenteando por el suelo helado, se retorcían como pasarelas de madera unas alfombrillas de espuma negra entre una maraña de unidades de trabajo portátiles de los científicos. Entre todo aquel amasijo electrónico, treinta o cuarenta miembros del personal de la NASA vestidos por entero de blanco trabajaban de firme, consultándose alegremente y hablando con animación. Rachel reconoció de inmediato la energía que recorría el lugar.

Era el entusiasmo ocasionado por un nuevo descubrimiento.

Mientras el director y ella rodeaban el extremo de la cúpula, percibió las miradas de sorpresa y desagrado en los ojos de los que la reconocían. Sus susurros se oían claramente en aquel espacio reverberante.

–¿No es ésa la hija del senador Sexton?

–¿Qué demonios hace aquí?

–¡No puedo creer que el director se rebaje ni siquiera a hablar con ella!

Rachel casi esperó ver figuritas con alfileres clavados colgando por doquier representando a su padre. Sin embargo, la animosidad que la rodeaba no era la única emoción que había en el aire. También distinguió una clara presunción, como si la NASA supiera perfectamente quién iba a reír el último.

El director condujo a Rachel hasta una serie de mesas donde

un hombre solo estaba sentado frente al ordenador de una de las unidades de trabajo. Llevaba un suéter negro de cuello alto, pantalones de pana reforzada y pesadas botas de agua, en vez del correspondiente uniforme impermeable de la NASA que todo el mundo parecía lucir. Estaba de espaldas a ellos.

El director le pidió que esperara mientras él se acercaba a hablar con el desconocido. Tras un instante, el hombre del suéter de cuello alto le dedicó una inclinación de cabeza y se dispuso a apagar su ordenador. El director regresó.

–El señor Tolland seguirá con usted –dijo–. Es otro de los reclutas del presidente, así que los dos se entenderán bien. Yo me reuniré con ustedes más tarde.

–Gracias.

–Supongo que ha oído usted hablar del señor Tolland.

Rachel se encogió de hombros mientras su cerebro todavía intentaba asimilar el increíble entorno que la rodeaba.

–No me suena.

El hombre del suéter de cuello alto llegó hasta ellos, sonriente.

–¿Que no le suena? –Su voz era resonante y amigable–. Es la mejor noticia que me han dado en todo el día. Tengo la sensación de ya no poder dar nunca una primera impresión.

Cuando Rachel levantó la mirada hacia el recién llegado, los pies se le quedaron pegados al suelo. Reconoció de inmediato su hermoso rostro. Todos los norteamericanos lo conocían.

–Oh –dijo Rachel, sonrojándose al tiempo que él le estrechaba la mano–. Es usted *ese* Michael Tolland.

Cuando el presidente le había dicho a Rachel que había reclutado a científicos civiles de primer orden para que verificaran el descubrimiento de la NASA, ella se había imaginado a un grupo de marchitos empollones con sus iniciales estampadas en sus calculadoras. Michael Tolland era la antítesis de ese arquetipo. Tolland era una de las «celebridades científicas» más famosas de Estados Unidos del momento y protagonizaba un documental semanal titulado *Mares Asombrosos*, en el cual enfrentaba al público cara a cara con hechizantes fenómenos oceánicos como volcanes submarinos, gusanos marinos de cinco metros y gigantescas olas asesinas. Los medios de comunicación le aclamaban como un cruce entre Jacques Cousteau y Carl Sagan, atribuían a sus conocimientos, su humilde entusiasmo y sus deseos de aventura la fórmula que había catapultado a *Mares Asombrosos* a los primeros puestos de los programas de mayor audiencia. Sin duda, y tal como admitían la mayoría de los críticos, el hecho de que Tolland fuera un hombre guapo y curtido y de que además hiciera gala de un modesto carisma, probablemente no dañaba su popularidad entre la audiencia femenina.

–Señor Tolland... –dijo Rachel, manejando un poco torpemente las palabras–. Soy Rachel Sexton.

Tolland esbozó una sonrisa torcida y satisfecha.

–Hola, Rachel. Llámeme Mike.

Extrañamente Rachel se encontró sin saber qué decir. Estaba empezando a padecer una sobrecarga sensorial: el habisferio, el meteorito, los secretos, el hecho de encontrarse cara a cara con una estrella de la televisión...

–Me sorprende encontrarle aquí –dijo Rachel, intentando recuperarse–. Cuando el presidente me ha dicho que había reclutado a científicos civiles para llevar a cabo la verificación de un descubrimiento de la NASA, supongo que esperaba... –vaciló.

–¿Auténticos científicos? –dijo Tolland con una amplia sonrisa.

Rachel se sonrojó, mortificada.

–No es eso lo que he querido decir.

–No se preocupe –dijo Tolland–. No he oído otra cosa desde que he llegado.

El director se disculpó y prometió que se uniría a ellos más tarde. Tolland se giró hacia Rachel con una mirada curiosa.

–El director me ha dicho que su padre es el senador Sexton.

Rachel asintió. «Desgraciadamente.»

–¿Una espía de Sexton en las líneas enemigas?

–Las líneas de combate no siempre están allí donde uno se imagina.

Un silencio incómodo.

–Cuénteme –dijo rápidamente Rachel–. ¿Qué hace un oceanógrafo de fama mundial en un glaciar con un hatajo de científicos espaciales de la NASA?

Tolland se rió por lo bajo.

–Es que un individuo que se parecía mucho al presidente me pidió que le hiciera un favor. Abrí la boca para decirle «Váyase al infierno», pero no sé por qué le solté: «Sí, señor».

Rachel se rió por primera vez en lo que llevaba de la mañana.

–Bienvenido al club.

A pesar de que muchas celebridades parecían menos interesantes en persona, a Rachel le pareció que en el caso de Michael Tolland ocurría lo contrario. Sus ojos marrones resultaban tan despiertos y apasionados como en televisión, y su voz contenía la misma cálida modestia y entusiasmo. Con aspecto de tipo curtido y atlético de cuarenta y cinco años, Michael Tolland tenía el pelo negro y grueso y un mechón rebelde que le caía constantemente sobre la frente; la barbilla prominente y unos modales despreocupados que rezumaban seguridad. Cuando le estrechó la mano, Rachel recordó al sentir la aspereza callosa de sus palmas que Tolland no era una de las típicas personalidades «blandas» de televisión, sino más bien un consumado lobo de mar y un investigador en toda regla.

–Para serle franco –admitió Tolland, que ahora sonaba tímido–, creo que me han reclutado más por mi valor como relaciones públicas que por mis conocimientos científicos. El presidente me pidió que viniera e hiciera un documental para él.

–¿Un documental? ¿Sobre el meteorito? ¡Pero si usted es oceanógrafo!

–¡Eso es exactamente lo que yo le dije! Pero él me respondió que no conocía a ningún realizador de documentales sobre meteoritos. Me dijo también que mi participación ayudaría a dar credibilidad al descubrimiento desde una óptica menos minoritaria. Al parecer, pretende emitir mi documental como parte de la gran rueda de prensa que ha convocado esta noche para anunciar su descubrimiento.

«Una celebridad como portavoz.» Rachel pudo percibir el funcionamiento de las avezadas maniobras políticas de Zach Herney. A menudo se acusaba a la NASA de utilizar un discurso demasiado elevado para la gran mayoría de los televidentes. Esta vez no. Habían reclutado al comunicador científico por excelencia, un rostro que los norteamericanos ya conocían y en quien confiaban cuando se trataba de ciencia.

Tolland señaló en diagonal hacia el otro extremo de la cúpula, a una pared donde se estaba levantando un área para la prensa. Había una alfombra azul sobre el hielo, cámaras de televisión, focos de los medios, una larga mesa con varios micrófonos. Alguien estaba colgando un telón de fondo con la bandera norteamericana.

–Es para esta noche –explicó–. El director de la NASA y algunos de sus más señalados científicos estarán conectados vía satélite a la Casa Blanca para que puedan participar en el anuncio que el presidente va a hacer a las ocho.

«Qué apropiado», pensó Rachel, satisfecha al saber que Zach Herney no pensaba dejar a la NASA totalmente al margen del comunicado.

—Entonces —preguntó con un suspiro—, ¿alguien va a decirme qué tiene de especial ese meteorito?

Tolland arqueó las cejas y le dedicó una misteriosa sonrisa.

—De hecho, lo que el meteorito tiene de especial es mejor verlo que oírlo. —Le indicó que le siguiera hacia el área de trabajo próxima—. Anda por aquí un tipo con un montón de muestras para enseñarle.

—¿Muestras? ¿Tienen muestras auténticas del meteorito?

—Por supuesto. Hemos extraído unas cuantas. De hecho, fueron las muestras iniciales las que alertaron a la NASA sobre la importancia del descubrimiento.

Sin saber realmente qué esperar, Rachel siguió a Tolland hasta el área de trabajo. Parecía desierta. Había una taza de café sobre un escritorio salpicado de muestras de rocas, calibradores y otro material de diagnóstico. El café humeaba.

—¡Marlinson! —gritó Tolland, mirando a su alrededor. No hubo respuesta. Soltó un suspiro frustrado y se volvió hacia Rachel—. Probablemente se haya perdido intentando encontrar leche para el café. Le aviso, hice mi posgrado en Princeton con este individuo y era capaz de perderse en su propio dormitorio. Ahora es uno de los científicos galardonados con la Medalla Nacional de la Ciencia en astrofísica. Imagínese.

Rachel dio un respingo.

—¿Marlinson? No se estará refiriendo por casualidad al famoso Corky Marlinson, ¿verdad?

Tolland se rió.

—Al mismo.

Rachel se quedó de piedra.

—¿Corky Marlinson está aquí?

Las ideas de Marlinson sobre los campos gravitatorios eran legendarias entre los ingenieros de satélites de la ONR.

—¿Marlinson es uno de los reclutas civiles del presidente?

—Sí, uno de los verdaderos científicos.

«Más verdadero imposible», pensó Rachel. Corky Marlinson no podía ser ni más brillante ni más respetado.

—La increíble paradoja sobre Corky —dijo Tolland— es que puede citarle la distancia que existe hasta Alfa Centauro en milímetros, pero es incapaz de atarse la pajarita.

–¡Por eso llevo pajaritas con cierre! –ladró una voz nasal y afable no muy lejos de ellos–. La eficacia por encima del estilo, Mike. ¡Eso es algo que vosotros, los de Hollywood, no entendéis!

Rachel y Tolland se giraron hacia el hombre que ahora emergía de detrás de un enorme montón de maquinaria electrónica. Era rollizo y rotundo, parecido a un doguillo con los ojos saltones y un pelo que empezaba a escasear peinado hacia atrás. Cuando el hombre vio a Tolland de pie junto a Rachel, se detuvo.

–¡Por el amor del cielo, Mike! ¡Estamos en el maldito Polo Norte y tú todavía te las arreglas para conocer a mujeres estupendas! ¡Ya sabía yo que tendría que haberme dedicado a la televisión!

Michael Tolland estaba visiblemente avergonzado.

–Disculpe al señor Marlinson, señorita Sexton. Lo que le falta de tacto lo compensa con creces con desordenadas muestras de conocimiento totalmente inútil sobre nuestro universo.

Corky se acercó.

–Un verdadero placer, señora. Pero no me he quedado con su nombre...

–Rachel –dijo ella–. Rachel Sexton.

–¿Sexton? –dijo Corky soltando un jadeo juguetón–. ¡Espero que no sea usted familia de ese senador depravado y miope!

Tolland se estremeció.

–De hecho, Corky, el senador Sexton es el padre de Rachel.

Corky dejó de reír y se desplomó.

–¿Lo ves, Mike? No es de extrañar que nunca haya tenido suerte con las mujeres.

22

El célebre astrofísico Corky Marlinson llevó a Rachel y a Tolland a su área de trabajo y empezó a rebuscar entre sus herramientas y sus muestras de roca. El hombre se movía como un muelle fuertemente contraído a punto de estallar.

–Muy bien –dijo, temblando de excitación–. Señorita Sexton, está usted a punto de recibir el curso sobre meteoritos de treinta segundos de Corky Marlinson.

Tolland le dedicó a Rachel un guiño con el que le recomendaba paciencia.

–Tenga paciencia con él. En realidad este hombre quería ser actor.

–Sí. Y Mike quería ser un científico respetable. –Corky rebuscó en una caja de zapatos, sacó tres pequeñas muestras de roca y las alineó sobre su escritorio–. Éstos son los tres principales tipos de meteoritos que existen en el mundo.

Rachel miró las tres muestras. Todas parecían extraños esferoides del tamaño de una bola de golf. Cada una de ellas había sido dividida en dos para dejar a la vista su corte transversal.

–Todos los meteoritos –empezó a explicar Corky– constan de varias cantidades de aleaciones de níquel-hierro, silicatos y sulfuros. Los clasificamos según la proporción de metal y silicato que contienen.

Rachel tenía la sensación de que el «curso» sobre meteoritos de Corky Marlinson iba a prolongarse más de treinta segundos.

–Esta primera muestra de aquí –continuó Corky, señalando una piedra brillante y negra como el carbón– es un meteorito de núcleo de hierro. Muy pesado. Este tipejo aterrizó en la Antártida hace unos cuantos años.

Rachel estudió el meteorito. Indudablemente procedía de otro mundo: un bulto de pesado hierro grisáceo con la corteza exterior quemada y ennegrecida.

–Esa capa exterior chamuscada recibe el nombre de corteza de fusión –dijo Corky–. Es el resultado de un calentamiento extremo que se produce cuando el meteoro cruza nuestra atmósfera. Todos los meteoritos muestran este aspecto chamuscado. –Corky pasó rápidamente a ocuparse de la siguiente muestra–. Éste es lo que llamamos un meteorito de hierro pétreo.

Rachel estudió la muestra, percibiendo que también ésta estaba chamuscada por fuera. Tenía, sin embargo, una pátina de color verdoso claro y el corte transversal parecía un collage de fragmentos coloridos y angulares comparables a un rompecabezas caleidoscópico.

–Muy bonito –dijo Rachel.

–¿Bromea? ¡Es precioso!

Corky siguió hablando durante un minuto sobre el alto contenido de olivina en la muestra (origen y causante de la pátina de color verde) y a continuación alargó la mano con gesto teatral para coger la tercera y última muestra y se la dio a Rachel.

Rachel sostuvo el último meteorito en la palma de la mano. Era de un color marrón grisáceo, similar al granito. Parecía más pesado que una piedra terrestre, aunque no sustancialmente. La única indicación que sugería que era distinto a una roca normal era su corteza de fusión: la superficie exterior abrasada.

–Esto –dijo Corky con determinación– se conoce como meteorito pétreo. Es el tipo de meteorito más común. Más del noventa por ciento de los meteoritos encontrados en la Tierra pertenecen a esta categoría.

Rachel estaba sorprendida. Siempre se había imaginado los meteoritos como los de la primera muestra: bultos metálicos y de aspecto alienígena. El meteorito que sostenía en la mano parecía cualquier cosa menos extraterrestre. Aparte de la superficie exterior abrasada, no se diferenciaba en nada de algo que hubiera podido pisar caminando por la arena de la playa.

Corky estaba tan entusiasmado que los ojos se le habían abultado aún más.

–El meteorito que está enterrado aquí, en el hielo de Milne, es un meteorito pétreo, muy parecido al que tiene usted en la mano. Los meteoritos pétreos son casi idénticos a nuestras rocas ígneas terrestres, lo cual hace que resulte difícil reconocerlos. Normalmente son una mezcla de silicatos ligeros: feldespato, olivina y piroxeno. Nada demasiado emocionante.

«Ya veo», pensó Rachel mientras le devolvía la muestra.

–Ésta parece una roca que alguien se haya dejado olvidada en una hoguera hasta quemarse.

Corky se echó a reír.

—¡Una tremenda hoguera! Ni el alto horno más monstruoso que se haya construido es capaz, ni de lejos, de reproducir el calor que experimenta un meteorito cuando entra en contacto con nuestra atmósfera. ¡Quedan destrozados!

Tolland dedicó a Rachel una sonrisa compasiva.

—Ésta es la mejor parte.

—Imagínese lo siguiente —dijo Corky, quitándole la muestra de meteorito a Rachel de las manos—. Imaginemos que este pequeño meteorito es del tamaño de una casa. —Sostuvo la muestra en alto sobre su cabeza—. Bien: está en el espacio... flotando hacia nuestro sistema solar, frío debido a la temperatura de menos cien grados Celsius del espacio.

Tolland se reía por lo bajo. Al parecer ya había sido testigo de la representación a cargo de Corky de la llegada del meteorito a Ellesmere Island.

Corky empezó a hacer descender la muestra.

—Nuestro meteorito se mueve hacia la Tierra; se está acercando mucho, nuestra gravedad lo envuelve... acelerándolo... acelerándolo...

Rachel vio cómo Corky aceleraba la trayectoria de la muestra, imitando la aceleración de la gravedad.

—Ahora se mueve deprisa —exclamó Corky—. A más de quince kilómetros por segundo: ¡a cuarenta y ocho mil kilómetros por hora! A ciento treinta y cinco kilómetros sobre la superficie de la Tierra el meteorito empieza a experimentar fricción con la atmósfera. —Corky sacudió violentamente la muestra al tiempo que la hacía descender hacia el hielo—. ¡Al caer por debajo de los cien kilómetros empieza a encenderse! ¡Ahora la densidad atmosférica aumenta y la fricción es increíble! El aire que rodea al meteorito se está volviendo incandescente a medida que el material de la superficie se funde a causa del calor. —Corky empezó a hacer ruidos que imitaban el arder y el crepitar del meteorito—. Ahora cae más allá del límite de los ochenta kilómetros ¡y el exterior se calienta a más de mil ochocientos grados Celsius!

Rachel veía sin dar crédito cómo aquel astrofísico tan apreciado por el presidente sacudía el meteorito con más fuerza, emitiendo efectos sonoros dignos de un adolescente.

—¡Sesenta kilómetros! —gritaba ahora Corky—. Nuestro meteorito entra en contacto con la pared atmosférica. ¡El aire es demasiado denso! ¡Desacelera violentamente a más de trescientas veces la fuerza de la gravedad! –Corky imitó el chirrido de un frenazo y disminuyó bruscamente la velocidad de su descenso–. Ahora el meteorito se enfría y deja de resplandecer. ¡Entramos en zona de vuelo a oscuras! La superficie del meteoroide se endurece, pasando de su estado líquido a una corteza de fusión chamuscada.

Rachel oyó gemir a Tolland cuando Corky se arrodilló sobre el hielo para representar el golpe de gracia: el impacto con la Tierra.

–Ahora –dijo Corky– nuestro inmenso meteorito se desliza cruzando nuestra atmósfera inferior... –De rodillas, trazó un arco con el meteorito hacia el suelo, dibujando una inclinación poco acusada–. Se dirige hacia el océano Ártico, desde un ángulo oblicuo, cayendo... dando casi la sensación de que evitará impactar con el océano... cayendo... y... –Hizo entrar en contacto la muestra con el hielo–. ¡BAM!

Rachel dio un respingo.

–¡El impacto es cataclísmico! El meteorito estalla. Algunos fragmentos salen despedidos en todas direcciones, deslizándose y girando por el océano. –Ahora Corky se movía a cámara lenta, haciendo rodar y dar tumbos a la muestra por el océano invisible hacia los pies de Rachel–. Uno de los fragmentos sigue deslizándose, dando tumbos hacia Ellesmere Island... –Llevó la muestra justo hasta el dedo gordo del pie de Rachel–. Sale deslizándose del océano, rebotando hasta tocar tierra... –Corky movió la muestra hasta hacerla subir y deslizarse sobre el zapato de Rachel y la hizo rodar hasta que se detuvo sobre su pie, cerca del tobillo–. Y por fin termina posándose en lo alto del glaciar Milne, donde la nieve y el hielo no tardan en cubrirla, protegiéndola de la erosión atmosférica.

–Corky se levantó con una sonrisa en los labios.

Rachel se había quedado con la boca abierta. Soltó una risa impresionada.

–Bien, doctor Marlinson, la explicación ha sido excepcionalmente...

–¿Lúcida? –intervino Corky.

Rachel sonrió.

–En una palabra.

Corky le devolvió la muestra.

–Mire el corte transversal.

Rachel estudió la roca durante un instante, sin ver nada.

–Inclínela hacia la luz –la apremió Tolland con voz cálida y amable–. Y fíjese bien.

Rachel se acercó la roca a los ojos y la inclinó contra los deslumbrantes halógenos que se reflejaban sobre su cabeza. Entonces lo vio: diminutos glóbulos metálicos que brillaban en la piedra. Había docenas de ellos salpicando el corte vertical como minúsculas gotas de mercurio, cada uno de ellos de aproximadamente un milímetro de diámetro.

–Esas pequeñas burbujas se llaman «cóndrulos» –dijo Corky–. Y sólo aparecen en los meteoritos.

Rachel entrecerró los ojos y clavó la mirada en las gotas.

–Sin duda nunca he visto nada semejante en una roca terrestre.

–¡Ni lo verá! –declaró Corky–. Los cóndrulos son una estructura geológica que no existe en la Tierra. Algunos son excepcionalmente antiguos, formados quizá por los materiales más antiguos del universo. Otros son mucho más jóvenes, como los que tiene en la mano. Los cóndrulos de ese meteorito apenas tienen ciento noventa millones de años.

–¿Ciento noventa millones de años es poco?

–¡Diantre, sí! En términos cosmológicos, eso es ayer. Sin embargo, lo que aquí nos interesa es que la muestra contiene cóndrulos, lo que constituye una prueba meteórica concluyente.

–Bien –dijo Rachel–. Los cóndrulos son concluyentes. Lo he entendido.

–Y por último –dijo Corky, soltando un suspiro–, si la corteza de fusión y los cóndrulos no la convencen, nosotros los astrónomos tenemos un método a prueba de errores para confirmar su origen meteórico.

–¿Que es...?

Corky saludó su pregunta con un informal encogimiento de hombros.

–Simplemente utilizamos un microscopio polarizador petrográfico, un espectrómetro de fluorescencia de rayos X, un analizador de activación de neutrones o un espectrómetro de plasma de inducción para medir las proporciones ferromagnéticas.

Tolland soltó un gemido.

–Ahora está fanfarroneando. Lo que Corky quiere decir es que podemos probar que una roca es un meteorito simplemente midiendo su contenido químico.

–¡Oye, niñato del océano! –le reprendió Corky–. Dejemos la

ciencia a los científicos, ¿te parece? –De inmediato se giró hacia Rachel–. En las rocas terrestres, el níquel mineral se encuentra en porcentajes muy elevados o bien extremadamente bajos; no hay término medio. Sin embargo, en los meteoritos, el contenido de níquel refleja un valor medio de valores. Así pues, si analizamos una muestra y descubrimos que el contenido de níquel refleja un valor medio, podemos garantizar sin la menor duda que la muestra es un meteorito.

Rachel estaba exasperada.

–Muy bien, caballeros: cortezas de fusión, cóndrulos, contenidos medios de níquel... todo ello prueba que la muestra procede del espacio. Ya me hago una idea. –Dejó la muestra sobre la mesa de Corky–. Pero ¿por qué estoy yo aquí?

Corky soltó un suspiro portentoso.

–¿Quiere ver una muestra del meteorito que la NASA ha encontrado en el hielo que tenemos bajo los pies?

«Antes de morir, por favor.»

Esta vez, Corky se llevó la mano al bolsillo del pecho y sacó un pequeño trozo de piedra con forma de disco. El fragmento de roca tenía la misma forma que un disco compacto, un grosor de un centímetro y medio, y parecía similar por su composición al meteorito pétreo que Rachel acababa de ver.

–Esto es un fragmento de una muestra del núcleo que perforamos ayer –dijo Corky, dándole el disco a Rachel.

La apariencia sin duda no era precisamente atractiva. Como la muestra que había visto antes, se trataba de una roca pesada de color anaranjado y blanco. Parte del borde estaba chamuscado y era de color negro; al parecer se trataba de un segmento de la capa externa del meteorito.

–Veo la corteza de fusión –dijo Rachel.

Corky asintió.

–Sí. Esta muestra fue tomada de un punto cercano al exterior del meteorito, de modo que todavía conserva algo de corteza.

Rachel inclinó el disco hacia la luz y vio los diminutos glóbulos metálicos.

–Y veo los cóndrulos.

–Bien –dijo Corky con la voz tensa de entusiasmo–. Y puedo decirle, después de haber examinado esta cosa con un microscopio polarizador petrográfico, que su contenido medio de níquel nada tiene que ver con el de una roca terrestre. Felicidades, acaba usted de confirmar con éxito que la roca que tiene en la mano procede del espacio.

Rachel levantó la mirada, confundida.

–Doctor Marlinson, es un meteorito. Se supone que tiene que proceder del espacio. ¿Se me está escapando algo?

Corky y Tolland intercambiaron una mirada de complicidad. Tolland le puso a Rachel una mano en el hombro y susurró:

–Dele la vuelta.

Rachel dio la vuelta al disco para poder ver la otra cara. A su cerebro le llevó sólo un instante procesar lo que estaba mirando.

Entonces la verdad la golpeó como un camión.

«¡Imposible!», pensó soltando un jadeo. Sin embargo, mientras seguía observando la roca, se dio cuenta de que su definición de «imposible» acaba de cambiar para siempre. Clavado en la piedra había una forma que en un espécimen terrestre podría considerarse común, pero que en un meteorito era totalmente inconcebible.

–Es un... –Rachel tartamudeó, incapaz de pronunciar la palabra–. ¡Es... un bicho! ¡El meteorito contiene el fósil de un bicho!

Tanto Tolland como Corky estaban resplandecientes.

–Bienvenida a bordo –dijo este último.

El torrente de emociones que embargó a Rachel la dejó momentáneamente sin hablar y, sin embargo, y a pesar de su perplejidad, podía ver con claridad que aquel fósil había sido en su momento un organismo biológicamente vivo. La huella petrificada mediría unos seis centímetros y parecía ser el envés de algún tipo de escarabajo enorme o de algún insecto trepador. Tenía siete pares de patas articuladas agrupadas bajo un caparazón de protección externo, que a su vez parecía estar segmentado en placas como las de un armadillo.

Rachel estaba mareada.

–Un insecto procedente del espacio...

–Es un isópodo –dijo Corky–. Los insectos tienen tres pares de patas, no siete.

Rachel ni siquiera le oyó. Le daba vueltas la cabeza mientras estudiaba el fósil que tenía ante sus ojos.

–Podrá ver claramente –dijo Corky–, que el caparazón dorsal está segmentado en placas como las del escarabajo pelotero terrestre y, sin embargo, los dos apéndices prominentes a modo de cola lo diferencian, convirtiéndolo en algo más próximo a un piojo.

La mente de Rachel había dejado ya de prestar atención a Corky. La clasificación de aquella criatura era totalmente irrelevante. Las piezas del rompecabezas ocuparon violentamente su lugar: el secretismo del presidente, el entusiasmo de la NASA...

«¡Hay un fósil en el meteorito! ¡No es sólo una mota de bacterias o de microbios, sino una forma de vida avanzada! ¡Es una prueba de que hay vida en algún lugar del universo!»

23

Diez minutos después de haber dado comienzo el debate, el senador Sexton se preguntaba cómo había podido llegar a preocuparse. Marjorie Tench había sido insultantemente sobreestimada como posible adversaria. A pesar de ser una mujer reputada por su cruel sagacidad, estaba resultando más una oveja sacrificada que un contrincante digno de tenerse en cuenta.

Era cierto que al principio de la conversación Tench se había apuntado un buen tanto martilleando la plataforma provida del senador por su predisposición contra las mujeres, pero entonces, justo cuando parecía que Tench estaba apretándole las tuercas, había cometido un error imperdonable. Mientras cuestionaba cómo esperaba el senador financiar las mejoras educacionales sin aumentar los impuestos, hizo una sarcástica alusión a las críticas constantes que Sexton dedicaba a la NASA.

Aunque la NASA era un tema que sin duda el senador esperaba tocar hacia el final de la discusión, Marjorie Tench había abierto la puerta antes de hora. «¡Menuda idiota!»

—Hablando de la NASA —empezó Sexton, cambiando de tema como sin darle importancia—. ¿Podría comentarnos algo sobre los constantes rumores según los cuales la NASA ha sufrido un nuevo fracaso?

Marjorie Tench ni siquiera se inmutó.

—Me temo que no ha llegado a mis oídos ese rumor —respondió. Su voz de fumadora sonaba como el papel de lija.

—Entonces, ¿ningún comentario?

—Me temo que no.

Sexton no cabía en sí de gozo. En el mundo de golpes de efecto de los medios de comunicación, la expresión «sin comentarios» se traducía fácilmente por «culpable de los cargos».

—Entiendo —dijo Sexton—. ¿Y qué hay de los rumores sobre una reunión secreta de emergencia entre el presidente y el director de la NASA?

Esta vez Tench pareció sorprendida.

–No estoy segura de a qué reunión se refiere. El presidente tiene muchas reuniones.

–Por supuesto. –Sexton decidió ir a por ella–. Señora Tench, usted es una gran defensora de la agencia espacial, ¿no es así?

Tench suspiró, al parecer cansada de las recurrentes alusiones de Sexton a su tema preferido.

–Creo en la importancia de preservar la supremacía tecnológica de Estados Unidos, ya sea militar, industrial o en el ámbito de la inteligencia o de las telecomunicaciones. Sin duda la NASA es parte de esa visión, sí.

En la cabina de producción, Sexton pudo ver los ojos de Gabrielle diciéndole que se mantuviera al margen, pero el senador saboreaba ya la sangre.

–Hay algo que despierta mi curiosidad, señora. Huelga decir que su influencia tiene mucho peso en el apoyo continuado que el presidente ha demostrado por esta achacosa agencia.

Tench negó con la cabeza.

–No. El presidente cree firmemente en la NASA. Toma sus propias decisiones.

Sexton no podía creer lo que estaba oyendo. Acababa de dar a Marjorie Tench una oportunidad de oro para exonerar parcialmente al presidente aceptando personalmente parte de la culpa por la financiación de la NASA. En vez de eso, ella se la había devuelto al presidente sin dudarlo. «El presidente toma sus propias decisiones.» Al parecer, Tench se estaba ya intentando distanciar de una campaña que hacía aguas. A decir verdad, tampoco era nada sorprendente. Al fin y al cabo, cuando las cosas volvieran a su sitio, Marjorie Tench estaría buscando trabajo.

Durante los minutos siguientes, Sexton y Tench siguieron en la brecha. Tench formuló algunos débiles intentos por cambiar de tema mientras Sexton seguía presionándola sobre el presupuesto de la NASA.

–Senador –arguyó Tench–. Usted pretende reducir el presupuesto de la NASA, pero ¿tiene idea de cuántos empleos en el sector de la alta tecnología se perderán?

Sexton a punto estuvo de reírse en la cara de aquella mujer. «¿Y a esta chiquilla la consideran una de las mentes más privilegiadas de Washington?» Resultaba obvio que Tench tenía mucho que aprender sobre la demografía del país. Los empleos del ámbito de la alta tecnología no tenían la menor importancia en com-

paración con la inmensa cantidad de abnegados obreros norteamericanos.

Sexton atacó.

—Estamos hablando de un ahorro de millones, Marjorie, y si el
resultado es que un hatajo de científicos de la NASA tienen que
montarse en sus BMW e irse con sus currículos a otra parte,
que así sea. Por mi parte, yo me he comprometido a mantenerme
inflexible con el gasto.

Marjorie Tench se quedó en silencio, como si aquel último golpe la hubiera dejado fuera de juego.

El moderador de la CNN la apremió.

—¿Alguna reacción por su parte, señora Tench?

Por fin, la mujer se aclaró la garganta y habló.

—Supongo que me sorprende oír que el señor Sexton está tan
dispuesto a declararse tan abiertamente contrario a la NASA.

A Sexton se le entrecerraron los ojos. «Buen intento, señora.»

—Yo no estoy en contra de la NASA y lamento profundamente su acusación. Simplemente estoy diciendo que el presupuesto de
la agencia espacial indica la clase de gasto desproporcionado que
su presidente aplaude. La NASA dijo que podía construir el tras-
bordador espacial por cinco mil millones de dólares. Costó doce.
Dijo también que podía construir la Estación Espacial por ocho.
Ahora el coste asciende ya a cien.

—Si los norteamericanos somos un país líder —contraatacó Tench—
es debido a que nos fijamos metas elevadas y nos mantenemos fie-
les a ellas en los momentos difíciles.

—Ese discurso de ensalzamiento del orgullo nacional no funciona conmigo, Marge. La NASA ha superado el presupuesto que
le ha sido asignado tres veces en los últimos dos años y ha vuelto
arrastrándose al presidente con el rabo entre las piernas para pedir más dinero y poder así enmendar sus errores. ¿A eso le llama
usted orgullo nacional? Si quiere hablar de orgullo nacional, hablemos de escuelas de peso. Hablemos de un sistema sanitario
universal. Hablemos de niños inteligentes que crecen en un país de
oportunidades. ¡A eso le llamo yo orgullo nacional!

Tench le clavó una mirada glacial.

—¿Puedo hacerle una pregunta directa, senador?

Sexton no respondió. Simplemente esperó.

Las palabras de la mujer fueron pronunciadas deliberadamente, con una repentina infusión de firmeza.

—Senador, si yo le dijera que no podemos explorar el espacio por menos de lo que la NASA está gastando actualmente, ¿aboliría usted la agencia espacial?

La pregunta fue como si una piedra de río hubiera caído en las rodillas de Sexton. Quizá, después de todo, Tench no fuera tan estúpida. Simplemente había atacado a Sexton desde el ángulo menos esperado con un «rompevallas», una pregunta cuidadosamente articulada que sólo permite un sí o un no como respuesta y que está diseñada para forzar a un oponente que juega a mantener un pie a cada lado de la valla a pronunciarse con claridad y a definir sin medias tintas su postura.

Instintivamente, Sexton intentó salirse por la tangente.

—No me cabe duda de que, con una gestión adecuada, la NASA puede explorar el espacio por mucho menos de lo que en estos momentos...

—Conteste a la pregunta, senador Sexton. Explorar el espacio es un asunto peligroso y costoso, comparable a construir un reactor de pasajeros. O se hace bien, o no se hace. Los riesgos son demasiado elevados. Mi pregunta sigue en pie: si llega usted a ser elegido presidente y debe escoger entre continuar financiando la NASA con su actual nivel de presupuesto o eliminar por completo el programa espacial de Estados Unidos, ¿por qué alternativa optaría?

«Mierda». Sexton levantó los ojos para mirar a Gabrielle por el cristal. En su expresión, Sexton vio reflejado lo que ya sabía. «Está usted comprometido. Sea directo. Nada de peroratas.» Sexton mantuvo alta la barbilla.

—Sí. Transferiría el actual presupuesto de la NASA a nuestros sistemas escolares si tuviera que hacer frente a esa decisión. Votaría por nuestros hijos en detrimento del espacio.

La expresión del rostro de Marjorie Tench revelaba una total conmoción.

—Estoy perpleja. ¿Le he oído bien? En caso de que fuera presidente, ¿aboliría usted el programa espacial de la nación?

Sexton sintió que estaba a punto de estallar. Ahora Tench estaba poniendo palabras en su boca que él no había dicho. Intentó contraatacar, pero la mujer volvía a hablar.

—¿Está usted diciendo, senador, para que quede claro, que eliminaría a la agencia que llevó al hombre a la Luna?

—¡Lo que estoy diciendo es que la carrera espacial ha terminado! Los tiempos han cambiado. La NASA ya no desempeña un papel decisivo en las vidas de los norteamericanos de a pie y sin embargo seguimos financiándola como si lo hiciera.

–Entonces, ¿no cree que el futuro esté en el espacio?

–Sin duda, el futuro está en el espacio, ¡pero la NASA es un dinosaurio! Hay que dejar que el sector privado explore el espacio. El contribuyente no debería abrir su cartera cada vez que algún ingeniero de Washington quiere sacar una fotografía de Júpiter que nos cuesta mil millones de dólares. ¡Los norteamericanos están cansados de hipotecar el futuro de sus hijos a cambio de financiar una agencia anticuada que tan poco ofrece a cambio de sus desorbitados costes!

Tench suspiró teatralmente.

–¿Que tan poco ofrece? Excepto, quizá, el programa SETI, la NASA ha proporcionado enormes compensaciones.

Sexton apenas podía creer que la mención del SETI, el programa de búsqueda de inteligencia extraterrestre, hubiera escapado de labios de Tench. Craso error. «Gracias por recordármelo.» El SETI era el pozo abisal de la NASA desde su creación. A pesar de que la NASA había intentado dar al proyecto un lavado de cara rebautizándolo con el nombre de «Orígenes» y modificando algunos de sus objetivos, seguía siendo la misma apuesta perdedora.

–Marjorie –dijo Sexton, aprovechando su oportunidad–. Me referiré al SETI sólo porque usted lo ha mencionado.

Extrañamente, Tench parecía casi ansiosa por oír sus palabras.

Sexton se aclaró la garganta.

–Mucha gente no está al corriente de que la NASA lleva treinta y cinco años buscando vida extraterrestre. Se trata de una cara búsqueda del tesoro: series de parabólicas para satélites, inmensos transreceptores, millones en los salarios de los científicos que siguen sentados sin haber descubierto nada. Es un vergonzoso despilfarro de recursos.

–¿Está diciendo que no hay nada ahí arriba?

–Estoy diciendo que si cualquier otra agencia gubernamental hubiera gastado cuarenta y cinco millones durante treinta y cinco años y no hubiera proporcionado el menor resultado, habría sido suprimida hace tiempo. –Sexton hizo una pausa para dejar que la gravedad de su declaración hiciera mella en la audiencia–. Después de treinta y cinco años, creo que resulta más que obvio que no vamos a encontrar vida extraterrestre.

–¿Y si se equivoca?

Sexton puso los ojos en blanco.

–Oh, por el amor de Dios, señora Tench. Si me equivoco me como el sombrero.

Marjorie Tench clavó sus macilentos ojos en los del senador Sexton.

–Recordaré sus palabras, senador –dijo, sonriendo por primera vez–. Creo que todos las recordaremos.

A nueve kilómetros de allí, en el Despacho Oval, el presidente Zach Herney apagó el televisor y se sirvió una copa. Como Marjorie Tench había prometido, el senador Sexton había picado el anzuelo: el anzuelo, el hilo de pescar y el plomo.

24

Michael Tolland sintió que la empatía le iluminaba el rostro al tiempo que Rachel Sexton miraba, boquiabierta y en silencio, el meteorito fosilizado que tenía en la mano. La refinada belleza del rostro de la mujer parecía disolverse en su expresión de inocente perplejidad: una chiquilla que acababa de ver a Papá Noel por primera vez.

«Sé exactamente cómo se siente», pensó.

Tolland se había sentido igualmente perplejo hacía sólo cuarenta y ocho horas. También él se había quedado sin habla. Incluso ahora, las implicaciones científicas y filosóficas del meteorito le dejaban de piedra, obligándole a reconsiderar todo aquello que siempre había creído sobre la naturaleza.

Aunque los descubrimientos oceanográficos de Tolland incluían varias especies submarinas desconocidas hasta el momento, aquel «bicho del espacio» suponía un descubrimiento de una categoría totalmente distinta. A pesar de la propensión por parte de Hollywood a representar a los extraterrestres como hombrecillos verdes, tanto los astrobiólogos como los entusiastas científicos coincidían en que, dada la inmensa cantidad y capacidad de adaptación de los insectos de la Tierra, la vida extraterrestre probablemente sería muy semejante a alguna forma de insecto si algún día llegaba a descubrirse.

Los insectos pertenecían al género de los *Phylum Arthropoda*, criaturas con esqueletos externos duros y patas articuladas. Con más de 1,25 millones de especies conocidas y unas quinientas mil todavía por clasificar, los «insectos» terrestres superaban en número al resto de animales juntos. Constituían el noventa y cinco por ciento de las especies del planeta y un increíble cuarenta por ciento de su biomasa.

Lo que impresionaba no era tanto la abundancia de insectos, sino su resistencia. Desde el escarabajo del hielo del Antártico al escorpión del Valle de la Muerte, los insectos habitan felizmente a niveles mortales de temperatura, de sequía e incluso de presión. Incluso han logrado dominar la exposición a la fuerza más mortal que se conoce en el universo: la radiación. Cuando, tras una prueba nuclear llevada a cabo en 1945, los oficiales de las fuerzas aéreas se enfundaron sus trajes antirradiación y examinaron el nivel de suelo cero, encontraron escarabajos y hormigas que seguían con sus vidas como si nada hubiera ocurrido. Los astrónomos se dieron cuenta de que el exoesqueleto protector de un artrópodo lo convertía en el candidato perfecto para habitar los innumerables planetas saturados de radiación en los que nada más podía vivir.

«Al parecer, los astrobiólogos estaban en lo cierto –pensó Tolland–. ET es un insecto.»

Rachel sintió que le fallaban las piernas.

–No puedo... creerlo –dijo, haciendo girar el fósil en las manos–. Jamás creí...

–Tómese su tiempo para poder asimilarlo –dijo Tolland con una amplia sonrisa–. Yo he tardado veinticuatro horas en recuperarme.

–Veo que tenemos entre nosotros a una recién llegada –dijo un hombre de raza asiática sorprendentemente alto que se acercaba para reunirse con ellos.

Corky y Tolland parecieron desinflarse al instante con su llegada. Al parecer, el instante de magia se había hecho añicos.

–Soy el doctor Wailee Ming –se presentó el hombre–. Decano de paleontología de UCLA.

El hombre mostraba al andar la pomposa rigidez de la aristocracia del Renacimiento y no dejaba de toquetearse continuamente la estrafalaria pajarita que llevaba bajo el abrigo de pelo de camello que le caía hasta las rodillas. Estaba claro que Wailee Ming no era de los que permitían que nada interfiriera con su atildada apariencia, ni siquiera en aquel lugar tan remoto.

–Soy Rachel Sexton.

La mano de Rachel todavía temblaba cuando estrechó la suave palma de Ming, que era sin duda otro de los reclutas civiles del presidente.

–Sería para mí un placer, señorita Sexton –dijo el paleontólogo– explicarle todo lo que usted desee saber sobre estos fósiles.

–Y muchas de las cosas que seguramente no querrá saber –gruñó Corky.

Ming se llevó la mano a la pajarita.

–Mi especialidad paleontológica son los *Arthropoda* y los *Mygalomorphae* extinguidos. Sin duda, la característica más impresionante de este organismo es...

–¡Que procede de otro maldito planeta! –le interrumpió con brusquedad Corky.

Ming le miró ceñudo y se aclaró la garganta.

–La característica más impresionante de este organismo es que encaja a la perfección con nuestro sistema darwiniano de taxonomía y de clasificación terrestres.

Rachel levantó la mirada. «¿Es posible clasificar esta cosa?»

–¿Se refiere usted a la clase de reino, de *phylum*, a la especie... ese tipo de cosas?

–Exacto –dijo Ming–. Si esta especie hubiera sido hallada en la Tierra, sería clasificada dentro de la categoría de los isópodos y entraría dentro de la clase a la que pertenecen unas dos mil especies de piojo.

–¿Piojo? –dijo Rachel–. Pero si es enorme.

–La taxonomía no es específica con respecto al tamaño. Los gatos domésticos y los tigres están emparentados. La clasificación parte de la fisiología. Esta especie es claramente un piojo: tiene un cuerpo aplastado, siete pares de patas y una bolsa reproductora cuya estructura es idéntica a la de la cochinilla, el escarabajo pelotero, los saltamontes de playa, la cochinilla de la cerda y las *limnoria*. Los demás fósiles revelan...

–¿Los demás fósiles?

Ming miró a Corky y a Tolland.

–¿No lo sabe?

Tolland negó con la cabeza.

El rostro de Ming se iluminó al instante.

–Señorita Sexton, todavía no ha oído lo mejor.

–Hay más fósiles –intervino Corky, intentando arrebatarle el momento de éxito a Ming–. Muchos más. –Se escabulló hasta un sobre de pruebas y extrajo una hoja doblada de papel de gran tamaño. La extendió sobre el escritorio, delante de Rachel–. Después de haber extraído varios núcleos, hicimos bajar una cámara de rayos X. Ésta es una traducción gráfica de la sección transversal.

Rachel miró la copia impresa de rayos X que estaba encima de la mesa. Tuvo que sentarse de inmediato: la sección transversal tridimensional del meteorito estaba abarrotada de docenas de esos insectos.

–Los registros paleolíticos –dijo Ming– suelen encontrarse en densas concentraciones. A menudo, los corrimientos de barro atrapan a los organismos *en masse*, cubriendo nidos o incluso comunidades enteras.

Corky sonrió.

–Creemos que la colección hallada en el meteorito representa un nido –anunció, señalando a uno de los insectos de la copia impresa–. Y ahí está mamá.

Rachel miró al espécimen en cuestión y se quedó literalmente boquiabierta. El insecto parecía medir casi un metro.

–Menudo piojo de culo gordo ¿eh? –dijo Corky.

Rachel asintió, perpleja, mientras se imaginaba piojos del tamaño de una barra de pan deambulando por ahí, en algún planeta lejano.

–En la Tierra –dijo Ming–, nuestros insectos son relativamente pequeños porque la gravedad los tiene controlados. No crecen más de lo que sus exoesqueletos pueden soportar. Sin embargo, en un planeta con gravedad reducida, los insectos podrían evolucionar hasta alcanzar dimensiones muy superiores.

–Imagínese aplastando mosquitos del tamaño de un cóndor –bromeó Corky, tomando la muestra del núcleo de manos de Rachel y metiéndosela en el bolsillo.

Ming frunció el ceño.

–¡Ni se le ocurra robar eso!

–Relájese –dijo Corky–. Tenemos ocho toneladas más en el lugar del que salió esto.

La mente analítica de Rachel barajaba los datos que tenía ante sí.

–Pero ¿cómo puede la vida en el espacio ser tan similar a la vida en la Tierra? Me refiero a que, ¿dicen ustedes que este insecto encaja en nuestra clasificación darwiniana?

–A la perfección –dijo Corky–. Y, lo crea o no, muchos astrónomos han predicho que la vida extraterrestre sería muy similar a la de la Tierra.

–Pero ¿por qué? –preguntó Rachel–. Esta especie procede de un entorno totalmente distinto.

–Panspermia –dijo Corky, esbozando una amplia sonrisa.

–¿Cómo dice?

–La panspermia es la teoría según la cual la vida fue plantada aquí desde otro planeta.

Rachel se levantó.

–Me pierdo.

Corky se giró hacia Tolland.

–Mike, tú eres aquí el experto en mares primordiales.

Tolland pareció feliz ante la perspectiva de tomar el relevo.

–La Tierra fue antaño un planeta sin vida, Rachel. De pronto, como de la noche a la mañana, la vida estalló. Muchos biólogos creen que la explosión de vida fue el resultado mágico de una mezcla ideal de elementos en los mares primordiales. Pero como nunca lo hemos podido reproducir en un laboratorio, los investigadores próximos a la Iglesia han hecho de ese fracaso una prueba de la omnipotencia de Dios, es decir, que la vida no podía existir a menos que Dios tocara los mares primordiales y les insuflara la vida.

–Pero nosotros, los astrónomos –declaró Corky–, encontramos otra explicación para la repentina explosión de la vida en la Tierra.

–La panspermia –dijo Rachel, que ahora comprendía de lo que estaban hablando. Había oído antes esta teoría, pero no sabía que recibía ese nombre–. La teoría según la cual un meteorito se estrelló en el caldo primordial, trayendo a la Tierra las primeras semillas de vida microbiótica.

–Bingo –dijo Corky–. Y allí se filtraron y brotaron a la vida.

–Y si eso es cierto –dijo Rachel–, los ancestros básicos de las formas de vida de la Tierra y de las formas de vida extraterrestres serían idénticas.

–Doble bingo.

«Panspermia», pensó Rachel, todavía incapaz de asimilar lo que eso implicaba.

–Entonces, el fósil no sólo confirma que existe vida en algún otro punto del universo, sino que prácticamente prueba la validez de la panspermia... que la vida en la Tierra fue plantada desde otro punto del universo.

–Triple bingo –dijo Corky, dedicándole una entusiasta inclinación de cabeza–. Técnicamente, puede que todos seamos extraterrestres –añadió, poniéndose los dedos encima de la cabeza a modo de antenas, bizqueando y sacando la lengua como un insecto.

Tolland miró a Rachel con una sonrisa patética.

–Y se supone que este individuo es el pináculo de nuestra evolución.

25

Rachel Sexton sintió como si una neblina de ensueño girara a su alrededor cuando salía del habisferio flanqueada por Michael Tolland. Corky y Ming iban detrás.

–¿Está usted bien? –preguntó Tolland, observándola.

Rachel se giró para mirarle y esbozó una débil sonrisa.

–Gracias. Es sólo que... es demasiado.

Su mente volvió tambaleándose al ALH84001, el infame descubrimiento de la NASA que había tenido lugar en 1997: un meteorito procedente de Marte que según la agencia contenía rastros de fósiles que demostraban la existencia de vida bacteriana. Desgraciadamente, pocas semanas después de la triunfal rueda de prensa de la NASA, varios científicos civiles demostraron que los «signos de vida» de la roca no eran más que krogeno producido por la contaminación terrestre. La credibilidad de la NASA había experimentado un inmenso traspié después de tamaña metedura de pata. *The New York Times* aprovechó la oportunidad para redefinir sarcásticamente el acrónimo de la agencia, NASA: «NOT ALWAYS SCIENTIFICALLY ACURATE»[1].

En esa misma edición, el paleobiólogo Stephen Jay Gould resumió los problemas con el ALH84001 apuntando que la evidencia hallada en el meteorito era química e interferencial, y no «sólida» como en el caso de un inequívoco hueso o caparazón.

Ahora, no obstante, Rachel era consciente de que la NASA había hallado una prueba irrefutable. Ningún científico escéptico podía atreverse a cuestionar esos fósiles. La NASA ya no se limitaba a mostrar unas fotos borrosas y ampliadas de supuestas bacterias microscópicas, sino que ofrecía auténticas muestras de meteorito en las que bioorganismos visibles al ojo humano habían quedado incrustados en la piedra. «¡Piojos de medio metro de longitud!»

1. «No siempre sus datos son científicos.» Juego de palabras intraducible. *(N. del T.)*

Rachel tuvo que reírse cuando se dio cuenta de que durante su infancia había sido una fanática de una canción de David Bowie que hablaba de las «arañas de Marte». Muy pocos habrían podido imaginar lo cerca que la andrógina estrella del pop británico iba a estar de prever el momento de mayor gloria de la astrobiología.

Mientras las lejanas notas de la canción resonaban en la mente de Rachel, Corky aceleró el paso tras ella.

—¿Ya ha fanfarroneado Mike sobre su documental?

—No, pero me encantaría saber de qué se trata —respondió Rachel.

Corky le dio a Tolland una palmada en la espalda.

—Adelante, grandullón. Dile por qué el presidente decidió que el momento más importante de la historia de la ciencia debía dejarse en manos de una estrella de la televisión especialista en *esnorkel*.

Tolland soltó un gemido.

—Corky, si no te importa...

—De acuerdo, yo me encargo —respondió éste, abriéndose paso entre ambos—. Como probablemente ya sabe usted, señorita Sexton, el presidente dará una rueda de prensa esta noche para hablarle al mundo del meteorito. Como la gran mayoría del planeta está compuesta de idiotas, el presidente le ha pedido a Mike que suba a bordo y lo simplifique todo para que el mundo pueda entenderlo.

—Gracias, Corky —dijo Tolland—. Muy bonito —añadió, mirando a Rachel—. Lo que Corky intenta decir es que, como hay tantos datos científicos por comunicar, el presidente ha pensado que un breve documental visual sobre el meteorito puede ayudar a que la información resulte más accesible a los norteamericanos de a pie, muchos de los cuales, por muy extraño que parezca, no cuentan con titulaciones superiores en astrofísica.

—¿Sabía que acabo de enterarme de que el presidente de nuestra nación es un gran fan de *Mares Asombrosos*? —le dijo Corky a Rachel, negando con la cabeza en una fingida mueca de pesar—. Zach Herney, el gobernador del mundo libre, ordena a su secretaria que le grabe el programa de Mike para poder relajarse después de una larga jornada.

Tolland se encogió de hombros.

—¿Qué quieres que haga si el hombre tiene buen gusto?

Rachel estaba empezando a entender lo magistral que era el plan del presidente. La política era un juego de medios de comunicación y Rachel ya podía imaginar el entusiasmo y la credibilidad científica que el rostro de Michael Tolland iba a aportar a la rueda de prensa. Zach Herney había reclutado al hombre ideal para apoyar su pequeño golpe de apoyo a la NASA. Los escépticos iban a tenerlo muy difícil a la hora de poner en duda los datos del presidente si éstos procedían de la personalidad científica televisiva número uno de la nación, así como de varios respetados científicos civiles.

–Mike ya ha grabado en vídeo declaraciones de todos los civiles para su documental, así como de la mayor parte de los grandes especialistas de la NASA. Y apuesto mi Medalla Nacional a que usted es la siguiente de su lista –dijo Corky.

Rachel se giró a mirarle.

–¿Yo? ¿Qué está diciendo? No tengo credenciales. No soy más que un enlace con la comunidad de inteligencia.

–Entonces, ¿para qué la ha hecho venir el presidente?

–Todavía no me lo ha dicho.

Una sonrisa divertida se dibujó en los labios de Corky.

–Es usted un enlace con la inteligencia de la Casa Blanca que se dedica a la clarificación y autentificación de datos, ¿me equivoco?

–Así es, pero nunca nada relativo a la ciencia.

–Y además es la hija del hombre que ha construido su campaña basándose en criticar el dinero que la NASA se ha gastado en el espacio.

Rachel intuyó lo que venía a continuación.

–Reconozca, señorita Sexton –intervino Ming– que su intervención daría a este documental una nueva dimensión de credibilidad. Si el presidente la ha enviado aquí, sin duda querrá que participe de algún modo.

Rachel volvió a recordar la preocupación expresada por William Pickering ante la posibilidad de que ella fuera utilizada.

Tolland miró su reloj.

–Probablemente deberíamos irnos ya –dijo, indicando al centro del habisferio–. Deben de estar a punto.

–¿A punto de qué? –preguntó Rachel.

–De llevar a cabo la extracción. La NASA va a sacar el meteorito a la superficie. Puede emerger en cualquier momento.

Rachel se quedó de piedra.

–¿Me está usted diciendo que están extrayendo a la superficie una roca de ocho toneladas que está enterrada bajo sesenta metros de hielo?

Corky estaba más que radiante.

–No pensaría usted que la NASA iba a dejar un descubrimiento como éste enterrado en el hielo, ¿verdad?

–No, pero... –Rachel no había visto signos que indicaran la existencia de un equipo de excavación a gran escala en ningún punto del habisferio–. ¿Cómo diantre planea la NASA extraer el meteorito?

Corky pareció de pronto henchido de orgullo.

–Eso no es ningún problema. ¡Está usted en una habitación llena de científicos espaciales!

–Bobadas –se burló Ming, mirando a Rachel–. El doctor Marlinson disfruta fanfarroneando de su fuerza. Lo cierto es que todos los que estamos aquí hemos estado devanándonos los sesos para conseguir extraer el meteorito. Ha sido Mangor quien ha propuesto una solución viable.

–No conozco a Mangor.

–Es especialista en glaciología de la Universidad de New Hampshire –dijo Tolland–. El cuarto y último científico reclutado por el presidente. Y Ming tiene razón, ha sido Mangor quien ha dado con la solución.

–De acuerdo –dijo Rachel–. ¿Y cuál es la propuesta de ese tipo en cuestión?

–Tipa –la corrigió Ming, que pareció derrumbarse–. Mangor es una mujer.

–Eso es discutible –gruñó Corky, volviéndose para mirar a Rachel–. Y, por cierto, la doctora Mangor la odiará.

Tolland lanzó a Corky una mirada enojada.

–¡Es verdad! –se defendió Corky–. Odiará que alguien le haga la competencia.

Rachel estaba perdida.

–¿Cómo dice? ¿Competencia?

–No le haga caso –dijo Tolland–. Desgraciadamente, el hecho de que Corky sea un imbécil es algo que al Comité Científico Nacional le pasó inadvertido. La doctora Mangor y usted se llevarán bien. La doctora es una profesional, y una de las mejores glaciólogas del mundo. De hecho, se ha mudado a la Antártida para dedicarse unos años al estudio del desplazamiento de los glaciares.

–¿Seguro? –dijo Corky–. Según tengo entendido, la Universidad de New Hampshire recibió una donación y la envió aquí para poder gozar de un poco de paz y de tranquilidad en el campus.

–¿Es usted consciente –le soltó Ming, que al parecer se había tomado el comentario como algo personal– de que la doctora Mangor casi se dejó la vida ahí abajo? Se perdió durante una tormenta y vivió durante cinco semanas a base de grasa de foca hasta que la encontraron.

–Se dice que nadie la fue a buscar –le susurró Corky a Rachel.

26

A Gabrielle Ashe el camino de regreso en limusina desde los estudios de la CNN hasta el despacho de Sexton se le hizo eterno. El senador iba sentado delante de ella, mirando por la ventana, obviamente recreándose en el debate.

—Han enviado a Tench a un programa de tarde de televisión por cable —dijo, volviéndose con una sonrisa en el rostro—. La Casa Blanca se está desesperando.

Gabrielle asintió, reservada. Había percibido una expresión de autocomplacencia en el rostro de Marjorie Tench cuando ésta se marchaba, y eso la había puesto nerviosa.

El móvil personal de Sexton sonó y el senador se llevó la mano al bolsillo para cogerlo. Como muchos políticos, disponía de una serie de números de teléfono donde sus contactos podían comunicarse con él, dependiendo de lo relevantes que dichos contactos fueran. Quienquiera que le estuviera llamando en ese momento, estaba en lo alto de su lista. Llamaba a la línea privada del político, un número al que incluso Gabrielle tenía aconsejado no llamar.

—Senador Sedgewick Sexton —canturreó el hombre, acentuando la musicalidad de su nombre.

Gabrielle no pudo oír la voz de quien llamaba debido al ruido que hacía la limusina, pero Sexton escuchaba con toda atención, respondiendo con entusiasmo.

—Fantástico. Encantado de que haya llamado. ¿Le parece a las seis? Para cenar. Tengo un apartamento aquí, en Washington. Privado, cómodo. Tiene la dirección, ¿verdad? De acuerdo. Estoy ansioso por conocerle. Le veré esta noche.

Sexton colgó, claramente satisfecho consigo mismo.

—¿Un nuevo fan? —preguntó Gabrielle.

—Se están multiplicando —dijo el senador—. Este tipo es un peso pesado.

—Debe de serlo. ¿Va a reunirse con él en su apartamento?

Sexton normalmente defendía su santificada privacidad como un león que protegiera su último escondite.

El senador se encogió de hombros.

–Sí. Me ha parecido que debía darle un toque personal. Puede que este tipo sea definitivo para la recta final. Tengo que seguir manteniendo estos contactos personales, ya me entiende. Todo sea por preservar la confianza.

Gabrielle asintió y cogió la agenda de Sexton.

–¿Quiere que apunte la cita?

–No hace falta. De todos modos había pensado pasar la noche en casa.

Gabrielle encontró la página de la agenda correspondiente a esa noche y se dio cuenta de que ya la había marcado con dos únicas letras: «C. P.», la abreviatura que Sexton utilizaba para señalar una cita personal, una celebración privada o un «cierro la puerta a todo el mundo». Nadie sabía con total seguridad cuál de las tres alternativas correspondía a cada uno de los diferentes «C. P.». De vez en cuando, el propio senador se programaba una noche «C. P.» para poder refugiarse en su apartamento, desconectar todos los teléfonos y dedicarse a lo que más le gustaba: beber brandy con sus viejos amigos y fingir que se olvidaba de la política durante el resto de la noche.

Gabrielle le dedicó una mirada de sorpresa.

–¿De modo que va usted a permitir que el trabajo interfiera con una velada «C. P.» ya programada? Estoy impresionada.

–Este tipo me ha pillado en una noche en que dispongo de un poco de tiempo. Hablaré con él un rato, a ver qué es lo que tiene que decir.

Gabrielle estuvo tentada de preguntar quién era aquel hombre misterioso que acababa de llamarle, pero no había duda de que el senador no estaba dispuesto a dar más detalles. Había aprendido a distinguir en qué ocasiones era mejor no entrometerse en los asuntos de su jefe.

Cuando dieron la vuelta al anillo de circunvalación y pusieron rumbo al edificio de oficinas de Sexton, Gabrielle volvió a mirar la agenda del senador y tuvo la extraña sensación de que él sabía de antemano que iba a recibir esa llamada.

27

El hielo del centro del habisferio de la NASA estaba dominado por un armazón trípode de unos nueve metros de andamiaje compuesto, a medio camino entre un pozo de petróleo y una extraña reproduccion de la Torre Eiffel. Rachel estudió el artilugio, incapaz de imaginar cómo podía utilizarse para extraer ese enorme meteorito.

Bajo la torre había varios tornos sujetos a unas planchas de acero, unidas a su vez al hielo con gruesos pernos. Entrelazados a los tornos, unos cables de hierro se inclinaban hacia arriba hasta una serie de poleas situadas en lo alto de la torre. Desde ahí, los cables caían verticalmente hacia abajo, introduciéndose en el interior de unos estrechos agujeros taladrados en el hielo. Varios de los corpulentos hombres de la NASA hacían turnos tensando los tornos. Con cada nuevo tensado, los cables se deslizaban unos centímetros hacia arriba por los agujeros, como si estuvieran levando un ancla.

«Está claro que algo se me escapa», pensó Rachel mientras ella y los demás se acercaban al lugar de la extracción. Los hombres parecían estar elevando el meteorito directamente a través del hielo.

—¡TENSIÓN NIVELADA! ¡MALDITA SEA! —gritó la voz de una mujer cerca de donde se encontraban con la elegancia de una sierra mecánica.

Rachel vio a una mujer menuda que llevaba puesto un anorak manchado de grasa. Aunque estaba de espaldas a ella, no le costó el menor esfuerzo adivinar que estaba al mando de la operación. La mujer tomaba notas en una carpeta y andaba de un lado a otro como un capataz de taladradores.

—¡No me digan que están cansadas, señoritas!

—Oye, Norah, deja de mangonear a esos pobres chicos de la NASA y ven un ratito conmigo —gritó Corky.

La mujer ni siquiera se volvió.

—¿Eres tú, Marlinson? Reconocería esa vocecilla en cualquier parte. Vuelve cuando hayas alcanzado la pubertad.

Corky se giró hacia Rachel.

–Norah nos da calor con su encanto.

–Ya te he oído, niñato del espacio –contraatacó la doctora Mangor sin dejar de tomar notas–. Y si me estás mirando el culo, estos pantalones aislantes del frío le suman quince kilos.

–No hay por qué preocuparse –gritó Corky–, no es tu enorme culo de mamut lo que me vuelve loco, sino tu irresistible personalidad.

–Olvídame.

Corky volvió a reírse.

–Tengo fantásticas noticias, Norah. Al parecer no eres la única mujer que ha reclutado el presidente.

–Menuda novedad. Te ha reclutado a ti.

Tolland intervino.

–¿Norah? ¿Tienes un minuto para conocer a alguien?

Al oír el sonido de la voz de Tolland, Norah dejó de inmediato lo que estaba haciendo y se volvió. Su expresión endurecida se disolvió al instante.

–¡Mike! –Corrió hacia él, resplandeciente–. Hace horas que no te veía.

–He estado montando el documental.

–¿Cómo ha quedado mi segmento?

–Estás brillante y encantadora.

–Ha utilizado efectos especiales –dijo Corky.

Norah hizo caso omiso del comentario y miró a Rachel con una sonrisa cortés aunque distante. Volvió a mirar a Tolland.

–Espero que no me estés engañando con ella, Mike.

El rostro curtido de Tolland se sonrojó ligeramente mientras hacía las presentaciones.

–Norah, quiero presentarte a Rachel Sexton. La señorita Sexton trabaja en la comunidad de inteligencia y está aquí por deseo expreso del presidente. Su padre es el senador Sedgewick Sexton.

La presentación provocó una mueca de confusión en el rostro de Norah.

–No pienso siquiera fingir que lo entiendo. –Norah no se quitó los guantes cuando estrechó la mano de Rachel con un apretón poco entusiasta–. Bienvenida a la cima del mundo.

Rachel sonrió.

–Gracias.

A Rachel le sorprendió que Norah Mangor, a pesar de la rudeza de su voz, tuviera un rostro agradable y pícaro. Llevaba un corte de pelo estilo duendecillo, castaño con mechones grises, y tenía unos ojos vivos y penetrantes como dos cristales de hielo. Había en ella una seguridad que le gustó.

–Norah –dijo Tolland–. ¿Tienes un minuto para compartir con Rachel lo que estás haciendo?

Norah arqueó las cejas.

–¿Así que ya os tuteáis? Vaya, vaya.

Corky soltó un gemido.

–Te había advertido, Mike.

Norah Mangor le mostró a Rachel la base de la torre mientras Tolland y los demás las seguían, hablando entre sí.

–¿Ve esos agujeros taladrados en el hielo debajo del trípode? –preguntó Nora señalando, al tiempo que su tono de fastidio inicial se suavizaba hasta transformarse en un profundo fervor por su trabajo.

Rachel asintió, mirando los agujeros abiertos en el hielo. Cada uno de ellos tenía un diámetro aproximado de medio metro y un cable de acero insertado en el centro.

–Esos agujeros son los que quedaron cuando perforamos las muestras de núcleo y sometimos al meteorito a un análisis de rayos X. Ahora los utilizamos como puntos de entrada para hacer bajar armellas de gran carga por los huecos vacíos y atornillarlas al meteorito. Después de eso, soltamos unos sesenta metros de cable trenzado por cada agujero y sujetamos las armellas con ganchos industriales; ahora simplemente lo estamos levantando. A estas chicas les está llevando varias horas sacarlo a la superficie, pero ya sale.

–No estoy segura de haberlo comprendido –dijo Rachel–. El meteorito está bajo miles de toneladas de hielo. ¿Cómo lo está elevando?

Norah señaló a lo alto del andamio, donde un fino rayo de prístina luz roja caía en vertical hacia el hielo que había debajo del trípode. Rachel lo había visto antes y había dado por hecho que se trataba simplemente de algún indicador visual... un marcador que especificaba el lugar donde el objeto estaba enterrado.

–Eso es un láser semiconductor de arseniuro y galio –explicó Norah.

Rachel miró más atentamente el rayo de luz y entonces comprobó que, en efecto, había fundido un diminuto agujero en el hielo y se había abierto paso hacia las profundidades.

–Un rayo de temperatura muy elevada –continuó Norah–. Estamos calentando el meteorito a medida que lo elevamos.

Cuando Rachel entendió la sencilla brillantez del plan de la mujer, quedó impresionada. Norah se había limitado a apuntar el rayo del láser hacia abajo, atravesando con él el hielo hasta alcanzar el meteorito. La piedra, demasiado densa para ser fundida con un láser, estaba absorbiendo el calor de éste y calentándose lo suficiente para fundir el hielo que la envolvía. Mientras los hombres de la NASA tiraban del meteorito, la roca caliente, en combinación con la presión ascendente, fundía el hielo circundante, abriendo un hueco por el que elevarla a la superficie. El agua que se acumulaba sobre el meteorito simplemente volvía al fondo por los bordes de la roca para rellenar de nuevo el hueco.

«Como un cuchillo caliente cortando una barra congelada de mantequilla.»

Norah señaló a los hombres de la NASA encargados de los tornos.

–Los generadores no soportan tanta tensión, así que estoy utilizando mano de obra para izar la piedra.

–¡Mentira! –la interrumpió uno de los trabajadores–. ¡Utiliza mano de obra porque disfruta viéndonos sudar!

–Relájate –contraatacó Norah–. Lleváis dos días quejándoos de que tenéis frío, nenas. Yo os he ayudado a entrar en calor. Y ahora seguid tirando.

Los obreros se echaron a reír.

–¿Para qué son los postes? –preguntó Rachel, señalando varios conos naranjas de autopista posicionados alrededor de la torre en lo que parecían ser puntos elegidos al azar. Había visto conos similares dispersos alrededor de la cúpula.

–Son una herramienta glaciológica crítica –dijo Norah–. Los llamamos PAYTT, es decir, «pisa aquí y tuércete el tobillo». –Cogió uno de los postes y dejó a la vista un agujero de perforación circular que se hundía como un pozo sin fondo en las profundidades del glaciar–. Mal sitio en el que pisar –añadió, volviendo a colocar el poste en su lugar–. Hemos perforado agujeros alrededor del glaciar para efectuar pruebas de continuidad estructural. Como ocurre en la arqueología, el número de años que un objeto lleva enterrado viene indicado por la distancia registrada entre el objeto enterrado y la superficie. A mayor profundidad, más tiempo lleva ahí, de modo que cuando un objeto es descubierto bajo el hielo, es posible fechar el momento en que fue depositado calculando la cantidad de hielo que se ha acumulado encima. Para asegurarnos de que nuestros cálculos de medición de la fecha del núcleo son precisos, examinamos múltiples áreas de la placa de hielo para confirmar que el área es un bloque sólido y que no ha sido alterada por ningún terremoto, fisura, avalancha o cualquier otro fenómeno natural.

–¿Y en qué estado está este glaciar?

–Perfectamente –dijo Norah–. Es un bloque sólido y perfecto. No aparecen en él líneas de falla ni signos de rotación glacial. Este meteorito es lo que llamamos una «caída estática». Lleva intacto e inalterado en el hielo desde que aterrizó, en 1716.

Rachel no logró ocultar su sorpresa.

–¿Saben el año exacto en que cayó?

Norah pareció a su vez sorprendida por la pregunta.

–Demonios, claro. Para eso me llamaron; yo leo el hielo. –Señaló un montón de tubos cilíndricos de hielo próximos. Cada uno de ellos parecía un poste de teléfono translúcido y estaba marcado con una brillante etiqueta naranja–. Esos núcleos de hielo son un registro geológico congelado –explicó, llevando a Rachel hasta los tubos–. Si los mira con atención, verá las distintas capas individuales que conforman el hielo.

Rachel se agachó y pudo ver claramente que el tubo estaba formado por lo que parecían innumerables estratos de hielo con sutiles diferencias de luminosidad y claridad. Las capas variaban entre las que eran finas como el papel y las que tenían un grosor de medio centímetro.

–Cada invierno trae consigo una fuerte nevada sobre la cornisa de hielo –dijo Norah–, y cada primavera viene acompañada de un deshielo parcial, de modo que cada estación vemos una nueva capa de compresión. Simplemente empezamos por arriba, es decir, por el invierno más reciente, y procedemos a la cuenta atrás.

–Como si contaran los anillos de un árbol.

–No es tan sencillo, señorita Sexton. Recuerde que estamos contando cientos de metros de capas. Necesitamos leer señalizadores meteorológicos a fin de establecer una cota de referencia para nuestro trabajo: registros de precipitaciones, contaminadores aéreos... ese tipo de cosas.

Tolland y los demás se unieron a ellas en ese momento. Tolland sonrió a Rachel.

–Sabe mucho de hielo, ¿no le parece?

Rachel se sintió extrañamente contenta al verle.

–Sí, es increíble.

–Y ha de saber –añadió él con un inclinación de cabeza–, que, la fecha facilitada por la doctora Mangor, 1716 es exacta. La NASA dio con el mismo año de impacto mucho antes de que llegáramos aquí. La doctora Mangor extrajo sus propias muestras del núcleo, realizó sus propias pruebas y confirmó el resultado de la NASA.

Rachel estaba impresionada.

–Y, casualmente –dijo Norah–, 1716 es el año exacto en que unos exploradores afirmaron haber visto una brillante bola de fuego en el cielo al norte de Canadá. El meteoro terminó siendo conocido como el *Jungersol Fall*, en honor del hombre que dirigía la expedición.

–Es decir –añadió Corky–, que el hecho de que las fechas del núcleo y el registro histórico concuerden es prácticamente una prueba irrefutable de que estamos ante un fragmento del mismo meteorito que Jungersol dijo haber visto en 1716.

–¡Doctora Mangor! –gritó un trabajador de la NASA–. ¡Están empezando a asomar los cierres de las guías!

–Se acabó el paseo, chicos –dijo Norah–. Ha llegado el momento de la verdad. –Cogió una silla plegable, se subió encima, y gritó con todas sus fuerzas–: ¡Salida a la superficie en cinco minutos! ¡Todos a sus puestos!

Por toda la cúpula, como perros obedientes respondiendo a la llamada de la cena, los científicos dejaron lo que estaban haciendo y se apresuraron hacia la zona de extracción.

Norah Mangor se llevó las manos a la cintura y supervisó sus dominios.

–Muy bien. ¡Saquemos el *Titanic* a la superficie!

28

–¡Haceos a un lado! –gritó Norah, moviéndose entre la creciente multitud.

Los trabajadores se diseminaron. La mujer asumió el control, en una demostración de cómo comprobar la tensión y la alineación de los cables.

–¡Tirad! –gritó uno de los hombres de la NASA.

Los hombres tensaron los tornos y los cables se elevaron, asomando otros tres centímetros del agujero.

Mientras los cables seguían moviéndose en sentido ascendente, Rachel percibió que la multitud se adelantaba unos centímetros, movida por la anticipación. Corky y Tolland estaban cerca de ella. Parecían dos niños en Navidad. En el extremo más alejado del agujero, el corpulento Lawrence Ekstrom, el director de la NASA, se acomodó para observar la extracción.

–¡Los cierres! –gritó uno de los hombres de la NASA–. ¡Asoman las guías!

Los cables de acero que se elevaban desde los agujeros perforados en el hielo pasaron de ser trenzas plateadas a cadenas guías amarillas.

–¡Tres metros más! ¡Mantenedlo nivelado!

El grupo congregado alrededor del andamio quedó sumido en un silencio reverencial, como los asistentes a una sesión de espiritismo a la espera de que aparezca algún espectro divino, cada uno de ellos esforzándose por ser el primero en descubrir algo.

Entonces Rachel lo vio.

Emergiendo de la menguante capa de hielo empezó a asomar la difusa forma del meteorito. Era una sombra oblonga y oscura, borrosa al principio, aunque cada vez más clara a medida que iba fundiendo el hielo en su ascenso.

–¡Más tensión! –gritó un técnico.

Los hombres tensaron los tornos y el andamio crujió.

–¡Tres metros más! ¡Mantened la tensión nivelada!

Rachel pudo ver entonces que el hielo que cubría la piedra empezaba a abombarse como una bestia preñada a punto de parir. En lo alto del promontorio, rodeando el punto de entrada del láser, un pequeño círculo de hielo de la superficie empezó a ceder, fundiéndose y disolviéndose, abriendo un agujero cada vez más grande.

–¡El cuello del útero se ha dilatado! –gritó alguien–. ¡Novecientos centímetros!

Una risa tensa rompió el silencio.

–¡Muy bien; apagad el láser!

Alguien manipuló un interruptor y el rayo desapareció.

Entonces ocurrió.

Como la feroz llegada de un dios paleolítico, la enorme roca quebró la superficie con un chorro de vapor. Entre la niebla arremolinada, la forma abultada salía del hielo. Los hombres que manejaban los tornos los tensaron aún más hasta que por fin toda la piedra quedó libre de los restos de hielo y se balanceó, caliente y chorreante, sobre un pozo abierto de agua agitada.

Rachel estaba hipnotizada.

Suspendida de sus cables, empapada y chorreante, la superficie rugosa del meteorito brillaba bajo los fluorescentes, chamuscada y llena de estrías, con todo el aspecto de una enorme ciruela pasa petrificada. La roca era suave y redondeada en un extremo. Aparentemente ésa era la sección afectada por la fricción al entrar en la atmósfera.

Al mirar la chamuscada corteza de fusión, Rachel casi pudo ver al meteoro cayendo en dirección a la Tierra, envuelto en una furiosa bola de llamas. Por increíble que pareciera, aquello había tenido lugar hacía siglos. Ahora, la bestia capturada colgaba de sus cables ahí delante con el agua rezumando de su cuerpo.

La cacería había terminado.

Fue entonces cuando el drama de aquel acontecimiento sacudió a Rachel. El objeto suspendido ante sus ojos procedía de otro mundo, un mundo que existía a millones de kilómetros de allí. Y atrapada en él estaba la evidencia, o mejor, la prueba, de que el hombre no estaba solo en el universo.

La euforia del momento pareció embargar a todo el mundo en el mismo instante y la multitud rompió en espontáneos gritos y aplausos. Hasta el director parecía presa de la emoción. Daba palmadas a sus hombres y mujeres en la espalda, felicitándolos. Sin apartar la mirada, Rachel sintió una repentina alegría por la NASA. Habían tenido muy mala suerte en el pasado, pero por fin las cosas estaban cambiando. Se merecían aquel momento.

El agujero abierto en el hielo parecía una pequeña piscina en mitad del habisferio. La superficie de la piscina de agua fundida de sesenta metros de profundidad chapoteó durante un rato contra las paredes de hielo del pozo y luego por fin se calmó. El nivel del agua en el pozo era de unos dos metros bajo la superficie del glaciar, resultado de la discrepancia causada tanto por la extracción de la masa del meteorito como por el hecho de que el hielo se encoge a medida que se funde.

Inmediatamente, Norah Mangor colocó postes PAYTT alrededor del agujero. A pesar de que éste quedaba claramente a la vista, cualquier alma curiosa que se acercara demasiado y resbalara accidentalmente dentro se veía en un serio peligro. Las paredes del pozo eran hielo sólido y no disponían del menor asidero, de modo que intentar salir de él sin ayuda era tarea imposible.

Lawrence Ekstrom se acercó a ellos a paso silencioso por el hielo. Fue directamente hacia Norah Mangor y le estrechó la mano con firmeza.

—Buen trabajo, doctora Mangor.

—Espero un buen número de elogios impresos —replicó Norah.

—Los tendrá —afirmó el director. Se giró entonces hacia Rachel. Parecía más feliz, aliviado—. Y bien, señorita Sexton, ¿ha quedado convencida la escéptica profesional?

Rachel no pudo evitar una sonrisa.

—Yo diría que más bien asombrada.

—Bien. Entonces sígame.

Rachel siguió al director por el habisferio hasta una gran caja de metal con aspecto de contenedor de transporte industrial. La caja estaba pintada con un diseño de camuflaje militar y con letras de plantilla: C-S-P.

—Llamará usted al presidente desde aquí —dijo Ekstrom.

«Comunicador de Seguridad Portátil», pensó Rachel. Esas cabinas de comunicación móviles eran instalaciones de batalla de lo más común, aunque Rachel jamás habría esperado encontrar una de ellas empleada como parte de una misión de paz de la NASA. De todas formas, el director Ekstrom procedía del Pentágono, de modo que sin duda tenía acceso a juguetes como aquél. A tenor de los rostros severos de los dos guardas que vigilaban el CSP, Rachel tuvo la clara impresión de que el contacto con el mundo exterior tenía lugar sólo con el expreso consentimiento del director Ekstrom.

«Al parecer no soy la única que ha sido apartada de sus obligaciones.»

Ekstrom habló brevemente con uno de los guardas situado fuera del tráiler y luego se volvió hacia Rachel.

–Buena suerte –dijo, y se marchó.

Un guarda repiqueteó en la puerta del tráiler y ésta se abrió desde dentro. Apareció un técnico que indicó a Rachel que entrara. Ella le siguió dentro.

El interior del CSP estaba a oscuras y resultaba agobiante. Gracias al resplandor azulado del monitor del único ordenador, Rachel logró distinguir estantes llenos de instrumental telefónico, radios y dispositivos de telecomunicación por satélite. Al instante sintió claustrofobia. El aire dentro del tráiler era sofocante, como el de un sótano en invierno.

–Siéntese aquí, por favor, señorita Sexton.

El técnico apareció con un taburete y colocó a Rachel frente a un monitor de pantalla plana. Dispuso un micrófono delante de ella y le colocó un par de abultados auriculares AKG en la cabeza. Después de consultar un libro de registro de contraseñas encriptadas, el técnico introdujo una larga serie de claves en un dispositivo cercano. En la pantalla que estaba delante de Rachel se materializó un cronómetro.

00.60 SEGUNDOS

El técnico inclinó la cabeza en un gesto de satisfacción cuando el cronómetro inició la cuenta atrás.

–Un minuto para la conexión.

Giró sobre sus talones y se marchó, dando un portazo. Rachel le oyó pasar el pestillo por fuera.

«Genial.»

Mientras esperaba en la oscuridad, mirando el cronómetro de sesenta segundos proceder lentamente a la cuenta atrás, le vino a las mientes que aquél era el primer momento de intimidad que había tenido desde primera hora de la mañana. Ese día se había despertado sin la menor idea de lo que le esperaba. «Vida extraterrestre.» A partir de ese día, el mito moderno más popular de todos los tiempos había dejado de ser un mito.

Ahora empezaba a ver lo terriblemente dañino que el hallazgo del meteorito iba a resultar para la campaña de su padre. Aunque la financiación de la NASA no tenía por qué verse equiparada políticamente con el derecho al aborto, la seguridad social y la asistencia social, su padre lo había convertido en un asunto de la misma importancia. Y ahora le iba a estallar en plena cara.

En cuestión de horas, los norteamericanos sentirían de nuevo en sus propias carnes el estremecimiento provocado por el triunfo de la NASA. Habría soñadores con los ojos llenos de lágrimas, científicos boquiabiertos, la imaginación de los niños campando a sus anchas. Los asuntos de dólares y de centavos se desvanecerían por insignificantes, eclipsados por este momento tan espectacular. El presidente renacería como un fénix, transformándose en héroe, mientras que, en mitad de toda esa euforia, el metódico senador aparecería como un ser mezquino: un avaro rematado sin el menor sentido de la aventura del pueblo norteamericano.

El ordenador emitió un pitido y Rachel levantó la mirada.

00.05 SEGUNDOS

La pantalla que tenía delante parpadeó de pronto y una imagen borrosa del sello de la Casa Blanca se materializó ante sus ojos. Tras un instante, la imagen se disolvió hasta dar paso al rostro del presidente Herney.

–Hola, Rachel –dijo con un malicioso brillo en la mirada–. ¿Ha tenido usted una tarde interesante?

29

El despacho del senador Sedgewick Sexton estaba ubicado en el Philip A. Hart Senate Office Building, en la calle C, hacia el nordeste del Capitolio. El edifico era una parrilla neomoderna de rectángulos blancos que a quienes lo criticaban les parecía más una prisión que un edificio de oficinas. Muchos de los que trabajaban allí pensaban lo mismo.

En la tercera planta, las largas piernas de Gabrielle Ashe se paseaban alegremente de un lado a otro delante del monitor de su ordenador. En pantalla tenía un nuevo e-mail. No estaba segura de qué hacer con él.

Las primeras dos líneas decían así:

SEDGEWICK HA ESTADO IMPRESIONANTE EN LA CNN. TENGO MÁS INFORMACIÓN PARA USTED.

Gabrielle había estado recibiendo mensajes como aquél durante las últimas semanas. La dirección del remitente era falsa, aunque había logrado seguirle la pista hasta el dominio «whitehouse.org». Al parecer, su misterioso informador era un elemento interno de la Casa Blanca y, fuera quien fuera, se había convertido recientemente en la fuente de valiosa información política de Gabrielle, incluida la noticia de un encuentro secreto entre el director de la NASA y el presidente.

Al principio Gabrielle se había mostrado recelosa con los e-mails, pero cuando quiso comprobar la veracidad de los datos le asombró descubrir que eran muy precisos y de gran ayuda: información secreta sobre los gastos extraordinarios de la NASA y sobre costosas misiones de próxima fecha, datos que mostraban que la búsqueda por parte de la NASA de vida extraterrestre estaba claramente sobrefinanciada y resultaba patéticamente improductiva, hasta sondeos de opinión internos en los que se advertía que la NASA era el tema que estaba apartando a los votantes del presidente.

Para incrementar su valía ante el senador, Gabrielle no le había informado de que estaba recibiendo ayuda no solicitada por e-mail procedente del interior de la Casa Blanca. En vez de eso, se limitó a pasarle la información después de recibirla de «una de sus fuentes». Sexton siempre se mostraba muy agradecido, y no preguntaba quién era su fuente. A Gabrielle no se le escapaba que el senador sospechaba que ella obtenía la información a cambio de favores sexuales; lo peor era que eso al senador no parecía importarle en absoluto.

Dejó de caminar de un lado a otro y volvió a mirar el mensaje que acababa de recibir. Las connotaciones de todos los e-mails estaban claras: alguien de la Casa Blanca quería que el senador Sexton ganara esas elecciones y estaba ayudándole a conseguirlo apoyando su ataque contra la NASA.

Pero ¿quién? Y ¿por qué?

«Una rata que abandona el barco que se hunde», decidió Gabrielle. En Washington no era extraño que un empleado de la Casa Blanca, temeroso de que su presidente estuviera a punto de ser expulsado de su despacho, ofreciera silenciosos favores al posible sucesor con la esperanza de asegurarse poder u otro puesto una vez tuviera lugar el cambio. Al parecer, alguien se olía la victoria de Sexton y estaba ya comprando acciones por adelantado.

El mensaje que aparecía ahora en la pantalla de su ordenador la puso nerviosa. No se parecía a ninguno de los que había recibido hasta entonces. Las primeras dos líneas no la preocupaban demasiado; las que la intrigaban eran las dos últimas:

PUERTA DE RECEPCIÓN ESTE, 16.30. VENGA SOLA.

Su informador nunca le había pedido encontrarse en persona. Aun así, Gabrielle habría esperado un lugar más sutil para un encuentro cara a cara. «¿La Puerta de Recepción Este?» Por lo que sabía, en Washington sólo había una Puerta de Recepción Este. «¿Junto a la Casa Blanca? ¿Se trata de una broma?»

Gabrielle sabía que no podía responder con un e-mail. Sus mensajes le eran siempre devueltos con un mensaje de destinatario inexistente. La cuenta de correo de su corresponsal era anónima. No la sorprendió.

«¿Debería consultarlo con Sexton?» Decidió sin demora que no, el senador estaba en una reunión. Además, si le hablaba de aquel e-mail, tendría que hablarle de los demás. Decidió que lo que su informador buscaba ofreciéndole una cita en público a plena luz del día era tranquilizarla. Al fin y al cabo, esa persona no había hecho sino ayudarla durante las dos últimas semanas. Él o ella era sin duda alguna un amigo.

Después de leer el e-mail por última vez, miró su reloj. Todavía le quedaba una hora.

30

Ahora que el meteorito estaba por fin fuera del agua, el director de la NASA se mostraba menos irritable. «Todo está volviendo a su sitio –se dijo mientras cruzaba la cúpula hacia la zona de trabajo de Michael Tolland–. Ahora ya nada nos detendrá.»

–¿Qué tal va? –preguntó Ekstrom, acercándose por detrás al popular científico.

Tolland levantó la mirada del ordenador. Parecía cansado, aunque conservaba su entusiasmo.

–Ya casi he terminado de montarlo. Simplemente estoy incluyendo parte del metraje de la extracción que ha grabado su gente. Habré acabado en un momento.

–Bien.

El presidente le había pedido a Ekstrom que enviara a la Casa Blanca el documental de Tolland con la mayor brevedad.

A pesar de que Ekstrom se había mostrado cínico ante el deseo del presidente de utilizar a Michael Tolland en el proyecto, había cambiado de parecer al ver las primeras escenas del documental de éste. La animada narrativa de la estrella de la televisión y las entrevistas a los científicos civiles se fusionaban a la perfección para ofrecer quince apasionantes y comprensibles minutos de programa científico. Tolland había logrado sin esfuerzo lo que la NASA muy pocas veces había conseguido: describir un descubrimiento científico al norteamericano medio sin sonar pedante.

–Cuando haya terminado de montarlo –dijo Ekstrom–, traiga el producto final al área de prensa. Haré que alguien envíe una copia digital a la Casa Blanca.

–Sí, señor –dijo Tolland, volviendo al trabajo.

Ekstrom se marchó. Cuando llegó a la pared norte, se animó al ver que el «área de prensa» del habisferio había quedado perfecta. Habían colocado una gran alfombra azul sobre el hielo. En el centro de la alfombra se hallaba dispuesta una larga mesa de conferencias con varios micrófonos, un distintivo de la NASA y una enorme bandera americana como telón de fondo. Para completar el impacto visual, habían transportado el meteorito sobre un trineo con una base en forma de espátula y lo habían colocado en el lugar de honor, justo delante de la mesa de conferencias.

A Ekstrom le encantó ver que en el área de prensa los ánimos eran de celebración. Gran parte de su equipo se había arremolinado alrededor del meteorito, con las manos tendidas hacia la roca como excursionistas alrededor de un fuego de campo.

Decidió que había llegado el momento. Fue hasta varias cajas de cartón amontonadas sobre el hielo detrás del área de prensa que había hecho traer desde Groenlandia aquella misma mañana.

–¡La bebida corre de mi cuenta! –gritó, repartiendo latas de cerveza entre su alborozado equipo.

–¡Vaya, jefe! –gritó alguien–. ¡Gracias! ¡Pero si hasta están frías!

Ekstrom esbozó una sonrisa muy poco frecuente en él.

–Las he conservado en hielo.

La carcajada fue general.

–¡Un momento! –gritó otro, mirando ceñudo su lata con buen talante–. ¡Esta cerveza es canadiense! ¿Qué ha sido de su patriotismo?

–Hay que apretarse el cinturón, señores. Es lo más barato que he encontrado.

Más risas.

–Atención –gritó uno de los miembros del equipo de televisión de la NASA por megáfono–. Vamos a activar la iluminación para los de la tele. Puede que experimenten una ceguera temporal.

–Y nada de besos en la oscuridad –gritó alguien–. ¡Esto es un programa familiar!

Ekstrom se rió por lo bajo, disfrutando de las bromas mientras su equipo terminaba de ajustar los focos y los neones.

–Activando la iluminación para la television en cinco, cuatro, tres, dos...

El interior de la cúpula fue oscureciéndose rápidamente cuando las lámparas halógenas se cerraron. En cuestión de segundos todas las luces estuvieron apagadas. Una oscuridad impenetrable engulló la cúpula.

Alguien soltó un grito fingido.

–¿Quién me ha pellizcado el culo? –gritó otro, riendo.

La oscuridad duró sólo un instante y luego se vio desgarrada por el intenso resplandor de los focos. Todos entrecerraron los ojos. La transformación era total. El cuadrante norte del habisferio de la NASA se había convertido en un estudio de televisión. El resto de la cúpula parecía un granero abierto en mitad de la noche. La única luz que se veía en las secciones restantes era el mudo reflejo de las luces de los medios reflejadas en el techo arqueado, que dibujaban largas sombras sobre las estaciones de trabajo, ahora desiertas.

Ekstrom retrocedió entre las sombras, agradecido al ver a su equipo rodeando el meteorito iluminado. Se sentía como un padre en Navidad, observando a sus hijos disfrutar alrededor del árbol.

«Dios sabe que se lo tienen más que merecido», pensó, sin sospechar la calamidad que le aguardaba.

31

El tiempo estaba cambiando.

Como el lúgubre presagio de un inminente conflicto, el viento catabático soltó un quejumbroso aullido y azotó con fuerza el refugio de la Delta Force. Delta-Uno terminó de recolocar los protectores antitormenta y volvió dentro, a resguardarse junto a sus dos compañeros. Ya había pasado antes por algo parecido. Pronto cesaría.

Delta-Dos observaba las imágenes que transmitía el microrrobot en directo.

—Será mejor que veáis esto —dijo.

Delta-Uno se acercó. El interior del habisferio estaba totalmente a oscuras, salvo por la brillante iluminación procedente de la cara norte de la cúpula, no muy lejos del escenario. El resto aparecía simplemente como un perfil apenas visible.

—No es nada —dijo—. Están probando las luces de las televisiones para esta noche.

—El problema no es la iluminación —dijo Delta-Dos señalando a la masa informe y oscura que se veía en mitad del hielo: el agujero lleno de agua del que había sido extraído el meteorito—. Ése es el problema.

Delta-Uno miró el agujero. Seguía rodeado de postes y la superficie del agua parecía en calma.

—No veo nada.

—Fíjate bien.

Delta-Dos maniobró la palanca de mando y el microrrobot descendió dibujando una espiral hacia la superficie del agujero.

Mientras Delta-Uno estudiaba el pozo oscuro de agua fundida con mayor detenimiento, vio algo que le hizo retroceder, conmocionado.

—¿Qué demonios...?

Delta-Tres se acercó a mirar. También él parecía perplejo.

—Dios mío. ¿Ésa es la fosa de extracción? ¿Y se supone que el agua debe hacer eso?

—No —dijo Delta-Uno—. Puedes estar seguro de que no.

32

Aunque en ese momento Rachel Sexton estaba sentada dentro de una gran caja de metal situada a cuatro mil quinientos kilómetros de Washington DC, se sentía tan nerviosa como si la hubieran llamado a comparecer a la Casa Blanca. El monitor del videófono que tenía delante mostraba una imagen diáfana del presidente Zach Herney sentado en la Sala de Comunicaciones de la Casa Blanca. La conexión digital de audio era impecable y, salvo un retraso casi imperceptible, el hombre podría haber estado en la habitación de al lado.

La conversación entre ambos fue animada y directa. El presidente pareció satisfecho, y en absoluto sorprendido, al oír la declaración favorable de Rachel sobre el hallazgo de la NASA y su decisión de emplear a la cautivadora persona de Michael Tolland como portavoz. El presidente se mostraba jocoso y de muy buen humor.

—Estoy seguro de que estará usted de acuerdo conmigo —dijo Herney, cuya voz se había vuelto ahora más seria— en que, en un mundo perfecto, las implicaciones de este descubrimiento serían de naturaleza puramente científica. —Hizo una pausa, inclinándose hacia delante y llenando la pantalla con su rostro—. Desgraciadamente, no vivimos en un mundo perfecto, y este triunfo de la NASA se convertirá en un arma política en cuanto se haga público.

—Teniendo en cuenta lo concluyentes que son las pruebas y los científicos que ha reclutado para que ratifiquen el descubrimiento, no me cabe en la cabeza que ni la gente ni ninguno de sus oponentes puedan hacer algo más que aceptar el descubrimiento como un hecho consumado.

Herney soltó una carcajada casi triste.

—Mis adversarios políticos creerán lo que vean, Rachel. Lo que me preocupa es que no les gustará lo que van a ver.

A ella no se le escapó lo cuidadoso que estaba siendo el presidente a fin de no mencionar a su padre. Hablaba sólo en términos de «la oposición» o de «adversarios políticos».

–¿Y cree usted que la oposición le acusará de conspiración simplemente por razones políticas? –preguntó Rachel.

–Así es el juego, basta con sembrar una sombra de duda diciendo que este descubrimiento es algún tipo de fraude político pergeñado por la NASA y por la Casa Blanca, y de repente me veré haciendo frente a una investigación. Los periódicos se olvidan de que la NASA ha encontrado evidencias de la existencia de vida extraterrestre, y los medios de comunicación empiezan a concentrarse en intentar hacerse con pruebas que demuestren la existencia de una conspiración. Desgraciadamente, cualquier sospecha de conspiración relativa a este descubrimiento será perjudicial para la ciencia, perjudicial para la Casa Blanca, también para la NASA y, francamente, también para el país.

–Por eso decidió posponer su anuncio hasta disponer de total confirmación y de la ratificación de algunos reputados civiles.

–Mi objetivo es presentar estos datos de forma tan incontrovertible que cualquier muestra de escepticismo caiga en saco roto. Quiero que este descubrimiento se celebre con la dignidad inmaculada que merece. La NASA se lo ha ganado.

En ese momento, Rachel percibió que su intuición se estremecía. «¿Qué es lo que quiere de mí?»

–Obviamente –continuó el presidente–, goza usted de una posición única para ayudarme. Su experiencia como analista, además de sus obvios vínculos con mi adversario, le otorgan una enorme credibilidad con respecto a este descubrimiento.

Rachel se sintió presa de una creciente desilusión. «Quiere utilizarme... ¡Pickering tenía razón!»

–Dicho esto –continuó Herney–, quiero pedirle que ratifique este descubrimiento personalmente, para que quede constancia de ello, en calidad de mi enlace con la comunidad de inteligencia... y de hija de mi adversario.

Ahí estaba. Sobre la mesa.

«Herney quiere mi ratificación.»

Rachel había creído sinceramente que Zach Herney estaba por encima de esa clase de política perniciosa. Una ratificación pública por su parte convertiría de inmediato el meteorito en un asunto personal para su padre, quien se vería incapacitado para atacar la credibilidad del descubrimiento sin dañar a su vez la credibilidad de su propia hija, lo que sería una sentencia de muerte para un candidato que defendía el eslogan «la familia es lo primero».

—Francamente, señor —dijo Rachel, mirando al monitor—. Me deja usted de piedra al pedirme una cosa así.

El presidente pareció profundamente sorprendido.

—Creía que le entusiasmaría poder ayudar.

—¿Entusiasmarme? Señor, dejando de lado las diferencias que me separan de mi padre, su petición me pone en una situación imposible. Bastantes problemas tengo ya con mi padre como para tener que enfrentarme a él en público con el fin de hundirle. A pesar de que no oculto el desagrado que me inspira, es mi padre, y ponerme contra él públicamente me parece, sinceramente, poco digno de usted.

—¡Espere un momento! —exclamó Herney, moviendo las manos en actitud de rendición—. ¿Quién ha dicho algo de hablar en público?

Rachel guardó silencio.

—Supongo que pretende que me una al director de la NASA en el podio durante la rueda de prensa de las ocho.

La risa de Herney restalló en los altavoces.

—Rachel, ¿por qué clase de hombre me toma? ¿De verdad imagina usted que voy a pedirle a alguien que apuñale a su padre por la espalda en un programa de cobertura nacional?

—Pero usted ha dicho que...

—¿Y cree que voy a permitir que el director de la NASA comparta las mieles del triunfo con la hija de su peor enemigo? No quiero defraudarla, Rachel, pero esta rueda de prensa es una presentación científica. No estoy muy seguro de que sus conocimientos sobre meteoritos, fósiles o estructuras de hielo pudiera dar mucha credibilidad al evento.

Rachel notó que se sonrojaba.

—Pero entonces... ¿qué tipo de ratificación tenía usted en mente?

—Una más apropiada a su posición.

—¿Señor?

—Es usted mi enlace con la inteligencia de la Casa Blanca. Informa usted a mi equipo sobre asuntos de importancia nacional.

—¿Quiere que ratifique esto para su equipo?

Herney todavía parecía divertido por el malentendido.

—Eso es. El escepticismo de mis adversarios políticos al que me veré obligado a enfrentar no es nada comparado con el que mi propio equipo me muestra en este momento. Estamos en mitad de un motín a gran escala. Mi credibilidad interna es nula. Los miembros de mi equipo me han suplicado que recorte la financiación de la NASA. Yo no les he hecho caso, y eso ha sido un suicidio político.

–Hasta ahora.

–Exacto. Como ya hemos dicho esta mañana, el momento del descubrimiento parecerá sospechoso a ojos de los cínicos políticos, y en este momento no hay nadie más cínico que los miembros de mi equipo. Por eso, cuando oigan esta información por primera vez, quiero que sea usted quien...

–¿No le ha hablado a su equipo del meteorito?

–Sólo se lo he comunicado a unos cuantos asesores superiores. Mantener este descubrimiento en secreto ha sido una prioridad de primer orden.

Rachel estaba perpleja. «No me extraña que se esté enfrentando a un motín.»

–Pero ésta no es mi área habitual. Un meteorito a duras penas puede considerarse un asunto que guarde relación con la inteligencia.

–No en el sentido tradicional, es cierto, aunque sin duda sí contiene todos los elementos que conforman su trabajo habitual: datos complejos que resumir, importantes ramificaciones políticas...

–No soy especialista en meteoritos, señor. ¿No debería ser el director de la NASA quien informara a su equipo?

–¿Bromea? Aquí todos le odian. Por lo que respecta a mi equipo, Ekstrom es el maldito vendedor que me ha colado estafa tras estafa.

Rachel entendía la situación.

–¿Y qué pasa con Corky Marlinson? ¿Acaso no es Premio Nacional de Astrofísica? Tiene mucha más credibilidad que yo.

–Mi equipo está formado por políticos, Rachel, no por científicos. Ya conoce usted al doctor Marlinson. Me parece un hombre genial, pero si suelto a un astrofísico entre mi equipo de intelectuales de mente cuadriculada y lógica, terminaré con un puñado de ciervos deslumbrados por los faros de un coche. Necesito a alguien accesible, como usted, Rachel. Mi equipo conoce su trabajo, y, teniendo en cuenta su apellido, es usted la portavoz más imparcial que mi equipo haya podido imaginar.

Rachel se sintió atrapada por el estilo afable del presidente.

–Al menos reconoce que el hecho de que sea la hija de su adversario tiene que ver con su petición.

El presidente soltó una risa tímida.

—Por supuesto. Pero como podrá imaginar, mi equipo será informado de una forma u otra, decida lo que decida. No es usted la tarta, Rachel; simplemente el azúcar que la cubre. Es usted la persona más cualificada para dar este comunicado y además da la casualidad de que es un familiar cercano del hombre que quiere echar a mi equipo de la Casa Blanca en la próxima legislatura. Cuenta usted con credibilidad por dos motivos.

—Debería dedicarse a las ventas.

—De hecho, eso es lo que hago. Como su padre. Y, si quiere que le sea franco, para variar me gustaría cerrar un trato. —El presidente se quitó las gafas y miró a Rachel a los ojos, que a su vez percibió en él un toque de la fuerza de su padre—. Se lo pido como un favor, Rachel, y también porque creo que forma parte de su trabajo. ¿Qué dice? ¿Sí o no? ¿Pondrá al corriente a mi equipo sobre este asunto?

Rachel se sintió atrapada dentro del diminuto tráiler CSP. «Nada como el caparazón duro.» Incluso a cuatro mil quinientos kilómetros de distancia, Rachel podía sentir la fuerza de la voluntad del presidente filtrándose por la pantalla de vídeo. También sabía que se trataba de una petición razonable, le gustara o no.

—Pondré algunas condiciones —dijo Rachel.

Herney arqueó las cejas.

—¿Como cuáles?

—Me reuniré con su equipo en privado; nada de periodistas. Es un comunicado privado y no una ratificación pública.

—Tiene mi palabra. Ya hemos designado una ubicación muy privada para su reunión.

Rachel suspiró.

—En ese caso, de acuerdo.

Al presidente se le iluminó la cara.

—Excelente.

Rachel miró su reloj y se sorprendió al ver que eran poco más de las cuatro.

—Un segundo —dijo, confundida—. Si va a aparecer en directo a las ocho, no tenemos tiempo. Incluso aun contando con ese vil artefacto en el que me envió aquí, no podría estar de regreso en la Casa Blanca antes de dos horas como muy pronto. Tendría que preparar mis apuntes y...

El presidente negó con la cabeza.

–Me temo que no me he explicado con claridad. Hará usted su comunicado desde donde está a través de una videoconferencia.

–Oh –vaciló Rachel–. ¿Qué hora tenía en mente?

–De hecho –dijo Herney con una amplia sonrisa–, ¿qué le parece ahora? Están todos reunidos y con la mirada fija en un gran televisor en blanco. La están esperando.

A Rachel se le tensó el cuerpo.

–Señor, no estoy en absoluto preparada. No puedo...

–Simplemente dígales la verdad. ¿Tan duro es eso?

–Pero...

–Rachel –interrumpió el presidente, inclinándose hacia la pantalla–, recuerde: vive usted de compilar y difundir datos. Es a lo que se dedica. Simplemente hable de lo que está ocurriendo ahí arriba. –Alargó la mano para manipular un interruptor de su equipo de transmisión de vídeo, pero se detuvo–. Y creo que le gustará saber que la he colocado en una posición de poder.

Rachel no comprendió lo que el presidente le estaba diciendo, pero ya era demasiado tarde para preguntar. El presidente pulsó el interruptor.

La pantalla que Rachel tenía delante se quedó en blanco durante un instante. Cuando volvió a encenderse, Rachel se encontró mirando una de las imágenes más inquietantes que había visto en su vida. Directamente delante de ella estaba el Despacho Oval de la Casa Blanca. Estaba abarrotado, sólo quedaba sitio de pie. Al parecer, todo el equipo de la Casa Blanca al completo estaba presente. Y todos ellos la miraban. En ese momento, fue consciente de que los veía desde encima del escritorio del presidente.

«Hablando de una posición de poder.» Rachel ya había empezado a sudar.

A tenor de la expresión de los rostros del personal de la Casa Blanca, estaban tan sorprendidos de verla como Rachel de verlos a ellos.

–¿Señorita Sexton? –se oyó gritar a una voz rasposa.

Rachel buscó entre el mar de rostros hasta dar con la persona que había hablado. Se trataba de una mujer huesuda que acababa de tomar asiento en primera fila, Marjorie Tench. Su característico aspecto era inconfundible, incluso en mitad de una multitud.

–Gracias por unirse a nosotros, señorita Sexton –dijo Marjorie Tench, que sonaba pagada de sí misma–. El presidente nos ha dicho que tiene usted una noticia que darnos.

33

El paleontólogo Wailee Ming estaba sentado solo, disfrutando de la oscuridad, sumido en silenciosa reflexión en su área de trabajo privada. Tenía todos los sentidos alerta ante la perspectiva del evento de esa noche. «Me convertiré en el paleontólogo más famoso del mundo.» Esperaba que Michael Tolland, en una muestra de generosidad, hubiera incluido sus comentarios en el documental.

Mientras Ming saboreaba su inminente fama, percibió una leve vibración en el hielo que tenía bajo los pies y que le hizo levantarse de un salto. El instinto para percibir terremotos que había desarrollado al vivir en Los Ángeles le hacía hipersensible a las palpitaciones más leves del suelo. Sin embargo, en ese momento se sintió estúpido al darse cuenta de que la vibración era perfectamente normal. «No es más que hielo desprendiéndose», se recordó, soltando un suspiro. Todavía no se había acostumbrado. Cada ciertas horas, una explosión lejana retumbaba en la noche cuando en algún lugar de la frontera glacial un enorme bloque de hielo se resquebrajaba y caía al mar. Norah Mangor tenía una hermosa forma de definirlo: «Nuevos icebergs naciendo...».

Ya de pie, Ming estiró los brazos. Miró al otro lado del habisferio y a lo lejos, bajo el resplandor de los focos de las cámaras, vio que tenía lugar una celebración. No era demasiado amigo de las fiestas y se encaminó en dirección opuesta.

El laberinto de áreas de trabajo desiertas parecía ahora una ciudad fantasma. La cúpula al completo desprendía un aire casi sepulcral. Un escalofrío parecía habérsele instalado dentro y se abrochó el abrigo largo de pelo de camello hasta el cuello.

Más arriba vio el foso de extracción, el punto del que se habían sacado los fósiles más magníficos de la historia de la humanidad. El gigantesco trípode de metal había sido retirado y la piscina estaba desierta, rodeada de postes como un bache en un inmenso aparcamiento de hielo. Ming se acercó despacio al hoyo y, manteniéndose a una distancia prudente, echó una mirada a la piscina de sesenta metros de profundidad de agua helada. No tardaría en volver a helarse, borrando todo rastro que indicara que alguien había estado allí.

A él le pareció que la piscina de agua era un hermoso espectáculo. Incluso a oscuras.

«Sobre todo a oscuras.»

Ming vaciló al pensarlo. Y entonces lo asimiló.

«Algo va mal.»

Cuando se concentró más atentamente en el agua, sintió que la satisfacción daba paso a un repentino remolino de confusión. Parpadeó, volvió a mirar, y a continuación se giró hacia el otro extremo de la cúpula... a cincuenta metros en dirección a la masa de gente que en ese momento celebraba el descubrimiento en el área de prensa. Sabía que no podían verle desde allí debido a la oscuridad que lo envolvía.

«Debería hablarle a alguien de esto, ¿no?»

Volvió a mirar el agua, preguntándose qué les diría. ¿Estaba viendo una ilusión óptica? ¿Algún tipo de reflejo extraño?

Titubeante, se adelantó, pasó al otro lado de los postes y se agachó en el borde del agujero. El nivel del agua estaba dos metros por debajo del nivel del hielo y se inclinó aún más para poder verlo mejor. Sí, no había duda de que había algo definitivamente extraño. Y, aunque resultaba imposible no percibirlo, no se había hecho visible hasta que se habían apagado las luces de la cúpula.

Se incorporó. Estaba claro que alguien tenía que saberlo. Se dirigió apresuradamente hacia el área de prensa. Después de haber dado sólo unos pocos pasos, Ming echó el freno. «¡Dios mío!» Dio media vuelta y regresó al agujero con los ojos como platos, unos ojos de quien acaba de darse cuenta de algo fundamental. Sí, acababa de darse cuenta de algo.

–¡Imposible! –soltó en voz alta.

Aun así, sabía que era la única explicación. «Piensa con mucho cuidado –se advirtió–. Tiene que haber alguna explicación más razonable.» Pero cuanto más lo pensaba, más se convencía de lo que estaba viendo. «¡No hay ninguna otra explicación posible!» No podía creer que la NASA y Corky Marlinson hubieran pasado por alto algo tan increíble, pero Ming no pensaba quejarse de ello.

«¡Ahora este descubrimiento es obra de Wailee Ming!»

Temblando de excitación, el paleontólogo corrió hacia un área de trabajo cercana y encontró una cubeta. Lo único que necesitaba era conseguir una muestra de agua. ¡Nadie iba a creer aquello!

34

—Como enlace entre la comunidad de inteligencia y la Casa Blanca —dijo Rachel Sexton, intentando controlar la voz para que no le temblara mientras se dirigía a la multitud que aparecía en la pantalla que tenía delante—, mis obligaciones incluyen viajar a puntos políticamente candentes alrededor del globo, analizar situaciones de riesgo, e informar al presidente y al personal de la Casa Blanca.

Una perla de sudor se le formó justo en el nacimiento del pelo y Rachel se la enjugó con la mano, maldiciendo silenciosamente al presidente por haberla obligado a efectuar aquel comunicado sin previo aviso.

—Es la primera vez que mis viajes me traen a un lugar tan exótico —continuó Rachel, indicando con rígido ademán el exiguo tráiler que la rodeaba—. Lo crean o no, me dirijo a ustedes en este preciso instante desde un punto situado por encima del Círculo Ártico, sobre una placa de hielo de un grosor aproximado de ciento cincuenta metros.

El sudor volvía a perlarle la frente. «Dale sentido, Rachel. Ése es tu trabajo.»

—Esta noche me hallo aquí, sentada ante ustedes, presa de un gran honor, orgullo y... sobre todo, de excitación.

Miradas vacías.

«A la mierda —pensó, enjugándose el sudor con ademán enojado—. No me contrataron para esto.» Rachel sabía lo que diría su madre si estuviera a su lado en ese momento: «Cuando dudes, ¡simplemente suéltalo!». El viejo proverbio yanqui daba cuerpo a una de las creencias básicas de su madre: que todos los retos pueden superarse diciendo la verdad, salga como salga.

Rachel inspiró profundamente, irguió la espalda y miró directamente a la cámara.

—Lo siento, chicos, si os estáis preguntando cómo puedo estar sudando así por encima del Círculo Ártico... Estoy un poco nerviosa.

Los rostros que tenía delante parecieron sobresaltarse durante un instante. Se oyeron algunas risas incómodas.

–Además –dijo Rachel–, vuestro jefe sólo me ha dado unos diez segundos para enfrentarme a su equipo al completo. El bautismo de fuego no es exactamente lo que tenía en mente para mi primera visita al Despacho Oval.

Esta vez se oyeron más risas.

–Y –dijo, mirando al extremo inferior de la pantalla–, desde luego no había imaginado que me sentaría al escritorio del presidente... ¡y mucho menos encima!

El comentario provocó una risa sincera y algunas amplias sonrisas. Rachel sintió que sus músculos empezaban a relajarse. Suéltaselo sin anestesia.»

–La situación es la siguiente –dijo Rachel, cuya voz volvía a ser la suya. Clara y segura–: el presidente Herney ha estado ausente del punto de mira de los medios de comunicación durante esta última semana no porque haya perdido su interés en la campaña, sino porque ha estado totalmente inmerso en otro asunto. Un asunto que, a su entender, era mucho más importante.

Rachel hizo una pausa y dejó que sus ojos entraran en contacto con su público.

–Se ha producido un descubrimiento científico en un lugar conocido como la plataforma Milne, en el Ártico. El presidente informará al mundo sobre él en una rueda de prensa que dará esta noche a las ocho. El descubrimiento es obra de un grupo de tenaces norteamericanos que últimamente han soportado una racha de mala suerte y que merecen un respiro; me refiero a la NASA. Deben enorgullecerse de saber que últimamente su presidente, en un dechado de clarividente confianza, se ha empeñado en mantenerse fiel en su apoyo a la NASA a las duras y a las maduras. Ahora, parece que esa lealtad va a ser recompensada.

Fue en ese preciso instante cuando Rachel se dio cuenta de que estaba viviendo un momento histórico. Sintió que se le tensaba la garganta y luchó contra aquella sensación siguiendo adelante.

–En calidad de oficial de inteligencia especializada en el análisis y verificación de datos, soy una de las varias personas que el presidente ha llamado para examinar los datos de la NASA. Yo los he examinado personalmente, además de intercambiar opiniones con varios especialistas, tanto gubernamentales como civiles, hombres y mujeres cuyas credenciales están más allá de cualquier reproche y cuya talla también está más allá de cualquier influencia política. Mi opinión profesional es que los datos que voy a presentarles son reales en sus orígenes e imparciales en su presentación. Además, soy de la opinión de que el presidente, en un acto de buena fe con su equipo y con el pueblo norteamericano, ha mostrado una admirable cautela y moderación al retrasar un anuncio que sé que le hubiera gustado hacer la semana pasada.

Rachel vio que la multitud apiñada delante de ella intercambiaba miradas confusas. Todos volvieron la mirada hacia ella y Rachel supo entonces que contaba con su total atención.

–Damas y caballeros, van a oír lo que a buen seguro es una de las informaciones más excitantes jamás reveladas en este despacho.

35

La vista aérea transmitida a la Delta Force por el microrrobot que circulaba dentro del habisferio era comparable a la posible vencedora de un festival de cine de vanguardia: la escasa iluminación, el reluciente foso de extracción y el elegante asiático tumbado en el suelo con el abrigo de pelo de camello desparramado a su alrededor como un par de alas enormes. Obviamente estaba intentando extraer una muestra de agua.

–Tenemos que detenerle –dijo Delta-Tres.

Delta-Uno se mostró de acuerdo. La plataforma de hielo Milne ocultaba secretos que su equipo estaba autorizado a proteger con el uso de la fuerza.

–¿Cómo lo detenemos? –planteó Delta-Dos, todavía sin soltar la palanca de mando–. Estos microrrobots no están equipados.

Delta-Uno lo miró, ceñudo. El microrrobot que en ese momento revoloteaba en el interior del habisferio era un modelo de reconocimiento, simplificado al máximo para disponer de un vuelo más prolongado, y tan mortal como una mosca.

–Deberíamos llamar al controlador –declaró Delta-Tres.

Delta-Uno miró fijamente la imagen del solitario Wailee Ming, asomado precariamente al borde del foso de extracción. No tenía a nadie cerca, y el agua helada tenía la habilidad de amortiguar la capacidad de gritar del ser humano.

–Dame los controles.

–¿Qué haces? –preguntó el soldado que manejaba la palanca de mando.

–Aquello para lo que nos han adiestrado –replicó Delta-Uno, asumiendo el mando–, improvisar.

36

Wailee Ming estaba tumbado boca abajo junto al foso de extracción con el brazo derecho extendido sobre el borde, intentando extraer una muestra de agua. Decididamente, sus ojos no le estaban jugando una mala pasada. A poco menos de un metro del agua, podía verlo todo a la perfección.

«¡Esto es increíble!»

Estirándose un poco más, Ming manipuló la cubeta entre los dedos, intentando llegar a la superficie del agua. Ya sólo le faltaban unos centímetros.

Incapaz de estirar más el brazo, volvió a colocarse sobre el suelo, acercándose más al agua. Pegó la punta de las botas contra el hielo y volvió a colocar con firmeza la mano izquierda en el borde. Una vez más, extendió el brazo derecho todo lo que pudo. «Casi. –Se acercó un poco más–. ¡Sí!» El borde de la cubeta tocó la superficie. Mientras el líquido fluía al interior del contenedor, Ming lo miraba incrédulo.

Entonces, sin previo aviso, ocurrió algo totalmente inexplicable. De la oscuridad, como la bala de una pistola, se materializó un diminuto fragmento metálico. Ming sólo lo vio durante una fracción de segundo antes de que le impactara en el ojo derecho.

El instinto humano que nos lleva a protegernos los ojos estaba tan innatamente inculcado en él, que a pesar de que su cerebro le dijera que cualquier movimiento repentino ponía en riesgo su equilibrio, retrocedió. Fue una reacción de sobresalto provocada más por la sorpresa que por el dolor. La mano izquierda de Ming, que era la que tenía más cerca de la cara, salió disparada hacia arriba en un acto reflejo para proteger la pupila que acababa de recibir la agresión. Cuando ya tenía la mano en movimiento, se dio cuenta de que había cometido un error. Con todo su peso inclinado hacia delante, y habiendo desplazado bruscamente su único punto de apoyo, Wailee Ming se balanceó. Se recuperó demasiado tarde. Soltó la cubeta e intentó agarrarse al hielo resbaladizo para detener la caída, pero resbaló y cayó a plomo en la oscuridad del agujero.

A pesar de que la caída era sólo de dos metros, cuando Ming se precipitó de cabeza al agua helada tuvo la sensación de que había ido a dar de cara contra el pavimento a setenta kilómetros por hora. El líquido que le engulló el rostro estaba tan frío que parecía ácido hirviendo, y le provocó una instantánea oleada de pánico.

Cabeza abajo y en absoluta oscuridad, se quedó momentáneamente desorientado y sin saber en qué dirección estaba la superficie. Su pesado abrigo de pelo de camello mantuvo su cuerpo protegido contra la helada oleada, aunque sólo durante uno o dos segundos. Por fin, después de lograr enderezarse, Ming subió a la superficie, intentando tomar aire, justo en el momento en que el agua se abría paso hasta su pecho y espalda, envolviendo su cuerpo como un torniquete frío que le aplastó los pulmones.

–Aux...ilio –jadeó. Sin embargo, apenas pudo tomar aire suficiente para soltar un gimoteo. Sintió como si le hubieran quitado el aliento de golpe–. ¡Aux...ilio!

Ni siquiera él pudo oír sus propios gritos. Avanzó torpemente hacia una de las paredes del foso de extracción e intentó empujarse fuera del agua. La pared que tenía delante era hielo vertical. No había nada a lo que agarrarse. Debajo del agua, sus botas pataleaban contra la cara de la pared en busca de algún hueco en el que hacer pie. Nada. Se estiró hacia arriba, buscando el borde del agujero. Estaba a tan sólo medio metro de su alcance.

Empezaron a fallarle los músculos. Pataleó con más fuerza, intentando ganar la altura suficiente contra el muro para agarrarse al borde. El cuerpo le pesaba como el plomo y los pulmones parecían habérsele encogido hasta quedar reducidos a nada, como si los hubiera aplastado una pitón. Cada segundo que pasaba, el abrigo pesaba más, tirando de él hacia abajo. Intentó quitárselo, pero la gruesa tela se le pegaba al cuerpo.

–¡Aux... ilio!

Ahora el miedo lo embargaba como un torrente.

Ming había leído en una ocasión que morir ahogado era la muerte más horrible que se podía imaginar. Jamás había soñado que se encontraría al borde de experimentarlo. Los músculos se negaban a cooperar con su mente, y él se limitaba ahora a intentar mantener la cabeza fuera del agua. La ropa empapada tiraba de él hacia abajo al tiempo que sus dedos adormecidos arañaban las paredes del agujero.

Ahora sus gritos estaban sólo en su cabeza.

Y entonces ocurrió.

Ming se hundió. El tremendo terror de ser consciente de su propia muerte inminente era algo que jamás había imaginado sufrir. Y, sin embargo, ahí estaba... hundiéndose despacio frente a la pared gélida de un agujero de sesenta metros de profundidad abierto en el hielo. Ante sus ojos desfilaron multitud de imágenes. Momentos de infancia, su carrera. Se preguntó si alguien lo encontraría ahí abajo. ¿O quizá simplemente seguiría hundiéndose hasta el fondo y se congelaría... sepultado en el glaciar para siempre?

Los pulmones de Ming pedían oxígeno a gritos. Contuvo el aliento, todavía intentando patalear para volver a la superficie. «¡Respira!» Luchó contra el acto reflejo, cerrando con fuerza sus insensatos labios. «¡Respira!» Intentó en vano nadar hacia arriba. «¡Respira!» En ese preciso instante, envuelto en una batalla mortal entre el instinto humano y la razón, el primero, que le impulsaba a respirar, se impuso sobre su capacidad de mantener la boca cerrada.

Wailee Ming inspiró.

El agua que le aplastó los pulmones era como aceite hirviendo envolviendo su sensible tejido pulmonar. Tenía la sensación de estar ardiendo de dentro hacia fuera. Lo cruel de la situación era que el agua no mata inmediatamente. Ming pasó varios segundos espantosos inspirando en el agua helada. Cada aliento era más doloroso que el anterior y ninguna inspiración le ofrecía lo que su cuerpo tan desesperadamente necesitaba.

Por fin, a medida que se deslizaba hacia el fondo de la helada oscuridad, notó que perdía la conciencia. Le alegró poder escapar de aquel sufrimiento. A su alrededor, en el agua, vio diminutas motas relucientes de luz. Era el espectáculo más bello que había visto en su vida.

37

La Puerta de Recepción Este de la Casa Blanca está ubicada en East Executive Avenue, entre el Departamento del Tesoro y el East Lawn. La valla reforzada que recorre el perímetro y los bolardos de hormigón instalados tras el ataque contra el cuartel de los marines en Beirut daban a esa entrada un aire poco acogedor.

En la cara externa de la puerta, Gabrielle Ashe miró su reloj al tiempo que la invadía un creciente nerviosismo. Eran las 16.45 y todavía nadie había contactado con ella.

PUERTA DE RECEPCIÓN ESTE, 16.30. VENGA SOLA.

«Aquí estoy –pensó Gabrielle–. ¿Dónde está usted?»

Escrutó los rostros de los turistas que se apiñaban a su alrededor, a la espera de que alguien entablara contacto visual con ella. Unos cuantos hombres la miraron y siguieron su camino. Gabrielle estaba empezando a preguntarse si aquello era una buena idea. Ahora notaba que el agente del Servicio Secreto que estaba en la garita del centinela no le quitaba ojo. Decidió que su informador se había arrepentido y había decidido no asistir al encuentro. Miró por última vez entre la pesada valla hacia la Casa Blanca, suspiró y dio media vuelta, dispuesta a marcharse.

–¿Gabrielle Ashe? –la llamó el agente del Servicio Secreto a sus espaldas.

Gabrielle dio media vuelta con el corazón en un puño.

–¿Sí?

El tipo de la garita le indicó que se acercara con un ademán. Era un hombre delgado con un rostro muy poco agraciado.

–La persona que espera está dispuesta para verla –dijo, abriendo la puerta principal e indicándole que entrara.

Los pies de Rachel se negaron a moverse.

–¿Tengo que entrar?

El guardia asintió.

–Me han pedido que me disculpe por haberla hecho esperar.

Gabrielle miró a la puerta abierta y siguió sin poder moverse.

«¿Qué está ocurriendo aquí?» Aquello no tenía nada que ver con lo que había esperado.

—Es usted Gabrielle Ashe, ¿no es así? —preguntó el agente, que ahora parecía impaciente.

—Sí, señor, pero...

—En ese caso le sugiero encarecidamente que me acompañe.

Los pies de Gabrielle se pusieron en marcha de golpe. En cuanto cruzó, vacilante, el umbral, la puerta se cerró de golpe a sus espaldas.

38

Después de dos días sin sol, el reloj biológico de Michael Tolland seguía sin acostumbrarse al cambio. A pesar de que su reloj indicaba que era media tarde, su cuerpo insistía en que era plena noche. Después de haberle dado los últimos toques al documental, había grabado el archivo del vídeo en un DVD y avanzaba por la cúpula oscurecida. Al llegar al área de prensa, todavía iluminada, entregó el DVD al técnico de la NASA encargado de supervisar la presentación.

–Gracias, Mike –le dijo el técnico, guiñándole el ojo al tiempo que sostenía el DVD en alto–. Diríase que redefine el término «la televisión que hay que ver», ¿eh?

Tolland soltó una risa cansada.

–Espero que al presidente le guste.

–No me cabe duda. En cualquier caso, su trabajo ha terminado. Siéntese a disfrutar del espectáculo.

–Gracias.

Tolland se quedó en el área de prensa profusamente iluminada y observó cómo el alegre personal de la NASA brindaba por el meteorito con latas de cerveza canadiense. A pesar de que él también deseaba celebrar el evento, estaba agotado y su cerebro se hallaba exhausto. Miró a su alrededor en busca de Rachel Sexton, pero al parecer ella seguía hablando con el presidente.

«El presidente quiere mostrarla en directo», pensó Tolland. Y no lo culpaba: Rachel sería una adición perfecta al elenco de portavoces del meteorito. Además de ser una mujer hermosa, desprendía una actitud accesible y una seguridad en sí misma que Tolland raras veces veía en las mujeres que conocía. Aunque la verdad era que la mayoría de éstas o bien trabajaban en la televisión y eran implacables o estaban ávidas de poder, o bien eran deslumbrantes «personalidades» en directo que carecían exactamente de eso.

Se alejó en silencio de la multitud de bulliciosos empleados de la NASA y navegó por la red de senderos que cruzaban la cúpula, preguntándose dónde se había metido el resto de los científicos civiles. Por poco que estuvieran la mitad de agotados que él, debían de estar en la zona de dormitorios descansando un poco antes del gran momento. A lo lejos, delante de él, Tolland pudo ver el círculo de postes PAYTT alrededor del foso de extracción desierto. Sobre su cabeza, la cúpula vacía parecía reverberar con las voces huecas de recuerdos lejanos. Tolland intentó bloquearlas.

«Olvida los fantasmas», se apremió. A menudo le acechaban en momentos como aquél, cuando estaba cansado o solo, instantes de celebración o de triunfo personal. «Debería estar aquí contigo», susurró la voz. Solo en la oscuridad, Michael se sintió retroceder hasta caer en el olvido.

Celia Birch había sido su novia en la universidad. Un día de San Valentín, la llevó a su restaurante favorito, y cuando el camarero le sirvió el postre a ella, llegó con una rosa y un anillo de diamantes. Celia comprendió al instante. Con lágrimas en los ojos, pronunció una sola palabra con la que hizo a Michael Tolland más feliz de lo que jamás se había sentido.

–Sí.

Llenos de expectativas, compraron una pequeña casa cerca de Pasadena, donde Celia consiguió un trabajo como profesora de ciencias. Aunque el sueldo era modesto, era un principio y también estaba cerca del Instituto Scripps de Oceanografía de San Diego, donde Tolland había hecho realidad su sueño al obtener un puesto en un barco de investigación geológica. El trabajo de Tolland le obligaba a estar fuera tres o cuatro días seguidos, pero sus reencuentros con Celia eran siempre apasionados y excitantes.

Mientras estaba en el mar, Tolland empezó a grabar en vídeo para Celia algunas de sus aventuras, creando minidocumentales de su trabajo en el barco. Volvió de uno de sus viajes con un vídeo casero y borroso que había filmado desde la ventana de un sumergible en aguas profundas: se trataba de la primera filmación de una extraña jibia quimiotrópica cuya existencia era totalmente desconocida hasta el momento. Detrás de la cámara, mientras narraba las imágenes del vídeo, Tolland prácticamente se salía del submarino de puro entusiasmo.

–¡Literalmente miles de especies desconocidas viven en estas profundidades! –explicaba efusivamente–. ¡Apenas hemos arañado la superficie! ¡Aquí abajo hay misterios que nadie puede llegar a imaginar!

Celia quedó totalmente encantada al ver el entusiasmo y la capacidad de concisión científica claramente apreciable en las explicaciones de su marido. En un arrebato, mostró la cinta en su clase de ciencias. El éxito fue inmediato. Otros profesores quisieron utilizarla; los padres quisieron hacer copias. Al parecer, todo el mundo esperaba ansioso la siguiente entrega de Michael. De pronto, Celia tuvo una idea. Llamó a una amiga de la facultad que trabajaba en la NBC y le envió una de las cintas.

Dos meses después, Michael Tolland le pidió a Celia que le acompañara a dar un paseo con él a Kingman Beach. Era su sitio especial, el lugar al que siempre iban a compartir sus sueños y sus esperanzas.

—Tengo que decirte algo —dijo Tolland.

Celia se detuvo y tomó la mano de su esposo mientras el agua chapoteaba entre sus pies.

—¿De qué se trata?

Tolland estaba exultante.

—La semana pasada recibí una llamada de la NBC. Creen que podría protagonizar una serie de documentales oceánicos. Es perfecto. ¡Quieren grabar el episodio piloto el año que viene! ¿No te parece increíble?

Celia le besó, resplandeciente.

—De increíble nada. Vas a estar fantástico.

Seis meses después, ambos navegaban cerca de Catalina cuando Celia empezó a quejarse de un dolor en el costado. Pasaron por alto la molestia durante algunas semanas, pero finalmente el dolor resultaba tan insoportable que fue al médico.

En cuestión de segundos, la vida de ensueño de Tolland se hizo añicos, convirtiéndose en una pesadilla infernal. Celia estaba enferma. Muy enferma.

—Un linfoma muy avanzado —explicó el médico—. Poco frecuentes en personas de su edad, aunque sin duda existen casos conocidos.

Celia y Tolland visitaron innumerables clínicas y hospitales y consultaron con un sinfín de especialistas. La respuesta fue siempre la misma. Incurable.

«¡No pienso aceptarlo!» Tolland dejó de inmediato su trabajo en el Instituto Scripps, olvidó todo lo referente al documental de la NBC y concentró toda su energía y amor en ayudar a Celia a recuperarse. También ella luchó con ahínco contra su enfermedad, soportando el dolor sin quejarse, por lo que Michael la amó todavía más. La llevaba a dar largos paseos a Kingman Beach, le preparaba comidas saludables y le contaba historias sobre lo que harían cuando se curara.

Pero todo fue en vano.

Después de siete meses, Michael Tolland se encontró finalmente sentado junto a su esposa moribunda en la fría habitación de un hospital. Ya no reconocía el rostro de su mujer. La ferocidad del cáncer era sólo comparable a la brutalidad de la quimioterapia. Quedó convertida en un esqueleto, destrozada. Las últimas horas fueron las más duras.

—Michael —le dijo Celia con voz rasposa—. Es hora de despedirnos.

—No puedo —dijo Tolland con los ojos arrasados en lágrimas.

—Eres un superviviente —replicó Celia—. Tienes que serlo. Prométeme que encontrarás otro amor.

—Jamás querré a nadie más —le respondió él, totalmente convencido.

—Pues tendrás que aprender.

Celia murió una cristalina mañana de domingo del mes de junio. Michael Tolland se quedó como un barco sin amarras y abandonado después a la deriva en un mar furibundo, con la brújula rota. Durante semanas no hizo más que dar bandazos descontroladamente. Los amigos intentaron ayudarle, pero su orgullo no pudo soportar su compasión.

«Tienes que tomar una decisión —entendió por fin—. O trabajas o te dejas morir.»

Y templando su determinación, se lanzó de lleno a *Mares Asombrosos*. El programa literalmente le salvó la vida. Durante los cuatro años siguientes, el programa de Tolland despegó. A pesar de los esfuerzos de sus amigos por encontrarle pareja, él sólo soportó un reducido número de citas. Todas fueron fiascos o decepciones mutuas, de modo que terminó por tirar la toalla y culpó a su ocupada agenda de viajes de su falta de vida social. Sin embargo, a sus mejores amigos no podía engañarles: Michael Tolland simplemente no estaba preparado.

El foso de extracción se abría ahora ante él, sacándolo de su doloroso ensueño. Se sacudió de encima el escalofrío que le provocaba el recuerdo y se acercó a contemplarlo. En la oscuridad de la cúpula, el agua derretida del agujero mostraba una belleza casi surreal y mágica. La superficie brillaba como un estanque bajo la luz de la luna. Los ojos de Tolland se vieron atraídos por las motas de luz que flotaban en el nivel superior del agua, como si alguien hubiera rociado la superficie con chispas verdeazuladas. Observó aquel resplandor durante un buen rato.

Había algo en él que le resultaba peculiar.

A primera vista, pensó que el resplandor del agua no era más que un reflejo de los focos situados en el otro extremo de la cúpula. Vio de repente que no era eso. El resplandor poseía un tinte verdoso y parecía palpitar rítmicamente, como si la superficie del agua estuviera viva y se iluminara a sí misma desde dentro.

Desconcertado, traspasó la barrera de postes para mirar con más detenimiento.

Al otro lado del habisferio, Rachel Sexton salió a la oscuridad desde el tráiler CSP. Se detuvo durante un instante, desorientada por la bóveda envuelta en sombras que la rodeaba. Ahora el habisferio era una caverna abierta, iluminada sólo por el brillo amortiguado que radiaba de los desolados focos de los medios de comunicación contra la pared del norte. Inquieta por la oscuridad que la envolvía, se dirigió instintivamente hacia el área de prensa iluminada.

Rachel estaba satisfecha con el resultado de su comunicado al personal de la Casa Blanca. En cuanto se había recuperado de la pequeña maniobra del presidente, había explicado con fluidez todo lo que sabía sobre el meteorito. Mientras hablaba, veía cómo la expresión de los rostros del equipo del presidente pasaba de la incrédula conmoción a la confianza esperanzada y, por último, a la temerosa aceptación.

–¿Vida extraterreste? –había oído exclamar a uno de ellos–. ¿Sabéis lo que eso significa?

–Sí –respondió otro–. Significa que vamos a ganar estas elecciones.

Mientras Rachel se acercaba a la alterada área de prensa, se imaginaba el inminente anuncio y no podía evitar preguntarse si su padre realmente merecía la apisonadora presidencial que estaba a punto de arrollarle por sorpresa, aplastando su campaña de un solo golpe.

La respuesta, por supuesto, era que sí.

Siempre que Rachel Sexton sentía alguna debilidad por su padre, lo único que tenía que hacer era acordarse de su madre, Katherine Sexton. El dolor y la vergüenza que le había causado eran reprensibles... volvía tarde a casa de noche, con aire satisfecho y oliendo a perfume... un fingido celo religioso tras el que su padre se ocultaba, al tiempo que no dejaba de mentir y de engañar a su mujer a sabiendas de que Katherine nunca le dejaría.

«Sí –decidió Rachel–, el senador Sexton está a punto de recibir lo que se merece.»

La multitud congregada en el área de prensa se mostraba jovial. Todos tenían una cerveza en la mano. Rachel avanzó entre ella sintiéndose como una chica universitaria en mitad de la fiesta de una fraternidad estudiantil. Se preguntó dónde podía haber ido Michael Tolland.

Corky Marlinson se materializó a su lado.

–¿Busca a Mike?

Rachel se sobresaltó.

–Bueno... no... más o menos.

Corky sacudió la cabeza, disgustado.

–Lo sabía. Mike se acaba de marchar. Creo que ha ido a echar una cabezadita –dijo Corky, entrecerrando los ojos y mirando al otro extremo de la cúpula envuelta en penumbra–. Aunque creo que todavía puede darle alcance –añadió, señalando, dedicándole una sonrisa perruna–. Mike alucina cada vez que ve agua.

Rachel siguió la dirección que indicaba el dedo extendido de Corky hacia el centro de la cúpula, donde se veía la silueta de Michael Tolland, que miraba al agua del foso de extracción.

–¿Qué hace? –preguntó Rachel–. Es peligroso estar ahí.

Corky esbozó una amplia sonrisa.

–Probablemente esté meando. Vamos a empujarle.

Rachel y Corky atravesaron la cúpula sumida en la oscuridad hacia el foso de extracción. Cuando se acercaron a Michael Tolland, Corky lo llamó.

–¡Oye, *aqua man*! ¿Has olvidado el bañador?

Tolland se volvió. Incluso a pesar de la penumbra, Rachel percibió cierta gravedad en su expresión. Su rostro parecía extrañamente encendido, como iluminado desde el suelo.

–¿Todo bien, Mike? –preguntó Rachel.

–No exactamente –respondió Tolland, señalando hacia el agua.

Corky traspasó la barrera de postes y se reunió con Tolland en el borde de la fosa. El humor de Corky pareció enfriarse al instante cuando miró el agua. Rachel se unió a ellos. Cuando fijó la vista en el agujero, le sorprendió ver motas de luz verdeazulada brillando en la superficie. Eran como partículas de polvo de neón flotando en el agua. Parecían de un verde palpitante. El efecto era hermoso.

Tolland cogió un fragmento de hielo del suelo y lo lanzó al agua, que fosforeció en el instante preciso del impacto, brillando con un repentino chapoteo verde.

—Mike —dijo Corky, aparentemente inquieto—. Por favor, dime que sabes lo que es.

Tolland frunció el ceño.

—Sé perfectamente lo que es. Mi pregunta es: ¿qué demonios hace aquí?

39

–Tenemos flagelados –dijo Tolland, sin apartar la mirada del agua luminiscente.

–¿Flatulencias? –intervino Corky, ceñudo–. Habla por ti.

Rachel se dio cuenta de que Michael Tolland no estaba para bromas.

–No entiendo cómo ha podido ocurrir –dijo Tolland–, pero de algún modo esta agua contiene dinoflagelados luminiscentes.

–¿Dinoqué? –preguntó Rachel.

«Habla claro, por favor», pensó.

–Plancton unicelular capaz de oxidar un catalizador luminiscente llamado luceferina.

«¿Y eso es hablar claro?»

Tolland soltó un suspiro y se giró hacia su amigo.

–Corky, ¿hay alguna posibilidad de que el meteorito que sacamos del agujero contuviera organismos vivos?

Corky se echó a reír.

–¡No fastidies, Mike!

–Estoy hablando en serio.

–¡Ni hablar! Créeme, si la NASA hubiera tenido la menor sospecha de que había organismos extraterrestres viviendo en esa roca, puedes estar seguro de que jamás la habría sacado a flote.

Tolland pareció consolado sólo en parte. El alivio que acababa de embargarle parecía ensombrecido por un misterio más profundo.

–No puedo estar seguro sin un microscopio –dijo Tolland–, pero me parece que se trata de plancton luminiscente de la familia de los *Phylum Pyrrophyta*. Su nombre científico significa planta de fuego. El océano Ártico está lleno de ellas.

Corky se encogió de hombros.

–Entonces, ¿por qué me has preguntado si procedían del espacio?

–Porque –dijo Tolland– el meteorito estaba enterrado en hielo glacial, es decir, en agua dulce procedente de las nevadas. El agua de este agujero es resultado del deshielo glacial y lleva congelada tres siglos. ¿Cómo han podido entrar ahí criaturas oceánicas?

El apunte de Tolland provocó un prolongado silencio.

Rachel se quedó al borde de la piscina e intentó concentrarse en lo que estaba mirando. «Plancton bioluminiscente en la fosa de extracción. ¿Qué significa eso?»

—Ahí abajo tiene que haber alguna grieta —dijo Tolland—. Es la única explicación que se me ocurre. El plancton debe de haber penetrado en la fosa por alguna fisura en el hielo que dejaba filtrarse el agua del océano.

Rachel no comprendió.

—¿Filtrarse? ¿Desde dónde? —Recordó el largo paseo a bordo del IceRover desde el océano—. La costa está a más de tres kilómetros de aquí.

Corky y Tolland le dedicaron una extraña mirada.

—De hecho —dijo Corky—, el océano está directamente debajo de nosotros. Esta placa de hielo está flotando.

Rachel miró fijamente a los dos hombres, absolutamente perpleja.

—¿Flotando? Pero... si estamos en un glaciar.

—Sí, estamos en un glaciar —dijo Tolland—, pero no en tierra firme. A veces los glaciares se escinden de una masa de tierra y se alejan por el agua. Como el hielo es más ligero que el agua, el glaciar simplemente continúa moviéndose, flotando sobre el océano como una enorme balsa de hielo. Ésa es la definición de una plataforma de hielo... la sección flotante de un glaciar —añadió. Hizo entonces una pausa—. De hecho, estamos casi a un kilómetro y medio en alta mar en este preciso instante.

Conmocionada, Rachel se puso en guardia enseguida. Mientras intentaba hacerse una imagen mental de lo que la rodeaba, la idea de estar flotando sobre el océano Ártico vino acompañada de una sensación de miedo.

Tolland pareció percibir su inquietud. Pisó con fuerza el hielo del suelo en un intento por tranquilizarla.

—No se preocupe, este hielo tiene un espesor de ciento cincuenta metros, y cien de esos metros flotan bajo el agua como un cubito en un vaso. Eso da a la plataforma una gran estabilidad. Podría construir un rascacielos en esta cosa.

Rachel asintió débilmente, nada convencida. Dejando a un lado sus recelos, ahora entendía la teoría de Tolland sobre los orígenes del plancton. «Cree que hay una grieta que va hasta el océano y que permite que el plancton suba por ella hasta el agujero.» Rachel decidió que sonaba verosímil, aunque percibía una paradoja que la molestaba. Norah Mangor había sido muy clara sobre la integridad del glaciar después de haber excavado innumerables muestras de prueba para confirmar su solidez.

Rachel miró a Tolland.

—Creía que la perfección del glaciar era la piedra angular de todos los registros utilizados para poner fecha a los diferentes estratos. ¿No dijo la doctora Mangor que el glaciar no tenía grietas ni fisuras?

Corky frunció el ceño.

—Al parecer la reina del hielo la cagó.

«No lo digas muy alto —pensó Rachel—, o te encontrarás con un picador de hielo clavado en la espalda.»

Tolland se acarició la barbilla mientras observaba las criaturas fosforescentes.

—No hay otra explicación posible. Tiene que haber alguna grieta. El peso de la plataforma de hielo sobre el océano debe de estar provocando la entrada al agujero de agua de mar rica en plancton.

«Una grieta enorme —pensó Rachel. Si ahí el hielo tenía un espesor de ciento cincuenta metros y la profundidad del agujero era de sesenta, la hipotética grieta tenía que atravesar noventa metros de hielo—. Las muestras extraídas por Norah Mangor no revelaban ninguna grieta.»

—Hazme un favor —le dijo Tolland a Corky—. Ve a buscar a Norah. Espero que sepa algo sobre este glaciar que no nos haya dicho. Y encuentra también a Ming. Quizá él pueda decirnos qué son estos diminutos bichos que brillan.

Corky se marchó.

—Será mejor que te des prisa —le gritó Tolland, volviendo a mirar al agujero—. Juraría que esta bioluminiscencia se desvanece.

Rachel también miró. Sin duda, el verde ya no parecía brillar con tanta intensidad.

Tolland se quitó el anorak y se tumbó en el hielo junto al agujero.

Rachel lo observó, confundida.

—¿Mike?

—Quiero saber si está entrando agua salada.

–¿Tumbándote en el hielo y sin abrigo?

–Sí –fue la respuesta de Tolland. Se arrastró sobre el estómago hasta el borde del agujero. Sostuvo una manga del abrigo por encima de la fosa y dejó que la otra colgara hasta que el puño rozó el agua–. He aquí la mejor prueba de salinidad utilizada por los mejores oceanógrafos del mundo. Se llama «chupar una chaqueta mojada».

En el exterior del habisferio, sobre la cornisa de hielo, Delta-Uno luchaba con los controles para mantener el microrrobot volador en el aire sobre el grupo que ahora se había congregado alrededor del foso de extracción. A tenor del sonido de las conversaciones que tenían lugar más abajo, supo que las cosas estaban saliendo rápidamente a la luz.

–Llamad al controlador –dijo–. Tenemos un grave problema.

40

En su adolescencia, Gabrielle Ashe había recorrido innumerables veces las estancias de la Casa Blanca abiertas al público mientras soñaba en secreto que algún día trabajaría en la mansión presidencial y formaría parte de la elite que gestionaba el futuro del país. Sin embargo, en aquel momento habría preferido estar en cualquier otro lugar del mundo.

Mientras el agente del Servicio Secreto de la Puerta Este la conducía hasta un ornamentado vestíbulo, Gabrielle se preguntaba qué demonios estaba intentando probar su anónimo informador. Invitarla a la Casa Blanca era una locura. «¿Y si alguien me ve?» Últimamente se había dejado ver con bastante frecuencia en los medios de comunicación como la mano derecha del senador Sexton. Sin duda alguien la reconocería.

—¿Señorita Ashe?

Gabrielle levantó los ojos. Un guardia de seguridad de rostro amable la saludó con una sonrisa de bienvenida.

—Mire hacia allí, por favor —dijo, señalando.

Gabrielle miró hacia donde él señalaba y quedó cegada por un destello.

—Gracias.

El guardia la llevó hasta un escritorio y le dio un bolígrafo.

—Por favor, firme en el libro de visitas —dijo, empujando hacia ella una pesada libreta forrada en piel.

Gabrielle miró la libreta. La página que tenía ante sus ojos estaba en blanco. Se acordó de haber oído en una ocasión que todos los visitantes de la Casa Blanca firmaban su propia página en blanco para mantener la privacidad de su visita. Firmó con su nombre.

«Aquí se esfuma cualquier posibilidad de un encuentro privado.»

Gabrielle pasó por un detector de metales y a continuación recibió una leve palmadita.

—Disfrute de la visita, señorita Ashe.

Gabrielle siguió al agente del Servicio Secreto veinticinco metros a lo largo de un pasillo de suelo embaldosado hasta un segundo escritorio de seguridad. Allí, otro guardia extrajo una acreditación que estaba saliendo en ese instante de una máquina laminadora. Le hizo un agujero por el que introdujo un cordón y se lo pasó a Gabrielle por la cabeza, colgándoselo del cuello. El plástico seguía caliente. La foto de la identificación era la que le habían tomado quince segundos antes, al fondo del pasillo.

Gabrielle estaba impresionada. «¿Quién dice que el gobierno no es eficiente?»

Siguieron adelante. El agente del Servicio Secreto se adentró aún más en el complejo de la Casa Blanca. Ella se sentía más incómoda con cada paso que daba. No había duda de que, a quienquiera que le hubiera hecho esa misteriosa invitación, no le preocupaba en absoluto la privacidad del encuentro. Le habían facilitado un pase oficial, había firmado en el libro de visitas y ahora la conducían a la vista de todo el mundo por la primera planta de la Casa Blanca, donde se arracimaban los visitantes.

—Y éste es el Salón de Porcelana —decía una guía a un grupo de turistas—. Alberga la colección de piezas decoradas en rojo, con un valor de novecientos cincuenta y dos dólares cada una, que perteneció a Nancy Reagan y que desató el debate sobre el consumo ostentoso en 1981.

El agente del Servicio Secreto la llevó hacia una enorme escalera de mármol, dejando atrás al grupo de visitantes. Otro grupo ascendía por la escalera.

—Están ustedes a punto de entrar en el Salón Este —decía la guía—, la sala de trescientos metros cuadrados donde Abigail Adams colgó en una ocasión la colada de John Adams. A continuación pasaremos al Salón Rojo, donde Dolley Madison emborrachaba a los jefes de Estado de visita antes de que James Madison negociara con ellos.

Los turistas se rieron.

Gabrielle dejó atrás la escalera siguiendo al agente, pasó luego entre una serie de cordones de separación y entró en una sección más privada del edificio. Accedieron entonces a una sala que Gabrielle sólo había visto en los libros y en la televisión. Contuvo la respiración.

«¡Dios mío! ¡El Salón de los Mapas!»

Ningún tour guiado visitaba jamás aquella estancia. En cada

pared había unos enormes paneles de madera que podían abrirse, mostrando, uno tras otro, todos los mapas del mundo. Aquél era el lugar donde Roosevelt había trazado el destino de la Segunda Guerra Mundial. Por otro lado, también era el salón desde el que Clinton había reconocido públicamente su aventura con Monica Lewinsky. Gabrielle apartó esa idea de la cabeza, lo más importante era que el Salón de los Mapas era una estancia de paso hacia el Ala Oeste, el área de la Casa Blanca desde donde se manejaban los hilos del poder. En ningún momento se había imaginado que acabaría precisamente allí. Estaba convencida de que su e-mail procedía de algún joven y audaz subalterno, o quizá de alguna secretaria de una de las oficinas del complejo. Estaba claro que no.

«Me dirijo al Ala Oeste...»

El agente del Servicio Secreto la condujo hasta el final de un pasillo alfombrado y se detuvo frente a una puerta en la que no figuraba letrero alguno. Llamó. El corazón le latió con fuerza.

–Está abierto –gritó alguien desde dentro.

El hombre abrió la puerta y, con un gesto, le indicó a Gabrielle que entrara.

Así lo hizo. Las cortinas estaban echadas y la habitación envuelta en penumbra. Apenas distinguió el débil perfil de una persona sentada frente a un escritorio en la oscuridad.

–¿Señorita Ashe? –dijo la voz desde detrás de una nube de humo de cigarrillo–. Bienvenida.

Cuando los ojos de Gabrielle se adaptaron a la oscuridad, poco a poco fue vislumbrando un rostro inquietantemente familiar y la sorpresa le tensó los músculos. «¿Es ésta la persona que me ha estado enviando los e-mail?»

–Gracias por venir –dijo Marjorie Tench con voz fría.

–¿Señora... Tench? –tartamudeó Gabrielle, incapaz de repente de respirar.

–Llámeme Marjorie. –Aquella horrenda mujer se levantó, echando humo por la nariz como un dragón–. Usted y yo vamos a hacernos buenas amigas.

41

Norah Mangor estaba junto a la fosa de extracción junto a Tolland, Rachel y Corky, y miraba fijamente el agujero negro dejado por el meteorito.

—Mike —dijo—. Eres un hombre guapo, pero has perdido la cabeza. Aquí no hay ni rastro de bioluminiscencia.

Tolland se arrepintió entonces de no haberlo grabado en vídeo. Mientras Corky había ido a buscar a Norah y a Ming, la bioluminiscencia había empezado a desvanecerse a toda prisa. En un par de minutos, todo aquel parpadeo había desaparecido sin más.

Tolland lanzó un nuevo fragmento de hielo al agua, pero no ocurrió nada. Ninguna mancha verde.

—¿Dónde están las partículas de plancton? —preguntó Corky.

Tolland tuvo una buena idea. La bioluminescencia, uno de los mecanismos de defensa más ingeniosos de la naturaleza, era una respuesta natural para el plancton en peligro. Un plancton que percibía la amenaza de ser consumido por organismos mayores empezaba a destellar con la esperanza de atraer a depredadores más grandes que pudieran asustar a los atacantes originales. En este caso, el plancton, después de entrar a la fosa por una grieta, se encontraba de pronto en un entorno básicamente de agua dulce y, presa del pánico, activaba su bioluminiscencia a medida que el agua dulce terminaba lentamente con él.

—Creo que han muerto.

—Las han asesinado —se burló Norah—. El conejito de Pascua se ha tirado al agua y se las ha comido todas.

Corky le clavó una mirada glacial.

—Yo también he visto la luminiscencia, Norah.

—¿Eso ha sido antes o después de tomar LSD?

—¿Por qué íbamos a mentir sobre esto? —preguntó Corky.

—Los hombres siempre mienten.

—Sí, sobre si se acuestan o no con otras mujeres, pero nunca sobre el plancton bioluminiscente.

Tolland suspiró.

186

–Norah, sabes perfectamente que el plancton vive en los océanos bajo el hielo.

–Mike –replicó la glacióloga con una mirada helada–, te ruego que no me hables de mi trabajo. Por si te interesa, existen más de doscientas especies de diátomos que crecen bajo las cornisas de hielo del Ártico. Catorce especies de nanoflageladas autotrópicas, veinte de flageladas heterotrópicas, cuarenta de dinoflageladas heterotrópicas y varios metazoos, incluyendo poliquetos, anfípodos, copépodos, aufásidos y peces. ¿Alguna pregunta?

Tolland frunció el ceño.

–No hay duda de que sabes más sobre la fauna del Ártico que yo, y de que estás de acuerdo en que hay gran cantidad de vida debajo de nosotros. Entonces ¿por qué te muestras tan escéptica ante la posibilidad de que hayamos visto plancton bioluminiscente?

–Porque esta fosa está sellada, Mike. Es un entorno cerrado de agua dulce. ¡Es imposible que haya podido entrar en él plancton oceánico!

–He probado el agua y estaba salada –insistió Tolland–. Ligeramente, pero salada. No sé cómo, pero el agua salada se está metiendo en la fosa.

–Seguro –dijo Norah, escéptica–. El agua te ha sabido a sal. Has chupado la manga de un anorak viejo y sudado y has llegado a la conclusión de que las pruebas de densidad del EDOP y los quince análisis diferentes del núcleo no son exactos.

Tolland le tendió la manga mojada de su anorak a modo de prueba.

–Mike, no pienso chupar tu asquerosa chaqueta –dijo Norah mirando al agujero–. ¿Puedo preguntarte por qué una masa de supuesto plancton iba a decidir introducirse nadando por esta supuesta grieta?

–¿Por el calor? –se aventuró a decir Tolland–. Hay muchas criaturas marinas que se sienten atraídas por el calor. Cuando extrajimos el meteorito, lo calentamos. Quizá el plancton se haya visto atraído instintivamente hacia el entorno temporalmente más cálido existente dentro de la fosa.

Corky asintió.

–Suena lógico.

–¿Lógico? –dijo Norah, poniendo los ojos en blanco–. ¿Sabéis?, para tratarse de un físico tan laureado y de un oceanógrafo de fama mundial sois un par de especímenes considerablemente densos. ¿Se os ha pasado por la cabeza que incluso aunque existiera una grieta, posibilidad más que improbable, creedme, es físicamente imposible que el agua de mar se introduzca en esta fosa? –declaró, mirándolos con patético desprecio.

–Pero, Norah... –empezó Corky.

–¡Señores! Estamos situados sobre el nivel del mar –dijo, pateando el hielo con el pie–. ¡Vamos a ver! Esta placa de hielo se eleva a cincuenta metros sobre el agua. ¿Es que nadie se acuerda ya del acantilado que se levanta sobre el océano al final de esta plataforma? Estamos a mayor altura que el océano. Si en esta fosa hubiese una fisura, el agua saldría fuera de la fosa, y no entraría desde el exterior. Es un fenómeno llamado gravedad.

Tolland y Corky se miraron.

–Mierda –dijo Corky–. No se me había ocurrido.

Norah señaló la fosa llena de agua.

–Quizá también os hayáis dado cuenta de que el nivel del agua no cambia.

Tolland se sentía como un idiota. Norah estaba en lo cierto. De haber existido una grieta, el agua se filtraría hacia el exterior y no de fuera adentro. Se quedó un buen rato en silencio, preguntándose qué hacer.

–Muy bien –dijo con un suspiro–. Está claro que la teoría de la fisura no tiene sentido. Pero hemos visto bioluminiscencia en el agua. La única conclusión es que no se trata de un entorno herméticamente cerrado. Entiendo que la mayoría de tus datos sobre el cálculo de fechas está basado en la premisa de que el glaciar es un bloque sólido, pero...

–¿Premisa? –Sin duda Norah estaba empezando a encenderse–. Recuerda, Mike, que no han sido sólo mis datos. La NASA ha llevado a cabo los mismos descubrimientos. Todos nosotros confirmamos que este glaciar es sólido. No hay ninguna grieta.

Tolland miró al otro extremo de la cúpula, hacia la multitud congregada alrededor del área de prensa.

–Pase lo que pase, creo que nuestra obligación es informar al director y...

–¡Tonterías! –siseó Norah–. Te estoy diciendo que esta matriz glacial es prístina. No tengo la menor intención de permitir que se cuestione la validez de mis datos de extracción por una manga mojada con sabor a sal y unas absurdas alucinaciones. –Norah se dirigió hecha una furia hasta una zona de material cercana y empezó a coger algunas herramientas–. Cogeré una muestra de agua apropiada y os demostraré que esta agua no contiene plancton de agua salada, ¡ni vivo ni muerto!

Rachel y los demás miraron a Norah mientras ésta utilizaba una pipeta estéril que colgaba de un cordón para tomar una muestra de agua del pozo de agua derretida. Norah introdujo varias gotas en un diminuto dispositivo parecido a un telescopio en miniatura. A continuación miró por la lente, apuntando el dispositivo hacia la luz que manaba del otro extremo de la cúpula. En cuestión de segundos, se la oyó maldecir.

–¡Jesús! –exclamó, agitando el dispositivo y volviendo a mirar–. ¡Maldita sea! ¡Tiene que haber algún fallo en este refractómetro!

–¿Agua salada? –dijo Corky, refocilándose.

Norah frunció el ceño.

–En parte. Está registrando un tres por ciento de agua de mar, lo cual es totalmente imposible. Este glaciar es un bloque de nieve, pura agua dulce. No tendría que haber en él el menor rastro de sal.

Norah llevó la muestra hasta un microscopio cercano y la examinó. Soltó un gemido.

–¿Plancton? –preguntó Tolland.

–G. *Polyhedra* –respondió Norah con voz sedada–. Es uno de los tipos de plancton que los geólogos solemos ver en los océanos bajo las plataformas de hielo –dijo, mirando hacia donde estaba Tolland–. Están muertos. Obviamente no han sobrevivido mucho tiempo en un entorno compuesto por un tres por ciento de agua salada.

Los cuatro se quedaron un instante en silencio junto a la profunda fosa.

Rachel se preguntó cuáles eran las ramificaciones que implicaba tal paradoja para el descubrimiento. Parecía tratarse de un dilema menor comparado con la dimensión global del meteorito y, sin embargo, en calidad de analista de inteligencia, había sido testigo del colapso de teorías completas basadas en impedimentos más insignificantes que aquél.

–¿Qué está ocurriendo aquí?

La voz sonó como un sordo rugido.

Todos levantaron la mirada. La figura de oso del director de la NASA emergió de la oscuridad.

—Un problema de índole menor con el agua de la fosa —dijo Tolland—. Estamos intentando resolverlo.

Corky sonó casi jubiloso al hablar.

—Los datos de Norah sobre el hielo son incorrectos.

—Cierra el pico —susurró Norah.

El director se acercó mientras fruncía sus pobladas cejas.

—¿Qué pasa con los datos sobre el hielo?

Tolland soltó un vacilante suspiro.

—Hemos descubierto un contenido del tres por ciento de agua salada en la fosa del meteorito, lo cual contradice el informe glaciológico según el cual el meteorito estaba encerrado en un glaciar prístino de agua dulce —explicó. Hizo entonces una pausa—. También hemos detectado la presencia de plancton.

Ekstrom parecía casi enojado.

—Obviamente, eso es imposible. No hay fisuras en el glaciar. Las mediciones llevadas a cabo por el EDOP así lo confirman. Este meteorito estaba sellado en una matriz sólida de hielo.

Rachel sabía que Ekstrom estaba en lo cierto. De acuerdo con las mediciones de densidad de la NASA, la placa de hielo era sólida como una roca: cientos de metros de glaciar helado envolviendo el meteorito por todos sus ángulos. Y ninguna grieta. Sin embargo, Rachel imaginó cómo se llevaban a cabo las mediciones de densidad y una extraña idea se le pasó por la cabeza...

—Además —decía Ekstrom—, las muestras extraídas por la doctora Mangor confirmaron la solidez del glaciar.

—¡Exacto! —dijo Norah, dejando el refractómetro sobre un escritorio—. Doble corroboración. No hay líneas de falla en el hielo, lo cual nos deja sin explicación para la presencia de sal y de plancton.

—De hecho —dijo Rachel, sorprendida por la crudeza de su propia voz—, existe otra posibilidad —declaró. La inspiración le había llegado desde el recuerdo más inverosímil.

Todos la miraron. El escepticismo de los presentes era obvio.

Rachel sonrió.

—Hay una explicación perfectamente racional para la presencia de sal y de plancton en el agua —continuó, dedicando a Tolland una mirada irónica—. Y francamente, Mike, me sorprende que no se le haya ocurrido.

42

—¿Plancton congelado en el glaciar? —Corky Marlinson no parecía en absoluto convencido por la explicación de Rachel—. No piense que intento aguarle la fiesta, pero normalmente cuando las cosas se congelan, mueren. Y esos pequeños cabrones destellaban, ¿se acuerda?

—De hecho —dijo Tolland, dedicando a Rachel una mirada de admiración—, quizá no ande muy desencaminada. Existe un conjunto de especies que entran en un estado de animación en suspensión cuando su entorno así lo requiere. Grabé un programa sobre ese fenómeno en una ocasión.

Rachel asintió.

—Mostraba lucios del norte que quedaban congelados en lagos y que tenían que esperar al deshielo para poder alejarse nadando. También hablaba de unos microorganismos llamados «aguadores», que se deshidrataban por completo en el desierto y que se quedaban así durante décadas, reinflándose después, cuando volvían las lluvias.

Tolland se rió por lo bajo.

—¿Así que es cierto que ve mi programa?

Rachel le respondió con un encogimiento de hombros ligeramente avergonzado.

—¿Cuál es su teoría, señorita Sexton?

—Su teoría —dijo Tolland—, que tendría que habérseme ocurrido a mí, es que una de las especies que mencioné en ese programa era una clase de plancton que se congela en la plataforma polar Ártica cada invierno, hiberna dentro del hielo y luego se aleja nadando todos los veranos cuando la plataforma de hielo pierde densidad —explicó. Hizo entonces una pausa—. Es cierto que la especie que mostré en el programa no era la especie bioluminiscente que hemos visto aquí, pero quizá haya ocurrido lo mismo.

—El plancton congelado —continuó Rachel, animándose al ver a Michael Tolland tan entusiasmado con su idea— podría explicar lo que estamos viendo aquí. En algún momento del pasado el glaciar podría haber sufrido fisuras que se habrían llenado de agua salada rica en plancton y que se habrían vuelto a congelar. ¿Y si había bolsas congeladas de agua salada en este glaciar? ¿Agua salada congelada con plancton en su interior? Imaginen que mientras ustedes levantaban el meteorito calentado entre el hielo, la roca pasó por una bolsa congelada de agua salada. El hielo formado por agua salada se habría derretido, sacando al plancton de su hibernación y dándonos un pequeño porcentaje de sal mezclado con el agua dulce.

–¡Oh, por el amor de Dios! –exclamó Norah con un gemido hostil–. ¡Ahora resulta que todos somos glaciólogos!

Corky también parecía escéptico.

–Pero ¿no habría descubierto el EDOP cualquier bolsa de hielo salado cuando llevó a cabo sus mediciones de densidad? Al fin y al cabo, el hielo salado y de agua dulce tienen densidades distintas.

–Apenas distintas –dijo Rachel.

–Un cuatro por ciento es una diferencia sustancial –la retó Norah.

–Sí, en un laboratorio –respondió ella–. Pero el EDOP toma sus mediciones desde el espacio, a una distancia de ciento noventa kilómetros. Sus ordenadores fueron diseñados para diferenciar entre lo obvio: el hielo y la aguanieve, el granito y la piedra caliza –explicó, volviéndose hacia el director–. ¿Me equivoco al suponer que cuando el EDOP mide densidades desde el espacio, probablemente carezca de la resolución necesaria para distinguir entre el hielo de agua salada y el de agua dulce?

El director asintió.

–Un diferencial del cuatro por ciento está por debajo del umbral de tolerancia del EDOP. El satélite captaría como idénticos el hielo de agua salada y el de agua dulce.

Ahora Tolland parecía intrigado.

–Eso también explicaría el nivel estático de agua de la fosa –dijo, mirando a Norah–. Has dicho que la especie de plancton que has visto en la fosa de extracción se llamaba...

–*G. Polyhedra* –declaró Norah–. ¿Y ahora te estás preguntando si *G. Polyhedra* es capaz de hibernar dentro del hielo? La respuesta es sí, sin duda. *G. Polyhedra* se encuentra en grupos alrededor de las plataformas de hielo, es bioluminiscente y puede hibernar dentro del hielo. ¿Alguna otra pregunta?

Todos intercambiaron miradas. Por el tono de voz de Norah, había obviamente algún «pero», y sin embargo parecía estar confirmando la teoría de Rachel.

–Entonces –dijo Tolland–, estás diciendo que es posible, ¿no? Que esta teoría tiene sentido.

–Por supuesto –dijo Norah–, para un retrasado mental.

Rachel le lanzó una mirada desafiante.

–¿Cómo dice?

Intercambió con Norah Mangor una mirada helada.

–Supongo que en su profesión un poco de conocimiento resulta peligroso. Bien, créame si le digo que lo mismo es aplicable a la glaciología. –Norah movió los ojos, mirando a cada una de las cuatro personas que la rodeaban–. Dejad que os lo aclare de una vez por todas. Las bolsas congeladas de agua salada que la señorita Sexton ha mencionado sí se producen. Son lo que los glaciólogos llaman intersticios. Sin embargo, los intersticios se forman, no como bolsas de agua salada, sino más bien como redes muy ramificadas de hielo de agua salada cuyos extremos son tan gruesos como un cabello humano. Ese meteorito tendría que haber atravesado una densa serie de intersticios para liberar suficiente agua salada y crear así una mezcla del tres por ciento en una fosa tan profunda.

Ekstrom frunció el ceño.

–Entonces ¿es o no es posible?

–Ni en sueños –dijo Norah sin más–. Totalmente imposible. Me habría topado con bolsas de hielo salado en la extracción de mis muestras.

–Las muestras se extraen esencialmente en puntos escogidos al azar, ¿verdad? –preguntó Rachel–. ¿Hay alguna posibilidad de que, por una simple cuestión de mala suerte, la ubicación de las muestras pudiera haber evitado una bolsa de hielo marino?

–He perforado directamente sobre el meteorito. Luego he perforado y he extraído varias muestras a unos cuantos metros de la roca, a cada lado. Es imposible acercarse más.

–Sólo preguntaba.

–El punto es discutible –dijo Norah–. Los intersticios de agua salada sólo se producen en el hielo estacional, es decir, en el hielo que se forma y se derrite cada estación. La plataforma de hielo Milne es hielo rápido, hielo que se forma en las montañas y que se compacta rápidamente hasta que migra a la zona de desprendimientos y cae al mar. Por muy oportuno que el plancton congelado resultara para explicar este pequeño y misterioso fenómeno, puedo garantizar que no existen redes ocultas de plancton congelado en este glaciar.

El grupo volvió a guardar silencio.

A pesar de la resuelta impugnación de la teoría del plancton congelado, Rachel se negaba a aceptarla, basándose en su análisis sistemático de los datos. Instintivamente sabía que la presencia de plancton congelado en el glaciar que tenían debajo era la solución más sencilla a la adivinanza. «La Ley de la Sencillez», pensó. Sus instructores del ONR se la habían inculcado en el subconsciente: «Cuando existen múltiples explicaciones, normalmente la más sencilla es la correcta».

Obviamente, Norah Mangor tenía mucho que perder si los datos obtenidos a partir de sus muestras de hielo eran erróneos, y Rachel se preguntó si quizá la glacióloga no habría visto el plancton, se había dado cuenta de que había cometido un error al declarar que el glaciar era sólido, y ahora intentaba simplemente cubrirse las espaldas.

–Lo único que sé –dijo Rachel– es que acabo de transmitir un comunicado a todo el personal de la Casa Blanca diciéndoles que este meteorito ha sido descubierto en una matriz prístina de hielo y que había quedado sellado en ella, a salvo de cualquier influencia externa desde 1716, cuando se escindió de un meteorito llamado *Jungersol*. Y ahora esto no parece tan claro.

El director de la NASA guardó silencio con una expresión de gravedad en el rostro.

Tolland se aclaró la garganta.

–Tengo que darle la razón a Rachel. Había plancton y agua salada en la fosa. Sea cual sea la explicación que justifique este fenómeno, es obvio que la fosa no es un entorno cerrado. No podemos afirmar que lo sea.

Corky parecía incómodo.

–Hum, chicos, no es que quiera dármelas de astrofísico pero, en mi campo, cuando cometemos errores, nos equivocamos a menudo por miles de millones de años. ¿De verdad esta pequeña confusión sobre el plancton y el agua salada es tan importante? Me refiero a que la perfección del hielo que rodea el meteorito no afecta de ningún modo al propio meteorito, ¿no? Todavía tenemos los fósiles. Nadie cuestiona su autenticidad. Si resulta que hemos cometido un error con los datos de las muestras, a nadie le importará. Lo único que les interesará es que hemos encontrado la prueba de que existe vida en otro planeta.

–Lo siento, doctor Marlinson –dijo Rachel–. Desde el punto de vista de alguien que se gana la vida analizando datos, me veo obligada a estar en desacuerdo con usted. Cualquier error, por pequeño que sea, en los datos que la NASA presente esta noche puede sembrar la duda en la credibilidad de todo el descubrimiento. Incluyendo la autenticidad de los fósiles.

Corky se quedó boquiabierto.

–¿Qué está diciendo? ¡Esos fósiles son incuestionables!

–Yo lo sé. Y usted lo sabe. Pero si el público se entera de que la NASA ha presentado datos de muestras sabiendo que son cuestionables, créame, inmediatamente empezarán a preguntarse en qué más ha mentido.

Norah dio un paso adelante. Sus ojos brillaban como centellas.

–Nadie puede cuestionar los datos de mis muestras –dijo, volviéndose hacia el director–. ¡Puedo probarle, categóricamente, que no hay hielo salado atrapado en ningún punto de esta plataforma de hielo!

El director la miró durante un largo instante.

–¿Cómo?

Norah explicó su plan. Cuando terminó, Rachel tuvo que admitir que la idea sonaba razonable.

El director no estaba tan seguro.

–¿Y los resultados serán definitivos?

–Tendremos una confirmación del cien por cien –le aseguró Norah–. Si hay una maldita gota de agua salada congelada cerca de la fosa de extracción del meteorito, usted la verá. Por pocas que sean las gotas, se iluminarán en mi equipo como si fuera Times Square.

El director frunció el ceño bajo su corte de pelo estilo militar.

–No tenemos mucho tiempo. La rueda de prensa tendrá lugar dentro de un par de horas.

–Puedo estar de vuelta en veinte minutos.

–¿Cuánto ha dicho que debe alejarse sobre el glaciar?

–No mucho. Con doscientos metros bastará.

Ekstrom asintió.

–¿Está segura de que no correrá peligro?

—Me llevaré unas bengalas —respondió Norah—. Y Mike vendrá conmigo.

Tolland levantó la cabeza.

—¿Ah, sí?

—¡Ya lo creo, Mike! Saldremos atados. Me irá bien contar con un par de brazos fuertes ahí fuera si se levanta viento.

—Pero...

—Tiene razón —dijo el director, volviéndose hacia Tolland—. No puede ir sola. Enviaría a alguno de mis hombres con ella pero, francamente, prefiero mantener el asunto del plancton entre nosotros hasta que averigüemos si constituye o no un problema.

Tolland respondió con una reacia inclinación de cabeza.

—A mí también me gustaría ir —dijo Rachel.

Norah se giró como una cobra.

—Ni lo sueñe.

—De hecho —dijo el director, como si acabara de ocurrírsele una idea—, creo que me quedaría más tranquilo si utilizáramos la típica configuración de atadura cuadrangular. Si utilizan la dual y Mike resbala, nunca podrá sostenerle. Cuatro personas me parece un plan mucho más seguro que sólo dos —concluyó. Hizo entonces una pausa, mirando a Corky—. Eso significa que le toca a usted o al doctor Ming —dijo Ekstrom, recorriendo el habisferio con la mirada—. Por cierto, ¿dónde está el doctor Ming?

—Hace rato que no lo veo —dijo Tolland—. Quizá esté echando una siesta.

Ekstrom se giró hacia Corky.

—Doctor Marlinson, no puedo pedirle que salga con ellos, pero...

—¡Qué demonios! —dijo Corky—. Ya que todo el mundo se lleva tan bien...

—¡No! —exclamó Norah—. Con cuatro personas avanzaremos más despacio. Mike y yo iremos solos.

—No, no irán solos. —El tono del director no dejaba lugar a discusión—. Por algo se fabrica la configuración de atadura cuadrangular; vamos a hacer esto corriendo el menor riesgo posible. Lo último que necesito es un accidente un par de horas antes de la rueda de prensa más importante de la historia de la NASA.

43

Cuando se sentó, envuelta en el ambiente cargado del despacho de Marjorie Tench, Gabrielle Ashe fue presa de una sensación de precaria incertidumbre. «¿Qué diantre puede querer de mí esta mujer?» Detrás del único escritorio de la sala, Tench se recostó en su silla al tiempo que sus rasgos duros parecían irradiar complacencia ante la incomodidad de Gabrielle.

—¿Le molesta el humo? —preguntó Tench, sacando otro cigarrillo del paquete.

—No —mintió Gabrielle.

En cualquier caso, Tench ya lo estaba encendiendo.

—Usted y su candidato han mostrado un gran interés por la NASA durante esta campaña.

—Cierto —replicó Gabrielle, sin hacer ningún esfuerzo por ocultar su enojo—, gracias a cierta incitación llena de creatividad. Me gustaría que me diera una explicación.

Tench frunció los labios con fingida inocencia.

—¿Quiere saber por qué le he estado enviando información por e-mail para ayudarle en su ataque contra la NASA?

—La información que usted me ha enviado perjudica a su presidente.

—A corto plazo, así es.

El tono amenazador de Tench incomodó a Gabrielle.

—¿Qué debo entender con eso?

—Relájese, Gabrielle. Mis e-mails no han cambiado mucho las cosas. El senador Sexton estaba empeñado en machacar a la NASA antes de mi aparición. Yo simplemente le he ayudado a clarificar su mensaje. A consolidar su postura.

—¿A consolidar su postura?

—Exacto —dijo Tench con una sonrisa que dejó a la vista sus dientes manchados—. Cosa que ha hecho de forma harto efectiva esta tarde en la CNN.

Gabrielle se acordó de la reacción del senador ante la pregunta «rompevallas». «Sí, aboliría la NASA.» Sexton había terminado acorralado, pero había salido del cuadrilátero con un buen derechazo. Había recurrido a la maniobra correcta. ¿O no era así? A tenor de la mirada satisfecha de Tench, Gabrielle tuvo la impresión de que le faltaba cierta información.

Tench se levantó de pronto y su cuerpo desgarbado dominó el exiguo espacio. Con el cigarrillo colgándole de los labios, fue hasta una caja fuerte abierta en la pared y sacó de ella un abultado sobre, regresó a su escritorio y volvió a tomar asiento.

Gabrielle echó un vistazo al sobre recién aparecido.

Tench sonrió, acunando el sobre en su regazo como un jugador de póquer ocultando una escalera real. Las yemas amarillentas de sus dedos tiraban de la esquina del sobre, produciendo un repetitivo y fastidioso arañazo, como si saboreara la expectación.

Gabrielle sabía que se trataba sólo de su propia conciencia culpable, pero sus primeros temores apuntaron a que el sobre contenía alguna prueba de su indiscreción sexual con el senador. «Qué ridiculez», pensó. El encuentro con el senador había ocurrido a última hora en el despacho de Sexton, que además estaba cerrado con llave. Por otro lado, si la Casa Blanca hubiera encontrado alguna prueba, sin duda ya la habría hecho pública.

«Puede que sospechen algo –pensó Gabrielle–, pero no tienen pruebas.»

Tench aplastó el cigarrillo.

–Señorita Ashe, sea o no consciente de ello, está usted atrapada en mitad de una batalla que lleva librándose en Washington entre bastidores desde 1996.

Aquella estratagema directa nada tenía que ver con lo que ella se esperaba.

–¿Cómo dice?

Tench encendió otro cigarrillo. Sus labios larguiruchos se cerraron a su alrededor y la punta enrojeció.

–¿Qué sabe usted del proyecto de ley conocido como Acta de Promociones para la Comercialización del Espacio?

Gabrielle jamás había oído hablar de ella. Se encogió de hombros, confundida.

–¿Ah, sí? –dijo Tench–. Me sorprende. Sobre todo teniendo en cuenta la plataforma de su candidato. El Acta de Promociones para la Comercialización del Espacio fue propuesta en 1996 por el senador Walker. El proyecto de ley, en esencia, cita el fracaso de la NASA a la hora de llevar a cabo cualquier proyecto realmente valioso desde que puso al hombre en la Luna. Pide la privatización de la NASA mediante la venta inmediata de sus activos a compañías aeroespaciales privadas, permitiendo que el sistema de libre mercado explore el espacio de manera más efectiva y aliviando así la carga que la NASA supone en la actualidad para el contribuyente.

A Gabrielle no le sonaba ajena la propuesta de privatización en boca de los críticos de la NASA como solución a los infortunios de la agencia espacial, pero no era consciente de que la idea hubiera llegado a tomar la forma de un proyecto de ley oficial.

—El proyecto de ley de comercialización —continuó Tench— se ha presentado al Congreso en cuatro ocasiones. Es similar a otros proyectos de ley que han privatizado con éxito industrias gubernamentales, como la de la producción de uranio. El Congreso ha aprobado el proyecto de ley de comercialización del espacio las cuatro veces que le ha sido presentado. Afortunadamente, la Casa Blanca lo ha vetado en las cuatro. Zachary Herney ha tenido que vetarlo en dos.

—¿Qué me quiere decir?

—Lo que le quiero decir es que éste es un proyecto de ley que el senador Sexton sin duda apoyará si sale elegido presidente. Tengo mis motivos para creer que no tendrá el menor escrúpulo a la hora de vender los activos de la NASA a postores comerciales en cuanto tenga ocasión. En resumen, que su candidato apoyaría la privatización para impedir que los dólares del contribuyente financien la exploración espacial.

—Por lo que sé, el senador nunca se ha pronunciado públicamente sobre su postura respecto a ningún Acta de Promociones para la Comercialización del Espacio.

—Cierto. Y, aun así, conociendo su política, supongo que no le sorprendería si él le diera su apoyo.

—Los sistemas de mercado libre tienden a fomentar la eficacia.

—Entiendo eso como un «sí» —dijo Tench, mirándola fijamente—. Desgraciadamente, privatizar la NASA es una idea abominable, y existen innumerables motivos por los que todas las administraciones de la Casa Blanca lo han rechazado desde la aparición del proyecto de ley.

—Conozco los argumentos contra la privatización del espacio —dijo Gabrielle—, y comprendo sus preocupaciones.

—¿Ah, sí? —dijo Tench, inclinándose hacia ella—. ¿Y qué argumentos ha oído usted?

Gabrielle se removió en su asiento, incómoda.

–Bueno, básicamente las reticencias de índole académico, la más común de las cuales es que si privatizamos la NASA nuestra búsqueda actual de conocimiento científico del espacio se vería rápidamente abandonada en manos de empresas con ánimo de lucro.

–Cierto. La ciencia espacial moriría en un santiamén. En vez de invertir dinero para estudiar el universo, las compañías espaciales privadas minarían los asteroides, construirían hoteles turísticos en el espacio y ofrecerían servicios de lanzamiento de satélites comerciales. ¿Para qué iban a molestarse las compañías privadas en estudiar los orígenes de nuestro universo cuando eso es algo que les costaría miles de millones y que no les reportaría ninguna recompensa financiera?

–No lo harían –contraatacó Gabrielle–. Aunque, sin duda, podría crearse una Fundación Nacional para la Ciencia Espacial con el fin de financiar las misiones científicas.

–Ya disponemos de ese sistema. Se llama NASA.

Gabrielle guardó silencio.

–Abandonar la ciencia en favor de los beneficios económicos es un asunto secundario –dijo Tench–, apenas relevante comparado con el caos absoluto que se produciría al permitir al sector privado moverse libremente por el espacio. Volveríamos a vivir el fenómeno del Salvaje Oeste. Veríamos a pioneros intentando hacer valer sus derechos de propiedad sobre la Luna y los asteroides y defendiendo esas exigencias con decisión. He oído hablar de peticiones de compañías que quieren poner carteles de neón que parpadeen con anuncios luminosos en el cielo por la noche. He visto peticiones de hoteles espaciales y de atracciones turísticas cuyas operaciones incluyen lanzar sus desperdicios al vacío del espacio y crear montones de basura orbital. De hecho, ayer mismo leí una propuesta de una compañía que quiere convertir el espacio en un mausoleo poniendo a los muertos en órbita. ¿Puede imaginarse a nuestros satélites de telecomunicaciones impactando con cuerpos sin vida? La semana pasada tuve en mi despacho a un directivo multimillonario cuya petición consistía en enviar una misión a un asteroide cercano, arrastrarlo más cerca de la Tierra y minarlo para extraer de él minerales preciosos. A decir verdad, ¡tuve que recordarle a ese tipo que arrastrar asteroides hasta alcanzar una órbita próxima a la Tierra suponía un riesgo potencial de una catástrofe global! Le aseguro, señorita Ashe, que si ese proyecto de ley se aprueba, las masas de empresarios que invadirán el espacio no serán científicos espaciales. Serán empresarios de grandes bolsillos y mentes superficiales.

—Argumentaciones realmente convincentes —dijo Gabrielle—. Estoy segura de que el senador sopesará esos puntos cuidadosamente si en algún momento se encuentra en la tesitura de tener que votar el proyecto de ley. ¿Puedo preguntar qué tiene eso que ver conmigo?

La mirada de Tech se afiló por encima de su cigarrillo.

—Hay mucha gente deseosa de ganar dinero en el espacio, y el lobby político está batallando para que se levanten todas las restricciones y se abran las compuertas. El poder de veto del presidente es la única barrera que nos queda contra la privatización... contra la absoluta anarquía en el espacio.

—En ese caso debo alabar a Zach Herney por vetar el proyecto de ley.

—Mi temor es que su candidato no sea tan prudente si sale elegido.

—Le repito que el senador sopesaría cuidadosamente todos los puntos si se viera en situación de pronunciarse sobre el proyecto de ley.

Tench no parecía convencida del todo.

—¿Sabe usted cuánto gasta el senador Sexton en publicidad en los medios de comunicación?

La pregunta resultó totalmente inesperada.

—Esas cifras son de dominio público.

—Más de tres millones al mes.

Gabrielle se encogió de hombros.

—Si usted lo dice...

La cifra se aproximaba mucho a la realidad.

—Eso es mucho dinero.

—El senador tiene mucho dinero.

—Sí, lo ha sabido invertir bien. O mejor, supo casarse bien —dijo Tench, haciendo una pausa para espirar el humo—. Qué triste lo de su esposa, Katherine. Su muerte le afectó muchísimo. —Siguió un suspiro trágico, claramente fingido—. No hace tanto de su muerte, ¿verdad?

—Vaya al grano o me marcho.

Tench soltó una tos profunda y alargó la mano para coger el

grueso sobre de manila. Sacó de él un pequeño montón de papeles grapados y se los dio a Gabrielle.

—Los informes financieros de Sexton.

Gabrielle estudió los documentos, absolutamente perpleja. Los informes comprendían varios años. Aunque ella no tenía acceso al engranaje interno de las finanzas del senador, algo le decía que aquellos datos eran auténticos: cuentas bancarias, extractos de tarjetas de crédito, préstamos, activos en bolsa, deudas, ganancias y pérdidas de capital.

—Estos datos son privados. ¿De dónde los ha sacado?

—Mi fuente no es asunto suyo. Pero si dedica algún tiempo a estudiar esas cifras, verá claramente que el senador Sexton no dispone de la cantidad de dinero que actualmente está gastando. Tras la muerte de Katherine, el senador malgastó gran parte de su herencia en inversiones ruinosas, caprichos personales y en comprar lo que parece ser cierta victoria en las primarias. Hace apenas seis meses, su candidato estaba arruinado.

Gabrielle intuía que debía de tratarse de un farol. Si Sexton estaba arruinado, desde luego no lo parecía. Compraba tiempo de publicidad en bloques cada vez más grandes todas las semanas.

—Su candidato —continuó Tench— supera cuatro veces los gastos del presidente. Y no dispone de dinero.

—Recibimos muchos donativos.

—Sí, algunos legales.

Gabrielle levantó la cabeza.

—¿Perdón?

Tench se inclinó sobre el escritorio; Gabrielle pudo oler su aliento impregnado de nicotina.

—Gabrielle Ashe, voy a hacerle una pregunta y le sugiero que lo piense bien antes de contestar. Su respuesta puede hacer que pase usted los próximos años en la cárcel. ¿Es usted consciente de que el senador Sexton está aceptando cuantiosos e ilegales sobornos de compañías aeroespaciales que tienen millones que ganar con la privatización de la NASA?

Gabrielle la miró a los ojos.

—¡Eso es una alegación absurda!

—¿Está usted diciendo que no está usted al corriente de esa actividad?

—Creo que si el senador estuviera aceptando sobornos de la magnitud que usted está sugiriendo yo lo sabría.

Tench sonrió fríamente.

—Gabrielle, entiendo que el senador Sexton haya compartido ciertas cuestiones con usted, pero le aseguro que hay muchas cosas que usted no sabe de ese hombre.

Gabrielle se levantó.

—La reunión ha terminado.

—Al contrario —dijo Tench, sacando el resto del contenido de la carpeta y esparciéndolo sobre el escritorio—. Esta reunión acaba de empezar.

44

En el «camerino» del habisferio, Rachel Sexton se sentía como un astronauta tras meterse en uno de los trajes Mark IX de supervivencia en microclima de la NASA. El mono negro, de una sola pieza y con capucha, parecía un equipo de buceo hinchable. La tela de doble pliegue y adaptable al cuerpo estaba dividida por canales poco profundos por los que circulaba un denso gel que ayudaba a regular la temperatura corporal tanto en entornos fríos como calurosos.

Mientras Rachel se colocaba la apretada capucha sobre la cabeza, sus ojos se toparon con el director de la NASA. Ekstrom parecía un silencioso centinela en la puerta, obviamente disgustado con la necesidad de llevar a cabo esa pequeña misión.

Norah Mangor no dejaba de murmurar obscenidades mientras se aseguraba de que los demás se vistieran.

—Aquí tienes una talla extrarrechoncho —dijo, tirándole a Corky su traje.

Tolland ya casi había terminado de ponerse el suyo.

En cuanto Rachel hubo cerrado la cremallera del traje, Norah le conectó la llave de paso del traje a un tubo que serpenteaba desde un cilindro con aspecto de una gran bombona de buceo.

—Inspire —le dijo Norah, abriendo la válvula.

Rachel oyó un siseo y notó que le inyectaban gel en el traje. La espuma adaptable se expandió y el traje se comprimió sobre su cuerpo, apretando la capa de la ropa interior. La sensación le recordó a la de meter la mano bajo el agua con un guante de goma. A medida que la capucha se inflaba alrededor de su cabeza, empezó a presionarle los oídos, con lo que todo lo oía amortiguado. «Estoy en un capullo.»

—Lo mejor del Mark IX —dijo Norah— es el relleno. Podéis caeros de culo y no sentir nada.

Rachel la creyó. Se sentía como si estuviera atrapada dentro de un colchón.

Norah le dio luego una serie de herramientas: un hacha de hielo y mosquetones, que ella colgó del cinturón que le rodeaba la cintura.

—¿Y todo esto —preguntó Rachel, mirando el equipo— sólo para recorrer cien metros?

Norah entrecerró los ojos.

—¿Quiere o no quiere venir?

Tolland dedicó a Rachel una tranquilizadora inclinación de cabeza.

—Norah sólo pretende ser cauta.

Visiblemente divertido, Corky se conectó a la bombona e infló su traje.

—Tengo la sensación de haberme puesto un condón gigante.

Norah soltó un gimoteo de fastidio.

—Como si fueras a darte cuenta de que lo llevas, virgencillo.

Tolland se sentó al lado de Rachel. Sonrió débilmente mientras ella se calzaba las pesadas botas con sus crampones.

—¿Está segura de que quiere venir?

Había en sus ojos una preocupación protectora a la que Rachel no pudo resistirse.

Ella esperaba que la decidida inclinación de cabeza con la que respondió ocultara su creciente inquietud. «Doscientos metros... muy cerca.»

—Y usted que creía que sólo podía encontrar grandes emociones en alta mar.

Tolland se rió por lo bajo, hablando mientras se ponía sus propios crampones.

—He decidido que me gusta mucho más el agua líquida que esta sustancia helada.

—Yo nunca he sido una gran fan de ninguna de las dos —dijo Rachel—. De niña me caí en el hielo. Desde entonces el agua me pone nerviosa.

Tolland la miró con ojos compasivos.

—Lo siento. Cuando esto termine tiene que venir a verme al *Goya*. Haré que cambie de parecer sobre el agua, se lo prometo.

La invitación la sorprendió. El *Goya* era el barco de investigación de Tolland, famoso tanto por su papel en *Mares Asombrosos* como por su reputación de ser una de las embarcaciones más extrañas del océano. Aunque pensar en una visita al *Goya* le resultaba inquietante, sabía que le sería difícil desaprovechar una oportunidad así.

—En este momento está anclado a treinta kilómetros de la costa de Nueva Jersey —dijo Tolland, peleándose con los cierres de sus crampones.

—Parece un lugar inverosímil.

—En absoluto. El litoral Atlántico es un lugar increíble. Estábamos preparándonos para grabar un nuevo documental cuando recibí una llamada de lo más inoportuna del presidente.

Rachel se echó a reír.

—Grabando un documental sobre qué.

—*Sphyrna mokarran* y megaplumas.

Rachel frunió el ceño.

—Me alegro de haber preguntado.

Tolland terminó de fijar sus crampones y levantó la mirada.

—En serio, estaré grabando ahí fuera un par de semanas. Washington no está tan lejos de la costa de Jersey. Venga cuando regrese a casa. No tiene sentido pasar el resto de su vida teniéndole miedo al agua. Mi tripulación la recibirá con una alfombra roja.

La voz de Norah Mangor tronó.

—¿Salimos o queréis que os traiga unas velas y champán?

45

Gabrielle Ashe no sabía qué pensar de los documentos que ahora estaban esparcidos ante sus ojos sobre el escritorio de Marjorie Tench. Ese montón de papeles incluía cartas fotocopiadas, faxes, transcripciones de conversaciones telefónicas... y todos parecían corroborar que el senador Sexton mantenía conversaciones ocultas con empresas espaciales privadas.

Tench empujó hacia ella un par de fotografías mate en blanco y negro.

−¿He de suponer que esto es para usted una novedad?

Gabrielle miró las fotos. La primera de las cándidas instantáneas mostraba al senador Sexton bajando de un taxi en una especie de garaje subterráneo. «Sexton nunca coge taxi.» Gabrielle miró la segunda instantánea: una telefoto del Senador subiendo a un monovolumen blanco aparcado. Un anciano parecía esperarle dentro.

−¿Quién es? −preguntó Gabrielle, sospechando que las fotos podían ser falsas.

−Un pez gordo de la FFE.

Ella tenía sus reservas.

−¿La Fundación para las Fronteras Espaciales?

La FFE era una especie de «sindicato» de las compañías espaciales privadas. Representaba a los contratistas aeroespaciales, empresarios, capitalistas intrépidos... cualquier entidad privada que deseara subir al espacio. Tendían a mostrarse críticos con la NASA, argumentando que el programa espacial de Estados Unidos empleaba prácticas empresariales injustas para impedir que las compañías privadas enviaran misiones al espacio.

−La FFE −dijo Tench− representa en este momento a más de cien grandes corporaciones, algunas de ellas empresas muy ricas que esperan ansiosas ver ratificada el Acta de Promociones para la Comercialización del Espacio.

Gabrielle se paró a pensarlo. Por razones obvias, la FFE era un ruidoso defensor de la campaña de Sexton, aunque el senador se había preocupado de no acercarse demasiado a sus miembros debido a sus controvertidas tácticas de grupo. Recientemente, la FFE había publicado un discurso explosivo afirmando que la NASA era de hecho un «monopolio ilegal» cuya habilidad para operar generando pérdidas y seguir funcionando representaba una competencia desleal para las empresas privadas. Según la FFE, siempre que la AT&T necesitaba que se lanzara un satélite de telecomunicaciones, varias compañías espaciales privadas se ofrecían a llevar a cabo el trabajo por un precio razonable de cincuenta millones de dólares. Desgraciadamente, la NASA siempre intervenía y se ofrecía a lanzar los satélites de la AT&T por sólo quince millones, ¡incluso a pesar de que acababa invirtiendo en ello cinco veces más! Los abogados de la FFE denunciaban que «operar en régimen de pérdidas es uno de los métodos que emplea la NASA para seguir manteniendo el control del espacio. Y los norteamericanos se ven obligados a pagar esa política con sus impuestos».

—Esta foto revela que su candidato mantiene reuniones secretas con una organización que representa a empresas espaciales privadas —dijo Tench, señalando otros documentos que había sobre la mesa—. También tenemos en nuestras manos memorandos internos de la FFE en los que se solicita que se reúnan grandes sumas de dinero que deberán ser aportadas por las empresas miembros de la propia fundación —en cantidades proporcionales a su valor neto— y transferidas a cuentas controladas por el senador Sexton. En efecto, estas agencias espaciales privadas están contribuyendo a llevar a Sexton a la Casa Blanca. No puedo sino suponer que el senador ha accedido a aprobar el proyecto de ley de comercialización y privatizar la NASA si es elegido.

Gabrielle miró el montón de papeles, recelosa.

—¿Espera que me crea que la Casa Blanca tiene pruebas que demuestran que su adversario está implicado en una financiación de campaña totalmente ilegal y que, por alguna razón, lo están manteniendo en secreto?

—¿Qué pensaría usted?

Gabrielle clavó en ella una mirada glacial.

—Francamente, y teniendo en cuenta sus dotes para la manipulación, me parece más lógico pensar que me acosa con fotos y documentos falsos creados por algún audaz funcionario de la Casa Blanca con su ordenador personal.

—Admito que es una posibilidad. Aunque no sea el caso.

–¿No? Entonces ¿cómo han conseguido todos estos documentos internos de las corporaciones? Los recursos necesarios para robar todas estas pruebas de tantas compañías sin duda exceden las posibilidades de la Casa Blanca.

–Tiene usted razón. Esta información llegó hasta aquí como un regalo no solicitado.

Gabrielle estaba totalmente confundida.

–En efecto –confirmó Tench–, recibimos muchos regalos de este tipo. El presidente tiene muchos y poderosos aliados políticos a los que les gustaría que siguiera ocupando su despacho. Recuerde que su candidato está sugiriendo recortes por doquier, y muchos de ellos aquí mismo, en Washington. Sin duda el senador Sexton no tiene muchos escrúpulos a la hora de citar el inflado presupuesto del FBI como ejemplo del gasto excesivo del gobierno. También ha lanzado unos cuantos ataques contra el IRS. Puede que alguien del FBI o del IRS se haya molestado un poco.

Gabrielle comprendió el mensaje implícito en las palabras de Tench. La gente del FBI y del IRS tenían modos de conseguir ese tipo de información, que podían luego enviar a la Casa Blanca en calidad de favor no solicitado para ayudar a la elección del presidente. Pero lo que le costaba creer era que el senador Sexton fuera capaz de implicarse en algún modo de financiación ilegal de la campaña.

–Si estos datos son exactos –la retó Gabrielle–, cosa que pongo en duda, ¿por qué no los han hecho públicos?

–¿Por qué cree usted?

–Porque han sido conseguidos de forma ilegal.

–En realidad no importa cómo los hayamos obtenido.

–Ya lo creo que importa. Resultaría inadmisible ante los tribunales.

–¿Qué tribunales? Simplemente nos limitaríamos a filtrar la noticia a un periódico, que la publicaría como una historia basada en fuentes creíbles con fotos y documentación. Sexton sería culpable hasta que probara su inocencia. Su tan cacareada postura antiNASA constituiría una prueba más que definitiva de que está aceptando sobornos.

Gabrielle sabía que aquello era cierto.

–Bien –dijo, retadora–. Entonces, ¿por qué no han filtrado la información?

–Porque es una maniobra sucia. El presidente prometió no

caer en ese tipo de maniobras durante la campaña y quiere mantener esa promesa hasta que pueda.

«¡Ya, seguro!»

–¿Me está diciendo que el presidente es tan honrado que se niega a hacer pública esta información porque podría ser considerada por la gente una maniobra negativa?

–Lo es para el país. Implica a docenas de empresas privadas, en muchas de las cuales trabaja gente honesta. Deshonra al Senado de Estados Unidos y es pernicioso para la moral del país. Los políticos fraudulentos perjudican a todos los políticos. Los norteamericanos necesitan confiar en sus líderes. Esto traería una fea investigación consigo y probablemente terminaría con un senador de Estados Unidos y numerosos ejecutivos prominentes del sector aeroespacial en la cárcel.

A pesar de que la lógica de Tench tenía sentido, Gabrielle seguía poniendo en duda sus alegaciones.

–¿Qué tiene esto que ver conmigo?

–Simplificando, señorita Ashe: si hacemos públicos estos documentos, su candidato será acusado de financiación de campaña ilegal, perderá su asiento en el Senado y pasará un tiempo entre rejas –declaró Tench, antes de hacer una breve pausa–. A menos que...

Gabrielle percibió un destello serpentino en los ojos de la asesora principal.

–¿A menos que...?

Tench dio una larga calada al cigarrillo.

–A menos que decida usted ayudarnos a evitarlo.

Un ominoso silencio cayó sobre la sala.

Tench soltó una tos áspera.

–Escuche, Gabrielle. He decidido compartir con usted esta desafortunada información por tres razones. Primero, para demostrarle que Zach Herney es un hombre decente que antepone el buen estado del gobierno a su beneficio personal. Segundo, para informarle de que su candidato no es tan fiable como puede usted creer. Y tercero, para convencerla de que acepte la oferta que estoy a punto de hacerle.

–¿Y esa oferta es?

–Me gustaría ofrecerle la oportunidad de hacer lo correcto. De actuar como una buena patriota. Sea o no consciente de ello, goza usted de una posición única para ahorrar a Washington un desagradable escándalo. Si hace lo que estoy a punto de pedirle, quizá se haga acreedora a un puesto en el equipo del presidente.

«¿Un puesto en el equipo del presidente?» Gabrielle no daba crédito a lo que oía.

–Señora Tench, al margen de lo que tenga en mente, no llevo bien que me chantajeen, que me coaccionen ni que se dirijan a mí con condescendencia. Trabajo para la campaña del senador porque creo en su proyecto político. ¡Y si esto es una muestra de la manera en que Zach Herney ejerce su influencia, no tengo el menor interés en que me asocien con él! Si tiene usted algo contra el senador Sexton, le sugiero que lo filtre a la prensa. Francamente, todo esto me parece vergonzoso.

Tench soltó un suspiro aburrido.

–Gabrielle, la financiación ilegal de su candidato es un hecho. Lo siento; sé que confía en él –añadió, bajando la voz–. Mire, se trata de lo siguiente: el presidente y yo haremos público el asunto de la financiación si tenemos que hacerlo, pero se pondrá feo a gran escala. Este escándalo implica el incumplimiento de la ley por parte de algunas de las empresas más importantes de Estados Unidos. Muchos inocentes pagarán por ello. –Tench dio una larga calada al cigarrillo y soltó el humo–. Lo que el presidente y yo esperábamos era... otra forma de desacreditar la ética del senador. Una forma más contenida... que no perjudique a las partes inocentes –añadió, apagando el cigarrillo y entrecruzando las manos–. En resumen, nos gustaría que admitiera usted públicamente que ha tenido un affaire con el senador.

El cuerpo de Gabrielle se puso rígido. Tench parecía totalmente segura de sí misma. «Imposible», se dijo. No había pruebas. El sexo había tenido lugar en una sola ocasión, tras las puertas bien cerradas en la oficina de Sexton. «Tench no tiene nada. Es un farol.» Se esforzó lo indecible por no variar su tono de voz.

–Supone usted mucho, señora Tench.

–¿A qué se refiere? ¿A que ha tenido un affaire o a que abandonaría a su candidato?

–A ambas cosas.

Tench esbozó una breve sonrisa y se levantó.

–Bueno, dejemos descansar uno de esos hechos por ahora, ¿le parece? –dijo, yendo de nuevo hasta la caja fuerte empotrada en la pared y volviendo con un gran sobre rojo.

El sobre llevaba el sello de la Casa Blanca. Lo abrió, le dio la vuelta y esparció el contenido sobre el escritorio ante los ojos de Gabrielle.

En el momento en que docenas de fotografías se desparramaban sobre el escritorio, Gabrielle vio cómo toda su carrera se hacía añicos ante sus ojos.

46

En el exterior del habisferio, el viento catabático que rugía sobre el glaciar no se parecía en nada a los vientos oceánicos a los que Tolland estaba acostumbrado. En el océano, el viento era una fusión de mareas y de frentes de presiones que soplaba en impetuosos flujos y reflujos. Sin embargo, el catabático era esclavo de la más simple física: un aire frío y pesado descendiendo a toda velocidad por la pendiente de un glaciar como un maremoto: el peor vendaval que había experimentado en su vida. Si hubiera soplado a veinte nudos, habría sido el sueño de cualquier marino, pero los ochenta nudos de velocidad que estaba alcanzando no tardaban en convertirse en una pesadilla incluso para los que se encontraban en suelo firme. Tolland descubrió que si se paraba y se inclinaba hacia atrás, la fuerte racha podía fácilmente sostenerlo en el aire.

Pero lo que le fastidiaba más que la furiosa corriente de aire era la ligera caída a favor del viento de la plataforma de hielo. El hielo caía casi imperceptiblemente hacia el océano, situado a tres kilómetros de distancia. A pesar de las afiladas púas de los crampones «Pitbull Rapido» que tenía atornillados a las botas, Tolland tenía la inquietante sensación de con que cualquier paso en falso podía terminar atrapado en una tormenta, deslizándose por la interminable pendiente de hielo. Las dos horas de cursillo impartido por Norah Mangor sobre seguridad en el glaciar parecían ahora peligrosamente insuficientes.

–Piolet Piraña –había dicho Norah, colgando una herramienta ligera con forma de T de cada uno de sus cinturones mientras se vestían en el interior del habisferio–. Cuchilla común, sierra de doble filo, cuchilla semitubular, martillo y azuela. Si alguien resbala o se ve atrapado en una ráfaga de viento, lo único que tiene que recordar es coger el piolet con una mano alrededor del martillo y con la otra en el palo, hincar la sierra de doble filo en el hielo y dejarse caer sobre ella, plantando los crampones.

Con esas tranquilizadoras palabras, Norah Mangor había sujetado los arneses de seguridad YAK a cada uno. Después, los cuatro se habían puesto las gafas y habían salido a la oscuridad de la tarde.

Las cuatro figuras bajaban por el glaciar en línea recta, separados entre sí por diez metros de cuerda de seguridad. Norah estaba al frente, seguida por Corky y Rachel; Tolland cerraba la marcha.

A medida que se alejaban del habisferio, Tolland empezó a sentir una creciente inquietud. Enfundado en su traje hinchable, y a pesar de la calidez que éste le proporcionaba, se sentía como una especie de viajero espacial caminando torpemente por un planeta lejano. La luna había desaparecido tras gruesas y encrespadas nubes de tormenta, sumergiendo la plataforma de hielo en una impenetrable oscuridad. El viento catabático parecía ganar fuerza por minutos, ejerciendo una presión constante sobre su espalda. Cuando entrecerró los ojos dentro de las gafas para poder distinguir el vacío que les rodeaba, Tolland empezó a percibir en aquel lugar un verdadero peligro. Fueran o no excesivas las medidas de seguridad mostradas por la NASA, le sorprendió que el director hubiera accedido a arriesgar cuatro vidas en vez de dos, sobre todo cuando las dos adicionales eran la de la hija de un senador y la de un famoso astrofísico. No le sorprendió sentir cierta preocupación protectora por Rachel y por Corky. Había capitaneado un barco y estaba acostumbrado a sentirse responsable de los que le rodeaban.

–Manteneos detrás de mí –gritó Norah, cuya voz quedó inmediatamente tragada por el viento–. Que el trineo nos guíe.

El trineo de aluminio sobre el que Norah Mangor transportaba su equipo de pruebas parecía un Flexible Flyer gigante. La pequeña nave estaba ya equipada con material de diagnóstico y accesorios de seguridad que Norah había estado utilizando en el glaciar durante los últimos días. Todo su equipo, incluido un paquete de baterías, bengalas de seguridad y una potente linterna, estaba sujeto bajo una lona de plástico perfectamente asegurada. A pesar de la pesada carga, se deslizaba sin aparente esfuerzo sobre unas largas y rectas cuchillas. Incluso sobre la pendiente más imperceptible, resbalaba colina abajo a su propio ritmo, y Norah le aplicaba una suave contención, casi como si permitiera que el propio trineo dirigiera la marcha.

Percibiendo la distancia cada vez mayor que se abría entre el grupo y el habisferio, Tolland miró por encima del hombro. A sólo cincuenta metros de su actual posición, la pálida curvatura de la cúpula había desaparecido en la furiosa oscuridad.

–¿No te ha preocupado en ningún momento no poder encontrar el camino de regreso? –gritó Tolland–. El habisferio ya es casi invisi...

Sus palabras quedaron interrumpidas por el fuerte siseo de una bengala al encenderse en la mano de Norah. El repentino resplandor rojo y blanco iluminó la plataforma de hielo en un radio de diez metros a su alrededor. Norah utilizó el talón para cavar un pequeño agujero en la nieve de la superficie, y formó un pequeño parapeto protector del lado de donde soplaba el viento. A continuación hincó la bengala en el agujero.

–Migas de pan de alta tecnología –gritó Norah.

–¿Migas de pan? –preguntó Rachel, protegiéndose los ojos de la repentina luz con la mano.

–Hansel y Gretel –gritó Norah–. Estas bengalas duran una hora, tiempo más que suficiente para encontrar el camino de regreso.

Y dicho eso, reemprendió la marcha, llevándoles con ella glaciar abajo y sumergiéndoles de nuevo en la oscuridad.

47

Gabrielle Ashe salió hecha una furia del despacho de Marjorie Tench y prácticamente tumbó a una secretaria al salir. Se sentía mortificada, y lo único que aparecía en su mente eran las fotografías de brazos y piernas entrelazados. Rostros embargados por el éxtasis.

Gabrielle no tenía la menor idea de cómo habían hecho esas fotos, pero tampoco le cabía duda de su autenticidad. Las habían tomado en el despacho del senador Sexton y parecían sacadas desde arriba con una cámara oculta. «Que Dios me ayude.» Una de ellas la mostraba con Sexton, practicando sexo directamente sobre el escritorio del senador, con sus cuerpos extendidos sobre un amasijo de documentos de aspecto oficial.

Marjorie Tench la alcanzó fuera del Salón de los Mapas. Llevaba en la mano el sobre rojo con las fotos.

—Por su reacción, supongo que cree que estas fotos son auténticas.

La asesora principal del presidente parecía estar pasándolo en grande.

—Espero que la convenzan de que el resto de los datos son igual de precisos. Proceden de la misma fuente.

Gabrielle sintió que el cuerpo entero se le sonrojaba mientras avanzaba por el pasillo. «¿Dónde demonios está la salida?»

Las larguiruchas piernas de Tench no tuvieron el menor problema para caminar a su ritmo.

—El senador Sexton juró ante el mundo que entre ustedes dos sólo existe una relación platónica. De hecho su declaración televisada resultó muy convincente —añadió, señalando con aire satisfecho por encima del hombro—. Además, creo que tengo una cinta en mi despacho, en caso de que quiera que le refresque la memoria.

Gabrielle no necesitaba que se la refrescaran. Recordaba la rueda de prensa demasiado bien. La negación de Sexton fue tan inflexible como sincera.

–Es una pena –dijo Tench, que no parecía en absoluto apenada–, pero el senador Sexton miró a los ojos al pueblo norteamericano y le mintió descaradamente. El público tiene derecho a saber, y lo sabrá, me encargaré de ello personalmente. Ahora la única cuestión es cómo hacérselo saber. Creemos que lo mejor es que sea usted misma quien se encargue de eso.

Gabrielle estaba perpleja.

–¿De verdad cree que voy a colaborar en el linchamiento de mi propio candidato?

El rostro de Tench se endureció.

–Estoy intentando adelantarme a los demás, Gabrielle. Le estoy dando la oportunidad de ahorrarnos una gran vergüenza a todos manteniendo la cabeza firme y diciendo la verdad. Lo único que necesito es una declaración firmada en la que admita su affaire.

Gabrielle se detuvo de golpe.

–¿Qué?

–Por supuesto. Una declaración firmada nos da la fuerza necesaria para lidiar con el senador discretamente, manteniendo al país alejado de este feo asunto. Mi oferta es muy sencilla: firme una declaración y estas fotos nunca verán la luz del día.

–¿Quiere una declaración?

–Técnicamente necesitaría una declaración jurada, aunque tenemos un notario en el edificio que podría...

–Está usted loca –dijo Gabrielle, que ya volvía a caminar.

Tench siguió andando junto a ella. Ahora parecía más enfadada.

–El senador Sexton caerá de un modo u otro, Gabrielle, ¡y le estoy ofreciendo la oportunidad de salir de esto sin tener que ver su trasero desnudo en el periódico! El presidente es un hombre decente y no quiere que se publiquen estas fotos. Si accede a darme esa declaración firmada y confiesa haber tenido esa relación con sus propias palabras, todos podremos conservar un poco de dignidad.

–No estoy en venta.

–Bueno, pues no hay duda de que su candidato sí lo está. Es un hombre peligroso y está quebrantando la ley.

–¿Que él está quebrantando la ley? ¡Son ustedes quienes entran sin permiso en los despachos y sacan fotos ilegales! ¿Ha oído hablar alguna vez del Watergate?

–Nosotros no tenemos nada que ver en la obtención de esta

basura. Estas fotos nos llegaron de la misma fuente que nos envió la información sobre la financiación de la campaña por parte de la FFE. Alguien ha estado observándoles muy de cerca.

Gabrielle pasó como una flecha por el mostrador donde le habían facilitado la identificación de seguridad. Se arrancó el distintivo y se lo tiró al guarda, que la miró con los ojos como platos. Tench seguía caminando a su lado.

—Tendrá que decidirse rápido, señorita Ashe —la conminó Tench cuando se acercaban ya a la salida—. O me trae una declaración firmada en la que admite haberse acostado con el senador, o a las ocho de la noche el presidente se verá obligado a hacerlo todo público: los tratos financieros de Sexton, las fotos en las que aparece usted... todo. Y, créame, cuando el público vea que se mantuvo usted al margen y permitió que Sexton mintiera sobre su relación, arderá en llamas con él.

Gabrielle vio la puerta y se dirigió hacia ella.

—En mi escritorio a las ocho de la noche, Gabrielle. No sea tonta —dijo Tench, tirándole la carpeta de fotografías de camino a la salida—. Quédeselas, cariño. Tenemos muchas más.

48

Rachel Sexton sintió un creciente escalofrío mientras descendía por la plataforma de hielo e iba sumergiéndose en la cerrada oscuridad. En su mente se arremolinaban inquietantes imágenes: el meteorito, el plancton fosforescente, las implicaciones que podían resultar si Norah Mangor había cometido un error con las pruebas de hielo.

«Una matriz sólida de agua dulce», había argumentado Norah, recordándoles que había extraído muestras en toda la zona además de las que había tomado directamente sobre el meteorito. Si el glaciar contenía intersticios de agua salada llenos de plancton, ella los habría visto. ¿O no? No obstante, su intuición no dejaba de volver a la solución más simple.

«Hay plancton congelado en el glaciar.»

Diez minutos y cuatro bengalas más tarde, Rachel y los demás estaban aproximadamente a doscientos cincuenta metros del habisferio. Sin previo aviso, Norah se detuvo de golpe.

—Aquí —dijo con voz de adivina buscadora de agua que hubiera intuido místicamente el lugar idóneo para perforar un pozo.

Rachel se giró a mirar la leve cuesta que se alzaba tras ellos. Hacía rato que el habisferio había desaparecido en la noche oscura iluminada por la luz de la luna, pero la línea de bengalas era claramente visible. La más alejada parpadeaba tranquilizadoramente como una estrella lejana. Las bengalas dibujaban una línea recta perfecta, como una rampa cuidadosamente calculada. Rachel estaba impresionada con las habilidades de Norah.

—Otra razón por la que dejamos que el trineo vaya por delante —gritó ésta cuando vio a Rachel mirando la línea de bengalas—: las cuchillas son rectas. Si dejamos que la gravedad conduzca el trineo y no interferimos, tenemos garantizado avanzar en línea recta.

—Buen truco —gritó Tolland—. Ojalá hubiera algo así para poderlo utilizar en alta mar.

«Esto es mar abierto», pensó Rachel, imaginando el océano que tenían debajo. Durante una décima de segundo, la llama más distante captó su atención. Había desaparecido, como si la luz hubiera quedado bloqueada por una figura que acabara de pasar por delante. Sin embargo, un instante después, volvió a aparecer. Rachel fue presa de una repentina inquietud.

—Norah —gritó por encima del viento—, ¿has dicho que por aquí hay osos polares?

La glacióloga estaba preparando una última bengala y, o bien no la oyó, o bien simplemente la ignoró.

—Los osos polares comen focas —explicó Tolland—. Sólo atacan a los humanos cuando éstos invaden su espacio.

—Pero estamos en zona de osos polares, ¿no? —preguntó Rachel, que nunca recordaba cuál era el polo en el que vivían los osos y cuál el de los pingüinos.

—Sí —respondió Tolland—. De hecho, los osos polares son los que dan su nombre al Ártico. *Artkos* es oso en griego.

«Genial.» Rachel miró nerviosa a la oscuridad.

—No hay osos polares en la Antártida —añadió Tolland—. Por eso recibió el nombre de *Anti-arktos*.

—Gracias, Mike —dijo Rachel—. Basta de hablar de osos polares.

Tolland se rió.

—De acuerdo. Lo siento.

Norah hincó una última bengala en la nieve. Como había sucedido anteriormente, los cuatro quedaron envueltos en un resplandor rojizo, hinchados dentro de sus trajes negros impermeables. Más allá del círculo de luz que manaba de la bengala, el resto del mundo se volvió totalmente invisible, transformado ahora en un velo circular de oscuridad a su alrededor.

Mientras Rachel y los demás la miraban, Norah plantó los pies y empezó a tirar del trineo varios metros cuesta arriba hasta donde estaba situado el grupo. Luego, manteniendo la cuerda tensa, se agachó y activó manualmente los frenos del trineo: cuatro púas angulares que se clavaban en el hielo para inmovilizarlo. Una vez realizada la operación, se incorporó y se aflojó la cuerda que le rodeaba la cintura.

—Muy bien —gritó—. Hora de ponerse manos a la obra.

La glacióloga rodeó el trineo hasta llegar al extremo situado a favor del viento y empezó a soltar los ojetes de mariposa que sostenían la lona protectora sobre el equipo. Rachel, que tenía la sensación de haber sido un poco dura con ella, se acercó para ayudar a desatar la parte trasera de la lona.

–¡No, por Dios! –gritó Norah, levantando bruscamente la cabeza–. Ni se le ocurra hacer eso.

Rachel retrocedió, confusa.

–¡Nunca desate la parte colocada contra el viento! –dijo Norah–. ¡Creará una bolsa de viento! ¡El trineo habría despegado como un paraguas en un túnel de viento!

Rachel se retiró.

–Lo siento. Yo...

Norah le clavó una mirada glacial.

–Ni el niñato espacial ni usted tendrían que estar aquí.

«Ninguno de los cuatro tendría que estar aquí», pensó Rachel.

«Aficionados –bufó por lo bajo Norah, maldiciendo la insistencia del director por enviar a Corky y a Sexton con ellos–. Estos payasos van a conseguir que alguien muera aquí fuera.» Lo último que Norah deseaba en ese momento era tener que hacer de niñera.

–Mike –dijo–. Necesito ayuda para descargar el RPT.

Tolland la ayudó a desembalar el Radar de Penetración en Tierra y a colocarlo sobre el hielo. El instrumento era semejante a tres cuchillas quitanieves en miniatura que hubieran sido colocadas en paralelo a un marco de aluminio. El dispositivo no tenía más de un metro de longitud y estaba conectado por cables a un atenuador de corriente y a una batería situados en el trineo.

–¿Eso es un radar? –preguntó Corky, gritando por encima del viento.

Norah asintió en silencio. El Radar de Penetración en Tierra estaba mucho mejor equipado para captar el hielo salado que el EDOP. El transmisor del RPT enviaba pulsaciones de energía electromagnética a través del hielo, y las pulsaciones rebotaban de forma diferente desde las sustancias de distinta estructura de cristal. El agua dulce pura se congela formando un entramado plano y pedregoso; el agua salada, sin embargo, se congela formando un entramado más horquillado o engranado debido a su contenido en sodio, lo que a su vez provoca que las pulsaciones del RPT reboten erráticamente, disminuyendo considerablemente el número de pulsaciones.

Norah puso en marcha la máquina.

–Voy a tomar una especie de imagen del corte transversal por ecos de la lámina de hielo que rodea la fosa de extracción –gritó–. El software interno de la máquina nos dará un corte transversal del glaciar y luego lo imprimirá. Cualquier fragmento de hielo marino quedará registrado como una sombra.

—¿Lo imprimirá? —preguntó Tolland, sorprendido—. ¿Se puede imprimir aquí fuera?

Norah señaló un cable que salía del RPT hacia un aparato todavía protegido bajo la lona.

—Es la única alternativa. Las pantallas de ordenador gastan demasiada batería, que en estos casos es un bien demasiado valioso, de modo que los glaciólogos de campo imprimen los datos en impresoras por transferencia de calor. Los colores no aparecen brillantes, pero el tóner de una impresora láser se apelmaza por debajo de veinte grados bajo cero. Lo aprendí en Alaska.

Norah les pidió entonces que se colocaran en la cara descendente del RPT mientras ella lo preparaba todo para alinear el transmisor de modo que explorara el área del agujero del meteorito, a casi tres campos de fútbol de distancia. Sin embargo, cuando miró hacia atrás a través de la oscuridad de la noche en dirección al lugar de donde habían llegado, no pudo ver nada.

—Mike, necesito alinear el transmisor del RPT con el punto de extracción del meteorito, pero esta bengala me ciega. Voy a subir por la pendiente hasta salir del radio de luz. Mantendré los brazos en línea con las bengalas y tú ajustarás la alineación con el RPT.

Tolland asintió, arrodillándose junto al dispositivo del radar.

Norah clavó los crampones en el hielo y se inclinó hacia delante contra el viento mientras subía por la pendiente hacia el habisferio. El viento catabático soplaba con mucha más fuerza de lo que había imaginado, y adivinó que se aproximaba una tormenta. No importaba, en cuestión de minutos habría terminado. «Comprobarán que estoy en lo cierto.» Avanzó veinte metros en dirección hacia el habisferio. Alcanzó el borde de la oscuridad justo cuando la cuerda de seguridad se tensó.

Volvió la mirada hacia lo alto del glaciar. A medida que sus ojos se adaptaban a la oscuridad, la línea de bengalas apareció lentamente a la vista a unos cuantos grados hacia su izquierda. Modificó su posición hasta quedar perfectamente alineada con ellas. Luego levantó los brazos como un compás, girando el cuerpo e indicando así el vector exacto.

—¡Ahora estoy en línea con ellas! —gritó.

Tolland ajustó el dispositivo del RPT y agitó los brazos.

—¡Preparado!

Norah miró por última vez la pendiente, agradecida al ver el sendero iluminado que llevaba al habisferio. Sin embargo, al mirar ocurrió algo extraño. Durante un instante, una de las bengalas más próximas desapareció por completo de su vista. Antes de que pudiera pensar que se estaba extinguiendo, la bengala reapareció. En otras circunstancias Norah habría creído que algo había pasado entre la bengala y ella. Obviamente, ahí fuera no había nadie más... a menos, por supuesto, que el director hubiera empezado a sentirse culpable y hubiera enviado a un equipo de la NASA tras ellos. Pero lo dudaba. Decidió que probablemente no había sido nada, una ráfaga de viento que había apagado la llama momentáneamente.

Regresó al RPT.

−¿Lo alineaste?

Tolland se encogió de hombros.

−Eso creo.

Norah fue hasta el dispositivo de control que seguía sobre el trineo y pulsó un botón. El RPT emitió un afilado zumbido que no tardó en extinguirse.

−Muy bien −dijo−. Ya está.

−¿Ya está? −dijo Corky.

−Todo el trabajo está a punto. La toma en sí sólo tarda un segundo.

A bordo del trineo, la impresora por transferencia de calor ya había empezado a zumbar y a chasquear. Estaba metida en una carcasa de plástico transparente y expulsaba lentamente un papel grueso y enrollado. Norah esperó a que el aparato terminara de imprimir, metió la mano en el plástico y cogió la copia impresa. «Ahora verán −pensaba mientras la acercaba a la bengala para que todos pudieran verla−. No habrá ni rastro de agua salada.»

Todos se congregaron a su alrededor mientras Norah se quedaba de pie junto a la bengala, agarrando firmemente la copia impresa con los guantes. Dio un profundo suspiro y desenrolló el papel para examinar los datos. Dio un paso atrás, horrorizada, en cuanto vio la imagen impresa en él.

−¡Oh, Dios! −exclamó sin apartar la mirada del papel, incapaz de creer lo que estaba viendo. Como era de esperar, la copia impresa revelaba un claro corte transversal de la fosa llena de agua que había contenido el meteorito. Pero lo que Norah jamás había esperado ver era el perfil difuso y grisáceo de una forma humanoide flotando en mitad de la fosa. La sangre se le heló–. Oh, Dios... hay un cuerpo en la fosa de extracción.

Todos se la quedaron mirando en silencio y perplejos.

El fantasmagórico cuerpo flotaba cabeza abajo en la estrecha fosa. Alrededor del cadáver se apreciaba una especie de capa ondulante como una espantosa aura parecida a un velo. Norah no tardó en descubrir lo que era aquel aura. El RPT había capturado un ligero trazo del pesado abrigo de la víctima, que sólo podía ser de un largo y tupido pelo de camello.

–Es... Ming –dijo en un susurro–. Debe de haber resbalado...

Norah Mangor nunca habría imaginado que ver el cuerpo de Ming en la fosa de extracción podía constituir la menor de las dos conmociones que las revelaciones de la copia impresa iban a producirle. Cuando sus ojos fueron descendiendo por la fosa, otra cosa llamó más poderosamente su atención.

«El hielo bajo la fosa de extracción...»

Clavó la mirada en la copia impresa. Lo primero que pensó fue que algo había fallado en la exploración. Luego, al estudiar la imagen más detenidamente, poco a poco, como la tormenta que se cernía sobre ellos, una inquietante verdad empezó a tomar forma en su cabeza. Los bordes del papel aleteaban enloquecidamente al viento cuando la glacióloga se giró y miró la copia impresa con mayor atención.

«Pero... ¡no es posible!»

De pronto, la verdad le cayó encima como un obús. Lo que acababa de ver parecía estar a punto de enterrarla. Se olvidó de Ming por completo.

Ahora lo entendía. «¡El agua salada de la fosa!» Cayó de rodillas en la nieve junto a la bengala. Apenas podía respirar. Con el papel agarrado entre las manos, empezó a temblar.

«Dios mío... ni siquiera se me había ocurrido.»

Entonces, presa de una repentina erupción de rabia, giró la cabeza en dirección al habisferio de la NASA.

–¡Cabrones! –gritó al tiempo que su voz se perdía en el viento–. ¡Malditos cabrones!

En la oscuridad, a sólo cincuenta metros del grupo, Delta-Uno se llevó el dispositivo CrypTalk a la boca y sólo pronunció dos palabras a su controlador.

–Lo saben.

49

Norah Mangor seguía arrodillada en el hielo cuando un desconcertado Michael Tolland le quitó de sus temblorosas manos la copia impresa emitida por el Radar de Penetración en Tierra. Conmocionado después de haber visto el cuerpo flotando de Ming, intentó ordenar sus ideas y descifrar la imagen que tenía delante.

Vio el corte transversal de la fosa del meteorito descendiendo desde la superficie hasta una profundidad de sesenta metros en el hielo. Vio el cuerpo de Ming flotando. A continuación, sus ojos se desplazaron aún más abajo y notó que faltaba algo. Directamente debajo de la fosa de extracción, una oscura columna de hielo marino se extendía hacia abajo, hasta el océano abierto. El pilar vertical de agua salada era inmenso; tenía el mismo diámetro que la fosa.

–¡Dios mío! –gritó Rachel, mirando por encima del hombro de él–. ¡Es como si la fosa del meteorito atravesara toda la plataforma de hielo hasta salir al océano!

Tolland estaba paralizado. Su cerebro se negaba a admitir lo que, como ya sabía, era la única explicación lógica. Corky parecía igualmente alarmado.

–¡Alguien ha perforado la plataforma desde abajo! –gritó Norah con los ojos enloquecidos de rabia–. ¡Alguien ha colocado intencionadamente esa roca debajo del hielo!

Aunque el idealista que había en Tolland deseaba rechazar las palabras de Norah, el científico que llevaba dentro sabía que la glacióloga podía estar perfectamente en lo cierto. La plataforma de hielo Milne flotaba en el océano, dejando espacio suficiente para un sumergible. Todo pesa mucho menos bajo el agua, por lo que incluso un pequeño sumergible no mucho mayor que el Tritón monoplaza que Tolland utilizaba para sus investigaciones podría haber transportado fácilmente el meteorito en sus brazos de carga. El submarino podría haberse aproximado desde el océano, haberse sumergido bajo la plataforma de hielo y haber perforado después el hielo hacia la superficie. Luego podría haber utilizado un brazo de carga extensible o globos inflables para empujar el meteorito hasta la fosa. Una vez que el meteorito estuviera en su sitio, el agua oceánica que había subido a la fosa tras el meteorito empezaría a congelarse. Tan pronto como la fosa se hubiera cerrado lo bastante como para sostener el meteorito en su lugar, el submarino podría recoger el brazo y desaparecer, dejando que la Madre Naturaleza sellara el resto del túnel y borrara así todo rastro del engaño.

–Pero ¿por qué? –preguntó Rachel, quitándole la copia impresa a Tolland y estudiándola con atención–. ¿Por qué iba alguien a hacer algo así? ¿Está segura de que su RPT funciona correctamente?

–¡Por supuesto que estoy segura! ¡Y la copia impresa explica perfectamente la presencia de las bacterias fosforescentes en el agua!

Tolland no tenía más opción que admitir que la lógica de Norah era escalofriantemente razonable. Los dinoflagelados fosforescentes habrían seguido su instinto y habrían ascendido nadando hasta la fosa del meteorito, quedando atrapadas justo debajo de la roca y congelándose con el hielo. Posteriormente, cuando Norah calentó el meteorito, el hielo que estaba directamente debajo se habría derretido, liberando el plancton. Éste habría subido de nuevo alcanzando esta vez la superficie dentro del habisferio, donde habría terminado muriendo por falta de agua salada.

–¡Esto es una locura! –gritó Corky–. La NASA tiene un meteorito que contiene fósiles extraterrestres. ¿Por qué iba a importarles dónde se ha encontrado? ¿Por qué iban a tomarse la molestia de enterrarlo bajo una plataforma de hielo?

–Quién sabe –contraatacó Norah–, pero las copias impresas del RPT no mienten. Nos han engañado; ese meteorito no forma parte del *Jungersol*. Ha sido insertado en el hielo recientemente. ¡Durante este último año, o de lo contrario el plancton estaría ya muerto! –añadió, empezando a cargar el equipo del RPT en el trineo y asegurándolo bien a la plataforma–. ¡Tenemos que volver y contárselo a alguien! El presidente está a punto de hacer públicos un montón de datos erróneos. ¡La NASA le ha engañado!

–¡Espere un minuto! –gritó Rachel–. Deberíamos al menos llevar a cabo una segunda prospección para asegurarnos. Nada de esto tiene sentido. ¿Quién se lo va a creer?

–Todo el mundo –dijo Norah, preparando el trineo–. ¡En el momento en que entre en el habisferio y extraiga otra muestra del fondo de la fosa del meteorito y se compruebe que el hielo contiene agua salada, le garantizo que todo el mundo lo creerá!

Norah quitó los frenos del trineo que transportaba el equipo, lo redirigió hacia el habisferio y emprendió la marcha cuesta arriba, clavando los crampones en el hielo y tirando del trineo tras ella con sorprendente facilidad. Era una mujer con una misión.

–¡Vamos! –gritó Norah, tirando del grupo unido por cuerdas mientras se dirigía hacia el perímetro del círculo iluminado–. No sé qué es lo que la NASA está tramando aquí, pero desde luego no me hace ninguna gracia que me utilicen como peón para su...

El cuello de Norah Mangor se dobló hacia atrás como si una fuerza invisible acabara de golpearle en la frente. Soltó un jadeo gutural de dolor, vaciló y cayó de espaldas al hielo. Casi inmediatamente, Corky soltó un grito y giró sobre sí mismo como si algo hubiera impactado contra su hombro, empujándolo hacia atrás. Cayó sobre el hielo, retorciéndose de dolor.

En ese momento, Rachel se olvidó por completo de la copia impresa que tenía en la mano, de Ming, del meteorito y del extraño túnel excavado bajo el hielo. Acababa de notar cómo un pequeño proyectil le rozaba la oreja, casi clavándosele en la sien. Instintivamente, cayó de rodillas, tirando a Tolland al suelo junto a ella.

–¿Qué ocurre? –gritó éste.

A Rachel sólo se le ocurría pensar en una granizada –bolas de hielo impulsadas por el viento desde el glaciar–, aunque, a juzgar por la fuerza con la que Norah y Corky acababan de ser golpeados sabía que el granizo tendría que haberse desplazado a cientos de kilómetros por hora. Misteriosamente, la repentina ráfaga de objetos del tamaño de una canica parecía ahora concentrarse en ella y en Tolland, cayendo a su alrededor y arrancando esquirlas de hielo al impactar contra el suelo. Rachel se tumbó boca abajo, clavó las púas delanteras de sus crampones en el hielo y se lanzó hacia el único refugio que tenía a mano. El trineo. Un instante después, Tolland gateaba y buscaba cobijo junto a ella.

Tolland miró a Norah y a Corky, que seguían totalmente desprotegidos sobre el hielo.

–¡Tire de ellos! –gritó, mientras cogía la cuerda e intentaba tirar de ella.

Pero la cuerda estaba enrollada alrededor del trineo.

Rachel se metió la copia impresa en el bolsillo de velcro de su traje Mark IX y gateó hacia el trineo, intentando desenrollar la cuerda de las cuchillas del trineo. Tolland estaba a su lado.

De repente las piedras de granizo cayeron en ráfaga sobre el trineo, como si la tormenta se hubiera olvidado de Corky y de Norah y apuntara directamente a ellos dos. Uno de los proyectiles se estampó contra la parte superior de la lona del trineo, encastándose parcialmente para luego salir rebotado y aterrizar en la manga del traje de Rachel.

Cuando Rachel lo vio, se quedó helada. En un solo instante, la perplejidad que había estado sintiendo se transformó en terror. Aquel «granizo» era de fabricación humana. La bola de hielo que ahora tenía en la manga era un esferoide de forma perfecta y del tamaño de una gran cereza. Su superficie estaba pulida y era de una suavidad sólo interrumpida por una costura lineal que rodeaba la circunferencia, como la bala de acero de un anticuado mosquete, fabricada a presión. Los proyectiles globulares eran, sin duda, de fabricación humana.

«Balas de hielo...»

Gracias a su acreditación militar, Rachel estaba al corriente del nuevo armamento experimental «MI»: fusiles que compactaban nieve, formando con ella balas de hielo; fusiles del desierto que derretían la arena hasta formar con ella proyectiles de cristal; armas de fuego que lanzaban pulsos de agua líquida con tanta fuerza que podían romper huesos. El armamento conocido como Municiones Improvisadas tenía una enorme ventaja sobre las armas convencionales porque utilizaba los recursos disponibles y permitía manufacturar literalmente municiones en el acto, proporcionando así a los soldados munición ilimitada sin necesidad de transportar las pesadas balas convencionales. Rachel sabía que las balas de hielo que ahora les lanzaban eran comprimidas a partir de nieve introducida en la culata del fusil.

Como era habitual en el ámbito de la inteligencia, cuanto más sabía uno, más espantosa se volvía una situación. Y aquel momento no era una excepción. Rachel habría preferido mantenerse en la felicidad de la ignorancia, pero sus conocimientos de armamento MI la llevaron de inmediato a una única y escalofriante conclusión: estaban siendo atacados por algún tipo de fuerzas de Operaciones Especiales de Estados Unidos, las únicas del país con permiso para utilizar esas armas MI en campaña.

La presencia de una unidad de operaciones militares oculta le reveló una segunda verdad aún más aterradora: la probabilidad de sobrevivir a ese ataque era casi nula.

La horrible idea fue interrumpida de golpe cuando una de las balas de hielo encontró un claro y atravesó chillando la pared del equipo técnico que reposaba sobre el trineo, impactando contra su estómago. Incluso a pesar del relleno de su traje Mark IX, Rachel sintió como si un boxeador profesional acabara de propinarle un buen gancho. Se le nubló la vista y se inclinó hacia atrás, agarrándose al equipo del trineo para no perder el equilibrio. Michael Tolland soltó la cuerda que le unía a Norah y se lanzó a sujetar a su compañera, pero llegó demasiado tarde. Rachel se desplomó, llevándose con ella buena parte del equipo. Tolland y ella cayeron al hielo entre un montón de aparatos electrónicos.

–Son... balas... –jadeó Rachel, que se había quedado momentáneamente sin aire en los pulmones–. ¡Corra!

50

El tren del Washington MetroRail que salía en aquel momento de la estación Federal Triangle no se alejaba de la Casa Blanca lo bastante rápido a los ojos de Gabrielle Ashe. Estaba sentada rígida en un rincón desierto del vagón mientras oscuras figuras pasaban al otro lado de la ventanilla como borrones. El gran sobre rojo de Marjorie Tench descansaba sobre sus rodillas, aplastándoselas como si pesara diez toneladas.

«¡Tengo que hablar con Sexton! –pensaba mientras el tren aceleraba en dirección al edifico de oficinas del senador–. Inmediatamente.»

Envuelta en la luz cambiante y débil del tren, Gabrielle se sentía como si estuviera bajo los efectos de alguna droga alucinógena. En el exterior ondeaban luces difusas como los focos de una discoteca girando a cámara lenta. El túnel se le antojaba un cañón profundo.

«Que alguien me diga que esto no está ocurriendo.»

Miró el sobre que tenía en sus rodillas. Abrió la lengüeta, introdujo la mano y sacó una de las fotos. Las luces interiores del tren parpadearon un instante y la cruda luz iluminó una imagen más que sorprendente: Sedgewick Sexton tumbado desnudo en su despacho con una expresión satisfecha en el rostro, que tenía vuelto perfectamente hacia la cámara mientras se apreciaba la forma oscura de Gabrielle tumbada desnuda a su lado.

Gabrielle tiritó, volvió a meter la foto en el sobre e intentó cerrarlo a tientas.

«Se acabó.»

En cuanto el tren salió del túnel y ascendió hasta las vías al aire libre cerca de L'Enfant Plaza, cogió el móvil y llamó al número privado del senador. Saltó el buzón de voz. Extrañada, llamó al despacho de Sexton. Contestó la secretaria.

–Soy Gabrielle. ¿Está el senador ahí?

La secretaria parecía molesta.

–¿Dónde estaba? El señor Sexton la ha estado buscando.

–He tenido una reunión que se ha alargado mucho. Necesito hablar con él ahora mismo.

–Tendrá que esperar a mañana por la mañana. Está en Westbrooke.

Los apartamentos de lujo Westbrooke Place eran el edificio donde Sexton tenía su residencia en Washington DC.

–No contesta a su línea privada –dijo Gabrielle.

–Ha reservado esta noche como «C. P.» –le recordó la secretaria–. Se ha marchado temprano.

Gabrielle frunció el ceño. Estaba tan alterada que había olvidado que Sexton se había programado esa noche para pasarla a solas en casa. El senador se mostraba muy puntilloso con que no le molestaran durante sus noches «C. P.». «Aporreen mi puerta únicamente si el edificio está en llamas –decía–. Si no es así, sea lo que sea puede esperar hasta el día siguiente.» Gabrielle decidió que sin duda el edificio de Sexton estaba en llamas.

–Necesito que lo localice.

–Imposible.

–Esto es serio, de verdad.

–No, me refiero a que es literalmente imposible. Se ha dejado el busca encima de mi mesa al salir y me ha dicho que no se le molestara durante la noche. Se mostró inflexible –añadió, haciendo una pausa–. Más de lo habitual.

«Mierda.»

–Bien, gracias –dijo Gabrielle antes de colgar.

–L'Enfant Plaza –anunció una voz en el vagón–. Conexión con todas las estaciones.

Gabrielle cerró los ojos e intentó aclararse las ideas, pero un cúmulo de terribles imágenes la invadió: las lúbricas fotos del senador y ella, el montón de documentos que acusaban al senador de estar aceptando sobornos... Todavía podía oír las ásperas exigencias de Tench: «Haga lo correcto. Firme la declaración jurada. Admita el affaire».

Cuando el tren entró chirriando a la estación, Gabrielle se obligó a imaginar lo que el senador haría si las fotos llegaban a la prensa. Lo primero que le vino a la cabeza la conmocionó y la llenó de vergüenza.

«Sexton mentiría.»

¿De verdad era eso lo que el instinto le decía sobre su candidato?

«Sí. Mentiría... brillantemente.»

Si las fotos llegaban a los medios de comunicación sin que Gabrielle admitiera la historia, el senador simplemente afirmaría que no eran más que un cruel montaje. Estaban en plena época de la edición digital de fotografías; cualquiera que navegara por internet había visto fotografías trucadas y perfectamente retocadas de cabezas de celebridades colocadas sobre los cuerpos de otras personas, a menudo de estrellas del porno implicadas en actos obscenos. Gabrielle ya había sido testigo de la capacidad del senador para mirar a una cámara de televisión y mentir de forma convincente sobre cualquier cosa. No le cabía la menor duda de que podía convencer al mundo entero de que las fotos eran un burdo intento de atentar contra su carrera. Sexton daría coces a diestro y siniestro, indignantemente ultrajado. Quizá llegara incluso a insinuar que el propio presidente era quien había ordenado el montaje.

«No me extraña que la Casa Blanca haya decidido no hacerlo público.» Gabrielle se dio cuenta de que las fotos podían volvérseles en contra como había ocurrido en el intento inicial. Por muy evidentes que parecieran, eran muy poco convincentes.

Gabrielle sintió una repentina oleada de esperanza.

«¡La Casa Blanca no podrá probar que son auténticas!»

El juego de poder que Tench había empleado con ella había sido despiadado en su simplicidad: «Admita su affaire o verá a Sexton entrar en prisión». De pronto, todo tenía sentido. La Casa Blanca necesitaba que Gabrielle admitiera el affaire o las fotos no tendrían ningún valor. Un repentino destello de seguridad le alegró el ánimo.

Cuando el tren se detuvo y las puertas se abrieron, otra puerta lejana pareció abrirse en su mente, revelando una abrupta y alentadora posibilidad.

«Quizá todo lo que me ha dicho Tench sobre los sobornos sea mentira.»

Al fin y al cabo, ¿qué había visto ella en realidad? De hecho, nada convincente: documentos bancarios fotocopiados, una borrosa foto de Sexton en un garaje. Todo potencialmente falsificable. En una muestra de astucia, aquella horrible mujer podría haberle mostrado registros financieros falsos en la misma sesión en que le había enseñado las genuinas fotografías en las que hacían el amor, con la esperanza de que ella aceptara como auténtico todo el paquete. Era un método conocido como «autentificación por asociación», y los políticos lo utilizaban constantemente para vender conceptos dudosos.

«Sexton es inocente», se dijo Gabrielle. La Casa Blanca estaba desesperada y había decidido jugársela, amedrentándola para que hiciera público el affaire. Necesitaban que abandonara a Sexton en público, escandalosamente. «Sálvese mientras pueda –le había dicho Tench–. Tiene hasta las ocho de la noche.» El ejemplo más claro de táctica de presión en ventas. «Todo encaja», pensó Gabrielle.

Excepto una cosa...

La única pieza confusa del rompecabezas era que Tench le había estado enviando a ella e-mails antiNASA. Eso sin duda demostraba que la NASA realmente deseaba que Sexton cristalizara su postura contra la agencia espacial para poder utilizarla contra él. ¿O no era así? Gabrielle se dio cuenta de que hasta los e-mails tenían una explicación perfectamente lógica.

¿Y si no era Tench quien le había enviado los e-mail?

Cabía la posibilidad de que la asesora del presidente hubiera pillado a algún traidor en su equipo enviando datos a Gabrielle, que lo hubiera despedido y que luego hubiera intervenido personalmente, enviando el último mensaje, concertando un encuentro con ella. Tench podía haber fingido haber filtrado todos los datos de la NASA a propósito... para engañarla.

Los frenos hidráulicos del metro sisearon en L'Enfant Plaza al tiempo que las puertas se preparaban para cerrarse.

Gabrielle miró al andén con la mente en plena ebullición. Ignoraba si sus sospechas tenían algún sentido o si no eran más que ilusiones. Sin embargo, e independientemente de lo que estuviera ocurriendo, sabía que debía hablar con el senador de inmediato, fuera o no una de sus noches «C. P.».

Cogió el sobre con las fotografías y salió corriendo del tren justo en el momento en que las puertas se cerraban con un siseo. Tenía un nuevo destino.

Los apartamentos Westbrooke Place.

51

Huir o luchar.

En calidad de biólogo, Tolland sabía que cuando el organismo se encontraba en peligro experimentaba increíbles cambios fisiológicos. La adrenalina fluía al córtex cerebral, acelerando el ritmo del corazón y dando órdenes al cerebro para que tomara la más antigua e intuitiva de todas las decisiones biológicas: huir o luchar.

El instinto le decía que huyera, y, sin embargo, la razón le recordó que seguía atado a Norah Mangor. En cualquier caso, no había dónde huir. El único lugar en el que encontrar refugio a kilómetros a la redonda era el habisferio, y los atacantes, dondequiera que estuvieran, se habían situado en lo alto del glaciar y habían hecho imposible esa opción. Detrás de él, la placa de hielo se extendía formando una llanura de tres kilómetros de longitud que terminaba en un abrupto acantilado sobre un mar de hielo. Huir en esa dirección equivalía a morir por congelación. Sin embargo, e independientemente de cuáles fueran las barreras prácticas que impedían la huida, Tolland era consciente de que no podía abandonar a los demás. Norah y Corky seguían ahí fuera, a descubierto, atados a Rachel y a él.

Siguió tumbado junto a Rachel mientras las balas de hielo se estrellaban contra el lateral del trineo volcado que transportaba el equipo. Rebuscó entre el contenido desparramado intentando encontrar un arma, una radio, un lanzabengalas... cualquier cosa.

–¡Corra! –gritó Rachel, todavía falta de aliento.

Entonces, misteriosamente, la lluvia de balas de hielo cesó de repente. Incluso a pesar del fuerte viento, la noche parecía haberse vuelto repentinamente silenciosa... como una tormenta que hubiera cesado de forma inesperada.

Fue entonces, al asomarse con cuidado por uno de los bordes del trineo, cuando Tolland fue testigo de una de las visiones más escalofriantes que había presenciado en su vida.

Deslizándose sin el menor esfuerzo hasta la luz desde el perímetro sumido en la oscuridad, emergieron tres fantasmagóricas figuras que se desplazaban silenciosamente sobre esquís. Las figuras vestían trajes térmicos blancos. No llevaban palos de esquiar, sino grandes fusiles totalmente distintos a cualquier arma que Tolland hubiera visto hasta entonces. Los esquís también eran raros, futuristas y cortos, más parecidos a patines alargados.

Con gran calma, como convencidos de haber ganado esa batalla, las figuras se deslizaron hasta detenerse junto a la víctima más cercana: la inconsciente Norah Mangor. Tolland se levantó, tembloroso, hasta quedar de rodillas, y miró por encima del trineo a los atacantes. Éstos clavaron en él la mirada desde unas extrañas gafas de visión nocturna. Al parecer no despertó en ellos el menor interés.

Al menos por el momento.

Delta-Uno no sintió el menor remordimiento al observar a la mujer tumbada e inconsciente sobre el hielo que tenía ante sus ojos. Había sido adiestrado para cumplir órdenes, no para cuestionarlas.

La mujer llevaba puesto un traje térmico negro y grueso y mostraba un verdugón a un lado de la cara. Su respiración era dificultosa y entrecortada. Una de las balas MI la había alcanzado y la había dejado inconsciente.

Era el momento de terminar el trabajo.

Mientras Delta-Uno se arrodillaba junto a la mujer inconsciente, sus compañeros de equipo ejercitaban sus fusiles con los demás objetivos: uno con el hombre menudo e inconsciente tumbado sobre el hielo cercano, y otro con el trineo volcado tras el cual estaban escondidas las otras dos víctimas. A pesar de que sus hombres podían fácilmente haberse acercado para terminar el trabajo, las tres víctimas restantes estaban desarmadas y no tenían adónde huir. Apresurarse a rematarlos a todos a la vez era imprudente. «Nunca dispersen su concentración a menos que sea absolutamente necesario. Ocúpense de un adversario a la vez.» Los miembros del escuadrón de la Delta Force matarían a esa gente uno a uno, tal como habían sido adiestrados. Sin embargo, la magia estaba en que no dejarían el menor rastro que desvelara cómo habían tenido lugar las muertes.

Agachado junto a la mujer inconsciente, Delta-Uno se quitó los guantes térmicos y cogió un puñado de nieve. La apelmazó, le abrió la boca y empezó a llenársela con ella. Se la llenó toda, metiéndole la nieve hasta la tráquea. Estaría muerta en tres minutos.

Esa técnica, inventada por la mafia rusa, recibía el nombre de *byelaya smert* o «muerte blanca». La víctima terminaba ahogándose mucho antes de que la nieve que ahora le llenaba la garganta se derritiera. Sin embargo, en cuanto moría, el cuerpo seguía caliente el tiempo suficiente para disolver la nieve. Incluso aunque existiera la sospecha de que había habido juego sucio, era imposible hallar ningún arma asesina ni la menor prueba de violencia. Llegaría el momento en que alguien terminaría por descubrirlo, pero eso les daba más tiempo. Las balas de hielo desaparecerían en el entorno, enterradas en la nieve, y el verdugón de la cabeza de la mujer haría creer que se había dado un feo golpe contra el hielo, algo nada sorprendente teniendo en cuenta la fuerza con la que soplaban aquellos vendavales.

Las otras tres personas serían asesinadas del mismo modo. Luego, Delta-Uno los cargaría a todos en el trineo, los arrastraría a varios cientos de metros de allí, volvería a atarles las cuerdas de seguridad, y colocaría adecuadamente los cuerpos. En unas horas, los cuatro serían hallados congelados en la nieve, aparentemente víctimas de hipotermia. Quien los descubriera se preguntaría, confuso, qué estaban haciendo en un lugar tan apartado, pero a nadie le sorprendería encontrarlos muertos. Al fin y al cabo, las bengalas se habían extinguido, el clima era peligroso, y perderse en la plataforma de hielo Milne podía suponer la muerte en un santiamén.

Delta-Uno había acabado de llenar de nieve la garganta de Norah. Antes de volver su atención a los demás, desenganchó el arreo de seguridad de la mujer. Ya lo volvería a enganchar más tarde; por el momento no quería arriesgarse a que a las dos personas escondidas tras el trineo se les ocurriera tirar de su víctima para intentar ponerla a salvo.

Michael Tolland acababa de ser testigo de un asesinato que resultaba más extraño de lo que su mente era capaz de imaginar. Tras acabar con Norah Mangor, los tres atacantes decidieron ocuparse de Corky.

«¡Tengo que hacer algo!»

Corky había vuelto en sí y gimoteaba, intentando sentarse, pero uno de los soldados volvió a empujarle hasta dejarlo tumbado boca arriba, se colocó a horcajadas sobre él y le inmovilizó los brazos contra el hielo, arrodillándose sobre ellos. Corky soltó un grito de dolor engullido al instante por el furioso viento.

Presa de una especie de terror demente, Tolland rebuscó entre el contenido esparcido del trineo volcado. «¡Aquí tiene que haber algo! ¡Un arma! ¡Algo!» Lo único que vio fue parte del equipo de diagnóstico glacial, en su mayoría aplastado e irreconocible por los impactos de las balas de hielo. A su lado, Rachel intentaba sentarse, aturdida, utilizando el piolet para incorporarse.

—Corra... Mike...

Tolland miró el piolet atado a la muñeca de Rachel. Podía ser un arma. Más o menos. Se preguntó qué posibilidades tenía si atacaba a tres hombres armados con un diminuto piolet.

Sería un suicidio.

Cuando Rachel rodó sobre su cuerpo y se incorporó, Tolland vio algo detrás de ella. Una abultada bolsa de vinilo. Rezando para que la bolsa contuviera una bengala o una radio, pasó junto a ella a gatas y la cogió. Dentro encontró una gran sábana pulcramente doblada de tela Mylar. Inútil. Tolland tenía algo parecido en su barco de investigaciones. Era un pequeño globo térmico, diseñado para transportar cargas de equipo de observación climático no mucho más pesadas que un ordenador personal. El globo de Norah no sería de ninguna ayuda, sobre todo sin una bombona de helio.

Acompañado de los sonidos cada vez más audibles de la batalla que Corky libraba contra sus atacantes, a Tolland le embargó una sensación que no había sentido en años. La de total desesperación. Como el cliché de que la vida pasa ante nuestros ojos antes de la muerte, la mente de Tolland parpadeó inesperadamente entre imágenes de infancia largamente olvidadas. Durante un instante se vio navegando en San Pedro, aprendiendo el viejo pasatiempo de volar con el *spinnaker*: colgado de un cabo nudoso, suspendido sobre el océano, sumergiéndose entre risas en el agua, elevándose y volviendo a caer como un niño suspendido de la cuerda de un campanario, al tiempo que dejaba su destino en manos de una ondulante vela *spinnaker* y del capricho de la brisa del océano.

Los ojos de Tolland se volvieron al instante hacia el globo Mylar que tenía en la mano, consciente de que su mente no se había rendido, sino que ¡había estado intentando recordarle una solución! «¡El vuelo del *spinnaker*!»

Corky seguía debatiéndose contra su captor cuando Tolland abrió de un tirón la bolsa protectora que envolvía el globo. No albergaba la menor ilusión sobre el funcionamiento del plan y era consciente de que con él sólo podía esperar ganar algo de tiempo, pero sabía que quedarse allí era una muerte segura para todos. Cogió la almohadilla doblada de Mylar. El cierre de carga advertía: PRECAUCIÓN: NO UTILIZAR CON VIENTOS SUPERIORES A LOS DIEZ NUDOS.

«¡Al demonio con eso!» Agarrándolo con fuerza para impedir que se desplegara, gateó hasta Rachel, que estaba apoyada sobre el costado. Pudo ver la confusión en sus ojos cuando se arrimó a ella y le gritó:

—¡Sostenga esto!

Le dio la almohadilla doblada de tela y utilizó sus manos libres para pasar el cierre de carga del globo por uno de los mosquetones de sus arreos. Luego, rodando hasta quedar tumbado de costado, pasó también el cierre por uno de los mosquetones de Rachel.

Ahora Tolland y Rachel eran uno sólo.

«Unidos por la cintura.»

Entre ambos, la cuerda suelta se arrastraba por la nieve hasta Corky, que no había dejado de luchar... y a diez metros de distancia hasta el mosquetón desenganchado de Norah Mangor.

«Norah ya está perdida —se dijo Tolland—. No puedo hacer nada por ella.»

Ahora los atacantes estaban agachados sobre el cuerpo de Corky, que no dejaba de revolverse. Estaban cogiendo un puñado de nieve y se disponían a metérselo en la garganta. Tolland sabía que quizá no llegaría a tiempo.

Cogió el globo doblado de manos de Rachel. La tela era ligera como el papel tisú, y prácticamente indestructible. «Ahí va la nada misma.»

—¡Agárrese bien!

—¿Mike? —dijo Rachel—. ¿Qué...?

Tolland lanzó la almohadilla de Mylar al aire por encima de sus cabezas. El viento furioso la elevó de golpe y la desplegó como si se tratara de un paracaídas en un huracán. La funda se llenó al instante, abriéndose, ondulante, con un sonoro chasquido.

Tolland notó un fuerte tirón en el arnés y en un instante supo que había subestimado con mucho la fuerza del viento catabático. Una décima de segundo más tarde, Rachel y él eran arrastrados pendiente abajo por el glaciar. Un momento después, notó un tirón cuando la cuerda se tensó bajo el peso de Corky Marlinson. Veinte metros más atrás, su aterrado amigo salió despedido de debajo de sus perplejos atacantes, haciendo a uno de ellos dar tumbos de espalda. Corky soltó un grito espantoso cuando también él aceleró sobre el hielo, apenas esquivando el trineo volcado y zigzagueando. Una segunda cuerda se arrastraba, fláccida, junto a Corky... la que había estado enganchada a Norah Mangor.

«No puedes hacer nada», se dijo Tolland.

Como una masa entrelazada de marionetas humanas, los tres cuerpos bajaron deslizándose por el glaciar. Las balas de hielo pasaban como granizo, pero Tolland sabía que los atacantes habían perdido su oportunidad. A su espalda, los soldados embutidos en blanco desaparecieron en la distancia, encogiéndose hasta quedar reducidos a motas iluminadas bajo el resplandor de las bengalas.

Tolland se dio cuenta entonces que el hielo le estaba desgarrando su traje acolchado con la imparable aceleración, y el alivio que había sentido por haber escapado no tardó en desvanecerse. A menos de tres kilómetros directamente delante de ellos, la plataforma de hielo Milne acababa abruptamente en un escarpado acantilado, y más allá... al fondo de un precipicio de cincuenta metros de altura les esperaba el mortal oleaje del océano Ártico.

52

Marjorie Tench sonreía mientras bajaba hacia la Oficina de Comunicaciones de la Casa Blanca, la instalación de transmisiones computerizadas que difundía las notas de prensa redactadas en el piso superior, en el Cuarto de Comunicaciones. La reunión con Gabrielle Ashe había ido bien. No tenía la certeza de que ésta estuviera lo suficientemente asustada para entregar una declaración firmada en la que admitiera el affaire, pero sin duda había valido la pena.

«Gabrielle haría bien abandonándole –pensó Tench–. Esa pobre chica no tiene ni idea de lo dura que será la caída para Sexton.»

En cuestión de horas, la meteórica rueda de prensa del presidente iba a dejar a Sexton con el culo al aire. Eso estaba claro. Si cooperaba, Gabrielle Ashe se convertiría en el golpe de gracia que dejaría a Sexton fuera de juego. Por la mañana, ella misma podría entregar la declaración jurada de Gabrielle a la prensa junto con las imágenes de Sexton negándolo todo.

Un golpe perfecto.

Al fin y al cabo, la política no consistía sólo en ganar unas elecciones, sino en hacerlo de forma contundente: mostrar el ímpetu para llevar adelante la propia visión. Históricamente, cualquier candidato que hubiera llegado a la presidencia por un escaso margen lograba mucho menos; tomaba posesión de su cargo debilitado y el Congreso nunca le permitía que lo olvidara.

Lo ideal era que la destrucción de la campaña del senador fuera completa: un ataque a dos bandas que terminara a la vez con su política y con su ética. Esa estrategia, conocida en Washington como el «alto-bajo», procedía del arte de la guerra. «Forzar al enemigo a que luche en dos frentes.» Cuando un candidato poseía información comprometedora sobre su oponente, a menudo esperaba a tener una segunda información y hacía públicas ambas a la vez. Un ataque a dos bandas era siempre mucho más efectivo que un solo disparo, sobre todo cuando el ataque dual incorporaba aspectos separados de su campaña: el primero contra su política, el segundo contra su carácter. El rechazo de un ataque político exigía recurrir a la lógica, mientras que el rechazo de un ataque contra el carácter requería pasión. Disputar ambos a la vez era un acto de equilibrio casi imposible.

Esa noche, el senador Sexton se encontraría intentando denodadamente abstraerse de la pesadilla política que suponía para él un increíble triunfo de la NASA; sin embargo, su situación empeoraría considerablemente en caso de verse obligado a defender su postura respecto a la NASA mientras era acusado de mentiroso por un destacado miembro femenino de su propio equipo.

Llegando ya a la puerta de la Oficina de Comunicaciones, Tench se sintió viva con el entusiasmo que provocaba en ella la lucha. La política era la guerra. Dio un profundo suspiro y consultó su reloj. Eran las 18.15. El primer disparo estaba a punto.

Marjorie Tench entró.

La Oficina de Comunicaciones era una sala de reducidas dimensiones, aunque no por falta de espacio, sino de necesidad. Era una de las instalaciones de comunicaciones más eficaces del mundo y daba empleo a un equipo de sólo cinco personas. En ese momento, los cinco empleados estaban de pie sobre sus paneles de dispositivos electrónicos, como nadadores a la espera del pistoletazo de salida.

«Están preparados», vio Tench en sus miradas ansiosas.

Siempre le maravillaba que esa diminuta oficina, a la que se había avisado con sólo dos horas de antelación, pudiera ponerse en contacto con más de un tercio de la población civilizada del mundo. Con conexiones electrónicas a literalmente miles de fuentes de noticias globales —desde los mayores gigantes televisivos a los periódicos de las poblaciones más insignificantes— la Oficina de Comunicaciones de la Casa Blanca podía, con sólo pulsar unos cuantos botones, alargar la mano y tocar el mundo.

Los ordenadores programados para el envío de faxes hacían llegar comunicados de prensa hasta las bandejas de recepción de las redacciones de radios, televisiones, prensa escrita e internet de Maine a Moscú. Los programas de envío masivo de e-mails invadían las redacciones de noticias en línea. Los automarcadores telefónicos llamaban a miles de directores de los medios de comunicación con anuncios de voz grabados. Una página web con las últimas noticias proporcionaba constantes actualizaciones y contenido preformateado. Las fuentes de noticias «con capacidad para la recepción en directo» como la CNN, la NBC, la ABC, la CBS y las cadenas extranjeras, serían asaltadas desde todos los ángulos, y se les prometería emisiones televisivas en directo. Independientemente de lo que esas cadenas estuvieran emitiendo, todo quedaría bruscamente interrumpido para dar paso a una intervención presidencial de emergencia.

«Penetración total.»

Como un general pasando revista a sus tropas, Tench se paseó en silencio hasta el centro de impresión y cogió la copia impresa del «comunicado de última hora» que vio cargado en todos los dispositivos de transmisión como los cartuchos de una ametralladora.

Cuando lo leyó, no pudo evitar reírse entre dientes. Lo habitual era que la nota que iba a darse a los medios de comunicación estuviera escrita sin muchos miramientos: era más una advertencia que un anuncio. Sin embargo, el presidente había ordenado a la Oficina de Comunicaciones que se deshiciera de todo elemento superfluo. Y así se había hecho. El texto era perfecto: gramaticalmente profuso y ligero en contenido. Una combinación mortal. Incluso los receptores de noticias que utilizaban programas *keyword-sniffer* para seleccionar el correo entrante verían múltiples señales en éste:

De: La Oficina de Comunicaciones de la Casa Blanca
Asunto: Comunicado Presidencial Urgente

El presidente de Estados Unidos ofrecerá una rueda de prensa urgente a las 20.00 horas (EST) desde la Sala de Comunicados de la Casa Blanca. El tema del comunicado es en este momento *secreto*. Se facilitará material audiovisual disponible a través de los canales habituales.

Marjorie volvió a dejar el papel sobre el escritorio, recorrió con los ojos la Oficina de Comunicaciones y dedicó al equipo una inclinación de cabeza, impresionada. Parecían ansiosos.

Encendió entonces un cigarrillo, echó humo durante un instante, dejando crecer la expectación. Por fin sonrió.

—Damas y caballeros, pongan en marcha los motores.

53

Cualquier razonamiento lógico se había evaporado de la mente de Rachel Sexton. No se acordaba del meteorito, de la copia impresa del RPT que llevaba en el bolsillo, de Ming ni del espantoso ataque del que había sido víctima en la placa de hielo. En su mente sólo había espacio para una cosa:

«Sobrevivir.»

El hielo, como un borrón debajo de ella, era como una infinita y lustrosa autopista. No era capaz de saber si tenía el cuerpo adormecido por el miedo o si simplemente estaba entumecido por el traje protector, pero no sentía el menor dolor. No sentía nada.

«Todavía.»

Tumbada de lado, enganchada a Tolland por la cintura, estaba acostada de cara a él en un extraño abrazo. Delante de ellos, el globo ondeó, inflado por el viento, como un paracaídas tirado por un coche de carreras. Corky avanzaba arrastrado tras ellos, zigzagueando enloquecidamente como el tráiler de un tractor totalmente descontrolado. La bengala que señalaba el punto donde habían sido atacados había desaparecido en la distancia.

El siseo producido por sus trajes de nylon Mark IX contra el hielo fue ganando en intensidad mientras continuaban acelerando. Rachel no tenía la menor idea de la velocidad a la que avanzaban, pero el viento soplaba como mínimo a noventa kilómetros por hora y la rampa que tenían debajo y que no presentaba la menor fricción parecía pasar cada vez más rápido con cada segundo.

El globo Mylar impermeable no parecía tener intención de romperse ni de soltarles.

«Tenemos que soltarnos –pensó Rachel. Se alejaban a toda velocidad de una fuerza mortífera para dirigirse directamente hacia otra–. ¡Probablemente el océano esté a tan sólo un kilómetro y medio de aquí!» La idea del agua helada le trajo recuerdos aterradores.

El viento sopló más fuerte y su velocidad aumentó. En algún lugar por detrás de ellos, Corky soltó un grito de terror. Rachel sabía que a esa velocidad sólo les quedaban unos minutos antes de despeñarse por el acantilado y caer al gélido océano.

Al parecer, Tolland estaba pensando lo mismo porque ahora luchaba contra el cierre de carga que tenían enganchado a sus cuerpos.

–¡No podemos desengancharnos! –gritó–. ¡Hay demasiada tensión!

Rachel albergó la esperanza de que un repentino cambio de viento diera a Tolland un respiro, pero el viento catabático soplaba con despiadada constancia. En un intento por ser de alguna ayuda, retorció el cuerpo e hincó la púa delantera del crampón en el suelo, enviando al aire una estela de fragmentos de hielo. Apenas logró disminuir la velocidad.

–¡Ahora! –gritó Rachel, levantando el pie.

Durante un instante, la cuerda que sujetaba la carga al globo se aflojó ligeramente. Tolland tiró hacia abajo, intentando aprovechar que la cuerda se había destensado para manipular e intentar sacar el cierre de carga de los mosquetones. No lo consiguió.

–¡Otra vez! –gritó.

Esta vez los dos se retorcieron uno contra el otro y clavaron las púas delanteras de los crampones en el hielo, enviando al aire una doble estela de hielo y frenando el armatoste de forma más perceptible.

–¡Ahora!

Siguiendo la indicación de Tolland, ambos levantaron el pie. En cuanto el globo volvió a salir despedido hacia delante, él hincó el pulgar en la lengüeta del mosquetón e hizo girar el gancho, intentando soltar el cierre. Aunque esta vez casi lo consiguió, necesitaba destensar aún más la cuerda. Como Norah les había dicho, fanfarroneando, los mosquetones eran de primera calidad: cierres de seguridad Joker especialmente diseñados con una presilla adicional en el metal para que no se soltaran si se ejercía sobre ellos la menor tensión.

«Muerta por culpa de un cierre de seguridad», pensó Rachel, a quien la ironía no le pareció en absoluto divertida.

–¡Una vez más! –gritó Tolland.

Reuniendo toda su energía y esperanza, Rachel se retorció todo lo que pudo y clavó las puntas de los pies en el hielo. Arqueó la espalda e intentó cargar todo el peso del cuerpo sobre los dedos de los pies. Tolland siguió su ejemplo hasta que ambos quedaron peligrosamente inclinados sobre sus estómagos y la conexión de sus cinturones tiró de sus arneses. Tolland hincó con fuerza los dedos de los pies y Rachel se arqueó aún más. Las vibraciones les provocaron ondas expansivas en las piernas. Tuvo la sensación de que los tobillos se le iban a partir.

—Aguanta... aguanta...

Tolland se retorció para soltar el cierre Joker en cuanto la velocidad de ambos disminuyó.

—Ya casi...

Los crampones de Rachel chasquearon. Las púas metálicas se despegaron de sus botas y salieron despedidas hacia atrás, perdiéndose en la oscuridad de la noche, rebotando por encima de Corky. El globo saltó de inmediato hacia delante, enviando a Rachel y a Tolland zigzagueando a un lado. Tolland no pudo seguir sujetando el cierre.

—¡Mierda!

Como enojado por haberse visto momentáneamente sujeto, el globo Mylar se lanzó hacia delante, tirando aún con más fuerza, arrastrándolos por el glaciar hacia el mar. Rachel sabía que se acercaban rápidamente al acantilado, aunque se enfrentaron al peligro incluso antes de llegar al precipicio de cincuenta metros sobre el océano. Tres enormes cornisas de nieve se levantaban a su paso. A pesar de la protección que los trajes Mark IX le ofrecían, la experiencia de verse lanzada a gran velocidad contra los montículos de nieve la aterrorizó por completo.

Luchando desesperadamente con sus arneses, Rachel intentó encontrar algún modo de soltar el globo. Fue entonces cuando oyó el rítmico tintineo sobre el hielo... el repetido repiqueteo del metal ligero sobre la placa desnuda de hielo. El piolet.

Aterrada como estaba, había olvidado el objeto que llevaba suspendido del cordón de apertura que colgaba de su cinturón. La ligera herramienta de aluminio rebotaba contra su pierna. Levantó los ojos hacia el cable de carga que conectaba con el globo. Nylon grueso, y trenzado, de uso industrial. Bajó la mano intentando encontrar a tientas el piolet, que no dejaba de rebotar contra su pierna. Agarró el mango y tiró de él, estirando el cordón de apertura elástico. Todavía de costado, intentó levantar los brazos por encima de su cabeza, colocando el borde serrado del piolet contra el grueso cordón. Con gran dificultad, empezó a serrar el tenso cable.

–¡Sí! –gritó Tolland, buscando ahora a tientas el suyo.

Deslizándose sobre su costado, Rachel quedó totalmente estirada con los brazos sobre la cabeza y serrando. El cable era muy resistente y las hebras de nylon iban deshilachándose lentamente. Tolland cogió su piolet, se retorció, levantó los brazos por encima de la cabeza e intentó serrar desde abajo en el mismo punto. Las sierras de doble filo entrechocaron mientras trabajaban al unísono como un par de madereros. La cuerda empezó a deshilacharse por ambas caras.

«Lo conseguiremos –pensó Rachel–. ¡Esta cuerda terminará por romperse!»

De pronto, la burbuja plateada de Mylar que tenían delante se lanzó hacia arriba como si hubiera dado con una ráfaga ascendente. Horrorizada, Rachel vio que simplemente estaba siguiendo el contorno del terreno.

Habían llegado.

Los bancos de nieve.

El muro blanco se cernió un solo instante sobre ellos antes de que llegaran a él. El golpe que Rachel recibió en el costado al entrar en contacto con la pendiente le dejó sin aire y le arrancó el piolet de la mano. Sintió que su cuerpo era arrastrado hacia arriba por la cara del banco de nieve y vio cómo salía despedida por encima como un esquiador acuático enredado en la cuerda de tiro por encima de una ola. Tolland y ella se vieron repentinamente catapultados, dibujando una vertiginosa pirueta en el aire. El canal que separaba los dos bancos de nieve se extendía a lo lejos por debajo, pero el deshilachado cable de carga aguantaba, levantándoles y haciéndoles sortear el primer canal. Durante un instante, Rachel pudo ver lo que tenía delante. Dos bancos de hielo más... un corto altiplano... y luego la caída al mar.

Como poniendo voz al terror mudo de Rachel, el chillido agudo de Corky Marlinson rasgó el aire. En algún lugar tras ellos, Corky sorteó el primer banco de nieve. Los tres se elevaron en el aire al tiempo que el globo ascendía como un animal salvaje, intentando romper las cadenas que lo ataban a su captor.

De pronto, un brusco chasquido reverberó sobre sus cabezas como un disparo en el silencio de la noche. La cuerda deshilachada cedió y el extremo hecho jirones reculó ante los ojos de Rachel. Instantes después cayeron al vacío. En algún lugar por encima de ellos, el globo Mylar salió despedido, totalmente fuera de control... dando vueltas hacia el mar.

Enmarañados entre mosquetones y arneses, Rachel y Tolland se precipitaron hacia el suelo. En cuanto vio ascender hacia ella la blanca elevación del segundo banco de nieve, Rachel se preparó para el impacto. Se estrellaron contra la cara más alejada, apenas rozando la cumbre del segundo banco. El golpe quedó parcialmente amortiguado por los trajes y por el perfil descendente del banco. En cuanto el mundo que la rodeaba se transformó en un amasijo de brazos, piernas y hielo, Rachel se vio lanzada a toda velocidad por la pendiente hacia el canal de hielo central. Instintivamente, extendió los brazos y piernas, intentando aminorar la velocidad de la caída antes de que Tolland y ella impactaran con el segundo banco. Notó que perdían velocidad, aunque no mucha, y tuvo la sensación de que habían pasado unos segundos antes de que subieran deslizándose pendiente arriba. Al llegar a lo alto, experimentaron otro instante de ingravidez en el momento de pasar por la cumbre. Luego, totalmente presa del terror, notó que iniciaban la caída a peso muerto por la otra cara del banco hacia el último altiplano... los últimos cuarenta metros del glaciar Milne.

Mientras bajaban deslizándose hacia el acantilado, Rachel pudo notar el peso de Corky al ser arrastrado por la cuerda de seguridad, y sintió que todos aminoraban la velocidad. Sabía también que, aunque por muy poco, era demasiado tarde. El borde del acantilado se acercaba a ellos a toda prisa y ella soltó un grito de impotencia.

Entonces ocurrió.

Ya no había borde. Lo último que Rachel recordó fue que estaba cayendo.

54

Los apartamentos Westbrooke Place están situados en el 2201 de N Street NW y se autopromocionan como una de las pocas direcciones indiscutiblemente correctas de Washington. Gabrielle se apresuró a franquear la puerta giratoria dorada que llevaba al vestíbulo de mármol donde reverberaba una ensordecedora cascada.

El portero situado tras el mostrador de recepción pareció sorprendido al verla.

–¿Señorita Ashe? No sabía que iba a pasar usted por aquí esta noche.

–Llego tarde –dijo Gabrielle, firmando a toda prisa.

Sobre la cabeza del portero, el reloj marcaba las 18.22. El hombre se rascó la frente.

–El senador me ha dado una lista, pero usted no estaba...

–Siempre se olvidan de la gente que más ayuda les presta –dijo Gabrielle, esbozando una sonrisa apresurada y pasando junto al portero hacia el ascensor.

El portero pareció incómodo.

–Será mejor que llame.

–Gracias –dijo Gabrielle, entrando en el ascensor e iniciando el ascenso. «El senador tiene el teléfono descolgado.»

Subió hasta la novena planta, salió del ascensor y avanzó por el elegante pasillo. Al llegar al final, vio frente a la puerta del apartamento de Sexton a uno de sus fornidos escoltas de seguridad (alabados guardaespaldas) sentado en el vestíbulo. Parecía aburrido. A Gabrielle le sorprendió ver a personal de seguridad de servicio, aunque al parecer no estaba tan sorprendida como el guarda al verla allí. Se puso en pie de un salto en cuanto la vio acercarse.

–Ya lo sé –le gritó Gabrielle, todavía en mitad del pasillo–. Es una noche C. P. No quiere que se le moleste.

El guarda asintió con énfasis.

–Me ha dado órdenes muy estrictas de que ninguna visita...

–Es una emergencia.

El guarda le bloqueó físicamente el paso.

—Está en una reunión privada.

—¿Ah, sí?

Gabrielle se sacó el sobre rojo de debajo del brazo y pasó el sello de la Casa Blanca ante el rostro del hombre.

—Acabo de estar en el Despacho Oval. Necesito dar al senador esta información. Sean quienes sean los amigotes con los que está intrigando esta noche, van a tener que prescindir de él unos minutos. Ahora, déjeme pasar.

El guarda vaciló levemente al ver el sello de la Casa Blanca del sobre.

«No me obligues a abrirlo», pensó Rachel.

—Deje aquí el sobre —dijo el guarda—. Yo se lo daré.

—Ni lo sueñe. Tengo órdenes directas de la Casa Blanca para que entregue esto en mano. Si no hablo con él de inmediato, ya podemos todos empezar a buscar trabajo a partir de mañana por la mañana. ¿Me entiende?

El guarda pareció debatirse en un profundo conflicto, y en su actitud Gabrielle percibió que esa noche el senador se había mostrado particularmente insistente en que no debía recibir ninguna visita. Gabrielle decidió poner toda la carne en el asador. Sostuvo el sobre de la Casa Blanca directamente ante sus ojos, bajó la voz hasta convertirla en un susurro y pronunció las palabras más temidas por todo personal de seguridad de Washington.

—No es usted consciente de la situación.

El personal de seguridad de los políticos nunca era consciente de la situación, y eso era algo que odiaban. Nunca estaban seguros de si debían mantenerse firmes en las órdenes recibidas o arriesgarse a perder su empleo ignorando tercamente alguna crisis obvia.

El guarda tragó saliva, volviendo a mirar el sobre de la Casa Blanca.

—De acuerdo, pero tendré que decirle al senador que exigió usted entrar.

Abrió la puerta y Gabrielle entró antes de que el hombre cambiara de parecer. Cerró en silencio la puerta tras ella, volviendo a poner el seguro.

Dentro del vestíbulo, pudo oír voces amortiguadas que procedían del estudio de Sexton, situado al fondo del pasillo: voces de hombres. Obviamente, el C. P. de esa noche nada tenía que ver con la cita privada implícita en la llamada que Sexton había recibido horas antes.

Cuando Gabrielle avanzó por el pasillo hacia el estudio, pasó junto a un armario abierto en el que colgaban media docena de costosos abrigos de hombre: prendas de tweed y de lana de primera calidad. Había varios maletines en el suelo. Al parecer, el trabajo había quedado relegado al pasillo esa noche. Habría dejado atrás los maletines sin más de no ser porque uno de ellos le llamó la atención. En la placa donde figuraba el nombre del dueño lucía el inconfundible logo de una empresa. Un brillante cohete rojo.

Gabrielle se detuvo y se arrodilló para leerlo.

SPACE AMERICA, INC.

Confundida, examinó los demás maletines.

BEAL AEROSPACE. MICROCOSM, INC. ROTARY ROCKET COMPANY. KISTLER AEROSPACE.

La voz rasposa de Marjorie Tench resonó en su cabeza. «¿Está usted al corriente de que Sexton está aceptando sobornos de empresas aeroespaciales privadas?»

A Gabrielle se le empezó a acelerar el pulso cuando recorrió con la mirada el pasillo en penumbra que terminaba en la arcada que llevaba al estudio del senador. Sabía que debía mantener la boca cerrada y no anunciar su presencia, y aun así se vio avanzando centímetro a centímetro hacia la puerta. Llegó a unos metros de la arcada y se quedó sin hacer ruido en las sombras... escuchando la conversación que tenía lugar al otro lado.

55

Mientras Delta-Tres se quedaba atrás para hacerse con el cuerpo de Norah Mangor y con el trineo, los otros dos soldados aceleraron deslizándose por el glaciar tras sus presas.

Llevaban en los pies esquís propulsados por Elektro-Tread. Diseñados a imitación de los esquís motorizados Fast Trax, los Elektro-Treads eran esencialmente esquís corrientes a los que se había añadido unas cadenas de tanque en miniatura, como vehículos de nieve bajo los pies. La velocidad se controlaba accionando a la vez la punta del dedo índice y del pulgar, presionando dos placas dentro del guante de la mano derecha. Una potente batería de gel moldeada alrededor del pie redoblaba el aislamiento y permitía deslizarse en silencio. La energía cinética generada por la gravedad y por las cadenas giratorias cuando se bajaba por una pendiente se aprovechaba para recargar las baterías.

Con el viento a su espalda, Delta-Uno se agachó cuanto pudo, deslizándose hacia el mar mientras exploraba el glaciar que se extendía ante él. Su sistema de visión nocturna consistía en una versión actualizada del modelo Patriot utilizado por los marines. Delta-Uno observaba a través de una montura manos libres provista de lentes de seis elementos de 40 por 90 mm, un Magnification Doubler de tres elementos y unos superinfrarrojos de largo alcance. El mundo exterior aparecía cubierto de un tinte translúcido de un frío azul y no del habitual tinte verde, era un tono de color especialmente diseñado para terrenos muy reflectantes como el Ártico.

A medida que se aproximaba al primer banco de nieve, las gafas de Delta-Uno revelaron varias franjas brillantes de nieve recién removida que se elevaban por encima del banco como una flecha de neón en la noche. Al parecer, o a los tres fugitivos no se les había ocurrido desengancharse de la improvisada vela o no habían podido hacerlo. En cualquier caso, si no habían logrado soltarse antes de llegar al último banco de nieve, a esas horas ya debían de estar en el océano. Delta-Uno sabía que los trajes protectores de sus presas prolongarían la esperanza de vida normal en el agua, pero las implacables corrientes que azotaban la costa los arrastrarían a mar abierto. Nada podría evitar que terminaran ahogándose.

A pesar de esta certeza, Delta-Uno había sido adiestrado para no dar nunca nada por hecho. Necesitaba ver los cuerpos. Se agachó aún más, apretó los dedos y aceleró para ascender por la primera pendiente.

Michael Tolland estaba inmóvil en el suelo, haciendo inventario de sus heridas. Se sentía molido, pero no le pareció que tuviera ningún hueso roto. No le cabía duda de que el traje Mark IX relleno de gel le había salvado de sufrir una lesión importante. Cuando abrió los ojos, le costó entender lo que veía. Todo parecía más blando a su alrededor... más silencioso. El viento seguía aullando, pero ahora lo hacía con menor ferocidad.

«Hemos saltado por el borde... ¿no?»

En cuanto consiguió enfocar de nuevo, se vio tumbado en el hielo sobre Rachel Sexton, dibujando un ángulo casi recto con su cuerpo y con los mosquetones enganchados y retorcidos. La sintió respirar debajo de su cuerpo, pero no logró verle la cara. Rodó hasta apartarse de ella, aun a pesar de que los músculos apenas le respondían.

—¿Rachel...? —preguntó sin estar seguro de si de sus labios salía algún sonido.

Recordó los últimos segundos del angustioso recorrido que habían hecho juntos: el ascenso del globo en el aire, el cable de carga partiéndose, sus cuerpos cayendo a plomo sobre la cara más alejada del banco de nieve, deslizándose pendiente arriba y sorteando la cumbre del último promontorio, resbalando hacia el borde... el hielo desapareciendo bajo sus pies. Tolland y Rachel habían caído, pero el descenso había resultado extrañamente breve. En vez de la esperada caída al mar, habían caído solamente unos cinco metros antes de impactar contra otro bloque de hielo y deslizarse hasta detenerse gracias al peso muerto de Corky que todavía arrastraban.

Tolland levantó la cabeza y miró hacia el mar. No lejos de allí, el hielo terminaba en un acusado acantilado más allá del cual pudo oír el rugido del océano. Al levantar la mirada hacia el glaciar, se esforzó por ver en la oscuridad de la noche. A diez metros a su espalda, sus ojos percibieron un alto muro de hielo que parecía cernirse sobre ellos. Fue entonces cuando se dio cuenta de lo que había ocurrido. De algún modo se habían deslizado desde el glaciar principal para caer en una terraza de hielo inferior. La sección en la que estaban era llana, del tamaño de una pista de hockey, y estaba parcialmente derrumbada, al parecer a punto de caer al océano en cualquier momento.

«Un desprendimiento de hielo», pensó mirando la precaria plataforma sobre la que ahora estaba tumbado. Se trataba de un amplio bloque cuadrado que colgaba del glaciar como un balcón de dimensiones colosales, rodeado por tres de sus caras de precipicios sobre el océano. La placa de hielo estaba sujeta al glaciar sólo por la cara posterior y Tolland vio que la conexión entre ambas masas de hielo no tardaría en romperse. El punto de unión donde la terraza inferior se aferraba a la plataforma de hielo Milne presentaba una fisura de casi dos metros de anchura. La gravedad estaba a punto de ganar la batalla.

No le aterró tanto la fisura como ver el cuerpo inmóvil de Corky Marlinson hecho un ovillo sobre el hielo. Estaba tumbado a unos diez metros de allí, en el extremo de la cuerda tensada que lo unía a ellos.

Tolland intentó levantarse, pero seguía unido a Rachel. Volvió a recuperar su posición y empezó a desenganchar los mosquetones entrelazados entre los dos.

Rachel parecía débil cuando intentó sentarse.

–¿No hemos... caído al agua? –preguntó con voz perpleja.

–Hemos caído sobre un boque de hielo inferior –dijo Tolland, desenganchándose por fin de ella–. Tengo que ayudar a Corky.

Quiso ponerse en pie a pesar del dolor que le recorría el cuerpo, pero sintió las piernas demasiado débiles. Se agarró de la cuerda y tiró de ella. El cuerpo de Corky empezó a deslizarse sobre el hielo. Después de unos doce tirones, siguió acostado en el hielo a tan sólo unos metros de distancia.

Corky Marlinson estaba molido. Había perdido las gafas, tenía un profundo corte en la mejilla y le sangraba la nariz. Tolland se sintió aliviado cuando le vio rodar hasta quedar boca arriba y le lanzó una mirada indignada y desafiante.

–Jesús –tartamudeó–. ¿Qué demonios ha sido ese pequeño truco?

Rachel por fin logró sentarse, estremeciéndose. Miró a su alrededor.

—Tenemos que... salir de aquí. Este bloque de hielo tiene todo el aspecto de estar a punto de desprenderse.

Tolland no podía estar más de acuerdo con ella. Sólo había que averiguar cómo hacerlo.

No tuvieron tiempo para pensar en una solución. Un agudo zumbido se hizo audible en el glaciar sobre sus cabezas. Tolland alzó bruscamente la mirada y pudo ver dos figuras de blanco esquiando sin el menor esfuerzo hasta el borde del glaciar y detenerse al unísono. Los dos hombres se quedaron allí un instante, mirando desde arriba a sus maltrechas presas como maestros de ajedrez saboreando el jaque mate antes de la estocada final.

Delta-Uno se sorprendió al ver a los tres fugitivos con vida. Sin embargo, sabía que su muerte no era más que cuestión de tiempo. Habían aterrizado en una sección del glaciar que ya había iniciado su inevitable caída al mar. Las víctimas podían quedar mutiladas y morir del mismo modo que la otra mujer; sin duda ésta era una solución mucho más limpia. Una alternativa gracias a la cual los cuerpos jamás serían encontrados.

Se asomó al borde del acantilado y concentró la mirada en la fisura cada vez más pronunciada que ya había empezado a extenderse como una cuña entre la plataforma de hielo y el bloque colgante pegado a ella. La sección de hielo sobre la que estaban los tres fugitivos colgaba peligrosamente... a punto de desprenderse y de caer en el océano cualquier día de éstos.

«¿Por qué no hoy...?»

En la plataforma de hielo, la noche se veía sacudida cada cierto número de horas por estallidos ensordecedores: el sonido del hielo al resquebrajarse y separarse del glaciar, cayendo a plomo en el océano. ¿Quién iba a darse cuenta?

Presa del conocido y cálido subidón de adrenalina que acompañaba a la preparación de un asesinato, Delta-Uno metió la mano en su paquete de provisiones y sacó un pesado objeto con forma de limón. El objeto en cuestión, un elemento de lo más común para los equipos militares de asalto, recibía el nombre de «estallido-cegador»: una granada «no-mortal» que provocaba una conmoción cerebral en la víctima y la desorientaba temporalmente gracias a su destello cegador y a una oleada ensordecedora. Sin embargo, esa noche Delta-Uno sabía que el «estallido-cegador» iba a resultar mortal.

Se colocó cerca del borde y se preguntó cuán profunda era la fisura. ¿Diez metros? ¿Veinticinco? Sabía que no importaba; su plan sería efectivo de todas formas.

Con la calma que le procuraban las innumerables ejecuciones a las que había asistido, Delta-Uno marcó un retraso de diez segundos en el temporizador de la granada, tiró de la anilla y la lanzó al interior de la grieta. El explosivo cayó en picado en la oscuridad y desapareció.

A continuación, su compañero y él regresaron a la cumbre del banco de nieve y esperaron. Iba a ser algo digno de verse.

Incluso a pesar de su confuso estado, Rachel Sexton era perfectamente consciente de lo que los atacantes habían lanzado en la grieta. No tuvo claro si Michael Tolland también lo sabía o si estaba leyendo el miedo en sus ojos, pero Rachel le vio palidecer y echar una horrorizada mirada al descomunal bloque de hielo sobre el que estaban, claramente consciente de lo inevitable.

Como una nube de tormenta iluminada por un relámpago interno, el hielo bajo los pies de Rachel se iluminó desde dentro. La horripilante translucidez blanca salió disparada en todas direcciones. En un radio de doscientos metros, el glaciar se vio envuelto en un blanco destello. La colisión se produjo a continuación. No fue un rugido como el de un terremoto, sino una oleada ensordecedora de fuerza descomunal. Rachel notó cómo el impacto se abría paso entre el hielo hasta su cuerpo.

Inmediatamente, como si se hubiera abierto una cuña entre la plataforma de hielo y el bloque sobre el que se encontraban, el acantilado empezó a desprenderse con un espantoso crujido. Rachel clavó en los ojos de Tolland una mirada aterrada. Cerca de ellos, Corky soltó un grito.

El suelo se desplomó bajo sus pies.

Suspendida sobre los miles de toneladas que conformaban el bloque de hielo, Rachel experimentó una total sensación de ingravidez durante un instante. Segundos después, los tres caían con el iceberg al mar helado.

56

El ensordecedor roce del hielo contra el hielo asaltó los oídos de Rachel mientras el enorme bloque se deslizaba por la cara de la plataforma de hielo Milne, lanzando altísimos chorros de nieve pulverizada al aire. A medida que el bloque iba sumergiéndose en el agua, la velocidad de la caída fue aminorando y el cuerpo de Rachel, previamente ingrávido, se estrelló contra el suelo helado. Tolland y Corky aterrizaron bruscamente cerca de ella.

Cuando el ímpetu descendente del bloque fue sumergiéndolo más en el mar, Rachel pudo ver la espumosa superficie del océano elevarse a toda velocidad con una especie de desaceleración retadora, como el suelo bajo un saltador de puenting cuya cuerda es unos metros demasiado larga. Elevándose... elevándose... y ahí estaba. Su pesadilla de infancia había vuelto a hacerse realidad. «El hielo... el agua... la oscuridad.» Su pavor surgía de lo más profundo de su ser.

La parte superior del bloque se sumergió bajo la superficie del agua y el helado océano Ártico cubrió los bordes del bloque como un torrente. Mientras el agua lo invadía todo a su alrededor, Rachel se sintió succionada hacia el fondo. La piel desnuda de su rostro se tensó y la sintió arder al entrar en contacto con el agua salada. El suelo de hielo desapareció bajo sus pies y Rachel se abrió paso hacia la superficie, reflotada gracias al gel del relleno de su traje. Tragó un buen sorbo de agua salada, balbuceando hacia la superficie. Pudo ver a Tolland y Corky debatiéndose en las proximidades, enmarañados entre las cuerdas de seguridad. Justo cuando logró enderezarse, Tolland gritó:

—¡Está emergiendo de nuevo!

Al tiempo que las palabras de Tolland reverberaban sobre el tumulto, Rachel notó un horripilante movimiento del agua. Como una enorme locomotora intentando invertir su dirección, el bloque de hielo se había detenido con un gruñido bajo el agua y empezaba ahora su ascenso directamente debajo de ellos.

Varias brazadas por debajo, un espantoso rugido de frecuencia baja resonó en el agua y emergió a la superficie al tiempo que la inmensa placa sumergida empezó a arañar la cara del glaciar, iniciando el ascenso.

El bloque ascendía deprisa, acelerando a medida que emergía de la oscuridad. Rachel notó que ganaba altura. El océano se agitó a su alrededor cuando el hielo entró en contacto con su cuerpo. Se debatió en vano, intentando recuperar el equilibrio mientras el hielo la propulsaba hacia arriba junto con millones de litros de agua salada. Flotando hacia arriba, la placa gigantesca fluctuó sobre la superficie, agitándose y balanceándose, buscando su centro de gravedad. Se vio moviéndose con el agua hasta la cintura por la enorme extensión plana. En cuanto el agua empezó a dejar libre la superficie del bloque, la corriente se tragó a Rachel y la arrastró hacia el borde. Resbalando, tendida boca abajo, pudo ver el borde aproximarse rápidamente hacia ella.

«¡Aguanta! –La voz de su madre gritaba exactamente igual a como lo había hecho cuando era sólo una niña debatiéndose bajo el estanque helado–. ¡Aguanta! ¡No te hundas!»

El tremendo tirón que Rachel sintió en el arnés la dejó sin el poco aire que todavía le quedaba en los pulmones. Se detuvo bruscamente a pocos metros del borde. El movimiento la hizo girar sobre sí misma. A ocho metros de ella pudo ver el cuerpo inerte de Corky, todavía sujeto a ella, deteniéndose también bruscamente. Habían estado deslizándose sobre la placa de hielo en direcciones opuestas, y el impulso de Corky la había detenido. A medida que el agua desalojaba la placa y perdía profundidad, otra forma oscura apareció cerca de Corky. A cuatro patas, se agarraba a la cuerda de seguridad de éste y vomitaba agua salada.

Era Michael.

Cuando los últimos restos de agua se retiraron deslizándose del iceberg al mar, Rachel, muda del terror, escuchó atentamente los sonidos del océano. Luego, sintiendo la arremetida de un frío mortal, logró ponerse también a gatas. El iceberg seguía bamboleándose de un lado a otro como un enorme cubo de hielo. Agotada y dolorida, gateó hasta donde estaban sus compañeros.

En el glaciar, muy por encima de ellos, Delta-Uno miró con las gafas de visión nocturna el agua arremolinada que rodeaba el iceberg más reciente del océano Ártico. Aunque no vio ningún cuerpo en el agua, no se sorprendió. El océano estaba oscuro y los trajes térmicos y las capuchas de las víctimas eran de color negro.

Cuando recorrió con la mirada la superficie de la enorme placa de hielo flotante, tuvo grandes dificultades para enfocarla. Se retiraba deprisa, alejándose ya hacia mar abierto, impulsada por las fuertes corrientes costeras. A punto estaba de volver la vista al mar cuando vio algo que le resultó totalmente inesperado. Tres motas negras sobre el hielo. «¿Serán cuerpos?» Delta-Uno intentó enfocarlos.

–¿Has visto algo? –preguntó Delta-Dos.

Delta-Uno no dijo nada. Siguió enfocando con su magnificador. Se quedó perplejo al ver sobre el pálido tinte del iceberg tres figuras humanas abrazadas e inmóviles en la isla de hielo. Le fue imposible saber si estaban vivas o muertas. Poco importaba. De estar vivas, incluso a pesar de los trajes térmicos, morirían en menos de una hora. Estaban mojadas, se acercaba una tormenta y se alejaban a la deriva hacia mar abierto en uno de los océanos más peligrosos del planeta. Jamás hallarían sus cuerpos.

–Sólo sombras –dijo Delta-Uno, retirándose del borde del acantilado–. Volvamos a la base.

57

El senador Sedgewick Sexton dejó su copa de Courvoisier sobre la repisa de la chimenea de su apartamento de Westbrooke y avivó el fuego durante unos instantes, ordenando sus ideas. Los seis hombres reunidos en su estudio con él ahora estaban sentados en silencio, esperando. Las trivialidades habían tocado a su fin. Había llegado el momento de que el senador Sexton lanzara su ofensiva. Ellos lo sabían. Él lo sabía.

La política era una cuestión de ventas.

«Establece la confianza. Hazles saber que entiendes sus problemas.»

—Como quizá ya sepan —dijo, volviéndose hacia ellos—, durante los últimos meses, me he reunido con muchos hombres que gozan de su misma posición —empezó, sonriendo y tomando asiento, uniéndose a ellos y situándose a su mismo nivel—. Ustedes son los únicos a los que he decidido recibir en mi casa. Son ustedes imprescindibles, y para mí es un honor tenerles aquí.

Entrelazó las manos y dejó que sus ojos circularan por la habitación, estableciendo contacto personal con cada uno de sus invitados. A continuación se concentró en su primer objetivo: el hombre fornido del sombrero vaquero.

—Space Industries de Houston —dijo Sexton—. Me alegro de que haya venido.

—Odio esta ciudad —gruñó el tejano.

—No le culpo, Washington ha sido muy injusta con usted.

El tejano miró por debajo del ala de su sombrero, pero no dijo nada.

—Hace doce años —empezó Sexton—, hizo usted una oferta al gobierno de Estados Unidos. Les propuso construir una estación espacial norteamericana por la ridícula suma de cinco mil millones de dólares.

—Sí, es cierto. Todavía conservo el anteproyecto.

—Y, sin embargo, la NASA convenció al gobierno de que una estación espacial norteamericana debía ser un proyecto público.

–Eso es. La NASA empezó a construirla hace casi una década.

–Una década. Y hoy, no sólo la estación de la NASA no es totalmente operativa, sino que hasta la fecha el proyecto ha costado veinte veces más de lo que usted proponía. Como contribuyente norteamericano, estoy asqueado.

Un gruñido de asentimiento circuló por la habitación. Sexton dejó que sus ojos se movieran, buscando la complicidad del grupo.

–Soy perfectamente consciente –dijo el senador, dirigiéndose ahora a cada uno de los presentes– de que varias de sus empresas han ofrecido lanzar naves espaciales por la irrisoria cantidad de cincuenta millones de dólares por vuelo.

Más inclinaciones de cabeza.

–Y sin embargo la NASA mejora su oferta cobrando sólo treinta y ocho millones de dólares por vuelo... ¡a pesar de que su coste real supera los ciento cincuenta millones de dólares!

–Así es como nos mantienen fuera del espacio –dijo uno de los hombres–. Es imposible que el sector privado pueda competir con una empresa que se permite el lujo de realizar vuelos de lanzaderas con un cuatrocientos por ciento de pérdidas y aun así seguir en el negocio.

–Ni tendrían por qué hacerlo –dijo el senador.

De nuevo asentimientos.

Sexton se volvió hacia el austero empresario que estaba sentado a su lado, un hombre cuyo historial había leído con gran interés. Como muchos de los empresarios que financiaban su campaña, se trataba de un antiguo ingeniero militar que había terminado desilusionándose con los bajos salarios y la burocracia gubernamental y que había abandonado la carrera militar para buscar fortuna en el ámbito aeroespacial.

–Kistler Aerospace –dijo Sexton, sacudiendo la cabeza con disconformidad–. Su empresa ha diseñado y manufacturado una nave que puede lanzar cargas al espacio por sólo cuatro mil dólares por kilo en comparación con los veinte mil que conlleva la NASA. –Hizo una pausa para dar un mayor efecto a sus palabras–. Y, sin embargo, no tienen ustedes ningún cliente.

–¿Cómo voy a tener clientes? –replicó el hombre–. La semana pasada la NASA rebajó nuestra oferta cobrando a Motorola mil seiscientos veinticuatro dólares por kilo para lanzar un satélite de telecomunicaciones. ¡El gobierno lanzó ese satélite con unas pérdidas del novecientos por ciento!

Sexton asintió. El contribuyente estaba subvencionando sin saberlo una agencia que era diez veces menos eficaz que su competencia.

–Ha quedado dolorosamente claro –dijo con voz cada vez más sombría– que la NASA está empleándose muy a fondo para aplastar a la competencia en el espacio. Excluyen a las empresas aeroespaciales privadas ofreciendo sus servicios con tarifas que están muy por debajo de los valores de mercado.

–Es la aplicación exacta de la política de Wal-Mart al espacio.

«No se me habría ocurrido comparación más precisa –pensó Sexton–. Tendré que recordarla.» Wal-Mart era famoso por entrar en un nuevo territorio, vender productos muy por debajo del precio de mercado y dejar a la competencia local sin volumen de negocio.

–¡Estoy más que harto –exclamó el tejano– de tener que pagar millones en impuestos y que el Tío Sam utilice ese dinero para robarme los clientes!

–Me hago cargo –intervino Sexton–. Y lo entiendo.

–Es la falta de patrocinios de empresas lo que está acabando con Rotary Rocket –dijo un hombre pulcramente vestido–. ¡Las leyes contra el patrocinio son un robo!

–No podría estar más de acuerdo.

Sexton se había quedado de piedra al enterarse de que otra forma empleada por la NASA para atrincherarse en su monopolio del espacio era aprobar regulaciones que prohibían la publicidad en los vehículos espaciales. En vez de permitir que las empresas privadas se aseguraran financiación a través del patrocinio y de logos publicitarios (tal como hacían los pilotos de coches de carreras), los vehículos espaciales sólo podían mostrar la palabra USA y el nombre de la empresa. En un país que gastaba ciento ochenta y cinco mil millones al año en publicidad, ni un solo dólar invertido en ella fue a parar a las cuentas de las empresas espaciales privadas.

–Es un atraco –soltó uno de los hombres–. Mi compañía espera mantenerse en el negocio el tiempo suficiente para lanzar el primer prototipo de lanzadera turística del país el próximo mes de mayo. Esperamos una enorme repercusión en la prensa. La Nike Corporation acaba de ofrecernos siente millones de dólares de patrocinio por reproducir su logo y el *Just do it!* en uno de los laterales de la nave. Pepsi nos ofreció el doble por «Pepsi: La elección de una nueva generación». Pero según la ley federal, si ponemos publicidad en nuestra nave, ¡nos prohibirán lanzarla!

—Cierto —dijo el senador Sexton—. Y si salgo elegido, me ocuparé de abolir esa legislación antipatrocinio. Es una promesa. El espacio debería estar abierto a la publicidad como lo está cada centímetro cuadrado de la Tierra.

Sexton empezó a mirarles uno a uno directamente a los ojos al tiempo que hablaba con voz solemne:

—No obstante, todos sabemos que el mayor obstáculo para la privatización de la NASA no son las leyes, sino más bien su percepción por parte del público. La mayoría de los norteamericanos todavía conservan una visión romántica del programa espacial de Estados Unidos. Aún creen que la NASA es una agencia gubernamental necesaria.

—¡La culpa es de esas malditas películas de Hollywood! —saltó uno de los presentes—. ¿Cuántas películas en las que la NASA salva al mundo de un asteroide asesino puede llegar a hacer Hollywood, por el amor de Dios? ¡No es más que propaganda!

Sexton sabía perfectamente que la plétora de películas sobre la NASA hechas en Hollywood era simplemente una cuestión de economía. Tras el desmesurado éxito de la película *Top Gun*, un bombazo en el que Tom Cruise hacía las veces de piloto de un reactor y que no era más que dos horas de publicidad para el ejército de los Estados Unidos, la NASA se dio cuenta del verdadero potencial de Hollywood como gran generador de opinión pública. La agencia empezó en secreto a ofrecer a las compañías cinematográficas libre acceso de filmación a sus increíbles instalaciones: plataformas de lanzamiento, controles de misión, instalaciones de entrenamiento. Los productores, acostumbrados a pagar altísimas autorizaciones por las localizaciones cuando filmaban en cualquier otra parte, saltaron ante la oportunidad de ahorrarse millones en costes de producción al rodar *thrillers* sobre la NASA en localizaciones «gratuitas». Naturalmente, Hollywood sólo conseguía tener acceso a las instalaciones de la NASA si ésta aprobaba el guión en cuestión.

—Es un lavado de cerebro público —gruñó un hispano—. Las películas no son ni la mitad de perjudiciales que las fraudulentas estrategias publicitarias. ¿Enviar a un jubilado al espacio? ¿Y ahora la NASA planea una tripulación de lanzadera cien por cien femenina? ¡No es más que publicidad!

Sexton suspiró. Su tono de voz sonaba ahora trágico.

—Cierto, y no creo que deba recordarles lo que ocurrió en la década de los ochenta cuando el Departamento de Educación estaba en bancarrota y acusó a la NASA de estar gastando millones que podían dedicarse a las escuelas. La NASA urdió una campaña de opinión pública para demostrar que se preocupaba por la educación del país. Enviaron a una profesora de enseñanza pública al espacio —anunció, antes de hacer una breve pausa—. Todos ustedes recordarán a Christa McAuliffe.

La sala quedó en silencio.

—Caballeros —dijo Sexton, deteniéndose con gesto teatral frente a la chimenea—. Creo llegado el momento de que los norteamericanos comprendan la verdad, por el bien futuro de todos. Es hora de que los norteamericanos sepan que la NASA está entorpeciendo la exploración espacial. El espacio no es distinto de cualquier otra industria, y mantener maniatado al sector privado roza lo delictivo. ¡No hay más que ver la industria informática, en la que se observa tal explosión de progreso que a duras penas es posible mantenernos al día! ¿Y por qué? Porque la industria informática es un sistema de libre mercado: recompensa la eficiencia y la capacidad de visión con beneficios. ¡Imaginen que la industria informática fuera gestionada por el gobierno! Todavía seguiríamos inmersos en la Edad Media. Nos hemos estancado en el espacio. Deberíamos poner la exploración espacial en manos del sector privado al que pertenece. Los norteamericanos se quedarían perplejos al ver el crecimiento, los empleos y los sueños hechos realidad. Estoy convencido de que deberíamos dejar que el sistema de libre mercado nos lance a nuevas alturas en el espacio. Si salgo elegido, me encargaré personalmente de correr los cerrojos de las puertas que nos separan de la última frontera y abrirlas de par en par.

Sexton levantó la copa de coñac.

—Amigos míos, están aquí esta noche para decidir si soy merecedor de su confianza. Espero estar haciendo méritos para ganármela. Del mismo modo que se necesitan inversores para crear una empresa, se necesitan inversores para crear una presidencia. Del mismo modo que los accionistas de las empresas esperan beneficios, ustedes, en calidad de inversores políticos, esperan beneficios. El mensaje que quiero darles esta noche es muy sencillo: inviertan en mí y nunca les olvidaré. Nuestras misiones son una sola; la misma.

Sexton extendió la copa hacia ellos y propuso un brindis.

—Con su ayuda, amigos míos, pronto estaré en la Casa Blanca... y todos ustedes estarán haciendo realidad sus sueños.

A sólo ocho metros de allí, Gabrielle Ashe seguía agazapada entre las sombras, rígida. Del estudio llegó el armónico tintineo de las copas de cristal y el crepitar del fuego en la chimenea.

58

En un ataque de pánico, el joven técnico de la NASA se lanzó a la carrera por el habisferio. Había ocurrido algo terrible. Encontró al director Ekstrom solo, cerca del área de prensa.

–Señor –jadeó el técnico–, ¡ha habido un accidente!

Ekstrom se volvió con aire distante, como si sus pensamientos estuvieran ya concentrados en otros asuntos.

–¿Qué ha dicho? ¿Un accidente? ¿Dónde?

–En la fosa de extracción. Acaba de salir un cuerpo a la superficie. Se trata del doctor Wailee Ming.

El rostro de Ekstrom perdió toda expresión.

–¿El doctor Ming? Pero...

–Lo hemos sacado del agua, pero ya es demasiado tarde. Está muerto.

–Por el amor de Dios. ¿Cuánto tiempo llevaba allí?

–Creemos que aproximadamente una hora. Al parecer ha caído a la fosa y se ha hundido hasta el fondo, pero al hincharse, el cuerpo ha salido flotando de nuevo a la superficie.

A Ekstrom se le encendió el rostro rojizo.

–¡Maldita sea! ¿Quién más está al corriente?

–Nadie, señor. Sólo dos de nosotros. Lo hemos sacado del agua, pero pensamos que debíamos decírselo antes de...

–Han actuado correctamente –dijo Ekstrom, soltando un pesado suspiro–. Escóndanlo inmediatamente y no digan nada.

El técnico estaba perplejo.

–Pero, señor, yo...

Ekstrom posó una mano enorme sobre el hombro del joven técnico.

–Escúcheme bien. Estamos ante un extraño accidente, un accidente que lamento de veras. Por supuesto, me encargaré de él como conviene cuando llegue el momento. Pero ahora no.

–¿Me está pidiendo que esconda el cuerpo?

Los glaciales ojos nórdicos de Ekstrom se clavaron en él.

–Piénselo. Podríamos decírselo a todos, pero ¿qué conseguiríamos con eso? Apenas falta una hora para la rueda de prensa. Anunciar que hemos sufrido un fatal accidente ensombrecería el descubrimiento y tendría un efecto devastador sobre la moral de nuestro equipo. El doctor Ming ha cometido un imprudente error y no tengo la menor intención de hacer que sea la NASA quien pague por ello. Estos científicos civiles ya han gozado de bastantes atenciones para que encima ahora tenga que permitir que uno de sus errores enturbie nuestro momento de gloria. El accidente del doctor Ming se mantendrá en secreto hasta después de la rueda de prensa. ¿Me ha entendido?

El hombre asintió, pálido.

–Ocultaré el cuerpo.

59

Michael Tolland había estado en el mar el tiempo suficiente para saber que el océano se llevaba a sus víctimas sin el menor remordimiento ni vacilación. Exhausto, tumbado sobre la extensa placa de hielo, apenas lograba distinguir el fantasmagórico perfil de la altísima plataforma de hielo Milne alejándose en la distancia. Sabía que la fuerte corriente del Ártico procedente de las islas Elizabeth dibujaba un círculo enorme alrededor de la superficie de hielo polar y que en algún momento ésta rozaría tierra firme en algún punto al norte de Rusia. Tampoco es que importara demasiado; pasarían meses antes de que eso ocurriera.

«Nos quedan quizá unos treinta minutos... cuarenta y cinco como máximo.»

Tolland era consciente de que sin el aislamiento protector del gel que rellenaba los trajes ya estarían los tres muertos. Afortunadamente, el Mark IX los había mantenido secos, precisamente el aspecto más crítico a la hora de sobrevivir al frío. El gel térmico que envolvía sus cuerpos no sólo había amortiguado la caída, sino que ahora ayudaba a que sus cuerpos retuvieran el poco calor que conservaban.

Pronto sentirían los primeros signos de hipotermia. Empezaría con un vago adormecimiento de las extremidades, cuando la sangre ya sólo irrigara los órganos internos vitales. Luego, a medida que el pulso y la respiración fueran cada vez más lentos, llegarían las alucinaciones y el cerebro tendría cada vez menos oxígeno. A continuación el cuerpo haría un último esfuerzo por conservar su remanente de calor, interrumpiendo todas sus operaciones excepto la actividad cardiaca y la respiración. Llegaría entonces la pérdida de conciencia. Por último, los centros de respiración y del corazón del cerebro dejarían de funcionar.

Tolland volvió la mirada hacia Rachel, deseando poder hacer algo para salvarla.

El adormecimiento que iba esparciéndose por el cuerpo de Rachel Sexton era menos doloroso de lo que habría podido imaginar. Era un anestésico casi providencial. «La morfina de la naturaleza.» Había perdido las gafas en la caída y apenas podía abrir los ojos contra el frío.

Podía ver a Tolland y a Corky estirados cerca de ella. Tolland la miraba con ojos llenos de pesar. Corky se movía, aunque sin duda dolorido. Tenía la mejilla derecha aplastada y llena de sangre.

El cuerpo de Rachel temblaba sin control mientras su mente intentaba encontrar respuestas. «¿Quién? ¿Por qué?» Se sentía presa de una confusión mental causada por la creciente pesadez interna. Nada parecía tener sentido ya. Notaba como si su cuerpo se estuviera apagando lentamente, acunado por una fuerza invisible que tiraba de ella hacia el sueño. Se debatió contra ella. Un sentimiento de rabia empezó a crecer en su interior e intentó avivar sus llamas.

«¡Han intentado matarnos!»

Miró el mar amenazador y tuvo la sensación de que sus atacantes se habían salido con la suya. «Ya estamos muertos.» Incluso entonces, a sabiendas de que probablemente no vivirían para descubrir la verdad sobre el juego mortal que había tenido lugar en la plataforma de hielo Milne, Rachel sabía a quién culpar.

El director, Ekstrom, era quien más tenía que ganar. Era él quien les había enviado ahí fuera a investigar el hielo. Estaba vinculado al Pentágono y a las fuerzas de Operaciones Especiales. «Pero ¿qué ganaba Ekstrom colocando el meteorito bajo el hielo? ¿Qué podía ganar nadie con ello?»

Rachel recordó por un instante el rostro de Zach Herney, y se preguntó si el presidente también era un conspirador o simplemente un peón ajeno a lo ocurrido. «Herney no sabe nada. Es inocente.» Obviamente el presidente había sido engañado por la NASA. Herney estaba a menos de una hora de dar a conocer el comunicado. Y lo haría armado de un documental en vídeo que contenía la ratificación de cuatro científicos civiles.

Cuatro científicos civiles muertos.

Rachel no podía hacer nada por detener la rueda de prensa, pero se juró que fuera quien fuera el responsable de aquel ataque no iba a salirse con la suya.

Haciendo acopio de todas sus fuerzas, intentó sentarse. Sintió las extremidades pesadas como el granito y todas sus articulaciones chillaron de dolor cuando dobló brazos y piernas. Poco a poco, logró ponerse de rodillas, consiguiendo mantener el equilibrio sobre el hielo plano. La cabeza le daba vueltas. A su alrededor se agitaba el océano. Tolland estaba tumbado cerca, mirándola con ojos inquisidores. Rachel percibió que probablemente él pensara que se había arrodillado para rezar. No era así, por supuesto, aunque seguramente la oración habría tenido tantas posibilidades de salvarles como lo que estaba a punto de intentar.

La mano derecha de Rachel rebuscó en su cintura, donde encontró el piolet todavía colgando de su cinturón. Sus dedos tiesos agarraron el mango. Invirtió el piolet, posicionándolo como una T boca abajo. Luego, con toda su energía, golpeó con el martillo contra el hielo. Pam. Otra vez. Pam. La sangre parecía melaza en sus venas. Pam. Tolland seguía mirándola, evidentemente confundido. Rachel volvió a golpear el hielo con el piolet. Pam.

Tolland intentó incorporarse sobre un codo.

—¿Ra...chel?

Rachel no respondió. Necesitaba toda su energía. Pam. Pam.

—No creo que... —dijo Tolland—, tan al norte... la RAS... pueda oír...

Rachel se volvió hacia él, sorprendida. Había olvidado que Tolland era oceanógrafo y que debía de tener alguna idea de lo que estaba intentando. «Buena idea... pero no estoy llamando a la RAS.»

Rachel siguió golpeando el hielo.

Las siglas RAS designan a la Red Acústica Suboceánica, una reliquia dejada por la Guerra Fría que los oceanógrafos del mundo entero aprovechaban hoy en día para escuchar a las ballenas. Los sonidos submarinos recorrían miles de kilómetros, por lo que la red de la RAS, formada por cincuenta y nueve micrófonos en todo el mundo, podía escuchar un porcentaje sorprendentemente grande de los océanos del planeta, pero Rachel sabía que ahí fuera había otros atentos a los sonidos del suelo oceánico... otros cuya existencia era conocida por muy poca gente. Siguió golpeando el hielo. Su mensaje era simple y claro.

Pam. Pam. Pam.

Pam... Pam... Pam...

Pam. Pam. Pam.

Rachel no se hacía ninguna ilusión ante la posibilidad de que sus actos fueran a salvarles la vida. Sentía ya un agarrotamiento glacial adueñándose de su cuerpo. Dudaba de que le quedara media hora de vida. Ahora el rescate quedaba totalmente fuera de cualquier posibilidad. Aunque no era salvarse lo que pretendía.

Pam. Pam. Pam.

Pam... Pam... Pam...

Pam. Pam. Pam.

–No hay... tiempo –dijo Tolland.

«No se trata... de nosotros –pensó Rachel–. Se trata de la información que tengo en el bolsillo.» Volvió a ver en su cabeza la incriminadora copia impresa que habían obtenido del RPT y que llevaba guardada en su traje Mark IX. «Tengo que dejar la copia impresa del RPT en manos de la ONR... y rápido.»

Incluso a pesar de que empezaba a delirar, estaba segura de que su mensaje sería recibido. En plena década de los ochenta, la ONR había reemplazado la RAS por una red treinta veces más potente. Cobertura global total: Classic Wizard, el oído de la ONR destinado a cubrir el suelo oceánico, cuyo valor ascendía a doce millones de dólares. En las siguientes horas los superordenadores Cray del puesto de escucha que la ORN/ANS tenía en Menwith Hill, Inglaterra, registraría una secuencia anómala en uno de los hidrófonos del Ártico, descifraría los golpes de Rachel como un SOS, triangularía a continuación las coordenadas y enviaría de inmediato un avión de rescate desde la Base que la Fuerza Aérea tenía en Thule, Groenlandia. El avión hallaría tres cuerpos sobre un iceberg. Congelados. Muertos. Uno de ellos sería una empleada de la ONR... con una extraña hoja de papel térmico en el bolsillo.

Una copia impresa de un RPT.

El legado póstumo de Norah Mangor.

Cuando los rescatadores estudiaran la copia impresa, el misterioso túnel cavado para colocar el meteorito saldría a la luz. A partir de ahí, Rachel no tenía la menor idea de lo que ocurriría, pero al menos el secreto no moriría con ellos.

60

Todas las transiciones presidenciales que tienen lugar en la Casa Blanca implican un tour privado por tres almacenes estrechamente vigilados que contienen valiosísimas colecciones de antiguos muebles del edificio: escritorios, cuberterías, camas y otras piezas utilizadas por anteriores presidentes que se remontan hasta el mismísimo George Washington. Durante el tour, se invita al presidente recién elegido a seleccionar cualquier reliquia que desee y a utilizarla como mueble en la Casa Blanca durante su mandato. Sólo la cama del Dormitorio Lincoln es una pieza fija del mobiliario de la Casa Blanca. Por irónico que parezca, Lincoln nunca durmió en ella.

El escritorio al que estaba sentado Zach Herney en el Despacho Oval había pertenecido antaño a su ídolo, Harry Truman. Aunque pequeño para el concepto moderno de escritorio, era para él un recordatorio diario de que la «responsabilidad» sin duda se detenía allí y de que él era el único responsable de cualquier deficiencia en su administración. Aceptaba esa responsabilidad como un honor y hacía lo imposible por inculcar a su equipo las motivaciones necesarias para desempeñar sus funciones.

–¿Señor presidente? –le llamó su secretaria, asomando la cabeza por la puerta del despacho–. Tenemos la llamada que ha pedido.

Herney hizo un gesto con la mano.

–Gracias.

Cogió el teléfono. Habría preferido un poco de privacidad para esa llamada, pero estaba más que claro que no la iba a tener en ese momento. Dos maquilladores revoloteaban a su alrededor como mosquitos, pinchándole y hurgándole en la cara y en el pelo. Directamente delante de su escritorio, un equipo de televisión lo estaba preparando todo, y una interminable marea de asesores y de relaciones públicas correteaban por el despacho, discutiendo, excitados, la estrategia que debían seguir.

«T menos una hora...»

Herney pulsó el botón iluminado de su teléfono privado.

–¿Lawrence? ¿Está usted ahí?

–Aquí me tiene.

La voz del Director de la NASA parecía consumida, distante.

–¿Todo bien ahí arriba?

–La tormenta sigue acercándose, pero mi gente me dice que la conexión del satélite no se verá afectada. Estamos preparados. Una hora e iniciamos la cuenta atrás.

–Excelente. Los ánimos por todo lo alto, espero.

–Totalmente. Mi equipo está entusiasmado. De hecho, acabamos de tomarnos unas cervezas.

Herney se rió.

–Me alegra oírlo. Escuche, quería llamarle y darle las gracias antes de que hagamos esto. Esta noche va a ser inolvidable.

El director hizo una pausa. Su voz sonaba extrañamente insegura al hablar.

–De eso puedo dar fe, señor. Llevamos mucho tiempo esperando esto.

Herney vaciló.

–Parece usted agotado.

–Necesito un poco de sol y una cama de verdad.

–Sólo será una hora más. Sonría a las cámaras, disfrute del momento y luego le enviaremos un avión que le traerá de vuelta a Washington.

–Estoy impaciente –dijo el hombre, antes de volver a guardar silencio.

Como hábil negociador, Herney había aprendido a escuchar, a oír lo que se decía entre líneas. Había algo en la voz del director que, de algún modo, sonaba mal.

–¿Está seguro de que todo anda bien ahí arriba?

–Totalmente. Como una seda –afirmó el director, que parecía ahora ansioso por cambiar de tema–. ¿Ha visto la versión final del documental de Michael Tolland?

–Acabo de verla –respondió Herney–. Ha hecho una trabajo fantástico.

–Sí. Fue todo un acierto por su parte enviarlo.

–¿Todavía está enfadado conmigo por haber implicado a científicos civiles?

–Demonios, sí –gruñó el director con buen talante y con la habitual fuerza en su voz.

Al oírlo Herney se sintió mejor. «Ekstrom está bien –pensó–. Sólo un poco cansado.»

–Muy bien, le veré dentro de una hora vía satélite. Les daremos algo de que hablar.

–Eso es.

–Oiga, Lawrence –ahora la voz de Herney sonó grave y solemne–. Ha hecho usted algo increíble ahí arriba. No lo olvidaré mientras viva.

En el exterior del habisferio, empujado por el viento, Delta-Tres luchaba por enderezar y volver a empaquetar en el trineo el material volcado de Norah Mangor. En cuanto consiguió volver a colocar el equipo en el trineo, aseguró la cubierta de vinilo y envolvió el cadáver de la doctora, colocándolo encima y atándolo después. Mientras se preparaba para arrastrar el trineo lejos de allí, sus dos compañeros subieron deslizándose por el glaciar hacia él.

–Cambio de planes –gritó Delta-Uno por encima del viento–. Los otros tres han caído por el acantilado al mar.

Delta-Tres no se sorprendió. También sabía lo que eso significaba. El plan de la Delta Force de fingir un accidente dejando cuatro cadáveres sobre la plataforma de hielo había dejado de ser una opción viable. Abandonar un solo cuerpo provocaría más preguntas que respuestas.

–¿Un buen barrido? –preguntó.

Delta-Uno asintió.

–Recuperaré las bengalas. Vosotros dos deshaceos del trineo.

Mientras Delta-Uno retomaba el camino recorrido por los científicos, recogiendo cualquier pista que delatara que alguien había estado allí, Delta-Tres y su compañero bajaron por el glaciar con el trineo de equipamiento cargado. Después de sortear, no sin dificultades, los bancos de hielo, por fin llegaron al precipicio donde acababa la plataforma de hielo Milne. Dieron un empujón y Norah Mangor y el trineo se deslizaron silenciosamente por el borde, cayendo en picado al océano Ártico.

«Un buen barrido», pensó Delta-Tres.

Mientras regresaban a la base, observó satifecho cómo el viento iba borrando el rastro de sus esquíes.

61

El submarino nuclear *Charlotte* llevaba cinco días estacionado en el océano Ártico. Su presencia en la zona era máximo secreto.

El *Charlotte*, un submarino de clase Los Ángeles, había sido diseñado para «escuchar sin ser oído». Sus cuarenta y dos toneladas de turbinas estaban suspendidas sobre amortiguadores que eliminaban cualquier vibración. A pesar del sigilo con el que se movía, el submarino dejaba un rastro en el agua mucho mayor que cualquiera de los submarinos de reconocimiento en activo. Con más de ciento nueve metros de eslora, si se colocaba el casco en uno de los campos de fútbol americano de la NFL, a buen seguro aplastaría ambas porterías. Con una longitud de siete veces la del primer submarino de clase Holland de la Marina de Estados Unidos, el *Charlotte* desplazaba seis mil novecientas veintisiete toneladas de agua cuando se sumergía por completo y podía avanzar a la increíble velocidad de treinta y cinco nudos.

La profundidad normal de crucero de la nave estaba justo por debajo del termocline, una pendiente natural de temperatura que distorsionaba los reflejos del sónar situado por encima y que lo hacía invisible a los radares de superficie. Con una tripulación de ciento cincuenta y ocho hombres y una profundidad de inmersión máxima de cuatrocientos cincuenta metros, la nave representaba el último grito en sumergibles y era el puntal oceánico de la Marina de Estados Unidos. Su sistema de oxigenación por electrólisis evaporativa, sus dos reactores nucleares y su aprovisionamiento calculado al dedillo, le permitían circunnavegar el globo veintiuna veces sin necesidad de emerger. Los desperdicios generados por la tripulación, como ocurre con la mayoría de los cruceros, eran comprimidos en bloques de treinta kilos y lanzados al océano. Esos enormes ladrillos de heces recibían jocosamente el nombre de «mierdas de ballena».

El técnico que estaba sentado delante de la pantalla del oscilador en la sala del sónar era uno de los mejores del mundo. Su mente era un diccionario de sonidos y formas de ondas. Podía distinguir entre los sonidos de las hélices de más de doce tipos de submarinos rusos, cientos de animales marinos, e incluso localizar con toda precisión volcanes submarinos situados en Japón.

En ese momento su atención estaba centrada en un eco sordo y repetitivo. Aunque el sonido resultaba claramente distinguible, era de lo más inesperado.

–No te vas a creer lo que me está llegando a estos chismes de escucha –le dijo a su asistente de registros, pasándole los auriculares.

El asistente se puso los auriculares y una mirada incrédula le cruzó la cara.

–Dios mío. Es claro como el agua. ¿Qué hacemos?

El técnico de sónar estaba ya al teléfono, hablando con el capitán.

Cuando el capitán del submarino llegó a la sala del sónar, el técnico emitió en directo una muestra de los sonidos registrados en el sónar por una pequeña serie de altavoces. El capitán escuchó, sin la menor expresión en el rostro.

Pam. Pam. Pam.

Pam... Pam... Pam...

Más despacio. Más despacio. La pauta se volvía cada vez más difusa. Más y más débil.

–¿Cuáles son las coordenadas? –preguntó el capitán.

El técnico se aclaró la garganta.

–De hecho, señor, procede de la superficie, a unas tres millas a estribor.

62

En la oscuridad del pasillo, fuera del estudio del senador Sexton, a Gabrielle Ashe le temblaban las piernas. No tanto por el agotamiento de tanto rato sin moverse, sino por la desilusión que lo que estaba oyendo le había provocado. La reunión que tenía lugar en la habitación contigua seguía celebrándose, pero ella no necesitaba oír ni una sola palabra más. La verdad parecía dolorosamente obvia.

«El senador Sexton acepta sobornos de agencias espaciales privadas.» Marjorie Tench le había dicho la verdad.

La repugnancia que ahora sentía era la que provoca la traición. Había creído en Sexton, había luchado por él. «¿Cómo puede hacer esto?» Había visto al senador mentir en público de vez en cuando para proteger su vida privada, pero eso era política y esto, en cambio, incumplir la ley.

«¡Ni siquiera ha salido elegido y ya está empeñando la Casa Blanca!»

Supo entonces que no podía seguir apoyándolo. La promesa de aprobar el proyecto de ley de privatización de la NASA sólo podía llevarse a cabo haciendo gala de una desdeñosa indiferencia tanto por la ley como por el sistema democrático. Incluso aunque el senador creyera que actuaba en beneficio de todos, vender así esa decisión, por adelantado, cerraba la puerta a los balances y comprobaciones del gobierno, ignorando argumentaciones potencialmente convincentes por parte del Congreso, de los consejeros, votantes y miembros de los lobbies. Y, lo que era peor, al garantizar la privatización de la NASA, Sexton había abierto la veda a incontables abusos infringidos a ese conocimiento avanzado (el más común de los cuales es el trapicheo de información privilegiada), favoreciendo descaradamente a poderosos inversores privados en perjuicio de los honrados inversores públicos.

Presa de las náuseas, Gabrielle no sabía qué hacer.

A su espalda sóno de pronto un teléfono, desgarrando el silencio del pasillo. Se giró, sobresaltada. El sonido procedía del armario del vestíbulo: un móvil en el bolsillo del abrigo de uno de los visitantes.

—Disculpen, amigos —dijo un claro acento tejano en el estudio—. Es el mío.

Gabrielle pudo oír cómo el hombre se levantaba. «¡Viene hacia aquí!» Dio media vuelta y corrió por la alfombra por donde había venido. A medio camino, en mitad del pasillo, giró bruscamente a la izquierda, metiéndose en la cocina, ahora a oscuras, justo cuando el tejano salía del estudio y giraba por el pasillo. Se quedó helada, inmóvil en las sombras.

El tejano pasó por delante de la puerta sin percatarse de su presencia.

Por encima del sonido de los latidos de su corazón, Gabrielle pudo oírle rebuscando dentro el armario. Por fin, el tejano contestó al teléfono.

—¿Sí?... ¿cuándo?... ¿en serio? Ahora lo encendemos, gracias. —El hombre colgó y volvió hacia el estudio, gritando a medida que avanzaba por el pasillo—: Que alguien encienda el televisor; al parecer Zach Herney va a dar una rueda de prensa urgente esta noche. A las ocho. En todas las cadenas. O bien vamos a declararle la guerra a China o la Estación Espacial Internacional acaba de caer al océano.

—¡Eso sí que merecería un buen brindis! —gritó alguien.

Todos rieron.

Gabrielle sintió entonces que la cocina giraba a su alrededor. «¿Una rueda de prensa a las ocho?» Aparentemente, Tench había dicho la verdad, después de todo. Le había dado hasta las ocho para que le entregara una declaración jurada admitiendo el affaire. «Distánciese del senador antes de que sea demasiado tarde», le había dicho. Gabrielle había supuesto que la hora límite respondía a la intención de la Casa Blanca de filtrar la información a los periódicos del día siguiente, pero ahora parecía que tenía intención de hacer pública la noticia sirviéndose de las pruebas.

«¿Una rueda de prensa urgente? —Sin embargo, cuanto más lo pensaba, más extraño le parecía—. ¿Herney va a aparecer en directo con todo este asunto? ¿Personalmente?»

Se oyó el televisor en el estudio. A todo volumen. La voz del presentador del telediario rebosaba entusiasmo.

—La Casa Blanca no ha facilitado la menor pista sobre el tema de la aparición presidencial sorpresa de esta noche, y abundan las especulaciones. Varios analistas políticos creen que, teniendo en cuenta la reciente ausencia del presidente en la carrera presidencial, Zach Herney podría estar preparándose para anunciar que no va a presentarse a una segunda legislatura.

Un griterío esperanzado se elevó en el estudio.

«Eso es absurdo», pensó Rachel. Con toda la basura que la Casa Blanca conocía sobre Sedgewick Sexton en ese momento, no había la menor posibilidad de que el presidente fuera a tirar la toalla esa noche. «Esta rueda de prensa es sobre otra cosa.» Gabrielle tenía la angustiosa sensación de que ya había sido advertida de lo que era.

Con creciente urgencia, consultó su reloj. Menos de una hora. Tenía que tomar una decisión y sabía exactamente con quién tenía que hablar. Se metió el sobre con las fotos bajo el brazo y salió del apartamento sin hacer ruido.

En el pasillo, el guardaespaldas pareció aliviado.

–He oído jolgorio dentro. Al parecer ha triunfado usted.

Gabrielle esbozó una breve sonrisa y se dirigió al ascensor.

Una vez en la calle, la noche temprana le pareció extrañamente amarga. Paró un taxi, subió e intentó tranquilizarse diciéndose que sabía exactamente lo que hacía.

–A los estudios de la ABC –le dijo al taxista–. Y deprisa.

63

Michael Tolland se tumbó de costado sobre el hielo y apoyó la cabeza sobre un brazo tendido que ya ni siquiera sentía. Aunque notaba pesados los párpados, luchaba por mantenerlos abiertos. En aquel extraño lugar, iba interiorizando las últimas imágenes de su mundo –ahora ya sólo mar y hielo– desde aquella oblicua y extraña inclinación. Le pareció un final que encajaba perfectamente con un día en el que nada había sido lo que parecía.

Una calma estremecedora había empezado a adueñarse de la balsa de hielo flotante. Rachel y Corky guardaban silencio y los golpes habían cesado. Cuanto más se alejaban flotando del glaciar, menor era la fuerza del viento. Tolland oyó cómo también su propio cuerpo se volvía más silencioso. Con la apretada capucha que le cubría las orejas, podía oír su propia respiración ampliada en la cabeza, cada vez más lenta... menos profunda. Su cuerpo ya no era capaz de luchar contra la sensación que acompañaba a su sangre, que ahora abandonaba sus extremidades como una tripulación abandona un barco, fluyendo instintivamente a sus órganos vitales en un último esfuerzo desesperado por mantenerlo consciente.

Una batalla perdida, lo sabía.

Sorprendentemente, ya no había dolor. Había superado esa fase. Ahora la sensación era la de hinchazón, de adormecimiento, de estar flotando. A medida que el primero de sus actos reflejos –parpadear– empezó a extinguirse, se le nubló la vista. El humor acuoso que circulaba entre la córnea y el cristalino empezaba a congelarse. Tolland se volvió para mirar el borrón en que se había convertido la plataforma de hielo Milne, que ya no era más que una difusa forma blanca a la brumosa luz de la luna.

Sintió que su alma admitía la derrota. Balanceándose en la frontera entre la presencia y la ausencia, clavó la mirada a lo lejos, en las olas del océano. El viento aullaba a su alrededor.

Fue entonces cuando empezó a alucinar. Por muy raro que pareciese, en los últimos segundos antes de caer inconsciente, no alucinó con el rescate. No alucinó con imágenes cálidas y reconfortantes. Su última ilusión fue absolutamente aterradora.

Un leviatán emergía del agua junto al iceberg, quebrando la superficie con un siseo amenazador. Como si del mítico monstruo marino se tratara, ahí estaba: negro, reluciente y mortal, rodeado de agua espumosa. Se obligó a parpadear. La visión se le aclaró ligeramente. La bestia estaba cerca, rebotando contra el hielo como un enorme tiburón acechando un barco pequeño. Inmenso, se alzaba ante él con la piel húmeda y resplandeciente.

Cuando la brumosa imagen se volvió negra, lo único que quedaron fueron los sonidos. El metal contra el metal, los dientes clavándose en el hielo, cada vez más cerca, llevándose los cuerpos con él.

«Rachel...»

Tolland sintió que lo agarraban bruscamente.

Y entonces todo se volvió de color negro.

64

Gabrielle Ashe había echado a correr lo más rápido que podía cuando entró en la sala de producción de la tercera planta del edificio de la ABC News. Aun así, se movía más despacio que todo el personal de la sala. La intensidad que reinaba en el departamento de producción era febril las veinticuatro horas del día, pero en ese preciso instante en las cabinas que tenía delante se vivía una agitación parecida a una sesión de bolsa bajo los efectos del *speed*. Los enloquecidos directores de montaje se gritaban por encima de los tabiques de sus compartimentos, reporteros que no dejaban de agitar faxes iban de cabina en cabina comparando notas y los frenéticos subalternos engullían Snickers y Mountain Dew entre recado y recado.

Gabrielle había ido a la ABC a ver a Yolanda Cole.

Normalmente podía encontrarse a Yolanda en las altas cumbres: los despachos privados con paredes de cristal reservados a los altos cargos que, de hecho, necesitaban un poco de tranquilidad para poder pensar. Esa noche, sin embargo, Yolanda estaba en la zona común, metida hasta las cejas en lo que allí se cocía. Cuando vio a Gabrielle, soltó su grito de alegría habitual.

—¡Gabs!

Llevaba puesto un vestido de una pieza de batik y gafas de concha. Como de costumbre, del cuello le colgaban unos cuantos kilos de llamativa bisutería como oropel. Se acercó hacia ella con paso torpe, saludándola con la mano.

—¡Un abrazo!

Yolanda Cole llevaba dieciséis años como editora de contenidos de la ABC en Washington. Era una polaca de rostro pecoso, fornida y un poco calva a la que todos llamaban cariñosamente «mamá». Su aspecto de matrona y su buen humor ocultaban una implacabilidad innata a la hora de conseguir una historia. Gabrielle había conocido a Yolanda en un seminario de asesoramiento sobre mujeres en la política al que había asistido poco después de su llegada a Washington.

Habían empezado a hablar sobre su currículo, y sobre los retos que representaba ser mujer en la capital, y habían terminado con Elvis Presley, una pasión que, sorprendentemente, ambas compartían. Yolanda acogió a Gabrielle bajo su protección y la ayudó a hacer contactos. Ella todavía pasaba a verla todos los meses.

Gabrielle le dio un gran abrazo, un poco más animada ante el entusiasmo que su amiga había mostrado al verla.

Yolanda dio un paso atrás y la miró detenidamente.

–¡Pareces haber envejecido cien años, niña! ¿Qué te ha pasado?

Gabrielle bajó la voz.

–Estoy metida en un lío, Yolanda.

–Pues no se me ocurre por qué. Por lo visto, a tu hombre le va muy bien.

–¿Hay algún lugar donde podamos hablar en privado?

–Qué inoportuna, cariño. El presidente va a dar una rueda de prensa dentro de media hora y todavía no tenemos ni idea de lo que va a anunciar. Tengo que reunir a algunos comentaristas expertos en el tema y estoy dando palos de ciego.

–Yo sé cuál es el motivo de esta rueda de prensa.

Yolanda se bajó las gafas, en un gesto escéptico.

–Gabrielle, nuestro corresponsal en la Casa Blanca no tiene ni idea de qué va esto. ¿Vas a decirme que Sexton juega con información privilegiada?

–No. Lo que digo es que soy yo la que tiene información privilegiada. Dame cinco minutos; te lo contaré todo.

Yolanda echó una mirada al sobre rojo de la Casa Blanca que Gabrielle tenía en la mano.

–Eso es un sobre de correo interno de la Casa Blanca. ¿De dónde lo has sacado?

–De una reunión privada que he tenido esta tarde con Marjorie Tench.

Yolanda la miró durante un largo instante.

–Sígueme.

En la privacidad de la cabina con paredes de cristal de Yolanda, Gabrielle se sinceró con su amiga, confesándole el affaire de una noche que había tenido con Sexton y revelándole que Tench disponía de fotografías.

Yolanda esbozó una amplia sonrisa y sacudió la cabeza, riéndose. Llevaba tanto tiempo en el periodismo de Washington que ya nada la sorprendía.

—Oh, Gabs, tenía la corazonada de que quizá Sexton y tú os hubiérais enrollado. No me sorprende, Sexton tiene su reputación y tú eres una chica muy guapa. Es una pena lo de las fotos, aunque yo no me preocuparía por eso.

«¿Que no me preocupe por eso?»

Gabrielle le explicó que Tench había acusado a Sexton de aceptar sobornos ilegales de compañías espaciales y que acababa de ser testigo de una reunión secreta de la Fundación para las Fronteras Espaciales que confirmaba tales sospechas. De nuevo la expresión de Yolanda mostró escasa sorpresa o preocupación... hasta que Gabrielle le dijo lo que pensaba hacer al respecto.

Yolanda pareció preocuparse.

—Gabrielle, si quieres entregar un documento legal diciendo que te has acostado con un senador de Estados Unidos y que te mantuviste al margen cuando él mintió al respecto, es asunto tuyo. Pero no lo olvides: es un error. Deberías pensar detenidamente en lo que puede significar para ti.

—No me estás escuchando. ¡No dispongo de ese tiempo!

—Claro que te estoy escuchando. Mira, cariño, tanto si el tiempo se acaba como si no, hay ciertas cosas que simplemente no se hacen. No se abandona a un senador de Estados Unidos por un escándalo sexual; es un suicidio. Escúchame bien, niña, si traicionas a un candidato presidencial, ya puedes subirte al coche y alejarte de Washington lo más deprisa que puedas. Serás una mujer marcada. Hay mucha gente que gasta grandes sumas de dinero en llevar a sus candidatos a lo más alto. Aquí hay en juego altas finanzas y poder... la clase de poder por la que la gente mata.

Gabrielle se había quedado callada.

—Personalmente —dijo Yolanda—, creo que Tench ha intentado presionarte con la esperanza de que hagas alguna estupidez, de que te asustes y así confieses el affaire —añadió señalando el sobre rojo que Gabrielle tenía entre las manos—. Esas fotos de Sexton y tú no significan nada a menos que uno de los dos admita que son auténticas. La Casa Blanca sabe que si filtra esas fotos, Sexton alegará que son fraudulentas y se las tirará al presidente a la cara.

—Ya lo había pensado, aunque el asunto de los sobornos para la financiación de la campaña me parece...

—Piénsalo bien, cariño. Si la Casa Blanca no ha hecho públicas las alegaciones por soborno, probablemente es que no tiene intención de hacerlo. El presidente se toma muy en serio lo de no caer en una campaña de desprestigio. Yo creo que simplemente decidió ahorrarse un escándalo de la industria aeroespacial y envió a Tench a por ti con un farol con la esperanza de poder asustarte para que confesaras el rollo sexual. Es decir, para que apuñalaras a tu candidato por la espalda.

Gabrielle lo meditó. Lo que decía Yolanda tenía sentido y, sin embargo, había algo que todavía no acababa de encajar. Gabrielle señaló a través del cristal a la bulliciosa sala de noticias.

—Yolanda, os estáis preparando para una importante rueda de prensa presidencial. Si el presidente no piensa hacer pública ninguna cuestión relacionada con sobornos ni con sexo, ¿para qué ha convocado la conferencia?

Yolanda parecía perpleja.

—Espera un minuto. ¿Acaso crees que esta rueda de prensa se ha convocado para hablar de Sexton y de ti?

—O de los sobornos, o de ambas cosas. Tench me ha dicho que tenía hasta las ocho de esta noche para firmar una confesión. De lo contrario, el presidente anunciaría que...

La risa de Yolanda sacudió por completo la cabina de cristal.

—¡Por favor! ¡Un minuto! ¡No puedo creer lo que estoy oyendo!

Gabrielle no estaba de humor para bromas.

—¿Qué?

—Escucha, Gabs —logró por fin decir Yolanda entre risas—. Créeme, llevo dieciséis años tratando con la Casa Blanca y te aseguro que no hay ninguna posibilidad de que Zach Herney haya convocado a los medios de comunicación del mundo entero para anunciar que sospecha que el senador Sexton está aceptando financiación de dudosa procedencia para su campaña o que está acostándose contigo. Ése es el tipo de información que tú filtrarías. Los presidentes no ganan popularidad interrumpiendo la programación regular de los medios de comunicación para arengar sobre sexo o sobre supuestas infracciones de difusas leyes sobre la financiación de campañas.

—¿Difusas? —replicó Gabrielle—. ¡Vender descaradamente tu decisión sobre el proyecto de ley espacial por millones de dólares para publicidad difícilmente puede considerarse un asunto difuso!

—¿Estás segura de que es eso lo que está haciendo? —El tono de voz de Yolanda era ahora más duro—. ¿Estás lo bastante segura como para anunciarlo en la televisión nacional? Piénsalo, hacen falta muchas alianzas para conseguir llevar algo a cabo en los tiempos que corren, y la financiación de una campaña es un asunto muy complejo. Quizá la reunión de Sexton fuera perfectamente legal.

—Está incumpliendo la ley —dijo Gabrielle. ¿O no era así?

—O eso es lo que quería Marjorie Tench que creyeras. Los candidatos aceptan donativos bajo mano constantemente de las grandes empresas. Quizá no parezca demasiado elegante, pero no es necesariamente ilegal. De hecho, la mayoría de asuntos legales no se centran en saber de dónde procede el dinero, sino en cómo decide gastarlo el candidato.

Gabrielle vaciló. Ahora se sentía insegura.

—Gabs, la Casa Blanca te ha engañado esta tarde. Ha intentado volverte en contra de tu candidato y por el momento te has tragado el farol. Si tuviera que decidir en quién confiar, creo que me quedaría con Sexton antes de saltar del barco y caer en manos de alguien como Marjorie Tench.

Sonó el móvil de Yolanda, que respondió, asintiendo, soltando breves afirmaciones, tomando notas.

—Interesante —dijo por fin—. Estaré ahí enseguida. Gracias.

Yolanda colgó y se volvió con una ceja arqueada.

—Gabs, al parecer estabas equivocada. Tal como he predicho.

—¿Qué ocurre?

—Todavía no dispongo de los detalles, pero esto es lo que puedo decirte: la rueda de prensa del presidente no tiene nada que ver con escándalos sexuales ni con financiación de campañas.

Gabrielle fue presa de un destello de esperanza y deseó creerla con todas sus fuerzas.

—¿Cómo lo sabes?

—Alguien acaba de filtrar la información desde dentro según la cual la rueda de prensa tiene que ver con la NASA.

Gabrielle se incorporó de golpe.

—¿Con la NASA?

Yolanda le respondió con un guiño.

—Ésta podría ser tu noche de suerte. Apuesto a que el presidente Herney está sintiendo tanta presión por parte del senador Sexton que ha decidido que la Casa Blanca no tiene más remedio que retirar su apoyo a la Estación Espacial Internacional. Eso explica la convocatoria ante los medios de comunicación.

«¿Una rueda de prensa para terminar con la Estación Espacial?» Gabrielle era incapaz de imaginarlo.

Yolanda se levantó.

—El ataque de Tench de esta tarde era probablemente un esfuerzo desesperado por comprometer a Sexton antes de que el presidente tuviera que hacer pública la mala noticia. No hay nada como un escándalo sexual para desviar la atención de otro fracaso presidencial. En cualquier caso, Gabs, tengo trabajo. Mi consejo es que te tomes un café, te quedes aquí sentada, enciendas mi televisor y disfrutes de esto como el resto de nosotros. Faltan veinte minutos para la rueda de prensa y te repito que no hay la menor posibilidad de que el presidente se dedique a echar mierda a nadie esta noche. Tiene al mundo entero mirándole. Lo que tenga que decir es algo de mucho peso —añadió con un guiño tranquilizador—. Y ahora dame el sobre.

—¿Qué?

Yolanda le tendió una mano exigente.

—Estas fotos se quedarán bajo llave en mi escritorio hasta que todo esto haya pasado. Quiero estar segura de que no harás ninguna estupidez.

A regañadientes, Gabrielle le dio el sobre.

Yolanda guardó cuidadosamente las fotos bajo llave en un cajón del escritorio y se metió las llaves en el bolsillo.

—Me lo agradecerás, Gabs, te lo juro —dijo, despeinando con la mano a Gabrielle en actitud cariñosa al salir—. Tranquila, tengo la sensación de que vamos a tener buenas noticias.

Gabrielle se quedó sentada sola en el despacho e intentó dejar que la actitud segura de Yolanda le levantara el ánimo. Sin embargo, lo único en lo que podía pensar era en la sonrisa satisfecha que se había dibujado en el rostro de Marjorie Tench esa tarde. No podía ni imaginar lo que el presidente estaba a punto de decirle al mundo, pero sin duda no iba a ser una buena noticia para el senador Sexton.

65

Rachel Sexton tenía la sensación de que la estaban quemando viva.

«¡Está lloviendo fuego!»

Intentó abrir los ojos, pero lo único que logró distinguir fueron formas nebulosas y luces cegadoras. Llovía a su alrededor. Era una lluvia caliente y abrasadora que rebotaba contra su piel desnuda. Estaba tumbada de costado y podía sentir unas baldosas calientes debajo del cuerpo. Se acurrucó aún más en posición fetal, intentando protegerse del líquido abrasador que caía sobre ella desde arriba. Olía a productos químicos, quizá se tratara de clorina. Intentó alejarse a gatas de allí, pero no pudo. Unas manos fuertes la sujetaron por los hombros, impidiéndole moverse.

«¡Suélteme! ¡Me estoy quemando!»

Instintivamente, volvió a luchar por escapar, y de nuevo se le impidió moverse en cuanto las fuertes manos la inmovilizaron contra el suelo.

–Quédese donde está –dijo una voz de hombre. Su acento era norteamericano, profesional–. Pronto habrá terminado.

«¿Qué es lo que habrá terminado? –se preguntó–. ¿El dolor? ¿Mi vida?» Intentó ver con claridad. Las luces de aquel lugar eran muy potentes. Tuvo la sensación de que la habitación era pequeña, agobiante, de techos bajos.

–¡Me estoy abrasando! –el grito de Rachel sonó como un susurro.

–Está usted bien –dijo la voz–. Es agua templada, créame.

Entonces Rachel se dio cuenta de que estaba casi desnuda. Sólo llevaba puesta su ropa interior empapada. No sintió la menor vergüenza, tenía la cabeza llena de otras muchas cosas.

Los recuerdos estaban empezando a llegar como un torrente. La plataforma de hielo, el RPT, el ataque. «¿Quién? ¿Dónde estoy?» Intentó unir las piezas de aquel rompecabezas, pero tenía la mente aletargada, como los componentes atascados de una máquina. Sumida en aquella borrosa confusión sólo se le ocurrió pensar en una cosa: «Michael, Corky... ¿Dónde están?».

Intentó enfocar su borrosa visión, pero sólo alcanzó a ver unos hombres que, de pie, se cernían sobre ella. Estaban vestidos con idénticos monos azules. Quiso hablar, pero su boca se negó a articular una sola palabra. La sensación de escozor que le abrasaba la piel daba paso a unas repentinas y profundas oleadas de dolor que le recorrían los músculos como temblores sísmicos.

–No oponga resistencia –dijo el hombre que estaba de pie sobre ella–. La sangre le tiene que volver a fluir por la musculatura –añadió. Hablaba como un médico–. Intente mover los brazos y las piernas todo lo que pueda.

El dolor que le atormentaba el cuerpo era comparable a la sensación de un martillo golpeándole cada músculo. Siguió tumbada sobre las baldosas mientras se le contraía el pecho y apenas podía respirar.

–Mueva los brazos y las piernas –insistió el hombre–. Da igual lo que sienta al hacerlo.

Rachel lo intentó. Con cada movimiento sentía como si le estuvieran clavando un cuchillo en las articulaciones. La temperatura de los chorros de agua había vuelto a aumentar, de nuevo aquella sensación de quemazón. El terrible dolor no remitió. Justo en el momento en que creyó que no podría soportarlo ni un instante más, notó que alguien le ponía una inyección. El dolor pareció remitir rápidamente, cada vez menos violento, menguando. Intentó quedarse quieta, pero los chorros de agua siguieron golpeándola. El hombre que se cernía sobre ella le sujetaba los brazos y los movía.

«¡Dios! ¡Cómo duele!» Estaba demasiado débil para luchar. Por su rostro se deslizaban lágrimas de agotamiento y de dolor. Cerró con fuerza los ojos, aislándose del mundo exterior.

Por fin, las agujas y los pinchazos empezaron a remitir. La lluvia que le caía encima desapareció. Cuando abrió los ojos, tenía la visión más clara.

Entonces los vio.

Corky y Tolland estaban tumbados junto a ella, temblando, medio desnudos y empapados. A juzgar por la expresión de angustia reflejada en sus rostros, Rachel supuso que acababan de soportar la misma experiencia que ella. Los ojos marrones de Michael Tolland estaban inyectados en sangre y parecían vidriosos. Cuando vio a Rachel, logró esbozar una sonrisa débil a pesar de que sus labios azulados no dejaban de temblar.

Rachel intentó incorporarse para echar una mirada al extraño entorno en el que se hallaban, pero sólo obtuvo la imagen que ella misma ofrecía junto a sus dos compañeros! Los tres estaban acostados, temblando, formando un batiburrillo de extremidades semidesnudas, en el suelo de una diminuta sala de duchas.

66

Unos brazos fuertes la levantaron.

Sintió cómo esos poderosos desconocidos le secaban el cuerpo y la envolvían en mantas. La estaban depositando sobre una especie de camilla y le daban un vigoroso masaje en brazos, piernas y pies. Una nueva inyección en el brazo.

—Adrenalina —dijo alguien.

Rachel notó que la droga le recorría las venas como una fuente de vida, dándo vigor a sus músculos. Aunque todavía la embargaba un vacío helado y tenso, como si tuviera la piel de un tambor en las entrañas, sintió que la sangre volvía lentamente a recorrerle las extremidades.

«He vuelto del reino de los muertos.»

Intentó enfocar la vista. Tolland y Corky estaban acostados junto a ella, tiritando, envueltos en mantas mientras los hombres les masajeaban el cuerpo y les ponían también inyecciones. Rachel no tenía la menor duda de que aquel misterioso grupo de hombres les había salvado la vida. Muchos estaban empapados; al parecer se habían metido en las duchas totalmente vestidos para ayudar. Quiénes eran o cómo habían llegado hasta ella y sus compañeros a tiempo era algo que ni siquiera intentaba imaginar. En ese momento, no le importaba. «Estamos vivos.»

—¿Dónde... estamos? —logró preguntar.

El simple esfuerzo que supuso intentar hablar le provocó un espantoso dolor de cabeza.

El hombre que le estaba dando un masaje en la cabeza respondió:

—Están en el centro médico de un submarino de clase Los Ángeles...

—¡Oficial en cubierta! —gritó una voz.

Rachel notó una repentina conmoción a su alrededor e intentó incorporarse. Uno de los hombres de azul la ayudó, levantándola y envolviéndola en las mantas. Rachel se frotó los ojos y vio que alguien entraba a grandes zancadas en la habitación.

El recién llegado era un fornido afroamericano, guapo e investido de autoridad. Llevaba un uniforme de color caqui.

—Descansen —declaró, moviéndose hacia Rachel, deteniéndose junto a ella y mirándola desde arriba con unos ojos negros de mirada intensa—. Harold Brown —dijo con voz profunda y dominante—. Capitán del *Charlotte*, submarino de Estados Unidos. ¿Y usted es...?

«El submarino de Estados Unidos *Charlotte*», pensó Rachel. El nombre le resultaba vagamente familiar.

—Sexton... —respondió—. Soy Rachel Sexton.

El hombre pareció confundido. Se acercó más a ella, estudiándola detenidamente.

—Que me aspen. Es usted de verdad.

Rachel estaba totalmente desorientada. «¿Me conoce?» Estaba segura de que no reconocía a aquel hombre, aunque, en cuanto sus ojos descendieron desde su rostro hasta la insignia que llevaba en el pecho, vio el conocido emblema del águila agarrando un ancla y rodeada por las palabras «US NAVY».

Entonces se acordó de por qué le sonaba el nombre de *Charlotte*.

—Bienvenida a bordo, señorita Sexton —dijo el capitán—. Ha resumido usted un buen número de los informes de reconocimiento de este barco. Sé quién es usted.

—Pero ¿qué hacen en estas aguas? —tartamudeó Rachel.

El rostro del capitán se endureció ligeramente.

—Francamente, señorita Sexton, iba a hacerle la misma pregunta.

Tolland se incorporó despacio, abriendo la boca para hablar. Rachel le hizo callar sacudiendo con firmeza la cabeza. «Aquí no. No es el momento.» No le cabía la menor duda de que lo primero de lo que Tolland y Corky deseaban hablar era del meteorito y del ataque, pero sin duda ésa no era una cuestión para discutir delante de la tripulación de un submarino de la Marina. En el mundo de la inteligencia, por muy grave que fuera la crisis, imperaba la discreción. La situación del meteorito seguía siendo un secreto.

—Necesito hablar con William Pickering, director de la ONR —le dijo al capitán—. En privado y de inmediato.

El capitán arqueó las cejas, al parecer poco acostumbrado a acatar órdenes en su propio barco.

—Tengo información confidencial que necesito compartir con él.

El capitán observó a Rachel durante un largo instante.

–Primero será mejor que recupere la temperatura corporal. Luego le pondré en contacto con el director de la ONR.

–Es urgente, señor. Yo...

Rachel se calló de golpe. Sus ojos acababan de ver un reloj situado en la pared encima del botiquín.

Las 19.51.

Rachel parpadeó sin apartar la mirada del reloj.

–¿Ese reloj... va bien?

–Está usted en un barco de la Marina, señora. Nuestros relojes son exactos.

–¿E indica la hora de la Costa Este?

–Las 19.51. Nuestra base está en Norfolk.

«¡Dios mío! –pensó Rachel, perpleja–. ¿Sólo son las 19.51?» Tenía la impresión de que habían pasado horas desde que había perdido la conciencia. ¡Si ni siquiera eran las ocho! «¡El presidente no ha aparecido en público para hablar del meteorito! ¡Todavía tengo tiempo de detenerle!» Inmediatamente bajó de la cama, envolviéndose en la manta. Notaba las piernas temblorosas.

–Necesito hablar con el presidente ahora mismo.

El capitán parecía confuso.

–¿Qué presidente?

–¡El de Estados Unidos!

–Creía que quería hablar con William Pickering.

–No tengo tiempo. Necesito al presidente.

El capitán no se movió. Su enorme cuerpo le impedía el paso.

–Tengo entendido que el presidente está a punto de dar una importante rueda de prensa en directo. Dudo que acepte llamadas personales.

Rachel se incorporó todo lo que pudo sobre sus débiles piernas y clavó los ojos en el capitán.

–Señor, no estoy autorizada para explicarle la situación, pero el presidente está a punto de cometer un error terrible. Dispongo de información que él necesita conocer sin falta, ahora. Tiene que creerme.

El capitán la miró fijamente durante un largo instante. Ceñudo, volvió a mirar el reloj.

–¿Nueve minutos? No puedo conseguirle una conexión protegida con la Casa Blanca en ese tiempo. Lo único que podría ofrecerle es un radiófono. Desprotegido. Y tendríamos que ponernos en profundidad de antena, lo que nos llevaría unos...

–¡Hágalo! ¡Ahora!

67

La centralita telefónica de la Casa Blanca está ubicada en la planta inferior del Ala Este. Aunque siempre había tres operadoras trabajando allí, en ese momento sólo quedaban dos sentadas ante los controles, ya que la tercera corría a toda velocidad hacia la Sala de Comunicados. Llevaba un inalámbrico en la mano. Había intentado pasar la llamada al Despacho Oval, pero el presidente ya iba de camino a la rueda de prensa. Había intentado contactar con los ayudantes del presidente llamándoles al móvil, pero antes de una intervención televisada los móviles de todos los que estaban dentro y alrededor de la Sala de Comunicados se apagaban para no interrumpir el acto.

Correr con un inalámbrico a la búsqueda del presidente en un momento como aquél parecía un tanto cuestionable y sin embargo, cuando el enlace de la ONR con la Casa Blanca había llamado diciendo que disponía de información urgente que el presidente debía recibir antes de aparecer en directo, a la operadora no le cupo la menor duda de que tenía que darse prisa. Ahora la cuestión era saber si llegaría a tiempo.

En una pequeña enfermería del *Charlotte*, Rachel Sexton se pegó el auricular del teléfono a la oreja y esperó para hablar con el presidente. Tolland y Corky estaban sentados junto a ella, todavía abatidos. Corky tenía cinco puntos y una profunda herida en la mejilla. A los tres les habían ayudado a ponerse ropa interior térmica Thinsulate, pesados uniformes de vuelo de la armada, calcetines de lana de talla muy superior a las suyas y botas. Con una taza de café caliente y pasado en la mano, Rachel estaba casi empezando a sentirse humana de nuevo.

—¿Qué pasa? —la apremió Tolland—. ¡Ya son las siete y cincuenta y seis!

Rachel no podía imaginar lo que ocurría. Había conseguido hablar con una de las operadoras de la Casa Blanca, le había explicado quién era y que se encontraban ante una emergencia. La operadora pareció hacerse cargo de la situación, puso su llamada en espera, y supuestamente en ese momento estaba intentando por todos los medios pasarle con el presidente.

«Cuatro minutos –pensó Rachel–. ¡Dese prisa!»

Cerró los ojos e intentó ordenar sus ideas. El día había sido un infierno. «Estoy en un submarino nuclear», se dijo, sabiendo que era terriblemente afortunada por seguir viva. Según el capitán del submarino, el *Charlotte* estaba en una patrulla rutinaria en el mar de Bering hacía dos días y había registrado sonidos submarinos anómalos procedentes de la plataforma de hielo Milne: perforaciones, ruidos de reactores, un gran volumen de tráfico radiofónico encriptado. Las órdenes eran dirigirse hacia allí, guardar silencio y escuchar. Hacía más o menos una hora que habían oído una explosión en la plataforma y se habían acercado para ver qué había ocurrido. Fue entonces cuando oyeron el SOS de Rachel.

–¡Faltan tres minutos! –exclamó Tolland, que ahora sonaba ansioso y no perdía de vista el reloj.

Definitivamente, Rachel se estaba poniendo nerviosa. ¿Por qué tardaba tanto? ¿Por qué el presidente no había respondido a su llamada? Si Zach Herney hacía públicos los datos tal y como habían llegado a él...

Rachel apartó esa posibilidad de su mente y sacudió el auricular. «¡Responde!»

Cuando la operadora de la Casa Blanca se precipitó hacia la entrada trasera de la Sala de Comunicados, se encontró con una multitud arracimada de miembros del equipo presidencial. Todos los presentes hablaban entusiasmados, concentrados en los preparativos de última hora. Vio al presidente a diez metros de ella, esperando en la entrada. El equipo de estilistas seguía maquillándole.

–¡Dejen paso! –dijo la operadora, intentando avanzar entre la multitud–. ¡Llamada para el presidente! Disculpen. ¡Dejen paso!

–¡Salimos en dos minutos! –gritó un coordinador de los medios de comunicación.

Con el teléfono en la mano, la operadora se abrió paso hacia el presidente.

–¡Llamada para el presidente! –jadeó–. ¡Dejen paso!

Una imponente barricada le cortó el paso. Marjorie Tench. En el rostro alargado de la asesora principal del presidente asomó una mueca de desaprobación.

—¿Qué ocurre?

—¡Una emergencia! —exclamó la operadora, que se había quedado sin aliento—... Llamada para el presidente.

Tench parecía incrédula.

—¡Ahora no. Ni hablar!

—Es Rachel Sexton. Dice que es urgente.

El gesto burlón que oscureció el rostro de Tench parecía más una mueca de confusión que de ira. Tench miró el inalámbrico.

—Es una línea externa. No está protegida.

—No, señora, aunque de todos modos la llamada entrante tampoco lo está. Llama desde un radiófono. Necesita hablar con el presidente ahora mismo.

—¡Salimos en noventa segundos!

Los fríos ojos de Tench se clavaron en la operadora y tendió una mano parecida a una araña.

—Deme el teléfono.

La operadora sintió que el corazón le latía con fuerza en el pecho.

—La señorita Sexton quiere hablar directamente con el presidente. Me ha dicho que había que posponer la rueda de prensa hasta que hablara con él. Yo le he asegurado que...

Tench dio un paso hacia la operadora y su voz sonó como un susurro furioso.

—Deje que le diga cómo funciona esto. Usted no recibe órdenes de la hija del adversario del presidente, las recibe de mí. Le aseguro que esto es lo más cerca que va usted a estar del presidente hasta que yo descubra qué demonios está ocurriendo.

La operadora miró hacia donde estaba el presidente, que en ese momento se hallaba rodeado de técnicos de micrófonos, estilistas y varios miembros de su equipo que daban con él los últimos toques a su discurso.

—¡Sesenta segundos! —gritó el realizador.

A bordo del *Charlotte*, Rachel Sexton caminaba de un lado a otro enloquecida en el reducido espacio de la enfermería cuando por fin oyó un clic en la línea telefónica.

—¿Hola? —dijo una voz rasposa.

–¿Presidente Herney? –preguntó Rachel.

–Marjorie Tench –corrigió la voz–. Soy la asesora principal del presidente. Sea quien sea, debo advertirle que las llamadas en broma a la Casa Blanca suponen una violación de...

–¡Por el amor de Dios! ¡Esto no es ninguna broma! Soy Rachel Sexton. Soy su enlace con la ONR y...

–Sé perfectamente quién es Rachel Sexton, señora, y dudo de que sea usted. Ha llamado a la Casa Blanca desde una línea telefónica desprotegida para decirme que debo interrumpir una importante aparición del presidente en los medios de comunicación. Un modus operandi muy poco propio de alguien con...

–Escuche –rabió Rachel–. Hace un par de horas he enviado un resumen sobre un meteorito dirigido a todo su equipo. Usted estaba sentada en primera fila. ¡Han visto mi resumen en un televisor colocado sobre el escritorio del presidente! ¿Alguna pregunta?

Tench guardó silencio durante un instante.

–Señorita Sexton. ¿Qué significa todo esto?

–¡Significa que tiene usted que detener al presidente! ¡Los datos que tiene en sus manos acerca del meteorito son completamente erróneos! Acabamos de descubrir que el meteorito fue insertado desde debajo de la plataforma de hielo. ¡No sé por quién, y tampoco sé por qué! ¡Pero aquí arriba las cosas no son lo que parecen! El presidente está a punto de dar a conocer unos datos equivocados, y yo le aconsejo encarecidamente...

–¡Espere un maldito minuto! –dijo Tench, bajando la voz–. ¿Se da usted cuenta de lo que está diciendo?

–¡Sí! Sospecho que el director de la NASA ha orquestado un fraude a gran escala y que el presidente Herney está a punto de ser pillado en medio. Deben posponer la rueda de prensa al menos diez minutos para que pueda explicarle lo que ha ocurrido aquí arriba. ¡Han intentando matarme, por el amor de Dios!

La voz de Tench sonó fría como el hielo.

–Señorita Sexton, deje que le dé un consejo. Si se está usted arrepintiendo de haber ayudado a la Casa Blanca en esta campaña, tendría que haberlo pensado mucho antes de ratificar personalmente los datos del meteorito para el presidente.

–¿Qué? –¿Es que no había forma de que la escuchara?

–Su comportamiento me parece repugnante. Utilizar una línea abierta es una burda maniobra. ¿Dice que los datos del meteorito han sido falsificados? ¿Qué clase de oficial de inteligencia utiliza un radiófono para llamar a la Casa Blanca y hablar sobre información secreta? No hay duda de que espera usted que alguien intercepte el mensaje.

–¡Norah Mangor ha sido asesinada a causa de este asunto! El doctor Ming también está muerto. Tiene usted que avisar...

–¡Basta! No sé a qué está jugando, pero deje que le recuerde, a usted y a todos aquellos que hayan interceptado esta llamada, que la Casa Blanca está en posesión de declaraciones grabadas en vídeo de los mejores científicos de la NASA, varios científicos civiles de renombre, y de usted, señorita Sexton, y que todos ellos han ratificado la autenticidad de los datos del meteorito. No puedo ni imaginar por qué de repente cambia usted su historia. Sea cual sea la razón que le ha llevado a hacerlo, considérese a partir de este momento liberada de su puesto en la Casa Blanca, y si intenta desprestigiar este descubrimiento con más alegaciones absurdas de fraude, le aseguro que la Casa Blanca y la NASA la denunciarán por difamación con tal rapidez que ni siquiera tendrá tiempo de hacer la maleta antes de ir a la cárcel.

Rachel abrió la boca para hablar, pero no fue capaz de pronunciar una sola palabra.

–Zach Herney ha sido generoso con usted –replicó Tench–, y, francamente, esto huele a una maniobra publicitaria barata propia del senador Sexton. Olvídese de ella ahora mismo o presentaremos cargos contra usted, se lo juro.

La línea se cortó.

Rachel seguía con la boca abierta cuando el capitán llamó a la puerta.

–¿Señorita Sexton? –dijo el capitán, asomando la cabeza–. Estamos recibiendo una débil señal de la Radio Nacional de Canadá. El presidente Herney acaba de empezar su rueda de prensa.

68

De pie en el podio de la Sala de Comunicados de la Casa Blanca, Zach Herney sintió el calor de los focos de las cámaras y supo entonces que el mundo entero estaba pendiente de él. El bombardeo selectivo llevado a cabo por la Oficina de Prensa de la Casa Blanca había creado un contagio de rumores entre los medios de comunicación. Los que no se habían enterado de la aparición del presidente por televisión, la radio o las noticias , sin duda lo habían hecho por boca de sus vecinos, colegas del trabajo o familiares. A las 20.00 horas, todo aquel que no viviera encerrado en una cueva especulaba sobre el asunto de la intervención del presidente. En los bares y en todos los salones del globo, millones de personas se inclinaban hacia el televisor, presas de la mayor expectación.

Era en momentos como ése, cuando se enfrentaba al mundo, que Zach Herney sentía todo el peso de su cargo. Todos los que decían que el poder no era adictivo en realidad no lo habían experimentado nunca. Sin embargo, en el momento en que dio comienzo a su intervención, Herney tuvo la sensación de que le faltaba algo. Como no era un hombre propenso al miedo escénico, el tintineo de aprensión que ahora le tensaba las entrañas le sobresaltó.

«Es la magnitud de la audiencia», se dijo. Sin embargo, sabía que había algo más, por instinto, algo que había visto.

Había sido algo tan insignificante, y aun así...

Se dijo que debía olvidarlo. No era nada. Pero ahí seguía.

«Tench.»

Momentos antes, mientras se preparaba para subir al estrado, había visto a Marjorie Tench en el vestíbulo amarillo hablando por un inalámbrico. Aquello ya resultaba raro de por sí, pero aún le pareció más extraño lo de la operadora de la Casa Blanca que estaba de pie a su lado. No había podido oír la conversación telefónica de su asesora, pero sí había percibido el tono beligerante de aquélla.

Tench discutía con una vehemencia y una rabia que el presidente sólo había visto en contadas ocasiones, incluso en ella. Se detuvo un instante y captó la mirada de su asesora con expresión inquisitiva.

Tench le hizo una señal tranquilizadora, levantando el pulgar. Herney nunca la había visto levantarle el pulgar a nadie. Ésa fue la última imagen que el presidente llevó en su mente mientras le guiaban hasta el escenario.

En Ellesmere Island, sobre la alfombra azul del área de prensa del habisferio, el director Lawrence Ekstrom estaba sentado en el centro de la larga mesa de reuniones, flanqueado por eminentes científicos y funcionarios de la NASA. En el gran monitor que tenían delante, la declaración de apertura del presidente estaba siendo emitida en directo. El resto del equipo se había congregado alrededor de otros monitores, hirviendo de excitación en cuanto vieron a su comandante en jefe dando comienzo a su rueda de prensa.

—Buenas noches —decía Herney, que sonaba extrañamente rígido—. A mis compatriotas y a nuestros amigos de todo el mundo...

Ekstrom echó una mirada a la enorme masa chamuscada de roca expuesta prominentemente ante él. Sus ojos se desplazaron hacia un monitor próximo, donde pudo verse, flanqueado por su personal más austero y sobre un fondo formado por una inmensa bandera norteamericana y el logo de la NASA. La espectacular iluminación daba al decorado el aspecto de un cuadro, como los doce apóstoles durante la última cena. Zach Herney había convertido todo el asunto en un espectáculo político. «Herney no ha tenido elección.» Aun así, Ekstrom seguía sintiéndose como un evangelista, vendiendo a Dios a las masas.

En cuestión de cinco minutos, el presidente presentaría a Ekstrom y a su equipo de la NASA. Entonces, estableciendo una espectacular conexión vía satélite desde el extremo superior del mundo, la NASA se uniría al presidente para compartir esta noticia con el resto del planeta. Tras un breve recuento de cómo se había efectuado el descubrimiento, de lo que significaba para la ciencia espacial y cierto enjabonamiento mutuo, la NASA y el presidente darían paso al célebre Michael Tolland, cuyo documental duraría poco menos de quince minutos. Después, y con el entusiasmo y la credibilidad de la audiencia en su punto culminante, Ekstrom y el presidente se darían las buenas noches, prometiendo más información en los días siguientes mediante infinitas ruedas de prensa de la NASA.

Mientras Ekstrom permanecía a la espera de que le dieran paso, sintió una cavernosa vergüenza apoderándose de él. Sabía de antemano que iba a sentirla, la había estado esperando.

Había dicho mentiras... y había ratificado falsas verdades.

Sin embargo, en cierto modo, las mentiras parecían ahora inconsecuentes. Ekstrom soportaba un peso mayor en su mente.

Entre el caos en el que se había visto sumida la sala de producción de la ABC, Gabrielle Ashe estaba de pie, codo a codo con docenas de desconocidos cuyos cuellos se inclinaban hacia la fila de monitores suspendidos del techo. Cuando llegó el momento, un susurro cayó sobre la sala. Gabrielle cerró los ojos, rezando para que al abrirlos no se encontrara mirando imágenes de su propio cuerpo desnudo.

En el estudio del senador, el aire estaba preñado de excitación. Todos los visitantes se habían puesto de pie y tenían los ojos pegados a la pantalla gigante del televisor.

Zach Herney se había presentado ante el mundo y, por increíble que pareciera, su saludo había resultado extraño. Parecía momentáneamente inseguro.

«Parece vacilar –pensó Sexton–. Nunca da esa sensación.»

–Mírenlo –susurró alguien–. Seguro que son malas noticias.

«¿La Estación Espacial?», se preguntó Sexton.

Herney miró directamente a la cámara y soltó un profundo suspiro.

–Amigos, llevo muchos días dándole vueltas a la mejor manera de hacer este comunicado...

«Con dos sencillas palabras –le animó Sexton por lo bajo–. La jodimos.»

Herney habló durante un instante sobre lo desafortunado que era que la NASA hubiera adquirido tanta importancia en estas elecciones y cómo, debido a ello, sentía que tenía que ofrecer disculpas antes de su inminente comunicado.

–Habría preferido cualquier otro momento de la historia para anunciar esto –dijo–. La carga política que se respira en el aire tiende a sembrar de dudas a los soñadores. Sin embargo, y como presidente de la nación, no me queda otra opción que la de compartir con vosotros lo que he sabido recientemente –añadió con una sonrisa–. Al parecer, la magia del cosmos es algo que nada tiene que ver con el horario humano... ni siquiera con el de un presidente.

Todos los reunidos en el estudio de Sexton parecieron sorprendidos al unísono. «¿Cómo?»

–Hace dos semanas –continuó Herney–, el Escáner de Densidad Orbital Polar pasó sobre la plataforma de hielo Milne, situada en Ellesmere Island, una remota masa de tierra ubicada sobre el paralelo ochenta y dos en el océano Ártico.

Sexton y los demás intercambiaron miradas confusas.

–El satélite de la NASA –continuó Herney– detectó una gran roca de alta densidad enterrada a sesenta metros de profundidad bajo el hielo. –Una vez encontrado el ritmo de su discurso, Herney sonrió por primera vez–. Al recibir los datos, la NASA sospechó inmediatamente que el EDOP había hallado un meteorito.

–¿Un meteorito? –balbuceó Sexton, poniéndose en pie–. ¿Y ésa es la noticia?

–La NASA envió a un equipo a la plataforma de hielo para tomar muestras del meteorito. Fue entonces cuando la NASA hizo... –se detuvo–. Francamente, la NASA ha hecho el descubrimiento científico del siglo.

Sexton dio un incrédulo paso hacia el televisor. «No...» Sus invitados se removieron, incómodos.

–Damas y caballeros –anunció Herney–, hace sólo unas horas la NASA ha extraído del hielo ártico un meteorito de ocho toneladas de peso que contiene... –el presidente volvió a guardar silencio, dando así tiempo al mundo entero para que se inclinara hacia delante frente a sus televisores– fósiles de una forma de vida. Docenas de ellos. Una prueba indiscutible de vida extraterrestre.

En ese preciso instante, una brillante imagen se iluminó en la pantalla colocada detrás del presidente: un fósil perfectamente delineado de una criatura semejante a un insecto incrustado en una roca abrasada.

En el estudio de Sexton, seis empresarios se levantaron de un salto, con los ojos abiertos como platos de puro horror. Sexton se quedó helado donde estaba.

–Amigos –dijo el presidente–, el fósil que tengo a mi espalda tiene ciento noventa millones de años. Ha sido descubierto en el fragmento de un meteorito llamado *Jungersol Fall*, que impactó en el océano Ártico hace casi tres siglos. El EDOP, el fantástico nuevo satélite de la NASA, ha descubierto este fragmento del meteorito enterrado en una plataforma de hielo. La NASA y su administración han sido extremadamente cautos durante las dos últimas semanas a fin de confirmar todos y cada uno de los aspectos de este trascendental descubrimiento antes de hacerlo público. Durante la próxima media hora, oirán el testimonio de numerosos científicos civiles y de la NASA, y verán asimismo un breve documental preparado por un rostro sin duda familiar que me consta que reconocerán. No obstante, antes de continuar debo dar la bienvenida, en directo y vía satélite desde el Círculo Polar Ártico, al hombre cuyo liderazgo, visión y duro trabajo han hecho posible este momento histórico. Es para mí un gran honor presentarles al director de la NASA, Lawrence Ekstrom.

Herney se giró hacia la pantalla.

La imagen del meteorito se disolvió teatralmente hasta transformarse en un regio panel formado por los científicos de la NASA sentados a una larga mesa y flanqueados por la figura dominante de Lawrence Ekstrom.

–Gracias, señor presidente. –Ekstrom se mostraba orgulloso y severo cuando se puso en pie y miró directamente a la cámara–. Para mí es un gran orgullo compartir esto con todos ustedes... el gran momento de la NASA.

Ekstrom habló apasionadamente sobre la agencia espacial y sobre el hallazgo. Con una gran fanfarria de patriotismo y triunfo, pasó a introducir impecablemente un documental presentado por el célebre científico Michael Tolland.

Sin dejar de mirar la pantalla, el senador Sexton cayó de rodillas delante del televisor, llevándose las manos a su mata de pelo plateado. «¡No, Dios mío. No!»

69

Marjorie Tench estaba lívida cuando se alejó del caos jovial que reinaba fuera de la Sala de Comunicados y volvió a paso decidido a su rincón privado del Ala Oeste. No estaba de humor para celebraciones. La llamada de Rachel Sexton había sido de lo más inesperada.

Y verdaderamente decepcionante.

Cerró dando un portazo la puerta de su despacho, llegó hasta su escritorio y marcó el número de la operadora de la Casa Blanca.

—William Pickering. ONR.

Encendió un cigarrillo y caminó de un lado a otro de la habitación mientras esperaba que la operadora localizara a Pickering. En circunstancias normales, éste ya estaría en casa, pero con la gran relevancia que se había dado a la rueda de prensa de esa noche llevada a cabo por la Casa Blanca, Tench supuso que Pickering había estado en su despacho toda la tarde, pegado a la pantalla de su televisor, preguntándose qué diantre podía estar ocurriendo en el mundo sobre lo que el director de la ONR no tuviera conocimiento alguno.

Tench se maldijo por no confiar en su instinto cuando el presidente había dicho que quería enviar a Rachel Sexton a Milne. Se había mostrado recelosa. Tenía la sensación de que estaban corriendo un riesgo innecesario. Pero el presidente había estado persuasivo y la había convencido de que el personal de la Casa Blanca se había mostrado cada vez más escéptico en las últimas semanas y que no se fiarían del descubrimiento de la NASA si la noticia les llegaba por boca de uno de sus miembros. Como Herney había prometido, la ratificación de Rachel Sexton había terminado con toda sombra de sospecha, evitando así cualquier discusión provocada por el recelo ante la utilización de una fuente interna y obligando al personal de la Casa Blanca a dar un paso adelante en un frente común. Tench había tenido que reconocer que la decisión del presidente había sido acertada. Sin embargo, Rachel Sexton había terminado por cambiar de registro.

«La muy zorra me ha llamado desde una línea desprotegida.» Obviamente, Rachel Sexton pretendía destruir la credibilidad del hallazgo y el único consuelo que le quedaba era saber que el presidente tenía grabado su anterior informe en vídeo. «Gracias a Dios.» Al menos a Herney se le había ocurrido obtener esa pequeña garantía. Tench estaba empezando a temer que iban a necesitarla.

No obstante, por el momento intentaba controlar la situación utilizando otros métodos. Rachel Sexton era una mujer inteligente, y si de verdad tenía intención de enfrentarse a la Casa Blanca y a la NASA, necesitaría reclutar a algunos aliados poderosos. Su primera elección lógica sería William Pickering. Tench estaba al corriente de los sentimientos que Pickering albergaba hacia la NASA. Tenía que ponerse en contacto con él antes de que lo hiciera Rachel.

–¿Señora Tench? –dijo la voz transparente al otro lado de la línea–. Soy William Pickering. ¿A qué debo el honor?

Tench oyó el murmullo del televisor a lo lejos: comentarios de la NASA. Podía percibir en el tono de voz de Pickering que seguía conmocionado por la rueda de prensa.

–¿Dispone de un minuto, director?

–Creía que estaría usted celebrándolo. Una gran noche para ustedes. Al parecer la NASA y el presidente han vuelto a la lucha.

Tench percibió en su voz una mezcla de indisimulado asombro y un leve deje de amargura provocada, sin duda, por la legendaria aversión que le producía a aquel hombre enterarse de cualquier noticia al mismo tiempo que el resto del mundo.

–Lamento –dijo Tench, intentando construir un puente inmediato entre ambos– que la Casa Blanca y la NASA se hayan visto obligadas a mantenerle desinformado.

–¿Es usted consciente –dijo Pickering– de que la ONR detectó la actividad de la NASA ahí arriba hace un par de semanas y abrió una investigación?

Tench frunció el ceño. «Está cabreado.»

–Sí, lo soy. Y aun así...

–La NASA nos dijo que no era nada. Nos dijeron que estaban ejecutando una serie de ejercicios de adiestramiento sobre entornos extremos. Que estaban poniendo a prueba equipos, ese tipo de cosas –añadió Pickering antes de hacer una pausa–. Y nos tragamos la mentira.

—Yo no lo llamaría mentira —dijo Tench—. Ha sido más bien una información errónea y necesaria. Teniendo en cuenta la magnitud de este hallazgo, confío en que comprenda la necesidad de la NASA de mantenerlo en secreto.

—Quizá del público.

Enfurruñarse no formaba parte del repertorio de hombres como William Pickering, y Tench presintió que el director no iba a llevar las cosas más allá.

—Dispongo de sólo un minuto —dijo Tench, intentando conservar su posición dominante—, aunque he creído que debía llamarle para advertirle.

—¿Advertirme? —Durante un instante Pickering se mostró irónico—. ¿Acaso Zach Herney ha decidido nombrar a un nuevo director de la ONR afín a la NASA?

—Por supuesto que no. El presidente entiende sus críticas a la NASA como simples asuntos de seguridad y está haciendo lo posible por tapar esos agujeros. De hecho, le llamo para hablarle de una de sus empleadas —anunció, haciendo una pausa—. Rachel Sexton. ¿Ha hablado con ella esta tarde?

—No, la he enviado a la Casa Blanca esta mañana por petición del presidente. Obviamente la han mantenido ocupada. Todavía no se ha puesto en contacto conmigo.

Tench sintió un gran alivio al saber que había sido la primera en hablar con Pickering. Le dio una calada al cigarrillo y habló lo más calmadamente que le fue posible.

—Sospecho que muy pronto recibirá usted una llamada de la señorita Sexton.

—Bien, la estaba esperando. Tengo que decirle que, cuando ha dado comienzo la rueda de prensa del presidente, me preocupaba que Zach Herney hubiera convencido a la señorita Sexton para que participara en ella públicamente. Me alegra ver que no ha caído en la tentación.

—Zach Herney es una persona decente —dijo Tench—, lo cual es más de lo que puedo decir sobre Rachel Sexton.

Se hizo una larga pausa en la línea.

—Espero haberla entendido mal.

Tench soltó un profundo suspiro.

—No, señor, me temo que no. Preferiría no tener que dar detalles por teléfono, pero al parecer Rachel ha decidido socavar la credibilidad de este comunicado de la NASA. No tengo la menor idea de qué puede haberla llevado a ello, pero después de haber ratificado los datos a primera hora de la tarde, de pronto se ha echado atrás y está arrojando sobre la NASA las acusaciones más improbables que quepa imaginar, acusándola de fraude y traición.

Ahora Pickering parecía ponerse nervioso.

−¿Cómo dice?

−Preocupante, sí. Odio ser yo quien tenga que decirle esto, pero la señorita Sexton se ha puesto en contacto conmigo dos minutos antes de la rueda de prensa para pedirme que cancelara el acto.

−¿Por qué motivo?

−Por cuestiones absurdas, francamente. Me ha dicho que había descubierto graves fallos en los datos.

El largo silencio de Pickering era más receloso de lo que a Tench le habría gustado.

−¿Fallos? −dijo por fin.

−Una verdadera ridiculez tras dos semanas enteras de experimentación por parte de la NASA y...

−Me cuesta mucho creer que alguien como Rachel Sexton le haya dicho que debía posponer la rueda de prensa del presidente a menos que tuviera una razón de peso. −Pickering parecía preocupado−. Quizá tendría que haberla escuchado.

−¡Oh, por favor! −estalló Tench, tosiendo−. Usted ha visto la rueda de prensa. Los datos del meteorito estaban confirmados y reconfirmados por innumerables especialistas, incluidos civiles. ¿No le parece sospechoso que Rachel Sexton, hija del único hombre a quien perjudica este comunicado, de repente cambie de tercio?

−Parece sospechoso, señorita Tench, sólo porque resulta que estoy al corriente de que la señorita Sexton y su padre apenas se hablan. No puedo imaginar por qué razón Rachel Sexton, tras años de servicio al presidente, iba a decidir de pronto cambiar de bando y contar mentiras para apoyar a su padre.

−¿Ambición, quizá? Realmente no lo sé. Tal vez la oportunidad de convertirse en primera hija... −dijo Tench, dejando la posibilidad en el aire.

El tono de Pickering se endureció al instante.

−Cuidado, señora Tench. Mucho cuidado.

Tench frunció el ceño. ¿Qué demonios había esperado? Estaba acusando de traición al presidente a un destacado miembro del equipo de Pickering. Éste se iba a poner por fuerza a la defensiva.

—Pásemela —exigió Pickering—. Me gustaría hablar personalmente con la señorita Sexton.

—Me temo que eso es imposible —respondió Tench—. No está en la Casa Blanca.

—¿Dónde está?

—El presidente la ha enviado a Milne esta mañana para que examinara los datos de primera mano. Todavía no ha regresado.

Pickering sintió que se ponía lívido.

—En ningún momento se me ha informado...

—No tengo tiempo para orgullos heridos, director. Simplemente he llamado por cortesía. Quería avisarle de que Rachel Sexton ha decidido seguir con sus propios planes respecto al comunicado de esta noche. Si se pone en contacto con usted, le conviene saber que la Casa Blanca está en posesión de un vídeo grabado hoy mismo en el que la señorita Sexton ratifica los datos del meteorito en su totalidad ante el presidente, su gabinete y todo su equipo. Si ahora, al margen de cuáles sean los motivos que la lleven a ello, Rachel Sexton intenta manchar el buen nombre de Zach Herney o de la NASA, le juro que la Casa Blanca se encargará de que caiga para no volver a levantarse —añadió Tench. Acto seguido guardó silencio durante un instante para asegurarse de que el mensaje había quedado claro—. Espero que me devuelva la cortesía de esta llamada informándome de inmediato si Rachel Sexton se pone en contacto con usted. Está atacando directamente al presidente y la Casa Blanca tiene intención de detenerla para interrogarla antes de que provoque males mayores. Estaré esperando su llamada, director. Eso es todo. Buenas noches.

Marjorie Tench colgó, segura de que nadie le había hablado así a William Pickering hasta ese momento. Al menos le había quedado claro que hablaba en serio.

En la planta superior de la ONR, William Pickering estaba de pie frente a la ventana con la mirada perdida en la noche de Virginia. La llamada de Marjorie Tench le había dejado profundamente preocupado. Se mordió el labio al tiempo que intentaba reordenar sus ideas.

—¿Director? —dijo su secretaria, llamando suavemente a la puerta—. Tiene otra llamada.

—Ahora no —dijo Pickering con aire ausente.

—Es Rachel Sexton.

Pickering giró sobre sus talones. Al parecer Tench era vidente.

—Muy bien, pásemela. Ahora.

—De hecho, señor, es una emisión AV encriptada. ¿Desea recibirla en la sala de conferencias?

«¿Una emisión AV?»

—¿Desde dónde llama?

La secretaria se lo dijo.

Pickering la miró fijamente. Sin salir de su asombro, corrió por el pasillo hacia la sala de conferencias. Eso era algo que tenía que ver con sus propios ojos.

70

Diseñada según una estructura similar ubicada en Bell Laboratories, la «cámara muerta» del *Charlotte* era lo que formalmente se conocía como cámara anecoica: un espacio acústicamente limpio sin superficies paralelas ni reflectantes y que absorbía el sonido con una eficacia del 99,4 %. Gracias a la naturaleza acústicamente conductiva del metal y del agua, las conversaciones que tenían lugar a bordo de un submarino eran siempre vulnerables a la intercepción por escuchas cercanas o por micrófonos de succión parásita pegados al casco externo. La cámara muerta o insonorizada era un espacio diminuto situado dentro del submarino desde el que no podía escapar el menor sonido. Todas las conversaciones celebradas en el interior de esa caja aislada estaban totalmente protegidas.

La cámara tenía todo el aspecto de un vestidor cuyo techo, paredes y suelo hubieran sido completamente cubiertos por espiras de espuma que sobresalían hacia dentro desde todas direcciones. A Rachel le recordó a una sofocante cueva submarina en la que las estalagmitas hubieran enloquecido, formándose en cada una de sus superficies. Sin embargo, lo más inquietante era la aparente falta de suelo.

El suelo era una parrilla de hilo de alambre tenso y entrelazado colocado horizontalmente de una pared a otra de la cámara como una red de pescar, lo que provocaba en sus ocupantes la sensación de estar suspendidos a media altura de la pared. Cuando Rachel bajó los ojos y miró entre aquel enredado tapiz, se sintió como si estuviera cruzando un puente de cuerdas suspendido sobre un paisaje fragmentado. A un metro y medio por debajo de ella, un bosque de agujas de espuma apuntaban amenazadoras hacia arriba.

En cuanto entró en la cámara, sintió la desorientadora falta de vida en el aire, como si cada pequeña muestra de energía hubiera sido succionada de la habitación. Tenía la sensación de que le habían llenado los oídos de algodón. Sólo su propio aliento resultaba audible en su cabeza. Gritó y el efecto fue exacto al de hablarle a una almohada. Las paredes absorbían toda reverberación, de modo que las únicas vibraciones perceptibles eran las que notaba en la cabeza.

El capitán se marchó, cerrando la puerta forrada al salir. Rachel, Corky y Tolland estaban sentados en el centro de la habitación a una pequeña mesa en forma de U apoyada sobre unos largos soportes metálicos que descendían entre el entramado del suelo. Sobre la mesa había sujetos varios micrófonos curvos, auriculares y una videoconsola con una pequeña cámara encima. Parecía un minisimposio de las Naciones Unidas.

Debido a su trabajo en la comunidad de inteligencia de Estados Unidos, el primer fabricante mundial de micrófonos láser, escuchas parabólicas submarinas y otros dispositivos de escucha hipersensibles, Rachel era perfectamente consciente de que había muy pocos lugares en la Tierra donde fuera posible mantener una conversación realmente protegida. La cámara insonorizada era uno de ellos. Los micrófonos y los auriculares que había encima de la mesa permitían una «conferencia» cara a cara en la que cualquiera pudiera hablar libremente, sabiendo que las vibraciones de sus palabras no podían salir de la habitación. En cuanto sus voces penetraban en los micrófonos quedaban profusamente encriptadas antes de emprender su largo viaje a través del éter.

–Comprobando nivel.

La voz se materializó repentinamente dentro de los auriculares; Rachel, Tolland y Corky dieron un respingo.

–¿Me escucha, señorita Sexton?

Rachel se inclinó sobre el micrófono.

–Sí, gracias.

«Quienquiera que sea.»

–Tengo al director Pickering en la línea esperando hablar con usted. Acepta la AV. Voy a desconectarme. Dispondrá usted de su emisión de datos enseguida.

Rachel oyó que la línea quedaba en silencio. Se oyó un lejano ronroneo de electricidad estática y luego una rápida serie de pitidos y de chasquidos en los auriculares. Con sorprendente claridad, la pantalla de vídeo que tenían delante se encendió y Rachel vio al director William Pickering en la sala de conferencias de la ONR. Estaba solo. Levantó la cabeza de golpe y miró a Rachel a los ojos.

Rachel se sintió extrañamente aliviada al verle.

–Señorita Sexton –dijo el director con una expresión perpleja y preocupada–. ¿Qué diantre está ocurriendo?

–El meteorito, señor –dijo Rachel–. Me parece que tenemos un grave problema.

71

Dentro de la cámara insonorizada del *Charlotte*, Rachel Sexton le presentó a Pickering a Michael Tolland y Corky Marlinson. Luego tomó las riendas de la situación y se lanzó a contar brevemente la cadena de acontecimientos que se habían sucedido durante el día. El director de la ONR siguió sentado e inmóvil mientras la escuchaba.

Rachel le habló del plancton luminiscente de la fosa de extracción, del viaje que habían emprendido por la plataforma de hielo y del descubrimiento de un túnel de inserción debajo del meteorito, para terminar hablándole del repentino ataque que habían sufrido por un equipo militar que, según sus sospechas, formaba un grupo de Operaciones Especiales.

William Pickering era famoso por su capacidad de escuchar información preocupante sin apenas inmutarse. Sin embargo, su mirada fue volviéndose cada vez más sombría a medida que Rachel iba contando la historia. Ella percibió en él una sombra de incredulidad y también de rabia cuando le habló del asesinato de Norah Mangor y de cómo habían logrado escapar a una muerte casi segura. Aunque deseaba articular sus sospechas sobre la implicación del director de la NASA, conocía a Pickering lo suficiente como para no atreverse a formular una acusación sin pruebas contundentes. Relató la historia limitándose a los hechos puros y duros. Cuando terminó, Pickering no dijo nada durante varios segundos.

—Señorita Sexton —dijo por fin—. Ustedes tres... —añadió, posando la mirada en cada uno de ellos—. Si lo que están diciendo es cierto, y no se me ocurre qué podría llevarles a los tres a mentir sobre esto, son muy afortunados de seguir aún con vida.

Ellos asintieron en silencio. El presidente había reclamado el apoyo de cuatro científicos civiles... y dos de ellos estaban muertos.

Pickering soltó un suspiro desconsolado, como si no supiera qué decir. Sin duda los acontecimientos tenían poco sentido.

—¿Existe alguna posibilidad —preguntó— de que ese túnel de inserción que están viendo en la copia impresa generada por el RPT sea un fenómeno natural?

Rachel negó con la cabeza.

—Es demasiado perfecto —dijo, desdoblando la maltrecha copia impresa del RPT y sosteniéndola delante de la cámara—. Impecable.

Pickering estudió la imagen, frunciendo el ceño en señal de asentimiento.

—No se separe de esa copia impresa en ningún momento.

—He llamado a Marjorie Tench para advertirle de que debía detener al presidente —dijo Rachel—. Pero me ha colgado.

—Lo sé, me lo ha dicho.

Rachel levantó la vista, perpleja.

—¿Que Marjorie Tench le ha llamado? —«Menuda rapidez.»

—Acaba de hacerlo. Está muy preocupada. Cree que está usted intentando alguna clase de maniobra publicitaria para desacreditar al presidente y a la NASA. Quizá para ayudar a su padre.

Rachel se levantó. Agitó la copia impresa del RPT e indicó con un gesto a sus dos compañeros.

—¡Han estado a punto de matarnos! ¿Acaso eso le parece una maniobra publicitaria? ¿Y por qué iba yo a...?

Pickering levantó las manos.

—Tranquila. Lo que la señorita Tench no me ha dicho es que se trataba de tres personas.

Rachel no recordaba si Tench le había llegado a dar tiempo para mencionar a Corky y a Tolland.

—Tampoco me ha dicho que tenía en su poder pruebas —dijo Pickering—. Lo cierto es que me he mostrado escéptico con sus afirmaciones hasta que he hablado con usted, y ahora estoy convencido de que está en un error. No pongo en duda sus palabras, Rachel. La cuestión, llegados a este punto, es averiguar qué significa todo esto.

Se produjo un largo silencio.

Aunque William Pickering muy pocas veces parecía confundido, en aquel momento sacudió la cabeza, visiblemente perdido.

—Imaginemos por un instante que alguien ha insertado el meteorito bajo el hielo. Eso nos lleva a plantearnos la pregunta obvia de por qué. Si la NASA tiene un meteorito que contiene fósiles, ¿por qué iba a importarles, a ellos o a cualquier otra persona, dónde ha sido encontrado?

—Al parecer —dijo Rachel—, la inserción se llevó a cabo para que el EDOP hiciera el descubrimiento de modo que el meteorito pareciera un fragmento de un impacto ya conocido.

—El *Jungersol Fall* —intervino Corky.

—Pero ¿qué valor tiene la asociación del meteorito con un impacto conocido? —preguntó Pickering, que ahora sonaba casi enfurecido—. ¿Acaso esos fósiles no son un increíble descubrimiento en cualquier lugar y en cualquier momento, independientemente del fenómeno meteorítico con el que se les asocie?

Los tres asintieron.

Pickering vaciló, al parecer disgustado.

—A menos... claro...

Rachel vio la resolución del enigma tras la mirada del director. Pickering había dado con la explicación más sencilla para que la colocación del meteorito coincidiera con los estratos del *Jungersol*, aunque la más sencilla era también la más preocupante.

—A menos que —continuó Pickering— la cuidadosa colocación del meteorito pretendiera dar credibilidad a datos totalmente falsos —concluyó con un suspiro y girándose hacia Corky—. Doctor Marlinson, ¿cuáles son las posibilidades de que el meteorito sea un fraude?

—¿Un fraude, señor?

—Sí. Un engaño, un montaje.

—¿Un falso meteorito? —Corky soltó una carcajada incómoda—. ¡Totalmente imposible! Ese meteorito ha sido examinado por innumerables profesionales entre los que me incluyo. Estudios químicos, espectografías, cálculo de niveles de rubidio y de estroncio. No tiene nada en común con ninguna roca encontrada en la Tierra. El meteorito es auténtico. Cualquier astrogeólogo estaría de acuerdo conmigo.

Pickering pareció sopesar las palabras de Corky durante un buen rato, acariciándose suavemente la corbata.

—Aun así, teniendo en cuenta lo mucho que la NASA tiene que ganar con el descubrimiento en este momento, los signos aparentes de manipulación de pruebas y el ataque sufrido por ustedes... la primera y más lógica conclusión a la que puedo llegar es que este meteorito es un fraude perfectamente ejecutado.

—¡Imposible! —exclamó Corky, que ahora parecía realmente enfadado—. Con todos mis respetos, señor, los meteoritos no son uno de esos efectos especiales creados en Hollywood que se puedan hacer aparecer en un laboratorio para engañar a un hatajo de inocentes astrofísicos. ¡Son objetos de gran complejidad química con estructuras cristalinas y proporciones de elementos únicas!

—No estoy poniendo en duda su credibilidad, doctor Marlinson. Simplemente sigo una cadena de análisis lógico. Teniendo en cuenta que alguien ha querido matarles para impedir que revelen que el meteorito ha sido insertado bajo el hielo, me inclino a considerar cualquier posibilidad, por impensable que parezca. ¿Qué es exactamente lo que le hace estar tan seguro de que la roca es un meteorito?

—¿Exactamente? —La voz de Corky crepitó en los auriculares—. Una perfecta corteza de fusión, la presencia de cóndrulos, un contenido en níquel no comparable a ninguno de los encontrados en la Tierra. Si lo que sugiere es que alguien nos ha engañado fabricando esa roca en un laboratorio, lo único que puedo decir es que el laboratorio tiene ciento noventa millones de años —afirmó, buscando en su bolsillo y sacando una piedra con forma de CD. La sostuvo delante de la cámara—. Hemos datado muestras como ésta químicamente con numerosos métodos. ¡El cálculo del nivel de rubidio y de estroncio no es algo que pueda falsificarse!

Pickering pareció sorprendido.

—¿Tiene usted una muestra?

Corky se encogió de hombros.

—La NASA tiene docenas de ellas flotando por ahí.

—¿Pretende usted decirme —insistió Pickering, ahora mirando a Rachel— que la NASA ha descubierto un meteorito que, según creen, contiene vida y que permiten que la gente se lleve muestras de la roca?

—La cuestión —dijo Corky— es que la muestra que tengo en la mano es auténtica —afirmó, acercándola más a la cámara—. Podría dársela a cualquier petrólogo, geólogo o astrónomo para que la sometieran a las pruebas que creyeran pertinentes y todos le dirían dos cosas: una, que tiene ciento noventa millones de años; y dos, que es químicamente distinta de la clase de rocas que tenemos aquí en la Tierra.

Pickering se inclinó hacia delante, estudiando el fósil incrustado en la roca. Durante unos instantes pareció paralizado. Por fin, suspiró.

—No soy científico. Lo único que puedo decir es que si ese meteorito es auténtico, y así lo parece, me gustaría saber por qué la NASA no lo presentó ante el mundo tal como apareció. ¿Por qué alguien lo ha colocado cuidadosamente bajo el hielo como si quisiera convencernos de su autenticidad?

En ese mismo instante, en la Casa Blanca un oficial de seguridad estaba marcando el número de Marjorie Tench.

La asesora principal contestó al oír el primer timbre.

–¿Sí?

–Señora Tench –dijo el oficial–. Tengo la información que me ha pedido. La llamada vía radiófono que le ha hecho Rachel Sexton esta noche. Hemos logrado rastrearla.

–Dígame.

–El Servicio Secreto dice que la señal se ha producido a bordo del submarino USS *Charlotte*.

–¿Qué?

–No disponen de coordenadas, señora, pero sí estan seguros del código de la nave.

–¡Oh, por el amor de Dios! –exclamó Tench, estampando el auricular contra el aparato sin decir una sola palabra más.

72

La enmudecida acústica de la cámara insonorizada del *Charlotte* estaba empezando a provocar en Rachel una ligera sensación de náuseas. En la pantalla del monitor, la mirada preocupada de Pickering se volvió en ese momento hacia Michael Tolland.

—Está usted muy callado, señor Tolland.

Éste levantó la mirada como un estudiante al que acabaran de llamar la atención.

—¿Señor?

—Acaba de presentar un documental muy convincente en televisión —dijo Pickering—. ¿Cuál es su postura ahora respecto al meteorito?

—Bueno, señor —dijo Tolland haciendo obvia su incomodidad—. Estoy de acuerdo con el doctor Marlinson. Creo que los fósiles y el meteorito son auténticos. Estoy bien versado en técnicas de cálculo de fechas y la edad de esa piedra ha sido confirmada por múltiples pruebas. También lo ha sido el contenido en níquel. Estos datos no pueden ser falsificados. No hay duda alguna de que la roca, formada hace ciento noventa millones de años, exhibe niveles de níquel en nada comparables a los terrestres y que contiene docenas de fósiles confirmados cuya formación ha sido también fechada en ciento noventa millones de años. No se me ocurre ninguna otra explicación posible aparte de que la NASA haya encontrado un meteorito auténtico.

Pickering guardó silencio. Había en su rostro una expresión de apuro, una mirada que Rachel jamás había visto en los ojos de su superior.

—¿Qué debemos hacer, señor? —preguntó Rachel—. Obviamente, hay que alertar al presidente de que hay problemas con los datos.

Pickering frunció el ceño.

—Esperemos que el presidente no esté ya al corriente.

Rachel sintió que se le hacía un nudo en la garganta. Lo que había querido decir Pickering estaba claro. «El presidente Herney podría estar implicado.» Rachel lo dudaba, aunque lo cierto era que tanto él como la NASA tenían mucho que ganar con ello.

–Desgraciadamente –dijo Pickering–, a excepción de esta copia impresa del RPT que revela la existencia de un túnel de inserción, todos los datos científicos apuntan a un descubrimiento creíble por parte de la NASA. –Hizo una pausa, horrorizado–. En cuanto al ataque sufrido por ustedes... –Levantó la vista hacia Rachel–. Ha mencionado a las unidades de Operaciones Especiales.

–Sí, señor.

Rachel volvió a hablarle de las Municiones Improvisadas y de las tácticas.

Pickering parecía cada vez más disgustado. Rachel se daba cuenta de que su jefe estaba calculando la cantidad de gente que podía haber ordenado la intervención de una pequeña fuerza de exterminio militar. Sin duda, el presidente era uno de ellos. Probablemente, también Marjorie Tench, en calidad de asesora principal. Era bastante posible que Lawrence Ekstrom, director de la NASA, gracias a sus vínculos con el Pentágono. Desgraciadamente, cuando Rachel pensó en la miríada de posibilidades, comprendió que la instancia controladora que se escondía tras el ataque podía ser cualquiera con altas influencias políticas y los contactos adecuados.

–Podría telefonear al presidente ahora mismo –dijo Pickering–, pero no me parece una decisión inteligente, al menos hasta que sepamos quién está detrás de todo esto. Mi capacidad de ofrecerles protección queda limitada en cuanto implicamos a la Casa Blanca. Además, no estoy seguro de lo que voy a decirle. Si el meteorito es auténtico, cosa que todos ustedes creen, su aseveración de que existe un túnel de inserción y han sido víctimas de un ataque no tiene sentido. El presidente estará en todo su derecho de cuestionar la validez de mi afirmación. –Hizo una pausa, como si estuviera calculando sus opciones–. Independientemente... de cuál sea la verdad o de quiénes estén implicados, hay gente muy poderosa a la que no le sentaría nada bien que esta información se hiciera pública. Sugiero que nos ocupemos de su seguridad ahora mismo antes de que empecemos a zarandear algunos barcos.

«¿Ocuparse de nuestra seguridad?» El comentario sorprendió a Rachel.

—Me parece que estamos bastante a salvo en un submarino nuclear, señor.

Pickering se mostró escéptico.

—Su presencia en ese submarino no permanecerá durante mucho más tiempo en secreto. Voy a sacarles de ahí inmediatamente. La verdad, me sentiré mejor cuando los tenga sentados en mi despacho.

73

El senador Sexton estaba acurrucado solo en su sofá; se sentía un refugiado. Su apartamento de Westbrooke Place, que apenas una hora antes había estado lleno de nuevos amigos y de partidarios, ahora parecía un lugar abandonado, sembrado con los restos de vasos y de tarjetas de visita dejadas por los hombres que literalmente habían salido corriendo por la puerta.

Y ahora él estaba encogido y solo delante del televisor, deseando más que nada en el mundo apagarlo, aunque incapaz de retirar su atención de los interminables análisis mediáticos. Aquello era Washington y los analistas no tardaron en poner en marcha su pseudocientífica y filosófica hipérbole para concentrarse en la parte fea del asunto: la política. Como buenos maestros torturadores frotando ácido en sus heridas, los presentadores de los noticiarios se dedicaban a afirmar y a reafirmar lo que resultaba ya más que obvio.

–Hace unas horas, la campaña de Sexton estaba por las nubes –decía uno de los comentaristas–. Ahora, tras el descubrimiento de la NASA, la campaña del senador se ha estrellado de regreso a la Tierra.

Sexton no pudo evitar una mueca al tiempo que alargaba la mano para hacerse con su Courvoisier y le daba un trago directamente de la botella. Sabía que esa noche sería la más larga y solitaria de toda su vida. Despreciaba a Marjorie Tench por haberle engañado. Despreciaba a Gabrielle Ashe por haber cometido el error de mencionarle la NASA. Despreciaba al presidente por haber sido tan jodidamente afortunado. Y despreciaba al mundo por reírse de él.

–Obviamente, esto es terrible para el senador –continuaba el comentarista–. Con este descubrimiento el presidente y la NASA han logrado un triunfo inestimable. Aunque una noticia de este calibre revitalizaría la campaña del presidente fuera cual fuera la postura de Sexton respecto a la NASA, después de haber oído admitir al senador hoy mismo que llegaría a abolir la financiación de la agencia espacial si fuera necesario... en fin, este anuncio presidencial es un derechazo del que el senador no va a recuperarse.»

«Me han engañado –pensó Sexton–. La Casa Blanca me la ha jugado.»

Ahora el comentarista sonreía.

–La NASA acaba de recuperar con creces toda la credibilidad que había perdido ante el pueblo norteamericano. En este preciso instante, ahí fuera, en nuestras calles, hay un auténtico sentimiento de orgullo nacional.

»–No es para menos. El pueblo quiere a Zach Herney cuando estaba empezando a perder la fe en él. Hay que admitir que últimamente el presidente se encontraba en una situación poco favorable de la que ha logrado salir intacto y reforzado.»

Sexton se acordó del debate que había tenido lugar esa tarde en la CNN y agachó la cabeza. Tuvo la sensación de estar empezando a tener náuseas. Toda la inercia de la NASA sobre la que con tanto esmero había construido su campaña en los últimos meses no sólo había llegado a un estridente punto y final, sino que además se había transformado en un ancla alrededor de su cuello. Parecía un idiota. Había dejado que la Casa Blanca se la jugara a su antojo. Ya se temía las caricaturas del periódico del día siguiente. Su nombre iba a ser el *leitmotiv* de todos los chistes del país. Obviamente, podía olvidarse de seguir contando con la silenciosa financiación de la FFE. Todo había cambiado. Los hombres que habían estado en su apartamento acababan de ver cómo sus sueños se desintegraban. La privatización del espacio se había estrellado contra un muro de ladrillo.

Después de darle un nuevo trago a la botella de coñac, el senador se levantó y se dirigió tambaleante hacia su escritorio. Miró al auricular descolgado del teléfono. Consciente de que se trataba de un acto de autoflagelación masoquista, volvió a colocar lentamente el auricular en el teléfono y empezó a contar los segundos.

«Uno... dos.» El teléfono sonó. Dejó que saltara el contestador.

–Senador Sexton, soy Judy Oliver de la CNN. Me gustaría darle la oportunidad de reaccionar ante el descubrimiento de la NASA esta misma noche... Por favor, llámeme añadió antes de colgar.

Sexton empezó a contar de nuevo. «Uno...» El teléfono volvió a sonar. Sexton decidió pasar por alto la llamada. Otro periodista.

Sin soltar la botella de Courvoisier, se dirigió dando tumbos hacia la puerta deslizante del balcón. La abrió y salió al aire fresco de la noche. Se apoyó contra la barandilla y miró la fachada iluminada de la Casa Blanca en la distancia. Las luces parecían parpadear alegremente al viento.

«Cabrones –pensó. Llevamos siglos intentando encontrar pruebas que demuestren la existencia de vida en el espacio. ¿Y ahora resulta que aparecen el mismo jodido año de mi participación en las elecciones presidenciales?» Desde luego no era un hallazgo muy favorable, eso estaba jodidamente claro. Hasta donde alcanzaba su vista, había un televisor encendido en las ventanas de todos los apartamentos. Sexton se preguntó dónde estaría esa noche Gabrielle Ashe. Era ella la culpable de todo. Había sido ella quien le había ido informando de todos los fracasos de la NASA, uno tras otro.

Levantó la botella para darle un nuevo sorbo.

«Maldita Gabrielle... me ha metido en esto hasta el fondo.»

Al otro lado de la ciudad, sumida en el caos de la sala de producción de la ABC, Gabrielle Ashe estaba totalmente aturdida. El anuncio del presidente había llegado de forma inesperada, dejándola suspendida en una especie de limbo semicatatónico. Se puso en pie en el centro de la sala de producción, intentando que no le fallaran las rodillas, y levantó la mirada hacia los monitores de televisión mientras un estruendo infernal estallaba a su alrededor.

Los segundos iniciales posteriores al comunicado habían provocado el más absoluto silencio en la sala de noticias. El silencio se prolongó sólo unos instantes antes de que el lugar se convirtiera en un carnaval ensordecedor de periodistas al ataque. Aquella gente eran profesionales, no tenían un instante para reflexiones personales. Ya habría tiempo para eso en cuanto el trabajo estuviera hecho. Por el momento, el mundo quería más información y la ABC tenía que proporcionársela. El tema lo tenía todo: ciencia, historia, drama político... sin duda era un filón emocional de primer orden. Nadie que trabajara en los medios de comunicación iba a dormir esa noche.

–¿Gabs? –La voz de Yolanda sonaba compasiva–. Volvamos a mi despacho antes de que alguien se dé cuenta de quién eres y empiece a acosarte a preguntas sobre lo que ha significado esto para la campaña de Sexton.

Gabrielle sintió que la guiaban entre la algarabía hasta el despacho de paredes acristaladas de Yolanda. Ésta la hizo sentar y le dio un vaso de agua. Intentó forzar una sonrisa.

—Míralo por el lado bueno, Gabs. La campaña de tu candidato está jodida, pero al menos tú no lo estás.

—Gracias. Genial.

El tono de Yolanda se volvió serio.

—Gabrielle, sé que te sientes como el culo. Tu candidato acaba de ser atropellado por un tráiler y, si me lo preguntas, no va a levantarse. Al menos no a tiempo para darle la vuelta a lo ocurrido. Pero nadie está estampando tu foto en todas las televisiones. Hablo en serio. Eso es una buena noticia. Ahora Herney ya no necesita un escándalo sexual. En este momento parece demasiado un presidente como para hablar de sexo.

A Gabrielle le pareció un escaso consuelo.

—En cuanto a las alegaciones de Tench sobre la financiación ilegal de la campaña de Sexton... —Yolanda sacudió la cabeza—. Tengo mis dudas al respecto. Es cierto que Herney se toma muy en serio no caer en ninguna demostración de campaña negativa. También lo es que una investigación de soborno sería perjudicial para el país. Pero ¿de verdad es tan patriota como para dejar escapar la oportunidad de aplastar a su opositor, simplemente por proteger la moral nacional? Yo diría que Tench ha exagerado un poco sobre las finanzas de Sexton en un esfuerzo por atemorizarte. Ha jugado sus cartas con la esperanza de que saltaras del barco y le dieras al presidente un escándalo sexual gratuito. ¡Y no me negarás, Gabs, que esta noche habría sido la noche perfecta para que la moral de Sexton fuera cuestionada!

Gabrielle asintió vagamente. Un escándalo sexual habría sido un golpe definitivo del que la carrera de Sexton jamás se habría recuperado... Jamás.

—Sobreviviste a ella, Gabs. Marjorie Tench salió a pescar, pero no mordiste el anzuelo. Estás sana y salva. Habrá otras elecciones.

Gabrielle asintió vagamente. Ya no sabía qué creer.

—No me negarás —dijo Yolanda— que la Casa Blanca ha jugado con Sexton de forma brillante... llevándolo por el sendero de la NASA, obligándole a pronunciarse y engatusándolo para que lo apostara todo por ese caballo.

«Toda la culpa es mía», pensó Gabrielle.

—Y el comunicado que acabamos de ver, Dios mío. ¡Ha sido

digno de un genio! Aparte de la importancia del descubrimiento, la emisión ha sido sencillamente genial. ¿Intervenciones en vivo desde el Ártico? ¿Un documental de Michael Tolland? Buen Dios, ¿cómo pretendes competir contra eso? Zach Herney lo ha clavado esta noche. Por algo ese tipo es presidente.

«Y seguirá siéndolo durante otros cuatro años...»

—Tengo que volver al trabajo, Gabs —continuó Yolanda—. Tú quédate aquí sentada todo el tiempo que quieras. Recupera la compostura —añadió, dirigiéndose a la puerta—. Cariño, volveré a ver cómo sigues en unos minutos.

Cuando se quedó sola, Gabrielle bebió un poco de agua, que le supo a rayos. Todo le sabía a rayos. «Yo tengo la culpa de todo», pensó, intentando aliviar su conciencia recordándose todas y cada una de las tristes ruedas de prensa que había dado la NASA a lo largo del último año: los contratiempos de la estación espacial, el aplazamiento del X-33, el fracaso de todas las naves enviadas a Marte, los continuos incumplimientos de presupuesto. Se preguntó qué podría haber hecho de forma distinta.

«Nada —se dijo—. Lo has hecho todo bien.»

Simplemente se le había vuelto en contra.

74

El atronador SeaHawk de la Marina había abandonado la base que la Fuerza Aérea tenía en Thule, en el norte de Groenlandia, bajo un estatus de operación secreta. Volaba bajo, fuera de la frecuencia de radar, cruzando los vientos de tormenta que azotaban las setenta millas de mar abierto. Luego, ejecutando las extrañas órdenes que habían recibido, los pilotos hicieron frente al viento y dejaron la nave suspendida sobre una serie de coordenadas preestablecidas sobre el océano desierto.

–¿Dónde debe tener lugar el encuentro? –gritó el copiloto, confundido. Habían recibido instrucciones de llevar un helicóptero con un cabestrante de rescate, por lo que pensaba enfrentarse a una operación de búsqueda y rescate–. ¿Estás seguro de que éstas son las coordenadas correctas?

Escrutó el mar picado con un foco de búsqueda, pero debajo de ellos no había nada excepto...

–¡Joder! –exclamó el piloto, tirando de la palanca de mando y ascendiendo bruscamente.

La negra montaña de acero emergió ante ellos de las olas sin previo aviso. Un inmenso submarino sin identificar soltó lastre y se elevó en medio de una nube de burbujas.

Los pilotos intercambiaron risas incómodas.

–Supongo que son ellos.

Como rezaban sus órdenes, la «transacción» se llevó a cabo en un absoluto silencio radiofónico. Se abrió el portal de doble hoja situado en uno de los extremos de la nave y un marinero les hizo señales luminosas con un estroboscopio. El helicóptero se movió hasta quedar situado encima del submarino y soltó un arnés de rescate de tres plazas: se trataba básicamente de tres gazas cubiertas de goma sujetas a un cable retráctil. Sesenta segundos después, los tres «colgantes» desconocidos se balanceaban bajo el helicóptero, ascendiendo lentamente contra la fuerza del aire que despedían los rotores.

Cuando el copiloto por fin los izó a bordo –dos hombres y una mujer–, el piloto envió al submarino una señal luminosa de «todo en orden». Segundos más tarde, el enorme buque desapareció bajo el mar barrido por el viento sin dejar el menor rastro.

En cuanto los pasajeros estuvieron sanos y salvos a bordo, el piloto del helicóptero miró hacia delante, inclinó el morro del aparato y aceleró en dirección sur para completar la misión. La tormenta se cerraba rápidamente y aquellos tres desconocidos debían ser trasladados a la base de Thule para ser transferidos allí a un reactor. El piloto no tenía la menor idea de adónde se dirigían. Lo único que sabía era que sus órdenes venían de muy arriba y que estaba transportando una carga muy preciada.

75

Cuando la tormenta por fin estalló sobre la plataforma de hielo Milne, desatando toda su fuerza sobre el habisferio de la NASA, la cúpula se estremeció como si fuera a elevarse del hielo y salir lanzada mar adentro. Los cables estabilizadores de acero tiraban, tensándose, de sus soportes, vibrando como enormes cuerdas de guitarra y emitiendo un triste lamento. Los generadores se estremecieron en el exterior y las luces parpadearon, amenazando con dejar la enorme sala a oscuras.

Lawrence Ekstrom, el director de la NASA, caminaba a grandes zancadas por el interior de la cúpula. Deseaba poder largarse de allí esa misma noche, pero eso iba a ser imposible. Se quedaría un día más, dando ruedas de prensa adicionales durante la mañana y supervisando los preparativos para transportar el meteorito a Washington. En ese momento lo que más deseaba era poder dormir un poco. Los inesperados problemas del día lo habían dejado agotado.

Una vez más, Ekstrom volvió a pensar en Wailee Ming, Rachel Sexton, Norah Mangor, Michael Tolland y Corky Marlinson. Algunos de los miembros del equipo de la NASA habían empezado a darse cuenta de que los civiles habían desaparecido.

«Relájate —se dijo—. Todo está bajo control.»

Respiró hondo, recordándose que en ese preciso instante el planeta entero estaba entusiasmado con la NASA y con el espacio. La vida extraterrestre no había resultado ser un tema tan excitante desde el famoso «incidente Roswell», ocurrido en 1947, el supuesto aterrizaje de una nave extraterrestre en Roswell, Nuevo México, que seguía siendo, aún entonces, el santuario de millones de partidarios de la conspiración de los ovnis.

Durante los años que Ekstrom había estado trabajando en el Pentágono, había aprendido que lo de Roswell no había sido más que un accidente militar durante una operación secreta llamada Proyecto Mogul: el vuelo de prueba de un globo espía diseñado para captar detonaciones atómicas rusas. Mientras se sometía a pruebas un prototipo se había salido de su ruta y se había estrellado en el desierto de Nuevo México. Desgraciadamente, un civil descubrió los restos del accidente antes que los militares.

El inocente ranchero William Brazel se había dado de bruces con un campo de despojos de neopreno radical sintetizado y metales ligeros que no se parecían a nada de lo que había visto hasta entonces. Inmediatamente llamó al jefe de policía. Los periódicos se hicieron eco de la historia de los extraños escombros y el interés público no tardó en aumentar. Azuzados ante la negativa de los militares, que se empeñaban en afirmar que aquellos escombros nada tenían que ver con ellos, los periodistas iniciaron sus investigaciones y el estatus secreto del Proyecto Mogul se vio gravemente amenazado. Y justo cuando todo apuntaba a que la delicada cuestión de un globo espía iba a ser revelada, ocurrió algo maravilloso.

Los medios de comunicación sacaron una conclusión inesperada. Decidieron que aquellos restos de materiales futuristas podían proceder únicamente de una fuente extraterrestre: criaturas mucho más avanzadas científicamente que los humanos. Desde luego, la negación del incidente por parte del estamento militar sólo podía tener una explicación: ¡el encubrimiento de un contacto con alienígenas! Aunque la Fuerza Aérea quedó desconcertada por esta nueva hipótesis, no tenía el menor interés por mirarle el diente a aquel caballo regalado. Hizo suya la historia de los alienígenas y la llevaron adelante. La sospecha por parte del mundo de que los alienígenas estaban visitando Nuevo México suponía una amenaza menor para la seguridad nacional que la de que los rusos se enteraran de la existencia del Proyecto Mogul.

Para avivar la historia de los alienígenas, la comunidad de inteligencia veló en secreto el incidente Roswell y empezó a orquestar «filtraciones de seguridad», es decir, discretas murmuraciones sobre contactos alienígenas, naves espaciales recuperadas e incluso un misterioso «Hangar 18» en la base aérea Wright-Patterson de Dayton, donde el gobierno conservaba cuerpos de alienígenas en hielo. El mundo se tragó la historia y la fiebre de Roswell arrasó el globo. Desde ese instante, siempre que un civil veía sin querer un nuevo prototipo de avión militar de Estados Unidos, la comunidad de inteligencia simplemente se limitaba a rescatar la vieja conspiración.

«¡No es un avión. Es una nave espacial alienígena!»

A Ekstrom le parecía realmente increíble que aquel simple engaño todavía siguiera vigente. Cada vez que los medios de comunicación informaban de una repentina racha de avistamientos de ovnis, no podía contener la risa. Lo más probable era que algún civil afortunado hubiera vislumbrado uno de los rapidísimos cincuenta y siete aviones de reconocimiento sin tripulantes, conocidos como Global Hawks: aviones rectangulares y dirigidos por control remoto que no se parecían a nada de lo que habitualmente volaba en el cielo.

Le resultaba patético que innumerables turistas todavía fueran en procesión al desierto de Nuevo México para escrutar el cielo nocturno con sus cámaras de vídeo. De vez en cuando, uno de ellos tenía la fortuna de capturar «imágenes indiscutibles» de un ovni: luces brillantes revoloteando en el cielo con mayor maniobrabilidad y velocidad que cualquiera de los aviones construidos por el hombre. De lo que esa gente no se daba cuenta era de que, naturalmente, existía un retraso de doce años entre lo que el gobierno podía construir y lo que el público sabía de ello. Esos observadores de ovnis simplemente estaban vislumbrando una de las unidades de la siguiente generación de aviones de Estados Unidos que se estaban desarrollando en el Área 51, gran parte de las cuales eran el caballo de batalla de los ingenieros de la NASA. Naturalmente, los responsables de inteligencia nunca hacían nada por corregir el error. Obviamente era preferible que el mundo leyera acerca de la visión de otro ovni que dejar que la gente estuviera al corriente de las verdaderas capacidades aéreas del Ejército de Estados Unidos.

«Pero ahora todo ha cambiado –pensó Ekstrom–. Dentro de unas horas, el mito extraterrestre se convertirá en una realidad confirmada, para siempre.»

–¿Director Ekstrom? –gritó un técnico de la NASA, apresurándose por el hielo tras él–. Tiene usted una llamada protegida urgente en el CSP.

Ekstrom suspiró y se giró. «¿Qué demonios pasa ahora?» Se dirigió al tráiler de comunicaciones.

El técnico corría a su lado.

–Los tipos que controlan el radar en el CSP estaban intrigados, señor...

–¿Ah, sí? –respondió Ekstrom, cuya mente estaba todavía muy lejos de allí.

–¿Un submarino de esas dimensiones estacionado junto a la costa? Nos preguntábamos por qué no nos lo había mencionado.

Ekstrom levantó la mirada.

–¿Cómo dice?

–El submarino, señor. Al menos podría haber informado a los chicos del radar. Es comprensible que se doble la seguridad del litoral, pero ha cogido a nuestro equipo de radar totalmente desprevenido.

Ekstrom frenó en seco.

–¿Qué submarino?

El técnico también se detuvo. Obviamente, no esperaba la sorpresa del director.

–¿No forma parte de nuestra operación?

–¡No! ¿Dónde está?

El técnico tragó saliva

–A unas tres millas de la costa. Lo detectamos con el radar por casualidad, sólo ha salido a la superficie un par de minutos. Un bicho enorme, tiene que ser uno de los grandes. Suponíamos que usted había pedido a la Marina que vigilara esta operación sin decírnoslo.

Ekstrom clavo en él la mirada.

–¡Por supuesto que no!

La voz del técnico vaciló.

–Bien, señor, entonces supongo que debería informarle de que un submarino se ha encontrado con una aeronave a poca distancia de la costa. Al parecer se ha realizado un intercambio de personal. De hecho, nos ha impresionado mucho que alguien intentara una maniobra vertical como ésa con este viento.

Ekstrom notó que se le tensaban los músculos. «¿Qué demonios hace un submarino junto a la costa de Ellesmere Island sin mi conocimiento?»

–¿Sabe usted qué dirección ha tomado el aparato después del encuentro?

–Ha vuelto a la base aérea de Thule. Supongo que para conectar con otro medio de transporte hacia el continente.

Ekstrom no volvió a hablar durante el resto del trayecto hasta el CSP. Cuando entró en la sofocante oscuridad del tráiler, percibió un conocido rasguño en la voz rasposa que oyó al otro lado de la línea.

–Tenemos un problema –dijo Tench, tosiendo al hablar–. Se trata de Rachel Sexton.

76

El senador Sexton no estaba seguro del tiempo que llevaba con la mirada perdida en el vacío cuando oyó los golpes. Comprendió que el retumbar que le llenaba los oídos no era obra del alcohol sino de alguien que golpeaba la puerta de su apartamento. Entonces se levantó del sofá, escondió la botella de Courvoisier, y se dirigió al vestíbulo.

—¿Quién es? —gritó, ya que no estaba de humor para visitas.

La voz de su guardaespaldas anunció desde fuera la identidad de un invitado inesperado. Sexton recuperó la sobriedad de inmediato. «Qué rápido.» Había esperado no tener que mantener esa conversación hasta la mañana siguiente.

Después de dar un profundo suspiro y de retocarse el pelo, abrió la puerta. El rostro que tenía ante él le era más que familiar: duro y curtido a pesar de los setenta y tantos años de aquel hombre. Sexton se acababa de encontrar con él esa misma mañana en el monovolumen blanco Ford Windstar, en el garaje de un hotel. «¿Ha sido esta mañana?», se preguntó. Dios, cuánto habían cambiado las cosas desde entonces.

—¿Puedo entrar? —preguntó el hombre de pelo oscuro.

Sexton se hizo a un lado, permitiendo el paso al presidente de la Fundación para las Fronteras Espaciales.

—¿Ha ido bien la reunión? —le preguntó, cuando él cerraba la puerta.

«¿Que si ha ido bien?» Sexton se preguntó si aquel hombre vivía envuelto en un capullo de seda.

—Las cosas no podían ir mejor hasta que el presidente ha aparecido en televisión.

El anciano asintió, al parecer disgustado.

—Sí, una victoria increíble. Perjudicará enormemente nuestra causa.

«¿Perjudicar nuestra causa?» Eso sí que era ver las cosas con optimismo. Con el triunfo que la NASA acababa de apuntarse esa noche, aquel tipo estaría muerto y enterrado antes de que la Fundación para las Fronteras Espaciales lograra sus objetivos de privatización.

–Durante años he sospechado que muy pronto tendríamos pruebas –dijo el anciano–. No sabía cómo ni cuándo, pero antes o después teníamos que saberlo con seguridad.

Sexton estaba perplejo.

–¿No le sorprende?

–Las matemáticas del cosmos prácticamente requieren otras formas de vida –respondió el hombre, dirigiéndose al estudio de Sexton–. No me sorprende que se haya producido este descubrimiento. Intelectualmente, estoy encantado. Espiritualmente, estoy maravillado. Políticamente, estoy muy disgustado. El momento no podía ser peor.

Sexton se preguntaba por qué aquel hombre había ido a verle. Sin duda no era para animarle.

–Como ya sabe –continuó el anciano–, las empresas que pertenecen a la FFE han invertido millones en intentar abrir la frontera del espacio a la iniciativa privada. Gran parte de ese dinero ha ido a parar a su campaña.

Sexton se vio repentinamente adoptando una actitud defensiva.

–¡Cómo iba yo a saber lo de esta noche! ¡Ha sido la Casa Blanca la que me ha espoleado a que atacara a la NASA!

–Sí, el presidente ha jugado bien sus cartas. Sin embargo, puede que no todo esté perdido –añadió el hombre.

Había un extraño destello de esperanza en sus ojos.

«Debilidad senil», decidió Sexton. Todo estaba definitivamente perdido. Todas las cadenas de televisión hablaban en ese momento del hundimiento de la campaña de Sexton.

El anciano entró en el estudio, se sentó en el sofá y clavó sus cansados ojos en el senador.

–¿Recuerda usted los problemas que tuvo inicialmente la NASA con las anomalías del software a bordo del satélite EDOP? –le preguntó.

Sexton no podía ni imaginar adónde quería ir a parar el anciano. «¿Y qué más da eso ahora? ¡El EDOP ha encontrado un maldito meteorito con fósiles!»

–Si lo recuerda –continuó sin esperar respuesta–, el software de a bordo no funcionaba correctamente al principio. Usted se encargó de que los medios de comunicación se hicieran eco de ello.

–¡Qué menos! –replicó Sexton, sentándose frente a él–. ¡Fue otro fracaso de la NASA!

El hombre asintió.

–Estoy de acuerdo con usted. Pero muy poco tiempo después, la NASA dio una rueda de prensa en la que anunció que había encontrado una solución al problema... una especie de apaño para el software.

En realidad Sexton no había visto la rueda de prensa, pero sí había oído que había sido breve y poco noticiable: el director del proyecto EDOP se limitó a dar una aburrida descripción técnica sobre cómo la NASA había solucionado un fallo menor en el software de detección de anomalías del EDOP y cómo lo había solucionado sin más problemas.

–Llevo observando el EDOP con gran interés desde que falló –dijo el hombre. Sacó una cinta de vídeo y fue hacia el televisor de Sexton. Metió la cinta en el reproductor–. Esto le interesará.

La cinta se puso en marcha. Mostraba la sala de prensa que la NASA tenía en su cuartel general de Washington. Un hombre elegantemente vestido había subido al podio y estaba saludando a la audiencia. El subtítulo que aparecía bajo el podio rezaba así:

CHRIS HARPER, Director de Sección
Satélite de Escaneo de Densidad Orbital Polar (EDOP)

Chris Harper era un hombre alto y refinado que hablaba con la tranquila dignidad propia de un norteamericano de ascendencia europea que todavía se aferraba orgullosamente a sus raíces. Su acento era impecable. Se dirigía a la prensa seguro de sí, dando a los medios de comunicación malas noticias sobre el EDOP.

–Aunque el satélite EDOP está en órbita y funciona perfectamente, tenemos un problema menor con los ordenadores de a bordo. Se trata de un pequeño error de programación del que asumo toda la responsabilidad. Específicamente, el filtro del FIR muestra un índice de vóxel erróneo, lo que significa que el software de detección de anomalías del EDOP no está funcionando adecuadamente. Estamos trabajando para dar con una solución.

La multitud suspiró, al parecer acostumbrada a los fiascos de la NASA.

–¿Qué significa eso para la actual efectividad del satélite? –preguntó alguien.

Harper reaccionó como un auténtico profesional. Seguro de sí y directo al grano.

—Imagine un par de ojos en perfecto estado que carezcan de un cerebro en funcionamiento. Básicamente, el satélite del EDOP ve perfectamente, pero no tiene la menor idea de lo que está viendo. El propósito de la misión EDOP es buscar bolsas de deshielo en la masa polar, pero sin un ordenador que analice los datos de densidad que recibe de sus escáneres, el EDOP no sabe discernir dónde están los puntos de interés. Deberíamos tener resuelta la situación después de que la próxima misión de la lanzadera pueda llevar a cabo ciertos ajustes en el ordenador de a bordo.

Un gemido de decepción se elevó en la sala.

El anciano miró a Sexton.

—Presenta bastante bien las malas noticias, ¿no le parece, senador?

—Es de la NASA —gruñó Sexton—. Se dedican a eso.

La cinta de vídeo se quedó en blanco durante un instante y a continuación mostró otra rueda de prensa de la agencia espacial.

—Esta segunda rueda de prensa —le explicó el anciano a Sexton— tuvo lugar hace sólo unas semanas. A última hora de la noche. Muy poca gente la vio. En esta ocasión, el doctor Harper está anunciando buenas noticias.

Apareció en pantalla la grabación. Esta vez, Chris Harper aparecía despeinado e inquieto.

—Es para mí un placer anunciar —dijo Harper, al parecer sintiéndose cualquier cosa menos encantado—, que la NASA ha encontrado una solución para el problema de software del satélite EDOP.

A continuación farfulló una explicación de la solución: algo relacionado con la redirección de los datos originales del EDOP y su envío a través de ordenadores situados aquí, en la Tierra, en vez de confiar en el ordenador colocado a bordo del EDOP. Todo el mundo pareció impresionado. Sonaba bastante factible y excitante. Cuando Harper terminó, la sala le dedicó una entusiasta ronda de aplausos.

—Entonces, ¿podemos esperar datos pronto? —preguntó alguien del público.

Harper asintió, sudoroso.

—En un par de semanas.

Más aplausos. Manos alzadas por toda la sala.

—Es todo lo que puedo decirles por ahora —dijo Harper con cara de enfermo mientras recogía sus papeles—. El EDOP funciona correctamente. Muy pronto tendremos datos –afirmó, abandonando el escenario casi a la carrera.

Sexton frunció el ceño. Tenía que reconocer que todo aquello resultaba muy raro. ¿Por qué parecía tan cómodo Chris Harper dando malas noticias y tan incómodo dando buenas noticias? Tendría que haber sido al contrario. De hecho, Sexton no había visto esa rueda de prensa, aunque sí había leído algo sobre la reparación del software. En aquel momento, la solución al problema se había tomado como una inconsecuente salvación de la NASA. La opinión pública siguió sin dejarse impresionar: el EDOP era otro proyecto de la NASA que había funcionado mal y que estaba siendo extrañamente reparado mediante una solución que distaba mucho de ser la ideal.

El anciano apagó el televisior.

–La NASA afirmó que el doctor Harper no se encontraba bien esa noche –dijo, antes de hacer una breve pausa–. Por mi parte, yo creo que Harper estaba mintiendo.

«¿Que Harper mentía?» Sexton miró fijamente a su interlocutor al tiempo que sus confusos pensamientos eran totalmente incapaces de dar con alguna explicación lógica que justificara el hecho de que Harper hubiera mentido sobre el software. Sin embargo, él mismo había contado en su vida bastantes mentiras como para reconocer a un mal mentiroso cuando lo veía. No podía dejar de admitir que el doctor Harper realmente parecía sospechoso.

–¿Es que no se da usted cuenta? –dijo el anciano–. Este pequeño anuncio que acaba de oír de Chris Harper es la rueda de prensa más importante de la historia de la NASA –afirmó, volviendo a hacer una pausa–. Esa oportuna solución al problema del software que acaba de describir es lo que ha permitido al EDOP encontrar el meteorito.

Sexton se devanaba los sesos. «¿Y usted cree que miente al respecto?»

–Pero si Harper mintió y el software del EDOP no funciona realmente, entonces, ¿cómo demonios ha podido la NASA encontrar el meteorito?

El anciano sonrió.

–Exacto.

77

La flota de aviones «repo» requisados por el Ejército de Estados Unidos en el transcurso de varias operaciones contra el tráfico de drogas constaba de más de una docena de jets privados, incluidos tres G4 reacondicionados para el transporte de VIPs militares. Media hora antes, uno de esos G4 había despegado de la rampa de Thule, elevándose con dificultad sobre la tormenta y dirigiéndose ahora hacia el sur en la noche canadiense con destino a Washington. A bordo, Rachel Sexton, Michael Tolland y Corky Marlinson tenían la cabina de ocho plazas para ellos solos. Parecían un maltrecho equipo deportivo con sus monos azules idénticos y sus gorras del USS *Charlotte*.

A pesar del rugido de los motores Grumman, Corky Marlinson dormía en la parte posterior de la cabina. Tolland estaba sentado cerca de la parte delantera, con aspecto de estar agotado y mirando al mar por la ventanilla. Rachel se hallaba a su lado, sabiendo que no podría dormir a pesar de haber tomado un sedante. En su cabeza no dejaba de darle vueltas al misterio del meteorito y a la conversación que había mantenido recientemente en la cámara insonorizada con Pickering. Antes de despedirse, éste le había dado dos preocupantes informaciones adicionales.

En primer lugar, Marjorie Tench afirmaba poseer una grabación de vídeo de la declaración privada de Rachel al personal de la Casa Blanca, y amenazaba ahora con utilizar la cinta como prueba si Rachel intentaba echarse atrás y renegar de su confirmación sobre los datos del meteorito. La noticia era particularmente preocupante porque Rachel había sido muy clara a la hora de decirle a Zach Herney que sus apuntes al personal de la Casa Blanca eran exclusivamente de uso interno. Al parecer, Zach Herney había hecho caso omiso de esa petición.

La segunda noticia preocupante tenía que ver con el debate de la CNN al que su padre había asistido horas antes, esa misma tarde. Al parecer, Marjorie Tench había protagonizado una extraña aparición, obligando diestramente al senador Sexton a que se ratificara en su postura contra la NASA. Para ser más específicos, Tench le había obligado a proclamar con toda crudeza su escepticismo ante la posibilidad de que pudieran hallarse pruebas de vida extraterrestre.

«¿Comerse el sombrero?» Eso es lo que Pickering había dicho que su padre había prometido hacer si la NASA llegaba a encontrar alguna vez vida extreterrestre. Rachel se preguntaba ahora cómo se las habría arreglado Tench para provocar aquella declaración tan propicia. Sin duda, la Casa Blanca había estado preparando el escenario con sumo cuidado, colocando implacablemente todas las fichas del dominó, preparándose para la gran caída de Sexton. El presidente y Marjorie Tench, como un dúo de luchadores en el mismo equipo político, se habían lanzado a matar. Mientras el presidente se mantenía dignamente fuera del cuadrilátero, Tench había entrado en él, colocando astutamente al senador listo para el golpe de gracia presidencial.

El presidente le había dicho que había pedido a la NASA que retrasara el anuncio del descubrimiento para ganar tiempo a fin de confirmar la exactitud de los datos. Ahora Rachel se daba cuenta de que la espera encerraba otras ventajas. El margen adicional había dado a la Casa Blanca tiempo para disponer la cuerda de la que el senador iba a colgarse.

Rachel no sentía ninguna simpatía por su padre. Sin embargo, se daba cuenta de que bajo la cálida y difusa apariencia del presidente Zach Herney se escondía un sagaz tiburón. Nadie se convertía en el hombre más poderoso del mundo sin ser poseedor de un instinto asesino. La cuestión era ahora saber si el tiburón era un inocente espectador... o un actor.

Rachel se levantó y estiró las piernas. Mientras se paseaba por el pasillo del avión, se sintió frustrada al ver que las piezas de aquel rompecabezas parecían tan contradictorias. Pickering, con la lógica que tanto le caracterizaba, había llegado a la conclusión de que el meteorito tenía que ser falso. Corky y Tolland, con seguridad científica, insistían en que el meteorito era auténtico. Lo único que Rachel sabía era lo que había visto: una roca chamuscada y fosilizada extraída del hielo.

Al pasar junto a Corky, miró al astrofísico, magullado después de la terrible experiencia que había sufrido en el hielo. La mejilla se le había desinflamado y los puntos tenían mejor aspecto. Estaba dormido y roncaba con sus rechonchas manos agarradas a la muestra del meteorito con forma de disco como si se tratara de algún tipo de manta de seguridad.

Rachel alargó la mano y le cogió suavemente la muestra de las manos. La sostuvo en alto, volviendo a estudiar los fósiles. «Deshazte de cualquier idea preconcebida —se dijo, obligándose a reorganizar sus ideas—. Reestablece la cadena de aclaración.» Se trataba de un viejo truco de la ONR. Reconstruir una prueba desde la nada era un proceso conocido como «comienzo nulo»: algo que todos los analistas de datos practicaban cuando las piezas no encajaban del todo.

«Vuelve a reunir las pruebas.»

Volvió a pasearse por el pasillo del avión.

«¿Representa esta piedra la prueba de vida extraterrestre?»

Rachel sabía perfectamente que una prueba era una conclusión construida a partir de una pirámide de hechos, una amplia base de información aceptada sobre la que se formulaban afirmaciones más específicas.

«Deshazte de toda suposición de base. Empieza de nuevo ¿Qué tenemos?»

Una roca.

Pensó en ello durante un instante. «Una roca. Una roca con criaturas fosilizadas.» Volvió a la parte delantera del avión y tomó asiento junto a Michael Tolland.

—Mike, le propongo un juego.

Tolland apartó la mirada de la ventanilla. Parecía estar lejos de allí, concentrado en sus propios pensamientos.

—¿Un juego?

Rachel le dio la muestra del meteorito.

—Imaginemos que está viendo esta roca fosilizada por primera vez. Yo no le he dicho nada sobre el lugar del que procede ni sobre cómo fue encontrada. ¿Qué me diría usted que es?

Tolland soltó un suspiro desconsolado.

—Es curioso que me lo pregunte. Acabo de tener una idea extrañísima...

A cientos de kilómetros, un avión de extraño aspecto volaba a baja altitud hacia el sur sobre un océano desierto. A bordo, los miembros de la Delta Force guardaban silencio. Habían tenido que abandonar lugares a toda prisa otras veces, pero nunca así.

Su controlador estaba furioso.

Horas antes, Delta-Uno había informado al controlador de que acontecimientos inesperados en la plataforma de hielo no habían dejado a su equipo más opción que emplear la fuerza, una fuerza que había incluido matar a cuatro civiles, incluidos Rachel Sexton y Michael Tolland.

El controlador reaccionó mostrándose totalmente conmocionado. A pesar de que era un recurso crítico autorizado, obviamente matar nunca había formado parte de su plan inicial.

Horas más tarde, el enfado del controlador a causa de las muertes se transformó en rabia declarada al enterarse de que los asesinatos no habían salido como estaba planeado.

—¿Que su equipo falló? —preguntó furioso, al tiempo que su andrógino tono de voz a duras penas disimulaba la rabia que le embargaba—. ¡Tres de sus objetivos siguen con vida!

«¡Imposible!», pensó Delta-Uno.

—Pero si fuimos testigos de...

—Lograron ponerse en contacto con un submarino y en este momento se dirigen a Washington.

—¿Qué?

El tono del controlador se volvió entonces letal.

—Escúcheme bien. Voy a darle nuevas órdenes, y esta vez no fallará.

78

En aquel momento, el senador Sexton sentía un destello de esperanza mientras acompañaba a su inesperada visita al ascensor. Al final había resultado que el director de la FFE no había ido a verle para castigarle, sino para darle ánimos y decirle que la batalla todavía no estaba perdida.

«Una posible grieta en la armadura de la NASA.»

La cinta de vídeo con la extraña rueda de prensa de la NASA le había convencido de que el anciano tenía razón: Chris Harper, el director de la misión EDOP, mentía. «Pero ¿por qué? Y si la agencia especial nunca había reparado el software del EDOP, ¿cómo había podido encontrar el meteorito?»

Mientras se dirigían al ascensor, el anciano dijo:

—A veces, lo único que hace falta para desvelar algo es un simple hilo. Quizá podamos encontrar la forma de minar la victoria de la NASA desde dentro. Sembrar una sombra de desconfianza. ¿Quién sabe adónde nos puede llevar? —añadió el anciano, clavando sus ojos en Sexton—. No estoy dispuesto a tirar la toalla, senador. Y creo que usted tampoco.

—Por supuesto que no —aseguró Sexton, reuniendo decisión en su voz—. Hemos llegado demasiado lejos.

—Chris Harper mintió sobre la reparación del EDOP —dijo el hombre al entrar en el ascensor—. Y tenemos que saber por qué.

—Conseguiré esa información lo antes que pueda —respondió Sexton. «Tengo a la persona adecuada para ello.»

—Bien. Su futuro depende de eso.

Cuando Sexton regresaba a su apartamento, notaba su paso más ligero y la cabeza un poco más clara. «La NASA mintió acerca del EDOP.» La única cuestión ahora era cómo probarlo.

Su mente se había concentrado ya en Gabrielle Ashe. Dondequiera que estuviera en ese instante, a buen seguro se sentía despreciable. Sin duda, Gabrielle había visto la rueda de prensa y estaba en la cornisa de algún edificio de la ciudad, a punto de lanzarse al vacío. Su propuesta de convertir la NASA en el asunto central de la campaña de Sexton había resultado el peor error de su carrera.

«Está en deuda conmigo –pensó Sexton–. Y lo sabe.»

Gabrielle ya había demostrado que tenía un don para obtener los secretos de la NASA. «Tiene algún contacto –siguió rumiando el senador–. Lleva semanas sacando información gracias a la ayuda de algún elemento interno de la Casa Blanca.» Gabrielle tenía contactos que no compartía con él, contactos que podía utilizar para obtener información sobre el EDOP. Además, esa noche estaría motivada. Tenía una deuda que pagar, y Sexton sospechaba que haría cualquier cosa por recuperar su favor.

Cuando regresó a la puerta de su apartamento, su guardaespaldas le saludó con una inclinación de cabeza.

–Buenas noches, senador. Espero haber actuado correctamente dejando entrar a Gabrielle. Insistía en que era de vital importancia que hablara con usted.

Sexton se detuvo.

–¿Cómo dice?

–La señorita Ashe. Hace un rato ha venido con información importantísima para usted, por eso la he dejado entrar.

Sexton sintió que el cuerpo se le tensaba. Miró la puerta del apartamento. «¿De qué demonios está hablando este tipo?»

La cara del guardaespaldas era de perplejidad y preocupación.

–Senador, ¿está usted bien? Se acuerda, ¿verdad? Gabrielle ha venido durante la reunión; ha hablado con usted, ¿verdad? Tiene que haber hablado con ella. Ha estado bastante rato dentro.

Sexton siguió con la mirada clavada en el guardaespaldas durante un largo instante, notando que el pulso se le aceleraba a la velocidad del rayo. «¿Este imbécil ha dejado entrar a Gabrielle en mi apartamento durante una reunión con la FFE?» ¿Y Gabrielle se había quedado dentro un buen rato para luego marcharse sin decir una palabra? Sexton apenas se atrevía a imaginar lo que podía haber oído. Contuvo la rabia que sentía y dedicó al guarda una sonrisa forzada.

–¡Ah, sí! Lo siento, estoy agotado. Y además llevo un par de copas encima. La señorita Ashe y yo hemos hablado, sin duda. Ha hecho usted muy bien.

El guarda pareció aliviado.

–¿Ha dicho adónde iba al marcharse?

El guarda negó con la cabeza.

–Tenía mucha prisa.

–De acuerdo, gracias.

Sexton entró al apartamento echando chispas. «¿Tan complicadas eran mis malditas órdenes? ¡Nada de visitas!» Tenía que dar por hecho que si Gabrielle había estado dentro durante el tiempo suficiente y había salido después a escondidas sin decir una sola palabra, a buen seguro había oído cosas que no tendría que haber oído. «Y tenía que ser justo esta noche.»

El senador Sexton sabía ante todo que no podía permitirse perder la confianza de Gabrielle Ashe. Las mujeres podían volverse vengativas y estúpidas cuando se sentían decepcionadas. Necesitaba recuperarla. Esa noche, más que nunca, la necesitaba en su equipo.

79

En la cuarta planta de los estudios de la ABC, Gabrielle Ashe seguía sentada sola en el despacho de paredes de cristal de Yolanda con la mirada perdida en la alfombra deshilachada. Siempre se había vanagloriado de su buen instinto y de saber en quién podía confiar. Ahora, por primera vez en años, se sentía sola y sin saber qué camino tomar.

El pitido del móvil le obligó a levantar la mirada de la alfombra. Respondió a regañadientes.

–Gabrielle Ashe.

–Gabrielle, soy yo.

Reconoció el timbre de la voz del senador Sexton enseguida, aunque sonaba sorprendentemente calmado teniendo en cuenta por lo que acababa de pasar.

–He tenido una noche espantosa –dijo el senador–, de modo que déjeme hablar. Estoy seguro de que ha visto la rueda de prensa del presidente. Demonios, hemos apostado al caballo perdedor. Y me asquea pensarlo. Probablemente se culpe usted; no lo haga. ¿Quién demonios podría haberlo imaginado? No es culpa suya. En cualquier caso, escúcheme bien: creo que existe una forma de recuperarnos.

Gabrielle se levantó, incapaz de imaginar a qué podía estar refiriéndose Sexton. Aquello nada tenía que ver con la reacción que había imaginado.

–Esta noche he tenido una reunión –dijo Sexton– con representantes de las industrias espaciales privadas y...

–¿Ah, sí? –soltó Gabrielle, perpleja al oírle admitirlo–. Quiero decir... no tenía la menor idea.

–Sí... nada importante. Le habría pedido que estuviera presente, pero esos tipos son muy celosos de su privacidad. Algunos están donando dinero para mi campaña. No es algo que les guste anunciar.

Gabrielle se vio totalmente desarmada.

–Pero... ¿eso no es ilegal?

–¿Ilegal? ¡No, por Dios! Ninguno de los donativos supera los dos mil dólares. Son nimiedades. Aunque esos tipos apenas dan nada, escucho sus quejas. Llámelo inversión de futuro. Prefiero no decir nada al respecto porque, francamente, tampoco tiene demasiada importancia. Si la Casa Blanca se enterara, le sacaría todo el jugo posible. En cualquier caso, no es de eso de lo que quería hablarle. Le llamo para decirle que tras la reunión de esta noche, he hablado con el director de la FFE...

Durante varios segundos, y a pesar de que Sexton seguía hablando, lo único que Gabrielle podía percibir era que la sangre se le agolpaba en las sienes. Sin haber tenido que hacer la menor referencia al asunto, el senador había admitido sin inmutarse la reunión de esa noche con las compañías espaciales privadas. «Absolutamente legal.» ¡Y pensar en lo que ella había estado a punto de hacer! Gracias a Dios que su amiga Yolanda la había detenido. «¡Casi he saltado al barco de Marjorie Tench!»

–... entonces le he dicho al director de la FFE –continuó zalamero el senador– que, sin duda, usted podría conseguirnos esa información.

Gabrielle volvió a la conversación.

–De acuerdo.

–El contacto del que ha estado obteniendo información interna de la NASA durante estos últimos meses... supongo que todavía tiene acceso a él.

«Marjorie Tench». Gabrielle se encogió, sabiendo que nunca podría decirle al senador que el informador la había estado manipulando desde el principio.

–Hum... eso creo –mintió Gabrielle.

–Bien, necesito que me dé cierta información. Ahora mismo.

Mientras le escuchaba, Gabrielle se dio cuenta de lo equivocada que había estado al subestimar al senador Sedgewick Sexton últimamente. Parte del lustre de aquel hombre se había evaporado desde que había empezado a seguir su carrera, pero esa noche lo había recuperado con creces. Ante lo que parecía ser un golpe mortal a su campaña, Sexton urdía un contraataque. Y, aunque había sido Gabrielle quien le había llevado por ese camino desfavorable, no la estaba castigando. En vez de eso, le estaba dando la oportunidad de redimirse.

Y eso es lo que iba a hacer.

A cualquier precio.

80

William Pickering miró por la ventana de su despacho a la lejana fila de farolas de la autopista Leesburg. A menudo, ahí de pie y solo en lo alto del mundo, pensaba en ella.

«Tanto poder... y no pude hacer nada por salvarla.»

Diana, la hija de Pickering, había muerto en el mar Rojo mientras estaba destinada a bordo de un pequeño barco escolta de la Marina, entrenándose para convertirse en oficial naval. Su barco estaba anclado en puerto seguro una soleada tarde cuando una lancha destartalada cargada de explosivos y maniobrada por dos terroristas suicidas atravesó lentamente el puerto y explotó al entrar en contacto con el casco del barco. Diana Pickering y otros trece jóvenes soldados norteamericanos habían resultado muertos ese día.

Él se quedó destrozado. La angustia lo embargó durante semanas. Cuando el ataque terrorista llevó hasta una conocida célula a la que la CIA llevaba intentando localizar sin éxito desde hacía años, la tristeza de Pickering se convirtió en rabia. Entró hecho una furia en el cuartel general de la CIA y exigió una explicación.

Le costó aceptar las respuestas que recibió.

Al parecer, la CIA estaba preparada para intervenir esa célula desde hacía meses y simplemente esperaba las fotografías de alta resolución para poder planear un ataque preciso al escondite que los terroristas tenían en las montañas de Afganistán. Las fotos debían haber sido tomadas por el satélite de la ONR al que se le había dado el nombre codificado de Vortex 2 y por el que se habían pagado mil doscientos millones de dólares, el mismo que había quedado destruido en la rampa de lanzamiento al explotar el cohete de la NASA. A causa del accidente sufrido por la agencia, el ataque de la CIA había sido pospuesto y ahora Diana Pickering estaba muerta.

La razón le decía a Pickering que la NASA no había sido directamente responsable de la muerte de su hija, pero a su corazón le costaba perdonar. La investigación de la explosión de la nave reveló que los ingenieros de la NASA responsables del sistema de inyección de fuel se habían visto obligados a utilizar materiales de segunda mano en un esfuerzo por respetar el presupuesto del proyecto.

«Para los vuelos no pilotados –explicó Lawrence Ekstrom en una rueda de prensa–, la NASA tiene como objetivo primordial una relación prioritaria de coste-efectividad. En este caso, hemos de reconocer que los resultados no fueron óptimos. Lo investigaremos.»

«No fueron óptimos.» Diana Pickering estaba muerta.

Además, y debido a que se trataba de un satélite espía, la opinión pública nunca se enteró de que la NASA había arruinado un proyecto de la ONR por un valor de 1,2 millones de dólares y, junto con él, indirectamente, numerosas vidas de norteamericanos.

–¿Señor? –dijo la voz de la secretaria de Pickering por el intercomunicador, sobresaltándole–. Línea uno. Es Marjorie Tench.

Pickering se sacudió de encima la modorra en la que había caído, y miró el teléfono. «¿Otra vez?» La luz parpadeante de la línea uno parecía palpitar con rabiosa urgencia. Frunció el ceño y cogió la llamada.

–Pickering.

La voz de Tench hervía de enojo.

–¿Qué le ha dicho?

–¿Cómo dice?

–Rachel Sexton se ha puesto en contacto con usted. ¿Qué le ha dicho? ¡Estaba en un submarino, por el amor de Dios! ¡Explíqueme eso!

Pickering se dio cuenta de inmediato de que negar el hecho no era una opción; Tench había hecho los deberes. Le sorprendió que hubiera descubierto lo del *Charlotte*, aunque al parecer había esperado a reaccionar hasta conseguir algunas respuestas.

–La señorita Sexton se ha puesto en contacto conmigo, sí.

–Ha ordenado usted su traslado. ¿Y no se ha puesto en contacto conmigo?

–He ordenado su traslado. Eso es correcto.

Todavía faltaban dos horas para que Rachel Sexton, Michael Tolland y Corky Marlinson llegaran a la base aérea de Bollings, una instalación cercana.

–¿Y aun así ha preferido no informarme?

—Rachel Sexton ha hecho algunas acusaciones realmente inquietantes.

—¿En relación a la autenticidad del meteorito... y a cierto atentado contra su vida?

—Entre otras cosas.

—Obviamente, está mintiendo.

—¿Es usted consciente de que está con dos personas más que corroboran su historia?

Tench guardó silencio.

—Sí, resulta de lo más inquietante. La Casa Blanca está muy preocupada por sus afirmaciones.

—¿La Casa Blanca o sólo usted?

El tono de Tench se volvió afilado como una navaja.

—En lo que a usted concierne, director, esta noche no hay ninguna diferencia.

Pickering no se dejó impresionar. Estaba acostumbrado a ver cómo fanfarrones políticos y el personal de apoyo intentaban establecer asideros desde los que imponerse a la comunidad de inteligencia, aunque pocos plantaban tanta batalla como Marjorie Tench.

—¿Sabe el presidente que me está llamando?

—Francamente, director, me cuesta creer que haya dado el menor crédito a esos disparates dignos de lunáticos.

«No ha contestado a mi pregunta.»

—No veo ninguna razón lógica para que esta gente mienta. O bien debo asumir que dicen la verdad o que han cometido un error, movidos por una honradez incuestionable.

—¿Un error? ¿Afirmando haber sido atacados? ¿Hablando de falsificaciones en los datos del meteorito que la NASA nunca ha visto? ¡Por favor! Esto es una clara maniobra política.

—De ser así, los motivos se me escapan.

Tench soltó un profundo suspiro y bajó la voz.

—Director, quizá no sea usted consciente de lo que hay en juego. Podemos hablar de ello en profundidad más tarde, pero en este momento necesito saber dónde están la señorita Sexton y los demás. Necesito llegar al fondo de este asunto antes de que causen daños irreparables. ¿Dónde se encuentran?

—Ésa es una información que de momento prefiero no revelar. Me pondré en contacto con usted en cuanto lleguen.

—Error. Estaré allí para recibirles cuando lleguen.

«¿Usted y cuántos agentes secretos más?», se preguntó Pickering.

—Si le digo la hora y el lugar de llegada, ¿tendremos la oportunidad de charlar como amigos o tiene usted intención de hacer que un ejército privado los detenga?

—Esa gente supone una amenaza directa contra el presidente. La Casa Blanca está en todo su derecho de detenerlos e interrogarlos.

Pickering sabía que Tench tenía razón. Amparados por el Artículo 18, Sección 3.056, de la Constitución de Estados Unidos, los agentes del Servicio Secreto pueden llevar armas de fuego, utilizarlas para matar en caso necesario y llevar a cabo detenciones «injustificadas» simplemente si sospechan que una persona ha cometido o tiene intención de cometer un delito o cualquier acto de agresión contra el presidente. El Servicio Servicio tenía carta blanca. Los detenidos habituales solían ser indeseables que merodeaban alrededor de la Casa Blanca o bien escolares que se divertían enviando e-mails con amenazas.

Pickering no tenía la menor duda de que podrían justificar llevarse a Rachel Sexton y a los demás al sótano de la Casa Blanca y mantenerlos allí encerrados indefinidamente. Sería una jugada peligrosa, pero estaba claro que Tench se daba cuenta de que también arriesgaba mucho. La cuestión era saber lo que ocurriría a continuación si Pickering le permitía hacerse con el control de la situación. No tenía la menor intención de averiguarlo.

—Haré lo que sea necesario para proteger al presidente de falsas acusaciones —declaró Tench—. La mera implicación de juego sucio sembrará una pesada sombra sobre la Casa Blanca y la NASA. Rachel Sexton ha abusado de la confianza que el presidente puso en ella y yo no tengo la menor intención de ver cómo el presidente paga por ello.

—¿Y si solicito que se permita a la señorita Sexton presentar su caso ante una comisión de investigación oficial?

—¡En ese caso estaría usted desobedeciendo una orden presidencial directa y dando a la señorita Sexton una plataforma desde la que provocar un maldito desastre político! Se lo preguntaré una vez más, director: ¿adónde los ha enviado?

Pickering soltó un largo suspiro. Le dijera o no que el avión se dirigía a la base aérea de Bollings, sabía que ella tenía los medios necesarios para averiguarlo. La cuestión era saber si lo iba a hacer o no. A juzgar por la determinación que reflejaba la voz de la mujer, Pickering intuyó que nada la iba a detener; Marjorie Tench estaba asustada.

—Marjorie —dijo Pickering con un tono inconfundiblemente claro—. Hay alguien que no me está diciendo la verdad. De eso estoy seguro. O bien Rachel Sexton y esos dos científicos civiles... o usted. Y creo que es usted.

Tench estalló.

—¿Cómo se atreve...?

—Su indignación no me conmueve, de modo que ahórresela. Debería usted saber que tengo pruebas fehacientes de que el comunicado emitido por la NASA y la Casa Blanca es falso.

De pronto, Tench guardó silencio.

Pickering dejó que se devanara los sesos durante un instante.

—Tengo tan poco interés como usted en provocar una debacle política. Pero se han dicho mentiras, y las mentiras terminan por descubrirse. Si quiere mi ayuda, debería empezar por ser sincera conmigo.

Tench parecía tentada de acceder, aunque recelosa.

—Si está tan seguro de que se han dicho mentiras, ¿por qué no ha tomado ninguna medida al respecto?

—No me inmiscuyo en cuestiones políticas.

Tench farfulló algo que sonó muy similar a «Y una mierda».

¿Está usted intentando decirme, Marjorie, que el comunicado que el presidente ha dado a conocer esta noche ha sido absolutamente veraz?

Se produjo un largo silencio en la línea.

Pickering sabía que la tenía pillada.

—Escuche, ambos sabemos que esto es una bomba de relojería a punto de estallar. Pero todavía no es demasiado tarde. Podemos llegar a algunos compromisos.

Tench siguió varios segundos sin decir nada. Finalmente, suspiró y dijo:

—Deberíamos vernos.

«La tengo», pensó Pickering.

—Hay algo que quiero mostrarle —dijo Tench—. Y creo que ayudará a aclarar este asunto.

—Iré a verla a su despacho.

—No —dijo Tench apresuradamente—. Ya es tarde. Su presencia aquí levantaría sospechas. Prefiero que todo este asunto quede entre nosotros.

Pickering leyó entre líneas. «El presidente no sabe nada de esto.»

—Puede venir aquí, si lo desea —dijo.

Tench pareció desconfiar.

—Encontrémonos en algún lugar discreto.

Pickering había esperado algo así.

—El monumento a Franklin Delano Roosevelt queda cerca de la Casa Blanca —propuso Tench—. Sin duda estará desierto a esta hora de la noche.

Pickering lo pensó unos segundos. El monumento a Roosevelt estaba a mitad de camino entre los monumentos a Jefferson y a Lincoln, en una parte de la ciudad extremadamente segura. Tras una larga pausa, accedió.

—Nos encontraremos allí dentro de una hora —dijo Tench, despidiéndose—. Y venga solo.

En cuanto colgó, Marjorie Tench llamó a Ekstrom, el director de la NASA. Su voz sonaba tensa mientras iba relatando la mala noticia.

—Pickering podría ser un problema.

81

De pie frente al escritorio de Yolanda Cole en la sala de producción de la ABC, mientras marcaba el número de información telefónica, Gabrielle Ashe se sentía rebosante de esperanza renovada.

De confirmarse, las acusaciones que el senador Sexton acababa de compartir con ella contaban con un potencial impactante. ¿Que la NASA había mentido sobre el EDOP? Gabrielle había visto la rueda de prensa y recordó que le había parecido extraña, aunque se había olvidado de ella por completo. El EDOP no era una cuestión vital unas semanas antes. Esa noche, sin embargo, se había convertido en la cuestión por excelencia.

Sexton necesitaba ahora información interna y la necesitaba rápido. Esperaba que su «informador» se la consiguiera. Y ella le había asegurado al senador que haría todo lo que estuviera en su mano. Naturalmente, el problema era que su informador era Marjorie Tench, quien no iba a ser de ninguna ayuda. Así que tendría que conseguir la información de algún otro modo.

—Información telefónica —dijo la voz al otro lado de la línea.

Gabrielle le dijo lo que necesitaba. La operadora le proporcionó el número de tres hombres llamados Chris Harper en Washington. Gabrielle lo intentó con los tres.

El primer número correspondía a un despacho de abogados. En el segundo no contestó nadie. El tercero sonaba ya.

Respondió una mujer al primer timbre.

—Residencia Harper.

—¿Señora Harper? —dijo Gabrielle lo más cortésmente que pudo—. Espero no haberla despertado.

—¡Por Dios, no! No creo que nadie pueda dormir esta noche.

La señora Harper parecía excitada. Gabrielle pudo oír la televisión a lo lejos hablando del meteorito.

—Supongo que querrá usted hablar con Chris.

A Gabrielle se le aceleró el pulso.

—Sí, señora.

—Pues me temo que no está en casa. Ha salido corriendo al trabajo en cuanto el presidente acabó de leer el comunicado –dijo la mujer, riéndose por lo bajo–. Aunque, naturalmente, dudo que nadie esté trabajando ahora. Será, más que nada, una fiesta. El comunicado le ha pillado por sorpresa, ya sabe. De hecho, ha sido una sorpresa parà todos. El teléfono lleva toda la noche sonando. Apuesto a que a estas alturas todo el equipo de la NASA ya está allí.

–¿En el complejo de E Street? –preguntó Gabrielle, dando por hecho que la mujer se refería al edificio principal de la NASA.

–Eso es. Llévese un gorro de fiesta.

–Gracias. Le localizaré allí.

Gabrielle colgó. Corrió a la sala de producción, donde encontró a Yolanda, que acababa de preparar a un grupo de expertos en el espacio que estaban a punto de ofrecer un entusiasta análisis sobre el meteorito.

Yolanda sonrió al verla acercarse.

–Tienes mejor aspecto –dijo–. ¿Estás empezando a ver la luz?

–Acabo de hablar con el senador. Su reunión de esta noche no era lo que yo pensaba.

–Ya te he dicho que Tench estaba jugando contigo. ¿Cómo se ha tomado el senador la noticia del meteorito?

–Mejor de lo que imaginaba.

Yolanda pareció sorprendida.

–Y yo que creía que a estas alturas ya se habría tirado delante de algún autobús.

–Dice que puede que haya alguna pega en los datos facilitados por la NASA.

Yolanda soltó un resoplido de duda.

–¿Ha visto la misma rueda de prensa que he visto yo? ¿Cuánta más confirmación y reconfirmación puede llegar alguien a necesitar para convencerse?

–Me voy a la NASA a comprobar algo.

Las cejas perfiladas de Yolanda se arquearon, dibujando un par de arcos admonitorios.

–¿La mano derecha del senador Sexton va a entrar en el edificio central de la NASA? ¿Esta noche? ¿Has oído hablar de la lapidación pública?

Gabrielle le habló de las sospechas de Sexton que apuntaban a que Chris Harper, el director de sección del EDOP, había mentido sobre la reparación del software de detección de anomalías.

Sin embargo Yolanda no se lo creyó.

–Cubrimos esa rueda de prensa, Gabs, y debo admitir que esa noche Harper no era el mismo, pero la NASA dijo que se encontraba bastante mal.

–El senador Sexton está convencido de que mintió. Hay otros que también lo están, gente poderosa.

–Si el software de detección de anomalías del EDOP no fue reparado, ¿cómo pudo el EDOP localizar el meteorito?

«Exactamente lo mismo que ha dicho Sexton», pensó Gabrielle.

–No lo sé, pero el senador quiere que le proporcione algunas respuestas.

Yolanda sacudió la cabeza.

–Sexton te está enviando a la boca del lobo mientras él hace castillos en el aire. No vayas, no le debes nada.

–Le he jodido la campaña.

–No, es la mala suerte lo que le ha jodido la campaña.

–Pero si el senador está en lo cierto y el director de sección del EDOP mintió...

–Cariño, si el director de sección del EDOP mintió al mundo, ¿qué te hace pensar que a ti te dirá la verdad?

Gabrielle había pensado en eso y estaba ya formulando su plan.

–Si encuentro alguna historia, te llamaré.

Yolanda soltó una carcajada escéptica.

–Si encuentras alguna historia, me como el sombrero.

82

«Olvide todo lo que sabe sobre esta muestra de roca.»

Aunque Michael Tolland llevaba un rato debatiéndose contra sus propias e inquietantes reflexiones acerca del meteorito, ahora, al tener que hacer frente a las meticulosas preguntas de Rachel Sexton, sentía que el asunto le provocaba una desazón añadida. Bajó la mirada hacia el fragmento de roca que tenía en la mano.

«Imagina que alguien te la ha dado sin ofrecerte la menor explicación sobre dónde la ha encontrado ni de lo que es. ¿Qué dirías?»

Aunque Tolland sabía perfectamente que la pregunta de Rachel iba con segundas, como ejercicio analítico resultaba muy significativa. Si descartaba todos los datos que le habían proporcionado a su llegada al habisferio, tenía que reconocer que su análisis de los fósiles estaba profundamente influido por una única premisa: que la roca en la que habían sido hallados los fósiles era un meteorito.

¿Y si NO le hubieran hablado del meteorito?, se preguntó. Aunque todavía era incapaz de dar con otra explicación, se permitió la libertad de deshacerse hipotéticamente del «meteorito» como presuposición. Al hacerlo, los resultados fueron hasta cierto punto preocupantes. Ahora Tolland y Rachel, a los que se unió un aturdido Corky Marlinson, discutían sus ideas.

—Entonces —repetía Rachel con voz intensa—, Mike, según usted, si alguien le hubiera dado esta roca fosilizada sin ninguna explicación adicional, no le cabría más alternativa que concluir que es una roca terrestre.

—Por supuesto —respondió Tolland—. ¿Qué otra cosa podría concluir? Es mucho más arriesgado afirmar que has encontrado vida extraterrestre que afirmar que has encontrado un fósil perteneciente a alguna especie terrestre todavía por descubrir. Los científicos descubren docenas de especies nuevas todos los días.

—¿Piojos de un metro? —preguntó Corky, que ahora sonaba incrédulo—. ¿De verdad creerías que un insecto así procede de la Tierra?

–Quizá no ahora –respondió Tolland–, pero la especie no tiene por qué estar necesariamente viva en la actualidad. Es un fósil. Data de ciento noventa millones de años, aproximadamente del Jurásico. Muchos fósiles prehistóricos son criaturas enormes que nos asombran cuando descubrimos sus restos fosilizados: enormes reptiles alados, dinosaurios, pájaros.

–No creas que me las quiero dar de físico, Mike –dijo Corky–, pero advierto un grave fallo en tu argumentación. Las criaturas prehistóricas que acabas de mencionar (los dinosaurios, los reptiles y los pájaros) tienen esqueletos internos, lo cual les otorga la capacidad de alcanzar grandes dimensiones a pesar de la gravedad de la Tierra. Pero este fósil... –cogió la muestra y la sostuvo en alto–, estos bichos tienen exoesqueletos. Son artrópodos. Tú mismo dijiste que un bicho de estas dimensiones sólo podía haber evolucionado en un entorno de baja gravedad. De otro modo, su esqueleto externo se habría derrumbado bajo su propio peso.

–Correcto –dijo Tolland–. Esta especie se habría derrumbado bajo su propio peso de haber caminado sobre nuestro suelo.

En una mueca de fastidio, la frente de Marlinson se llenó de arrugas.

–Bueno, Mike, entonces, a menos que algún hombre de las cavernas tuviera una granja de piojos antigravitatoria, no sé cómo puedes llegar a la conclusión de que un piojo de un metro de longitud sea de origen terrestre.

Tolland sonrió para sus adentros cuando pensó que Corky estaba pasando por alto un dato muy simple.

–De hecho, hay otra posibilidad –dijo, mirando a su amigo a los ojos–. Estás acostumbrado a mirar hacia arriba, Corky. Mira hacia abajo. Existe un abundante entorno antigravitatorio aquí en la Tierra. Y lleva aquí desde tiempos prehistóricos.

Corky lo miró fijamente.

–¿De qué demonios estás hablando?

Rachel también parecía sorprendida.

Tolland señaló por la ventana al mar que, a la luz de la luna, brillaba bajo el avión.

–El océano.

Rachel soltó un silbido sordo.

–Claro.

–El agua es un entorno de baja gravedad –explicó Tolland–. Todo pesa menos bajo el agua. El océano alberga enormes y frágiles criaturas que jamás podrían existir en la Tierra firme: medusas, calamares gigantes, anguilas...

Corky asintió, aunque imperceptiblemente.

—Muy bien, pero el océano prehistórico nunca contuvo artrópodos gigantes.

—Ya lo creo que sí. Y, de hecho, todavía los contiene. La gente los come a diario. Son un manjar en muchos países.

—Mike, ¿quién demonios come piojos de mar gigantes?

—Todos los que comen langostas, cangrejos y gambas.

Corky clavó la mirada en él.

—Los crustáceos, de hecho, son básicamente insectos marinos gigantes —siguió explicando Tolland—. Un suborden de los *Phylum Arthropoda*: los piojos, los cangrejos, las arañas, los insectos, los saltamontes, los escorpiones, las langostas... están todos relacionados entre sí. Todos son especies con apéndices articulados y esqueletos externos.

De pronto, Corky pareció enfermar.

—Desde una perspectiva basada en la clasificación, se parecen mucho a los insectos —explicó Tolland—. Los cangrejos de herradura se parecen a trilobites gigantes, y las pinzas de una langosta se parecen a las de un gran escorpión.

Corky se puso verde.

—De acuerdo. No pienso volver a probar los rollitos de langosta.

Rachel parecía fascinada.

—Entonces, los artrópodos terrestres no crecen mucho porque la gravedad selecciona la pequeñez de forma natural. Pero en el agua sus cuerpos tienden a flotar, de modo que pueden alcanzar un gran tamaño.

—Exacto —dijo Tolland—. Un cangrejo rey de Alaska podría ser clasificado erróneamente como una araña gigante si dispusiéramos de evidencias de fósiles limitadas.

El entusiasmo de Rachel pareció en ese momento dar paso a la preocupación.

—Mike, dejando a un lado la aparente autenticidad del meteorito, respóndame a esto: ¿cree usted que los fósiles que vimos en la plataforma de hielo Milne podían proceder del océano? ¿Del océano de la Tierra?

Tolland sintió la franqueza de su mirada y fue consciente del verdadero peso de su pregunta.

–Hipotéticamente, tendría que decir que sí. El suelo del océano contiene secciones que datan de ciento noventa millones de años. La misma edad que la de los fósiles. Y, en teoría, los océanos podrían haber contenido formas de vida con este aspecto.

–¡Oh, vamos! –se burló Corky–. No puedo creer lo que estoy oyendo. ¿Dejando a un lado la autenticidad del meteorito? El meteorito es irrefutable. Incluso aunque la Tierra contenga suelo oceánico de la misma edad que el meteorito, no existe la menor duda de que no tenemos suelo océanico que disponga de corteza de fusión, un contenido de níquel anómalo y cóndrulos. No sigáis por ahí.

Tolland sabía que Corky estaba en lo cierto. Sin embargo, imaginarse los fósiles como criaturas marinas había provocado que disminuyera la admiración que sentía por ellos. Ahora le parecían en cierto modo más familiares.

–Mike –dijo Rachel–. ¿Por qué ninguno de los científicos de la NASA se planteó la posibilidad de que estos fósiles pudieran ser criaturas oceánicas? ¿Incluso de un océano de otro planeta?

–En realidad, por dos razones. Las muestras de fósiles pelágicos, los que proceden del suelo oceánico, tienden a exhibir una plétora de especies entremezcladas. Cualquier cosa que viva en los millones de metros cúbicos de vida sobre el suelo oceánico morirá en su día y se sumergirá hasta el fondo. Esto significa que el suelo oceánico se convierte en un cementerio para las especies que habitan todos los entornos de profundidad, presión y temperatura. Sin embargo, la muestra hallada en la plataforma de hielo Milne estaba limpia... conformada por una única especie. Era más parecido a algo que podríamos encontrar en el desierto. Por ejemplo, una prole de animales similares enterrados por una tormenta de arena.

Rachel asintió.

–¿Y la segunda razón que le llevó a decidirse por la tierra y no por el mar?

Tolland se encogió de hombros.

–Puro instinto. Los científicos siempre han creído que de haber vida en el espacio, estaríamos hablando de insectos. Y, por lo que he observado del espacio, ahí fuera hay más rocas y basura que agua.

Rachel guardó silencio.

–Aunque... –añadió Tolland, pues Rachel le había dado qué pensar– reconozco que hay zonas muy profundas del suelo océanico a las que los oceanógrafos llaman zonas muertas. No llegamos a comprenderlas del todo, pero son áreas en las que, por el tipo de corriente y de fuentes de alimento, nada sobrevive. Únicamente unas pocas especies de basureros que habitan el fondo. Así pues, desde esa perspectiva, supongo que un fósil de una sola especie no es un imposible.

—¿Perdón? —gruñó Corky—. ¿Recuerdas la corteza de fusión? ¿El nivel medio de contenido de níquel? ¿Los cóndrulos? ¿Qué diantre estamos haciendo hablando de esto?

Tolland no respondió.

—La cuestión del valor medio de níquel. —Ahora Rachel se dirigía Corky—. Explíquemela de nuevo. ¿El contenido de níquel en las rocas de la Tierra es o muy alto o muy bajo, pero en los meteoritos está en un registro específico medio?

Corky asintió.

—Exacto.

—Entonces, ¿el contenido de níquel de esta muestra está exactamente dentro de los límites de los valores esperados?

—Muy cerca, sí.

Rachel pareció sorprendida.

—Un momento. ¿Cómo que muy cerca? ¿Qué se supone que significa eso?

Corky pareció exasperarse.

—Como ya le he explicado antes, todas las mineralogías de los meteoritos son distintas. A medida que los científicos encontramos nuevos meteoritos, nos vemos obligados a actualizar nuestros cálculos sobre cuál es el contenido de níquel aceptable para ellos.

Rachel parecía perpleja, todavía sosteniendo la muestra en alto.

—Entonces, ¿este meteorito le obligó a reevaluar el nivel de níquel presente en un meteorito que hasta el momento consideraba aceptable? ¿Caía fuera del registro de contenido medio de níquel establecido?

—Sólo ligeramente —contraatacó Corky.

—¿Por qué nadie lo mencionó?

—Porque no es importante. La astrofísica es una ciencia dinámica en constante actualización.

—¿Durante un análisis de increíble importancia?

—Escuche —dijo Corky soltando un bufido de enojo—. Puedo asegurarle que el contenido de níquel de esa muestra está muchísimo más próximo a otros meteoritos que a cualquier roca terrestre.

Rachel se giró hacia Tolland.

–¿Estaba usted al corriente de esto?

Tolland asintió a regañadientes. En aquel momento no le había parecido una cuestión que hubiera que tener en cuenta.

–Me dijeron que este meteorito mostraba un contenido en níquel ligeramente más alto que el observado en otros meteoritos, pero los especialistas de la NASA no parecieron nada preocupados por ello.

–¡Y con razón! –intervino Corky–. La prueba mineralógica no demuestra que el contenido en níquel sea similar al de un meteorito, sino que es distinto al de las rocas terrestres.

Rachel negó con la cabeza.

–Lo siento, pero en mi trabajo ésa es la clase de lógica errónea por la que muere gente. Decir que una roca no es similar a nada de lo que hay en la Tierra no prueba que se trate de un meteorito. Simplemente prueba que no se parece a nada de lo que hemos visto aquí.

–¿Y cuál es la diferencia?

–Ninguna –dijo Rachel–. Siempre que haya visto usted todas y cada una de las rocas de la Tierra.

Corky guardó silencio durante un instante.

–De acuerdo –dijo por fin–. Ignore el contenido de níquel si eso la inquieta. Todavía nos queda una perfecta corteza de fusión y los cóndrulos.

–Claro –dijo Rachel, al parecer en absoluto impresionada–. Dos de tres no está mal.

83

La estructura que alberga el cuartel general de la NASA, un mastodóntico rectángulo de cristal, se halla situado en el número 300 de E Street, en Washington DC. El edificio está conformado por un entramado de más de trescientos cincuenta kilómetros de cables y miles de toneladas de procesadores informáticos. Da cabida a mil ciento treinta y cuatro funcionarios que controlan el presupuesto anual de quince mil millones de dólares de la NASA y las operaciones diarias de las doce bases que la agencia tiene en todo el país.

A pesar de la hora, a Gabrielle no le sorprendió ver el vestíbulo del edificio rebosante de gente, ya que allí coincidían excitados equipos de periodistas junto con personal de la NASA, más excitado aún. Gabrielle entró apresuradamente. El vestíbulo parecía un museo espectacularmente dominado por réplicas a tamaño natural de las cápsulas y satélites de misiones famosas suspendidas del techo. Los equipos de televisión se habían instalado en el impecable suelo de mármol, captando a los empleados que entraban por la puerta con ojos como platos.

Gabrielle escrutó la multitud, pero no vio a nadie parecido a Chris Harper, el director de misión del EDOP. La mitad de la gente que había en el vestíbulo tenía pases de prensa y la otra mitad llevaba identificaciones con foto de la NASA colgadas del cuello. Ella no tenía ni lo uno ni lo otro. Vio a una joven con una identificación de la agencia al cuello y corrió hacia ella.

–Hola, busco a Chris Harper.

La mujer le dedicó una extraña mirada, como si la reconociera de algún sitio y no lograra saber de dónde.

–He visto pasar al doctor Harper hace un rato. Creo que ha subido. ¿Nos conocemos?

–Me parece que no –dijo Gabrielle, dando media vuelta–. ¿Cómo puedo subir?

–¿Trabaja usted en la NASA?

–No.

–Entonces no puede subir.

–Oh. ¿Hay algún teléfono que pueda usar para...?

–Oiga –dijo la mujer, que de pronto parecía enojada–. Ya sé quién es usted. La he visto en televisión en compañía del senador Sexton. No puedo creer que haya tenido el valor de...

Gabrielle ya se había marchado, desapareciendo entre la multitud. A su espalda, pudo oír cómo la mujer iba diciendo a los que estaban cerca a quién acababa de ver.

«Genial. Hace sólo dos segundos que he entrado por la puerta y ya estoy en la lista de los más buscados.»

Mantuvo la cabeza gacha mientras se dirigía a toda prisa hacia la parte más alejada del vestíbulo. Había un directorio del edificio en la pared. Escrutó los listados, buscando a Chris Harper. Nada. El directorio no mostraba ningún nombre. Estaba ordenado por departamentos.

«¿EDOP?», se preguntó, escudriñando la lista en busca de algo que tuviera alguna relación con el Escáner de Densidad Polar Orbital. No vio nada. Tenía miedo de mirar por encima del hombro, no fuera que un grupo de indignados empleados de la NASA estuviera a punto de lapidarla. Lo único que vio en la lista que parecía remotamente prometedor estaba en la cuarta planta:

EMPRESA DE CIENCIAS DE LA TIERRA, FASE II
Sistema de Observación de la Tierra (SOT)

Sin mirar a la multitud, Gabrielle se dirigió hacia una zona que albergaba una batería de ascensores y una fuente. Buscó los botones para llamarlos, pero sólo vio ranuras. «Maldición.» Los ascensores estaban perfectamente controlados: sólo los empleados tenían tarjetas de identificación de acceso.

Un grupo de jóvenes que hablaban eufóricos se acercó corriendo. Llevaban al cuello identificaciones con foto de la NASA. Gabrielle se inclinó rápidamente sobre la fuente, mirando hacia atrás. Un hombre de rostro pecoso insertó su identificación en la ranura y abrió la puerta del ascensor. Se reía, sacudiendo la cabeza, maravillado.

–¡Los del BIE deben de estar volviéndose locos! –dijo mientras todos entraban en el ascensor–. ¡Hace veinte años que sus equipos de rastreo buscan campos flotantes por debajo de doscientos milliJaskis y resulta que la prueba física ha estado enterrada bajo el hielo, aquí en la Tierra, todo este tiempo!

Las puertas del ascensor se cerraron y los hombres desaparecieron.

Gabrielle se incorporó, secándose la boca y preguntándose qué podía hacer. Miró a su alrededor, intentando dar con algún teléfono que comunicara con las distintas oficinas del edificio. Nada. Se preguntó si habría algún modo de hacerse con alguna tarjeta de acceso, pero algo le decía que aquélla no era una buena táctica. Hiciera lo que hiciera, sabía que tenía que actuar con rapidez. Vio a la mujer con la que había hablado en el vestíbulo moverse entre la multitud con un oficial de seguridad de la NASA.

Un hombre calvo y elegante pasó a su lado, apresurándose hacia los ascensores. Gabrielle volvió a inclinarse sobre la fuente. El hombre no pareció percatarse de su presencia. Ella lo observó en silencio mientras él insertaba su tarjeta de identificación en la ranura. Las puertas de otro ascensor se abrieron y el hombre entró en él.

«A la mierda —pensó Gabrielle, decidiéndose—. Ahora o nunca.»

Cuando las puertas del ascensor ya se cerraban, se apartó de la fuente y corrió hacia allí, alargando la mano e impidiendo que lo hicieran. Entonces volvieron a abrirse y ella entró con el rostro radiante de entusiasmo.

—¿Alguna vez había visto algo así? —le soltó al sorprendido hombre calvo—. ¡Dios mío. Qué locura!

El hombre le dedicó una mirada incómoda.

—¡Los del BIE deben de haberse vuelto locos! —continuó Gabrielle—. ¡Hace veinte años que sus equipos de rastreo buscan campos flotantes por debajo de doscientos milliJaskis y resulta que la prueba física ha estado enterrada bajo el hielo, aquí en la Tierra, todo este tiempo!

El hombre pareció sorprendido.

—Bueno, sí... la verdad es que resulta bastante... —empezó, mirándole el cuello, al parecer preocupado al no ver en él ninguna identificación—. Disculpe, ¿trabaja usted...?

—Al cuarto, por favor. ¡He venido tan deprisa que apenas me he acordado de ponerme la ropa interior! —exclamó entre risas, echando una rápida mirada a la identificación del hombre: «James Theisen. Administración Financiera».

—¿Trabaja aquí? —le preguntó él, un tanto incómodo—. ¿Señorita...?

Gabrielle se quedó literalmente boquiabierta.

—¡Jim! ¡Me ofende usted! ¡No hay nada peor que hacer que una mujer se sienta insignificante!

El hombre palideció durante un instante, al parecer inquieto y pasándose una mano avergonzada por la cabeza.

—Lo siento. Es toda esta excitación, ya me entiende. Reconozco que me resulta usted muy familiar. ¿En qué programa está trabajando?

«Mierda.» Gabrielle esbozó una sonrisa segura de sí misma.

—En el SOT.

El hombre señaló al botón iluminado de la cuarta planta.

—Obviamente. Me refería al proyecto en concreto.

Gabrielle sintió que se le aceleraba el pulso. Sólo se le ocurrió uno.

—EDOP.

El hombre pareció sorprendido.

—¿En serio? Creía conocer a todos los miembros del equipo del doctor Harper.

Ella respondió con una avergonzada inclinación de cabeza.

—Chris me tiene escondida. Soy la estúpida programadora que se cargó el índice de vóxel del software de detección de anomalías.

Ahora fue el hombre calvo quien se quedó boquiabierto.

—¿Usted?

Gabrielle frunció el ceño.

—Hace semanas que no duermo.

—¡Pero el doctor Harper fue quien asumió toda la responsabilidad de lo ocurrido!

—Lo sé, Chris es así. Al menos logró repararlo. Menudo comunicado el de esta noche, ¿no le parece? Este meteorito. ¡No salgo de mi asombro!

El ascensor se detuvo en la cuarta planta. Gabrielle salió de un salto al vestíbulo.

—Encantada de verte, Jim. ¡Dale recuerdos a los chicos de presupuesto!

—Claro —tartamudeó el hombre al tiempo que las puertas se cerraban—. Encantado de volver a verte.

84

Como muchos de sus predecesores en el cargo, Zach Herney sobrevivía durmiendo cuatro o cinco horas cada noche. Durante las últimas semanas, sin embargo, había sobrevivido durmiendo aún mucho menos. A medida que la excitación causada por los acontecimientos de la noche empezó lentamente a menguar, Herney notó que sus extremidades acusaban lo avanzado de la hora.

Junto con los miembros de más alto rango de su equipo, en esos momentos disfrutaba en el Salón Roosevelt de una celebración a base de champán, viendo el interminable circuito de repeticiones de la rueda de prensa, los extractos del documental de Tolland y las sesudas recapitulaciones de la televisión por cable. En ese preciso instante, aparecía en pantalla de pie delante de la Casa Blanca y con un micrófono en la mano, una eufórica presentadora de la cadena.

—Más allá de las increíbles repercusiones para la humanidad como especie —anunció—, este descubrimiento de la NASA conlleva algunas claras repercusiones políticas aquí en Washington. El hallazgo de estos fósiles meteóricos no podría haber llegado en mejor momento para el acosado presidente —y añadió con voz esta vez más sombría—: ni en peor para el senador Sexton.

La transmisión dejó paso de nuevo al infame debate celebrado en la CNN horas antes, ese mismo día.

—Después de treinta y cinco años —declaró Sedgewick Sexton—, creo que resulta más que obvio que no vamos a encontrar vida extraterrestre.

—¿Y si se equivoca?—, respondió Marjorie Tench.

Sexton puso los ojos en blanco.

—Oh, por el amor de Dios, señora Tench. Si me equivoco, me como el sombrero.

Todos los presentes en el Salón Roosevelt se rieron. Retrospectivamente, el acorralamiento al que Tench había sometido al senador podría haber resultado cruel y excesivo, y sin embargo el público no pareció darse cuenta. El tono altanero de la respuesta del senador era tan pagado de sí que Sexton parecía estar recibiendo exactamente lo que se merecía.

El presidente recorrió el salón con la mirada en busca de Tench. No la había visto desde la rueda de prensa y tampoco estaba allí ahora. «Qué raro –pensó–. Esta celebración es tan suya como mía.»

El informe televisivo tocaba ya a su fin, aunque volvió una vez más a subrayar el salto político hacia delante que había experimentado la Casa Blanca y el desastroso resbalón del senador Sexton.

«Hay que ver lo que pueden cambiar las cosas en un día. En política, el mundo puede cambiar en un instante.»

No tardaría ni siquiera unas horas en darse cuenta de lo ciertas que eran esas palabras.

«Pickering podría ser un problema», había dicho Tench.

El director Ekstrom estaba demasiado preocupado por esa nueva información para darse cuenta de que la tormenta que azotaba el exterior del habisferio caía ahora con mayor fuerza. El aullido de los cables era más agudo y el equipo de la NASA charlaba y se apiñaba en vez de acostarse. La mente de Ekstrom estaba perdida en una tormenta distinta: la tempestad explosiva que se preparaba en Washington. En las últimas horas había tenido que lidiar con innumerables problemas. Sin embargo, ahora uno solo cobraba muchísima más importancia que todos los demás juntos.

«Pickering podría ser un problema.»

No había nadie en este mundo con quien Ekstrom deseara enfrentarse menos que con William Pickering. Aquel hombre llevaba años acosando a la NASA y acosándole a él, intentando controlar la política de privacidad, ejerciendo presiones sobre la prioridad de distintas misiones y arengando contra el nivel cada vez más alto de fracasos de la agencia espacial.

Ekstrom sabía perfectamente que la animadversión que Pickering sentía hacia la NASA iba más allá de la reciente pérdida del SIGINT, el satélite de la ONR, con un coste de mil millones de dólares, cuando explotó una plataforma de lanzamiento de la NASA, de los fallos de seguridad de la agencia espacial o de la batalla por el reclutamiento de personal aeroespacial clave. Las quejas de Pickering contra la NASA eran un interminable drama de desilusión y de resentimiento.

El avión espacial X-33 de la NASA, que supuestamente debía ser el sustituto de la lanzadera, llevaba un retraso de cinco años, lo que significaba que docenas de programas de mantenimiento y de lanzamiento de los satélites de la ONR se habían relegado a una situación de espera o simplemente habían sido descartados. Recientemente, la rabia de Pickering contra el X-33 había alcanzado cotas significativas cuando descubrió que la NASA había cancelado totalmente el proyecto, tragándose una pérdida estimada de novecientos millones de dólares.

Ekstrom llegó a su despacho, apartó la cortina y entró. Se sentó a la mesa y se llevó la cabeza a las manos. Tenía que tomar algunas decisiones. Lo que había empezado como un día maravilloso se estaba convirtiendo en una pesadilla que ahora se desenmarañaba a su alrededor. Intentó pensar como lo haría William Pickering. ¿Cuál sería su siguiente paso? Alguien con la inteligencia de Pickering tenía que darse cuenta de la importancia del descubrimiento de la NASA. Tenía que perdonar ciertas decisiones tomadas en un estado de desesperación y ser capaz de ver el daño irreparable que resultaría de contaminar ese instante de triunfo.

¿Qué haría Pickering con la información que tenía? ¿Decidiría pasarla por alto o haría pagar a la NASA por sus faltas?

Ekstrom frunció el ceño. Tenía pocas dudas sobre lo que decidiría.

Después de todo, William Pickering tenía contenciosos más profundos con la NASA... una antigua animadversión personal que iba más allá de la política.

86

Rachel se había quedado en silencio y con la mirada perdida en la cabina del G4 mientras el avión se dirigía hacia el sur a lo largo de la costa canadiense del golfo de San Lorenzo. Tolland estaba sentado cerca de ella, hablando con Corky. A pesar de que casi todas las evidencias apuntaban a que el meteorito era auténtico, el hecho de que Corky hubiera admitido que el contenido de níquel estaba «fuera de los valores medios preestablecidos» no había hecho sino reanimar sus sospechas iniciales. Plantar en secreto un meteorito bajo el hielo sólo tenía sentido como parte de un fraude brillantemente concebido.

Sin embargo, las demás pruebas científicas apuntaban a la validez del meteorito.

Apartó los ojos de la ventanilla para mirar la muestra del meteorito en forma de disco que tenía en la mano. Los diminutos cóndrulos resplandecían. Tolland y Corky llevaban un buen rato discutiendo sobre esos cóndrulos metálicos, empleando un lenguaje que estaba muy por encima de su comprensión: niveles equilibrados de olivina, matrices de cristal metaestables y rehomogeneización metamórfica. Aun así, el resultado era claro: ambos estaban de acuerdo en que los cóndrulos eran decididamente meteóricos. No había fallos en los datos que así lo apuntaban.

Rachel hizo rotar el espécimen en forma de disco que tenía en la mano, pasando un dedo por el borde en el que quedaba visible parte de la corteza de fusión. La abrasión de la superficie parecía relativamente reciente –obviamente, no databa de hacía trescientos años–, aunque Corky había explicado que el meteorito había estado herméticamente cerrado en hielo y que no había sufrido la menor erosión atmosférica. Eso parecía lógico. Ella misma había visto unos documentales en la televisión en los que se extraían restos humanos del hielo tras cuatro mil años y la piel del cadáver hallado estaba casi perfecta.

Mientras estudiaba la corteza de fusión, le asaltó un extraño pensamiento: era evidente que habían pasado algo por alto. Se preguntó si quizá habría sido un descuido en todos los datos que le habían dado o sólo era que alguien había olvidado mencionarlo.

De repente se giró hacia Corky.

–¿Alguien ha fechado la corteza de fusión?

Corky la miró, aparentemente confundido.

–¿Cómo?

–¿Alguien ha calculado la edad de la abrasión? Es decir, ¿sabemos con seguridad que la abrasión de la roca ocurrió exactamente en la misma época que se produjo el *Jungersol Fall*?

–Lo siento –dijo Corky–, pero es imposible calcularlo. La oxidación borra todos los marcadores isotópicos necesarios. Además, los índices de disminución radioisotópica son demasiado lentos para calcular todo lo que tenga más de quinientos años.

Rachel pensó en ello durante unos instantes, comprendiendo por qué la abrasión no formaba parte de los datos.

–Entonces, por lo que sabemos, esta roca podría haber sido quemada en la Edad Media o la semana pasada, ¿no?

Tolland se rió por lo bajo.

–Nadie ha dicho que la ciencia tenga todas las respuestas.

Rachel dejó vagar su mente en voz alta.

–Una corteza de fusión es, en esencia, una fuerte abrasión. Técnicamente hablando, la abrasión de esta roca podría haber ocurrido en cualquier momento del último medio siglo y de un sinnúmero de maneras.

–Se equivoca –dijo Corky–. ¿Dice usted que podría haber ocurrido de innumerables maneras? No, la abrasión se produjo sólo en la caída al atravesar la atmósfera.

–¿No hay ninguna otra posibilidad? ¿Y qué hay de un horno?

–¿Un horno? –dijo Corky–. Estas muestras fueron examinadas utilizando un microscopio de electrones. Hasta el horno más limpio de la Tierra habría dejado residuos de fuel en toda la piedra: fuel fósil, químico y nuclear. Olvídelo. ¿Y qué me dice de las estrías producidas por el paso por la atmósfera? Jamás las conseguiría en un horno.

Rachel se había olvidado de las estrías de orientación del meteorito. Sin duda tenía todo el aspecto de haber caído del cielo.

–¿Y un volcán? –propuso–. ¿Deyecciones expulsadas violentamente en el transcurso de una erupción?

Corky negó con la cabeza.

–La abrasión es demasiado limpia.

Rachel miró a Tolland.

El oceanógrafo asintió.

–Lo siento. Tengo alguna experiencia con volcanes, tanto encima como debajo del agua. Corky tiene razón, las deyecciones de los volcanes están surcadas por docenas de toxinas: dióxido de carbono, dióxido de sulfuro, sulfuro de hidrógeno, ácido hidroclorídrico..., que habrían sido detectadas por nuestros escaneos electrónicos. Esa corteza de fusión, nos guste o no, es el resultado de una abrasión limpia provocada por la fricción atmosférica.

Rachel suspiró y volvió la vista hacia la ventanilla. Una abrasión limpia. La frase no se le iba de la cabeza. Se volvió hacia Tolland.

–¿Qué quiere decir exactamente con una «abrasión limpia»?

Tolland se encogió de hombros.

–Simplemente que al estudiarla con un microscopio de electrones no vemos restos de elementos de fuel, de modo que sabemos que el calentamiento fue provocado por energía y fricción kinéticas y no por ingredientes nucleares ni químicos.

–Si no encontraron ningún elemento extraño de fuel, ¿qué encontraron? Específicamente, ¿cuál era la composición de la corteza de fusión?

–Encontramos –dijo Corky– exactamente lo que esperábamos encontrar. Elementos puramente atmosféricos: nitrógeno, oxígeno, hidrógeno. Nada de petróleos, nada de sulfuros, nada de ácidos volcánicos. Nada que nos resultara extraño. Todo lo que vemos cuando los meteoritos caen atravesando la atmósfera.

Rachel se recostó en su asiento para reordenar sus ideas.

Corky se inclinó hacia delante para mirarla.

–Por favor, no me diga que su nueva teoría es que la NASA cogió una roca fosilizada con la lanzadera espacial y la lanzó hacia la Tierra con la esperanza de que nadie se percatara de esa bola de fuego, ni del inmenso cráter ni de la explosión que provocaría.

Rachel no había pensado en ello, aunque era una interesante premisa. Todo eran elementos atmosféricos naturales. Abrasión limpia. Estrías formadas al cruzar el aire. Una débil luz se había encendido en un lejano rincón de su mente.

–Los niveles de los elementos atmosféricos que usted vio –dijo–, ¿eran exactamente los mismos que se ven en cualquier otro meteorito con una corteza de fusión?

Corky pareció titubear levemente ante la pregunta.

—¿Por qué lo pregunta?

Rachel le vio vacilar y sintió que se le aceleraba el pulso.

—Los niveles no coincidían, ¿verdad?

—Existe una explicación científica.

De pronto, a Rachel el corazón empezó a latirle con fuerza.

—¿Por casualidad observó un nivel extrañamente alto de algún elemento en particular?

Tolland y Corky intercambiaron miradas sobresaltadas.

—Sí —dijo Corky—. Aunque...

—¿De hidrógeno ionizado?

El astrofísico abrió los ojos como platos.

—¿Cómo puede saber eso?

Tolland también parecía absolutamente perplejo.

Rachel los miró fijamente.

—¿Por qué nadie me lo dijo?

—¡Porque hay una explicación científica perfectamente plausible! —declaró Corky.

—Soy toda oídos —dijo Rachel.

—Había un excedente de hidrógeno ionizado —continuó él— porque el meteorito cruzó la atmósfera cerca del Polo Norte, donde el campo magnético de la Tierra provoca una concentración anormalmente alta de iones de hidrógeno.

Rachel frunció el ceño.

—Desgraciadamente, yo tengo otra explicación.

87

La cuarta planta del cuartel general de la NASA era menos impresionante que el vestíbulo del edificio: largos pasillos estériles con puertas de oficinas separadas por el mismo espacio en las paredes. El pasillo estaba desierto. Unos letreros apuntaban en todas direcciones.

←LANDSAT 7
TERRA→
←ACRIMSAT
←JASÓN 1
AQUA→
EDOP→

Gabrielle siguió los que llevaban al EDOP. Serpenteando por una serie de largos pasillos e intersecciones, llegó a un par de pesadas puertas de acero. La placa rezaba:

ESCÁNER DE DENSIDAD ORBITAL POLAR (EDOP)
Chris Harper, Director de Sección

Estaban cerradas, y su acceso controlado por una tarjeta de admisión y un sistema de acceso por marcación de número PIN. Gabrielle pegó la oreja al frío metal de la puerta. Durante un instante le pareció oír hablar a alguien. Una discusión. Quizá no. Entonces se preguntó si simplemente debía llamar a la puerta hasta que alguien le abriera desde dentro. Desgraciadamente, su plan para vérselas con Chris Harper requería un poco más de sutileza que golpear las puertas. Miró a su alrededor en busca de otra entrada, pero no vio ninguna. Había un pequeño cuarto junto a la puerta. Entró en él, examinando el lugar mal iluminado en busca del llavero o de la tarjeta de algún cuidador. Nada. Sólo escobas y fregonas.

Regresó a la puerta y volvió a pegar la oreja al metal. Esta vez oyó claramente unas voces, cada vez más fuertes, y pasos. El picaporte se abrió desde dentro.

No tuvo tiempo de esconderse y las puertas metálicas se abrieron de golpe. Saltó a un lado, pegándose a la pared situada detrás de la puerta, al tiempo que un grupo de gente pasaba a toda prisa, hablando a viva voz. Parecían enfadados.

—¿Qué demonios le ocurre a Harper? ¡Y yo que creía que estaría dando saltos de alegría!

—¿Quiere estar solo en una noche como ésta? —preguntó otro mientras el grupo pasaba junto a Gabrielle—. ¡Debería estar celebrándolo!

A medida que el grupo se alejaba, la pesada puerta empezó a cerrarse, pivotando sobre sus bisagras neumáticas y dejando a la vista su ubicación. Gabrielle se mantuvo rígida mientras los hombres seguían alejándose por el pasillo. Después de esperar todo lo que pudo, hasta que la puerta estuvo a sólo unos centímetros de cerrarse, se lanzó hacia delante y agarró el picaporte por pocos centímetros. Se quedó quieta mientras los hombres doblaban la esquina del pasillo, demasiado concentrados en su conversación para mirar atrás.

Con el corazón latiéndole con fuerza, abrió la puerta de un tirón y entró en la zona iluminada del otro lado. La cerró con absoluta discreción.

El espacio era un área de trabajo abierta que le recordó a un laboratorio de física universitario: ordenadores, isletas de trabajo, material electrónico. A medida que sus ojos se iban adaptando a la oscuridad, pudo ver cianotipos y hojas de cálculo repartidas por doquier. Toda la zona estaba a oscuras, excepto un despacho situado en el extremo más alejado del laboratorio en el que brillaba una luz por debajo de la puerta. Se dirigió hacia allí en silencio. La puerta estaba cerrada, pero por la ventana vio a un hombre sentado delante de un ordenador. Lo reconoció de la rueda de prensa de la NASA. La placa de la puerta rezaba:

Chris Harper
Director de Sección, EDOP

De pronto, después de haber llegado tan lejos, sintió una punzada de aprensión, preguntándose si de verdad podría llevar a cabo lo que pretendía. Se recordó entonces lo seguro que Sexton estaba de que Chris Harper había mentido. «Apostaría mi campaña a que tengo razón», había dicho el senador. Al parecer había otros que opinaban lo mismo, otros que esperaban que Gabrielle descubriera la verdad para poder cercar a la NASA en un intento por lograr aunque fuera una diminuta victoria tras los espantosos acontecimientos de esa noche. Después de cómo Tench y la administración Herney la habían engañado esa tarde, Gabrielle estaba ansiosa por ayudar al senador.

Alzó la mano para llamar a la puerta, pero se detuvo al oír la voz de Yolanda resonando en su cabeza: «Si Chris Harper mintió al mundo sobre el EDOP, ¿qué te hace pensar que a ti te dirá la verdad?».

«El miedo», se dijo Gabrielle; ella misma había estado a punto de ser víctima de él. Tenía un plan. Incluía una táctica que había visto utilizar al senador para atemorizar y sacar información de sus rivales políticos. Había aprendido mucho bajo la tutela de Sexton, y no todo lo que había asimilado era ético o agradable. Sin embargo, esa noche necesitaba toda la ventaja que le fuera posible aunar. Si podía convencer a Chris Harper para que admitiera que había mentido, por la razón que fuera, abriría una pequeña puerta a la esperanza para la campaña del senador. Más allá de eso, Sexton era un hombre que, en cuanto disponía de un centímetro de maniobra, era capaz de escapar con gran maña de cualquier apuro.

El plan de Gabrielle para tratar con Harper era lo que el senador llamaba «disparar a bocajarro», una técnica de interrogatorio inventada en la antigua Roma para sacar confesiones de aquellos criminales que se sospechaba que mentían. El método era decepcionantemente simple: afirmar la información que deseaban oír que confesaran.

Luego alegar algo mucho peor.

El objetivo era dar al oponente una oportunidad para que escogiera el menor de dos males: en este caso, la verdad.

El truco consistía en rezumar seguridad, cosa que Gabrielle no sentía en ese momento. Soltó un profundo suspiro y volvió a repasar el guión que tenía escrito en la cabeza. Finalmente llamó a la puerta del despacho.

–¡Ya os he dicho que estoy ocupado! –gritó Harper, cuyo acento inglés le sonó familiar.

Gabrielle volvió a llamar. Esta vez más fuerte.

—¡Os repito que no tengo la menor intención de bajar!

Esta vez, Gabrielle golpeó la puerta con el puño.

Chris Harper fue hacia la puerta y la abrió de golpe.

—Maldita sea, ¿es que...? —Se calló de golpe, claramente sorprendido de verla.

—Doctor Harper —dijo ella en tono decidido.

—¿Cómo ha subido hasta aquí?

Gabrielle se impuso con una mirada ceñuda.

—¿Sabe quién soy?

—Por supuesto. Su jefe lleva meses machacando mi proyecto. ¿Cómo ha entrado?

—Me envía el senador Sexton.

Los ojos de Harper escrutaron el laboratorio que Gabrielle tenía a sus espaldas.

—¿Dónde está el vigilante que debía acompañarla?

—Eso no es de su incumbencia. El senador tiene contactos influyentes.

—¿En este edificio? —Harper parecía poco convencido.

—Ha sido usted poco sincero, doctor Harper. Y me temo que el senador ha convocado una comisión especial de justicia en el Senado para estudiar sus mentiras.

Un velo de palidez cruzó la cara de Harper.

—¿De qué me está hablando?

—Una persona tan inteligente como usted no puede permitirse el lujo de fingirse estúpida, doctor Harper. Está metido en un lío y el senador me ha enviado para que le ofrezca un trato. Esta noche la campaña del senador ha sufrido una gran golpe. Ya no tiene nada que perder y está dispuesto a hundirle con él si es necesario.

—¿De qué demonios está hablando?

Gabrielle soltó un profundo suspiro y jugó sus cartas.

—Mintió usted en su rueda de prensa sobre el software de detección de anomalías del EDOP. Lo sabemos. Mucha gente lo sabe. No es eso lo que nos concierne —anunció. Antes de que Harper pudiera abrir la boca para responder, Gabrielle siguió lanzada hacia delante—. El senador podría dejar al descubierto sus mentiras en este preciso instante, pero eso no le interesa. Lo que quiere es la historia en mayúsculas. Creo que sabe de lo que hablo...

—No. Yo...

–La oferta del senador es la siguiente. Él mantendrá la boca cerrada sobre las mentiras de su software si le da el nombre del más alto ejecutivo de la NASA con el que está usted malversando fondos.

Los ojos de Chris Harper parecieron bizquear durante un breve instante.

–¿Cómo? Yo no estoy malversando fondos.

–Le sugiero que mida sus palabras, señor. La comisión del Senado lleva dos meses reuniendo información sobre el caso. ¿De verdad creían ustedes que iban a pasar inadvertidos? ¿Falsificando la documentación del EDOP y desviando fondos asignados de la NASA a cuentas privadas? La mentira y la malversación pueden llevarle a la cárcel, doctor Harper.

–¡No he hecho tal cosa!

–¿Está diciendo que no mintió sobre el EDOP?

–No. ¡Lo que estoy diciendo es que en ningún momento he malversado dinero!

–Entonces está diciendo que sí mintió sobre el EDOP.

Harper clavó la mirada en ella, claramente falto de palabras.

–Olvidemos que mintió –dijo Gabrielle, desestimándolo con un simple ademán–. Al senador Sexton no le interesa si ha mentido o no en una rueda de prensa. Ya estamos acostumbrados. Han encontrado un meteorito y a nadie le importa cómo lo han hecho. Lo que al senador le importa de verdad es el asunto de la malversación. Necesita cazar a algún alto cargo de la NASA. Simplemente dígale con quién trabaja y él desviará el interés de la investigación de usted. Puede facilitarnos las cosas y decirnos quién es la otra persona, o el senador se lo pondrá feo y empezará a hablar del software de detección de anomalías y de falsas chapuzas.

–Se está marcando un farol, no existe tal malversación de fondos.

–Miente usted muy mal, doctor Harper. He visto toda la documentación. Su nombre figura en todos los papeles incriminatorios. Y varias veces.

–¡Juro que no sé nada de ninguna malversación!

Gabrielle soltó un suspiro de decepción.

–Póngase en mi lugar, doctor Harper. Sólo me cabe sacar dos conclusiones. O bien me miente usted del mismo modo que mintió en esa rueda de prensa, o me está diciendo la verdad y alguien con mucho poder en la agencia le está utilizando como tapadera para sus propios chanchullos.

La propuesta pareció calmar a Harper.

Gabrielle miró su reloj.

—El trato que le ofrece el senador estará vigente durante una hora. Puede usted salvarse dándole el nombre del ejecutivo de la NASA con el que está malversando el dinero procedente de los impuestos de los ciudadanos de este país. El senador no está interesado en usted. Quiere al pez gordo. Obviamente, el individuo en cuestión cuenta con cierto poder aquí, en la NASA. Él o ella se las ha ingeniado para mantener su identidad totalmente a salvo en la documentación, dejando que sea su nombre el que aparezca en su lugar.

Harper negó con la cabeza.

—Miente.

—¿Le gustaría decirle eso a un tribunal?

—Por supuesto. Lo negaré todo.

—¿Bajo juramento? —Gabrielle soltó un gruñido asqueado—. Supongamos que también niega haber mentido sobre la reparación del software del EDOP. —El corazón le latía con fuerza mientras miraba a aquel hombre directamente a los ojos—. Piense bien en cuáles son sus opciones, doctor Harper. Las prisiones norteamericanas pueden ser realmente desagradables.

Harper le dedicó una mirada glacial y Gabrielle deseó verlo ceder. Durante un instante creyó ver un destello de entrega, pero cuando le habló, su voz sonó como el acero.

—Señorita Ashe —declaró, al tiempo que la rabia bullía en sus ojos—, usted no tiene nada. Los dos sabemos que no se ha producido tal malversación de fondos en la NASA. La única mentirosa que hay en esta sala es usted.

Gabrielle sintió que los músculos se le ponían rígidos. La mirada que el científico le dedicó era afilada e indignada. Quiso echar a correr. «Has intentado colarle un farol a un científico espacial. ¿Qué demonios esperabas?» Se obligó a mantener la cabeza alta.

—Lo único de lo que puedo dar fe —dijo, fingiendo una absoluta seguridad e indiferencia ante la posición de Harper— son los documentos incriminatorios que he visto: pruebas fehacientes de que usted y otra persona están malversando fondos de la NASA. El senador simplemente me pidió que viniera esta noche y le ofreciera la opción de entregarle a su compañero en vez de tener que enfrentarse solo a la investigación. Le diré al senador que prefiere vérselas con un juez. Puede contarle a un tribunal lo que acaba de contarme a mí, que no está malversando fondos y que tampoco mintió sobre el software del EDOP –dijo, con una taciturna sonrisa–. Pero, tras la poco convincente rueda de prensa que ofreció hace dos semanas, lo dudo mucho –concluyó, y girando sobre sus talones echó a andar a paso decidido por el oscuro laboratorio del EDOP. Se preguntó en ese momento si no sería ella, y no Harper, quien iba a ver el interior de una prisión.

Mantuvo la cabeza alta mientras se alejaba, a la espera de que Harper la llamara. Silencio. Abrió de un empujón las puertas metálicas y las atravesó, saliendo al vestíbulo con la esperanza de que no hiciera falta tarjeta de acceso para entrar en los ascensores, como ocurría en el vestíbulo principal del edificio. Había perdido. A pesar de sus mejores esfuerzos, Harper no había picado. «Quizá estuviera diciendo la verdad sobre la rueda de prensa del EDOP», pensó Gabrielle.

Entonces, al fondo del vestíbulo resonó un estallido en cuanto las puertas metálicas que Gabrielle tenía a su espalda se abrieron de golpe.

–¡Señorita Ashe! –gritó la voz de Harper–. Le juro que no sé nada de ninguna malversación. ¡Soy un hombre honrado!

Gabrielle sintió que el corazón le daba un vuelco. Se obligó a seguir caminando. Respondió a la reacción de Harper con un informal encogimiento de hombros y gritándole:

–Y, aun así, mintió en su rueda de prensa.

–¡Espere un momento! –gritó Harper mientras se acercaba trotando hasta ella con el rostro pálido–. En cuanto a lo de la malversación de fondos... –dijo, bajando la voz–. Creo que sé quién me ha metido en esto.

Gabrielle se detuvo en seco, preguntándose si le había oído correctamente. Dio media vuelta, lo más despacio y despreocupadamente que pudo.

–¿Espera que crea que alguien le ha metido en esto?

Harper suspiró.

–Le juro que no sé nada de ninguna malversación de fondos. Aunque si hay pruebas contra mí...

–Montones.

Harper suspiró de nuevo.

–Entonces, todo ha sido perfectamente planeado. Para desacreditarme en caso de que fuera necesario. Y sólo hay una persona que puede haber hecho una cosa así.

–¿Quién?

Harper la miró a los ojos.

–Lawrence Ekstrom me odia.

Gabrielle se quedó de piedra.

–¿El director de la NASA?

Harper respondió con una solemne inclinación de cabeza.

–Fue él quien me obligó a mentir en esa rueda de prensa.

88

Incluso con el sistema de propulsión a base de vapor de metano de la aeronave Aurora a media potencia, los miembros del escuadrón de la Delta Force viajaban en la oscuridad de la noche a tres veces la velocidad del sonido: es decir, a más de tres mil kilómetros por hora. El repetitivo latido de los Motores de Onda por Detonación de Pulso daba al viaje un ritmo hipnótico. Cincuenta metros por debajo del aparato, el océano se revolvía enloquecidamente, removido por la fuerza de aspiración del Aurora, que formaba estelas de veinticinco metros de altura en largas cortinas paralelas desde la parte posterior del avión.

«Ahora entiendo por qué retiraron el Blackbird SR-71», pensaba Delta-Uno.

El Aurora era uno de esos aviones cuya existencia, a pesar de ser supuestamente un absoluto secreto, era conocida por todos. Hasta el Discovery Channel había filmado sus pruebas de funcionamiento en Groom Lake, Nevada. Nadie llegaría nunca a saber si los fallos de seguridad en los que se había visto implicado el aparato habían sido provocados por los repetidos «movimientos sísmicos del cielo» que se habían oído hasta en Los Ángeles, por la afortunada plataforma petrolífera que lo había visto volar mientras faenaba en el mar del Norte o por el error administrativo de no eliminar una descripción del Aurora en una copia pública del presupuesto del Pentágono. En realidad, no tenía la menor importancia. La noticia se había propagado: el Ejército de Estados Unidos tenía un avión que podía volar a Mach 6, y ya no estaba en las mesas de diseño de proyectos. Estaba en el cielo.

Construido por Lockheed, el Aurora parecía una pelota de fútbol americano aplastada. Tenía una longitud de treinta y cuatro metros, una amplitud de diecinueve y el fuselaje lo formaba una pátina cristalina de baldosas térmicas muy parecidas a las de la lanzadera espacial. La velocidad era básicamente el resultado de un nuevo y exótico sistema de propulsión conocido como Motor de Onda por Detonación de Pulso, que consumía hidrógeno líquido, limpio y vaporizado, y que dejaba una reveladora estela de pulsos en el cielo. Por esa razón, sólo volaba de noche.

Esa noche, con el lujo que proporcionaba volar a gran velocidad, la Delta Force había tomado el camino más largo de vuelta a casa, es decir, sobrevolando el océano abierto. Aun así, estaban dando alcance a su presa. A ese ritmo, llegarían a la Costa Oeste en menos de una hora, un par de horas antes que su objetivo. Se había hablado de seguir al avión en cuestión y de derribarlo en el aire, pero en un alarde de sabiduría, el controlador había temido que el incidente fuera captado por algún radar o que los restos carbonizados del aparato derribado pudieran ser objeto de una investigación a gran escala. El controlador había decidido que lo mejor era dejar que el avión aterrizara como estaba previsto. En cuanto quedara claro el lugar donde su presa tenía intención de aterrizar, la Delta Force entraría en acción.

Ahora, mientras el Aurora pasaba como un rayo sobre el desolado mar del Labrador, el CrypTalk de Delta-Uno se activó, indicando una llamada entrante. Delta-Uno respondió.

–La situación ha cambiado –les informó una voz electrónica–. Tenéis otra misión antes de que Rachel Sexton y los científicos tomen tierra.

«Otra misión». Delta-Uno pudo sentirlo. Las cosas se estaban precipitando. El barco acababa de sufrir otra vía de agua y quien los dirigía necesitaba que la taponaran lo antes posible. «El barco sería estanco –se recordó Delta-Uno– si hubiéramos cumplido con éxito nuestro objetivo en la plataforma de hielo Milne.» Delta-Uno sabía muy bien que estaba limpiando su propia basura.

–Hay un cuarto elemento involucrado –dijo la voz.

–¿Quién?

El transmisor guardó unos instantes de silencio... y luego les dio el nombre.

Los tres hombres intercambiaron miradas de sorpresa. Era un nombre que conocían muy bien.

«¡No me extraña que se muestren tan reacios!», pensó Delta-Uno. Teniendo en cuenta que originalmente se trataba de una operación concebida como una misión «sin víctimas», el número de muertes y el perfil de los objetivos aumentaba con rapidez. Notó que los tendones se le tensaban mientras su superior se preparaba para informarles con exactitud de cómo y dónde iban a eliminar a aquel nuevo individuo.

—Los riesgos han aumentado considerablemente —les advirtió la voz—. Escuchad con atención. Os daré estas instrucciones sólo una vez.

89

Sobre el norte de Maine, a gran altura, un G4 avanzaba a toda velocidad hacia Washington. A bordo, Michel Tolland y Corky Marlinson seguían mirando a Rachel mientras ésta empezaba a explicar su teoría sobre por qué podía haber una superabundancia de iones de hidrógeno en la corteza de fusión del meteorito.

—La NASA dispone de una instalación de pruebas llamada Plum Brook Station —explicó Rachel, casi incapaz de creer que iba a contarles aquello. Compartir información secreta fuera de protocolo no era algo que hiciera precisamente a menudo pero, a tenor de las circunstancias, Tolland y Corky tenían derecho a saber lo que iba a decirles—. Plum Brook es básicamente una cámara de pruebas para los nuevos sistemas de motores más radicales de la NASA. Hace dos años, redacté un informe sobre un nuevo diseño que la NASA estaba probando... algo llamado motor expansor de ciclo.

Corky la miró receloso.

—Los motores expansores de ciclo todavía se encuentran en fase teórica. Sobre el papel. En realidad nadie los está probando. Y de eso hace décadas.

Rachel negó con la cabeza.

—Lo siento, Corky, la NASA tiene prototipos. Los están poniendo a prueba.

—¿Cómo? —exclamó él, en un arranque de escepticismo—. El MEC funciona con oxígeno-hidrógeno líquido, una sustancia que se congela en el espacio y que hace que el motor no le salga a cuenta a la NASA. Dijeron que ni siquiera iban a intentar construir un MEC hasta que solucionaran el problema de la congelación.

—Lo solucionaron. Prescindieron del oxígeno y transformaron el fuel en una mezcla de «grasa hidrogenada», que no es más que cierto tipo de fuel criogénico formado por hidrógeno puro en un estado de semicongelación. Es muy potente y quema muy limpiamente. Es además una alternativa al sistema de propulsión si la NASA envía misiones a Marte.

Corky estaba perplejo.

—No puede ser.

—Más vale que lo crea —dijo Rachel—. Escribí una breve nota sobre el tema para el presidente. Mi jefe estaba fuera de sí porque la NASA quería anunciar públicamente el fluido criogénico como un gran éxito, y él quería que la Casa Blanca forzara a la NASA a mantener el fluido criogénico en secreto.

—¿Por qué?

—No es importante —dijo Rachel, que no tenía la menor intención de compartir más secretos de los estrictamente necesarios.

La verdad era que la intención manifiesta por parte de Pickering de clasificar el éxito del fluido criogénico era fruto de un intento por combatir una creciente preocupación por la seguridad nacional desconocida por la gran mayoría: la alarmante expansión de la tecnología espacial China. Los chinos estaban desarrollando en ese momento una terrible plataforma de lanzamiento «de alquiler» que pensaban ofrecer a altos postores, la mayoría de los cuales eran enemigos de la nación. Las implicaciones que eso suponía para la seguridad de Estados Unidos eran devastadoras. Afortunadamente, la ONR sabía que China estaba a la caza de un modelo de fuel de propulsión condenado al fracaso para su plataforma de lanzamiento, y Pickering no veía el motivo para darles ninguna pista sobre el propulsor de fluido criogénico de la NASA, que sin duda resultaba mucho más prometedor.

—Entonces —dijo Tolland, que parecía inquieto—, ¿está diciendo que la NASA dispone de un sistema de propulsión de combustión limpia que funciona con hidrógeno puro?

Rachel asintió.

—No dispongo de cifras, pero parece ser que las temperaturas de expulsión de gases de estos motores son varias veces más altas que cualquier cosa desarrollada hasta ahora. Están solicitando a la NASA que desarrolle todo tipo de materiales nuevos para inyectores —anunció, antes de hacer una pausa—. Si se colocara una gran roca detrás de uno de esos motores de fluido criogénico, se calentaría por la acción de un chorro de fuego rico en hidrógeno que saldría a una temperatura sin precedentes. Con ello se conseguiría una corteza de fusión nada desdeñable.

—¡Venga ya! —dijo Corky—. ¿Ya estamos otra vez con la teoría del falso meteorito?

Tolland parecía repentinamente intrigado.

—De hecho, me parece una idea genial. Sería más o menos como dejar un canto rodado sobre la plataforma de lanzamiento debajo de la lanzadera espacial durante el despegue.

—Dios nos asista —murmuró Corky—. Estoy volando con dos idiotas.

—Corky —dijo Tolland—. Desde una perspectiva hipotética, una roca colocada en un campo de expulsión de gases mostraría rasgos de abrasión similares a una que hubiera caído desde la atmósfera, ¿no? Tendría las mismas estrías direccionales y el mismo reflujo del material fundido.

Corky soltó un gruñido.

—Supongo.

—Y el fuel de hidrógeno de abrasión limpia al que se refiere Rachel no dejaría ningún residuo químico. Sólo hidrógeno, niveles crecientes de iones de hidrógeno en las marcas de fusión.

Corky puso los ojos en blanco.

—Mira, si uno de esos motores MEC de verdad existe y funciona a base de fluido criogénico, supongo que lo que dices es posible. Pero es una posibilidad muy rebuscada.

—¿Por qué? —preguntó Tolland—. El proceso me parece muy sencillo.

Rachel asintió.

—Lo único que se necesita es una roca fosilizada de ciento noventa millones de años. Quemarla con un chorro de fuego propulsado por un motor a base de grasa oxigenada y enterrarla en el hielo. Meteorito instantáneo.

—Quizá a ojos de un turista —dijo Corky—, ¡pero nunca a los de un científico de la NASA! ¡Todavía no ha explicado la presencia de los cóndrulos!

Rachel intentó recordar la explicación de Corky sobre cómo se formaban los cóndrulos.

—Dijo usted que lo que forma los cóndrulos es el rápido calentamiento y enfriamiento en el espacio, ¿verdad?

Corky suspiró.

—Los cóndrulos se forman cuando una roca, enfriada en el espacio, se supercalienta de repente hasta llegar a fundirse parcialmente: una temperatura que ronda los mil quinientos cincuenta grados Celsius. A continuación la roca debe volver a enfriarse con extrema rapidez, endureciendo las bolsas líquidas hasta transformarlas en cóndrulos.

Tolland estudió a su amigo.

–¿Y ese proceso no puede ocurrir en la Tierra?

–Imposible –dijo Corky–. Este planeta no tiene la variación de temperatura adecuada para causar un cambio tan veloz. Estamos hablando de calor nuclear y del espacio cero. Esos extremos simplemente no existen aquí.

Rachel lo pensó con calma.

–Al menos, no de forma natural.

Corky se giró.

–¿Qué se supone que significa eso?

–¿Por qué no podría el calentamiento y el enfriamiento haber ocurrido aquí, en la Tierra, de forma artificial? –preguntó Rachel–. La roca podría haber sido bombardeada por un motor de fluido criogénico y luego rápidamente enfriada en un congelador de hidrógeno.

Corky clavó los ojos en ella.

–¿Cóndrulos manufacturados?

–Es sólo una idea.

–Y una idea ridícula –respondió él, mostrando su fragmento de meteorito–. Quizá se ha olvidado de que estos cóndrulos han sido irrefutablemente fechados en ciento noventa millones de años –dijo con tono paternalista–. Hasta donde yo sé, señorita Sexton, hace ciento noventa millones de años nadie utilizaba motores por fluido criogénico ni congeladores de hidrógeno.

«Con o sin cóndrulos –pensó Tolland–, la evidencia es cada vez más clara.» Había guardado silencio durante unos minutos, profundamente preocupado por la nueva revelación de Rachel sobre la corteza de fusión. Su hipótesis, aunque vacilantemente simple, había abierto toda clase de puertas y le había hecho pensar en direcciones distintas. «Si la corteza de fusión es explicable... ¿Qué otras posibilidades presenta eso?»

–Está muy callado –dijo Rachel a su lado.

Tolland la miró. Durante un instante, bajo la amortiguada iluminación del avión, vio en los ojos de ella una dulzura que le recordó a Celia. Se sacudió de encima los recuerdos y le contestó con un suspiro cansado.

–Oh, sólo estaba pensando...

Rachel sonrió.

–¿En meteoritos?

–¿En qué otra cosa?

–¿Repasando todas las pruebas e intentando descubrir qué queda de todo ello?

–Algo así.

–¿Alguna idea?

–No, me preocupa que el descubrimiento de ese túnel de inserción bajo el hielo haya invalidado tantos datos.

–La evidencia jerárquica es como una construcción de cartas –dijo Rachel–. Si retiras el supuesto primero, todo lo demás se tambalea. La ubicación del hallazgo del meteorito fue un supuesto primero.

«Ya lo creo.»

–Cuando llegué a la plataforma de hielo Milne, el director me dijo que el meteorito había sido hallado en el interior de una matriz prístina de hielo de trescientos años de antigüedad y que su densidad era mayor que la de cualquier otra roca encontrada en la zona, dato que yo asumí como prueba lógica de que la roca tenía que proceder del espacio.

–Usted y el resto de nosotros.

–Al parecer, el contenido medio de níquel, aunque convincente, no es determinante.

–Es muy aproximado –dijo Corky, que seguía estando cerca de ellos y que al parecer no había dejado de escuchar la conversación.

–Pero no exacto.

Corky dio su conformidad con una desganada inclinación de cabeza.

–Y –dijo Tolland– esta especie de insecto espacial nunca vista hasta ahora, a pesar de resultar sorprendentemente extraña, en realidad podría tratarse simplemente de un crustáceo muy viejo de aguas profundas.

Rachel asintió.

–Y ahora la corteza de fusión...

–Odio tener que reconocerlo –dijo Tolland, mirando a Corky–, pero estoy empezando a tener la impresión de que hay más pruebas negativas que positivas.

–La ciencia no se basa en impresiones –dijo Corky–, sino en pruebas. Los cóndrulos hallados en esta roca son decididamente meteóricos. Estoy de acuerdo con vosotros en que todo lo que hemos visto resulta muy preocupante, pero no podemos pasar por alto estos cóndrulos. Las pruebas a favor son irreprochables, mientras que las que puede haber en contra son circunstanciales.

Rachel frunció el ceño.

—¿Y a qué nos lleva eso?

—A nada —dijo Corky—. Los cóndrulos prueban que estamos ante un meteorito. Lo único que hay que averiguar es por qué alguien lo introdujo bajo el hielo.

Tolland deseaba creer en la perfecta lógica de su amigo, pero sentía que algo no acaba de cuadrar.

—No pareces convencido, Mike —dijo Corky.

Tolland le miró y soltó un suspiro desconcertado.

—No sé. Dos de tres no era un mal porcentaje, Corky. Pero hemos bajado a uno de tres. Tengo la impresión de que se nos escapa algo.

90

«Me han pillado –pensó Chris Harper, sintiendo un escalofrío al imaginarse la celda de una cárcel norteamericana–. El senador Sexton sabe que mentí sobre el software del EDOP.»

Mientras el director de sección del EDOP acompañaba a Gabrielle Ashe de regreso a su despacho y cerraba la puerta, sentía que su odio hacia el director de la NASA se intensificaba a cada instante que pasaba. Esa noche, Harper había aprendido lo profundas que podían llegar a ser las mentiras del director. Además de obligarle a mentir acerca de la reparación del software del EDOP, aparentemente se había asegurado de que no se arrepintiera y decidiera dejar de jugar en su mismo equipo.

«Pruebas incriminatorias de malversación de fondos –pensó Harper–. Chantaje. Muy astuto.» Al fin y al cabo, ¿quién iba a creer a un malversador de fondos que intentara boicotear el momento de mayor grandeza de la historia espacial norteamericana? Harper ya había sido testigo de hasta dónde podía llegar el director de la NASA para salvar a la agencia espacial norteamericana, y ahora, con el anuncio del hallazgo de un meteorito con fósiles, los riesgos se habían multiplicado por mil.

Se paseó durante varios segundos alrededor de la amplia mesa sobre la que había un modelo del satélite EDOP a escala: un prisma cilíndrico con múltiples antenas y lentes tras los escudos reflectantes. Gabrielle tomó asiento. Sus ojos oscuros no dejaban de observarle, esperando. Las náuseas que acosaban ahora a Harper le recordaron lo mal que se había encontrado durante la infame rueda de prensa. Aquella noche había dado un espantoso espectáculo y todo el mundo le había preguntado al respecto. Había tenido que volver a mentir y decir que se encontraba enfermo y que no era del todo él mismo. Sus colegas y la prensa restaron importancia a su deslucida representación y no tardaron en olvidarla.

Y ahora la mentira había vuelto a acecharle.

La expresión del rostro de Gabrielle Ashe se suavizó.

–Señor Harper, si tiene al director como enemigo, necesitará usted un poderoso aliado. A estas alturas puede que el senador Sexton sea su único amigo. Empecemos por la mentira sobre el software del EDOP. Cuénteme lo que ocurrió.

Harper suspiró. Sabía que había llegado el momento de contar la verdad. «¡Tendría que haberla contado desde el principio!»

–El lanzamiento del EDOP fue como la seda –empezó–. El satélite entró en una órbita polar perfecta, tal como estaba planeado.

Gabrielle Ashe parecía aburrida. Estaba dándole a entender que ya conocía los detalles de todo aquello.

–Siga.

–Entonces surgió el imprevisto. Cuando nos preparamos para empezar a examinar el hielo en busca de anomalías de densidad, el software de detección de anomalías de a bordo falló.

–Ya.

Harper empezó a hablar más deprisa.

–En principio, el software debía ser capaz de examinar a una gran velocidad datos procedentes del análisis de miles de hectáreas y encontrar partes del hielo encuadradas fuera de los márgenes de densidad normales del mismo. Básicamente, el software buscaba puntos débiles en el hielo –indicadores del calentamiento global–, pero si tropezaba con otras incongruencias de densidad, también estaba programado para registrarlas. El plan era que el EDOP escaneara el Círculo Ártico durante varias semanas e identificara todas las anomalías que pudiéramos utilizar para medir el calentamiento global.

–Pero sin un software que funcionara –concluyó Gabrielle–, el EDOP no servía. La NASA tendría que haber examinado imágenes de cada metro cuadrado del Ártico a mano, buscando puntos problemáticos.

Harper asintió, reviviendo la pesadilla de su error de programación.

–Eso llevaría décadas. La situación era terrible. Debido a un fallo en mis sistemas de programación, el EDOP era prácticamente inútil. Con las elecciones a la vuelta de la esquina y el senador Sexton mostrándose tan crítico con la NASA... –suspiró.

–Su error hubiera resultado devastador para la NASA y para el presidente.

–No podía haber ocurrido en peor momento. El director estaba lívido. Le prometí que solucionaría el problema durante la siguiente misión de lanzamiento... simplemente había que cambiar el chip que contenía el sistema de software del EDOP. Pero ya era demasiado tarde. Me envió a casa para que me tomara un descanso... aunque básicamente me echó. De eso hace un mes.

–Y, aun así, volvió usted a aparecer en televisión hace dos semanas anunciando que había encontrado una solución al problema.

Harper se encogió.

–Terrible error. Ése fue el día en que recibí una llamada desesperada del director. Me dijo que algo había ocurrido, una posible vía para poder redimirme. Volví de inmediato al despacho y me reuní con él. Me pidió que convocara una rueda de prensa y dijera al mundo entero que había encontrado una solución para reparar el software del EDOP y que dispondríamos de datos en cuestión de semanas. Me dijo que me lo explicaría más adelante.

–Y usted accedió.

–¡No, me negué! Pero una hora después el director volvía a estar en mi despacho... ¡con la consejera principal de la Casa Blanca!

–¿Qué? –exclamó Gabrielle, aparentemente perpleja ante la noticia–. ¿Marjorie Tench?

«Una criatura espantosa», pensó Harper, asintiendo.

–Hicieron que me sentara y me dijeron que mi error había puesto a la NASA y al presidente al borde del desastre absoluto. La señora Tench me habló de los planes del senador Sexton de privatizar la NASA. Me dijo que mi deber con el presidente y con la agencia espacial era arreglar las cosas. Y luego me dijo cómo.

Gabrielle se inclinó hacia delante.

–Continúe.

–Marjorie Tench me informó de que la Casa Blanca, por pura suerte, se había enterado de la existencia de una potente prueba geológica de que había un enorme meteorito enterrado en la plataforma de hielo Milne. Se trataba de uno de los meteoritos más grandes jamás hallados. Un meteorito de esas dimensiones resultaría un gran hallazgo para la agencia espacial.

Gabrielle estaba perpleja.

–Espere un segundo. ¿Está diciendo que ya había alguien que sabía que el meteorito estaba allí antes de que el EDOP lo descubriera?

–Sí. El EDOP no tuvo nada que ver con el hallazgo. El director sabía que el meteorito existía. Simplemente se limitó a darme las coordenadas y me dijo que reposicionara el EDOP sobre la plataforma de hielo y que fingiera que había hecho el descubrimiento.

–Me toma el pelo.

–Ésa fue mi reacción cuando me pidieron que participara en la farsa. Se negaron a decirme cómo habían sabido que el meteorito estaba allí, pero la señora Tench insistió en que eso no importaba y en que era la oportunidad ideal para reparar mi error con el EDOP. Si podía fingir que el satélite había descubierto el meteorito, la NASA podría ensalzar al EDOP como un éxito extremadamente necesario y relanzaría al presidente antes de las elecciones.

Gabrielle estaba totalmente boquiabierta.

–Y, naturalmente, usted no podía afirmar que el EDOP había detectado un meteorito hasta haber anunciado que el software de detección de anomalías estaba en perfecto funcionamiento.

Harper asintió.

–De ahí la mentira en la rueda de prensa. Me obligaron. Tench y el director se mostraron implacables. Me recordaron que les había defraudado a todos: el presidente había financiado mi proyecto EDOP, la NASA había invertido años en él, y ahora yo lo había echado todo a perder por un error de programación.

–Y entonces accedió a colaborar.

–No tenía otra elección. Si no lo hacía mi carrera estaba básicamente arruinada. Y la verdad era que si no hubiera fallado con el software, el EDOP habría encontrado ese meteorito sin ninguna ayuda, de modo que en aquel momento me pareció una mentirijilla sin importancia. Lo justifiqué diciéndome que el software quedaría reparado en unos meses, cuando la lanzadera espacial saliera al espacio, así que simplemente me estaba limitando a anunciar la reparación con un poco de antelación.

Gabrielle soltó un silbido.

–Una pequeña mentira para aprovechar la oportunidad que brindaba un meteorito.

Harper se sentía enfermo tan sólo de hablar de ello.

–Así que... lo hice. Cumpliendo las órdenes del director, convoqué una rueda de prensa para anunciar que había encontrado una solución al fallo sufrido por el software de detección de anomalías. Esperé unos días y luego resitué el EDOP siguiendo las coordenadas del meteorito que el director me facilitó. A continuación, y siguiendo la cadena de órdenes adecuada, llamé al director del SOT e informé de que el EDOP había localizado una anomalía de densidad dura en la plataforma de hielo Milne. Le di las coordenadas y le dije que la anomalía parecía ser lo bastante densa como para tratarse de un meteorito. Entusiasmada, la NASA envió un pequeño equipo a la Milne para tomar muestras de perforación. Fue entonces cuando la operación se volvió secreta.

–Entonces, ¿usted no sabía que el meteorito contenía fósiles hasta esta noche?

–Aquí nadie lo sabía. Estamos todos conmocionados. Ahora todo el mundo me considera un héroe por haber encontrado evidencia de bioformas extraterrestres, y yo no sé qué decir.

Gabrielle guardó silencio durante un largo instante, estudiando a Harper con ojos firmes y negros.

–Pero si el EDOP no localizó el meteorito en el hielo, ¿cómo supo el director que el meteorito estaba allí?

–Alguien lo encontró antes.

–¿Alguien? ¿Quién?

Harper suspiró.

–Un geólogo canadiense llamado Charles Brophy, un investigador que estaba trabajando en Ellesmere Island. Al parecer, estaba realizando prospecciones geológicas sobre el hielo en la plataforma de hielo Milne cuando, por casualidad, descubrió la presencia de lo que parecía ser un enorme meteorito en el hielo. Dio parte de su descubrimiento por radio, y la NASA interceptó su transmisión.

Gabrielle clavó sus ojos en Harper.

–¿Y ese canadiense no está furioso al ver que la NASA se está llevando todos los honores del hallazgo?

–No –dijo Harper, sintiendo un escalofrío–. Da la casualidad de que está muerto.

91

Michael Tolland cerró los ojos y escuchó el zumbido del motor a reacción del G4. Había desistido en su intento de seguir pensando en el meteorito hasta que llegaran a Washington. Los cóndrulos, según Corky, eran concluyentes. La roca hallada en la plataforma de hielo Milne solamente podía ser un meteorito. Rachel había tenido la esperanza de disponer de una respuesta definitiva que poder dar a William Pickering cuando aterrizaran, pero sus experimentos con diversas teorías habían llegado a un callejón sin salida con los cóndrulos. Por muy sospechosa que resultara la evidencia del meteorito, éste parecía ser auténtico.

«Que así sea entonces.»

Obviamente, Rachel estaba realmente afectada por el trauma que había sufrido en el océano. Tolland, sin embargo, se hallaba asombrado ante su capacidad de resistencia. Rachel se encontraba ahora concentrada en el tema que los ocupaba: intentar descubrir la forma de desestimar o autentificar el meteorito y descubrir quién había intentado matarlos.

Durante la mayor parte del viaje, había ocupado el asiento contiguo al de Tolland. Michael había disfrutado de su conversación, a pesar de las difíciles circunstancias en que se hallaban. Hacía unos minutos que ella había ido al servicio, situado en la parte posterior del avión, y ahora Tolland se sorprendió echándola de menos a su lado. Se preguntó cuánto tiempo había pasado desde la última vez que había echado de menos la presencia de una mujer... una mujer que no fuera Celia.

−¿Señor Tolland?

Tolland levantó los ojos.

El piloto asomó la cabeza.

−Me ha pedido que le avise cuando entráramos en el campo telefónico de su barco. Puedo conseguirle esa conexión, si lo desea.

−Gracias −respondió Tolland, avanzando hacia la cabina por el pasillo.

Una vez dentro, llamó a su tripulación. Quería hacerles saber que no estaría de regreso hasta dentro de uno o dos días. Naturalmente, no tenía la menor intención de contarles el lío en el que estaba metido.

El teléfono sonó varias veces y Tolland se sorprendió cuando fue el sistema de comunicaciones SHINCOM 2100 el que cogió la llamada. El mensaje saliente no era el saludo profesional habitual, sino la voz alborotada de uno de los miembros de su tripulación, el bromista de a bordo.

–Hurra, hurra, aquí el *Goya* –anunció la voz–. ¡Lamentamos no poder atender su llamada, pero hemos sido abducidos por un enorme piojo! De hecho, nos hemos tomado unas horas libres en tierra para celebrar la gran noche de Mike. ¡Dios, estamos orgullosísimos! Puede dejar su nombre y su número y es posible que le devolvamos la llamada mañana cuando estemos sobrios. *Ciao!* ¡Viva ET!

Tolland se puso a reír, echando de menos a su tripulación. Obviamente habían visto la rueda de prensa. Le alegró que hubieran desembarcado; los había abandonado de forma bastante brusca al recibir la llamada del presidente, y era una tontería que se quedaran allí, en alta mar, sin hacer nada. Aunque el mensaje decía que todos habían ido a tierra, dio por hecho que no habrían dejado el barco desatendido, sobre todo teniendo en cuenta la zona de fuertes corrientes donde estaba anclado.

Pulsó el código numérico que permitía oír los mensajes de voz internos que le habían dejado. La línea soltó un solo pitido. Un mensaje. La voz pertenecía al mismo bromista y miembro de la tripulación.

–Hola, Mike, ¡menudo programa! Si estás oyendo esto, probablemente estarás comprobando tus mensajes desde alguna elegante fiesta en la Casa Blanca y te preguntarás dónde demonios estamos. Sentimos abandonar el barco, amigo, pero no pensábamos quedarnos sin celebrarlo. No te preocupes, lo hemos dejado muy bien anclado y la luz del porche se queda encendida. ¡En realidad tenemos la secreta esperanza de que sea abordado por piratas para que dejes de una vez que la NBC te compre ese barco nuevo! Es broma, hombre. No te preocupes, Xavia accedió a quedarse a bordo para vigilar el fuerte. Dijo que prefería disfrutar de un rato sola que salir de fiesta con un hatajo de pescadores borrachos. ¿Qué te parece?

Tolland soltó una carcajada, aliviado al oír que había alguien a bordo cuidando del barco. Xavia era muy responsable; decididamente no era la clase de mujer a la que le gustaban las fiestas. Era una respetada geóloga marina, famosa por decir lo que pensaba con cáustica sinceridad.

–En cualquier caso, Mike –seguía el mensaje–, esta noche ha sido increíble. La verdad es que noches así te hacen sentir orgulloso de ser científico, ¿no te parece? Todo el mundo habla de lo bien que pinta esto para la NASA. ¡A tomar por saco la NASA! ¡Esto tiene aún mejor pinta para nosotros! Los índices de audiencia de *Mares Asombrosos* deben de haberse disparado unos cuantos millones de puntos esta noche. Eres una estrella, tío, una estrella de verdad. Felicidades. Has hecho un trabajo excelente.

Se oyó entonces una conversación sofocada en la línea y volvió la voz.

–Ah, sí. Hablando de Xavia, y sólo para que no se te suban mucho los humos. Quiere pegarte la bronca por algo. Aquí la tengo.

La voz afilada de Xavia se oyó en la máquina.

–Mike, soy yo. Eres un dios y todo eso. Y porque te quiero como te quiero, he accedido a hacer de canguro de este trasto antediluviano tuyo. Francamente, será un placer librarme de estos gorilas a los que llamas científicos. En cualquier caso, y además de hacer de canguro del barco, la tripulación me ha pedido, en mi papel de bruja de a bordo, que haga todo lo que esté en mi poder por evitar que te conviertas en un jodido cabrón, lo que, después de esta noche, soy consciente de que va a ser difícil. Sin embargo, tenía que ser la primera en decirte que has cometido un error en tu documental. Sí, ya me has oído. Uno de esos extrañísimos pedos mentales de Michael Tolland. No te preocupes, sólo hay unas tres personas en el planeta que se habrán dado cuenta, y son todos unos quisquillosos geólogos marinos sin el menor sentido del humor. Muy parecidos a mí. Pero ya sabes lo que dicen de nosotros los geólogos: ¡siempre buscando fallos! –exclamó, echándose a reír–. En fin, no es nada, un punto minúsculo sobre petrología de meteoritos. Sólo lo menciono para estropearte la noche. Puede que recibas una o dos llamadas al respecto, de modo que se me ha ocurrido ponerte al corriente para que no termines pareciendo el imbécil que realmente eres –dijo, volviendo a reírse–. De todos modos no me van mucho las fiestas, así que me quedo a bordo. No te molestes en llamarme. He tenido que conectar el contestador porque la maldita prensa lleva toda la noche llamando. Esta noche eres una verdadera estrella, a pesar de tu metedura de pata. De todos modos, te pondré al corriente de ello cuando vuelvas. *Ciao.*

La línea quedó en silencio.

Michael Tolland frunció el ceño.

«¿Un error en mi documental?»

Rachel Sexton estaba de pie en el servicio del G4 y se miraba al espejo. Se vio pálida y más frágil de lo que había imaginado. El susto de la noche la había afectado mucho. Se preguntó cuánto tiempo tardaría en dejar de temblar o en volver a acercarse a un océano. Se quitó la gorra del USS *Charlotte* y se dejó el pelo suelto. «Mejor», pensó, sintiéndose más ella misma.

Al mirarse a los ojos, percibió en ellos una profunda fatiga. Sin embargo, por debajo de ese cansancio apreció su determinación. Sabía que aquél era el regalo de su madre. «Nadie te dice lo que puedes o no puedes hacer.» Rachel se preguntó si su madre habría visto lo ocurrido esa noche. «Alguien ha intentado matarme, mamá. Alguien ha intentado matarnos a todos...»

Su mente, como llevaba ya haciendo desde hacía varias horas, repasó la lista de nombres.

«Lawrence Ekstrom... Marjorie Tench... presidente Zach Herney.» Todos tenían sus motivos. Y, lo que resultaba aún más inquietante: todos tenían los medios. «El presidente no está implicado», se dijo, aferrándose a su esperanza de que él, a quien respetaba mucho más que a su propio padre, fuera un mero inocente espectador en ese misterioso accidente.

«Todavía no sabemos nada.»

«Ni quién... ni si... ni por qué.»

Lamentaba no tener respuestas que ofrecer a William Pickering; hasta el momento, lo único que había conseguido era pensar en más preguntas.

Cuando salió del servicio, le sorprendió no encontrar a Michael Tolland en su sitio. Corky dormitaba en un asiento cercano, y al mirar a su alrededor, Rachel vio salir a Mike de la cabina del piloto mientras éste colgaba un radiófono. Tolland tenía los ojos abiertos como platos de pura preocupación.

—¿Qué ocurre? —preguntó Rachel.

Michael habló arrastrando la voz mientras la ponía al corriente del mensaje de voz.

«¿Un error en su presentación?» Rachel pensó que la reacción de Tolland era exagerada.

—Probablemente no sea nada. ¿No le ha dicho exactamente cuál era el error?

—Algo referente a la petrología del meteorito.

—¿A la estructura de la roca?

—Sí. Ha dicho que sólo se darán cuenta del error unos pocos geólogos. Suena como si, independientemente del error que haya cometido, estuviera relacionado con la composición del propio meteorito.

Rachel soltó un breve suspiro, comprendiendo.

—¿Los cóndrulos?

—No lo sé, aunque me parece demasiada coincidencia.

Rachel se mostró de acuerdo. Los cóndrulos eran el único vestigio de evidencia que apoyaba categóricamente la afirmación de la NASA según la cual aquello era efectivamente un meteorito.

Corky se acercó a ellos, frotándose los ojos.

—¿Qué pasa?

Tolland lo puso al corriente.

Corky frunció el ceño y negó con la cabeza.

—No se trata de ningún problema con los cóndrulos, Mike. Ni hablar. Todos tus datos procedían de la NASA. Y de mí. Eran perfectos.

—¿Qué otro error petrológico podría haber cometido?

—¿Quién sabe? Además, ¿qué saben sobre cóndrulos los geólogos marinos?

—No tengo ni idea, pero Xavia es muy lista.

—Teniendo en cuenta las circunstancias —dijo Rachel—, creo que deberíamos hablar con esa mujer antes de hacerlo con Pickering.

Tolland se encogió de hombros.

—La he llamado cuatro veces y me ha saltado el contestador. Probablemente esté en el hidrolaboratorio y no pueda oír nada. No escuchará mis mensajes hasta mañana por la mañana como muy pronto —dijo Tolland antes de hacer una pausa y mirar su reloj—. Aunque...

—¿Aunque qué?

Tolland la miró intensamente.

—¿Cree usted que es muy importante que hablemos con Xavia antes de hacerlo con su jefe?

—Si tiene algo que decir acerca de los cóndrulos, creo que es de vital importancia –respondió Rachel–. En este momento, lo único que tenemos son un montón de datos contradictorios. William Pickering es un hombre acostumbrado a recibir respuestas claras. Cuando nos encontremos con él, me encantaría tener algo sustancial sobre lo que él pudiera actuar.

–Entonces tenemos que hacer una parada.

Rachel no ocultó su sorpresa.

–¿En su barco?

–Está anclado frente a la costa de Nueva Jersey, casi directamente de camino a Washington. Podemos hablar con Xavia y averiguar qué es lo que sabe. Corky tiene aún la muestra del meteorito, y si Xavia quiere someterla a algunas pruebas geológicas el barco cuenta con un laboratorio bien equipado. No creo que nos lleve más de una hora obtener respuestas definitivas.

Rachel sintió un pálpito de ansiedad. La idea de tener que volver a enfrentarse al océano tan pronto la inquietaba. «Respuestas definitivas –se dijo, tentada por la posibilidad–. Sin duda Pickering querrá respuestas.»

92

A Delta-Uno le alegró volver a pisar tierra firme.

A pesar de ir a media potencia y de haber tomado una ruta oceánica mucho más larga, el Aurora había completado el viaje en menos de dos horas, proporcionando a la Delta Force una buena ventaja para que el escuadrón pudiera tomar posiciones y prepararse para las muertes adicionales que el controlador había ordenado.

Sobre una pista militar reservada situada a las afueras de la capital, los Delta Force dejaron atrás el avión y subieron a bordo de su nuevo transporte: un helicóptero OH-58D Kiowa Warrior que ya les esperaba.

«Una vez más, el controlador ha dispuesto lo mejor», pensó Delta-Uno.

El Kiowa Warrior, originalmente diseñado como helicóptero de observación ligero, había sido «ampliado y mejorado» para crear la última gama militar de helicópteros de ataque. El Kiowa hacía alarde de capacidad de configuración de imágenes térmicas por infrarrojos, permitiendo a su apuntador/descubridor de campos por láser facilitar la señalización autónoma para armas de precisión guiadas por láser, como los misiles aire-aire Stinger y el sistema de misiles AGM1148 Hellfire. Un procesador de señal digital de alta velocidad proporcionaba un rastreo simultáneo multiobjetivo hasta un máximo de seis blancos. Muy pocos enemigos habían visto de cerca un Kiowa y habían sobrevivido para contarlo.

Delta-Uno sintió un conocido escalofrío de poder cuando subió al asiento del piloto del aparato y se abrochó el cinturón de seguridad. Se había entrenado en aquella aeronave y había volado en ella en operaciones secretas en tres ocasiones. Naturalmente, hasta el momento nunca había tenido como objetivo un destacado funcionario del gobierno. No podía negar que el Kiowa era el aparato perfecto para la misión. Su motor Rolls-Royce Allison y sus aspas semirrígidas gemelas garantizaban una «marcha silenciosa», que básicamente significaba que los objetivos en tierra no podían oír el helicóptero hasta que éste estaba directamente encima de ellos. Y, debido a que el aparato era capaz de volar a ciegas sin luces y estaba pintado totalmente de negro, sin los números reflectantes de cola, quedaba prácticamente invisible a menos que el objetivo dispusiera de radar.

«Helicópteros negros silenciosos.»

Los teóricos de la conspiración se estaban volviendo locos por su culpa. Algunos afirmaban que la invasión de helicópteros negros silenciosos era una prueba de la existencia de un ejército de soldados de reserva de un nuevo orden mundial bajo la autoridad de las Naciones Unidas. Otros afirmaban que los silenciosos aparatos eran vehículos espaciales alienígenas. Incluso había quien, después de haber visto los Kiowas volando en formación durante la noche, había llegado a pensar que estaban viendo las luces móviles de una nave mucho mayor... un único platillo volante aparentemente capaz de volar en vertical.

Un nuevo error. Sin embargo, el Ejército estaba encantado con la diversión.

Durante una reciente misión secreta, Delta-Uno había pilotado un Kiowa armado con la tecnología militar más secreta y novedosa de Estados Unidos: una ingeniosa arma holográfica apodada S&M. A pesar de las claras referencias al sadomasoquismo que el apodo evocaba, S&M era la abreviatura de *Smoke and Mirrors* («humo y espejos»): imágenes holográficas proyectadas en el cielo sobre territorio enemigo. El Kiowa había utilizado tecnología S&M sobre unas instalaciones antiaéreas enemigas. Los aterrados artilleros antiaéreos disparaban enloquecidos a aquellos fantasmas que no dejaban de volar en círculo. Cuando hubieron agotado todas sus municiones, Estados Unidos envió las auténticas fuerzas de combate.

Mientras Delta-Uno y sus hombres se elevaban de la rampa, el jefe del equipo todavía podía oír las palabras de su superior en su cabeza. «Tenéis otro objetivo.» Parecía una definición atroz e insuficiente, sobre todo teniendo en cuenta la identidad de su nueva víctima. Sin embargo, se recordó que no le correspondía a él cuestionar las órdenes. Su equipo había recibido una orden y la llevaría a término según el método exacto que se les había enseñado...

Es lo que debían hacer: cumplir con la misión por muy chocante que les resultara.

«Espero que estén seguros de que ésta es la acción correcta.»

Cuando el Kiowa se elevaba de la rampa, Delta-Uno enfiló el morro en dirección sudoeste. Había visto el monumento a Franklin Delano Roosevelt en dos ocasiones, pero esa noche sería la primera que lo haría desde el aire.

93

–¿Que este meteorito fue descubierto por un geólogo canadiense? –exclamó Gabrielle, mirando, perpleja, al joven programador Chris Harper–. ¿Y que ese hombre ha muerto?

Harper respondió con una taciturna inclinación de cabeza.

–¿Cuánto tiempo hace que está al corriente de esto? –preguntó Gabrielle.

–Un par de semanas. Después de que el director y Marjorie Tench me obligaran a mentir en la rueda de prensa, sabían que no podría dar marcha atrás y negar lo dicho. Me dijeron la verdad sobre cómo se encontró realmente el meteorito.

«¡El EDOP no es el auténtico responsable del hallazgo del meteorito!» Gabrielle no tenía la menor idea de adónde conducía esa información, pero estaba claro que se trataba de algo escandaloso. Malas noticias para Tench; magníficas para el senador.

–Como ya le he dicho –dijo Harper, que ahora parecía más sombrío–, el meteorito fue realmente descubierto gracias a una transmisión radiofónica interceptada. ¿Le dice algo un programa llamado INSPIRE? Se trata del Experimento Interactivo Radiofónico de Física Espacial en la Ionosfera de la NASA.

Gabrielle había oído vagamente hablar de él.

–Básicamente –continuó Harper– se trata de una serie de receptores de radio de muy baja frecuencia situados en el Polo Norte exacto que escuchan los sonidos de la Tierra: emisiones de ondas de plasma desde los faros nórdicos, pulsos de banda ancha procedentes de tormentas eléctricas... ese tipo de cosas.

–Bien.

–Hace unas semanas, uno de los receptores del INSPIRE captó una transmisión aislada procedente de Ellesmere Island. Un geólogo canadiense pedía ayuda desde una frecuencia excepcionalmente baja. –Harper hizo una pausa–. De hecho, la frecuencia era tan baja que sólo los receptores VLF de la NASA podían haberla oído. Imaginamos que el hombre estaba transmitiendo en onda larga.

—¿Cómo dice?

—Transmitiendo a la frecuencia más baja posible para lograr el máximo de distancia en su transmisión. Estaba en mitad de la nada, no lo olvide; una frecuencia de transmisión estándar no hubiera bastado para lograr que le oyeran.

—¿Qué decía su mensaje?

—La transmisión era breve. Decía que había salido a hacer sondeos de hielo en la plataforma de hielo Milne, que había detectado una anomalía ultradensa en el hielo, que sospechaba que se trataba de un meteorito y que, mientras tomaba sus mediciones, había quedado atrapado en una tormenta. Dio sus coordenadas, solicitó que lo rescataran y cortó la comunicación. El puesto de escucha de la NASA envió un avión desde Thule a rescatarlo. Lo buscaron durante horas y por fin dieron con él, a kilómetros del lugar indicado, muerto en el fondo de una grieta con su trineo y sus perros. Al parecer, al intentar escapar de la tormenta, se desorientó, se salió de la ruta y fue a caer en una grieta.

Gabrielle ponderó la información que acababa de recibir, intrigada.

—¿Así que de repente la NASA supo de la existencia de un meteorito que nadie más conocía?

—Exacto. Irónicamente, si mi software hubiera funcionado bien, el satélite EDOP habría localizado ese mismo meteorito... una semana antes de que Brophy lo hiciera.

La coincidencia dio que pensar a Gabrielle.

—¿Un meteorito que llevaba trescientos años enterrado fue casi descubierto en dos ocasiones la misma semana?

—Ya lo sé, parece un poco extraño, pero la ciencia puede ser así. Todo o nada. La cuestión es que el director opinaba que el meteorito lo tendríamos que haber descubierto nosotros de todos modos... si yo hubiera hecho mi trabajo correctamente. Me dijo que, ya que Brophy había muerto, nadie se daría cuenta si yo simplemente redirigía el EDOP hacia las coordenadas que él había transmitido en su SOS. Entonces podría fingir haber descubierto el meteorito desde un principio y recuperar parte del respeto que habíamos perdido por culpa de mi vergonzoso fracaso.

—Y eso es lo que usted hizo.

—Como ya le he dicho, no tenía elección. Había hecho fracasar la misión —añadió, antes de hacer una breve pausa—. Sin embargo, esta noche, cuando he oído la rueda de prensa del presidente y me he enterado de que el meteorito que yo he fingido haber encontrado contenía fósiles...

—Se ha quedado de piedra.

—¡Nunca mejor dicho!

—¿Cree usted que el director sabía que el meteorito contenía fósiles antes de pedirle que fingiera que el EDOP lo había encontrado?

—No podría imaginar cómo. Ese meteorito ha estado enterrado y ha permanecido intacto hasta que el primer equipo de la NASA llegó ahí arriba. Lo que creo es que la NASA no tenía ni idea de lo que había encontrado hasta que mandó a un equipo perforar el meteorito y sacar algunas muestras de la roca para someterlas a rayos X. Me pidieron que mintiera sobre el EDOP pensando que tenían entre manos una victoria moderada con un gran meteorito. Luego, cuando llegaron allí, se dieron cuenta de lo importante que era el hallazgo.

Gabrielle apenas podía respirar entrecortadamente de pura excitación.

—Doctor Harper, ¿testificaría que la NASA y la Casa Blanca le obligaron a mentir sobre el software del EDOP?

—No lo sé —Harper parecía asustado—. No puedo ni imaginar hasta qué punto perjudicaría con ello a la agencia... y a este descubrimiento.

—Doctor Harper, usted y yo sabemos que este meteorito sigue siendo un maravilloso descubrimiento, independientemente de cómo se llevó a cabo. Lo importante es que mintió al pueblo norteamericano. El pueblo tiene derecho a saber que el EDOP no es todo lo que la NASA dice que es.

—No sé. Desprecio al director, pero mis colegas... ellos son buena gente.

—Y merecen saber que se les está engañando.

—¿Y qué hay de esa evidencia contra mí por malversación de fondos?

—Ya puede borrarla de su mente —dijo Gabrielle, que a punto había estado de olvidarse de su estratagema—. Le diré al senador que no sabe nada de ninguna malversación. No es más que un truco... un anclaje creado por el director para obligarle a mantener la boca cerrada sobre el EDOP.

—¿El senador puede protegerme?

—Por supuesto. Usted no ha hecho nada malo, simplemente

cumplía órdenes. Además, con la información que acaba de darme sobre ese geólogo canadiense, no puedo ni imaginar que el senador vaya a tener la nunca necesidad de sacar a la luz el asunto de la malversación. Podemos concentrarnos totalmente en la información equivocada dada por la NASA sobre el EDOP y el meteorito. En cuanto el senador dé a conocer la información sobre el hallazgo del meteorito, el director no podrá arriesgarse a intentar desacreditarle con mentiras.

Harper seguía preocupado. Se quedó callado y taciturno mientras sopesaba sus opciones. Gabrielle le concedió unos instantes. Anteriormente se había dado cuenta de que en la historia había otra sospechosa coincidencia. No iba a mencionarla, pero vio que el doctor Harper necesitaba un último empujón.

–¿Tiene usted perros, doctor Harper?

Chris Harper levantó la mirada.

–¿Perdón?

–Es sólo que me resulta extraño. Me ha dicho que poco después de que el geólogo canadiense transmitiera por radio las coordenadas del meteorito, los perros que guiaban su trineo se desorientaron y cayeron en una grieta del glaciar.

–Había una tormenta. Estaban fuera de ruta.

Gabrielle se encogió de hombros, mostrando así su escepticismo.

–Ya... de acuerdo.

Harper percibió claramente sus dudas.

–¿Qué está usted pensando?

–No sé, hay demasiadas coincidencias alrededor de este descubrimiento. ¿Un geólogo canadiense transmite las coordenadas del meteorito utilizando una frecuencia que sólo la NASA puede captar y luego sus perros se caen por una grieta? –Gabrielle hizo una pausa antes de continuar–. Obviamente comprenderá usted que la muerte de ese geólogo allanó el camino hacia el triunfo de la NASA.

El color desapareció del rostro de Harper.

–Usted cree que el director mataría por ese meteorito.

«Política de alto nivel. Mucho dinero», pensó Gabrielle.

–Deje que hable con el senador y estaremos en contacto. ¿Hay alguna forma de salir de aquí sin ser vista?

Gabrielle Ashe se despidió de un pálido Chris Harper y bajó por la escalera de incendios hasta un callejón desierto situado tras el edificio de la NASA. Tomó un taxi del que acababan de bajar más asistentes a la celebración.

—A los apartamentos de lujo Westbrooke Place —le dijo al taxista.

Estaba a punto de hacer del senador Sexton un hombre mucho más feliz.

94

Sin dejar de preguntarse a qué había dado su consentimiento, Rachel se quedó junto a la entrada de la cabina del G4, extendiendo el cable de un transceptor de radio al interior de la cabina del pasaje para así poder establecer su llamada fuera del campo de audición del piloto. Corky y Tolland la miraban. A pesar de que ella y el director de la ONR, William Pickering, habían planeado mantener silencio radiofónico hasta su llegada a la base aérea de Bollings, situada a las afueras de Washington DC, ahora ella poseía información que sin duda Pickering desearía oír de inmediato. Le había llamado a su móvil protegido, que llevaba constantemente encima.

Cuando William Pickering habló al otro extremo de la línea, su tono era de una tranquilidad absoluta.

–Hable con cuidado, por favor, no puedo garantizar la confidencialidad de esta conexión.

Rachel comprendió. El móvil de Pickering, como los teléfonos de la mayoría de miembros de la ONR, constaba de un indicador que detectaba llamadas entrantes desprotegidas. Debido a que Rachel llamaba desde un radiófono, uno de los sistemas de comunicación menos seguros, el teléfono de Pickering le había advertido. La conversación debía ser todo menos concreta. Nada de nombres. Nada de concreciones geográficas.

–Mi voz es mi identidad –dijo Rachel, utilizando el saludo de campo estándar en esa situación.

Había esperado que la respuesta del director revelara fastidio al ver que se había arriesgado a ponerse en contacto con él, pero la reacción de Pickering parecía positiva.

–Sí, estaba a punto de ponerme yo mismo en contacto con usted. Tenemos que redirigir su destino. Me preocupa que vaya a encontrarse con una fiesta de bienvenida.

Rachel sintió una agitación repentina. «Alguien nos está vigilando.» Pudo percibir el peligro en el tono de Pickering. «Redirigir.» A Pickering le gustaría saber que ella le había llamado para solicitarle precisamente eso, aunque por razones totalmente distintas.

—Hemos estado discutiendo sobre la cuestión de la autenticidad. —dijo Rachel—. Puede que dispongamos de una forma de confirmarla o de negarla categóricamente.

—Excelente. Ha habido progresos; al menos así dispondré de una base sólida sobre la que actuar.

—La prueba implica que efectuemos una pequeña parada. Uno de nosotros tiene acceso a las instalaciones de un laboratorio...

—Nada de concreciones geográficas, por favor. Por su propia seguridad.

Rachel no tenía la menor intención de dar a conocer sus planes utilizando esa línea.

—¿Podría garantizarnos posibilidad de aterrizaje en GAS-AC?

Pickering guardó silencio durante un instante. Rachel percibió que estaba intentando procesar la palabra. GAS-AC era una oscura abreviatura utilizada por la ONR para hacer referencia a la Estación Aérea del Grupo de la Guardia de Costas de Atlantic City. Rachel esperaba que el director lo supiera.

—Sí —dijo Pickering por fin—. Puedo arreglarlo. ¿Es ése su destino final?

—No. Precisaremos otro helicóptero.

—Les estará esperando un aparato.

—Gracias.

—Les recomiendo que mantengan precaución extrema hasta que tengamos más información. No hablen con nadie. Sus sospechas han provocado profunda preocupación entre grupos muy poderosos.

«Tench», pensó Rachel, lamentando no haber podido ponerse en contacto directamente con el presidente.

—En este momento estoy en mi coche, voy camino de encontrarme con la mujer en cuestión. Ha solicitado una reunión privada en una ubicación neutral. Debería revelar mucho.

«¿Pickering iba en su coche a encontrarse con Tench?» Lo que Tench tuviera que decirle debía de ser importante si se negaba a decírselo por teléfono.

—No comunique a nadie sus coordenadas finales —dijo Pickering—. Y nada de ponerse en contacto conmigo por radio. ¿Está claro?

—Sí, señor. Estaremos en GAS-AC dentro de una hora.

—Haré que les faciliten un medio de transporte. Cuando lleguen a su destino final, puede llamarme utilizando canales más seguros –dijo antes de hacer una breve pausa–. No voy a insistir en lo importante que es mantener esto en secreto por su seguridad. Esta noche se han granjeado poderosos enemigos. Tomen las precauciones adecuadas.

Pickering desapareció.

Rachel se sintió tensa al finalizar la conexión y girarse hacia Tolland y Corky.

–¿Cambio de destino? –dijo Tolland, ansioso a la espera de respuestas.

Rachel asintió de mala gana.

–Al *Goya*.

Corky suspiró, bajando la mirada hacia la muestra del meteorito que tenía en la mano.

–Sigo sin creer que la NASA haya sido capaz de... –Se calló, más preocupado con cada minuto que pasaba.

«Muy pronto lo averiguaremos», pensó Rachel.

Rachel fue a la cabina del piloto y devolvió el transceptor de radio. Al mirar por el parabrisas la meseta ondulante de nubes iluminadas por la luna que pasaban a toda velocidad por debajo de ellos, tuvo la inquietante sensación de que lo que iban a encontrar a bordo del barco de Tolland no les iba a gustar.

95

Una infrecuente sensación de soledad embargaba a William Pickering mientras conducía su sedán por Leesburg Highway. Ya eran casi las dos de la madrugada y la carretera estaba vacía. Hacía años que no conducía a esas horas.

La voz rasposa de Marjorie Tench todavía le arañaba la mente. «Nos encontraremos en el monumento a FDR.»

Pickering intentó recordar cuándo había sido la última vez que había visto cara a cara a Marjorie Tench. Nunca había sido una experiencia agradable. Hacía dos meses, en la Casa Blanca. Tench estaba sentada frente a él a una larga mesa de roble rodeada por miembros del Consejo de Seguridad Nacional, jefes de ambas Cámaras, la CIA, el presidente Herney y el director de la NASA.

—Caballeros —había dicho el director de la CIA, mirando directamente a Marjorie—. Una vez más, estoy ante ustedes para apremiar a esta administración a que haga frente a la permanente crisis de seguridad de la NASA.

La declaración no cogió a nadie por sorpresa. Los infortunios referentes a la seguridad de la agencia espacial se habían convertido en una cuestión cansina para la comunidad de inteligencia. Dos días antes, más de trescientas fotografías de alta resolución tomadas por uno de los satélites de observación de la Tierra de la NASA habían sido robadas por unos *hackers* de una base de datos de la NASA. Las fotos, que sorprendentemente revelaban una base secreta de entrenamiento militar de Estados Unidos en el norte de África, habían aparecido en el mercado negro, donde las habían adquirido agencias de inteligencia hostiles de Oriente Próximo.

—A pesar de las mejores intenciones —dijo el director de la CIA con voz agotada—, la NASA sigue siendo una amenaza para la seguridad nacional. Simplificando, nuestra agencia espacial no está equipada para proteger los datos y las tecnologías que desarrolla.

—Sé muy bien que ha habido indiscreciones —respondió el presidente—; filtraciones realmente perjudiciales. Y eso es algo que me inquieta de verdad –añadió, dirigiendo un gesto hacia el otro extremo de la mesa, donde estaba sentado Lawrence Ekstrom, el director de la NASA–. Sin embargo, estamos buscando nuevas formas de mejorar la seguridad.

–Con todos mis respetos –dijo el director de la CIA–, todo cambio en la seguridad desarrollado por la NASA será de nula eficacia mientras las operaciones de la agencia espacial sigan fuera del paraguas de la comunidad de inteligencia de Estados Unidos.

Sus palabras provocaron una incómoda agitación entre los reunidos. Todos sabían adónde llevaba esa afirmación.

–Como ustedes saben –siguió el director de la CIA con un tono cada vez más afilado–, todas las entidades de Estados Unidos que tratan con información sensible dentro del ámbito de la inteligencia están gobernadas por estrictas reglas secretas (el Ejército, la CIA, la ONR, la Agencia de Seguridad Nacional). Todas deben atenerse a leyes muy estrictas en lo que concierne a la protección de los datos que recogen y a las tecnologías que desarrollan. Una vez más, vuelvo a preguntarles por qué la NASA, la agencia que actualmente desarrolla la mayor parte de tecnologías aeroespaciales: imagen, vuelo, software, reconocimiento y telecomunicaciones de última generación utilizadas por la comunidad militar y de inteligencia, sigue manteniéndose al margen de este paraguas de discreción.

El presidente soltó un suspiro de cansancio. La propuesta estaba clara. Reestructurar la NASA para que pasara a formar parte de la comunidad de inteligencia del Ejército de Estados Unidos. Aunque otras agencias habían experimentado reestructuraciones similares en el pasado, Herney se negaba a considerar la posibilidad de colocar a la NASA bajo los auspicios del Pentágono, la CIA, la ONR o cualquier otra directiva militar. El Consejo de Seguridad Nacional estaba empezando a dividirse sobre la cuestión. Muchos de sus miembros estaban haciendo frente común con la comunidad de inteligencia.

Lawrence Ekstrom nunca parecía satisfecho en esas reuniones y aquélla no era ninguna excepción. Lanzó una mirada mordaz al director de la CIA.

–Aun a riesgo de repetirme, señor, las tecnologías que desarrolla la NASA son para aplicaciones científicas, no militares. Si la comunidad de inteligencia desea hacer girar uno de nuestros telescopios espaciales para ver qué pasa en China, es decisión suya.

El director de la CIA parecía a punto de estallar.

Pickering y Ekstrom cruzaron miradas y el primero intervino.

—Larry —dijo, procurando mantener un tono comedido—, todos los años la NASA se arrodilla ante el Congreso para pedirle dinero. Están ustedes llevando a cabo operaciones con muy poca financiación y están pagando el precio que eso supone en fracasos. Si incorporamos la NASA a la comunidad de inteligencia, ya no necesitará pedir ayuda al Congreso. Serán ustedes financiados por el presupuesto secreto a niveles significativamente más altos. Todos saldremos ganando. La NASA dispondrá de todo el dinero que necesita para operar adecuadamente y la comunidad de inteligencia se quedará tranquila al asegurarse que las tecnologías de la agencia espacial están protegidas.

Ekstrom negó con la cabeza.

—Por principio, no puedo permitir que la NASA adquiera un cariz como el que me propone. La agencia se ocupa únicamente de la ciencia espacial. No tenemos nada que ver con la seguridad nacional.

El director de la CIA se puso en pie, cosa que jamás se hacía cuando el presidente estaba sentado. Nadie le detuvo. Dedicó una mirada glacial al director de la NASA.

—¿Me está diciendo que la ciencia no tiene nada que ver con la seguridad nacional? ¡Por el amor de Dios, Larry! ¡Son sinónimas! Lo único que nos mantiene seguros es el avance tecnológico y científico del país, y, nos guste o no, la NASA desempeña un papel cada vez mayor en el desarrollo de esas tecnologías. Desgraciadamente, su agencia hace aguas por todas partes y ha demostrado una y otra vez que su seguridad es un riesgo.

La sala quedó en silencio.

Entonces fue el director de la NASA quien se levantó y clavó sus ojos en los de su atacante.

—Entonces, ¿sugiere que encerremos a veinte mil científicos de la NASA en herméticos laboratorios militares y que trabajen para ustedes? ¿De verdad cree que los nuevos telescopios espaciales se habrían concebido de no haber sido por el deseo personal de nuestros científicos de profundizar en su visión del espacio? La NASA lleva a término increíbles descubrimientos únicamente por una razón: nuestros empleados quieren comprender el cosmos más a fondo. Son unos soñadores que han crecido observando los cielos estrellados y preguntándose qué hay ahí arriba. La pasión y la curiosidad, y no la promesa de una superioridad militar, es lo que lleva a la NASA a innovar.

Pickering se aclaró la garganta y habló con suavidad, intentando calmar los ánimos alrededor de la mesa.

–Larry, estoy seguro de que el director no está hablando de reclutar a científicos de la NASA para construir satélites militares. Los principios de su cometido no cambiarían. La agencia seguiría funcionando como en la actualidad, excepto por el hecho de que disfrutaría de mayores fondos y de mayor seguridad –declaró. Se volvió entonces hacia el presidente–. La seguridad es cara. Sin duda, todos los que estamos en esta sala somos conscientes de que los fallos de seguridad de la NASA son el resultado de una financiación insuficiente. La agencia espacial se ve obligada a asumir sus propias riendas, a aumentar las medidas de seguridad, a llevar adelante proyectos en colaboración con otros países para compartir costes con ellos. Lo que propongo es que la NASA siga siendo la misma gran entidad, científica y civil que es en la actualidad, pero con un presupuesto mayor y con cierta discreción.

Varios miembros del Consejo de Seguridad asintieron en silencioso acuerdo.

El presidente Herney se levantó despacio, mirando directamente a William Pickering. Estaba claro que no le hacía ninguna gracia la forma en que éste se había hecho con el control de la situación.

–Bill, deje que le haga una pregunta: la NASA espera llegar a Marte durante la próxima década. ¿Cómo se sentirá la comunidad de inteligencia ante la idea de gastar buena parte del presupuesto secreto en una misión a dicho planeta... una misión que no supone inmediatos beneficios para la seguridad nacional?

–La NASA podrá hacer lo que le plazca.

–Y una mierda –respondió el presidente sin más.

Todos los presentes levantaron de golpe la mirada. Eran raras las ocasiones en que el presidente Herney hablaba así.

–Si hay algo que he aprendido siendo presidente –prosiguió Herney–, es que quien controla los dólares controla el poder. Me niego a dejar las cuerdas que manejan el presupuesto de la NASA en manos de gente que no comparte los objetivos para los que la agencia fue fundada. Me cuesta imaginar hasta qué punto primará el interés científico cuando sea el Ejército quien decida qué misiones de la NASA son viables y cuáles no.

Sus ojos escrutaron la sala. Despacio, con firme decisión, volvió a clavar su rígida mirada en William Pickering.

–Bill –suspiró Herney–, su evidente malestar ante el hecho de que la NASA esté implicada en proyectos compartidos con otras agencias espaciales extranjeras resulta dolorosamente corto de miras. Al menos hay alguien que está colaborando con los chinos y con los rusos. La paz del planeta no se forjará a base de fuerza militar, sino gracias a los que aúnen sus esfuerzos a pesar de las diferencias de sus gobiernos. En mi opinión, las misiones compartidas de la NASA hacen más por promover la seguridad nacional que cualquier satélite espía de mil millones de dólares, y da muchísima más esperanza para el futuro.

Pickering sentía que la rabia bullía en lo más profundo de su ser. «¿Cómo osa un político usar ese tono conmigo?» El idealismo del que Herney hacía gala era óptimo para una sala de juntas, pero en el mundo real, provocaba muertes.

–Bill –interrumpió Marjorie Tench, como si percibiera que Pickering estaba a punto de estallar–. Sabemos que perdió a una hija y que para usted esto es una cuestión personal. –Pickering sólo percibió superioridad en el tono de voz de Tench–. Pero le ruego que recuerde –continuó– que actualmente la Casa Blanca está conteniendo un aluvión de inversores que pretenden que abramos el espacio al sector privado. Por si le interesa, le diré que, a pesar de todos sus errores, la NASA ha sido una muy buena amiga para la comunidad de inteligencia. Quizá harían bien en valorar los innumerables beneficios que les reporta.

El zumbido de una franja sonora que corría paralela al arcén de la autopista devolvió de súbito a Pickering al presente. El desvío estaba próximo. Al acercarse a la salida que debía tomar, pasó junto a un ciervo ensangrentado y muerto que estaba tumbado a un lado de la carretera. Sintió una extraña vacilación... pero siguió adelante.

Tenía una cita a la que no podía faltar.

96

El monumento a Franklin Delano Roosevelt es uno de los mayores de Estados Unidos. Emplazado en un parque, con cascadas, estatuas, arcadas y un estanque, está dividido en cuatro galerías al aire libre, una por cada legislatura de FDR.

A un kilómetro y medio de allí, un solitario Kiowa Warrior avanzaba a gran altitud sobre la ciudad sólo con las luces de crucero encendidas. En una ciudad que hacía gala de tantos equipos de televisión y de tan elevado número de VIPs como Washington, los helicópteros que cruzaban el cielo eran una visión tan común como las bandadas de pájaros que lo atravesaban en dirección sur. Delta-Uno sabía que mientras se mantuviera apartado de lo que se conocía como «la cúpula» –una burbuja de espacio aéreo protegido alrededor de la Casa Blanca–, no llamaría demasiado la atención. De cualquier modo, no iban a permanecer allí mucho tiempo.

Cuando el Kiowa alcanzó una altitud de unos mil metros, el helicóptero redujo la velocidad y ocupó una posición cercana al monumento a FDR, evitando colocarse directamente sobre él, que ahora estaba prácticamente a oscuras. Delta-Uno mantuvo el aparato suspendido en el aire, comprobando su posición. Miró a su izquierda, y vio a Delta-Dos manejando el sistema de mirilla telescópica de visión nocturna. El vídeo mostraba una imagen de color verdoso en la que se veía el camino de entrada al monumento. La zona estaba desierta.

Ahora sólo les quedaba esperar.

No iba a ser una muerte discreta. Había gente a la que era imposible matar sin llamar la atención. Independientemente del método utilizado, habría repercusiones, investigaciones, pesquisas. En esos casos, la mejor protección era hacer mucho ruido. Las explosiones, el fuego y el humo daban la impresión de que existía la voluntad de dejar claro un mensaje, y la primera idea apuntaría a un acto de terrorismo extranjero. Sobre todo cuando el objetivo era un funcionario de altos vuelos.

Delta-Uno escrutó las imágenes recibidas por el sistema de visión nocturna del monumento que tenía debajo. El aparcamiento y el camino de entrada estaban vacíos. «Falta poco», pensó. El lugar elegido para aquella reunión privada, a pesar de hallarse en una zona urbana, estaba por fortuna desierto a esa hora de la noche. Delta-Uno apartó los ojos de la pantalla y clavó la mirada en los controles de sus propias armas.

El sistema Hellfire sería el arma elegida esa noche. El Hellfire era un misil antiblindaje guiado por láser que proporcionaba prestaciones *fire-and-forget*. El proyectil podía buscar un blanco marcado por láser, proyectado por observadores en tierra, desde otro aparato o desde el mismo aparato del que tenía lugar el lanzamiento. Esa noche, el misil estaría guiado de forma autónoma mediante el localizador infrarrojo MMS, *Mast Mounted Sight*. En cuanto el apuntador del Kiowa hubiera «pintado» el objetivo con un rayo láser, el Hellfire se transformaría en un misil autodirigido. Puesto que el Hellfire podía dispararse tanto desde el aire como desde tierra, su utilización esa noche no implicaría necesariamente la participación de una aeronave. Además, el Hellfire era una munición popular entre los traficantes de armas del mercado negro, de modo que sin duda podría culparse del suceso a algún grupo terrorista.

–Sedán –dijo Delta-Dos.

Delta-Uno miró la pantalla de transmisión. Un sedán negro de lujo y sin ningún distintivo se acercaba por la carretera de acceso a la hora prevista. Era el típico coche utilizado por las grandes agencias gubernamentales. El conductor redujo la intensidad de los faros del coche al entrar en el recinto del monumento. Dio varias vueltas y por fin aparcó cerca de un bosquecillo. Delta-Uno miró la pantalla mientras su compañero enfocaba la visión telescópica nocturna a la ventanilla del conductor. Un instante después, el rostro de la persona que conducía quedó a la vista.

Delta-Uno soltó un breve suspiro.

–Objetivo confirmado –dijo su compañero.

Delta-Uno miró la pantalla de visión nocturna, con su retícula dibujando una cruz letal para precisar el disparo, y se sintió como un francotirador apuntando a un objetivo de la realeza. «Objetivo confirmado.»

Delta-Dos se volvió hacia el compartimento de avioelectrónica situado a su izquierda y activó el buscador láser. Apuntó y, a mil metros por debajo, apareció un pequeño punto de luz en el techo del sedán, invisible para su ocupante.

–Objetivo señalado –dijo.

Delta-Uno soltó un profundo suspiro. Disparó.

Un sonido agudo y sibilante chisporroteó desde debajo del fuselaje, seguido de un rastro de luz notoriamente imperceptible que avanzaba hacia el suelo. Un segundo después, el coche que estaba en el aparcamiento estalló, envuelto en una cegadora erupción de llamas. El metal retorcido del vehículo salió volando en todas direcciones y las ruedas, también en llamas, salieron despedidas, rodando hacia el bosque.

–Objetivo eliminado –dijo Delta-Uno, acelerando el motor del helicóptero a fin de alejarlo de la zona–. Llamad al controlador.

A menos de tres kilómetros de allí, el presidente Zach Herney se preparaba para meterse en la cama. Las ventanas a prueba de bala Lexan de «la residencia» tenían un grosor de dos centímetros. No llegó a oír la explosión.

97

El Grupo de la Guardia Costera de la Estación Aérea de Atlantic City está ubicado en una sección protegida del Centro Técnico de la Administración de Aviación Federal William J. Hughes del Aeropuerto Internacional de la ciudad. El área de responsabilidad del grupo incluye la costa atlántica, desde Asbury Park a Cabo May.

Rachel Sexton se despertó de golpe cuando las ruedas del avión chirriaron sobre el asfalto de la solitaria pista de aterrizaje situada al abrigo de dos enormes terminales de carga. Sorprendida al darse cuenta de que se había quedado dormida, miró la hora sin salir de su aturdimiento.

«Las 02.13 horas.» Tenía la sensación de llevar varios días durmiendo.

Estaba cuidadosamente envuelta en una cálida manta y Michael Tolland se estaba despertando a su lado. Le dedicó una sonrisa cansada.

Corky apareció tambaleándose por el pasillo y frunció el ceño cuando los vio.

–Mierda. Pero ¿seguís aquí? Me he despertado con la esperanza de que esta noche no fuera más que una pesadilla.

Rachel sabía perfectamente cómo se sentía Corky. «Vuelvo a dirigirme al mar.»

El avión por fin se detuvo y todos bajaron a una árida rampa. El cielo nocturno estaba cubierto de nubes, pero el aire de la costa era pesado y cálido. En comparación con Ellesmere, Nueva Jersey parecía el trópico.

–¡Por aquí! –gritó una voz.

Rachel, Corky y Tolland se giraron y vieron uno de los clásicos helicópteros de la guardia costera, un Dolphin HH-65 de color carmesí, esperándoles muy cerca. Enmarcado por la brillante banda blanca de la cola del aparato, un piloto totalmente uniformado les indicaba con la mano que se acercaran.

Tolland le dedicó a Rachel una inclinación de cabeza en señal de reconocimiento.

—No hay duda de que su jefe sabe hacer bien las cosas.

«Ni se lo imagina», pensó Rachel.

Corky se derrumbó.

—¿Ya? ¿No paramos a cenar?

El piloto les dio la bienvenida y les ayudó a subir a bordo. Sin preguntarles sus nombres en ningún momento, se limitó exclusivamente a bromear y a darles las indicaciones de seguridad. Al parecer, Pickering había dejado muy claro a la Guardia de Costas que el vuelo en cuestión no formaba parte de ninguna misión anunciada. Sin embargo, y a pesar de la discreción de su jefe, Rachel pudo darse cuenta de que sus identidades sólo se pudieron mantener en secreto un par de segundos. El piloto no pudo ocultar su evidente sorpresa en cuanto reconoció a Michael Tolland, la celebridad televisiva.

Ella estaba tensa cuando se abrochó el cinturón de seguridad en el asiento junto al de Tolland. El motor Aerospatiale chirrió sobre sus cabezas al ponerse en marcha y los combados rotores de doce metros de longitud empezaron a enderezarse hasta dibujar un borrón plateado. El zumbido se transformó en rugido y el helicóptero despegó de la rampa, elevándose en la noche.

El piloto se giró hacia ellos y gritó:

—He sido informado de que me facilitarán su destino en cuanto estemos en el aire.

Tolland le dio las coordenadas de una ubicación en alta mar, unas treinta millas al sudeste de su actual posición.

«Su barco está a doce millas de la costa», pensó Rachel con un escalofrío.

El piloto introdujo las coordenadas en su sistema de navegación. Luego estableció la ruta y aceleró los motores. El helicóptero se inclinó hacia delante y viró hacia el sudeste.

Cuando las oscuras dunas de la costa de Nueva Jersey se deslizaban alejándose bajo el aparato, Rachel apartó la mirada de la oscuridad del océano que se extendía debajo. A pesar del recelo que le provocaba estar de nuevo sobrevolando el agua, intentó tranquilizarse pensando en que estaba acompañada por un hombre que había convertido el océano en el amigo de toda una vida. Tolland estaba pegado a ella en el estrecho fuselaje y sus caderas y hombros tocaban los suyos. Ninguno de los dos hacía nada por cambiar de postura para evitar el contacto.

—Sé que no debería decir esto —soltó de pronto el piloto, a punto de estallar de excitación–, pero usted es obviamente Michael Tolland, y tengo que decirle que, bueno, ¡le hemos estado viendo en la televisión toda la noche! ¡El meteorito! ¡Es absolutamente increíble! ¡Debe de estar usted asombrado!

Tolland asintió pacientemente.

–Boquiabierto.

–¡El documental era fantástico! ¿Sabe?, las cadenas no dejan de repetirlo. Ninguno de los pilotos de guardia esta noche deseaba esta misión porque querían seguir viendo la televisión, pero a mí me ha tocado el palillo más corto. ¿No les parece increíble? ¡El palillo más corto! ¡Y aquí estoy! Si los chicos tuvieran la menor idea de que llevo al auténtico...

–Le estamos muy agradecidos por llevarnos –le interrumpió Rachel–, y necesitamos que mantenga nuestra presencia en el más absoluto secreto. Nadie debe saber dónde estamos.

–Por supuesto, señora. Mis órdenes son muy claras –afirmó el piloto. Entonces vaciló y luego su expresión se iluminó–. Oigan, por casualidad no estaremos yendo al *Goya*, ¿verdad?

Tolland respondió con una desganada inclinación de cabeza.

–Así es.

–¡Joder! –exclamó el piloto–. Disculpen. Lo siento, pero he visto el barco en su programa. El doble casco, ¿verdad? ¡Menuda bestia más rara! La verdad es que nunca he estado en un diseño SWATH. ¡Nunca supuse que el suyo sería el primero!

Rachel decidió desconectar de lo que el piloto decía, al tiempo que la embargaba una creciente inquietud al ver que volaba en dirección a alta mar.

Tolland se volvió hacia ella.

–¿Se encuentra bien? Podría haberse quedado en tierra. Ya se lo dije.

«Debería haberme quedado en tierra», pensó Rachel, a sabiendas que su orgullo jamás se lo habría permitido.

–No, gracias. Estoy bien.

Tolland sonrió.

–No le quitaré ojo.

–Gracias.

A Rachel le sorprendió notar hasta qué punto la calidez de la voz de Tolland la hacía sentirse más segura.

–Ha visto el *Goya* en televisión, ¿verdad?

Rachel asintió.

–Es un... hum... un barco de aspecto interesante.

Tolland se rió.

–Sí. En su día fue un prototipo extremadamente avanzado, pero el diseño nunca llegó a cuajar.

–No sabría decir por qué –bromeó Rachel, visualizando el extraño perfil del barco.

–Ahora la NBC me está presionando para que utilice un barco nuevo. Se trata de una nave más... no sé, más sexi, más despampanante. Una o dos temporadas más y me obligarán a separarme de él.

Parecía melancólico ante la idea.

–¿No le encantaría un barco totalmente nuevo?

–No sé... el *Goya* me trae muchos recuerdos.

Rachel sonrió dulcemente.

–Bueno. Como solía decir mi madre, antes o después todos tenemos que desprendernos del pasado.

Los ojos de Tolland se posaron en los de ella durante un instante.

–Sí, lo sé.

98

–Mierda –dijo el taxista, mirando a Gabrielle por encima del hombro–. Al parecer ha habido un accidente un poco más adelante. No vamos a poder movernos, al menos durante un rato.

Gabrielle miró por la ventanilla y vio las luces giratorias de las ambulancias rasgando la noche. Más allá, había varios policías de pie en la carretera deteniendo el tráfico alrededor del Mall.

–Debe de haber sido un accidente importante –dijo el taxista, señalando unas llamas que se veían cerca del monumento a FDR.

Gabrielle frunció el ceño al ver el parpadeante brillo de las llamas. «Justo ahora.» Necesitaba reunirse con el senador Sexton con la nueva información sobre el EDOP y el geólogo canadiense. Se preguntaba si las mentiras de la NASA sobre cómo habían hallado el meteorito serían un escándalo lo suficientemente grande como para volver a insuflar vida a la campaña de Sexton. «Quizá no para la mayoría de políticos», pensó Gabrielle, pero se trataba de Sedgewick Sexton, un hombre que había construido su campaña a base de magnificar los fracasos de los demás.

Gabrielle no siempre estaba orgullosa de la capacidad del senador para dar un giro ético negativo a las desgracias políticas de sus oponentes, aunque resultara efectivo. El dominio que Sexton mostraba sobre la indignidad y la insinuación podía a buen seguro transformar esa mentirijilla parcial de la NASA en una cuestión fundamental que infectara a toda la agencia espacial... y por ende, al presidente.

Al otro lado de la ventanilla, las llamas procedentes del monumento a FDR parecían cada vez más altas. Algunos árboles cercanos habían prendido y los coches de bomberos estaban ya regándolos con sus mangueras. El taxista encendió la radio del coche y empezó a cambiar de emisora.

Con un suspiro, Gabrielle cerró los ojos y sintió el agotamiento recorriéndola en oleadas. Al llegar a Washington por primera vez, había soñado con trabajar en el mundo de la política para siempre, quizá algún día en la Casa Blanca. Sin embargo, en aquel momento sentía que había tenido política para toda una vida: el duelo con Marjorie Tench, las comprometedoras fotografías del senador y ella, todas las mentiras de la NASA...

Un locutor de radio estaba diciendo algo sobre un coche bomba y sobre una posible acción terrorista.

«Tengo que irme de esta ciudad», pensó Gabrielle por primera vez desde su llegada a la capital.

99

El controlador raras veces se mostraba receloso, pero ese día se había llevado la palma. Nada había salido como estaba planeado: el trágico descubrimiento del túnel de inserción en el hielo, las dificultades que había supuesto mantener la información en secreto, y ahora el número de víctimas cada vez mayor.

«En principio no debía morir nadie... excepto el canadiense.»

Parecía irónico que la parte técnicamente más difícil del plan hubiera resultado ser la menos problemática. La inserción, completada hacía meses, se había llevado sin el menor fallo. En cuanto la anomalía ocupó su lugar, lo único que restaba era esperar el lanzamiento del Escáner de Densidad Orbital Polar. El EDOP estaba programado para escanear enormes secciones del Círculo Polar, y antes o después el software de detección de anomalías de a bordo localizaría el meteorito y proporcionaría a la NASA un descubrimiento sin precedentes.

Pero el maldito software no funcionaba.

Cuando el controlador supo que había fallado y que no había ninguna posibilidad de repararlo hasta después de las elecciones, todo el plan quedó amenazado. Sin el EDOP, el meteorito pasaría inadvertido. El controlador tenía que inventarse algo para alertar subrepticiamente a alguien de la NASA sobre la existencia del meteorito. La solución implicaba orquestar una transmisión de radio de emergencia de un geólogo canadiense desde las inmediaciones del punto de inserción. Al geólogo, por razones obvias, había que borrarlo del mapa de forma inmediata y su muerte debía parecer un accidente. Lanzar a un geólogo inocente desde un helicóptero había sido el principio; ahora las cosas se estaban precipitando.

Wailee Ming, Norah Mangor, ambos muertos.

El temerario asesinato que acababa de producirse en el monumento a FDR.

Y muy pronto se añadirían a la lista Rachel Sexton, Michael Tolland y el doctor Marlinson.

«Es la única forma –pensó el controlador, intentando combatir su creciente remordimiento–. Hay demasiado en juego.»

100

El Dolphin de la Guardia de Costas estaba todavía a dos millas de las coordenadas del *Goya* y volaba a mil metros de altitud cuando Tolland le gritó al piloto.

–¿Dispone este trasto de *Nightsight*?

El piloto asintió.

–Soy una unidad de rescate.

Tolland no esperaba menos. El *Nightsight* era un sistema térmico de captación de imágenes marinas de Raytheon, capaz de localizar a supervivientes de un naufragio en la oscuridad. El calor que desprende la cabeza de un nadador aparecería como una mota roja en un océano de color negro.

–Actívelo –dijo Tolland.

El piloto pareció confundido.

–¿Por qué? ¿Han perdido a alguien?

–No. Quiero que ellos vean una cosa.

–Desde esta altitud no veremos nada con el dispositivo térmico, a menos que se trate de una mancha de petróleo en llamas.

–Usted actívelo –dijo Tolland.

El piloto dedicó a Tolland una extraña mirada y a continuación ajustó algunos diales, ordenando a la lente térmica situada debajo del helicóptero que supervisara la extensión de cuatro kilómetros y medio de océano que tenían delante. En el salpicadero se iluminó una pantalla de cristal líquido. La imagen fue adquiriendo nitidez.

–¡Joder!

Durante unos instantes el helicóptero avanzó dando bandazos cuando el piloto se echó hacia atrás, sorprendido. Enseguida se recuperó, y se quedó mirando fijamente la pantalla.

Rachel y Corky se inclinaron hacia delante, mirando la imagen con idéntica sorpresa. El fondo negro del océano estaba iluminado por una enorme espiral giratoria de palpitante color rojo.

Rachel se giró, agitada, hacia Tolland.

–Parece un ciclón.

–Lo es –corroboró Tolland–. Un ciclón de corrientes cálidas. Tiene casi un kilómetro de ancho.

El piloto de la Guardia Costera se rió por lo bajo, maravillado.

–Es uno de los grandes. Los vemos muy pocas veces, pero todavía no me habían informado de la existencia de éste.

–Emergió la semana pasada –dijo Tolland–. Probablemente sólo durará unos días más.

–¿Qué es lo que lo provoca? –preguntó Rachel, comprensiblemente perpleja ante el inmenso vórtice de agua que giraba en medio del océano.

–Una cúpula de magma –dijo el piloto.

Rachel se giró hacia Tolland con expresión recelosa.

–¿Un volcán?

–No –dijo Tolland–, en la Costa Este no hay volcanes activos, pero a veces se producen bolsas de magma un poco traviesas que se inflaman bajo el suelo marino y provocan puntos de calor, que a su vez producen un gradiente de temperatura inverso, es decir, agua caliente en el fondo y agua fría encima. El resultado son estas gigantescas corrientes en espiral. Se las conoce como megaplumas. Giran durante un par de semanas y luego se disuelven.

El piloto miró la palpitante espiral que seguía girando en la pantalla líquida.

–Pues al parecer ésta está en pleno apogeo –anunció. Hizo entonces una pausa, comprobó las coordenadas del *Goya* y luego miró sorprendido por encima del hombro–. Señor Tolland, todo indica que está usted estacionado a escasa distancia de su centro.

Tolland asintió.

–Las corrientes son un poco más lentas cerca del ojo del torbellino. Dieciocho nudos. Es como echar el ancla en un río de aguas rápidas. Nuestra cadena ha estado trabajando duro esta semana.

–Jesús –dijo el piloto–. ¿Una corriente de dieciocho nudos? No se caiga por la borda –le dijo echándose a reír.

Rachel no se rió.

–Mike, no había mencionado la existencia de esta megapluma o cúpula de magma.

Tolland le puso una mano tranquilizadora en la rodilla.

–No supone ningún peligro, confíe en mí.

Rachel frunció el ceño.

–¿El documental que estaba filmando aquí trataba de este fenómeno de cúpula de magma?

–De las megaplumas y de los *Sphyrna mokarran*.

–Eso es. Lo mencionó antes.

Tolland esbozó una tímida sonrisa.

–Los *Sphyrna mokarran* adoran el agua caliente y, en este momento, todos y cada unos de los ejemplares de *Sphyrna* en un radio de ciento cincuenta kilómetros se han congregado en el kilómetro y medio de extensión que conforma el círculo de océano calentado.

–Genial –dijo Rachel con una inquieta inclinación de cabeza–. ¿Y qué son los *Sphyrna mokarran*, si no le importa decírnoslo?

–Los peces más feos del mar.

–¿Platijas?

Tolland se rió.

–El gran tiburón martillo.

Rachel se puso tiesa a su lado.

–¿Merodean tiburones martillo alrededor de su barco?

Tolland le respondió con un guiño.

–Relájese, no son peligrosos.

–No diría eso si no lo fueran.

Tolland se rió por lo bajo.

–Supongo que tiene razón. –Se dirigió entonces bromeando al piloto–. Oiga, ¿cuánto tiempo hace que han salvado ustedes a alguien que haya sido atacado por un tiburón martillo?

El piloto se encogió de hombros.

–Dios. Hace décadas que no hemos salvado a nadie que haya sido atacado por un tiburón martillo.

Tolland se giró hacia Rachel.

–Ya lo ha oído: décadas. No tiene de qué preocuparse.

–Justo el mes pasado –añadió el piloto– tuvimos un ataque en el que un estúpido buceador quiso hacer migas con uno...

–¡Espere un segundo! –dijo Rachel–. ¡Acaba de decir que hace décadas que no salvan a nadie!

–Sí –respondió el piloto–, que no salvamos a nadie. Normalmente, llegamos tarde. Esos cabrones matan a su presa en un abrir y cerrar de ojos.

IOI

Desde el aire, la parpadeante silueta del *Goya* se cernía en el horizonte. A media milla, Tolland pudo distinguir las brillantes luces de cubierta que Xavia, el miembro de su tripulación, había dejado sabiamente encendidas. Al verlas, se sintió como un agotado viajero entrando en el camino de acceso a su casa.

—Creía que había dicho que sólo había una persona a bordo —dijo Rachel, sorprendida al ver todas esas luces.

—¿No deja una luz encendida cuando está sola en casa?

—Una, no la casa entera.

Tolland sonrió. A pesar de los intentos de Rachel por no parecer preocupada, él se daba cuenta de que sentía una profunda aprensión por estar allí fuera. Tuvo ganas de rodearla con un brazo y tranquilizarla, pero sabía que nada que pudiera decir podría calmarla.

—Las luces están encendidas por razones de seguridad. Hacen que el barco parezca activo.

Corky soltó una risilla.

—¿Acaso temes una reunión pirata, Mike?

—No. Ahí fuera el mayor peligro son los idiotas que no saben leer el radar. La mejor defensa para evitar ser atropellado es asegurarte de que todo el mundo puede verte.

Corky entrecerró los ojos para mirar el barco iluminado.

—¿Para que puedan verte, dices? Pero si parece uno de los cruceros de Carnaval Cruise en Noche Vieja. Obviamente, la NBC paga tus facturas de luz.

El helicóptero de la Guardia de Costas redujo la marcha y rodeó inclinándose el inmenso barco iluminado. El piloto empezó a maniobrar hacia el helipuerto situado sobre la cubierta de popa. Incluso desde el aire, Tolland pudo distinguir la furiosa corriente que tiraba de las riostras del casco del barco. Anclado por la proa, el *Goya* se balanceaba sobre la corriente, tirando de la enorme cadena del ancla como una bestia enjaulada.

—Es realmente precioso —dijo el piloto, riéndose.

Tolland sabía que el comentario era sarcástico. El *Goya* era feo, «feo a rabiar», en palabras de un crítico de televisión. Era uno de los diecisiete barcos SWATH construidos hasta entonces, cuyo casco y pequeña área de flotación resultaban cualquier cosa menos atractivos.

De hecho, se trataba de una enorme plataforma horizontal que flotaba a quince metros sobre el océano apoyada en cuatro inmensos puntales sujetos a pontones. De lejos, parecía una plataforma de perforación petrolífera de baja eslinga. De cerca, una barcaza sobre pilares. Las dependencias de la tripulación, los laboratorios de investigación y el puente de navegación estaban situados en una serie de estructuras organizadas a modo de gradas en lo alto, lo que la hacía parecer una gigantesca mesa de café flotante que soportaba un batiburrillo de edificios de varios pisos.

A pesar de su apariencia en nada aerodinámica, el diseño del *Goya* le permitía disfrutar de un área de flotación significativamente menor, con lo que gozaba de mayor estabilidad. La plataforma suspendida permitía una mejor filmación, facilitaba el trabajo en el laboratorio y aseguraba un número menor de científicos mareados. A pesar de que la NBC presionaba a Tolland para que les permitiera comprarle algo más nuevo, él se había negado. Sin duda ya se fabricaban mejores embarcaciones, incluso más estables, pero el *Goya* había sido su hogar durante casi una década, el barco en el que había luchado por volver a la vida tras la muerte de Celia. Había noches en las que todavía oía su voz en el viento barriendo la cubierta. En el momento en que los fantasmas desaparecieran, si llegaban a hacerlo, se plantearía la posibilidad de utilizar otro barco.

No antes.

Cuando el helicóptero por fin aterrizó sobre la cubierta de popa del *Goya*, Rachel Sexton sólo se sintió aliviada a medias. La buena noticia era que ya no sobrevolaba el océano. La mala, que estaba de pie flotando sobre él. Intentó controlar el temblor de piernas cuando saltó a cubierta y miró a su alrededor. La cubierta parecía sorprendentemente estrecha, sobre todo con el helicóptero ocupando la plataforma de aterrizaje. Dirigió la mirada hacia proa y vio el desgarbado y apilado edificio que conformaba el grueso del barco.

Tolland se quedó junto a ella.

–Ya lo sé –dijo, levantando la voz sobre el sonido de la furiosa corriente–. Parece más grande en la televisión.

Rachel asintió.

–Y más estable.

–Éste es uno de los barcos más seguros del mar, se lo prometo –aseguró Tolland, poniéndole una mano en el hombro y guiándola por la cubierta.

El calor de la mano de Tolland hizo más por calmar sus nervios que nada de lo que pudiera haberle dicho. Sin embargo, cuando miró hacia la parte posterior del barco, vio la revuelta corriente fluir tras ellos como si el *Goya* estuviera avanzando a toda máquina. «Estamos encima de una megapluma», pensó.

En el centro de la sección principal de la cubierta trasera, vislumbró un conocido submarino Tritón monoplaza suspendido de una gigantesca polea. El Tritón, llamado así en honor del dios griego del mar, no se parecía en nada a su predecesor, el Alvin, un submarino con carcasa de acero. El Tritón disponía de una cúpula acrílica hemisférica en la parte delantera que le daba un aspecto más de pecera gigante que de sumergible. Rachel podía imaginar muy pocas cosas más aterradoras que sumergirse a cientos de metros en el océano sólo con una lámina de acrílico transparente entre su rostro y el agua. Naturalmente, Tolland afirmaba que lo único que tenía de desagradable tripular el Tritón era el despliegue inicial: descender lentamente suspendido del torno y atravesar la trampilla de la cubierta del *Goya*, colgando como un péndulo a quince metros de la superficie del agua.

–Probablemente Xavia esté en el hidrolaboratorio –dijo Tolland, moviéndose por cubierta–. Por aquí.

Rachel y Corky le siguieron por la cubierta de popa. El piloto de la Guardia de Costas no se movió del helicóptero. Había recibido instrucciones estrictas de que no debía utilizar la radio.

–Echad un vistazo a esto –dijo Tolland, deteniéndose en la barandilla de la cubierta del barco.

Titubeante, Rachel se acercó a él. Estaban a una altura considerable. Había más de quince metros hasta el agua y aun así podía sentir el calor que emanaba de ésta.

–Es casi la temperatura de una bañera de agua caliente –gritó Tolland, intentando hacerse oír por encima del sonido de la corriente. Alargó la mano hacia una caja de interruptores instalada en la barandilla.

—Mirad esto —dijo, encendiendo un interruptor.

Un amplio arco de luz se desparramó por el agua bajo el barco, iluminándolo desde dentro como una piscina con luz. Rachel y Corky soltaron al unísono un jadeo de admiración.

El agua que rodeaba el barco estaba llena de sombras fantasmagóricas. Cerniéndose a sólo unos metros bajo la superficie iluminada, ejércitos de formas negras y lustrosas nadaban en paralelo contra la corriente, al tiempo que sus inconfundibles cráneos con forma de martillo giraban a uno y otro lado como al son de algún ritmo prehistórico.

—Joder, Mike —tartamudeó Corky—. No sabes cómo me alegro de que hayas compartido esto con nosotros.

El cuerpo de Rachel se puso rígido. Quiso apartarse de la barandilla, pero no pudo moverse. Estaba paralizada ante ese petrificante panorama.

—Increíbles, ¿verdad? —dijo Tolland. Su mano volvía a estar sobre el hombro de Rachel, tranquilizadora—. Chapotearán en las zonas de agua más cálida durante semanas. Estos chavales tienen la mejor nariz del mar: lóbulos olfativos teleencefálicos incrementados. Pueden oler la sangre a un kilómetro y medio de distancia.

Corky parecía escéptico.

—¿Lóbulos olfativos teleencefálicos incrementados?

—¿No me crees? —dijo Tolland, que había empezado a hurgar en un armario de aluminio adyacente al lugar donde estaban. Un instante después, sacó un pequeño pez muerto—. Perfecto —dijo.

Cogió un cuchillo del refrigerador y le hizo varios cortes al pez, que empezó a gotear sangre.

—Mike, por el amor de Dios —dijo Corky—. Es asqueroso.

Tolland lanzó por la borda el pez ensangrentado, que cayó a plomo los quince metros que había hasta el agua. En cuanto tocó la superficie, seis o siete tiburones se lanzaron a una furiosa y acrobática pelea, al tiempo que sus filas de dientes plateados se cerraban, enloquecidas, sobre el pez ensangrentado. En cuestión de un instante, había desaparecido.

Horrorizada, Rachel se giró y miró a Tolland, que ya tenía otro pez en la mano. La misma especie. El mismo tamaño.

—Esta vez, sin sangre —dijo el oceánografo.

Sin cortar el pez, lo lanzó al agua. El pez cayó al mar, pero no ocurrió nada. Los tiburones martillo no parecían haberse dado cuenta de su presencia. El cebo se alejó con la corriente sin haber despertado el menor interés.

—Sólo atacan guiados por el olfato —explicó Tolland, llevándoselos lejos de la barandilla—. De hecho, cualquiera podría nadar ahí abajo sin el menor peligro, siempre que no se tengan heridas abiertas.

Corky señaló los puntos que tenía en la mejilla.

Tolland frunció el ceño.

—Bueno, en tu caso, ni se te ocurra.

102

El taxi de Gabrielle Ashe no se movía.

Detenida ante una barrera cerca del monumento a FDR, Gabrielle miraba las ambulancias y vehículos de bomberos a lo lejos, sintiendo como si un banco de niebla surrealista se hubiera instalado sobre la ciudad. Los informes radiofónicos ahora decían que el coche que había estallado podía haber llevado a un funcionario del gobierno de alto rango.

Cogió el móvil y marcó el número del senador. Sin duda Sexton estaría empezando a preguntarse por qué tardaba tanto.

Estaba ocupado.

Miró al chasqueante taxímetro y frunció el ceño. Algunos de los coches que habían quedado atrapados junto al suyo estaban empezando a subir a la acera y a dar media vuelta en busca de rutas alternativas.

El conductor miró a Gabrielle por encima del hombro.

—¿Quiere esperar? Es su dinero.

Gabrielle vio que en ese momento llegaban más vehículos oficiales.

—No, demos la vuelta.

El taxista soltó un gruñido en señal afirmativa y empezó a maniobrar para completar el giro. Cuando el coche se subió a la acera, Gabrielle intentó de nuevo localizar a Sexton.

Seguía comunicando.

Varios minutos más tarde, y después de haber descrito una gran vuelta, el taxi avanzaba finalmente por la calle C. Gabrielle vio cernerse el Philip A. Hart Senate Office Building. Tenía intención de dirigirse directamente al apartamento del senador, pero teniendo su despacho tan cerca...

—Pare —le pidió al taxista—. Aquí mismo. Gracias.

El taxi se detuvo.

Gabrielle pagó la cantidad que figuraba en el taxímetro y añadió diez dólares.

—¿Puede esperarme diez minutos?

El taxista miró el dinero y luego el reloj.

–Ni un minuto más.

Gabrielle se apresuró a salir. «No tardaré más de cinco.»

Los pasillos de mármol desiertos del edificio de oficinas del Senado parecían casi sepulcrales a esa hora. Gabrielle notaba los músculos tensos mientras pasaba a toda prisa por la hilera de austeras estatuas alineadas en el vestíbulo de entrada de la tercera planta. Sus ojos pétreos parecían seguirla como silenciosos centinelas.

Al llegar a la puerta principal de la suite de oficinas de cinco habitaciones del senador Sexton, utilizó su tarjeta de acceso para entrar. El vestíbulo de las secretarias apenas estaba iluminado. Cruzó el vestíbulo y fue por un pasillo a su despacho. Entró, encendió los fluorescentes y fue directa a los archivadores.

Tenía un archivo completo sobre los presupuestos del Sistema de Observación de la Tierra que incluía mucha información sobre el EDOP. Sin duda Sexton querría todos los datos de los que pudiera echar mano en cuanto ella le hablara de Harper.

La NASA había mentido sobre el EDOP.

Mientras buscaba entre sus archivos, sonó su móvil.

–¿Senador? –respondió.

–No, Gabs, soy Yolanda. –La voz de su amiga revelaba un deje poco habitual en ella–. ¿Sigues en la NASA?

–No, estoy en mi despacho.

–¿Has encontrado algo en la NASA?

«Ni te lo imaginas.» Gabrielle sabía que no podía decirle nada a Yolanda hasta que hubiera hablado con Sexton. El senador tendría ideas muy específicas sobre la mejor manera de manejar esa información.

–Te lo contaré todo en cuanto haya hablado con Sexton. Voy de camino a su casa.

Yolanda hizo una pausa.

–Gabs, en cuanto a lo que me dijiste acerca de la financiación de la campaña de Sexton y la FFE...

–Ya te he dicho que estaba equivocada y que...

–Acabo de averiguar que dos de nuestros reporteros que cubren la industria aeroespacial han estado trabajando sobre una historia similar.

Gabrielle se mostró sorprendida.

–¿Qué quieres decir?

—No lo sé. Pero esos tipos son buenos, y parecen muy convencidos de que Sexton está aceptando sobornos de la Fundación para las Fronteras Espaciales. He pensado que debía llamarte. Ya sé que antes te he dicho que la idea era absurda. Como fuente de información, Marjorie Tench resultaba muy poco creíble, pero estos chicos nuestros... no sé, quizá te gustaría hablar con ellos antes de ver al senador.

—Si están tan convencidos, ¿por qué no lo han hecho público? —dijo Gabrielle que ahora parecía estar más a la defensiva de lo que habría deseado.

—No tienen pruebas sólidas. Al parecer el senador es muy bueno a la hora de ocultar sus huellas.

«Eso es algo común a la mayoría de políticos.»

—No tenéis nada, Yolanda. Ya te he dicho que el senador ha admitido haber aceptado donaciones de la FFE, pero que ninguna supera la cantidad legal.

—Sé que eso es lo que él te ha asegurado, Gabs, y no estoy afirmando saber lo que hay de verdadero o de falso en todo esto. Simplemente me he sentido en el deber de llamarte porque te he dicho que no te fíes de Marjorie Tench y ahora descubro que hay gente además de ella que cree que el senador puede estar metido en algo turbio. Eso es todo.

—¿Quiénes son esos reporteros? —preguntó Gabrielle, presa ahora de una bullente rabia.

—No puedo darte sus nombres. Pero sí concertarte una reunión con ellos. Son muy listos. Conocen perfectamente la ley de financiación de campañas... —Yolanda vaciló—. ¿Sabes?, estos tipos creen que Sexton está muy necesitado de dinero... que está en quiebra.

En el silencio de su despacho, Gabrielle oyó resonar las dañinas acusaciones de Tench. «Tras la muerte de Katherine, el senador malgastó gran parte de su herencia en inversiones ruinosas, caprichos personales y en comprar lo que parece ser cierta victoria en las primarias. Hace apenas seis meses, su candidato estaba arruinado.»

—A nuestros hombres les encantaría hablar contigo —dijo Yolanda.

«No me cabe duda», pensó Gabrielle.

—Volveré a llamarte.

—Pareces enfadada.

–Contigo nunca, Yolanda. Contigo nunca. Gracias.

Gabrielle colgó.

Dormitando en una silla en el pasillo frente a la puerta del apartamento que el senador tenía en el Westbrooke, un guardia de seguridad se despertó sobresaltado al oír su móvil. Se incorporó en la silla, se frotó los ojos y cogió el aparato del bolsillo de la americana.

–¿Sí?

–Owen, soy Gabrielle.

El guardia de Sexton reconoció la voz.

–Ah, hola.

–Necesito hablar con el senador. ¿Podría llamar a la puerta de su apartamento por mí? Su móvil está ocupado.

–Es un poco tarde.

–Está despierto, estoy segura –dijo Gabrielle, que parecía ansiosa–. Es una emergencia.

–¿Otra?

–La misma. Póngamelo al teléfono, Owen. Hay algo que de verdad necesito preguntarle.

El guardia suspiró, levantándose.

–De acuerdo, de acuerdo. Llamaré –dijo, desperezándose y dirigiéndose a la puerta de Sexton–. Pero lo hago sólo porque antes se ha alegrado de que la dejara entrar –añadió, levantando el puño a regañadientes para llamar.

–¿Qué es lo que acaba de decir? –preguntó Gabrielle.

El puño del guardia se detuvo en el aire.

–He dicho que el senador se ha alegrado de que la dejara entrar antes. Tenía usted razón, no ha supuesto ningún problema.

–¿El senador y usted han hablado de eso? –preguntó Gabrielle, al parecer sorprendida.

–Sí, ¿por?

–No, es sólo que no creí que...

–De hecho, ha sido un poco extraño. El senador ha necesitado un par de segundos para recordar que había estado usted dentro. Creo que los chicos han estado bebiendo un poco.

–¿Cuándo han hablado, Owen?

–Justo después de que usted se marchara. ¿Pasa algo?

Se produjo un silencio momentáneo.

–No... no, nada. Mire, ahora que lo pienso, será mejor que no molestemos al senador en este momento. Seguiré intentando localizarle en el fijo de su casa, y si no tengo suerte le volveré a telefonear y entonces podrá llamar a su puerta.

El guardia puso los ojos en blanco.

–Lo que usted diga, señorita Ashe.

–Gracias, Owen. Siento haberle molestado.

–No se preocupe.

El guardia colgó, volvió a repantigarse en su silla y se quedó dormido.

Sola en su despacho, Gabrielle se quedó inmóvil durante varios minutos antes de colgar. «Sexton sabe que he estado en su apartamento... ¿y no me lo ha mencionado?»

La etérea extrañeza de la noche resultaba cada vez más turbia. Gabrielle volvió a recordar la llamada que le había hecho el senador mientras estaba en la ABC. Sexton la había dejado de piedra al admitir gratuitamente que estaba celebrando reuniones con empresas espaciales y aceptando dinero de ellas. Su honradez la había reconciliado con él. Había incluso llegado a avergonzarla. Ahora la confesión del senador parecía sin duda mucho menos noble.

«Menudencias –había dicho Sexton–. Totalmente legal.»

De pronto, el cúmulo de vagas sospechas que había albergado hacia el senador pareció emerger de nuevo al unísono.

Fuera, el taxi tocaba la bocina.

103

El puente del *Goya* era un cubo de plexiglás situado dos niveles por encima de la cubierta principal. Desde ahí, Rachel gozaba de una panorámica de trescientos sesenta grados sobre el oscuro mar que los rodeaba, un inquietante espectáculo que contempló sólo en una ocasión antes de apartar la mirada y volver a concentrarse en el asunto que les ocupaba.

Después de haber enviado a Corky y a Tolland a buscar a Xavia, se preparó para ponerse en contacto con Pickering. Le había prometido al director que le llamaría en cuanto llegaran y estaba ansiosa por saber qué había logrado averiguar él en su encuentro con Marjorie Tench.

El sistema digital de comunicaciones SHINCOM 2100 del *Goya* era un dispositivo con el que Rachel estaba muy familiarizada. Sabía que si era breve en su llamada, la comunicación sería segura.

Marcó el número privado de Pickering y aguardó, pegando el auricular del SHINCOM 2100 a la oreja. Esperaba que el director respondiera al primer tono, pero la línea simplemente siguió sonando.

Seis tonos. Siete. Ocho...

Rachel miró al oscuro océano. La imposibilidad de ponerse en contacto con Pickering no hacía más que aumentar su inquietud por el hecho de estar en alta mar.

Nueve tonos. Diez. «¡Conteste!»

Rachel iba de un lado a otro, a la espera. ¿Qué estaba pasando? Pickering llevaba siempre su teléfono encima, y le había dado indicaciones expresas de que le llamara.

Colgó después de quince tonos.

Con creciente aprensión, cogió el auricular del SHINCOM y volvió a marcar.

Cuatro tonos. Cinco.

«¿Dónde está?»

Por fin, la conexión se activó con un chasquido. Rachel sintió una oleada de alivio, aunque por poco tiempo. No había nadie al otro lado de la línea. Sólo silencio.

–Hola –apremió–. ¿Director?

Tres rápidos chasquidos.

–¿Hola? –repitió.

Una ráfaga de interferencias electrónicas sacudió la línea, estallándole en pleno oído. Dolorida, se apartó el auricular de la cabeza. Las interferencias cesaron de golpe. Entonces oyó una serie de tonos que oscilaban rápidamente y cuyos pulsos mantenían intervalos de medio segundo. Tras décimas de segundos de confusión cayó en la cuenta. Y sintió miedo.

–¡Mierda!

Se giró hacia los controles del puente y estampó el auricular contra el aparato, cortando la conexión. Durante unos instantes se quedó ahí aterrada, preguntándose si habría cortado a tiempo.

En el corazón del barco, dos cubiertas más abajo, se encontraba el hidrolaboratorio del *Goya*, una extensa área de trabajo segmentada por largos mostradores y módulos llenos hasta los topes de material electrónico: perfiladores de fondos, analizadores de corrientes, aparatos de extracción de gases, un congelador de especímenes de tamaño industrial, ordenadores y un montón de archivadores para los datos de investigación y cajas con los recambios electrónicos con los que el laboratorio se mantenía en funcionamiento.

Cuando Tolland y Corky entraron, Xavia, la geóloga de a bordo del *Goya*, estaba reclinada delante de un televisor a todo volumen. Ni siquiera se volvió.

–¿Qué pasa? ¿Ya os habéis quedado sin pasta para cervezas? –les gritó por encima del hombro, creyendo al parecer que algunos de los miembros de la tripulación habían regresado.

–Xavia –dijo Tolland–. Soy Mike.

La geóloga giró sobre sus talones, tragándose parte del sándwich que se estaba comiendo.

–¿Mike? –tartamudeó, claramente perpleja al verle. Se levantó, bajó el volumen del televisor y se acercó a ellos, todavía masticando–. Creí que algunos de los chicos habían vuelto de su excursión por los bares. ¿Qué estás haciendo aquí? –Xavia era una mujer corpulenta y de piel morena, con una voz afilada y un aire hosco. Señaló con un gesto el televisor, que emitía repeticiones del documental en vivo sobre el meteorito de Tolland–. Desde luego, no has permanecido mucho tiempo en la plataforma de hielo, ¿eh?

«Han pasado algunas cosas», pensó Tolland.

–Xavia, estoy seguro de que reconoces a Corky Marlinson.

Ella asintió.

–Es un honor, señor.

Corky no le quitaba ojo al sándwich que la geóloga tenía en la mano.

–Tiene buen aspecto.

Xavia le miró con incomodidad.

–He oído tu mensaje –le dijo Tolland–. Dices que he cometido un error en mi presentación. Quiero comentar eso contigo.

La geóloga lo miró fijamente y soltó una carcajada aguda.

–¿Y por eso has vuelto? Oh, Mike, por el amor de Dios, ya te he dicho que no es nada. Sólo te estaba picando un poco. Obviamente, la NASA te ha dado algunos datos antiguos, nada importante. En serio, ¡puede que sólo tres o cuatro geólogos marinos en todo el mundo se hayan dado cuenta del descuido!

Tolland contuvo el aliento.

–Y ese descuido, ¿por casualidad tiene algo que ver con los cóndrulos?

El rostro de Xavia palideció, conmocionado.

–Dios mío. ¿Ya te ha llamado alguno de esos geólogos?

Tolland se derrumbó. «Los cóndrulos.» Miró a Corky y luego volvió a mirar a la geóloga marina.

–Necesito saber todo lo que puedas decirme sobre esos cóndrulos, Xavia. ¿Cuál ha sido el error que he cometido?

Xavia clavó en él su mirada, percibiendo que ahora Tolland hablaba totalmente en serio.

–No es nada, Mike. Leí un pequeño artículo en un diario especializado hace un tiempo. Pero no entiendo por qué le das tanta importancia.

Tolland suspiró.

–Xavia, por muy extraño que pueda parecerte, cuanto menos sepas esta noche, mejor. Lo único que te pido es que nos cuentes todo lo que sepas sobre los cóndrulos y luego necesitaremos que examines la muestra de una roca.

Xavia pareció desconcertada y vagamente perturbada al verse fuera de juego.

–De acuerdo. Deja que te enseñe el artículo. Está en mi oficina. Voy por él –dijo, dejando el sándwich sobre una mesa y dirigiéndose a la puerta.

–¿Puedo terminármelo? –le gritó Corky a su espalda.

Xavia se detuvo con cara de incredulidad.

–¿Quiere terminarse mi sándwich?

–Bueno, sólo si usted...

–Búsquese uno –dijo Xavia, antes de salir del laboratorio.

Tolland se rió por lo bajo, señalando a un refrigerador de especímenes situado en el otro extremo del laboratorio.

–En el estante inferior, Corky. Entre la sambuca y las bolsas de calamar.

Fuera, en cubierta, Rachel bajó la empinada escalera desde el puente y se acercó a paso firme hacia el helipuerto. El piloto de la Guardia de Costas estaba echando una cabezadita, pero se incorporó en cuanto ella repiqueteó con los dedos en la cabina.

–¿Ya han terminado? –preguntó–. Qué rapidez.

Rachel negó con la cabeza, a punto de perder los nervios.

–¿Puede activar los radares de tierra y de aire?

–Claro. Con un radio de diez millas.

–Actívelos, por favor.

Un tanto confuso, el piloto manipuló un par de interruptores y la pantalla del radar se iluminó. La aguja empezó a trazar perezosos círculos.

–¿Ve algo? –preguntó Rachel.

El piloto dejó que la aguja completara varias rotaciones. Ajustó algunos controles y siguió observando. Todo despejado.

–Un par de barcos pequeños en la periferia, pero se alejan de nosotros. Estamos solos: millas y millas de mar abierto a nuestro alrededor.

Rachel Sexton suspiró, aunque no se sentía particularmente aliviada.

–Hágame un favor. Si ve que algo se acerca, barcos, un avión, cualquier cosa... ¿me lo hará saber de inmediato?

–Por supuesto. ¿Todo bien?

–Sí. Simplemente me gustaría saber si tenemos compañía.

El piloto se encogió de hombros.

–Vigilaré el radar, señora. Si algo parpadea será usted la primera en saberlo.

Rachel puso todos sus sentidos alerta mientras se dirigía hacia el hidrolaboratorio. Cuando entró, Corky y Tolland estaban solos delante de una pantalla de ordenador, masticando sus sándwiches.

Corky la llamó con la boca llena.

–¿De qué lo quiere? ¿Pollo con sabor a pescado, salchicha de Bolonia con sabor a pescado o ensalada de huevo con sabor a pescado?

Rachel apenas oyó la pregunta.

–Mike, ¿cuánto podemos tardar en conseguir esta información y largarnos de este barco?

104

Tolland caminaba de un lado a otro del hidrolaboratorio, esperando con Rachel y Corky el regreso de Xavia. La noticia sobre los cóndrulos era casi tan inquietante como la noticia de Rachel sobre su fallido contacto con Pickering.

«El director no ha contestado.»

«Y alguien ha intentado interceptar mediante pulsos la ubicación del *Goya*.»

−Relájense −les dijo Tolland−. Estamos a salvo. El piloto de la Guardia de Costas vigila el radar. Puede advertirnos con mucha antelación si ve que alguien viene hacia aquí.

Rachel asintió, mostrando su acuerdo, aunque todavía parecía vigilante.

−Mike, ¿qué demonios es esto? −preguntó Corky, señalando una pantalla Sparc de ordenador que mostraba una amenazadora imagen psicodélica que palpitaba y se revolvía como si estuviera viva.

−Un Perfilador de Corriente Acústico Doppler −dijo Tolland−. Es una sección vertical de las corrientes y de los índices de temperatura del océano que está debajo del barco.

Rachel clavó la mirada en la pantalla.

−¿Eso es sobre lo que estamos anclados?

Tolland no podía negar que la imagen era aterradora. En la superficie, el agua aparecía como un remolino verde azulado, pero conforme se ganaba en profundidad, los colores iban cambiando lentamente a un amenazador rojo anaranjado debido al aumento de las temperaturas. Cerca del fondo, a un kilómetro y medio de profundidad, y suspendido sobre el suelo del océano, rugía el vórtice de color rojo sangre del ciclón.

−Ésa es la megapluma −dijo Tolland.

Corky soltó un gruñido.

−Parece un tornado submarino.

−Los rige el mismo principio. Normalmente los océanos están más fríos y son más densos cerca del fondo, pero aquí la dinámica se ha invertido. Las aguas profundas están calientes y pesan menos, de modo que suben a la superficie. A su vez, el agua de la superficie es más pesada, por lo que se sumerge a toda velocidad en una enorme espiral para llenar el vacío. Así se forman esas corrientes a modo de desagüe en el océano. Enormes remolinos.

—¿Qué es ese gran bulto que hay sobre el suelo marino? —dijo Corky señalando la extensa llanura de lecho oceánico donde un montículo con forma de cúpula se elevaba como una burbuja. Directamente encima de él giraba el vórtice.

—Ese montículo es una cúpula de magma —dijo Tolland—. Es ahí donde la lava empuja hacia arriba bajo el suelo oceánico.

Corky asintió.

—Como un inmenso grano.

—Por decirlo de alguna manera.

—¿Y si revienta?

Tolland frunció el ceño, recordando el famoso estallido de la megapluma ocurrido en 1986 en el estrecho Juan de Fuca, en el que miles de toneladas de magma salieron despedidas al océano a una temperatura de mil doscientos grados Celsius, magnificando la intensidad de la pluma casi al instante. Las corrientes de superficie se ampliaron y el vórtice se expandió velozmente hacia arriba. Lo que ocurrió a continuación era algo que no tenía intención de compartir con Corky ni con Rachel esa noche.

—Las cúpulas de magma atlánticas no estallan —dijo Tolland—. El agua fría que circula sobre el montículo enfría y endurece continuamente la corteza de la Tierra, manteniendo el magma a salvo bajo una gruesa capa de roca. Llega un momento en que la lava que está debajo se enfría y la espiral desaparece. Generalmente, las megaplumas no son peligrosas.

Corky señaló una revista vieja que estaba cerca del ordenador.

—¿Estás diciendo entonces que el *Scientific American* publica relatos de ficción?

Tolland vio la cubierta de la revista y se estremeció. Al parecer alguien había sacado del archivo de viejas revistas de ciencia del *Goya* una *Scientific American* de febrero de 1999. La cubierta mostraba una ilustración de un superpetrolero girando totalmente descontrolado en un embudo de océano. El titular rezaba:

«MEGAPLUMAS: ¿ASESINOS GIGANTES
DE LAS PROFUNDIDADES?»

Tolland se rió, restándole importancia.

–Totalmente irrelevante. Ese artículo habla de megaplumas en zonas de terremotos. Era una hipótesis muy popular con la que se intentaba explicar el fenómeno del Triángulo de las Bermudas hace unos años, justificando así la desaparición de barcos. Técnicamente, si se produce algún cataclismo geológico en el lecho oceánico, cosa de la que jamás se ha tenido noticia aquí, la cúpula podría romperse y el vórtice podría aumentar lo suficiente de tamaño como para... bueno, ya sabéis...

–No, no lo sabemos –dijo Corky.

Tolland se encogió de hombros.

–Genial, estamos encantados de que nos hayas traído a bordo.

Xavia entró con algunos papeles en la mano.

–¿Admirando la megapluma?

–Oh, sí –dijo Corky sarcástico–. Mike estaba diciéndonos que si ese pequeño montículo se rompe todos nosotros empezaremos a dar vueltas en un enorme sumidero.

–¿Sumidero? –dijo Xavia con una risa fría–. Yo más bien diría que sería como si alguien hubiera tirado de la cadena del retrete más grande del mundo.

Fuera, en la cubierta del *Goya*, el piloto del helicóptero de la Guardia de Costas vigilaba obedientemente la pantalla del radar EMS. Como piloto de rescate había visto su buena dosis de miedo en los ojos de las personas; sin duda Rachel Sexton estaba atemorizada cuando le había pedido que se mantuviera vigilante en caso de que el *Goya* recibiera visitantes inesperados.

«¿Qué clase de visitantes espera?», se preguntó.

Según veía el piloto, no había nada fuera de lo común en el mar ni en el aire en un radio de quince kilómetros alrededor del barco. Un barco de pesca a once millas. Un avión ocasional deslizándose por uno de los extremos del campo del radar y desapareciendo después de nuevo hacia algún destino desconocido.

El piloto suspiró y se quedó mirando cómo se agitaba el océano alrededor del *Goya*. La sensación era realmente fantasmagórica: era como navegar a toda velocidad a pesar de estar anclado.

Volvió los ojos a la pantalla del radar y observó. Vigilante.

105

A bordo del *Goya*, Tolland había presentado a Rachel y a Xavia. La geóloga del barco parecía cada vez más desconcertada ante la distinguida compañía que tenía ante sus ojos en el hidrolaboratorio. Además, la ansiedad que Rachel mostraba por llevar a cabo las pruebas y abandonar el barco lo antes posible estaba empezando a inquietarla.

«Tómate tu tiempo, Xavia –la animaba Tolland–. Necesitamos saberlo todo.»

Ahora era Xavia quien hablaba. Su voz sonaba tensa.

–En tu documental, Mike, decías que esas pequeñas incrustaciones metálicas de la roca sólo podían formarse en el espacio.

Tolland sintió ya un temblor de aprensión. «Los cóndrulos sólo se forman en el espacio. Eso es lo que la NASA me dijo.»

–Sin embargo, según estas notas –dijo la geóloga, sosteniendo las páginas en alto–, eso no es del todo cierto.

Corky le dedicó una mirada glacial.

–¡Por supuesto que es totalmente cierto!

Xavia le miró con el ceño fruncido y agitó las notas.

–El año pasado, Lee Pollock, un joven geólogo de la Universidad de Drew, estaba utilizando una nueva clase de robot marino para obtener muestras de corteza marina en las aguas profundas del Pacífico, exactamente en la fosa de las Marianas, y extrajo una roca que contenía un rasgo geológico que no había visto hasta entonces. El rasgo era muy similar en aspecto a los cóndrulos. Lo llamó «incrustación de presión de plagioclase»: diminutas burbujas de metal que al parecer habían sido rehomogeneizadas en el transcurso de varios episodios de presurización sufridos en lo más profundo del océano. El doctor Pollock se quedó perplejo al encontrar burbujas metálicas en una roca oceánica y formuló una teoría única para explicar su presencia.

Corky refunfuñó.

–Supongo que no le quedaría más remedio.

Xavia no le hizo caso.

–El doctor Pollock afirmó que la roca se había formado en un entorno oceánico ultraprofundo, en el que la presión extrema transformaba una roca preexistente, permitiendo que algunos de los metales dispares se fusionaran.

Tolland lo pensó detenidamente. La fosa de las Marianas tenía una profundidad de once kilómetros, y era una de las últimas regiones inexploradas del planeta. Sólo un puñado de exploraciones robóticas se habían aventurado a bajar a esa profundidad, y la mayoría de ellas se habían ido al traste mucho antes de alcanzar el fondo. La presión del agua en la fosa era enorme: una increíble fuerza de cuatro mil quinientos kilos por centímetro y medio, en contraste con los escasos doce kilos registrados en la superficie del océano. Los oceanógrafos todavía sabían muy poco sobre las fuerzas geológicas en juego en el suelo oceánico más profundo.

–Entonces, ¿el tal Pollock cree que la fosa de las Marianas puede llegar a crear rocas con elementos parecidos a cóndrulos?

–Es una teoría extremadamente abstrusa –dijo Xavia–. De hecho, nunca ha llegado a publicarse formalmente. Yo me topé por casualidad con los apuntes personales de Pollock en internet el mes pasado, mientras investigaba las interacciones roca-fluido para nuestro próximo programa sobre la megapluma. De no haber sido por eso, jamás habría oído hablar de ella.

–La teoría no se ha publicado –repuso Corky– porque es ridícula. Se necesita calor para formar cóndrulos. No hay ninguna posibilidad de que la presión del agua pueda reconfigurar la estructura cristalina de una roca.

–Da la casualidad –contraatacó Xavia– que la presión es lo que más contribuye al cambio geológico de nuestro planeta. ¿No te suena el término «roca metamórfica»? Está en cualquier manual de geología.

Corky se enfurruñó.

Tolland era consciente de que Xavia podía no andar del todo desencaminada. Aunque el calor desempeñaba un papel predominante en la geología metamórfica de la Tierra, la mayoría de rocas metamórficas se habían formado por una presión extrema. Por increíble que sonara, las rocas ubicadas en las profundidades de la corteza terrestre soportaban tanta presión que actuaban más como una densa melaza que como roca sólida, volviéndose elásticas y sufriendo cambios químicos en el proceso. Sin embargo, la teoría del doctor Pollock seguía sonando demasiado forzada.

–Xavia –dijo Tolland–. Nunca había oído que la presión del agua pudiera en sí misma alterar químicamente una roca. Tú eres la geóloga, ¿qué opinas?

–Bueno –dijo Xavia, hojeando sus apuntes–, al parecer la presión del agua no es el único factor presente. –Encontró un pasaje y leyó los apuntes de Pollock–. «La corteza oceánica de la fosa de las Marianas, ya sometida a una enorme presurización hidrostática, puede llegar a verse aún más comprimida por fuerzas tectónicas de las zonas de subducción de la región.»

«Claro», pensó Tolland. La fosa de las Marianas, además de estar aplastada por once kilómetros de agua, era una zona de subducción, es decir, la línea de compresión donde el Pacífico y las placas del Índico confluían en direcciones enfrentadas y terminaban chocando entre sí. Las presiones combinadas en la fosa podían llegar a ser enormes, y como resultaba tan peligroso estudiar un área tan remota como ésa, en caso de que ahí abajo hubiera cóndrulos, había muy pocas posibilidades de que alguien supiera de su existencia.

Xavia siguió leyendo.

–«La combinación de presiones tectónicas e hidrostáticas podría transformar potencialmente la corteza en un estado semilíquido o elástico, permitiendo así la fusión de elementos más ligeros en estructuras semejantes a cóndrulos que, según se creía hasta el momento, sólo eran posibles en el espacio.»

Corky puso los ojos en blanco.

–Imposible.

Tolland le miró.

–¿Acaso existe alguna explicación alternativa para los cóndrulos presentes en la roca que encontró el doctor Pollock?

–Muy fácil –dijo Corky–. Pollock halló un auténtico meteorito. Los meteoritos caen al océano constantemente. Pollock no sospechó que se trataba de un meteorito porque la corteza de fusión se habría erosionado tras años bajo el agua, con lo cual tendría todo el aspecto de una roca normal –explicó. Se giró entonces hacia Xavia–. Supongo que a Pollock no se le ocurriría medir el contenido de níquel de la roca, ¿verdad?

–De hecho, sí –replicó la geóloga, volviendo a hojear las notas–. Pollock escribe: «Me sorprendió descubrir que el contenido de níquel del espécimen se encontraba en un valor medio en raras ocasiones asociado con las rocas terrestres».

Tolland y Rachel intercambiaron miradas de sorpresa.

Xavia siguió leyendo.

—«Aunque la cantidad de níquel no se encuadre entre los registros que conforman el rango de valor medio normalmente aceptable para un origen meteórico, su proximidad es sorprendente.»

Rachel pareció preocupada.

—¿Cuánto? ¿Existe alguna posibilidad de que esta roca oceánica pueda confundirse con un meteorito?

Xavia sacudió la cabeza.

—No soy especialista en petrología química, pero según creo existen numerosas diferencias de composición entre la roca que Pollock encontró y los verdaderos meteoritos.

—¿Cuáles son esas diferencias? —apremió Tolland.

Xavia volvió a centrar su atención en un gráfico de los apuntes.

—Según esto, una de las diferencias estriba en la estructura química de los propios cóndrulos. Al parecer, las proporciones de titanio-zirconio son distintas. La proporción de titanio-zirconio de los cóndrulos de la muestra oceánica mostraba una presencia de zirconio ultrarreducida —afirmó, levantando la vista—. Sólo dos partes por millón.

—¿Dos ppm? —soltó Corky—. ¡Los meteoritos tienen miles de veces esa cifra!

—Exacto —respondió Xavia—. Por eso Pollock cree que los cóndrulos de su muestra no proceden del espacio.

Tolland se inclinó hacia Corky y le susurró:

—¿Por casualidad la NASA midió la proporción de titanio-zirconio de la roca encontrada en la Milne?

—Por supuesto que no —balbuceó Corky—. Nadie la mediría jamás. ¡Sería como mirar un coche y medir el contenido de caucho de las llantas para confirmar que estamos mirando un coche!

Tolland soltó un suspiro y volvió a mirar a Xavia.

—Si te damos una muestra de roca con cóndrulos, ¿puedes someterla a una prueba para determinar si esas incrustaciones son meteóricas o... si estamos ante el fenómeno de compresión de gran profundidad oceánica descrito por Pollock?

Xavia se encogió de hombros.

—Supongo que sí. La precisión de la microsonda de electrones debería bastar. En cualquier caso, ¿a qué viene todo esto?

Tolland se volvió hacia Corky.

—Dásela.

Corky sacó a regañadientes la muestra del meteorito de su bolsillo y se la ofreció a Xavia.

Xavia frunció el ceño al coger el disco de piedra. Echó una mirada a la corteza de fusión y luego al fósil incrustado en la roca.

—¡Dios mío! —dijo, levantando de golpe la cabeza—. ¿No será parte de...?

—Sí —dijo Tolland—. Desgraciadamente, sí.

106

Sola en su despacho, Gabrielle Ashe estaba de pie frente a la ventana, preguntándose qué debía hacer a continuación. Hacía menos de una hora que se había marchado de la NASA tremendamente excitada ante la idea de compartir el fraude del EDOP de Chris Harper con el senador.

Ahora ya no estaba tan segura.

Según Yolanda, dos periodistas independientes de la ABC sospechaban que Sexton había aceptado sobornos de la FFE. Y peor aún, acababa de enterarse de que Sexton sabía que se había colado en su apartamento durante la reunión de la FFE y aun así no le había comentado nada al respecto.

Gabrielle suspiró. Hacía rato que el taxi se había ido y, aunque llamaría a otro en unos minutos, antes tenía que hacer algo.

«¿De verdad voy a intentar algo así?»

Frunció el ceño, consciente de que no tenía elección. Ya no sabía en quién confiar.

Salió de su despacho y volvió al vestíbulo de las secretarias. De allí pasó a un amplio pasillo situado justo en el extremo opuesto del vestíbulo. Al fondo vio las enormes puertas de roble del despacho de Sexton flanqueadas por dos banderas (la Old Glory a la derecha y la bandera de Delaware a la izquierda). Sus puertas, como las de la mayoría de los despachos de los senadores, estaban reforzadas con placas de acero y cerradas con llaves convencionales, un sistema de acceso por marcación electrónica y un sistema de alarma.

Gabrielle sabía que si lograba entrar, aunque sólo fuera unos minutos, conocería todas las respuestas. Avanzó hacia las puertas firmemente cerradas, aunque su intención no era flanquearlas. Tenía otros planes.

A unos cinco metros del despacho de Sexton, giró bruscamente a la derecha y entró en el servicio de señoras. Los fluorescentes se encendieron automáticamente, reflejando con crudeza las baldosas blancas. Mientras sus ojos se adaptaban a la luz, se detuvo a mirarse en el espejo. Como de costumbre, sus rasgos parecían más suaves de lo que hubiera esperado, casi delicados. Siempre se había sentido más fuerte de lo que parecía.

«¿Estás segura de que estás preparada para hacerlo?»

Gabrielle sabía que Sexton esperaba ansioso su llegada para obtener una información completa sobre la situación del EDOP. Desgraciadamente, también se daba cuenta de que esa noche la había manipulado con destreza. La cuestión era averiguar hasta qué punto. Sabía que las respuestas estaban dentro de esa oficina, justo al otro lado de la pared del baño.

–Cinco minutos –dijo Gabrielle en voz alta, armándose de valor.

Fue hacia el armario de material del baño, alargó el brazo hacia arriba y pasó la mano por el marco de la puerta. Una llave tintineó al caer al suelo. Los equipos de limpieza del Philip A. Hart se componían de funcionarias federales que desaparecían cada vez que había algún tipo de huelga, dejando ese cuarto de baño sin papel higiénico y sin tampones durante semanas. Las mujeres de la oficina de Sexton, hartas de sorpresas desagradables, se habían ocupado personalmente del asunto y se habían hecho con una llave del cuarto de material para «emergencias».

«Y esto lo es», pensó.

Abrió el armario.

El interior estaba abarrotado, lleno hasta los topes de limpiadores, fregonas y estanterías con recambios de rollos de papel. Un mes antes, mientras buscaba toallitas de papel, había hecho un descubrimiento poco habitual. Incapaz de llegar al papel del estante superior, había utilizado el extremo de una escoba para hacer caer uno de los rollos. En el intento había provocado la caída de uno de los paneles del techo. Cuando trepó para volver a poner en su sitio el panel, le sorprendió oír la voz del senador.

Clara como el agua.

A juzgar por el eco, Gabrielle se percató de que el senador estaba hablando consigo mismo mientras utilizaba el baño privado de su despacho. Al parecer, su cuarto de baño sólo estaba separado del armario de material por los paneles extraíbles de fibra de madera colocados en el techo.

De nuevo en el armario y con algo más que papel higiénico en mente, Gabrielle se quitó los zapatos, trepó por los estantes, levantó el panel de fibra de madera del techo y tomó impulso hacia arriba. «Como para fiarse de la seguridad nacional», pensó mientras se preguntaba cuántas leyes federales y estatales estaba a punto de infringir.

Dejándose caer por el techo del cuarto de baño privado del senador Sexton, puso sus pies enfundados en medias en el frío lavabo de porcelana del senador y luego cayó al suelo. Contuvo el aliento y salió al despacho.

Sintió la suavidad y la calidez de las alfombras orientales de su jefe bajo los pies.

107

A treinta millas de allí, un helicóptero negro de combate Kiowa emergió de las achaparradas copas de los pinos del norte de Delaware. Delta-Uno comprobó las coordenadas introducidas en el sistema automático de navegación.

A pesar de que tanto el dispositivo de transmisión de a bordo utilizado por Rachel como el móvil de Pickering estuvieran encriptados para proteger el contenido de la comunicación entre ambos, cuando los miembros de la Delta Force interceptaron la llamada de Rachel desde el mar no fue su contenido lo que les interesó. El objetivo había sido interceptar la posición del punto desde el que se había hecho. Gracias a los SPG y a la triangulación informatizada, localizar coordenadas de transmisión era una tarea que resultaba significativamente más sencilla que desencriptar el contenido de las llamadas.

A Delta-Uno no dejaba de divertirle pensar que la mayoría de usuarios de móviles no tenían ni idea de que cada vez que hacían una llamada, una unidad de escucha del gobierno, siempre y cuando éste lo decidiera, podía detectar su posición con un margen de error de cinco metros en cualquier rincón de la Tierra, una pequeña trampa que las compañías de teléfonos móviles preferían silenciar. Esa noche, en cuanto la Delta Force logró acceder a las frecuencias de recepción del teléfono móvil de William Pickering le resultó sumamente sencillo localizar las coordenadas de sus llamadas entrantes.

Dirigiéndose directamente hacia el objetivo, Delta-Uno penetró en un radio de distancia inferior a las veinte millas.

–¿Preparado el paraguas? –preguntó, girándose hacia Delta-Dos, que era quien controlaba el radar y el sistema de armas.

–Afirmativo. Esperando una distancia de cinco millas.

«Cinco millas», pensó Delta-Uno. Tendría que pilotar con gran destreza ese pájaro para evitar el ámbito de radar de su objetivo y acercarse lo suficiente para utilizar los sistemas de armas del Kiowa. Dudaba de que en ese momento hubiera a bordo del

Goya alguien que, inquieto, estuviera pendiente de vigilar el cielo, y puesto que la misión de la Delta Force era eliminar el objetivo sin darle la oportunidad de pedir ayuda por radio, Delta-Uno tenía que caer sobre él sin alertarlo.

A unas quince millas del *Goya*, y todavía a salvo del ámbito de detección del radar, Delta-Uno hizo virar inesperadamente el Kiowa treinta y cinco grados al oeste. Ascendió a tres mil pies, la altitud a la que solía volar un avión pequeño, y ajustó la velocidad a ciento diez nudos.

En la cubierta del *Goya*, el señalizador del radar del helicóptero de la Guardia de Costas emitió un solo pitido en cuanto un nuevo contacto penetró en el perímetro de las diez millas. El piloto se incorporó en el asiento, estudiando la pantalla. Al parecer se trataba de un pequeño avión de carga que se dirigía hacia el oeste costa arriba.

Probablemente con destino a Newark.

A pesar de que la actual trayectoria del avión lo aproximaría a unas cuatro millas del *Goya*, su ruta de vuelo era sin duda totalmente fortuita. No obstante, y sin dejar de vigilarlo ni un solo instante, el piloto de la Guardia de Costas vio cómo el punto parpadeante trazaba una línea de lento avance (ciento diez nudos) que cruzaba la parte derecha de su campo de alcance. En el punto más cercano de su recorrido, el avión se aproximó a unas cuatro millas por el oeste. Como era de prever, siguió moviéndose, hasta que se alejó de ellos.

«4,1 millas. 4,2 millas.»

El piloto suspiró, relajándose.

Y entonces ocurrió algo muy extraño.

–Paraguas activado –gritó Delta-Dos, levantando el pulgar desde su asiento frente al control de armamento situado en la parte de babor del Kiowa de combate–. Barrera de fuego, modulador de ruido y pulso de protección activados y ajustados.

Ante la indicación convenida, Delta-Uno hizo virar ostensiblemente el Kiowa hacia la derecha, poniendo el aparato en ruta directa hacia el *Goya*. La maniobra no podía ser registrada por el radar del barco.

–¡No me cabe duda de que superamos las balas de papel de plata! –gritó Delta-Dos.

Delta-Uno se mostró de acuerdo. La interferencia de radares se había inventado en la Segunda Guerra Mundial cuando un listillo piloto británico empezó a lanzar balas de heno envueltas en papel de plata desde su avión durante los bombardeos. El radar de los alemanes captó tantos contactos reflectores que las baterías antiaéreas no tuvieron la menor idea de a qué disparar. Las técnicas habían sido sustancialmente mejoradas desde entonces.

El sistema de interferencia de radares con «paraguas» del Kiowa era una de las armas de combate electrónicas más letales. Al emitir un paraguas de ruido de fondo a la atmósfera sobre una serie determinada de coordenadas de superficie, el Kiowa podía neutralizar los ojos, los oídos y la voz del objetivo atacado. Sin duda, momentos antes todas las pantallas de radar activadas a bordo del *Goya* se habían quedado en blanco. Cuando la tripulación se diera cuenta de que necesitaba pedir ayuda, ya no podría transmitir. En un barco, todas las comunicaciones funcionaban por frecuencias radiofónicas o microondas, y no mediante líneas telefónicas. Si el Kiowa se acercaba lo suficiente, todos los sistemas de comunicación del *Goya* dejarían de funcionar y sus señales portadoras quedarían bloqueadas por la nube invisible de ruido térmico emitido desde el Kiowa como un foco cegador.

«Aislamiento perfecto –pensó Delta-Uno–. Están indefensos.»

Sus presas habían logrado protagonizar una afortunada y astuta huida de la plataforma de hielo Milne, pero eso no se repetiría. Al haber optado por abandonar la costa, Rachel Sexton y Michael Tolland habían hecho una mala elección. Sería la última decisión errónea que tomarían.

En la Casa Blanca, Zach Herney, aturdido, se sentaba en la cama con el auricular del teléfono pegado a la oreja.

–¿Ahora? ¿Que Ekstrom quiere hablar conmigo ahora? –exclamó, entrecerrando los ojos para mirar el reloj de la mesita de noche. Las 03.17.

–Sí, presidente –dijo el funcionario de comunicaciones–. Dice que es una emergencia.

108

Mientras Corky y Xavia se apiñaban sobre la microsonda de electrones midiendo el contenido de zirconio de los cóndrulos, Rachel siguió a Tolland por el laboratorio a una habitación anexa. Una vez allí, éste encendió otro ordenador. Al parecer, había una cosa más que quería comprobar.

Mientras el ordenador se encendía, Tolland se volvió hacia Rachel. Hizo un gesto con la boca que parecía indicar que estaba a punto de decir algo. Se detuvo.

—¿Qué pasa? —preguntó ella, sorprendida al darse cuenta de la fuerte atracción física que sentía hacia él, incluso en medio de aquel caos. Deseó poder dejarlo todo a un lado y estar con Michael... aunque sólo fuera un minuto.

—Le debo una disculpa —dijo él, que parecía muy arrepentido.

—¿Por qué?

—Por lo ocurrido en cubierta, por los tiburones martillo. Estaba entusiasmado. A veces me olvido de lo aterrador que puede resultar el océano para mucha gente.

Cara a cara con él, Rachel se sentía como una adolescente delante de la puerta de su casa en compañía de un nuevo novio.

—Gracias. No se preocupe, en serio —dijo.

Algo dentro de ella le decía que Tolland deseaba besarla.

Un instante después, él apartó tímidamente la mirada.

—Lo sé, no ve la hora de volver a tierra. Deberíamos ponernos manos a la obra.

—Por ahora —dijo Rachel con una suave sonrisa.

—Por ahora —repitió Michael, tomando asiento delante del ordenador.

Rachel soltó un profundo suspiro de pie junto a él, disfrutando de la intimidad del pequeño laboratorio. Le observó navegar por una serie de archivos.

—¿Qué se supone que estamos haciendo?

—Comprobando las bases de datos en busca de piojos oceánicos de gran tamaño. Quiero ver si podemos encontrar algún fósil marino prehistórico que se parezca a lo que hemos visto en el meteorito de la NASA –explicó.

Dio con una página de investigación en cuya parte superior se leía el siguiente título escrito en mayúsculas: PROYECTO DIVERSITAS. Mientras iba dando un repaso a los distintos menús, explicaba:

–El Diversitas es básicamente un índice de biodatos oceánicos que se actualiza continuamente. Cuando un biólogo marino descubre una nueva especie o fósil oceánicos, puede darlo a conocer y compartir su hallazgo cargando datos y fotos en una base central de datos. Debido a la cantidad de nuevos datos que se descubren cada semana, ésta es la única forma de mantener actualizada la labor de investigación.

Rachel le vio navegar entre los menús.

–Entonces, ¿ahora está accediendo a la Red?

–No. El acceso a internet es complicado en el mar. Almacenamos toda esta información a bordo en una enorme colección de unidades de discos ópticos en la otra habitación. Cada vez que llegamos a puerto, nos conectamos al Proyecto Diversitas y actualizamos nuestra base de datos con los hallazgos más recientes. Así podemos acceder a la actualización desde el mar sin una conexión a la Red, y sólo con un retraso de un mes, dos como mucho –explicó, riéndose por lo bajo mientras empezaba a teclear términos de búsqueda en el ordenador–. Probablemente habrá oído hablar del controvertido programa de música compartida llamado Napster.

Rachel asintió.

–Diversitas está considerado la versión del Napster de los biólogos marinos. Lo llamamos BIOSCITE: Biólogos Oceánicos Solitarios que Comparten una Investigación Totalmente Excéntrica.

Rachel se rió. Incluso a pesar de lo tenso de la situación, Michael Tolland transmitía un humor irónico que calmaba sus miedos. Estaba empezando a darse cuenta de que últimamente había habido muy pocas risas en su vida.

–Nuestra base de datos es enorme –dijo Tolland, completando la entrada de sus palabras clave descriptivas–. Más de diez *terabytes* de descripciones y fotos. Aquí hay información que nadie ha visto... y que nadie verá. Las especies del océano son simplemente demasiado numerosas –añadió, pulsando el botón «buscar»–. De acuerdo, veamos si alguien ha visto alguna vez un fósil oceánico similar a nuestro pequeño insecto espacial.

Unos segundos más tarde, la pantalla mostró cuatro listados de animales fosilizados. Tolland pulsó con el ratón en cada uno de los listados, uno a uno, y examinó las fotos. Ninguna se parecía ni por asomo a los fósiles del meteorito de la plataforma Milne. Frunció el ceño.

–Intentaremos otra cosa –dijo, borrando la palabra «fósil» de la ventana de búsqueda y pulsando «buscar»–. Buscaremos entre todas las especies vivas. Quizá podamos encontrar un descendiente vivo que posea algunas de las características fisiológicas del fósil de nuestro meteorito.

La pantalla se actualizó.

De nuevo frunció el ceño. El ordenador le había devuelto cientos de entradas. Se quedó sentado durante un instante, acariciándose la barbilla, que ya mostraba la primera sombra de barba.

–Esto es demasiado. Redefiniremos la búsqueda.

Rachel vio cómo Tolland accedía a un menú desplegable titulado «hábitat». La lista de opciones parecía infinita: pozo de marea, pantano, lago, arrecife, cordillera central oceánica, troneras de sulfuro... Fue descendiendo con el cursor por la lista y escogió una opción que rezaba: MÁRGENES DESTRUCTIVOS/FOSAS OCEÁNICAS.

«Muy listo», pensó Rachel. Tolland estaba limitando la búsqueda únicamente a especies que vivían cerca del entorno donde hipotéticamente esas figuras de apariencia semejante a los cóndrulos se formaban.

La página volvió a actualizarse. Esta vez Tolland sonrió.

–Genial. Sólo tres entradas.

Rachel entrecerró los ojos para ver el primer nombre de la lista. *Limulus poly...* algo.

El oceanógrafo pulsó la entrada con el ratón. Apareció una foto; la criatura parecía un cangrejo herradura de grandes dimensiones sin cola.

–No –dijo Tolland, volviendo a la página anterior.

Rachel miró el segundo elemento de la lista. *Shrimpus Uglius From Hellus*[1]. Se quedó confundida.

¿De verdad ese nombre es auténtico?

Tolland se rió por lo bajo.

–No. Es una nueva especie que todavía no se ha clasificado. El

---

[1]. En castellano, la traducción sería: Gambus Feus del Infiernus. *(N. del T.)*

tipo que la descubrió tiene un gran sentido del humor. Sugiere convertir *Shrimpus Uglius* en la clasificación taxonómica oficial —explicó, abriendo la foto y revelando una criatura increíblemente fea parecida a una gamba con bigotes y antenas rosas fluorescentes. —No podía haber escogido un nombre mejor —añadió—. Pero no es nuestro insecto espacial —aseguró, volviendo al índice—. La última oferta es... —pulsó con el ratón la tercera entrada y la página apareció.

—*Bathynomous giganteus...* —leyó en voz alta cuando apareció el texto.

La fotografía se cargó. Era un primer plano a todo color.

Rachel dio un respingo.

—¡Dios mío!

La criatura que la miraba desde la pantalla le dio escalofríos.

Tolland soltó un grave suspiro.

—Vaya, vaya. Este tipo me resulta familiar.

Rachel asintió. Se había quedado sin habla. *Bathynomous giganteus*. La criatura parecía un piojo marino gigante. Era muy similar a la especie de fósil encontrada en la roca de la NASA.

—Hay algunas sutiles diferencias entre ambas —dijo Tolland, examinando la página hasta dar con unos anagramas y bosquejos anatómicos—. Pero es muy parecida. Sobre todo teniendo en cuenta que ha tenido ciento noventa millones de años para evolucionar.

«Parecida es el término correcto —pensó Rachel—. Demasiado parecida.»

Tolland leyó la descripción que aparecía en pantalla.

—«Considerada una de las especies más antiguas del océano, el *Bathynomous giganteus* es una rara especie de reciente clasificación. Se trata de un isópodo basurero de aguas profundas semejante a una gran cochinilla. La especie, que puede llegar a tener una longitud de un metro, exhibe un exoesqueleto quitinoso segmentado en cabeza, tórax y abdomen. Posee apéndices y antenas pareados y ojos compuestos como los de los insectos terrestres. Este forrajeador de las profundidades no tiene depredadores conocidos y vive en entornos pelágicos yermos que hasta ahora se consideraban inhabitables.» —concluyó. Luego levantó la mirada—. ¡Eso explicaría la inexistencia de otros fósiles en la muestra!

Rachel observaba fijamente a la criatura de la pantalla, entusiasmada y a la vez no demasiado segura de comprender del todo lo que aquello significaba.

–Imagine –proclamó Tolland, entusiasmado– que hace ciento noventa millones de años, una nidada de esos *Bathynomous* hubiera quedado enterrada en un desprendimiento de barro de las profundidades oceánicas. A medida que el barro se transforma en roca, los insectos se fosilizan en la piedra. ¡Simultáneamente, el suelo oceánico, que está en continuo movimiento como una lenta cinta transportadora hacia las zanjas oceánicas, lleva los fósiles a una zona de altas presiones donde la roca forma cóndrulos! –Ahora hablaba más deprisa–. Y si una parte de la corteza fosilizada y condrulizada se fragmentara y terminara sobre la cuña de unión de la zanja, cosa harto frecuente, ¡quedaría en una situación perfecta para ser descubierta!

–Pero si la NASA... –tartamudeó Rachel–. Quiero decir que si esto es mentira, la NASA tenía que saber que antes o después alguien se daría cuenta de que el fósil se parece a una criatura marina, ¿no? ¡Sin ir más lejos, nosotros nos hemos dado cuenta!

Tolland empezó a imprimir las fotos del *Bathynomous* en una impresora láser.

–No lo sé. Incluso si alguien se atreviera a señalar las similitudes que existen entre los fósiles y un piojo marino vivo, sus fisiologías no son idénticas. En realidad, el hallazgo casi certifica con aún mayor autoridad la postura de la NASA.

Fue entonces cuando Rachel lo comprendió.

–Panspermia.

«La vida en la Tierra procedente del espacio.»

–Exacto. Las similitudes entre los organismos espaciales y los terrestres tienen un excelente sentido científico. A decir verdad, pienso que este piojo marino no hace más que reforzar la postura de la NASA.

–Salvo en el caso de que la autenticidad del meteorito se ponga en duda.

Tolland asintió.

–En cuanto se ponga en duda el meteorito, todo se derrumbará. Nuestro piojo marino pasa de ser un amigo de la NASA a la pieza clave de la agencia.

Rachel se quedó en silencio mientras las páginas del *Bathynomous* salían de la impresora. Intentaba convencerse de que todo era un error cometido sin mala fe por la NASA, pero sabía que no era así. La gente que cometía errores de buena fe no intentaba matar al prójimo.

La voz nasal de Corky reverberó repentinamente en el laboratorio.

–¡Imposible!

Tolland y Rachel se volvieron.

–¡Mida otra vez la maldita proporción! ¡No tiene ningún sentido!

Xavia apareció apresuradamente con una copia impresa en la mano. Tenía las facciones demudadas.

–Mike, no sé cómo decir esto... –empezó, antes de que se le quebrara la voz–. Las proporciones de titanio/zirconio que observamos en esta muestra... –carraspeó–. Es muy obvio que la NASA cometió un inmenso error: su meteorito es una roca oceánica.

Tolland y Rachel se miraron pero ninguno pronunció una sola palabra. Lo sabían. En ese preciso instante, todas las sospechas y las dudas se inflamaron como la cresta de una ola, alcanzando el punto de ruptura.

Tolland asintió con tristeza en los ojos.

–De acuerdo. Gracias, Xavia.

–Pero... no entiendo –dijo la geóloga–. La corteza de fusión... la situación de la roca en el hielo...

–Te lo explicaremos de camino a tierra –la interrumpió Tolland–. Nos vamos.

Rápidamente, Rachel recogió todos los documentos de los que ahora disponían. Las pruebas eran más que elocuentes: la copia impresa del GPR que mostraba el túnel de inserción de la plataforma de hielo Milne; las fotos de un piojo marino vivo parecido al fósil de la NASA; el artículo del doctor Pollock sobre los cóndrulos oceánicos y los datos obtenidos por la microsonda en los que se mostraba el titanio ultrarreducido del meteorito.

La conclusión era innegable.

Fraude.

Tolland miró el montón de papeles que Rachel llevaba en la mano y dejó escapar un melancólico suspiro.

–Bien, yo diría que aquí tiene William Pickering su prueba.

Rachel asintió, de nuevo preguntándose por qué Pickering no había contestado a su llamada.

Tolland levantó el auricular de un teléfono cercano y se lo tendió a Rachel.

–¿Quiere intentar llamarle desde aquí?

–No, pongámonos en marcha. Intentaré localizarle desde el helicóptero.

Rachel ya había decidido que si no podía ponerse en contacto con Pickering, haría que el Guardia de Costas les llevara directamente a la ONR, situada sólo a unas 180 millas de allí.

Tolland iba a colgar el teléfono, pero se detuvo. Con expresión confusa, pegó la oreja al auricular y frunció el ceño.

–Qué raro. No hay tono.

–¿Qué quiere decir? –dijo Rachel, recelosa.

–Extraño –dijo Tolland–. Las líneas directas del COMSAT nunca pierden la conexión...

–¿Señor Tolland?

El piloto de la Guardia de Costas entró corriendo al laboratorio, totalmente pálido.

–¿Qué ocurre? –preguntó Rachel–. ¿Viene alguien?

–Ahí está el problema –dijo el piloto–, no lo sé. El radar y todas las comunicaciones se han desactivado.

Rachel se metió los documentos dentro de la camisa.

–Subamos al helicóptero. Nos vamos. ¡AHORA!

109

A Gabrielle se le aceleró el pulso mientras cruzaba a oscuras el despacho del senador Sexton. La habitación era amplia y elegante: paredes de madera labrada, óleos, alfombras persas, sillas ribeteadas de piel y un inmenso escritorio de caoba. El despacho sólo estaba iluminado por el fantasmagórico resplandor de la pantalla del ordenador de Sexton.

Gabrielle se dirigió hacia el escritorio.

La inclinación por un tipo de «oficina digital» de que hacía gala el senador Sexton alcanzaba proporciones maníacas. Había sustituido la superabundancia de archivadores por la simplicidad compacta y manejable de su ordenador personal, en el que almacenaba enormes cantidades de información: apuntes digitalizados de reuniones, artículos escaneados, discursos, sesiones de *brainstorming*. El ordenador de Sexton era su territorio sagrado, y mantenía su despacho cerrado bajo llave a todas horas para protegerlo. Incluso se había negado a conectarse a internet por miedo a que los piratas informáticos se infiltraran en su bóveda digital sagrada.

Un año antes, Gabrielle jamás habría creído que un político fuera lo bastante estúpido para almacenar copias de documentos autoincriminatorios, pero Washington le había enseñado mucho. «La información es poder.» Gabrielle había aprendido, incrédula, que una práctica común entre los políticos que aceptaban contribuciones más que dudosas para su campaña era conservar las pruebas de esas donaciones: cartas, registros bancarios, recibos o notas, escondidas en algún lugar seguro. Esa táctica de contrachantaje, eufemísticamente conocida en Washington como «seguro siamés», protegía a los candidatos de aquellos donantes que, por la razón que fuera, tuvieran la sensación de que, en cierto modo, su generosidad los autorizaba a ejercer una indebida presión política sobre ellos. Si un contribuyente se volvía demasiado exigente, el candidato podía simplemente mostrar pruebas de su donación ilegal y recordarle que ambas partes habían incumplido la ley. La prueba aseguraba que candidatos y donantes estaban estrechamente unidos para siempre, como dos siameses.

Gabrielle se deslizó tras el escritorio del senador y tomó asiento. Soltó un profundo suspiro al mirar el ordenador de Sexton. «Si el senador está aceptando sobornos de la FFE, cualquier prueba existente estará aquí dentro.»

El salvapantallas del ordenador de Sexton era un constante desfile de fotografías de la Casa Blanca y de sus jardines, creado para él por uno de los miembros más entusiastas de su equipo, muy metido en temas de visualización y pensamiento positivo. Alrededor de las imágenes circulaba un titular sobre una estrecha franja de papel que rezaba así: «Sedgewick Sexton, presidente de Estados Unidos... Sedgewick Sexton, presidente de Estados Unidos... Sedgewick Sexton...».

Gabrielle pulsó el ratón y un cuadro de diálogo de seguridad apareció en pantalla.

INTRODUZCA CONTRASEÑA

Había esperado algo así. No supondría ningún problema, la semana anterior, había entrado en el despacho de Sexton justo en el preciso instante en que el senador estaba sentado y acababa de encender el ordenador. Le vio teclear tres veces en rápida sucesión.

–¿Y a eso le llama usted contraseña? –le retó desde el umbral al entrar.

Sexton levantó la mirada.

–¿Qué?

–Y yo que creía que le preocupaba la seguridad –le reprendió de buen talante–. ¿Su contraseña tiene sólo tres letras? Creía que los de tecnología nos habían dicho que utilizáramos al menos seis.

–Los de tecnología son unos pardillos. Deberían intentar recordar seis letras al azar después de haber cumplido los cuarenta. Además, la puerta dispone de alarma. Nadie puede entrar.

Gabrielle fue hacia él, sonriente.

–¿Y si alguien se colara en su despacho mientras está en el baño?

–¿E intentara todas las combinaciones de contraseñas posibles? –El senador soltó una carcajada escéptica–. Soy lento en el cuarto de baño, pero no tanto.

–Le apuesto una cena en Davide a que puedo descubrir su contraseña en diez segundos.

Sexton pareció intrigado y divertido.

–Usted no puede permitirse una cena en Davide, Gabrielle.

–¿Está diciendo que rechaza la apuesta?

Sexton parecía casi apenado por ella cuando aceptó la apuesta.

–¿Diez segundos? –preguntó, desconectándose e indicándole a Gabrielle que se sentara a intentarlo–. Ya sabe que en Davide sólo pido *saltimbocca*. Y que no es nada barato.

Gabrielle tomó asiento y se encogió de hombros.

–Es su dinero.

INTRODUZCA CONTRASEÑA

–Diez segundos –le recordó Sexton.

Gabrielle no pudo contener la risa. Sólo necesitaría dos. Incluso desde la puerta podía ver que Sexton había introducido su clave de tres letras en muy rápida sucesión utilizando sólo su dedo índice. «Obviamente las tres letras son la misma tecla. Qué poco inteligente.» También había observado que la mano del senador estaba posicionada sobre el extremo izquierdo del teclado, reduciendo el posible alfabeto a unas nueve letras. Elegir la letra era una tarea fácil. A Sexton siempre le había encantado la triple aliteración de su título. Senador Sedgewick Sexton.

«Nunca subestimes el ego de un político.»

Gabrielle tecleó «SSS» y el salvapantallas se evaporó.

Sexton no podía creerlo.

De eso hacía una semana. Ahora, al volvérselas a ver cara a cara con el ordenador de Sexton, estaba segura de que el senador no se habría molestado en introducir una nueva contraseña. «¿Por qué iba a hacerlo? Confía totalmente en mí.»

Tecleó «SSS».

CONTRASEÑA NO VÁLIDA – ACCESO DENEGADO

Se quedó con la mirada clavada en la pantalla, conmocionada.

Al parecer había sobreestimado el nivel de confianza del senador.

110

El ataque se produjo sin previo aviso. A baja altura, descendiendo en dirección sudoeste sobre el *Goya*, la silueta letal de un helicóptero de combate se abatió como una avispa gigante. Rachel no tuvo ninguna duda de lo que era ni de por qué estaba allí.

En la oscuridad, un estallido entrecortado procedente del morro del helicóptero envió una ráfaga de balas sobre la cubierta de fibra de vidrio del *Goya*, trazando una línea que cruzó toda la popa. Rachel intentó ponerse a cubierto demasiado tarde y sintió que el lacerante zarpazo de una bala le raspaba el brazo. Cayó con fuerza al suelo y a continuación rodó, intentando protegerse como pudo detrás de la bulbosa cúpula transparente del submarino Tritón.

Un tronar de rotores estalló sobre sus cabezas cuando el helicóptero viró en picado, alejándose del barco. El ruido se evaporó con un escalofriante siseo a medida que el aparato salía disparado sobre el océano e iniciaba una amplia maniobra de viraje, preparándose para una segunda batida.

Temblorosa, tumbada sobre cubierta, Rachel estiró el brazo y volvió la vista hacia Tolland y Corky. Aparentemente, ambos se habían lanzado tras una estructura de almacenaje en busca de protección y ahora intentaban ponerse en pie mientras sus aterrados ojos escrutaban el cielo. Rachel se arrodilló. De pronto, el mundo entero parecía moverse en cámara lenta.

Presa del pánico y agazapada tras la curvatura transparente del submarino Tritón, miró hacia su única vía de escape: el helicóptero de la Guardia de Costas. Xavia ya estaba subiendo a la cabina del aparato, gesticulando frenética en un intento por indicarles que subieran a bordo. Rachel vio cómo el piloto se lanzaba a la cabina y empezaba a manipular palancas y a activar interruptores enloquecidamente. Las aspas del helicóptero empezaron a girar... muy despacio.

Demasiado despacio.

«¡Deprisa!»

Rachel sintió que se ponía en pie y que estaba a punto de echar a correr, mientras se preguntaba si podría cruzar la cubierta antes de que los atacantes hicieran otra batida. Oyó a Corky y a Tolland corriendo hacia ella a sus espaldas de camino al helicóptero, que seguía esperándoles.

«¡Sí! ¡Deprisa!»

Entonces lo vio.

Desde el cielo, a unos cien metros del barco, materializándose en el oscuro vacío, un rayo fino como un lápiz de luz roja cayó sobre la noche, buscando la cubierta del *Goya*. En cuanto encontró su objetivo, el rayo se detuvo junto a uno de los lados del helicóptero de la Guardia de Costas.

La imagen tardó sólo un instante en quedar registrada. En ese espantoso instante, Rachel sintió que toda la acción que tenía lugar en la cubierta del *Goya* se difuminaba formando un collage de formas y sonidos: Tolland y Corky corriendo hacia ella, Xavia gesticulando enloquecidamente en el interior del helicóptero, el rígido láser rojo rasgando el cielo de la noche.

Era demasiado tarde.

Rachel se giró hacia Corky y Tolland, que ahora corrían a toda velocidad hacia el helicóptero. Se lanzó entonces hacia delante para cortarles el paso, con los brazos extendidos en un intento por detenerlos. La colisión produjo el mismo efecto que el descarrilamiento de un tren y los tres cayeron contra la cubierta en una maraña de brazos y piernas.

A lo lejos apareció un destello de luz blanca. Rachel vio, sin apenas dar crédito y presa del horror, cómo una línea absolutamente recta de fuego de combate seguía la trayectoria del rayo láser directamente hacia el helicóptero.

Cuando el misil Hellfire se estrelló contra el fuselaje, el helicóptero estalló en pedazos como un juguete. La ola de calor y ruido producto del impacto retumbó sobre cubierta, acompañada de una lluvia de metralla en llamas. El esqueleto incendiado del helicóptero se inclinó hacia atrás sobre la cola deshecha, vaciló un instante y luego cayó por la parte trasera del barco, estrellándose contra el océano envuelto en una siseante nube de vapor.

Rachel cerró los ojos, incapaz de respirar. Podía oír cómo los restos en llamas del aparato gorjeaban y balbuceaban al hundirse, arrastrados lejos del *Goya* por las fuertes corrientes. En medio de aquel caos, oyó gritar a Tolland. Sintió cómo las fuertes manos del oceanógrafo intentaban tirar de ella hacia el suelo. Pero no pudo moverse.

«El piloto de la Guardia de Costas y Xavia están muertos.»

«Nosotros somos los siguientes.»

III

La tempestad había amainado por fin en la plataforma de hielo Milne, y el habisferio estaba en calma. Sin embargo, Lawrence Ekstrom ni siquiera había intentado conciliar el sueño. Había pasado las horas solo, recorriendo la cúpula, mirando el interior del pozo de extracción y pasando las manos por las estrías de la gigantesca roca chamuscada.

Por fin, se decidió.

Ahora estaba sentado frente al videófono en el tanque CSP y miraba a los cansados ojos del presidente de Estados Unidos. Zach Herney llevaba puesto un albornoz y no parecía en absoluto contento. Ekstrom sabía que lo estaría muchísimo menos en cuanto oyera lo que tenía que contarle.

Cuando Ekstrom terminó de hablar, el rostro de Herney mostraba una expresión incómoda, como si pensara que todavía estaba demasiado dormido para haberle comprendido correctamente.

—Un momento —dijo Herney—. Debe de haber habido un fallo en la conexión. ¿Acaba usted de decirme que la NASA interceptó las coordenadas de ese meteorito de una transmisión radiofónica de emergencia... y que luego fingió que el EDOP había descubierto el meteorito?

Solo en la oscuridad, deseando que su cuerpo despertara de aquella pesadilla, Ekstrom guardó silencio.

Evidentemente, el silencio no era la respuesta que esperaba el presidente.

—Por el amor de Dios, Larry. Dígame que esto no es verdad.

A Ekstrom se le secó la boca.

—El meteorito fue descubierto, presidente. Eso es lo único que importa.

—¡Le he dicho que me diga que esto no es verdad!

El susurro fue conviniéndose en un rugido apagado en los oídos de Ekstrom. «Tenía que decírselo —se dijo el director—. Las cosas van a empeorar mucho antes de poder solucionarse.»

–Señor, el error sufrido por el EDOP le estaba hundiendo en los sondeos de intención de voto. Cuando interceptamos una transmisión radiofónica que mencionaba un gran meteorito alojado en el hielo, vimos la oportunidad de recuperar el terreno perdido.

Herney parecía atónito.

–¿Fingiendo un descubrimiento del EDOP?

–El EDOP iba a volver a funcionar a pleno rendimiento muy pronto, pero no lo suficiente para llegar a tiempo para las elecciones. Los sondeos se nos estaban yendo de las manos, y Sexton no hacía más que machacar a la NASA, así que...

–¿Es que ha perdido usted el juicio? ¡Me mintió, Larry!

–Teníamos la oportunidad al alcance de la mano, señor. Decidí aprovecharla. Interceptamos la transmisión radiofónica del geólogo que hizo el descubrimiento del meteorito y que murió en el curso de una tormenta. Nadie más estaba al corriente de la presencia del meteorito. El EDOP estaba orbitando en la zona. La NASA necesitaba una victoria. Teníamos las coordenadas.

–Y ¿por qué me cuenta esto ahora?

–Porque he creído que debía saberlo.

–¿Sabe usted lo que Sexton haría con esta información si llegara a enterarse?

Ekstrom prefirió no pensarlo.

–¡Le diría al mundo que la NASA y la Casa Blanca han mentido al pueblo norteamericano! Y ¿sabe una cosa?, tendría razón.

–Usted no ha mentido, señor. He sido yo. Y no dudaré en renunciar a mi cargo si...

–Larry, no se da cuenta de la gravedad del asunto. ¡He intentado gobernar manteniéndome fiel a la verdad y a la decencia! ¡Maldita sea! Lo de esta noche estaba limpio. Era algo digno. ¿Y ahora descubro que le he mentido al mundo?

–Es sólo una pequeña mentira, señor.

–No existe tal cosa, Larry –dijo Herney, echando humo.

Ekstrom sentía que la diminuta habitación lo aplastaba. Tenía mucho más que contarle al presidente, pero comprendió que tendría que esperar hasta la mañana siguiente.

–Siento haberle despertado, señor. Simplemente he pensado que debía saberlo.

En el otro extremo de la ciudad, y en el mismo momento en que Herney descubría el fiasco del que había sido partícipe sin saberlo, el senador Sedgewick Sexton tomaba otro sorbo de coñac mientras deambulaba por su apartamento con creciente irritación.

«¿Dónde demonios estará Gabrielle?»

112

Gabrielle Ashe siguió sentada frente al escritorio del senador Sexton y le dedicó una descorazonada mirada burlona al ordenador.

CONTRASEÑA NO VÁLIDA – ACCESO DENEGADO

Había intentado unas cuantas contraseñas que le parecieron posibles, pero ninguna de ellas había funcionado. Tras registrar el despacho en busca de cajones abiertos o de alguna otra pista, se había dado por vencida. Estaba a punto de marcharse cuando vio algo extraño que brillaba en el calendario que estaba sobre el escritorio de Sexton. Alguien había subrayado la fecha de las elecciones con tinta fluorescente de color rojo, azul y blanco. Sin duda no había sido el senador. Gabrielle se inclinó sobre el calendario. Encima de la fecha se leía una recargada y relumbrante exclamación: ¡POTUS!

Aparentemente, la entusiasta secretaria de Sexton había pintado con colores brillantes una leve muestra de pensamiento positivo para el senador de cara al día de las elecciones. Las siglas POTUS eran el código empleado por el Servicio Secreto para referirse al presidente de la nación. Si todo salía bien, el día de las elecciones, Sexton se convertiría en el nuevo POTUS[1].

Dispuesta ya a marcharse, Gabrielle volvió a poner el calendario en su sitio sobre el escritorio y se levantó. De pronto se detuvo, y volvió a mirar la pantalla del ordenador.

INTRODUZCA CONTRASEÑA

Volvió a mirar el calendario.

POTUS

---

1. Siglas de «President Of The United States». *(N. del T.)*

Sintió una repentina oleada de esperanza. Había algo en aquel POTUS que se le antojó como la contraseña perfecta para Sexton. *Simple, positiva y autorreferente.*

Tecleó las letras rápidamente.

POTUS

Contuvo el aliento y pulsó «intro». El ordenador emitió un pitido.

CONTRASEÑA NO VÁLIDA – ACCESO DENEGADO

Desanimada, ahora sí se dio por vencida. Regresó a la puerta del cuarto de baño para salir por donde había entrado. Se encontraba justo en el centro de la habitación cuando sonó el móvil. Estaba muy nerviosa y el sonido del teléfono la sobresaltó. Se detuvo de golpe, cogió el móvil y levantó los ojos para mirar la hora en el preciado reloj Jourdain del abuelo de Sexton. «Son casi las cuatro.» A esa hora, Gabrielle sabía que quien llamaba no podía ser otro que Sexton. Obviamente estaría preguntándose dónde demonios estaba. «¿Lo cojo o dejo que suene?» Si contestaba, tendría que mentir, pero si no lo hacía, Sexton empezaría a sospechar.

Contestó.

—¿Hola?

—¿Gabrielle? —Sexton sonaba impaciente—. ¿Qué es lo que la retiene?

—El monumento a FDR —dijo Gabrielle—. He estado atascada aquí con el taxi y ahora estamos en...

—Pues por cómo suena, no parece estar en un taxi.

—No —dijo Gabrielle, que ahora notaba cómo se le aceleraba el pulso—. No estoy en el taxi. Decidí pasar por mi despacho y coger algunos documentos de la NASA que pueden resultar relevantes para el EDOP. Pero no doy con ellos.

—Bueno, dese prisa. Quiero convocar una rueda de prensa para esta mañana y tenemos que concretar los detalles.

—No tardaré —dijo Gabrielle.

Se produjo una pausa en la línea.

—¿Está usted en su despacho? —preguntó el senador, que de pronto parecía confundido.

–Sí. Diez minutos más y estaré de camino.

Otra pausa.

–Muy bien. La veo luego.

Gabrielle colgó, demasiado preocupada para percibir el fuerte y claro triple tictac del valioso reloj del abuelo del senador, situado a tan sólo unos metros de ella.

113

Michael Tolland no se dio cuenta de que Rachel estaba herida hasta que vio sangre en su brazo cuando tiró de ella para ponerla a salvo detrás del Tritón. A juzgar por la expresión de su rostro, Tolland percibió que Rachel no sentía ningún dolor. La sujetó bien y giró sobre sus talones en busca de Corky. Éste cruzó como pudo la cubierta para reunirse con ellos con la mirada perdida de terror.

«Tenemos que encontrar algún sitio donde ponernos a salvo», pensó Tolland, que todavía no había sido capaz de asimilar en su totalidad el horror por lo que acababa de ocurrir. Instintivamente, sus ojos se elevaron rápidamente por los diferentes niveles de cubiertas que tenían encima. Las escaleras que llevaban al puente estaban al descubierto y el propio puente era una caja de cristal: un ojo de buey transparente desde el cielo. Refugiarse en él sería un suicidio, así que sólo quedaba una alternativa.

Durante un fugaz instante, Tolland lanzó una esperanzada mirada al Tritón, preguntándose si podrían sumergirse los tres en el agua y alejarse de las balas.

«Qué absurdo.» En el Tritón sólo cabía una persona, y la operación para hacer pasar el sumergible por la trampilla de cubierta para depositarlo en la superficie del océano, situada a unos quince metros por debajo, tardaba más de diez minutos. Además, sin los compresores y las baterías adecuadamente recargadas era inoperativo.

—¡Vuelven a atacar! —gritó Corky con un grito de miedo, señalando al cielo.

Tolland ni siquiera levantó la mirada. Señaló un mamparo cercano, donde una rampa de aluminio descendía entre las diferentes cubiertas. Corky no necesitó que se lo indicaran dos veces. Bajó la cabeza, salió disparado hacia la abertura y desapareció por la rampa. Tolland rodeó con brazo firme la cintura de Rachel y le siguió. Los dos desaparecieron hacia la cubierta inferior justo en el preciso instante en que el helicóptero regresaba, rociando de balas la cubierta superior.

Tolland ayudó a Rachel a bajar la rampa de rejilla hasta alcanzar la plataforma suspendida del fondo del barco. En cuanto llegaron, notó que el cuerpo de Rachel se tensaba de repente. Giró sobre sus talones, temiendo que quizá hubiera sido alcanzada por alguna bala rebotada.

Cuando le vio la cara, se dio cuenta de que se trataba de algo muy distinto. Siguió su petrificada mirada hacia abajo e inmediatamente comprendió.

Rachel se había quedado inmóvil. Sus piernas se negaban a moverse. Tenía la mirada clavada en el extraño mundo que se abría a sus pies.

Debido a su diseño SWATH, el *Goya* carecía de casco. En vez de eso, flotaba sobre unas quillas como un catamarán gigantesco. Acababan de bajar desde cubierta a una pasarela de rejilla suspendida sobre un abismo, separada del mar embravecido por unos nueve metros de vacío. El ruido producido por los embates del mar era ensordecedor. El terror de Rachel se veía además incrementado por el hecho de que los focos submarinos del barco estaban encendidos y proyectaban un resplandor verdoso hacia las profundidades del océano, justo debajo de ella. Rachel estaba mirando seis o siete fantasmagóricas siluetas que se movían en el agua: enormes tiburones martillo cuyas largas sombras nadaban sin apenas desplazarse contra la corriente... unos cuerpos elásticos que no dejaban de flexionarse a derecha e izquierda.

Oyó la voz de Tolland al oído.

—Rachel, no pasa nada. Mire al frente; estoy aquí, detrás de usted.

Las manos de Tolland la guiaban desde atrás, intentando arrancar con suavidad sus puños de la barandilla. Fue entonces cuando vio cómo la gota de color carmesí le rodaba por el brazo para caer luego al agua por entre el enrejado de la pasarela. Sus ojos siguieron la gota y su trayectoria al caer al mar. A pesar de que no llegó a verla tocar el agua, supo el instante en que ocurrió porque todos los tiburones martillo giraron al unísono, agitando sus poderosas colas y chocando entre sí en un enloquecido frenesí de colmillos y aletas.

«Lóbulos olfativos teleencefálicos desarrollados.»

«Huelen la sangre a un kilómetro y medio de distancia.»

–¡Mire al frente! –repitió Tolland con voz contundente y tranquilizadora–. Estoy aquí, detrás de usted.

Rachel sintió las manos de él sobre sus caderas, empujándola hacia delante. Ignorando el vacío que se abría bajo sus pies avanzó por la pasarela. En algún lugar por encima de ella volvió a oír los rotores del helicóptero. Corky ya estaba a buena distancia por delante de ellos, tambaleándose sobre la pasarela presa del pánico.

–¡Sigue hasta el puntal del fondo, Corky! ¡Baja la escalera! –le gritó Tolland.

Rachel pudo ver entonces adónde se dirigían. Por delante de ellos descendían unas rampas muy pronunciadas. A nivel del agua había una cubierta con forma de concha. Junto a ésta, se encontraban varios muelles pequeños flotantes que creaban una especie de puerto en miniatura bajo el barco. Un gran cartel rezaba:

ZONA DE BUCEO
Los nadadores pueden emerger sin previo aviso
Las embarcaciones deben proceder con cautela

A Rachel sólo le quedaba asumir que Michael no tenía en mente escaparse a nado. Se inquietó aún más cuando él se detuvo ante una hilera de taquillas de almacenamiento de tela metálica que flanqueaban la pasarela, abrió de un tirón las puertas y dejó a la vista unos trajes de buzo, esnorkels, aletas, chalecos salvavidas y arpones. Antes de que Rachel pudiera protestar, Tolland metió la mano dentro de una de las taquillas y sacó un lanzabengalas.

–Vamos.

Por delante de ellos, Corky había llegado a las rampas y había bajado a mitad de camino.

–¡Ya lo veo! –gritó.

Su voz sonó casi jubilosa sobre el agua enfurecida.

«¿Qué es lo que ha visto?», se preguntó Rachel mientras Corky bajaba corriendo. Lo único que ella alcanzó a ver fue un océano infestado de tiburones chapoteando peligrosamente cerca. Tolland la empujó hacia delante y de repente pudo ver lo que tanto había entusiasmado a Corky. En el extremo más alejado de la cubierta que tenían debajo, había amarrada una pequeña lancha motora. Corky corría ya hacia ella.

Rachel clavó los ojos en la pequeña embarcación. «¿Escapar de un helicóptero en una lancha?»

–Dispone de radio –dijo Tolland–. Y si conseguimos alejarnos lo suficiente del bloqueo del helicóptero...

Rachel no oyó una sola palabra más de lo que Tolland le decía. Acababa de vislumbrar algo que le había helado la sangre.

–Demasiado tarde –dijo con voz ronca, extendiendo un dedo tembloroso–. Estamos perdidos...

Cuando Tolland se giró, sólo necesitó de un instante para saber que todo había terminado.

En el extremo más alejado del barco, como un dragón vigilando la boca de una cueva, el helicóptero negro había descendido a muy baja altura y ahora los observaba. Durante un instante, creyó que iba a volar directamente hacia ellos por el centro del barco. Pero estaba apuntándoles.

Tolland siguió con la mirada los movimientos de las ametralladoras. «¡No!»

Agazapado junto a la lancha, desatando ya las amarras, Corky levantó la mirada justo cuando las ametralladoras soltaron una andanada atronadora. Corky se tiró al suelo. En un arranque de desenfreno, subió como pudo a bordo y se ocultó en la motora, tirándose al suelo en un intento por ponerse a salvo. Las ametralladoras dejaron de disparar. Tolland pudo verle arrastrándose dentro de la lancha. Tenía el pie derecho cubierto de sangre. Agachado junto al tablero de mandos, levantó la mano y, a tientas, fue manipulando los controles hasta que sus dedos encontraron la llave. El motor Mercury de 250 caballos se encendió con un rugido.

Un instante después apareció un rayo láser rojo desde el morro del amenazador helicóptero, que apuntó a la lancha con uno de sus misiles.

Tolland reaccionó por puro instinto y utilizó la única arma que tenía.

El lanzabengalas siseó en su mano cuando apretó el gatillo y un haz cegador salió disparado trazando una trayectoria horizontal bajo el barco, directamente hacia el helicóptero. Aun así, Tolland tuvo la sensación de haber actuado demasiado tarde. Cuando la bengala fue a estrellarse contra el parabrisas del helicóptero, el lanzamisiles situado bajo el fuselaje del aparato emitió su propio destello de luz. Exactamente en el mismo instante en que el misil salía despedido del aparato, éste viró bruscamente y se elevó hasta perderse de vista en un intento por sortear la bengala.

–¡Cuidado! –gritó Tolland, empujando a Rachel y tirándola sobre la pasarela.

El misil no alcanzó su objetivo. Pasó rozando a Corky, y fue a estrellarse contra la base del puntal situado nueve metros por debajo de Rachel y de Tolland.

El ruido fue apocalíptico. El agua y las llamas erupcionaron más abajo. Pequeños fragmentos de metal retorcido salieron volando por los aires, repartiéndose por la pasarela desde abajo. Se oyó golpear el metal contra el metal mientras el barco se desplazaba hasta encontrar un nuevo equilibrio y quedar ligeramente escorado.

A medida que el humo iba desapareciendo, Tolland pudo ver que uno de los puntales principales del *Goya* había quedado gravemente dañado. Las fuertes corrientes se abrían paso por el pontón, amenazando con partirlo. La escalera de caracol que descendía hasta la cubierta inferior parecía colgar de un hilo.

–¡Vamos! –gritó, empujando a Rachel hacia la escalera–. ¡Tenemos que bajar!

Pero ya era demasiado tarde. Con un crujido derrotado, la escalera se desgajó del puntal dañado y se hundió en el mar.

Delta-Uno forcejeó con los mandos del Kiowa y volvió a recuperar el control. Momentáneamente cegado por la bengala, había elevado el aparato en un acto reflejo, provocando que el misil Hellfire errara su objetivo. Suspendió el aparato sobre la proa del barco entre maldiciones y se preparó para volver a descender y rematar la faena.

«Eliminen a todos los pasajeros.» Las exigencias del controlador habían sido claras.

–¡Mierda! ¡Mira! –gritó Delta-Dos desde el asiento trasero, señalando por la ventana–. ¡Una lancha!

Delta-Uno hizo virar el Kiowa y vio una Crestliner tatuada de agujeros de bala alejándose del *Goya* y sumergiéndose en la oscuridad.

Tenía que tomar una decisión.

114

Las manos ensangrentadas de Corky se aferraban a la rueda de la Crestliner Phantom 2100 mientras ésta avanzaba botando sobre el mar. Aceleró a fondo, intentando alcanzar la velocidad máxima. Fue entonces cuando sintió el dolor abrasador. Bajó la mirada y vio la sangre que manaba de su pierna derecha. Inmediatamente se mareó.

Apoyándose contra la rueda, se volvió para mirar al *Goya*, apremiando al helicóptero a que fuera tras él. Con Tolland y Rachel atrapados en la pasarela, Corky no había podido esperarlos. Se había visto obligado a tomar una decisión precipitada.

«Divide y vencerás.»

Corky sabía que si lograba alejar al helicóptero lo suficiente del *Goya*, quizá Tolland y Rachel podrían pedir ayuda por radio. Desgraciadamente, al mirar por encima del hombro al barco iluminado, vio que el helicóptero seguía suspendido sobre él, aparentemente indeciso.

«¡Vamos, cabrones! ¡Seguidme!»

Pero el helicóptero no le siguió. En vez de eso, viró sobre la proa del *Goya*, se alineó y descendió, aterrizando en cubierta. «¡No!» Corky lo observó horrorizado, dándose cuenta de que había abandonado a Tolland y a Rachel a una muerte segura.

Consciente de que le correspondía a él pedir ayuda por radio, toqueteó el salpicadero y encontró la radio. Activó el interruptor. No ocurrió nada. No se encendió ni una luz. No se oyó una sola interferencia. Giró el botón del volumen al máximo. Nada. «¡Vamos!» Soltó la rueda y se agachó. Concentró la mirada en la radio. No pudo creer lo que vio. El salpicadero había sido alcanzado por las balas y el dial de la radio había quedado hecho añicos. De la parte delantera colgaban algunos cables sueltos. Siguió mirando fijamente, incrédulo...

«Maldita sea mi suerte...»

Con las rodillas temblándole, volvió a levantarse, preguntándose cuántas más desgracias podían ocurrir. Cuando volvió a mirar al *Goya*, tuvo la respuesta. Dos soldados armados saltaron del helicóptero a cubierta. Luego el helicóptero volvió a elevarse, girando sobre el barco y yendo tras él a toda velocidad.

Entonces Corky se derrumbó. «Divide y vencerás.» Al parecer, no era el único que había tenido esa brillante idea esa noche.

Mientras Delta-Tres cruzaba la cubierta y se aproximaba a la rampa de rejilla que llevaba a los niveles inferiores, oyó a una mujer chillar algo por debajo de él. Se giró y le hizo un gesto a Delta-Dos, indicándole que bajaba al nivel inferior para ver de qué se trataba. Su compañero asintió, quedándose detrás para cubrir el nivel superior. Los dos hombres podían seguir en contacto mendiante el CrypTalk; el sistema de bloqueo del Kiowa dejaba una frecuencia abierta para sus propias comunicaciones.

Delta-Tres avanzó silenciosamente con su ametralladora hacia la rampa que llevaba al nivel inferior. Con la destreza de un experto asesino, empezó a descender sin dejar de apuntar con el arma.

La inclinación de la rampa ofrecía una visibilidad limitada, y Delta-Tres se agachó bien para obtener una mejor visión. Ahora podía oír los gritos con mayor claridad. Siguió bajando. En mitad de los escalones pudo distinguir el retorcido amasijo de pasarelas anexas a la parte inferior del *Goya*. Los gritos se oían ahora con mayor claridad.

Entonces la vio. A medio camino de la pasarela transversal, Rachel Sexton miraba por encima de una barandilla sin dejar de gritar hacia el agua, llamando desesperadamente a Michael Tolland.

¿Habría caído éste al agua? ¿Quizá durante el bombardeo?

De ser así, el trabajo de Delta-Tres sería aún más fácil de lo esperado. Sólo necesitaba bajar un par de metros más para disponer de un buen ángulo de tiro. Era pan comido. Su única preocupación, aunque vaga, era que Rachel estuviera junto a una taquilla abierta de almacenamiento de equipos, lo que se traducía en que podía tener un arma (un arpón o un fusil antitiburones), aunque ninguna que pudiera medirse con su ametralladora. Seguro de la situación, siguió con el arma en ristre y bajó un poco más. Rachel Sexton ya estaba casi a tiro. Delta-Tres levantó el arma.

«Un paso más.»

Algo se agitó bruscamente a sus pies, bajo las escaleras. Delta-Tres se vio más confundido que asustado cuando bajó la mirada y pudo ver a Michael Tolland lanzando una pértiga de aluminio hacia sus pies. Aunque en aquel momento fue consciente de que había caído en una trampa, a punto estuvo de echarse a reír ante aquel pobre intento de ponerle la zancadilla.

Entonces sintió que la punta del palo penetraba en su talón. Una ráfaga de dolor intenso le recorrió el cuerpo al sentir un impacto fatal en el pie derecho. En cuanto perdió el equilibrio, Delta-Tres sufrió una sacudida y cayó escalera abajo. La ametralladora fue rebotando por la rampa y resbaló por la borda mientras él se derrumbaba sobre la pasarela. Angustiado, se hizo un ovillo e intentó cogerse el pie derecho, que había desaparecido.

Tolland se abalanzó de inmediato sobre su atacante, todavía con el humeante bastón en la mano: un dispositivo de control de tiburones por descarga eléctrica. La pértiga de aluminio tenía en la punta un proyectil armado del calibre doce, sensible a la presión e ideado para defenderse en el caso de sufrir el ataque de un tiburón. Había vuelto a cargar la pértiga con otro proyectil y sostenía la humeante punta contra la nuez de la garganta de su atacante. El hombre estaba tumbado de espaldas, como paralizado, mirando a Tolland con una expresión de perpleja rabia y agonía.

Rachel se acercó corriendo por la pasarela. El plan era que ella le cogiera la ametralladora al tipo, pero desgraciadamente el arma había caído al océano por el borde de la pasarela.

El dispositivo de comunicaciones que el hombre llevaba sujeto a la cintura crepitó. De él surgió una voz robótica.

—¿Delta-Tres? Adelante. He oído un disparo.

El hombre no hizo el menor ademán de contestar.

El dispositivo volvió a crepitar.

—¿Delta-Tres? Confirma. ¿Necesitas ayuda?

Casi de inmediato, una nueva voz crepitó en la línea. Esta también era una voz robótica, aunque distinta por el sonido de un helicóptero que rugía al fondo.

—Aquí Delta-Uno —dijo el piloto—. Voy tras la lancha que acaba de huir. Delta-Tres, confirmación requerida. ¿Estás abajo? ¿Necesitas ayuda?

Tolland presionó con el extremo de la pértiga la garganta del hombre.

—Diga al helicóptero que se aparte de la lancha. Si matan a mi amigo, usted morirá.

El soldado no pudo evitar una mueca de dolor al llevarse el dispositivo de comunicación a los labios. Miró directamente a Tolland mientras pulsaba el botón y hablaba.

—Aquí Delta-Tres. Estoy bien; destruye la embarcación que acaba de huir.

Gabrielle Ashe había vuelto al cuarto de baño privado de Sexton y se preparaba ya para salir trepando de su despacho. La llamada telefónica del senador la había dejado ansiosa. Sin duda él había dudado al oírle decir que estaba en su despacho... como si por alguna razón supiera que le estaba mintiendo. En cualquier caso, no había logrado entrar en el ordenador de Sexton y ahora no estaba segura de cuál iba a ser su siguiente movimiento.

«Sexton espera.»

Trepó al lavamanos y, ya estaba a punto de elevarse hasta el techo cuando oyó el tintineo de algo que caía a las baldosas del suelo. Miró abajo, irritada al ver que había tirado un par de gemelos de Sexton que al parecer estaban en el borde del lavamanos.

«Deja las cosas tal como las has encontrado.»

Volvió a bajar, cogió los gemelos del suelo y los dejó de nuevo en el lavamanos. Mientras volvía a trepar, se detuvo y se giró a mirar una vez más los gemelos. En cualquier otra ocasión, los habría ignorado, pero esa noche el monograma de los gemelos le llamó la atención. Como la mayoría de los objetos en los que figuraba el monograma de Sexton, constaban de dos letras entrelazadas. SS. Gabrielle recordó entonces la contraseña inicial del ordenador de Sexton: SSS. Volvió a visualizar el calendario del senador... POTUS... y el salvapantallas con la Casa Blanca y la optimista banda corriendo por la pantalla *ad infinitum*.

«Sedgewick Sexton, presidente de Estados Unidos... Sedgewick Sexton, presidente de Estados Unidos... Sedgewick Sexton...»

Permaneció unos segundos donde estaba y se preguntó si el senador podía llegar a ser tan confiado.

Consciente de que iba a llevarle sólo un instante comprobarlo, regresó al despacho, fue hasta el ordenador y tecleó una contraseña de siete letras: POTUSSS.

El salvapantallas se desvaneció al instante.

Gabrielle clavó los ojos en la pantalla, incrédula.

«Nunca subestimes el ego de un político.»

Corky Marlinson ya no estaba al timón de la Crestliner Phantom mientras ésta avanzaba velozmente en la noche. Sabía que la lancha avanzaría en línea recta con o sin él a la rueda. «El camino de menor resistencia...»

Se encontraba en la popa de la motora, que rebotaba contra la superficie del agua, intentando calibrar el daño que había sufrido en la pierna. Le había entrado una bala por la parte delantera del gemelo. Había salvado la tibia por muy poco. No había herida saliente en la parte posterior del gemelo, de modo que supo enseguida que la bala debía de seguir alojada en la pierna. Buscó a su alrededor algo con lo que detener la sangre, pero no encontró nada: unas cuantas aletas, un esnorkel y un par de chalecos salvavidas. Ni un solo equipo de primeros auxilios. Frenético, abrió un pequeño cajón de material y encontró en él algunas herramientas, trapos, cinta aislante, aceite y otros elementos de mantenimiento. Se miró la pierna ensangrentada y se preguntó cuánto más tendría que alejarse para encontrarse en territorio libre de tiburones.

«Todavía mucho más.»

Delta-Uno mantuvo el Kiowa a baja altura sobre el océano mientras escrutaba la oscuridad en busca de la Crestliner que se había dado a la fuga. Dando por hecho que la motora se dirigiría a tierra para intentar poner la mayor distancia posible con el *Goya*, había seguido su trayectoria original que la alejaba cada vez más del barco.

«Ya tendría que haberle dado alcance.»

En condiciones normales, la lancha a la fuga no supondría mayor dificultad que utilizar el radar, pero con los sistemas de bloqueo del Kiowa transmitiendo un paraguas de ruido térmico en una extensión de varios kilómetros, el radar del helicóptero no servía de nada. Por otro lado, apagar el sistema de bloqueo no era una opción viable hasta que tuviera noticias de que todos los que estaban a bordo del *Goya* habían muerto. Ni una sola llamada de emergencia saldría del *Goya* esa noche.

«El secreto de este meteorito muere aquí mismo. Y ahora mismo.»

Afortunadamente, Delta-Uno contaba con otros medios de comunicación para localizar objetivos. Incluso a pesar de tener que vérselas contra aquel extraño telón de fondo de océano calentado, localizar la huella térmica de una lancha motora era tarea sencilla. Activó el escáner. El océano que lo rodeaba registraba una temperatura de treinta y seis grados centígrados. Afortunadamente, las emisiones de un motor fuera borda de 250 caballos tenían una temperatura superior.

Corky Marlinson había perdido la sensibilidad en la pierna y en el pie.

Lo único que se le había ocurrido había sido limpiarse el gemelo herido con el trapo y recubrir la herida con varias capas de cinta aislante. Cuando se le acabó la cinta, todo el gemelo, desde el tobillo a la rodilla, estaba envuelto en una apretada vaina plateada. La herida había dejado de sangrar, aunque todavía tenía la ropa y las manos cubiertas de sangre.

Sentado en el suelo de la Crestliner en plena huida, Corky se sentía confuso al ver que el helicóptero todavía no había dado con él. Levantó la mirada y escrutó el horizonte a su espalda, esperando ver el distante *Goya* y también el helicóptero aproximándose. Sorprendentemente, no vio ni lo uno ni lo otro. Las luces del *Goya* habían desaparecido. No podía haberse alejado tanto. ¿O sí?

De pronto tuvo la esperanza de que quizá sí lograría escapar. Quizá le hubieran perdido en la oscuridad. ¡Quizá lograra llegar a tierra!

Fue entonces cuando se dio cuenta de que la estela que dejaba el barco no trazaba una línea recta. Parecía curvarse gradualmente desde la parte trasera de la lancha, como si estuviera dibujando un arco en vez de una recta. En cuanto fue consciente de lo que ocurría, Corky volvió confundido la cabeza para seguir el arco que dibujaba la estela, extrapolando una curva gigantesca sobre el océano. Un instante después, lo vio.

El *Goya* estaba situado directamente a babor de la lancha, a menos de un kilómetro de distancia. Aterrorizado, se dio cuenta demasiado tarde del error que había cometido. Sin nadie al timón, la popa del Crestliner no había hecho sino realinearse continuamente, siguiendo la dirección de la fuerte corriente: el flujo circular de agua de la megapluma. «¡Me estoy moviendo en un maldito y enorme círculo!»

Había vuelto sobre sus pasos.

En el mismo instante en que fue consciente de que todavía se encontraba en el interior de la megapluma abarrotada de tiburones, Corky recordó las desalentadoras palabras de Tolland. «Lóbulos olfativos teleencefálicos muy desarrollados... Los tiburones martillo pueden oler una gota de sangre a un kilómetro y medio de distancia.» Se miró la pierna envuelta en cinta aislante y también las manos, ambas ensangrentadas.

El helicóptero no tardaría en alcanzarle.

Corky se arrancó la ropa ensangrentada y avanzó como pudo desnudo hacia popa. Consciente de que ningún tiburón era capaz de nadar a la velocidad del barco, se enjuagó lo mejor que pudo en la fuerte corriente de la estela.

«Una sola gota de sangre...»

Cuando se incorporó, totalmente expuesto a la noche, supo que sólo le quedaba una alternativa. En una ocasión había aprendido que los animales marcaban su territorio con orina porque el ácido úrico era el fluido de olor más potente producido por un ser vivo.

«Más potente que la sangre», o eso esperaba. Al tiempo que lamentaba no haber bebido más cervezas esa noche, tiró de la pierna herida hasta colocarla sobre la borda e intentó orinar sobre la cinta aislante. «¡Vamos! —Esperó—. No hay nada como la presión de tener que mearse encima con un helicóptero persiguiéndote.»

Por fin lo consiguió. Orinó sobre la cinta aislante, empapándola. Utilizó lo poco que le quedaba en la vejiga para empapar un trapo, que a continuación utilizó para frotarse todo el cuerpo. «Qué delicia.»

Sobre su cabeza, en la oscuridad del cielo, apareció un rayo láser rojo que se inclinó hacia él como la cuchilla resplandeciente de una enorme guillotina. El helicóptero, cuyo piloto parecía confundido por el hecho de que Corky hubiera vuelto hacia el *Goya*, apareció desde un ángulo oblicuo.

Corky se puso a toda prisa un chaleco salvavidas de alta flotación y se dirigió hacia la parte posterior de la veloz lancha. En el suelo manchado de sangre, a tan sólo unos metros de donde ahora estaba de pie, apareció un brillante punto rojo.

Había llegado el momento.

A bordo del *Goya*, Michael Tolland no vio cómo su Crestliner Phantom 2100 estallaba en llamas y se elevaba dando volteretas en el aire, envuelta en fuego y humo.

Pero sí oyó la explosión.

117

Normalmente, a esas horas el Ala Oeste estaba tranquila, pero la inesperada aparición del presidente, en albornoz y zapatillas, había sacado a los ayudantes y al personal residente de sus «camas de guardia» y de las áreas de descanso.

–No logro dar con ella, presidente –dijo un joven ayudante, que entró corriendo tras él al Despacho Oval. Había buscado por todas partes–. La señora Tench no contesta al busca ni al móvil.

El presidente parecía exasperado.

–¿Habéis buscado en...?

–Ha salido del edificio, señor –anunció otro ayudante, entrando a toda prisa–. Fichó hace cosa de una hora. Creemos que quizá haya ido a la ONR. Una de las operadoras dice que Pickering y ella han estado hablando esta noche.

–¿William Pickering? –El presidente pareció desconcertado. De Tench y de Pickering podían decirse muchas cosas, excepto que tuvieran algún trato–. ¿Le habéis llamado?

–Tampoco contesta, señor. La centralita de la ONR no da con él. Dicen que el móvil de Pickering ni siquiera suena. Es como si hubiera desaparecido de la faz de la tierra.

Herney clavó la mirada en sus ayudantes durante un instante y a continuación fue hasta el bar y se sirvió un vaso de bourbon. Cuando se llevaba el vaso a los labios, entró corriendo un agente del Servicio Secreto.

–¿Presidente? No pensaba despertarlo, pero debería saber que esta noche han hecho estallar una bomba en un coche junto al monumento a FDR.

–¿Qué? –Herney a punto estuvo de dejar caer el vaso–. ¿Cuándo?

–Hace una hora –anunció el agente con rostro compungido–. El FBI acaba de identificar a la víctima.

118

Delta-Tres soltó un chillido de dolor. Se sintió como flotando entre un cenagoso estado de conciencia. «¿Será esto la muerte?» Intentó moverse pero se sintió paralizado, casi incapaz de respirar. Sólo veía figuras borrosas. Su mente retrocedió, volviendo a revivir la explosión de la Crestliner en el mar, viendo la rabia en los ojos de Michael Tolland, allí de pie sobre él, pegándole el extremo de la pértiga al cuello.

«Sin duda Tolland me ha matado...»

Y, aun así, el espantoso dolor que sentía en el pie le decía que estaba muy vivo. Poco a poco, fue recordándolo todo. Al oír la explosión de la Crestliner, Tolland había soltado un grito de rabia y de angustia por su amigo perdido. Luego, volviendo su desolada mirada hacia él, se había arqueado como preparándose para clavarle la pértiga en la garganta, pero cuando iba a hacerlo pareció vacilar, como si su propia moral se lo impidiera. Presa de una brutal frustración y de la furia, Tolland lanzó el palo a lo lejos y le clavó la bota sobre el pie deshecho.

Lo último que Delta-Tres recordaba era haber vomitado de dolor al tiempo que todo su cuerpo caía en un negro delirio. Ahora estaba volviendo en sí, sin la menor idea de cuánto tiempo llevaba inconsciente. Sintió los brazos atados tras la espalda con un nudo tan fuerte que sólo podía haber sido hecho por un marinero. También tenía las piernas amarradas, dobladas tras él y atadas a las muñecas, dejándolo en un arco inmovilizado hacia atrás. Intentó gritar, pero de su boca no salió un solo sonido. Se la habían llenado con algo.

Delta-Tres no lograba imaginar qué era lo que estaba ocurriendo. Fue entonces cuando sintió una brisa fresca y vio las luces brillantes. Se dio cuenta de que estaba sobre la cubierta principal del *Goya*. Se retorció, intentando buscar ayuda, y se encontró con una visión espantosa: su propio reflejo. Bulboso y deforme en la reflectante burbuja de plexiglás del sumergible de aguas profundas del *Goya*. El sumergible estaba suspendido justo delante de él y fue entonces consciente de que estaba tumbado sobre una trampilla gigantesca enclavada en cubierta, lo cual resultaba mucho menos inquietante que la pregunta más obvia:

«Si yo estoy en cubierta... ¿dónde está entonces Delta-Dos?»

Delta-Dos había empezado a inquietarse.

A pesar de que, en la transmisión del CrypTalk su compañero afirmaba estar bien, el disparo no había sido el de una ametralladora. Obviamente, o Tolland o Rachel Sexton habían disparado un arma. Delta-Dos se desplazó hasta poder echar un vistazo a la rampa por la que había descendido su compañero y vio sangre.

Con el arma al hombro, había descendido a la cubierta inferior, donde había seguido el rastro de sangre por una pasarela que llevaba a la popa del barco. Allí, el rastro le había llevado de nuevo arriba, por otra rampa, hasta la cubierta principal. Estaba desierta. Presa de un creciente recelo, había seguido el largo borrón carmesí por la cubierta lateral hasta la popa del barco, donde pasaba junto a la boca de la rampa original por la que había descendido.

«¿Qué demonios ocurre aquí?» El rastro parecía dibujar un círculo gigante.

Moviéndose con cautela y apuntando con el arma al frente, pasó por delante de la entrada a la sección del barco que albergaba los laboratorios. El rastro seguía hacia la cubierta de proa. Con sumo cuidado, dio un amplio rodeo, doblando la esquina. Su mirada siguió el rastro de la sangre.

Entonces lo vio.

«¡Dios del cielo!»

Delta-Tres estaba allí tumbado, atado y amordazado, tirado de cualquier manera justo delante del pequeño submarino del *Goya*. Incluso desde la distancia, Delta-Dos pudo ver que a su compañero le faltaba una buena porción del pie derecho.

Temiendo estar a punto de caer en alguna trampa, Delta-Dos levantó el arma y se movió hacia delante. Ahora Delta-Tres se retorcía en el suelo, intentando hablar. Por muy irónico que resultara, probablemente la forma en que lo habían atado, con las rodillas fuertemente dobladas a la espalda, le estaba salvando la vida. Daba la sensación de que el pie le sangraba mucho menos.

A medida que Delta-Dos se aproximaba al submarino, disfrutaba del infrecuente lujo de poder ver su propia espalda; toda la cubierta del barco estaba reflejada en la cúpula de la cabina redonda del submarino. Delta-Dos llegó hasta su forcejeante compañero. Vio entonces la advertencia en sus ojos, pero ya era demasiado tarde.

El destello plateado surgió de la nada.

De pronto, una de las pinzas de manipulación del Tritón salió despedida hacia delante y se cerró sobre su muslo izquierdo con una fuerza aplastante. Delta-Dos intentó liberarse, pero la pinza se le hundió aún más en la carne. Gritó de dolor, sintiendo que se le rompía un hueso. Volvió los ojos hacia la cabina del submarino. Entonces lo vio, atisbando entre el reflejo de cubierta, instalado en las sombras del interior del Tritón.

Michael Tolland estaba dentro del submarino, al mando de los controles.

«Qué mala idea», pensó Delta-Dos, hirviendo de rabia y bloqueando el dolor para llevarse la metralleta al hombro. Apuntó hacia arriba y a la izquierda, al pecho de Tolland, ahora a sólo metro y medio de él, sentado al otro lado de la cúpula de plexiglás del submarino. Apretó el gatillo y la ametralladora rugió. Enloquecido de rabia por haberse visto engañado, Delta-Dos siguió apretando el gatillo hasta que el último cartucho cayó sobre cubierta y el arma chasqueó, vacía. Sin aliento, soltó el arma y miró la cúpula con los impactos de bala que tenía delante.

–¡Muerto! –siseó el soldado, luchando por liberar la pierna del abrazo de la pinza. Cuando se retorció, la pinza metálica le cercenó la piel, abriéndole un amplio tajo–. ¡Joder!

Intentó coger el CrypTalk que llevaba en el cinturón, pero cuando se lo llevó a los labios, un segundo brazo robótico se abrió de golpe y se lanzó hacia él, cerrándose alrededor de su brazo derecho. El CrypTalk cayó a cubierta.

Fue entonces cuando Delta-Dos vio al fantasma en la ventana que tenía delante. Un rostro pálido que se inclinó de lado y que asomó por un borde del cristal ileso. Perplejo, Delta-Dos miró al centro de la cúpula y vio entonces que las balas ni siquiera habían podido atravesar la gruesa capa de vidrio. La cúpula estaba tatuada con pequeñas muescas.

Un instante más tarde, se abrió la escotilla superior del sumergible y Michael Tolland salió por él. Parecía tembloroso aunque ileso. Bajó por la rampa de aluminio, saltó a cubierta y echó una mirada a la ventana de la cúpula de su submarino.

–Dos mil quinientos kilos por centímetro cuadrado –dijo–. Yo diría que se necesita un arma más potente.

En el hidrolaboratorio, Rachel sabía que el tiempo apremiaba. Había oído los disparos procedentes de cubierta y rezaba para que todo hubiera salido exactamente como Tolland lo había planeado. Ya no le importaba quién estaba tras el engaño del meteorito: el director de la NASA, Marjorie Tench o el propio presidente; nada de eso importaba ya.

«No se saldrán con la suya. Sea quien sea, la verdad saldrá a la luz.»

La herida del brazo de Rachel había dejado de sangrar y la adrenalina que le recorría el cuerpo había acallado el dolor y le había afilado la concentración. Buscó lápiz y papel y garabateó un mensaje de dos líneas. Sus términos fueron directos y poco frecuentes, no era momento para permitirse muchos lujos. Añadió la nota al montón de documentos incriminatorios que llevaba en la mano: la copia impresa del RPT, imágenes del *Bathynomous giganteus*, fotos y artículos referentes a los cóndrulos oceánicos, una copia impresa del microescáner por electrones. El meteorito era una farsa y ahí estaba la prueba.

Colocó el montón de papeles en el fax del hidrolaboratorio. Sólo tenía memorizados unos pocos teléfonos, de modo que no tenía mucha elección, pero ya había decidido quién iba a recibir esas páginas y su nota. Contuvo el aliento y tecleó cuidadosamente el número de fax de la persona en cuestión.

Pulsó «Enviar», rezando para haber elegido el destinatario adecuado.

La máquina de fax emitió un pitido.

ERROR: NO HAY SEÑAL DE MARCADO

Rachel había esperado algo así. Las comunicaciones del *Goya* seguían bloqueadas. Siguió donde estaba, mirando el fax, esperando que funcionara como el que tenía en casa.

«¡Vamos!»

Cinco segundos más tarde, la máquina volvió a emitir un pitido.

RELLAMANDO

«¡Sí!» Rachel vio cómo la máquina se bloqueaba en un bucle infinito.

ERROR: NO HAY SEÑAL DE MARCADO
RELLAMANDO
ERROR: NO HAY SEÑAL DE MARCADO
RELLAMANDO

Dejó al fax intentando establecer tono de llamada y salió a toda prisa del hidrolaboratorio justo cuando las aspas del helicóptero retumbaban sobre su cabeza.

119

A doscientos cuarenta kilómetros del *Goya*, Gabrielle Ashe tenía la mirada fija en la pantalla del ordenador del senador Sexton, muda de asombro. Sus sospechas no habían hecho sino confirmarse.

Aunque jamás hubiera imaginado hasta qué punto.

Tenía ante sus ojos copias escaneadas de docenas de cheques bancarios que Sexton había recibido de compañías espaciales privadas y que había depositado en cuentas secretas en las islas Caimán. El cheque de menor cantidad que había hallado era por valor de quince mil dólares. Había varios que superaban los quinientos mil.

«Nimiedades –le había dicho Sexton–. Ninguno de los donativos supera los dos mil dólares.»

Sin duda Sexton había estado mintiendo desde el principio. Gabrielle tenía ante sus ojos pruebas concluyentes de una actividad a gran escala de financiación de campaña ilegal. Se vio presa de un fuerte sentimiento de traición y de desilusión. «Me ha mentido.»

Se sentía estúpida. También sucia. Pero sobre todo estaba furiosa.

Se quedó sentada sola en la oscuridad, consciente en ese momento de que no tenía la menor idea de lo que iba a hacer a continuación.

120

Cuando el Kiowa viró sobre la cubierta de proa del *Goya*, Delta-Uno miró abajo desde la cabina, fijando los ojos en un panorama totalmente inesperado.

Michael Tolland estaba de pie en cubierta junto a un pequeño submarino. Suspendido de los brazos robóticos del sumergible, como abrazado por un insecto gigante, estaba Delta-Dos, luchando en vano por liberarse de las dos enormes pinzas.

«¿Qué demonios...?»

Fue entonces testigo de una imagen igualmente sorprendente: Rachel Sexton acaba de llegar a cubierta y ocupaba una posición sobre un hombre sangrante y atado a los pies del submarino. El hombre sólo podía ser Delta-Tres. Rachel sostenía una de las ametralladoras de la Delta Force contra él y miraba al helicóptero, como desafiándole a que atacara.

Por un momento, Delta-Uno se sintió desorientado, incapaz de imaginar cómo podía haber llegado a ocurrir lo que veían sus ojos. Los errores cometidos con anterioridad por la Delta Force en la plataforma de hielo habían sido algo extraño aunque explicable. Pero lo que ahora veían sus ojos era simplemente inimaginable.

La humillación que sufría en ese momento Delta-Uno habría sido ya insoportable en circunstancias normales, pero esa noche su vergüenza se vio considerablemente incrementada porque había otro individuo volando en ese instante con él en el helicóptero, una persona cuya presencia se alejaba por completo del procedimiento habitual.

El controlador.

Tras el asesinato llevado a cabo por la Delta Force junto al monumento a FDR, el controlador había ordenado a Delta-Uno que volara hasta un parque público desierto no demasiado alejado de la Casa Blanca. Cumpliendo sus órdenes, Delta-Uno había aterrizado en una arboleda situada sobre una loma cubierta de hierba en el preciso instante en que el controlador, que había aparcado cerca de allí, salía de la oscuridad. Subió a bordo del Kiowa, y en cuestión de segundos el helicóptero volvía a estar en el aire.

A pesar de que la implicación directa del controlador en operaciones de misión era poco frecuente, Delta-Uno no tenía autoridad para oponerse. Consternado ante la forma en que la Delta Force había actuado en la plataforma de hielo Milne, y temiendo las crecientes sospechas y recelos por parte de ciertos elementos, el controlador había informado a Delta-Uno de que iba a supervisar personalmente la fase final de la operación.

Ahora el controlador viajaba como guardia armado, siendo testigo de un fracaso cuya posibilidad Delta-Uno jamás habría contemplado.

«Esto debe terminar. Ahora.»

El controlador miró desde el Kiowa a la cubierta del *Goya* y se preguntó cómo demonios podía haber ocurrido lo que estaba presenciando. Nada había ido bien: las sospechas sobre el meteorito, los frustrados asesinatos de los Delta en la plataforma de hielo, la necesidad de terminar con la vida de un funcionario de alto rango junto al monumento a FDR.

—Controlador —tartamudeó Delta-Uno, cuyo tono de voz revelaba un perplejo desconsuelo mientras observaba la situación que tenía lugar en la cubierta del *Goya*—, no puedo ni imaginar...

«Ni yo», pensó el controlador. Sin duda habían subestimado a su presa.

El controlador miró a Rachel Sexton, que miraba a su vez con ojos desprovistos de toda expresión al reflectante parabrisas del helicóptero y se llevaba un dispositivo CrypTalk a la boca. Cuando su voz sintetizada crepitó en el interior del Kiowa, el controlador creyó que les iba a exigir que retiraran el helicóptero o que apagaran el sistema de bloqueo para que Tolland pudiera llamar pidiendo ayuda. Pero las palabras que pronunció Rachel Sexton fueron mucho más escalofriantes.

—Han llegado demasiado tarde —dijo—. No somos los únicos que están al corriente de la situación.

Durante un instante, sus palabras reverberaron en el interior del aparato. A pesar de que la afirmación sonaba muy poco creíble, la menor posibilidad de que fuera cierta hizo que el controlador guardara silencio durante unos segundos. El éxito de todo el proyecto requería la eliminación de todos los que conocieran la verdad, y a pesar de lo sangriento que el proceso resultara, tenía que asegurarse de que aquello fuera el final.

«Alguien más está al corriente...»

Teniendo en cuenta que Rachel Sexton era famosa por seguir un estricto protocolo en cuanto a datos secretos, al controlador le costaba creer que hubiera decidido compartir la información de que disponía con fuentes externas.

Rachel volvió a hablar por el CrypTalk.

–Retírense y salvaremos la vida de sus hombres. Acérquense y morirán. En cualquier caso, la verdad se sabrá. Ahórrense bajas. Retírense.

–Se está marcando un farol –dijo el controlador, a sabiendas de que Rachel Sexton oía la voz en un tono robótico y andrógino–. No ha hablado con nadie.

–¿Está dispuesto a correr el riesgo? –contraatacó Rachel–. Antes no he podido ponerme en contacto con William Pickering, así que me asusté y decidí asegurarme de que la información llegara a alguien más.

El controlador frunció el ceño. Era plausible.

–No se lo han tragado –dijo Rachel, mirando a Tolland.

El soldado que estaba entre las pinzas esbozó una sonrisa dolorida.

–Su arma no tiene balas y el helicóptero les va a hacer estallar por los aires. Ambos van a morir. Su única esperanza es soltarnos.

«Antes muerta», pensó Rachel, intentando calcular su siguiente movimiento. Miró al hombre atado y amordazado que estaba tumbado en el suelo a sus pies, directamente delante del submarino. Parecía delirar debido a la pérdida de sangre. Se agachó a su lado y miró sus duros ojos.

–Voy a quitarle la mordaza y a ponerle el CrypTalk en la boca. ¿Está claro?

El hombre asintió enfervorecidamente.

Rachel le quitó la mordaza. El soldado le escupió un salivazo sangriento a la cara.

–Zorra –siseó, tosiendo–. Voy a verte morir. Te van a matar

como a un cerdo y yo voy a disfrutar de cada minuto de ello.

Rachel se secó la saliva caliente de la cara mientras sentía cómo las manos de Tolland la apartaban, tirando de ella hacia atrás y sujetándola mientras tomaba la ametralladora. Rachel sintió en el tembloroso contacto de Tolland que algo dentro de él se había activado. Michael se dirigió a un panel de control ubicado a escasos metros, puso la mano en una palanca, y miró a los ojos al hombre que estaba tumbado en cubierta.

–Segunda oportunidad –dijo Tolland–. Y, en mi barco, nunca hay una tercera.

Presa de ira, tiró de la palanca. Una enorme trampilla se abrió en cubierta debajo del Tritón como el suelo de una horca. El soldado atado soltó un breve aullido de miedo y desapareció, cayendo en picado por el agujero. Se precipitó nueve metros hasta el océano. El impacto se tiñó de rojo carmesí. Los tiburones se abalanzaron sobre él al instante.

El controlador tembló de rabia, mirando desde el Kiowa los restos de Delta-Tres alejándose a la deriva bajo el barco en la fuerte corriente. El agua iluminada se había teñido de rosa. Varios peces luchaban por algo que parecía un brazo.

«Jesús.»

El controlador volvió a mirar a cubierta. Delta-Dos seguía suspendido de las pinzas del Tritón, pero ahora el sumergible estaba colgado sobre un gran agujero en cubierta. Tenía los pies suspendidos sobre el vacío. Lo único que Tolland tenía que hacer era abrir las pinzas y Delta-Dos sería el siguiente.

–De acuerdo –ladró el controlador al CrypTalk–. ¡Esperen! ¡Esperen!

Rachel se puso de pie en cubierta y clavó la mirada en el Kiowa. Incluso desde esa altura, el controlador percibía la determinación en sus ojos. Ella se llevó el CrypTalk a la boca.

–¿Todavía siguen pensando que nos estamos marcando un farol? –dijo–. Llamen a la centralita de la ONR. Pregunten por Jim Samiljan. Está en el P&A, en el turno de noche. Le he contado todo acerca del meteorito. Él se lo confirmará.

«¿Y me da un nombre específico?» Aquello no pintaba bien. Rachel Sexton no era ninguna idiota y ése era un farol que el controlador podía comprobar en cuestión de segundos. No conocía a nadie en la ONR llamado Jim Samiljan, pero la organización era enorme. Rachel podía perfectamente estar diciendo la verdad.

Antes de ordenar el golpe final, el controlador tenía que confirmar si aquello era un farol... o no.

Delta-Uno miró por encima del hombro.

—¿Quiere que desactive el bloqueo para que pueda comprobarlo?

El controlador miró a Rachel y a Tolland, ambos a plena vista. Si alguno de los dos hacía el menor movimiento para utilizar un móvil o una radio, el controlador sabía que Delta-Uno siempre podía reactivar el sistema y cortarles la comunicación. El riesgo era mínimo.

—Desactive el bloqueo —dijo el controlador, sacando un móvil—. Confirmaré si Rachel está mintiendo. Luego encontraremos la forma de rescatar a Delta-Dos y terminar con esto.

En Fairfax, la operadora de la centralita principal de la ONR se estaba impacientando.

—Como ya le he dicho, no hay ningún Jim Samiljan en la División de Planes y Análisis.

Su interlocutor se mostraba insistente.

—¿Ha intentado utilizar el sistema de deletreo múltiple? ¿Ha intentado en otros departamentos?

La operadora ya lo había comprobado, pero volvió a hacerlo. Varios segundos más tarde, dijo:

—No tenemos a ningún Jim Samiljan entre nuestros empleados. No importa cómo lo deletree.

Su interlocutor pareció extrañamente encantado con la noticia.

—Entonces, ¿está segura de que no hay en la ONR ningún empleado llamado Jim...?

Un repentino revoloteo de actividad estalló en la línea. Alguien chilló. El interlocutor maldijo en voz alta y rápidamente colgó.

A bordo del Kiowa, Delta-Uno gritaba de rabia mientras intentaba por todos los medios reactivar el sistema de bloqueo. Se había dado cuenta demasiado tarde. En el inmenso despliegue de controles iluminados de la cabina, un diminuto piloto LED indicaba que una señal de datos SATCOM estaba siendo transmitida desde el *Goya*. Pero ¿cómo? ¡Nadie se había movido de cubierta!

Antes de que pudiera reactivar el bloqueo, la conexión procedente del *Goya* terminó.

En el interior del hidrolaboratorio, la máquina del fax emitía satisfechos pitidos.

FAX ENVIADO

121

«Matar o morir.» Rachel había descubierto una parte de sí misma de cuya existencia jamás había sido consciente. Modo de supervivencia: una fortaleza salvaje alimentada por el miedo.

–¿Qué había en ese fax saliente? –exigió saber la voz desde el CrypTalk.

A Rachel le alivió oír la confirmación de que el fax había salido como estaba planeado.

–Abandonen la zona –ordenó Rachel, hablando al CrypTalk y dedicando una mirada glacial al helicóptero amenazador–. Todo ha terminado. Su secreto acaba de desvelarse. –Informó a sus atacantes sobre toda la información que acababa de enviar. Media docena de páginas con textos e imágenes. Prueba irrefutable de que el meteorito era una farsa–. Causarnos algún daño no hará más que empeorar las cosas.

Se produjo una densa pausa.

–¿A quién ha enviado el fax?

Rachel no pensaba responder a esa pregunta. Tolland y ella necesitaban ganar la mayor cantidad de tiempo posible. Se habían colocado junto a la abertura de cubierta, alineados con el Tritón, de modo que era imposible que el helicóptero les disparara sin dar al soldado que colgaba de las pinzas del submarino.

–William Pickering –dijo la voz, que sonó extrañamente esperanzada–. Le ha enviado el fax a Pickering.

«Se equivoca», pensó Rachel. Pickering habría sido su primera elección, pero se había visto obligada a elegir a otro por miedo a que sus atacantes ya lo hubieran eliminado, una elección cuya claridad constituiría un escalofriante testimonio a la determinación de su enemigo. En un instante de desesperada decisión, Rachel había enviado el fax con los datos al único otro número que tenía memorizado.

El del despacho de su padre.

El número de fax del despacho del senador Sexton había quedado dolorosamente grabado en su memoria tras la muerte de su madre, cuando su padre decidió hacerse cargo de muchos de los detalles del testamento sin tener que lidiar con Rachel en persona. Ella nunca imaginó que llegaría el momento en que recurriría a su padre en un momento de necesidad, pero esa noche él era poseedor de dos cualides críticas: todas las motivaciones correctas para dar a conocer los datos del meteorito sin la menor vacilación y la influencia necesaria para llamar a la Casa Blanca y chantajearles para que llamaran al orden a esa banda de asesinos.

A pesar de que indudablemente su padre no estaría en su despacho a esas horas, Rachel sabía que lo mantenía cerrado como una cripta. Por lo tanto, había enviado efectivamente los datos por fax a una caja fuerte inexpugnable. Incluso en caso de que los atacantes averiguaran dónde los había hecho llegar, tenían muy pocas probabilidades de poder burlar las estrictas medidas de seguridad federal del Philip A. Hart Senate Office Building y lograr entrar en el despacho del senador sin ser vistos.

—Dondequiera que haya enviado el fax —dijo la voz desde las alturas—, ha puesto a esa persona en peligro.

Rachel sabía que debía hablar desde una posición de poder, a pesar del miedo que la atenazaba. Indicó con un gesto al soldado atrapado entre las pinzas del Tritón. Las piernas le colgaban sobre el abismo, goteando sangre a nueve metros sobre el océano.

—Aquí la única persona que corre peligro es su agente —dijo, hablando al Cryp Talk—. Se acabó, retírense. Los datos han salido. Han perdido. Abandonen la zona o este hombre morirá.

La voz contraatacó por el CrypTalk:

—Señorita Sexton, no comprende usted la importancia...

—¿Comprender? —estalló Rachel—. ¡Lo que comprendo es que han matado a gente inocente! ¡Comprendo que han mentido sobre el meteorito! ¡Y comprendo que no se saldrán con la suya! ¡Incluso aunque nos maten a todos, se ha terminado!

Se produjo una larga pausa. Por fin la voz dijo:

—Voy a bajar.

Rachel sintió que se le tensaban los músculos. «¿Bajar?»

—No voy armado —dijo la voz—. No se precipite. Usted y yo tenemos que hablar cara a cara.

Antes de que Rachel pudiera reaccionar, el helicóptero aterrizó sobre la cubierta del *Goya*. La puerta del pasajero situada sobre el fuselaje se abrió y una figura salió de la cabina. Se trataba de un hombre de aspecto sencillo que vestía abrigo negro y corbata. Durante un instante, la mente de Rachel se quedó totalmente en blanco.

Tenía ante sus ojos a William Pickering.

William Pickering se quedó de pie en la cubierta del *Goya*, mirando apesadumbrado a Rachel Sexton. Nunca había imaginado que el día iba a terminar así. Cuando se movió hacia ella, pudo ver una peligrosa combinación de emociones en los ojos de su subordinada.

Conmoción, traición, confusión, rabia.

«Todo ello comprensible –pensó–. Hay demasiadas cosas que no comprende.»

Durante un instante, la imagen de su hija Diana le vino a la memoria, preguntándose qué emociones habría sentido antes de morir. Tanto Diana como Rachel eran víctimas de la misma guerra, una guerra en la que Pickering había jurado combatir eternamente. A veces las víctimas podían llegar a ser muy crueles.

–Rachel –dijo Pickering–. Todavía podemos llegar a una solución. Tengo muchas cosas que explicarle.

Rachel Sexton parecía horrorizada, casi al borde de la náusea. Ahora era Tolland quien tenía en su haber la ametralladora y apuntaba al pecho de Pickering. También él parecía perplejo.

–¡Atrás! –gritó Tolland.

Pickering se detuvo a unos cinco metros con la mirada concentrada en Rachel.

–Su padre está aceptando sobornos, Rachel. Donativos de compañías espaciales privadas. Planea desmantelar la NASA y abrir el espacio al sector privado. Había que detenerlo, simplemente por una mera cuestión de seguridad nacional.

Rachel lo escuchaba impertérrita.

Pickering suspiró.

–La NASA, a pesar de todos sus fracasos, debe seguir siendo una entidad gubernamental. Sin duda no puede comprender los riesgos que hay en juego. La privatización provocaría la huida de las mejores mentes e ideas de la NASA al sector privado. El grupo de expertos se disolvería. Los militares perderían acceso al espacio. ¡Las compañías espaciales privadas, en su afán por incrementar sus capitales, empezarían a vender patentes e ideas de la NASA a los mejores postores del mundo entero!

La voz de Rachel sonó trémula.

–¿Ha falseado el meteorito y ha matado a gente inocente... en nombre de la seguridad nacional?

–No debía ocurrir así –dijo Pickering–. El plan era salvar una importante agencia gubernamental. Matar no formaba parte de él.

Pickering sabía que la farsa del meteorito, como ocurría con gran parte de las propuestas de la comunidad de inteligencia, había sido producto del miedo. Tres años antes, en un esfuerzo por extender los hidrófonos de la ONR a aguas más profundas donde no pudieran ser alcanzados por enemigos saboteadores, Pickering encabezó un programa que utilizaba un material de construcción de la NASA de reciente desarrollo para diseñar en secreto un submarino increíblemente resistente, capaz de transportar a seres humanos a las regiones más profundas del océano, incluyendo las profundidades de la fosa de las Marianas.

Forjado con una cerámica revolucionaria, el submarino biplaza en cuestión estaba diseñado a partir de prototipos pirateados del ordenador de un ingeniero de California llamado Graham Hawkes, un genio diseñador de sumergibles cuyo sueño era construir un submarino de aguas profundas al que llamó *Deep Flight II*. Hawkes estaba teniendo dificultades a la hora de encontrar financiación para construir un prototipo. Él, por otra parte, disponía de un presupuesto ilimitado.

Empleando el submarino secreto de cerámica, Pickering envió a un equipo secreto a las profundidades para anexar nuevos hidrófonos a las crestas de la fosa de las Marianas, a una profundidad a la que jamás pudiera llegar ningún enemigo. En el proceso de perforación, el equipo descubrió estructuras geológicas que nada tenían que ver con ninguna que los científicos hubieran visto hasta entonces. Los descubrimientos incluían cóndrulos y fósiles de varias especies desconocidas. Naturalmente, y puesto que la capacidad de inmersión de la ONR a esas profundidades era un dato secreto, ningún detalle de esa información pudo jamás hacerse público.

Hacía muy poco que, impulsados de nuevo por el miedo, Pickering y su discreto equipo de consejeros científicos de la ONR habían decidido emplear sus conocimientos de la geología única de la fosa de las Marianas para salvar a la NASA. Transformar una roca de las Marianas en un meteorito había resultado una tarea tremendamente sencilla. Empleando un motor ECE a base de hidrógeno líquido, el equipo de la ONR chamuscó la roca hasta cubrirla de una convincente corteza de fusión. Luego, habían descendido en un pequeño submarino de carga bajo la plataforma de hielo Milne e insertado la roca chamuscada en el hielo desde abajo. En cuanto el túnel de inserción se congeló, la roca adquirió el aspecto de llevar allí desde hacía más de trecientos años.

Desgraciadamente, como solía ocurrir en el mundo de las operaciones secretas, el más ambicioso de los planes podía irse al traste por culpa de la más pequeña dificultad. El día anterior, toda la ilusión se había derrumbado por culpa de unas simples muestras de plancton bioluminiscente...

Desde la cabina del piloto del Kiowa, que ahora reposaba sobre cubierta, Delta-Uno veía desarrollarse el drama ante sus ojos. Rachel y Tolland parecían tener total control de la situación, aunque Delta-Uno a punto estuvo de echarse a reír ante lo ilusorio de lo que veía. La ametralladora que Tolland llevaba en las manos no le serviría de nada; incluso desde su posición, Delta-Uno podía ver que el ensamblaje de la barra del percutor estaba echado hacia atrás, lo que indicaba que el cargador estaba vacío.

Cuando miró a su compañero, que seguía debatiéndose entre las pinzas del Tritón, supo que tenía que darse prisa. En cubierta, la atención estaba totalmente centrada en Pickering, y ahora él podía entrar en acción. Dejó los rotores en marcha y se deslizó fuera del helicóptero por la parte posterior del fuselaje. Utilizando el helicóptero para cubrirse, se dirigió sin ser visto a la pasarela de estribor. Con su propia ametralladora en la mano, fue hasta la popa. Pickering le había dado órdenes específicas antes del aterrizaje y Delta-Uno no tenía la menor intención de fracasar en una tarea tan simple.

«Es cuestión de segundos todo habrá terminado», pensó, totalmente convencido.

Todavía con el albornoz puesto, Zach Herney estaba sentado frente a su escritorio del Despacho Oval. Notaba que le palpitaba la cabeza. La pieza más reciente del rompecabezas acababa de serle revelada.

«Marjorie Tench ha muerto.»

Sus asistentes le habían comunicado que disponían de información que sugería que su asesora había ido en coche al monumento a FDR para reunirse allí en privado con William Pickering. Ahora que también Pickering había desaparecido, el personal temía que también él hubiera corrido la misma suerte.

Últimamente, el presidente y Pickering habían tenido sus diferencias. Meses atrás, Herney se había enterado de que el director de la ONR estaba implicado en actividades ilegales en su nombre en un intento por salvar su precaria campaña electoral.

Utilizando discretamente los activos de la ONR, Pickering había obtenido suficiente basura sobre el senador Sexton como para hundir su campaña: escandalosas fotos sexuales del senador con su ayudante, Gabrielle Ashe; incriminadores registros financieros que probaban que Sexton estaba aceptando sobornos de empresas espaciales privadas. Pickering había enviado todas las pruebas a Marjorie Tench de forma anónima, dando por hecho que la Casa Blanca les daría sabio uso. Pero en cuanto Herney vio los datos había prohibido a Tench utilizarlos. Los escándalos sexuales y los sobornos eran los cánceres de Washington, y agitar otro ante el pueblo no haría más que aumentar la desconfianza que los norteamericanos ya mostraban por su gobierno.

«El cinismo está acabando con este país.»

A pesar de que Herney era plenamente consciente de que podía machacar a Sexton con aquel escándalo, con ello estaría mancillando la dignidad del Senado de Estados Unidos, cosa que se negaba a hacer.

«Basta de maniobras sucias.» Herney vencería al senador Sexton con las cuestiones de auténtica relevancia política.

Enfurecido al ver que la Casa Blanca se negaba a utilizar las pruebas que él mismo les había facilitado, Pickering intentó hacer saltar el escándalo filtrando un rumor según el cual Sexton se había acostado con Gabrielle Ashe. Desgraciadamente, el senador declaró su inocencia mostrando una indignación que resultó tan convincente que el presidente terminó viéndose obligado a disculparse personalmente por la filtración. Al final, William Pickering había resultado más perjudicial que beneficioso. Herney le dijo que si volvía a interferir en la campaña, se vería en la obligación de censurarle. Naturalmente, la gran ironía era que Pickering ni siquiera sentía la menor simpatía por el presidente Herney. Los intentos del director de la ONR por ayudar a relanzar su campaña presidencial respondían simplemente a sus miedos ante el destino de la NASA. Zach Herney era el menor de dos males.

«¿Habrá cometido Pickering algún asesinato?»

Herney no se atrevió a imaginar esa posibilidad.

–¿Presidente? –dijo uno de sus asistentes–. He llamado a Lawrence Ekstrom como ha ordenado, y le he hablado de lo ocurrido con Marjorie Tench.

–Gracias.

–Le gustaría hablar con usted, señor.

Herney seguía furioso con Ekstrom por haberle mentido sobre el EDOP.

–Dígale que hablaré con él por la mañana.

–El señor Ekstrom quiere hablar con usted ahora mismo, señor –dijo el asistente, visiblemente incómodo–. Se le nota muy alterado.

«¿Que está alterado?» Herney notó que estaba a punto de estallar y perder los estribos. Cuando por fin decidió aceptar la llamada del director de la NASA, se preguntó qué otra cosa podía haber salido mal esa noche.

123

A bordo del *Goya*, Rachel estaba aturdida. La perplejidad que la embargaba como una espesa niebla empezaba a disiparse. La cruda realidad que le acababa de ser desvelada la había dejado desprotegida y asqueada. Miró al desconocido que tenía delante y apenas fue capaz de oír su propia voz.

–Necesitábamos reconstruir la imagen de la NASA –decía Pickering–. Su popularidad y financiación, cada vez más exiguas, se habían vuelto peligrosas a demasiados niveles. –Hizo una pausa y clavó sus ojos grises en los de ella–. Rachel, la NASA necesitaba un triunfo desesperadamente. Y alguien tenía que hacer que eso ocurriera.

«Había que hacer algo», pensó Pickering.

El meteorito no era sino un acto final desesperado. Pickering y otros habían intentado salvar a la NASA, presionando para incorporar a la agencia espacial a la comunidad de inteligencia, donde disfrutaría de una mayor financiación y de mayor seguridad, pero la Casa Blanca se oponía una y otra vez a la idea, viendo en ella un asalto al espíritu de la ciencia. «Idealismo miope». Con la creciente popularidad del discurso antiNASA de Sexton, Pickering y su equipo de traficantes de influencias sabían que se les acababa el tiempo. Decidieron entonces que capturar la imaginación del contribuyente y del Congreso era la única forma que quedaba de rescatar la imagen de la NASA y de salvarla de la subasta. Si la agencia espacial iba a sobrevivir, necesitaría una inyección de grandeza, algo que recordara al contribuyente los días gloriosos del Apolo y la NASA. Y si Zach Herney quería vencer al senador Sexton en las urnas, iba a necesitar ayuda.

«He intentado ayudarle», se dijo Pickering, acordándose de todas las pruebas incriminatorias que había enviado a Marjorie Tench. Desgraciadamente, Herney había prohibido su uso, obligándole con ello a tomar medidas drásticas.

–Rachel –dijo–, la información que acaba de enviar por fax desde el barco es peligrosa. Tiene que entenderlo. Si esa información sale de aquí, parecerá que la Casa Blanca y la NASA son cómplices de lo ocurrido. La violenta reacción que sufrirán tanto el presidente como la NASA será desmesurada. Ellos no saben nada, Rachel. Son inocentes. Creen que el meteorito es auténtico. Pickering ni siquiera había intentado incluir a Herney ni a Ekstrom en la maniobra porque ambos eran demasiado idealistas para haber accedido a tomar parte en cualquier tipo de engaño, fuera cual fuera su potencial para salvar a la presidencia o a la agencia espacial. El único crimen cometido por el director Ekstrom había sido convencer al científico supervisor de la misión del EDOP para que mintiera sobre el software de detección de anomalías, iniciativa que sin duda lamentó en el momento en que se dio cuenta del nivel de análisis al que iba a someterse el meteorito en cuestión.

Frustrada ante la insistencia de Herney por llevar adelante una campaña limpia, Marjorie Tench conspiró con Ekstrom sobre la mentira del EDOP con la esperanza de que un pequeño éxito de éste pudiera ayudar al presidente a contener la creciente ventaja del senador Sexton.

«¡Si Tench hubiera utilizado las fotos y los datos de soborno que le di, nada de esto habría ocurrido!»

El asesinato de Tench, por muy lamentable que resultara, se había escrito en cuanto Rachel la había llamado para compartir con ella las acusaciones de fraude. Pickering sabía que Tench investigaría implacablemente hasta llegar al fondo de los motivos que habían llevado a Rachel a defender tan ultrajantes afirmaciones, y ésa era una investigación que obviamente él no podía permitir. Por irónico que resultara, Tench iba a servir mejor a su presidente muerta. Su violento final ayudaría a cimentar un voto de simpatía por la Casa Blanca, así como a arrojar vagas sospechas de juego sucio sobre la desesperada campaña de Sexton, que acababa de ser humillado en público por la propia Marjorie Tench en la CNN.

Rachel se mantuvo en sus trece, dedicando una mirada glacial a su jefe.

–Tiene que comprender –dijo Pickering– que si llega a conocerse la noticia del fraude del meteorito, destruirá usted a un presidente que no tiene la culpa de nada, y lo mismo pasará con la agencia espacial. Además, colocará a un hombre muy peligroso en el Despacho Oval. Necesito saber dónde ha enviado ese fax con los datos.

A medida que pronunciaba esas palabras, una extraña expresión se dibujó en el rostro de Rachel. Era la congoja y el espanto de alguien que acaba de darse cuenta del grave error que ha estado a punto de cometer.

Después de haber rodeado la popa y de haber vuelto por el lado de proa, Delta-Uno estaba ahora en el hidrolaboratorio, desde donde había visto salir a Rachel cuando el helicóptero había aterrizado en cubierta. Un ordenador mostraba una inquietante imagen: una representación policromática del vórtice palpitante de aguas profundas suspendido sobre el suelo oceánico en algún punto por debajo del *Goya*.

«Razón de más para salir de aquí», pensó, moviéndose ahora hacia su objetivo.

El fax se hallaba sobre un mostrador situado en la parte más alejada de la pared. La bandeja del aparato estaba llena de un montón de papeles, exactamente como Pickering había supuesto. Delta-Uno los cogió. Encima de todo había una nota de Rachel. Constaba de sólo dos líneas. La leyó.

«Directa al grano», pensó.

Mientras hojeaba las páginas, se quedó a la vez perplejo y consternado al ver hasta qué punto Rachel y Tolland habían descubierto la farsa del meteorito. Quienquiera que viera esas copias impresas no tendría la menor duda de lo que significaban. Afortunadamente, Delta-Uno ni siquiera necesitó pulsar la tecla de rellamada para descubrir dónde habían ido a parar. El último número de fax aparecía aún en la ventanilla del aparato.

«Un prefijo de Washington DC.»

Copió con sumo cuidado el número de fax, cogió los papeles y salió del laboratorio.

Tolland notaba que le sudaban las manos mientras apuntaba con la ametralladora al pecho de William Pickering. El director de la ONR seguía presionando a Rachel para que le dijera adónde había enviado los datos, y Tolland estaba empezando a tener la inquietante sensación de que Pickering sólo pretendía ganar tiempo. «¿Para qué?»

–La Casa Blanca y la NASA son inocentes –repitió Pickering–. Colabore con nosotros. No permita que mis errores destruyan la poca credibilidad que le queda a la NASA. La agencia parecerá culpable si todo esto llega a saberse. Usted y yo podemos llegar a un acuerdo. El país necesita el meteorito. Dígame adónde ha enviado el fax antes de que sea demasiado tarde.

–¿Para que pueda matar a alguien más? –dijo Rachel–. Me da usted asco.

Tolland estaba atónito ante la fuerza de Rachel. Ella despreciaba a su padre, pero sin duda no tenía ninguna intención de hacerle correr el menor peligro. Desgraciadamente, su plan de enviarle un fax pidiendo ayuda se le había vuelto en contra. Incluso aunque se diera el caso de que el senador fuera a su despacho, viera el fax y llamara al presidente con la noticia del fraude del meteorito y le obligara a detener el ataque, nadie en la Casa Blanca tendría la menor idea de lo que Sexton estaba diciendo, ni siquiera de dónde estaban.

–Se lo pediré una vez más –dijo Pickering, clavando en Rachel una mirada amenazadora–. La situación es demasiado compleja para que pueda usted entenderla en toda su dimensión. Ha cometido un enorme error enviando esos datos desde este barco. Ha puesto a su país bajo un grave peligro.

Ahora Tolland se daba perfecta cuenta de que William Pickering definitivamente intentaba ganar tiempo. La razón que lo explicaba caminaba con sigilo hacia ellos por el lado de estribor del barco. Sintió una punzada de miedo cuando vio al soldado acercándose despreocupadamente con un montón de papeles y una ametralladora entre las manos.

Tolland reaccionó con una determinación que le sorprendió incluso a él mismo. Agarró con fuerza su ametralladora, giró sobre sus talones, apuntó al soldado y apretó el gatillo.

El arma emitió un inofensivo chasquido.

–He encontrado el número de fax –dijo el soldado, entregando a Pickering una hoja de papel–. Y el señor Tolland se ha quedado sin munición.

124

Sedgewick Sexton avanzaba a toda prisa por el pasillo del Philip
A. Hart Senate Office Building. No tenía la menor idea de cómo
lo había hecho Gabrielle, pero sin duda su ayudante había logrado entrar en su despacho. Durante su conversación telefónica, había oído claramente el inconfundible triple tictac de su reloj
Jourdain al fondo. Lo único que le cabía imaginar era que, después de haber presenciado la reunión con la FFE, hubiera dejado
de confiar en él y hubiera estado intentando encontrar alguna
prueba que diera peso a sus sospechas.

«¿Cómo demonios habrá entrado en mi despacho?»

Sexton se alegró en ese momento de haber cambiado la contraseña de su ordenador.

Cuando por fin llegó a su despacho, introdujo el código para
desactivar la alarma. Luego, buscó a tientas las llaves, las introdujo en las cerraduras de las pesadas puertas, que abrió de un empujón, e irrumpió en su despacho con la intención de sorprender
a Gabrielle con las manos en la masa.

Pero el despacho estaba vacío y a oscuras, únicamente iluminado por el resplandor de su salvapantallas. Encendió las luces sin
dejar de barrer toda la estancia con la mirada. Todo parecía estar
en su sitio. El silencio era absoluto excepto por el triple tictac de
su reloj.

«¿Dónde demonios está?»

Oyó un crujido en el cuarto de baño y corrió hacia allí, encendiendo la luz. Lo encontró vacío. Miró detrás de la puerta.
Nada.

Confundido, se miró en el espejo, preguntándose si habría bebido demasiado esa noche. «He oído algo.» Desorientado y confuso, volvió al despacho.

–¿Gabrielle? –gritó.

Fue por el pasillo hasta el despacho de su ayudante. No estaba allí. Todo se hallaba a oscuras.

Oyó el ruido de un retrete en el lavabo de las mujeres. Sexton giró sobre sus pasos y se dirigió a los servicios. Llegó justo cuando Gabrielle salía, secándose las manos. Dio un respingo al verle.

–¡Dios mío! ¡Me ha asustado! –dijo, visiblemente sobresaltada–. ¿Qué está haciendo aquí?

–¿No había venido a buscar unos documentos de la NASA a su despacho? –declaró Sexton, mirando las manos vacías de su ayudante–. ¿Dónde están?

–No he podido encontrarlos. He mirado por todas partes. Por eso he tardado tanto.

El senador la miró directamente a los ojos. Su mirada revelaba desconfianza.

–¿Estaba usted en mi despacho?

«Le debo la vida a ese aparato de fax», pensó Gabrielle.

Apenas unos minutos antes, se hallaba sentada delante del ordenador de Sexton, intentando hacerse con copias impresas de las imágenes de cheques ilegales que el senador guardaba en el ordenador. Los archivos estaban protegidos e iba a necesitar más tiempo para descubrir cómo imprimirlos. Probablemente todavía estaría intentándolo si el aparato de fax de Sexton no hubiera sonado, sorprendiéndola y devolviéndola de golpe a la realidad. Pensó entonces que había llegado el momento de irse. Sin esperar a ver lo que decía el fax entrante, apagó el ordenador, volvió a dejarlo todo como lo había encontrado y se fue por donde había entrado. En el preciso instante en que salía por el techo del cuarto de baño, oyó entrar al senador.

Ahora, con Sexton de pie delante de ella mirándola fijamente, notó que éste intentaba encontrar una mentira en sus ojos. Sedgewick Sexton podía oler una mentira como nadie. Si ella le mentía, él lo sabría.

–Ha estado usted bebiendo –dijo Gabrielle, apartando la mirada. «¿Cómo sabe que he estado en su despacho?»

Sexton le puso las manos en los hombros y la obligó a girarse.

–¿Estaba en mi despacho?

Gabrielle sintió un miedo que fue en aumento. Sin duda Sexton había estado bebiendo. La agarraba con brusquedad.

–¿En su despacho? –preguntó, forzando una risa confundida–. ¿Cómo? ¿Por qué lo dice?

–He oído mi Jourdain al fondo mientras hablábamos.

Gabrielle se encogió por dentro. «¿El reloj?» Ni siquiera se le había ocurrido.

—¿Se da usted cuenta de lo ridículo que suena eso?

—Me paso todo el día en ese despacho. Sé perfectamente cómo suena mi reloj.

Gabrielle supo entonces que tenía que terminar con aquello de inmediato. «La mejor defensa es un buen ataque.» Al menos eso era lo que siempre decía Yolanda Cole. Se llevó las manos a la cintura y arremetió contra el senador con todas sus armas. Dio un paso adelante y acercó su rostro al de él con una mirada desafiante.

—A ver si lo entiendo, senador. Son las cuatro de la mañana, usted ha estado bebiendo, ha oído un tictac al teléfono, ¿y por eso está aquí? —Gabrielle señaló indignada hacia la puerta de su despacho, situado al fondo del pasillo—. Por simple curiosidad, ¿acaso me está acusando de haber desactivado un sistema de alarma federal, de haber abierto dos cerraduras, entrar en su despacho, de ser lo suficientemente estúpida para contestar al móvil mientras estaba cometiendo un delito grave, reconfigurar el sistema de alarma al salir y luego utilizar con toda la calma del mundo el servicio de señoras antes de salir corriendo del edificio sin nada que justifique mi presencia aquí? ¿Es eso lo que pretende decirme?

Sexton parpadeó con los ojos como platos.

—Está claro por qué la gente no debería beber sola —dijo Gabrielle—. Y ahora, ¿quiere hablar de la NASA o no?

Sexton estaba ofuscado mientras volvía a su despacho. Fue directamente al mueble bar y se sirvió una Pepsi. Estaba totalmente seguro de que no se notaba bebido. ¿De verdad podía haberse equivocado sobre eso? En el otro extremo de la habitación, se oía el burlón tictac de su Jourdain. Se tomó la Pepsi de un trago y se sirvió otra, y otra más para su asesora.

—¿Le apetece beber algo, Gabrielle? —preguntó, girando sobre sus talones y volviendo la mirada hacia la habitación. Ella no le había seguido hasta dentro. Seguía de pie en el marco de la puerta, enfurruñada—. Oh, vamos, ¡por el amor de Dios! Entre. Cuénteme lo que ha descubierto en la NASA.

—Creo que ya he tenido bastante por esta noche —dijo Gabrielle con voz distante—. Hablaremos mañana.

Sexton no estaba de humor para juegos. Necesitaba esa información de inmediato y no tenía la menor intención de suplicar por ella. Soltó un suspiro cansado. «Extiende el vínculo de confianza. Todo es cuestión de confianza.»

—La he cagado —dijo—. Lo siento, ha sido un día horrible. No sé en qué estaba pensando.

Gabrielle no se movió del umbral.

Sexton fue hasta su escritorio y dejó la Pepsi de ella sobre su carpeta. Indicó con un gesto su silla de piel... la posición de poder.

—Tome asiento. Disfrute de un refresco. Voy a meter la cabeza debajo del grifo —dijo, dirigiéndose al cuarto de baño.

Gabrielle seguía sin moverse.

—Creo que he visto un fax en el aparato —gritó Sexton por encima del hombro al entrar en el cuarto de baño. «Muéstrale que confías en ella.»—. Échele un vistazo por mí, ¿de acuerdo?

Cerró la puerta y llenó el lavabo con agua fría. Se la echó a la cara y no se notó más despejado. Aquello no le había ocurrido nunca antes... la sensación de estar tan seguro y de haberse equivocado tanto. Era un hombre que se fiaba de sus instintos y éstos le decían que Gabrielle Ashe había estado en su despacho.

Pero ¿cómo? Era imposible.

Se dijo que lo mejor era olvidar lo ocurrido y concentrarse en lo que tenía entre manos: la NASA. En ese instante necesitaba a Gabrielle. No era el momento de distanciarse de ella. «Olvídate de tu instinto. Te has equivocado.»

Mientras se secaba la cara, echó la cabeza hacia atrás y soltó un profundo suspiro. «Relájate —se dijo—. No te pases de la raya.» Cerró los ojos y volvió a inspirar profundamente; se sintió mucho mejor.

Cuando salió del cuarto de baño, le alivió ver que Gabrielle había dado su brazo a torcer y había vuelto a entrar a su despacho. «Bien —pensó—. Ahora podemos ponernos manos a la obra.» Gabrielle estaba de pie junto al aparato de fax, hojeando las páginas que habían entrado. Sin embargo, Sexton se quedó confundido al ver el rostro de su ayudante. Era una máscara de desorientación y de miedo.

—¿Qué ocurre? —preguntó, acercándose a ella.

Gabrielle se tambaleó, como a punto de desmayarse.

—¿Qué?

—El meteorito... —dijo con voz débil, intentando encontrar aire al tiempo que su mano temblorosa le pasaba el montón de papeles de fax—. Y su hija... está en peligro.

Perplejo, Sexton fue hacia ella y le arrebató las páginas del fax.

La primera era una nota escrita a mano. Sexton reconoció de inmediato la letra. El comunicado era extraño y resultaba chocante en toda su simplicidad.

El meteorito es falso. Aquí están las pruebas que lo demuestran. NASA /Casa Blanca intentan matarme. ¡Ayuda! – RS

No era frecuente que el senador se sintiera totalmente incapaz de comprender algo pero, por más que volviese a leer las palabras de Rachel, seguía sin tener la menor idea de cómo interpretarlas.

«¿Que el meteorito es falso? ¿Que la NASA y la Casa Blanca intentan matarla?»

Presa de un creciente aturdimiento, empezó a hojear la media docena de páginas. La primera era una imagen de ordenador cuyo título rezaba «Radar de Penetración en Tierra» (RPT). La imagen parecía cierta clase de sondeo del hielo. Vio la fosa de extracción de la que se había hablado en televisión. Lo que atrajo su mirada fue algo parecido al débil perfil de un cuerpo que flotaba en ella. Luego vio algo que le resultó incluso mucho más sorprendente: la clara silueta de un segundo foso directamente debajo de donde se hallaba el meteorito, como si la piedra hubiera sido insertada desde debajo del hielo.

«¿Qué diantre...?»

Cuando pasó a la página siguiente, se encontró cara a cara con la fotografía de cierta especie viva oceánica llamada *Bathynomous giganteus*. La miró fijamente, presa de un absoluto asombro. «¡Es uno de los fósiles del meteorito!»

Empezó a hojear las páginas más deprisa y vio una muestra gráfica en la que quedaba representado el contenido de hidrógeno ionizado de la corteza del meteorito. La página en cuestión había sido garabateada a mano: «¿Abrasión por fluido criogénico? ¿Un Motor Expansor de Ciclo?».

Sexton no podía creer lo que veían sus ojos. Cuando la habitación ya empezaba a girar a su alrededor, llegó a la última página: la foto de una roca que contenía burbujas metálicas exactamente iguales a las que se habían descubierto en el meteorito. Sorprendentemente, la descripción que acompañaba a la imagen decía que la roca era producto de la actividad volcánica oceánica. «¿Una roca oceánica? –se preguntó–. ¡Pero si la NASA decía que los cóndrulos sólo se formaban en el espacio!»

Dejó las hojas sobre su escritorio y se derrumbó en su silla. Sólo había tardado quince segundos en colocar todas las piezas del rompecabezas que tenía ante él. Las implicaciones que contenían las imágenes de las páginas estaban más que claras. Cualquier idiota podía ver lo que esas fotos probaban.

«¡El meteorito de la NASA es falso!»

En toda su carrera política jamás había tenido un día tan lleno de altibajos. Toda la jornada había sido una montaña rusa de esperanza y frustración. El desconcierto que sentía al plantearse cómo podía haberse destapado aquel enorme chanchullo se evaporó por irrelevante en cuanto se dio cuenta de lo que éste significaba para él en términos políticos.

«En cuanto haga pública esta información, ¡la presidencia será mía!»

En su arranque de celebración, el senador Sedgewick Sexton se había olvidado por un instante de su hija, quien afirmaba hallarse en apuros.

–Rachel tiene problemas –empezó a decir Gabrielle–. La nota dice que la NASA y la Casa Blanca intentan...

De pronto el aparato de fax de Sexton empezó a sonar de nuevo. Gabrielle giró sobre sus talones y lo miró fijamente. Sexton se volvió también, mirándolo. No podía ni imaginar qué otra cosa podía estar enviándole Rachel. ¿Más pruebas? ¿Cuántas más podía haber? «¡Con éstas hay más que suficiente!»

Sin embargo, cuando el fax contestó no entró ninguna página. El aparato, al no detectar señal de envío de datos, activó automáticamente el contestador.

–Hola –crepitó el mensaje saliente de Sexton–. Ha llamado al despacho del senador Sedgewick Sexton. Si está intentando enviar un fax, puede hacerlo en cualquier momento. Si no es así, puede dejar un mensaje después de la señal.

Antes de que Sexton pudiera contestar, la máquina soltó un pitido.

–¿Senador Sexton? –La voz del hombre sonaba firme y apremiante–. Soy William Pickering, director de la Oficina Nacional de Reconocimiento. Probablemente no esté en su despacho a estas horas, pero necesito hablar con usted de inmediato.

–Hizo una pausa, como si esperara que alguien contestara.

Gabrielle alargó el brazo para levantar el auricular.

Sexton la agarró del brazo y lo retiró violentamente.

Gabrielle pareció perpleja.

—Pero es el director de...

—Senador —continuó Pickering, que parecía casi aliviado de que nadie contestara—. Me temo que le llamo con noticias muy preocupantes. Acabo de enterarme de que su hija Rachel corre extremo peligro. Uno de mis equipos está intentando ayudarla mientras hablamos. No puedo darle detalles sobre su situación por teléfono, pero acaban de informarme de que puede haberle enviado por fax ciertos datos relativos al meteorito de la NASA. No he visto esos datos, de modo que no sé de qué se trata, pero la gente que amenaza a su hija acaba de advertirme que si usted o cualquier otra persona hace pública esa información, su hija morirá. Lamento ser tan directo, señor. Estoy intentando ser lo más claro posible. La vida de su hija está amenazada. Si es cierto que le ha enviado algo por fax, no lo comparta con nadie. Todavía no. La vida de su hija depende de ello. Quédese donde está. Me reuniré con usted en breve. —Pickering hizo una pausa—. Con suerte, senador, todo esto se habrá resuelto antes de que usted se despierte. Si, por casualidad, recibe este mensaje antes de que yo llegue a su despacho, quédese donde está y no llame a nadie. Estoy haciendo todo lo posible por devolverle a su hija sana y salva.

Pickering colgó.

Gabrielle estaba temblando.

—¿Rachel ha sido secuestrada?

Sexton percibió que, incluso a pesar de lo mucho que la había decepcionado, Gabrielle sentía una dolorosa empatía al pensar que una joven tan brillante estuviera en peligro. Extrañamente, a Sexton no le resultaba tan fácil sentir las mismas emociones. Se sentía como un niño grande al que acabaran de darle su más preciado regalo de Navidad, y se negaba a que nadie se lo arrebatara de las manos.

«¿Pickering no quiere que comparta esto con nadie?»

Lo meditó durante unos segundos, intentando decidir qué significado tenía todo aquello. En la parte fría y calculadora de su mente, sentía que el engranaje de su cerebro empezaba a funcionar: un ordenador en el que se presentaban todos los escenarios políticos posibles para evaluar después cada resultado. Miró el montón de faxes que tenía en las manos y empezó a sentir el salvaje poder de las imágenes. Ese meteorito de la NASA había hecho añicos su sueño de acceder a la presidencia. Pero era todo mentira, una farsa. Ahora, los responsables de su desgracia lo iban a pagar. El meteorito que sus enemigos habían creado para destruirle le haría poderoso más allá de lo imaginable. Su hija se había encargado de ello.

Hipnotizado ante las deslumbrantes imágenes de su propia resurrección, Sexton navegaba a la deriva entre la niebla de su mente cuando cruzó la habitación. Fue hasta la fotocopiadora y la encendió, preparándose para copiar los documentos que Rachel le había enviado por fax.

–¿Qué está haciendo? –preguntó Gabrielle, aparentemente desconcertada.

–No matarán a Rachel –declaró Sexton.

Incluso en el caso de que algo fuera mal, sabía que perder a su hija en manos del enemigo no haría sino incrementar su poder. Pasara lo que pasara, no tenía nada que perder. A eso se le llamaba un riesgo aceptable.

–¿Para quién son esas copias? –preguntó de nuevo Gabrielle–. ¡William Pickering ha dicho que nadie más debe saberlo!

Sexton se dio la vuelta desde la fotocopiadora y la miró, perplejo al darse cuenta de lo poco atractiva que de pronto le parecía aquella mujer. En ese preciso instante, el senador era una isla. Intocable. Todo lo que necesitaba para ver cumplidos sus sueños estaba ahora en sus propias manos. Ya nada podía detenerle. Ni las acusaciones de haber aceptado sobornos. Ni los rumores que apuntaban a sus escándalos sexuales. Nada.

–Váyase a casa, Gabrielle. Esta noche no voy a necesitarla más.

125

«Se acabó», pensó Rachel.

Tolland y ella estaban sentados uno junto al otro en cubierta, mirando al cañón de la ametralladora del soldado de la Delta.

Desgraciadamente, Pickering sabía ahora adónde había enviado el fax. Al despacho del senador Sedgewick Sexton.

Rachel dudaba de que su padre fuera a recibir el mensaje que Pickering acababa de dejarle en el contestador. Probablemente éste llegaría antes que nadie esa mañana al despacho del senador. Si lograba entrar, hacerse discretamente con el fax y borrar el mensaje telefónico antes de que Sexton llegara, no habría necesidad de hacerle ningún daño. Seguro que William Pickering era una de las pocas personas en Washington que podía acceder al despacho de un senador de Estados Unidos sin el menor problema. Rachel siempre se había quedado perpleja de lo que podía conseguirse «en nombre de la seguridad nacional».

«Por supuesto, si eso falla –pensó–, el director de la ONR podía simplemente volar hasta allí y lanzar un misil Hellfire por la ventana del despacho del senador, haciendo saltar por los aires el aparato de fax.» Algo le decía que eso no iba a ser necesario.

Sentada junto a Tolland, Rachel sintió sorprendida que la mano de él se deslizaba en la de ella. Su contacto tenía una fuerza tierna y los dedos de ambos se entrelazaron con tanta naturalidad que tuvo la sensación de que llevaban haciéndolo toda la vida. Lo único que deseaba en ese momento era descansar entre sus brazos, a salvo del rugido opresor del mar nocturno que giraba a su alrededor.

«Jamás –concluyó–. Eso no ocurrirá jamás.»

Michael Tolland se sentía como un hombre que hubiera hallado una esperanza de camino a la horca.

«La vida se está burlando de mí.»

Durante años, desde la muerte de Celia, había soportado noches en las que había deseado morir, horas de dolor y de soledad cuya única escapatoria parecía ser terminar con todo de una vez. Sin embargo, había elegido vivir, diciéndose que podía lograr salir adelante solo. Ese día, por primera vez, había empezado a entender lo que sus amigos llevaban años repitiéndole.

«Mike, no tienes por qué estar solo. Encontrarás otro amor.» La mano de Rachel en la suya hacía que aquella ironía resultara aún más dura de aceptar. El destino se mostraba cruelmente oportunista con él. Se sentía como si las capas de armadura que le cubrían el corazón fueran desmenuzándose por momentos. Durante un instante, sobre las viejas cubiertas del *Goya*, percibió el fantasma de Celia, cuidando de él como solía hacerlo. Su voz hablaba con los torrentes de agua... pronunciando de nuevo las últimas palabras que le había dicho en vida.

–Eres un superviviente –susurró su voz–. Prométeme que encontrarás otro amor.

–Nunca querré a otra –le había dicho él.

La sonrisa de Celia estaba llena de sabiduría.

–Tendrás que aprender.

En ese momento, sobre la cubierta del *Goya*, Tolland se dio cuenta de que en efecto estaba aprendiendo. De pronto, una profunda emoción le inflamó el alma. En aquel instante fue consciente de que no era otra cosa que felicidad.

Y con ella llegó un embriagador deseo de vivir.

Pickering se sentía extrañamente lejano cuando se movió hacia los dos prisioneros. Se detuvo delante de Rachel, vagamente sorprendido de que aquello no le resultara más difícil.

–A veces –dijo–, las circunstancias nos enfrentan a decisiones imposibles.

Los ojos de Rachel eran implacables.

–Ha sido usted quien ha creado estas circunstancias.

–La guerra siempre implica víctimas –dijo Pickering con voz más firme. «Pregunte si no a Diana Pickering, o a cualquiera de los que mueren a diario defendiendo esta nación–. Tiene que comprenderlo, Rachel. –Clavó sus ojos en ella–. *Iactura paucorum serva multos*.

Supo al instante que Rachel había reconocido las palabras que se pronunciaban continuamente en los círculos de seguridad nacional. «Sacrificar a unos pocos para salvar a la mayoría.»

Rachel lo miró con asco evidente.

–¿Y ahora Michael y yo nos hemos convertido en parte de sus pocos?

Pickering lo pensó detenidamente. No había otra alternativa. Se giró hacia Delta-Uno.

–Libere a su compañero y termine con esto.

Delta-Uno asintió.

Pickering miró largamente a Rachel y a continuación se dirigió con paso firme a la barandilla de la cubierta cercana. Desde allí contempló los embates del mar contra el barco. Aquella ejecución era algo que prefería no mirar.

Delta-Uno se sintió poderoso al coger el arma y mirar a su compañero, que seguía suspendido entre las pinzas del Tritón. Lo único que le restaba hacer era cerrar la trampilla que estaba debajo de los pies de Delta-Dos, liberarle de las pinzas y eliminar a Rachel Sexton y a Michael Tolland.

Desgraciadamente, no tardó en darse cuenta de la complejidad que entrañaba el panel de control situado junto a la trampilla: una serie de palancas y de diales sin ningún señalizador que al parecer controlaban la trampilla, el motor del torno y muchas otras funciones. No tenía la menor intención de accionar la palanca errónea y arriesgar la vida de su compañero, dejando caer por error el sumergible al mar.

«Eliminen todo riesgo. Jamás se precipiten.»

Obligaría a Tolland a liberar a Delta-Dos él mismo. Y para asegurarse de que no se valía de ninguna treta, utilizaría lo que en su profesión se conocía como «garantía biológica».

«Utilicen a sus adversarios enfrentándolos entre sí.»

Giró el cañón de la ametralladora para apuntarlo directamente a la cara de Rachel, deteniéndose sólo a unos centímetros de su frente. Ella cerró los ojos y Delta-Uno pudo ver cómo los puños de Tolland se cerraban en un arranque de ira protectora.

–Levántese, señorita Sexton –dijo Delta-Uno.

Rachel así lo hizo.

Con el arma firmemente pegada a la espalda de la joven, Delta-Uno la hizo caminar hacia la estructura de aluminio de escaleras portátiles que llevaban a lo alto del Tritón desde atrás.

–Suba y quédese en lo alto del submarino.

Rachel pareció asustada y confusa.

–Haga lo que le digo –dijo Delta-Uno.

Rachel tenía la sensación de estar sufriendo una pesadilla mientras subía por la pasarela de aluminio situada tras el Tritón. Se detuvo al llegar arriba, sin el menor deseo de pasar por encima del abismo para acceder a la parte superior del sumergible suspendido.

–Suba al techo del sumergible –dijo el soldado, volviéndose hacia Tolland y pegándole el arma a la cabeza.

Delante de Rachel, el soldado que estaba sujeto por las pinzas la miraba, retorciéndose de dolor, sin duda ansioso por que le liberaran. Rachel miró a Tolland, que ahora tenía el cañón de un arma apuntándole a la cabeza. «Suba al techo del sumergible.» No tenía elección.

Con la sensación de estar asomándose al borde de un precipicio sobre un cañón, pasó a la cubierta del motor del Tritón, una pequeña sección plana situada detrás de la ventana de la cúpula redondeada. Todo el submarino colgaba como una gigantesca plomada sobre la trampilla abierta. Aun a pesar de estar suspendido del cable del torno, el sumergible de nueve toneladas apenas se movió bajo su peso, balanceándose sólo unos pocos milímetros antes de recuperar el equilibrio.

–Venga, muévase –le dijo el soldado a Tolland–. Acérquese a los controles y cierre la trampilla.

Con el arma apuntándole, Tolland empezó a moverse hacia el panel de control con el soldado a su espalda. Cuando se acercó, se movía despacio, y Rachel vio cómo sus ojos se clavaban con fuerza en los de ella, como si intentaran enviarle un mensaje. La miró directamente y luego bajó los ojos hacia la trampilla abierta de la parte superior del Tritón.

Rachel miró hacia abajo. La trampilla que tenía a sus pies estaba abierta y la pesada escotilla circular también. Vio desde lo alto el interior de la cabina monoplaza. «¿Me está diciendo que entre?» Temiendo haberse equivocado, miró de nuevo a Tolland, que casi había llegado ya al panel de control. Él clavó en ella la mirada. Esta vez fue mucho menos sutil.

«¡Salta dentro! ¡Ahora!» fue el mensaje que Rachel leyó en sus labios.

Delta-Uno vio el movimiento de Rachel con el rabillo del ojo y giró instintivamente sobre sus talones, abriendo fuego en el momento en que ella se colaba por la trampilla del submarino justo por debajo de la ráfaga de balas. La escotilla abierta repiqueteó mientras las balas rebotaban en el portal circular, provocando una lluvia de chispas y cerrando la escotilla violentamente encima de ella.

Tolland se movió en cuanto notó que el arma se apartaba de su espalda. Se lanzó a la izquierda, lejos de la trampilla, y cayó sobre cubierta en el instante en que el soldado se giraba hacia él y abría fuego. Las balas estallaron detrás de él justo cuando se ponía como podía a cubierto detrás del chigre del ancla de popa del barco, un enorme cilindro motorizado alrededor del cual había enrollados varios cientos de metros de cable de acero que sujetaban el ancla.

Tenía un plan y no le quedaba más opción que actuar deprisa. Cuando el soldado se lanzó a por él, alargó el brazo y agarró el dispositivo de bloqueo del ancla con las dos manos, tirando de él hacia abajo. Al instante, el chigre del ancla empezó a soltar cable y el *Goya* dio un bandazo en la fuerte corriente. El repentino movimiento envió a todos y todo lo que estaba en cubierta dando tumbos a un lado. En cuanto el barco derivó en sentido inverso a la corriente, el chigre del ancla fue soltando cable cada vez más rápido.

«Vamos, cariño», lo apremió Tolland.

El soldado recuperó el equilibrio y fue de nuevo a por él. Tolland esperó hasta el último momento, se agarró bien y tiró de la palanca hacia arriba, bloqueando de nuevo el carrete del ancla. La cadena se tensó de golpe, deteniendo el barco bruscamente y haciendo que el *Goya* se cimbrara. Todo lo que había en cubierta salió volando. El soldado cayó de rodillas cerca de Tolland. Pickering cayó hacia atrás desde la barandilla a cubierta. El Tritón se balanceó salvajemente en su cable.

Un terrible aullido de metal que se parte se elevó desde debajo del barco como un terremoto en el momento en que el puntal dañado por fin cedió. El pontón de estribor de la proa del *Goya* empezó a caer bajo su propio peso. El barco se tambaleó, inclinándose en diagonal como una enorme mesa que hubiera perdido una de sus cuatro patas. El ruido que llegaba desde abajo era ensordecedor... el lamento del metal al retorcerse y chirriar y los embates del violento oleaje.

En el interior de la cabina del Tritón, Rachel se sujetaba con tanta fuerza que tenía los nudillos de las manos blancos. Las nueve toneladas de la máquina se balanceaban sobre la trampilla en la escorada cubierta. Vio, por la base de la cúpula de cristal, el océano enfurecido bajo sus pies. Entonces levantó la mirada y escrutó la cubierta, intentando localizar a Tolland. En ese momento fue testigo del extraño drama que, en cuestión de segundos, tuvo lugar.

A sólo un metro de ella, atrapado entre las pinzas del Tritón, el soldado aprisionado de la Delta aullaba de dolor mientras se agitaba como una marioneta tirada por una cruceta. William Pickering apareció en el campo de visión de Rachel y se agarró como pudo a una cornamusa de cubierta. Junto a la palanca del chigre, Tolland también seguía agarrado, intentando no deslizarse por la borda hasta el agua. Cuando Rachel vio que el soldado con la ametralladora recuperaba el equilibrio, gritó desde el sumergible:

–¡Mike, cuidado!

Pero Delta-Uno ignoró por completo a Tolland. Horrorizado y boquiabierto, sólo miraba el helicóptero. Rachel se volvió, siguiendo su mirada. El Kiowa, con sus enormes rotores todavía en marcha, había empezado a deslizarse lentamente por la cubierta inclinada. Sus prolongados largueros actuaban como lo habrían hecho dos esquís en una pendiente. Fue entonces cuando se dio cuenta de que el inmenso aparato se deslizaba directamente hacia ella.

Trepando con gran esfuerzo por la cubierta inclinada hacia el aparato que se deslizaba, Delta-Uno logró subir a la cabina del piloto. No tenía la menor intención de permitir que su único medio de escape cayera por la borda. Manipuló los controles del Kiowa y tiró de la palanca de despegue. «¡Arriba, maldita sea!» El helicóptero se deslizaba directamente hacia el Tritón y hacia Delta-Dos, que seguía suspendido de sus pinzas.

El Kiowa tenía el morro y las aspas inclinadas hacia delante, y cuando el helicóptero logró elevarse sobre cubierta, se desplazó más hacia delante que hacia arriba, acelerando en dirección al Tritón como una gigantesca motosierra. «¡Arriba!» Delta-Uno tiró de la palanca, lamentando no poder dejar caer la media tonelada de misiles Hellfire que lo arrastraban hacia abajo. Las aspas no llegaron por muy poco a entrar en contacto con la parte superior de la cabeza de Delta-Dos ni con la parte superior del sumergible Tritón, pero el helicóptero se movía demasiado rápido. En ningún caso conseguiría evitar el cable del torno del Tritón.

Cuando las aspas impactaron a una velocidad de trescientas revoluciones por minuto con el cable de acero trenzado del torno de quince toneladas de resistencia del sumergible, un chirrido provocado por el roce del metal rasgó la noche. Los sonidos conjuraban imágenes de una batalla épica. Desde la cabina del piloto del helicóptero, Delta-Uno vio cómo los rotores sacaban chispas del cable del sumergible como un cortacésped gigante cortaría una cadena de acero. En lo alto vio una cegadora lluvia de destellos, y las aspas del Kiowa se partieron. Desesperado, Delta-Uno comprobó que el aparato se precipitaba con fuerza sobre cubierta. Intentó controlarlo, pero no consiguió elevarlo. Vano esfuerzo. El helicóptero rebotó dos veces en la cubierta inclinada y luego resbaló, estrellándose contra la barandilla del barco.

Durante un instante, Delta-Uno creyó que la barandilla aguantaría.

Entonces oyó el crujido. El helicóptero, con su pesada carga, cayó por la borda al mar.

Rachel Sexton seguía sentada, paralizada, en el interior del Tritón, con el cuerpo pegado al asiento del sumergible. El minisubmarino se había visto violentamente sacudido cuando los rotores del helicóptero tocaron el cable, pero había conseguido aguantar. Por algún motivo, las aspas no habían afectado al cuerpo principal del aparato, pero sabía que el cable tenía que haber quedado fuertemente dañado. Llegados a ese punto, ya sólo podía pensar en salir de ahí dentro lo más deprisa que pudiera. El soldado atrapado en las pinzas la miraba fijamente desde fuera, delirante, sangrando y quemado por la metralla. Más allá, Rachel vio a William Pickering, que todavía seguía agarrado de una cornamusa de la cubierta inclinada.

«¿Dónde está Michael?» No podía verlo. El pánico sólo le duró un instante, hasta que un nuevo miedo la embargó. Por encima de su cabeza, el cable deshilachado del torno del Tritón soltó un amenazador latigazo cuando las hebras que lo trenzaban se soltaron. Entonces se oyó un fuerte chasquido y Rachel sintió que cedía.

Momentáneamente ingrávida, quedó suspendida sobre su asiento dentro de la cabina al tiempo que el sumergible se precipitaba al mar. La cubierta desapareció sobre su cabeza y las pasarelas inferiores del *Goya* pasaron a toda velocidad por su lado. El soldado atrapado en las pinzas palideció de miedo, mirando fijamente a Rachel mientras el submarino caía a plomo.

La caída se hizo eterna.

Cuando el sumergible se estrelló en el mar, se sumergió violentamente bajo la corriente, estampando con fuerza a Rachel contra el asiento. La columna se le comprimió mientras el océano iluminado iba tragándose la cúpula. Sintió un tirón sofocante mientras el submarino iba perdiendo velocidad hasta detenerse por completo bajo el agua y luego volvía a subir rápidamente a la superficie, emergiendo como un tapón de corcho.

Los tiburones se lanzaron al ataque de inmediato. Petrificada en su asiento de primera fila, Rachel siguió donde estaba mientras el espectáculo tenía lugar a sólo unos pocos metros delante de ella.

Delta-Dos sintió la cabeza oblonga del tiburón estrellarse contra él con una fuerza inimaginable. Una pinza afilada como una cuchilla se cerró sobre la parte superior de su brazo, cortándole hasta el hueso mientras lo mantenía sujeto. Sintió un brusco e insoportable dolor cuando el tiburón torsionó su poderoso cuerpo y sacudió la cabeza violentamente, arrancándole el brazo. Al instante se acercaron otros tiburones. Se le clavaron cuchillos en las piernas. En el torso. En el cuello. Delta-Dos no tenía ya aliento para chillar de agonía mientras los tiburones le arrancaban enormes pedazos del cuerpo. Lo último que vio fue una boca con forma de luna creciente inclinándose a un lado y una fila de dientes cerrándose sobre su rostro.

Sólo oscuridad.

En el interior del Tritón, los golpes sordos de las pesadas y cartilaginosas cabezas contra la cúpula por fin remitieron. Rachel abrió los ojos. El hombre había desaparecido. El agua que bañaba la ventana era de color carmesí.

Terriblemente maltrecha, se encogió en su asiento, llevándose las rodillas al pecho. Podía notar cómo se movía el sumergible. Flotaba a la deriva en la corriente, raspando la cubierta inferior de buceo del *Goya*. También notó que se movía en otra dirección. Hacia abajo.

En el exterior del submarino, el inconfundible gorjeo del agua al penetrar en los tanques de lastre se hizo más evidente. El océano ascendió unos cuantos centímetros al otro lado del cristal que Rachel tenía delante.

«¡Me hundo!»

La recorrió un escalofrío de terror. De pronto intentó ponerse en pie. Alargó los brazos por encima de su cabeza y agarró el mecanismo de la escotilla. Si podía trepar hasta la cubierta del sumergible, todavía tendría tiempo de saltar a la cubierta de buceo del Goya. Estaba a tan sólo unos metros.

«¡Tengo que salir de aquí!»

El mecanismo de la escotilla indicaba claramente en qué dirección había que girar para abrirla. Rachel tiró de ella. No se movió. Volvió a intentarlo. Nada. Estaba bloqueado. Doblado. Mientras el miedo iba aumentando como el mar que la rodeaba, Rachel tiró una última vez.

La escotilla no se movió.

El Tritón se hundió unos centímetros más, rebotando de nuevo contra el *Goya* antes de alejarse a la deriva del casco destrozado del barco... y de ahí hacia mar abierto.

126

–No lo haga, senador –suplicó Gabrielle a Sedgewick Sexton cuando éste terminó de utilizar la fotocopiadora–. ¡Está arriesgando la vida de su hija!

Sexton hizo oídos sordos a la voz de su ayudante y volvió a su escritorio con diez montones idénticos de fotocopias. Cada uno de ellos contenía copias de las páginas que Rachel le había enviado por fax, incluida su nota escrita a mano en la que afirmaba que el meteorito era falso y en la que acusaba a la NASA y a la Casa Blanca de intentar matarla.

«El *kit* más sorprendente jamás reunido para los medios de comunicación», pensó Sexton mientras empezó a insertar cuidadosamente cada montón en un sobre grande de lino blanco. Cada sobre llevaba grabado su nombre, la dirección de su despacho y el sello del Senado. No habría lugar a dudas sobre dónde se había originado esa increíble información. «El escándalo político del siglo –pensó–. ¡Y seré yo quien lo desvele!»

Gabrielle seguía suplicando por el bien de la seguridad de Rachel, pero Sexton no la oía. Mientras iba reuniendo los sobres, estaba en su propio mundo. «Toda carrera política tiene su momento decisivo. Éste es el mío.»

El mensaje telefónico de William Pickering le había advertido de que si hacía pública la información la vida de Rachel estaría en peligro. Desgraciadamente para su hija, él también sabía que si daba a conocer esa información y aportaba pruebas que demostraran el fraude de la NASA, ese simple acto de arrojo lo catapultaría hasta la Casa Blanca con mayor determinación y dramatismo político de lo que jamás se había visto en la política norteamericana.

«La vida está llena de decisiones difíciles –pensó–. Y los ganadores son aquellos que las toman.»

Gabrielle Ashe había visto antes esa mirada en los ojos de Sexton. Era una mirada de ambición ciega. La temía. Y, como acababa de darse cuenta, con razón. Obviamente, Sexton estaba decidido a arriesgar la vida de su hija para poder ser el primero en anunciar el fraude de la NASA.

–¿Es que no ve que ya ha ganado? –preguntó Gabrielle–. No hay la menor posibilidad de que Zach Herney ni la NASA puedan sobrevivir a este escándalo. ¡No importa quién lo haga público! ¡No importa lo que tarde en salir a la luz! Espere a saber con seguridad que Rachel está a salvo. ¡Espere hasta haber hablado con Pickering!

Estaba claro que Sexton ya no la escuchaba. Abrió el cajón de su escritorio y sacó una hoja de papel adhesivo a la que había pegadas docenas de sellos de cera autoadherentes del tamaño de una moneda de cinco centavos con sus iniciales. Gabrielle sabía que el senador solía utilizarlos para invitaciones formales, pero al parecer creía que un sello de cera carmesí daría a cada sobre un toque teatral extraordinario. Sexton despegó los sellos circulares del papel adhesivo y pegó uno en el pliegue de cada sobre, sellándolo como si se tratara de una carta lacrada.

Ahora el corazón de Gabrielle palpitaba presa de una rabia nueva. Se acordó de las imágenes digitalizadas de los cheques ilegales que había visto en el ordenador del senador. Si decía algo, sabía que él sólo tendría que borrar cualquier prueba.

–No lo haga –dijo–, o haré público nuestro affaire.

Sexton rompió a reír mientras pegaba los sellos de cera.

–¿En serio? ¿Y cree que alguien la creería? ¿A una asesora sedienta de poder a la que se le había negado un puesto en mi administración y que buscaba vengarse a cualquier precio? Ya negué nuestra relación en una ocasión y el mundo me creyó. Simplemente volveré a negarla.

–La Casa Blanca tiene fotos –afirmó Gabrielle.

Sexton ni siquiera levantó los ojos.

–No tiene ninguna foto. Y aunque así fuera, esas fotos carecen de valor. –Pegó el último sello de cera–. Gozo de inmunidad. Estos sobres superan cualquier cosa de la que nadie pueda atreverse a acusarme.

Gabrielle sabía que el senador tenía razón. Se sentía totalmente impotente mientras Sexton seguía admirando su obra. Sobre el escritorio había diez elegantes sobres de lino blanco, en los que figuraba su nombre y dirección, lacrados con un sello de cera carmesí con sus iniciales. Parecían cartas reales. Sin duda a lo largo de la historia había habido reyes coronados gracias a informaciones menos valiosas que aquélla.

Sexton cogió los sobres y se dispuso a marcharse. Gabrielle dio un paso adelante y le bloqueó el paso.

–Está cometiendo un error. Esto puede esperar.

Los ojos de Sexton se clavaron en ella.

–Fui yo quien te inventó, Gabrielle, y ahora soy yo quien te elimina.

–El fax de Rachel le dará la presidencia. Se lo debe.

–Ya le he dado demasiado.

–¿Y si le ocurre algo?

–Eso no hará más que incrementar los votos por compasión.

Gabrielle no podía creer que aquella idea se le hubiera pasado por la cabeza, y mucho menos que la hubiera oído de sus labios. Asqueada, hizo ademán de coger el teléfono.

–Voy a llamar a la Casa...

Sexton giró sobre sus talones y le dio una sonora bofetada.

Gabrielle retrocedió, tambaleándose, y sintió que se le había abierto el labio. Recuperó el equilibrio agarrándose al escritorio y levantando la mirada, perpleja, hacia el hombre al que en su momento había venerado.

Sexton le dedicó una larga y dura mirada.

–Si se le ocurre aguarme los planes, haré que se arrepienta el resto de su vida.

Sexton siguió mirándola sin parpadear, con los sobres sellados bajo el brazo. Un afilado peligro ardía en sus ojos.

Cuando salió del edificio de oficinas al aire frío de la noche, a Gabrielle todavía le sangraba el labio. Paró un taxi y subió. En aquellos momentos, por primera vez desde su llegada a Washington, Gabrielle Ashe se derrumbó y se echó a llorar.

127

El Tritón cayó al agua...

Michael Tolland se levantó como pudo sobre la cubierta inclinada del barco y miró por encima del chigre del ancla el cable destrenzado del torno del que hasta entonces había estado suspendido el submarino. Giró sobre sus talones hacia popa y desde allí escudriñó el agua. El Tritón acababa de emerger de debajo del *Goya* en la corriente. Aliviado al menos al ver que el submarino estaba intacto, echó una mirada a la escotilla, esperando ver cómo se abría y a Rachel salir del submarino ilesa. Pero la escotilla siguió cerrada. Se preguntó si quizá había quedado inconsciente a causa de la caída.

Incluso desde cubierta, podía ver que el Tritón flotaba excepcionalmente bajo en el agua, mucho más bajo de su nivel de flotación habitual. «Se está hundiendo.» No alcanzaba a imaginar por qué, aunque en ese momento la causa era lo de menos.

«Tengo que sacar a Rachel. Ahora».

Cuando echó a correr hacia el borde de la cubierta, una lluvia de balas de ametralladora explotó por encima de él, restallando contra el voluminoso chigre del ancla sobre su cabeza. Volvió a caer de rodillas. «¡Mierda!» Desde donde estaba vio a Pickering en la cubierta superior, apuntándole ahora como un francotirador. El soldado de la Delta Force había soltado su ametralladora al subir al condenado helicóptero y Pickering se había hecho con ella. Ahora el director se había afianzado en una posición más alta. Tenía toda la ventaja.

Atrapado detrás del chigre, Tolland volvió a mirar al Tritón, que seguía hundiéndose. «¡Vamos, Rachel! ¡Salga!» Esperó a que se abriera la escotilla. Nada.

Miró de nuevo la cubierta del *Goya* y sus ojos calcularon la distancia que quedaba al descubierto entre su posición y la barandilla de popa. Seis metros. Un largo trecho sin nada que pudiera brindarle protección.

Tomó aliento y se decidió. Se arrancó la camisa y la lanzó a su derecha, sobre la cubierta. Mientras Pickering dejaba la camisa llena de agujeros, Tolland salió corriendo hacia la izquierda, bajando por la cubierta inclinada y virando hacia popa. Con una increíble agilidad, saltó por encima de la barandilla de la parte posterior del barco. Dibujó un alto arco en el aire al tiempo que oía cómo las balas silbaban a su alrededor, consciente de que un simple roce lo convertiría en festín para los tiburones en cuanto cayera al agua.

Rachel Sexton se sentía como un animal salvaje atrapado en una jaula. Había vuelto a intentar abrir la escotilla, sin suerte. En algún lugar por debajo de ella oyó llenarse un tanque de agua, y notó que el submarino ganaba peso. La oscuridad del océano ascendía centímetro a centímetro contra la cúpula transparente: una cortina negra ascendiendo en sentido contrario.

Por la mitad inferior del cristal, pudo ver el vacío del océano cerrándose como una tumba. La inmensidad que se abría debajo del sumergible amenazaba con tragárserla por completo. Agarró el mecanismo de la escotilla e intentó hacerlo girar para abrirlo una vez más, pero sin éxito. Ahora sus pulmones respiraban con dificultad. Notaba en la nariz el frío y húmedo hedor del acre exceso de dióxido de carbono. En medio de aquellas sensaciones no dejaba de repetirse lo mismo.

«Voy a morir sola bajo el agua.»

Examinó los paneles de control y todas las palancas del Tritón, intentando encontrar algo que pudiera serle de ayuda, pero todos los indicadores estaban apagados. No había corriente. Estaba encerrada en una cripta de acero, hundiéndose hacia el fondo del mar.

El gorjeo en los tanques parecía haberse acelerado y el océano se elevó de nuevo, quedando a escasos metros de la parte superior del cristal. A lo lejos, al otro lado de la infinita llanura de agua, una franja de rojo carmesí asomaba en el horizonte. La mañana estaba al llegar. Temió que aquella fuera la última vez que la veía. Cerró los ojos en un intento por ahuyentar su inevitable destino y sintió las aterradoras imágenes de su infancia invadiendo su cabeza.

Se vio de nuevo cayendo entre el hielo. Deslizándose bajo el agua...

Sin aire. Incapaz de salir a la superficie. Hundiéndose.

Oyó a su madre llamándola. «¡Rachel! ¡Rachel!»

Los golpes en el exterior del submarino la sobresaltaron, sacándola de su delirio. Abrió los ojos de golpe.

–¡Rachel!

La voz le llegaba amortiguada. Un rostro fantasmagórico apareció contra el cristal, cabeza abajo, con el pelo oscuro arremolinado sobre la frente. Rachel apenas pudo distinguirlo en la oscuridad.

–¡Michael!

Tolland salió de nuevo a la superficie, aliviado al ver que Rachel se movía en el interior del submarino. «Está viva.» Nadó con poderosas brazadas hasta la parte posterior del Tritón y trepó a la plataforma sumergida del motor. Notaba las corrientes oceánicas, cálidas y poderosas, a su alrededor mientras se posicionaba para coger la rosca de la escotilla circular, agachándose y esperando haber quedado fuera del alcance de la ametralladora de Pickering.

El casco del Tritón estaba ya casi totalmente sumergido en el agua; Tolland sabía que si quería abrir la escotilla y sacar a Rachel del submarino, tenía que darse prisa. Contaba con un margen de veinte centímetros que disminuía rápidamente. En el momento en que la escotilla se sumergiera, abrirla supondría enviar un torrente de agua de mar al interior del Tritón, atrapando a Rachel dentro y enviando el submarino en caída libre al fondo.

–Ahora o nunca –jadeó, agarrando con fuerza la rueda de la escotilla y tirando de ella en sentido contrario a las agujas del reloj.

No ocurrió nada. Volvió a intentarlo, empleando en ello todas sus fuerzas. De nuevo, la escotilla se negó a girar.

Oyó a Rachel dentro del submarino, al otro lado del portal. Su voz sonaba sofocada, pero podía percibir su terror.

–¡Ya lo he intentado! –gritó Rachel–. ¡No he podido hacerla girar!

El agua lamía la tapa de la escotilla.

–¡Hagámosla girar juntos! –le gritó Tolland–. ¡Usted hágala girar en el sentido de las agujas del reloj! –Tolland sabía que en la manivela estaba marcado con claridad–. Vamos. ¡Ahora!

Se apuntaló contra los tanques de aire de lastre y tiró con todas sus fuerzas. Oyó cómo Rachel hacía lo mismo debajo de él. La manivela giró un centímetro y se negó a seguir moviéndose.

Entonces lo vio. La tapa de la escotilla no estaba colocada del todo plana en la abertura. Como la tapa de un bote que alguien hubiera colocado torcida, enroscándola a presión, se había atascado. Aunque el sello de goma estaba bien colocado, las grapas de la escotilla se habían doblado; la única forma de abrirla sería con un soplete.

Cuando la cubierta del submarino se sumergió bajo la superficie, Tolland fue presa de un miedo repentino y sobrecogedor. Rachel Sexton no iba a escapar del Tritón.

Mil metros más abajo, el abollado fuselaje del Kiowa, que seguía armado hasta los dientes, iba hundiéndose rápidamente, prisionero de la gravedad y de la poderosa fuerza de atracción del vértice de las profundidades. En la cabina del piloto, el cuerpo sin vida de Delta-Uno había dejado de ser reconocible, desfigurado como estaba por la aplastante presión de las profundidades.

A medida que el aparato bajaba girando en espiral con los misiles Hellfire todavía enganchados al fuselaje, la luminosa cúpula de magma esperaba en el suelo oceánico como una plataforma de aterrizaje al rojo vivo. Bajo los tres metros de grosor de su corteza, una cabeza de lava hirviente bullía a mil grados centígrados: un volcán esperando a entrar en erupción.

128

Tolland se quedó de pie con el agua hasta las rodillas sobre la caja del motor del Tritón, que seguía hundiéndose, e intentó pensar en alguna forma de salvar a Rachel.

«¡No dejes que el submarino se hunda!»

Volvió a mirar al *Goya*, preguntándose si había alguna forma de conectar algún cable al Tritón para mantenerlo cerca de la superficie. Imposible. El barco se había alejado ya cincuenta metros y Pickering estaba en lo alto del puente como un emperador romano que presenciara desde el asiento de honor algún sangriento espectáculo en el Coliseo.

«¡Piensa! –se dijo–. ¿Por qué se está hundiendo?»

La mecánica de flotación del submarino era de una sencillez insultante: los tanques de lastre se llenaban de aire o de agua, ajustando así la flotación y permitiéndole subir o bajar en el océano.

Obviamente, los tanques de lastre se estaban llenando.

¡Pero no tenían por qué!

Los tanques de lastre de cualquier submarino estaban provistos de orificios en su parte superior e inferior. Las aberturas inferiores, llamadas «agujeros de inundación», siempre estaban abiertas, mientras que los orificios superiores, o «válvulas de ventilación», podían abrirse y cerrarse para dejar salir el aire y permitir la entrada de agua.

Quizá por alguna razón las válvulas de ventilación del Tritón estaban abiertas. No alcanzaba a imaginar por qué. Se movió torpemente sobre la plataforma sumergida del motor, palpando a tientas con las manos uno de los tanques de lastre del sumergible. Las válvulas de ventilación estaban cerradas. Sin embargo, al tocarlas, los dedos de Tolland dieron con algo más.

Agujeros de bala.

«¡Mierda!» El Tritón había recibido una lluvia de balas cuando Rachel había saltado dentro. Tolland se zambulló de inmediato en el agua y buceó debajo del submarino, pasando la mano con sumo cuidado por el tanque de lastre más importante del sumergible: el tanque negativo. Los británicos llamaban a ese tanque «el descenso express». Los alemanes se referían a él como «ponerse zapatos de plomo». En cualquier caso, el significado estaba claro. El tanque negativo, al llenarse, era el encargado de hacer descender al submarino.

Mientras pasaba la mano por los costados del tanque, encontró docenas de agujeros de bala. Notó también que el agua se colaba dentro a raudales. El Tritón se estaba preparando para la inmersión, le gustara o no.

Ahora estaba a un metro y medio bajo la superficie. Tolland se movio hacia popa, pegó la cara al cristal y miró por la cúpula. Rachel golpeaba el cristal y gritaba. El miedo en su voz le hizo sentirse totalmente impotente. Durante unos segundos volvió a verse en un frío hospital junto a la mujer que amaba, sabiendo que no podía hacer nada por ella. Suspendido bajo el agua delante del submarino, se dijo que no podía volver a pasar por eso. «Eres un superviviente», le había dicho Celia. Pero no quería sobrevivir solo... otra vez no.

A pesar de que los pulmones le pedían aire a gritos, Tolland se quedó con Rachel. Cada vez que ella golpeaba el cristal, él oía el gorjeo de las burbujas de aire y veía al submarino hundirse un poco más. Rachel gritaba algo sobre que el agua entraba por la ventana.

La ventana de observación tenía una filtración.

«¿Un agujero de bala en la ventana?» Tolland lo dudó. Con los pulmones a punto de estallar, se preparó para salir a la superficie. Cuando se empujó con las palmas de las manos sobre la enorme ventana acrílica, sus dedos se toparon con un pedazo de revestimiento de goma suelto. Al parecer, uno de los sellos periféricos se había despegado durante la caída. Ésa era la razón de que hubiera una filtración en la cabina del piloto.

«Más malas noticias.»

Salió a la superficie y tomó aire tres veces, intentando aclararse las ideas. El agua, al entrar en la cabina, sólo aceleraría el descenso del Tritón. El submarino ya estaba a dos metros y medio de profundidad y él apenas podía tocarlo con los pies. Sentía a Rachel golpeando el casco desesperadamente.

Sólo se le ocurrió una cosa. Si bajaba buceando hasta la caja de motores del Tritón y localizaba el cilindro de aire de alta presión, podría utilizarlo para hacer estallar el tanque de lastre negativo.

Aunque eso sería básicamente una acción inútil, quizá mantuviera al Tritón cerca de la superficie durante otro minuto o tal vez más, antes de que los tanques perforados volvieran a inundarse.

«¿Y luego qué?»

Sin ninguna otra opción inmediata, se preparó para la zambullida. Inhaló una cantidad excepcional de aire y expandió los pulmones más allá de su estado natural, casi hasta el punto de llegar a sentir dolor. «Mayor capacidad pulmonar. Más oxígeno. Una zambullida más prolongada.» Sin embargo, mientras notaba cómo se le expandían los pulmones, presionando contra sus costillas, una extraña idea le asaltó.

¿Y si aumentaba la presión del interior del submarino? La cúpula de observación tenía un sello dañado. Quizá, si conseguía incrementar la presión dentro de la cabina, podría hacer estallar toda la cúpula de observación del submarino y sacar a Rachel de allí.

Soltó todo el aire que tenía en los pulmones y durante un instante flotó sobre el agua de la superficie, intentando imaginar la viabilidad del plan. Era totalmente lógico. ¿O no? Al fin y al cabo, los submarinos se construían para que resistieran sólo en una dirección. Tenían que soportar una presión enorme del exterior, pero casi ninguna del interior.

Además, el Tritón utilizaba válvulas reguladoras uniformes para reducir la cantidad de recambios con los que el *Goya* tenía que cargar. ¡Podía simplemente soltar la manga de carga del cilindro de alta presión y redirigirla hacia el regulador suplente de ventilación para casos de emergencia situado en la proa del submarino! La presurización de la cabina le provocaría a Rachel un dolor nada despreciable, pero quizá le permitiera salir.

Tolland tomó aire y se zambulló.

Ahora el submarino estaba ya a unos cuatro metros de profundidad y las corrientes y la oscuridad hacían que le resultara difícil orientarse. En cuanto encontró el tanque presurizado, rápidamente redirigió la manga y se preparó para bombear aire al interior de la cabina. Cuando agarró la llave de paso, la pintura amarilla reflectante del lateral del tanque le recordó lo peligrosa que era la maniobra: «PRECAUCIÓN: AIRE COMPRIMIDO – 3.000 PSI».

«Setecientos cincuenta kilos por centímetro cuadrado», pensó. Tenía la esperanza de que la cúpula de observación del Tritón saliera despedida del submarino antes de que la presión de la cabina aplastara los pulmones de Rachel. Básicamente estaba introduciendo una manga contra incendios de alta potencia en un balón de agua y rezando para que el balón estallara rápidamente.

Puso la mano sobre la llave de paso y se decidió. Suspendido sobre la espalda del Tritón, que seguía hundiéndose, hizo girar la llave y abrió la válvula. Inmediatamente la manga se puso rígida y Tolland oyó cómo el aire inundaba la cabina del submarino con una potencia enorme.

En el interior del Tritón, Rachel sintió que un dolor insoportable le rebanaba la cabeza. Abrió la boca, dispuesta a gritar, pero el aire se abrió paso hasta sus pulmones con una presión tan dolorosa que creyó que le iba a estallar el pecho. Tuvo la sensación de que se le hinchaban los ojos en las cuencas. Un rugido ensordecedor le llenó los tímpanos, poniéndola al borde de la inconsciencia. Instintivamente, cerró con fuerza los ojos y se tapó las orejas con las manos. Ahora el dolor era cada vez más fuerte.

Oyó un golpeteo directamente delante de ella. Se obligó a abrir los ojos el tiempo suficiente para distinguir la acuosa silueta de Michael Tolland en la oscuridad. Tenía el rostro pegado al cristal. Le estaba indicando que hiciera algo.

«Pero ¿qué?»

Apenas podía verlo en la oscuridad. Se le había nublado la visión y notaba las pupilas distorsionadas debido a la presión. Aun así, se dio cuenta de que el submarino se había hundido más allá de los últimos reflejos parpadeantes de las luces submarinas del *Goya*. A su alrededor sólo se abría ya un abismo infinito e impenetrable.

Tolland extendió el cuerpo contra la ventana del Tritón y siguió golpeándola. El pecho le ardía por falta de aire y sabía que tendría que volver a la superficie en cuestión de segundos.

«¡Empuje el cristal!», la apremiaba. Pudo oír cómo escapaba el aire presurizado alrededor del cristal, soltando burbujas. En algún punto el sello se había despegado. Sus manos buscaron a tientas algún borde, algo por lo que poder meter los dedos. Nada.

Cuando se quedó sin oxígeno, se le nubló la vista y golpeó el cristal una vez más. Ya ni siquiera podía ver a Rachel. Estaba demasiado oscuro. Con el último resquicio de aire que le quedaba en los pulmones, Tolland gritó bajo el agua.

–¡Rachel... empuje... contra... el... cristal!

Sus palabras surgieron como un balbuceo mudo y burbujeante.

129

En el Tritón, Rachel sentía la cabeza como si se la estuvieran comprimiendo con algún instrumento de tortura medieval. Medio de pie, agazapada junto a la silla de la cabina, sentía cómo la muerte iba cerrándose sobre ella. Delante, la cúpula hemisférica de observación estaba vacía. A oscuras. Los golpes habían cesado. Tolland se había marchado. La había abandonado.

El siseo de aire presurizado que entraba a raudales por encima de su cabeza le recordó al ensorcedor viento catabático de la plataforma de hielo Milne. El suelo del submarino estaba ahora cubierto por medio metro de agua. «¡Sáquenme de aquí!» Miles de ideas y de recuerdos empezaron a pasar por su mente como destellos de una luz violeta.

En la oscuridad, el submarino empezó a inclinarse y Rachel se tambaleó, perdiendo el equilibrio. Tropezando contra la silla, cayó hacia delante y chocó con fuerza contra el interior de la cúpula hemisférica. Sintió un dolor agudo en el hombro. Aterrizó hecha un ovillo contra la ventana y, al hacerlo, tuvo una sensación inesperada: un repentino descenso de la presión en el interior del submarino. El tenso tamborileo en sus oídos se relajó perceptiblemente y llegó incluso a oír escapar un gorjeo de aire del Tritón.

Le llevó un instante darse cuenta de lo que acababa de ocurrir. Al caer contra la cúpula, su peso había de algún modo forzado la bulbosa pantalla hacia fuera lo bastante para que la presión interna se abriera paso por uno de los sellos. Obviamente, ¡la cúpula de cristal estaba suelta! Rachel se dio cuenta entonces de lo que Tolland había estado intentando hacer al aumentar la presión en el interior del submarino.

«¡Está intentando hacer saltar la ventana!»

Sobre su cabeza, el cilindro de presión del Tritón seguía bombeando. Incluso mientras estaba allí tumbada, Rachel sintió que la presión aumentaba de nuevo. Esta vez a punto estuvo de darle la bienvenida, aunque sentía la sofocante fuerza empujándola peligrosamente a la inconsciencia. Se puso como pudo de pie y empujó hacia fuera con todas sus fuerzas contra la parte interna del cristal.

Esta vez, no se oyó ningún gorjeo. El cristal apenas se movió. Lanzó todo su peso contra la ventana una vez más. Nada. Le dolió la herida del hombro y bajó los ojos para mirarla. La sangre estaba seca. Se preparó para volver a intentarlo, pero no tuvo tiempo. Sin previo aviso, el estropeado submarino empezó a volcarse... hacia atrás. Cuando la pesada caja de motores se abalanzó sobre los delgados tanques, el Tritón rodó sobre su espalda, hundiéndose ahora boca abajo.

Rachel cayó de espaldas contra la pared posterior de la cabina. Semisumergida en el agua revuelta, miró directamente hacia arriba a la cúpula goteante, suspendida sobre ella como una claraboya gigante.

Fuera no había más que oscuridad... y miles de toneladas de océano empujando hacia abajo.

Logró reunir ánimos suficientes para levantarse, pero sentía el cuerpo muerto y pesado. De nuevo su mente volvió atrás en el tiempo, al abrazo helado de un río helado.

–¡Lucha, Rachel! –gritaba su madre, alargando el brazo para sacarla del agua–. ¡Aguanta!

Cerró los ojos. «Me estoy hundiendo.» Sentía los patines como pesos muertos, arrastrándola hacia abajo. Vio a su madre tumbada sobre el hielo en un intento por repartir su propio peso, alargando la mano hacia ella.

–¡Patalea, Rachel! ¡Impúlsate con los pies!

Rachel pataleaba lo mejor que podía. Su cuerpo se elevó ligeramente en el agujero de hielo. Una chispa de esperanza. Su madre la cogió.

–¡Sí! –gritó su madre–. ¡Ayúdame a sacarte! ¡Impúlsate con los pies!

Con su madre tirando desde arriba, Rachel utilizó sus últimos resquicios de energía para patalear con los patines. Fue suficiente, y su madre la sacó del agua, sana y salva. Arrastró a la empapada Rachel hasta la nevada orilla antes de derrumbarse y de echarse a llorar.

Ahora, en la creciente humedad y calor del submarino, abrió los ojos a la oscuridad que la rodeaba. Oyó a su madre susurrando desde la tumba con la voz clara incluso allí, en el zozobrante Tritón.

«Impúlsate con los pies.»

Rachel levantó los ojos hacia la cúpula que tenía sobre su cabeza. Reuniendo los remanentes de valor que aún le quedaban, se subió a la silla de la cabina, ahora orientada casi horizontalmente, como el sillón de un dentista. Se tumbó de espaldas, dobló las rodillas, echó hacia atrás las piernas todo lo que pudo, apuntó los pies hacia arriba, y pateó hacia delante. Con un salvaje grito de desesperación y de fuerza, estampó los pies contra el centro de la cúpula acrílica. Punzadas de dolor se le clavaron en las espinillas, y la cabeza le dio vueltas. De pronto le rugieron los oídos y sintió que la presión se equilibraba con una violenta ráfaga. El sello del lado izquierdo de la cúpula cedió y la enorme lente se despegó parcialmente, abriéndose como la puerta de un granero.

Un torrente de agua irrumpió en el submarino, aplastándola contra la silla. El océano tronó a su alrededor, arremolinándose bajo su espalda, elevándola ahora de la silla, lanzándola boca arriba como un calcetín en una lavadora. Intentó a ciegas encontrar algo a lo que agarrarse, pero no hacía más que girar enloquecidamente. Cuando la cabina se llenó de agua, notó que el submarino iniciaba una rápida caída libre hacia el fondo. Su cuerpo salió despedido hacia arriba en la cabina y se sintió inmovilizada. Una ráfaga de burbujas irrumpió a su alrededor, haciéndola girar, arrastrándola hacia la izquierda y hacia arriba. Sintió que una dura lámina acrílica se estrellaba contra su cadera.

De repente estaba libre.

Girando y cabeceando en la infinita calidez y acuosa oscuridad, sintió que sus pulmones intentaban desesperadamente coger aire. «¡Sal a la superficie!» Buscó la luz, pero no vio nada. Su mundo parecía idéntico en todas direcciones. Todo era negro. No había gravedad. No existía la sensación de arriba o abajo.

En aquel instante aterrador, se dio cuenta de que no tenía ni idea de hacia dónde nadar.

A miles de metros por debajo de ella, el zozobrante Kiowa se había convertido en un amasijo a merced de la implacable y creciente presión. Los quince misiles Hellfire AGM-114 antitanque que seguían a bordo se resistían a la compresión al tiempo que sus conos cobertores de cobre y las cabezas de detonación por resorte iban apuntando peligrosamente hacia dentro.

A cincuenta metros por encima del suelo oceánico, el poderoso foso de la megapluma se hizo con los restos del helicóptero y lo
succionó hacia abajo, lanzándolo contra la corteza al rojo vivo de
la cúpula de magma. Como una caja de cerillas que fueran encen-
diéndose en serie, los misiles Hellfire estallaron, abriendo un gran
agujero en lo alto de la cúpula de magma.

Después de haber salido a la superficie a tomar aire y de haber
vuelto a zambullirse desesperadamente, Michael Tolland se hallaba suspendido a siete metros bajo el agua escrutando la oscuridad
cuando los misiles Hellfire estallaron. El blanco destello se hinchó
hacia arriba, iluminando una imagen increíble: una imagen congelada que no olvidaría mientras viviera.

Rachel Sexton estaba suspendida a cinco metros por debajo de
él como una marioneta enmarañada en el agua. A los pies de ella, el
Tritón se alejaba a toda velocidad con la cúpula colgando. Los
tiburones que había por la zona salieron rápidamente en busca de
mar abierto, presintiendo el peligro que estaba a punto de desa-
tarse.

La alegría de Tolland al ver a Rachel fuera del submarino se
vio de inmediato reemplazada por la toma de conciencia de lo que
estaba a punto de ocurrir. Después de memorizar la situación de
Rachel antes de que la luz desapareciera, buceó con fuerza, abriéndose paso hacia ella.

Miles de metros más abajo, la corteza de la cúpula de magma estalló en pedazos y el volcán subterráneo entró en erupción, escu-
piendo magma al mar a una temperatura de mil doscientos grados
Celsius. La lava abrasadora evaporaba toda el agua que tocaba,
enviando un inmenso pilar de vapor hacia la superficie desde el eje
central de la megapluma. Movida por las mismas propiedades ci-
nemáticas de la dinámica de fluidos que provocaban los tornados,
la transferencia vertical de energía del vapor quedó contrapesada
por una vertical de vorticidad anticiclónica que giraba alrededor
del foso, llevando energía en dirección opuesta.

Girando alrededor de la columna de gas ascendente, las corrientes oceánicas empezaron a intensificarse, iniciando una dinámica descendente. El vapor emitido creaba un enorme vacío que

succionaba millones de litros de agua de mar hacia abajo al entrar en contacto con el magma. Cuando la nueva agua tocaba el fondo, se transformaba también en vapor y precisaba alguna vía de escape, uniéndose a la creciente columna de vapor de gases y saliendo despedida hacia arriba, atrayendo más agua por debajo. A medida que mayor cantidad de agua iba ocupando su lugar, el vórtice se intensificaba. La pluma hidrotérmica se elongaba y el imponente remolino ganaba fuerza con cada segundo que pasaba, al tiempo que su borde superior avanzaba paulatinamente hacia la superficie.

Un agujero negro oceánico acababa de nacer.

Rachel se sentía como un bebé en el útero materno. Una oscuridad caliente y húmeda la envolvía. Notaba las ideas enredadas en la impenetrable calidez. «Respira.» Se debatió contra el reflejo. El destello de luz que había visto sólo podía proceder de la superficie y, aun así, parecía estar muy lejos. «Una ilusión. Tienes que subir a la superficie.» En su debilidad, empezó a nadar en dirección al lugar del que había visto surgir la luz. Ahora veía más luz... un inquietante resplandor rojo a lo lejos. «¿La luz del día?» Nadó con más fuerza.

Una mano la agarró del tobillo.

Rachel soltó una especie de chillido bajo el agua, casi exhalando los últimos restos de aire.

La mano tiró de ella hacia atrás, obligándola a girar y colocándola en la dirección contraria. Sintió que una mano conocida le cogía la suya. Michael Tolland estaba allí, tirando de ella.

La mente de Rachel le decía que la estaba llevando hacia abajo. El corazón le decía que Michael sabía lo que hacía.

«Impúlsate con los pies», susurró la voz de su madre.

Rachel pataleó con todas sus fuerzas.

130

Incluso cuando Tolland y Rachel salieron a la superficie, Michael supo que todo estaba perdido. «La cúpula de magma ha entrado en erupción.» En cuanto la parte superior del vórtice alcanzara la superficie, el gigantesco tornado submarino empezaría a succionarlo todo hacia abajo. Por extraño que resultara, el mundo con el que se encontró al salir a la superficie nada tenía que ver con el tranquilo amanecer que había dejado hacía sólo unos instantes. El ruido era ensordecedor. El viento le azotó el rostro como si algún tipo de tormenta se hubiera desencadenado mientras estaba bajo el agua.

Tolland se sentía mareado debido a la falta de oxígeno. Intentó sujetar a Rachel en el agua, pero algo se la arrancaba de los brazos. «¡La corriente!» Quiso sujetarla otra vez, pero la energía invisible tiraba de ella con más fuerza, amenazando con arrebatársela. De pronto, Tolland dejó de oponer resistencia y el cuerpo de Rachel se deslizó entre sus brazos... pero hacia arriba.

Entonces Tolland vio, atónito, cómo el cuerpo de Rachel salía del agua.

Por encima de sus cabezas, la aeronave de despegue vertical Osprey de la Guardia de Costas —combinación de avión/helicóptero— quedó suspendida en el aire e introdujo a Rachel en el aparato. Veinte minutos antes, la Guardia de Costas había recibido un informe de una explosión en mar abierto. Al haber perdido la pista del helicóptero Dolphin que supuestamente estaba en la zona, temieron que hubiera ocurrido un accidente. Introdujeron las últimas coordenadas conocidas del helicóptero en su sistema de navegación y esperaron lo mejor.

A un kilómetro del *Goya*, vieron los restos de algún aparato en llamas avanzando a la deriva sobre la corriente. Parecía una motora. En el agua, junto a la lancha, un hombre agitaba los brazos enloquecidamente. Lo izaron al aparato. Salvo por una pierna, que tenía envuelta en cinta aislante, estaba totalmente desnudo.

Exhausto, Tolland levantó la mirada hacia la panza del atronador helicóptero de rotores inclinados. Sus propulsores horizontales expulsaban chorros ensordecedores. Cuando Rachel ascendió sujeta por un cable, numerosos pares de manos tiraron de ella hasta introducirla en el interior del aparato. Mientras Tolland la veía subir hasta quedar a salvo, sus ojos vislumbraron a un hombre agazapado y medio desnudo en el umbral de la puerta cuyo rostro le resultó familiar.

«¿Corky? –Se le encogió el corazón –¡Pero si está vivo!»

Inmediatamente, el arnés cayó de nuevo del cielo y aterrizó a unos cinco metros de donde estaba. Intentó nadar hasta él, pero sintió que la fuerza de la pluma lo estaba succionando. El implacable poder de atracción del mar lo envolvió, negándose a soltarlo.

La corriente tiró de él hacia abajo. Luchó para mantenerse en la superficie, pero el agotamiento era abrumador. «Eres un superviviente», le decía alguien. Se impulsó con las piernas, subiendo a la superficie. Cuando sacó la cabeza y sintió el azote del fuerte viento, el arnés todavía estaba fuera de su alcance. La corriente luchaba por tirar de él hacia abajo. Entonces levantó los ojos y, entre el torrente de viento arremolinado y de ruido, vio a Rachel que le miraba desde arriba, apremiándole a que subiera hasta ella con los ojos.

Le bastaron cuatro poderosas brazadas para llegar al arnés. Con el último resto de fuerzas, deslizó el brazo y la cabeza por el lazo y se derrumbó.

Enseguida notó que el océano se alejaba bajo sus pies.

Miró abajo justo en el momento en que el enorme vórtice se abrió. La megapluma había alcanzado por fin la superficie.

William Pickering seguía en el puente del *Goya*, viendo, boquiabierto y perplejo, el espectáculo que se desarrollaba a su alrededor. A pocos metros de estribor de la popa se estaba formando una depresión en la superficie del mar. El remolino estaba a unos noventa metros del barco y se expandía con rapidez. El océano giraba en espiral, engullido por él y cayendo con escalofriante suavidad por el borde. A su alrededor reverberaba un gutural gemido que emergía de las profundidades. No era capaz de pensar en nada mientras observaba cómo el agujero se expandía hacia él como la boca abierta de algún dios épico, hambriento de sacrificios.

«Debo de estar soñando», pensó.

De pronto, con un explosivo siseo que sacudió las ventanas del puente del *Goya*, una inmensa columna de vapor salió despedida hacia el cielo desde el vórtice. Un géiser colosal se elevó por encima de su cabeza, tronando, al tiempo que su vértice desaparecía en la oscuridad del cielo.

Al instante, las paredes de la chimenea se saturaron al tiempo que el perímetro se expandía más deprisa, cruzando el océano hacia él. La popa del *Goya* se inclinó violentamente hacia la cavidad cada vez mayor. Pickering perdió el equilibrio y cayó de rodillas. Como un niño delante de Dios, bajó los ojos hacia el creciente abismo.

Sus últimos pensamientos fueron para su hija Diana. Rezó para que ella no hubiera conocido un miedo como el que él estaba sintiendo al morir.

La oleada provocada por la fuerte sacudida del vapor que escapaba del agua hizo dar un bandazo al Osprey. Tolland y Rachel se abrazaron mientras los pilotos recuperaban el rumbo, virando a escasa altura sobre el condenado *Goya*. Al mirar por la ventanilla, pudieron ver a William Pickering, *el Cuáquero*, arrodillado con su corbata y abrigo negros junto a la barandilla superior del barco.

Cuando la popa zigzagueó sobre el borde del enorme remolino, el cable del ancla terminó por romperse. Con la popa elevándose orgullosa en el aire, el *Goya* se deslizó hacia atrás sobre la cornisa acuosa, succionado por la empinada pared giratoria de agua. Las luces del barco seguían brillando cuando desapareció bajo el mar.

131

En Washington el día había amanecido despejado y frío.

La brisa formaba remolinos de hojas alrededor de la base del monumento a George Washington. El obelisco más grande del mundo normalmente despertaba ante su propia y pacífica imagen reflejada en el estanque, pero ese día la mañana había traído con ella un caos de periodistas que no dejaban de empujarse mientras se apiñaban, ansiosos, alrededor de la base del monumento.

El senador Sedgewick Sexton se sentía más grande que el propio Washington cuando bajó de su limusina y, como un león, se dirigió con paso firme a la zona de prensa que le esperaba ya al pie del monumento. Había invitado a representantes de las diez cadenas de mayor audiencia del país con la promesa de proporcionarles el escándalo de la década.

«No hay nada tan efectivo para atraer a los buitres como el olor a muerte», pensó.

Llevaba en la mano los sobres de lino blanco, cada uno de ellos elegantemente cerrado con su sello. Si la información era poder, Sexton llevaba consigo una cabeza nuclear.

Se sentía embriagado por la euforia mientras se acercaba al podio, satisfecho al ver que su improvisado escenario incluía dos grandes cortinas que flanqueaban el podio con un fondo de color azul marino, un viejo truco utilizado por Ronald Reagan para asegurarse de que nunca sufriría un atentado por la espalda. Sedgewick Sexton subió directamente al escenario, saliendo con paso firme de una cortina como un actor entre bastidores. Los periodistas se dispusieron a ocupar rápidamente sus asientos en las filas de sillas plegables colocadas de cara al podio. Al este, el sol asomaba ya por encima de la cúpula del Capitolio, lanzando rayos rosas y dorados sobre el senador como si fuera un elegido del cielo.

«Un día perfecto para convertirme en el hombre más poderoso del mundo.»

—Buenos días, damas y caballeros —dijo el senador, dejando los sobres encima del atril que tenía delante–. Quiero que esto resulte lo más breve y lo menos doloroso posible. La información que estoy a punto de compartir con ustedes es, para serles sincero, realmente preocupante. Estos sobres contienen pruebas de un engaño en el que están implicados los más altos cargos del gobierno. Me avergüenza decir que el presidente me ha llamado hace media hora y me ha suplicado... sí, suplicado es la palabra... que no haga públicas estas pruebas. –Sexton negó con la cabeza, visiblemente consternado–. Sin embargo, yo soy un hombre que cree en la verdad. Por muy dolorosa que ésta sea.

Hizo una pausa, cogió los sobres y tentó a la multitud que estaba sentada delante de él. Los ojos de los periodistas seguían los sobres a uno y otro lado como una jauría ante algún manjar desconocido.

El presidente había llamado a Sexton media hora antes y se lo había explicado todo. Herney había hablado con Rachel, que se encontraba sana y salva a bordo de un avión en algún lugar. Por increíble que resultara, aparentemente la Casa Blanca y la NASA eran testigos inocentes de aquel fiasco, una conjura pergeñada por William Pickering.

«Tampoco es que eso importe demasiado –pensó Sexton–. Zach Herney sigue cayendo en picado.»

Lamentó no poder transformarse en una mosca para posarse en la pared de la Casa Blanca en aquel preciso instante y ver la cara del presidente cuando se diera cuenta de que estaba haciendo pública la información. Él había accedido a reunirse con Herney en la Casa Blanca en ese mismo momento para hablar de cuál era la mejor forma de decirle la verdad a la nación sobre el meteorito. Probablemente, Herney estaba de pie delante de un televisor en ese preciso instante, boquiabierto por la conmoción, sabiendo que nada podía hacer ya la Casa Blanca para detener el golpe que el destino le había deparado.

–Amigos –continuó Sexton, dejando que sus ojos conectaran con la multitud–, he sopesado esto profundamente. He estado tentado de honrar el deseo del presidente y mantener estos datos en secreto, pero tengo que hacer lo que me dicta el corazón. –Suspiró, inclinando la cabeza como un hombre atrapado por la historia–. La verdad es la verdad. No es mi intención influir de ningún modo en la interpretación que ustedes puedan hacer de estos hechos. Simplemente quiero darles los datos como son.

A lo lejos, se oyeron restallar los rotores de una aeronave. Durante un instante, Sexton pensó que quizá fuera el presidente, que había decidido volar hasta allí desde la Casa Blanca presa de un ataque de pánico para interrumpir la rueda de prensa. «Eso ya sería la guinda del pastel –pensó, alborozado–. ¿No parecería Herney más culpable si eso ocurriera?»

–Por muy doloroso que sea –continuó Sexton, consciente de la perfección del ritmo de su puesta en escena–, siento que es mi deber dar a conocer al pueblo norteamericano el engaño del que ha sido objeto.

La aeronave se aproximó, atronadora, hasta tocar tierra en la explanada situada a la derecha de donde se celebraba la rueda de prensa. Cuando Sexton desvió hacia allí la mirada, le sorprendió ver que no se trataba del helicóptero presidencial, sino de un gran aeroplano/helicóptero Osprey.

En el fuselaje se distinguía la siguiente leyenda: GUARDIA DE COSTAS DE ESTADOS UNIDOS.

Desconcertado, Sexton vio abrirse la puerta de la cabina y bajar de ella una mujer. Llevaba puesto un anorak de la Guardia de Costas y parecía despeinada, como si viniera de un campo de batalla. La mujer se dirigió con paso firme hacia el área de prensa. Sexton tardó unos segundos en reconocerla.

«¿Rachel? –pensó, boquiabierto de pura sorpresa–. ¿Qué demonios está haciendo aquí?»

Un murmullo de confusión recorrió la multitud.

Sexton esbozó una falsa y amplia sonrisa, se giró hacia los periodistas y levantó un dedo en señal de disculpa.

–Les ruego que me den un minuto. Lo siento mucho. –Soltó entonces un cansado y afable suspiro–. La familia es lo primero.

Algunos de los periodistas se echaron a reír.

Con su hija acercándose a toda prisa por su derecha, no tenía la menor duda de que lo mejor era que esa reunión padre-hija se celebrara en privado. Desgraciadamente, la privacidad era un bien escaso en ese momento. Sus ojos se clavaron en la gran cortina que tenía a su derecha.

Sin dejar de sonreír con tranquilidad, saludó a su hija con la mano y se apartó del micrófono. Se movió hacia ella dibujando un ángulo, de modo que Rachel tuviera que pasar por detrás de la cortina para llegar a él. Sexton se encontró con ella a medio camino, oculto de los ojos y oídos de la prensa.

–¿Cariño? –dijo el senador, sonriendo y abriendo los brazos cuando ella se acercó a él–. ¡Qué sorpresa!

Cuando estuvo a su lado, le dio una bofetada.

Ahora que estaba a solas con su padre, ocultos ambos tras las cortinas, Rachel le dedicó una mirada glacial y llena de odio. Le había abofeteado con fuerza, pero él apenas se había inmutado. Haciendo gala de un escalofriante control, su estúpida sonrisa se desvaneció, mutando en una mirada de advertencia.

Su voz se transformó en un susurro demoníaco.

–No deberías estar aquí.

Rachel vio la ira en sus ojos y, por primera vez en su vida, no tuvo miedo.

–¡He acudido a ti en busca de ayuda y me has traicionado! ¡Han estado a punto de matarme!

–Pero ahora ya estás bien –respondió Sexton con un tono casi desilusionado.

–¡La NASA es inocente! –dijo Rachel–. ¡Ya te lo ha dicho el presidente! ¿Qué estás haciendo aquí? –El breve vuelo de Rachel desde Washington a bordo del Osprey de la Guardia de Costas había estado salpicado por un torrente de llamadas telefónicas entre la Casa Blanca, su padre, ella e incluso una compungida Gabrielle Ashe–. ¡Le prometiste a Zach Herney que irías a la Casa Blanca!

–Y eso haré –dijo Sexton con una sonrisa torcida–. El día de las elecciones.

Rachel se sintió asqueada al pensar que aquel hombre era su padre.

–Lo que vas a hacer es una locura.

–¿Ah, sí? –dijo Sexton riéndose por lo bajo. Se giró y señaló con un gesto el podio, que quedaba a la vista por el extremo de la cortina. En el atril descansaban un montón de sobres blancos–. Estos sobres contienen la información que tú misma me has enviado, Rachel. Tú. La sangre del presidente está en tus manos.

–¡Te he enviado esa información por fax cuando necesitaba tu ayuda! ¡Cuando creía que el presidente y la NASA eran culpables!

–Según las pruebas, la NASA sin duda parece culpable.

–¡Pero no lo es! Merece una oportunidad para poder reconocer sus propios errores. Ya has ganado estas elecciones. ¡Zach

Herney está acabado! Lo sabes. Deja que al menos conserve un poco de dignidad.

Sexton soltó un gemido.

–Qué inocente. Esto no tiene nada que ver con ganar las elecciones, Rachel, sino con el poder. Se trata de conseguir una victoria decisiva, de llevar a cabo actos de grandeza, de aplastar a la oposición y de controlar las fuerzas de Washington para poder hacer algo.

–¿A qué precio?

–No seas tan moralista. Simplemente estoy presentando las pruebas. La gente puede sacar sus propias conclusiones sobre quién es culpable.

–Sabes perfectamente quién parecerá el culpable.

Sexton se encogió de hombros.

–Quizá a la NASA le haya llegado ya su hora.

El senador notó que la prensa estaba empezando a impacientarse al otro lado de las cortinas y no tenía la menor intención de seguir ahí de pie toda la mañana, viendo cómo su hija le daba lecciones. Su momento de gloria esperaba.

–La conversación ha terminado –dijo–. Tengo que dar una rueda de prensa.

–Te lo pido como hija –le suplicó Rachel–. No lo hagas. Piensa en lo que estás a punto de hacer. Hay una alternativa.

–Para mí no.

Un ruido reverberó por la megafonía detrás de Sexton, que giró sobre sus talones para ver a una periodista que había llegado con retraso y que se inclinaba sobre el podio en un intento por fijar un micrófono a una de las perchas.

«¿Por qué estos idiotas no podrán ser nunca puntuales?», pensó Sexton, echando humo.

Con las prisas, la periodista tiró el montón de sobres de Sexton al suelo.

«¡Maldita sea!»

Sexton fue hacia allí con paso firme, maldiciendo a su hija por haberle distraído. Cuando llegó, la mujer estaba a gatas, recogiendo los sobres. Sexton no pudo verle la cara, pero sin duda se trataba de una periodista de alguna cadena: llevaba un abrigo de cachemira hasta los pies, bufanda a juego y una boina de mohair calada hasta los ojos de la que colgaba un pase de prensa de la ABC.

«Maldita idiota», pensó Sexton.

–Ya los cojo yo –le soltó, tendiendo la mano para que ella se los entregara.

La mujer cogió el último sobre del suelo y se lo dio sin levantar la mirada.

–Lo siento... –murmuró, obviamente avergonzada.

Con la cabeza gacha de vergüenza, se alejó correteando hasta perderse entre la multitud.

Sexton contó rápidamente los sobres. «Diez. Bien.» Nadie iba a robarle la bomba que tenía entre manos. Reagrupó los sobres, ajustó los micrófonos y dedicó una enigmática sonrisa a la multitud mientras exclamaba:

–¡Supongo que lo mejor será que reparta esto antes de que alguien resulte herido!

La multitud se rió, claramente ansiosa.

Sexton sentía la cercana presencia de su hija, de pie junto al podio, detrás de la cortina.

–No lo hagas –le dijo Rachel–. Lo lamentarás. –Sexton la ignoró–. Te estoy pidiendo que confíes en mí –insistió su hija, cuya voz sonó ahora más alta–. Es un error.

Sexton cogió los sobres y alisó los bordes.

–Papá –dijo Rachel, ahora intensa y suplicante–. Ésta es la última oportunidad que tienes para hacer lo correcto.

«¿Hacer lo correcto?» Sexton cubrió el micrófono y se giró, fingiendo carraspear. Miró discretamente a su hija.

–Eres igual que tu madre: idealista e insignificante. Lo que pasa es que las mujeres no entendéis la verdadera naturaleza del poder.

Sedgewick Sexton ya se había olvidado de su hija cuando se volvió hacia los medios de comunicación, cuya atención se disputaba. Con la cabeza bien alta, rodeó el podio y entregó los sobres a la prensa, que los esperaba ansiosa. Vio cómo éstos pasaban de mano en mano rápidamente entre la concurrencia. Oyó romperse los sellos y rasgar el papel como si fueran regalos de Navidad.

Un repentino silencio embargó a la multitud.

En mitad de ese silencio, Sexton pudo oír el momento crucial de su carrera.

«El meteorito es un fraude. Y yo soy el hombre que lo ha desvelado.»

Sexton sabía que a la prensa le llevaría un instante comprender las auténticas implicaciones de lo que estaban viendo: imágenes tomadas por el RPT de un túnel de inserción en el hielo; una especie oceánica viva casi idéntica a los fósiles de la NASA; pruebas de cóndrulos que se formaban en la Tierra. Todo ello llevaba a una única e increíble conclusión.

–¿Señor? –tartamudeó un periodista con expresión de absoluta perplejidad mientras seguía examinando el interior del sobre–. ¿Esto es auténtico?

Sexton le respondió con un taciturno suspiro.

–Sí. Me temo que sí.

Entonces, entre la multitud empezaron a extenderse murmullos de confusión.

–Les dejaré un instante para que examinen estas páginas –dijo Sexton–, y a continuación llegará el momento de las preguntas y un intento por aclarar de algún modo lo que tienen ante sus ojos.

–¿Senador? –preguntó otro periodista, que parecía totalmente anonadado–. ¿Estas imágenes son realmente auténticas? ¿No han sido manipuladas?

–Son cien por cien auténticas –respondió, hablando ahora con mayor firmeza–. De lo contrario jamás les habría presentado estas pruebas.

La confusión reinante entre la multitud pareció aumentar y a Sexton incluso le pareció oír una risa. Desde luego no era ésa la reacción que había esperado. Estaba empezando a temer que hubiera sobreestimado la capacidad de los medios de comunicación para comprender lo más obvio.

–Hmmm, ¿senador? –dijo alguien, al parecer extrañamente divertido–. ¿Responde usted de la autenticidad de estas imágenes?

Sexton estaba empezando a sentirse frustrado.

–Amigos míos, lo diré sólo una vez más. Las pruebas que tienen en las manos son cien por cien auténticas. Y si alguien puede probar lo contrario, ¡me como el sombrero!

Sexton esperó oír una carcajada general, pero ésta no llegó. Silencio de muerte. Ojos en blanco.

El periodista que acababa de hablar caminó hacia él, hojeando las fotocopias mientras avanzaba.

–Tiene usted razón, senador. Estos datos son escandalosos. –El periodista guardó silencio, rascándose la cabeza–. Supongo entonces que lo que nos tiene tan confundidos es por qué ha decidido compartir estos datos con nosotros así, sobre todo después de haberlos negado de forma tan vehemente.

Sexton no tenía la menor idea de lo que aquel hombre estaba diciendo. El periodista le dio las fotocopias. Sexton miró las páginas... y, durante un instante, la mente se le quedó en blanco.

No fue capaz de articular una sola palabra.

Estaba mirando unas fotografías que no le resultaban en absoluto familiares. Imágenes en blanco y negro. Dos personas. Desnudas. Brazos y piernas entrelazados. Durante un instante, no supo qué era lo que estaba viendo. Luego lo reconoció. Sintió un estallido en la boca del estómago.

Presa del horror, volvió bruscamente la cabeza hacia la multitud. En ese momento los periodistas asistentes a la rueda de prensa se estaban riendo. La mitad de ellos llamaba ya a sus redacciones, relatando la noticia.

Sintió que alguien le tocaba el hombro.

Giró sobre sus talones, confundido.

Rachel estaba de pie a su lado.

–Hemos intentado detenerte –dijo–. Te hemos dado hasta la última oportunidad.

Había una mujer junto a ella.

Sexton estaba temblando cuando sus ojos se desplazaron hacia la mujer que estaba al lado de su hija. Se trataba de la periodista del abrigo de cachemira y boina de mohair, la que le había tirado los sobres al suelo. Cuando vio su cara, la sangre se le heló en las venas.

Los ojos oscuros de Gabrielle parecían atravesarlo al tiempo que bajaba las manos y se abría el abrigo, revelando un montón de sobres blancos que llevaba pulcramente metidos debajo del brazo.

132

El Despacho Oval estaba a oscuras, tan sólo iluminado por el suave resplandor de la lámpara de bronce del escritorio del presidente Herney. Gabrielle Ashe mantuvo la barbilla en alto mientras estaba de pie delante del presidente. Tras él, al otro lado de la ventana, el crepúsculo caía sobre el césped del Ala Oeste.

–Me han dicho que nos deja –dijo Herney, al parecer decepcionado.

Gabrielle asintió. A pesar de que Herney había tenido la gentileza de ofrecerse a protegerla indefinidamente de la prensa en la Casa Blanca, prefería no enfrentarse a esa tormenta ocultándose en el ojo del huracán. Deseaba estar lo más lejos posible. Al menos durante un tiempo.

Herney la miró desde el otro lado de su escritorio, claramente impresionado.

–Gabrielle, la elección que ha tomado esta mañana...

Hizo una pausa, como si le faltaran las palabras. Sus ojos revelaban sencillez y claridad, en nada eran comparables a los pozos profundos y enigmáticos que en su momento la habían llevado hasta Sedgewick Sexton. Aun así, e incluso teniendo como telón de fondo aquel poderoso lugar, Gabrielle vio una auténtica amabilidad en su mirada, un honor y una dignidad que tardaría tiempo en olvidar.

–También lo he hecho por mí misma –dijo ella finalmente.

Herney asintió.

–En cualquier caso, debo darle las gracias. –El presidente se levantó y le indicó que le siguiera al pasillo–. De hecho, esperaba que se quedara al menos hasta poder ofrecerle un puesto en mi equipo económico.

Gabrielle le dedicó una mirada dubitativa.

–¿Dejar de gastar y empezar a invertir mejor?

El presidente se rió por lo bajo.

–Algo así.

–Creo, señor, que ambos sabemos que en este momento para usted soy más un lastre que una baza.

Herney se encogió de hombros.

—Sólo habría que dejar pasar unos meses. Todo se olvidará. Hay muchos hombres y mujeres que han pasado por la misma situación y que han alcanzado la grandeza —afirmó con un guiño—. Algunos de ellos llegaron incluso a ser presidentes de Estados Unidos.

Gabrielle sabía que tenía razón. A pesar de llevar sólo unas horas en paro, ya había rechazado dos ofertas de empleo: una de Yolanda Cole en la ABC, y la otra de la editorial St. Martin's Press, que le había ofrecido un obsceno adelanto si publicaba una biografía en la que lo contara todo.

«No, gracias.»

Mientras avanzaban por el pasillo, Gabrielle pensó en las fotos que en ese momento mostraban de ella todas las televisiones.

«El perjuicio para el país podría haber sido peor —se dijo—. Mucho peor.»

Después de haber regresado a la ABC para recuperar las fotos y pedirle prestado el pase de prensa a Yolanda Cole, Gabrielle se había colado en el despacho de Sexton para hacerse con los sobres duplicados. Mientras estaba dentro, había hecho también copias de los cheques con los donativos del ordenador de Sexton. Tras el enfrentamiento en el monumento a Washington, Gabrielle había repartido copias de los cheques al boquiabierto senador Sexton y le había planteado sus exigencias.

—Dé una oportunidad al presidente para que anuncie el error cometido con el meteorito o el resto de estos datos verá también la luz pública.

El senador echó una mirada al montón de pruebas financieras, se encerró en su limusina y se marchó. Desde entonces no se había vuelto a saber de él.

Cuando Gabrielle y el presidente llegaron a la puerta que daba acceso a los bastidores de la Sala de Comunicados, Gabrielle pudo oír a la muchedumbre que esperaba al otro lado. Por segunda vez en veinticuatro horas, el mundo se había reunido para escuchar un comunicado presidencial.

—¿Qué va a decirles? —preguntó.

Herney suspiró. Su expresión denotaba una calma remarcable.

—Con los años, he aprendido una cosa... —empezó, poniéndole una mano en el hombro y sonriendo—. No hay nada que pueda sustituir a la verdad.

Gabrielle se sintió embargada por un inesperado orgullo mientras le veía avanzar con paso decidido hacia el escenario. Zach Herney estaba a punto de reconocer el mayor error de su vida, y por extraño que pareciera, jamás había tenido un porte más presidencial.

133

Cuando Rachel despertó, la habitación estaba a oscuras. Un reloj marcaba las 10.14. No estaba en su cama. Durante unos instantes se quedó inmóvil, preguntándose dónde se encontraba. Poco a poco fue acordándose de todo: la megapluma, esa mañana en el monumento a Washington, la invitación del presidente a pasar la noche en la Casa Blanca.

«Estoy en la Casa Blanca –pensó de pronto–. He dormido aquí todo el día.»

La aeronave de la Guardia de Costas, siguiendo las órdenes del presidente, había transportado a los exhaustos Michael Tolland, Corky Marlinson y Rachel Sexton desde el monumento a Washington a la Casa Blanca, donde se les había servido un suntuoso desayuno, habían pasado un reconocimiento médico y se les había ofrecido cualquiera de los catorce dormitorios del edificio para que se recuperaran.

Los tres habían aceptado.

Rachel no podía creer que hubiera dormido tanto. Encendió el televisor y se quedó atónita al ver que el presidente Herney había concluido su rueda de prensa. Rachel y los demás se habían ofrecido a aparecer a su lado cuando anunciara el fiasco del meteorito al mundo. «Todos juntos cometimos el error.» Pero Herney había insistido en cargar con la responsabilidad él solo.

–Desgraciadamente –decía un comentarista político en la televisión–, parece que después de todo la NASA no ha descubierto ningún signo de vida procedente del espacio. Con ello son dos las veces en lo que llevamos de década en que la NASA ha clasificado incorrectamente un meteorito, atribuyéndole signos de vida extraterrestre. Sin embargo, entre los engañados se encontraban esta vez un buen número de civiles que gozan de gran respeto.

–Normalmente –intervino un segundo comentarista–, debería decir que un engaño de la magnitud del que el presidente ha descrito esta noche resultaría devastador para su carrera... y, sin embargo, teniendo en cuenta lo ocurrido esta mañana junto al monumento a Washington, tengo que decir que las posibilidades de que Zach Herney consiga la presidencia parecen más óptimas que nunca.

El primer comentarista asintió.

—Así que no hay vida en el espacio. Aunque tampoco queda vida en la campaña del senador Sexton. Y ahora, a medida que aparece nueva información que sugiere profundos problemas de financiación persiguiendo al senador...

Un golpe en la puerta atrajo la atención de Rachel.

«Michael», esperó, apagando rápidamente el televisor. No le había visto desde el desayuno. Al llegar a la Casa Blanca, Rachel no deseaba otra cosa que quedarse dormida en sus brazos. Aunque percibía que él sentía lo mismo, Corky había intervenido, aparcándose en la cama de Tolland y relatando exuberantemente una y otra vez su historia sobre cómo se había orinado encima y había salvado la vida. Por fin, totalmente exhaustos, Rachel y Tolland se habían dado por vencidos, yendo a dormir a diferentes dormitorios.

De camino a la puerta, Rachel se miró en el espejo, divertida al ver lo ridículamente que iba vestida. Lo único que había encontrado para acostarse era una vieja sudadera de fútbol de Penn State que había en la cómoda. Le llegaba a las rodillas como un camisón.

Siguieron los golpes a la puerta.

Abrió, desilusionada al ver que se trataba de una agente del Servicio Secreto de Estados Unidos. Era una joven guapa y de buen porte con una americana azul.

—Señorita Sexton, el caballero de la Habitación Lincoln ha oído su televisor. Me ha pedido que, ya que está usted despierta...

La joven se calló, arqueando las cejas, sin duda familiarizada con los juegos nocturnos que tenían lugar en los pisos superiores de la Casa Blanca.

Rachel se sonrojó al tiempo que sentía un cosquilleo en la piel.

—Gracias.

La agente condujo a Rachel por el pasillo impecablemente decorado hasta el marco de una puerta de aspecto sencillo que se encontraba muy cerca de la suya.

—La Habitación Lincoln —dijo la agente—. Y, como debo decir siempre que llego a esta puerta: duerma bien y tenga cuidado con los fantasmas.

Rachel asintió. Las leyendas sobre fantasmas en la Habitación Lincoln eran tan viejas como la propia Casa Blanca. Se decía que Winston Churchill había visto en ella al fantasma de Lincoln, como ya les había ocurrido a muchos otros, entre los que se incluían Eleanor Roosevelt, Amy Carter, el actor Richard Dreyfus y muchas criadas y mayordomos. Se decía que el perro del presidente Reagan se pasaba horas ladrando ante la puerta.

De pronto la idea de tener que vérselas con espíritus históricos hizo que Rachel fuera consciente de hasta qué punto la habitación era un lugar sagrado. Se sintió repentinamente avergonzada, ahí de pie con su larga camiseta de fútbol y las piernas desnudas, como una universitaria colándose en la habitación de algún chico.

—¿Es kosher? —le susurró a la agente—. Me refiero si realmente es la Habitación Lincoln.

La agente le respondió con un guiño.

—En esta planta, nuestra política es «No preguntes, no cuentes».

Rachel sonrió.

—Gracias.

Alargó la mano hacia el pomo de la puerta, anticipando lo que iba a encontrar al otro lado.

—¡Rachel!

La voz nasal recorrió el pasillo como una sierra circular.

Rachel y la agente se giraron. Corky Marlinson renqueaba hacia ellas, apoyándose en un par de muletas con la pierna ya debidamente vendada.

—¡Yo tampoco podía dormir!

Rachel se derrumbó en cuanto vio que su cita romántica estaba a punto de esfumarse.

Los ojos de Corky inspeccionaron a la guapa agente del Servicio Secreto. Le dedicó una amplia sonrisa.

—Me encantan las mujeres con uniforme.

La agente se apartó la americana, dejando a la vista una arma colgada del cinturón de aspecto letal.

Corky retrocedió.

—Mensaje recibido.

Se volvió entonces hacia Rachel.

—¿Mike también está despierto? ¿Va a entrar? —preguntó, al parecer ansioso por unirse a la fiesta.

Rachel soltó un gemido.

–De hecho, Corky...

–Doctor Marlinson –intervino la agente secreto, sacando una nota de su americana–. Según esta nota, que me entregó el señor Tolland, tengo órdenes explícitas de acompañarle a la cocina, ordenarle a nuestro chef que le prepare lo que usted desee, y pedirle que me cuente en detalle cómo logró salvarse de una muerte segura... –La agente vaciló, poniendo una mueca de asco cuando volvió a leer la nota– ...¿orinándose encima?

Al parecer, la agente había pronunciado las palabras mágicas. Corky soltó las muletas al instante, puso un brazo alrededor de los hombros de la mujer en busca de apoyo y dijo:

–¡A la cocina, mi amor!

Mientras la indispuesta agente ayudaba al científico a avanzar renqueando por el pasillo, Rachel no dudó ni un segundo que Corky Marlinson estaba en el cielo.

–La orina es la clave –le oyó decir–. ¡Porque esos malditos lóbulos olfativos teleencefálicos pueden olerlo todo!

La Habitación Lincoln estaba a oscuras cuando Rachel entró. Le sorprendió ver la cama vacía y sin deshacer. Michael Tolland no estaba a la vista.

Una antigua lámpara de aceite ardía junto a la cama, y en el suave resplandor apenas pudo distinguir la alfombra de Bruselas... la famosa cama labrada de palisandro, el retrato de Mary Todd, la esposa de Lincoln, hasta la cama en la que el presidente había firmado la Proclamación de Emancipación.

Cuando Rachel cerró la puerta tras de sí, sintió una húmeda ráfaga de aire en sus piernas desnudas. «¿Dónde está?» En el otro extremo de la habitación había una ventana abierta, cuyas cortinas de organza blanca ondeaban al viento. Fue hasta ella para cerrarla y un espantoso susurro manó del armario.

–Maaaaaryyyy...

Rachel giró sobre sus talones.

–Maaaaaryyyy –volvió a susurrar la voz–. ¿Eres tú?... ¿Mary Todd Liiiincoln?

Rachel cerró rápidamente la ventana y se giró hacia el armario. El corazón se le había acelerado, aunque era consciente de que era una estupidez.

–Mike, sé que eres tú.

–Noooooo... –continuó la voz–. No soy Mike.... Soy... Aaaabe.

Rachel se llevó las manos a la cintura.

–¿Ah, sí? ¿El honrado Abe?

Se oyó una carcajada sofocada.

–El moderadamente honrado Abe, sí.

Ahora también Rachel se reía.

–Asústateeeeee –gimió la voz desde el armario–. Asústate muchooooo.

–No estoy asustada.

–Por favor, asústate... –gimió la voz–. En la especie humana, las emociones de miedo y de excitación sexual van íntimamente relacionadas.

Rachel rompió a reír.

–¿Así es como piensas excitarme?

–Perdónameeee –gimió la voz–. Hace muchos aaaañoooos que no estoy con una mujer.

–No lo dudo –replicó Rachel, abriendo la puerta del armario de golpe.

Michael Tolland estaba delante de ella con su sonrisa pícara y torcida. Estaba irresistible con su pijama de satén de color azul marino. Rachel no ocultó su sorpresa al ver el sello presidencial blasonado en su pecho.

–¿Un pijama presidencial?

Michael se encogió de hombros.

–Estaba en el cajón.

–¿Y yo sólo he encontrado una camiseta de fútbol?

–Deberías haber elegido la Habitación Lincoln.

–¡Deberías habérmela ofrecido!

–Me habían dicho que el colchón era incómodo. Una antigualla de crin de caballo –dijo Tolland con un guiño, señalando un paquete envuelto en papel de regalo que había sobre una mesa con tablero de mármol.

–Te lo compensaré con eso.

Rachel se emocionó.

–¿Para mí?

–Le he pedido a una de las asesoras presidenciales que saliera a buscarlo. Acaba de llegar. No lo agites.

Rachel abrió el paquete con cuidado, sacando el pesado contenido. Contenía una bola de cristal en la que nadaban dos feas carpas. Miró a Michael, presa de una confusa decepción.

–Estás de broma, ¿verdad?

–*Helostoma temmincki* –dijo Tolland orgulloso.

–¿Me has comprado unos peces?

–Son unos peces besadores muy difíciles de encontrar. Muy románticos.

–Los peces no tienen nada de romántico, Mike.

–Díselo a ellos. Se pasan horas besándose.

–¿Y supuestamente esto es otra forma de excitarme?

–Tengo muy olvidado el cortejo. ¿Puedes puntuarme teniendo en cuenta el esfuerzo?

–Para futuras ocasiones, Mike: los peces no tienen nada de excitante. Inténtalo con flores.

Tolland sacó un discreto ramo de lirios blancos de detrás de la espalda.

–He intentado coger rosas rojas –dijo–, pero casi me disparan al colarme en el Jardín de las Rosas.

Cuando Tolland atrajo el cuerpo de Rachel hacia el suyo y aspiró la suave fragancia de su pelo, sintió que en su interior se disolvían años de silencioso aislamiento. La besó apasionadamente, sintiendo cómo su cuerpo se pegaba al suyo. Los lirios blancos cayeron a sus pies y las barreras que Tolland ni siquiera era consciente de haber levantado se derritieron de repente.

«Los fantasmas han desaparecido.»

Ahora sentía cómo Rachel lo llevaba a la cama y oyó su suave suspiro al oído.

–No hablas en serio cuando dices que los peces te parecen románticos, ¿verdad?

–Sí –dijo Mike, volviendo a besarla–. Deberías ver el ritual de apareamiento de las medusas. Es increíblemente erótico.

Rachel le hizo tumbarse boca arriba sobre el colchón de crin de caballo, acomodando su esbelto cuerpo sobre el de él.

–Y los caballitos de mar... –dijo Tolland, ya sin aliento mientras saboreaba el contacto de la piel de ella contra el fino satén de su pijama–. Los caballitos de mar ejecutan... una danza amorosa increíblemente sensual.

–Basta de hablar de peces –susurró Rachel, desabrochándole el pijama–. ¿Qué podrías decirme sobre los rituales de apareamiento de los primates avanzados?

Tolland suspiró.

—Me temo que no me dedico a los primates.

Rachel se quitó la camiseta de fútbol.

—Bueno, chico estudioso de la naturaleza, en ese caso te sugiero que aprendas rápido.

EPÍLOGO

El reactor de transporte de la NASA viró a gran altura sobre el Atlántico.

A bordo del reactor, el director Lawrence Ekstrom dedicó una última mirada a la enorme roca chamuscada que llevaban en la bodega de carga. «De regreso al mar –pensó–. Donde te encontraron.»

Siguiendo las órdenes de Ekstrom, el piloto abrió las puertas de la bodega y dejó caer la roca. Contemplaron la inmensa piedra mientras caía a plomo al vacío desde la parte posterior del avión, arqueándose al cruzar el soleado cielo oceánico y desapareciendo bajo las olas en un pilar de rocío plateado.

La gigantesca piedra se hundió rápidamente.

Bajo el agua, a ciento cincuenta metros de profundidad, apenas quedaba luz suficiente para ver cómo giraba. Al rebasar los doscientos cincuenta metros, la roca se sumergió en una absoluta oscuridad.

Cayó a toda velocidad.

Ganó profundidad.

Siguió cayendo durante casi veinte minutos.

Luego, como un meteorito al estrellarse contra la cara oculta de la luna, la roca impactó contra una vasta llanura de barro sobre el suelo oceánico, levantando una nube de cieno. Cuando el polvo por fin volvió a posarse, uno de los miles de especies desconocidas que pueblan el océano se acercó nadando hasta la roca para inspeccionar a la extraña recién llegada.

Sin mostrar el menor interés, la criatura siguió su camino.

Título de la edición original: *Deception Point*
Traducción del inglés: Alejandro Palomas,
cedida por Ediciones Urano, S. A.
Diseño: Compañía
Fotografía de la sobrecubierta:
© Robert Van Der Hilst/Getty Images
Foto de solapa: © Philip Scalia

Círculo de Lectores, S. A. (Sociedad Unipersonal)
Travessera de Gràcia, 47-49, 08021 Barcelona
www.circulo.es
7 9 5 0 0 7 8 6

Licencia editorial para Círculo de Lectores
por cortesía de Ediciones Urano, S. A.
Está prohibida la venta de este libro a personas que no
pertenezcan a Círculo de Lectores.

© Dan Brown, 2001
© de la traducción: Alejandro Palomas, 2005
© Ediciones Urano, S. A., 2005

Depósito legal: B. 24809-2005
Fotocomposición: Víctor Igual, S. L., Barcelona
Impresión y encuadernación: Printer industria gráfica
N. II, Cuatro caminos s/n, 08620 Sant Vicenç dels Horts
Barcelona, 2005. Impreso en España
ISBN 84-672-1385-X
N.º 34066